A Máquina Diferencial

A Máquina Diferencial

William Gibson
Bruce Sterling

Tradução
Ludimila Hashimoto

2ª edição

ALEPH

A MÁQUINA DIFERENCIAL

TÍTULO ORIGINAL:
The difference engine

COPIDESQUE:
Débora Dutra Vieira
Marcos Fernando de Barros Lima

REVISÃO:
Hebe Ester Lucas
Tággidi Mar Ribeiro

CAPA:
Pedro Inoue

MAPAS:
G D S / Jeffrey L. Ward
(adaptado por RS2 Comunicação)

PROJETO GRÁFICO E DIAGRAMAÇÃO:
Join Bureau

DIREÇÃO EXECUTIVA:
Betty Fromer

DIREÇÃO EDITORIAL:
Adriano Fromer Piazzi

EDITORIAL:
Daniel Lameira
Mateus Duque Erthal
Katharina Cotrim
Bárbara Prince
Júlia Mendonça
Débora Dutra Vieira*
Marcos Fernando de Barros Lima*

COMUNICAÇÃO:
Luciana Fracchetta
Felipe Bellaparte
Lucas Ferrer Alves
Pedro Barradas Fracchetta

*equipe original à época da 1ª edição

COMERCIAL:
Orlando Rafael Prado
Fernando Quinteiro
Lidiana Pessoa
Ligia Carla de Oliveira
Roberta Saraiva

FINANCEIRO:
Roberta Martins
Francelina Cruz
Rafael Martins

LOGÍSTICA:
Johnson Tazoe
Sergio Lima
William dos Santos

EDITORA ALEPH

Rua Lisboa, 314
05413-000 – São Paulo – SP – Brasil
Tel.: [55 11] 3743-0514
www.editoraaleph.com.br

DADOS INTERNACIONAIS DE CATALOGAÇÃO NA PUBLICAÇÃO (CIP)
(CÂMARA BRASILEIRA DO LIVRO, SP, BRASIL)

Gibson, William
A máquina diferencial / William Gibson, Bruce Sterling ;
tradução Ludimila Hashimoto. – 2. ed. – São Paulo : Aleph, 2015.

Título original: The difference engine.
ISBN 978-85-7657-214-5

1. Ficção norte-americana I. Sterling, Bruce. II. Título.

15-01086 CDD-813

Índices para catálogo sistemático:
1. Ficção : Literatura norte-americana 813

2ª edição – 2015

Sumário

Nota à edição brasileira

Em meados dos anos 1980, William Gibson e Bruce Sterling – dois dos maiores nomes da ficção científica contemporânea – uniram história, tecnologia, imaginação e muito talento para criar o inusitado universo de *A máquina diferencial*. A obra se tornaria um marco da literatura *steampunk* – um subgênero da ficção científica que mescla elementos clássicos da estética vitoriana e engenhos a vapor.

Publicada pela Aleph em 2012, a obra volta com capa inédita. Esta nova edição, especialmente preparada não apenas para os fãs do gênero, mas para todos que apreciam a boa literatura, também passou por uma nova revisão.

A tradução meticulosa exigiu extensa pesquisa histórica e linguística, com o intuito de adaptar com maestria todos os aspectos desta complexa obra. Expressões idiomáticas, trocadilhos e referências literárias foram esmiuçados e adaptados para o português, buscando sempre manter a aura do século XIX presente nos diálogos e descrições. Também foi incorporado o posfácio escrito pelos autores à época da edição comemorativa de vinte anos da obra, no qual Gibson e Sterling fazem uma releitura e uma reavaliação do trabalho.

A edição também conta com material exclusivo, elaborado pela equipe editorial da Aleph, que busca auxiliar o leitor na travessia do mar de referências históricas e peculiaridades do livro. Há um guia de personagens, tanto históricos como ficcionais, e um glossário dos termos pouco comuns – específicos, arcaicos ou simplesmente inventados pelos autores –, além das fontes consultadas para a construção de ambos.

Esqueça o hoje. Esqueça o ontem. Retorne até 1855. Bem-vindo a uma Inglaterra como nunca concebida...

A Máquina Diferencial

Primeira Iteração

O Anjo de Goliad

FOTOMONTAGEM, CODIFICADA OPTICAMENTE pela embarcação de escolta da aeronave transcanal *Lorde Brunel*: vista aérea das cercanias de Cherbourg, 14 de outubro de 1905.

Uma casa de campo, um jardim, uma sacada.

Elimine as linhas curvas em aço fundido da sacada, para revelar a cadeira de rodas e sua ocupante. O reflexo do pôr do sol cintila nos raios niquelados da cadeira.

A ocupante, dona da casa, repousa as mãos artríticas sobre o tecido feito em tear Jacquard.

Essas mãos consistem de tendões, tecido, articulações. Por meio de processos silenciosos de tempo e informação, fibras no interior das células humanas entrelaçaram-se para formar uma mulher.

Seu nome é Sybil Gerard.

Abaixo dela, num jardim formal abandonado, trepadeiras sem folhas entrançam treliças de madeira nos muros cuja camada de cal está descascando. Das janelas abertas do quarto da enferma, uma corrente de ar quente agita os cabelos brancos soltos no pescoço, trazendo odores de fumaça de carvão, jasmim e ópio.

Sua atenção está fixada no céu, na silhueta de imensa e fascinante graça – o metal, que no intervalo de tempo da vida dela, aprendera a voar sozinho. À frente desse esplendor, aeroplanos minúsculos não tripulados mergulham e sibilam contra o horizonte vermelho ao fundo.

Como estorninhos, pensa Sybil.

As luzes dos aeroplanos – janelas quadradas da cor do ouro – sugerem calor humano. Sem esforço algum, com a graça incomparável da função orgânica, ela imagina uma música distante lá, a música de Londres: os passageiros desfilam, bebem, flertam, talvez dancem.

Os pensamentos vêm de modo espontâneo, a mente vai formando perspectivas, acumulando significado a partir de emoções e lembranças.

Ela recorda sua vida em Londres. Lembra-se de si mesma, há tanto tempo, caminhando pelo Strand, abrindo caminho na multidão em Temple Bar. Segue em frente, a cidade da Memória insinuando-se ao seu redor... Até que, junto às muralhas de Newgate, surge a sombra do enforcamento de seu pai...

E a Memória faz a curva, num desvio ágil como a luz, para outra estrada deserta – na qual é sempre noite...

É dia 15 de janeiro de 1855.

Um quarto no Grand's Hotel, Piccadilly.

Havia uma cadeira escorada para trás, presa com segurança sob a maçaneta de vidro lapidado. Outra estava coberta de roupas: um mantelete feminino debruado, saia de estamenha com crosta de lama, uma calça masculina xadrez e fraque.

Duas formas encontravam-se sob os lençóis na cama de bordo laminado com baldaquino e, distante, sob a opressão do inverno, o Big Ben anunciou as dez, em forte e rouco som aerofônico, a respiração de Londres abastecida pelo carvão.

Sybil deslizou os pés entre as alvas roupas de cama até sentir o calor da bolsa térmica de cerâmica envolta em flanela. Os dedos do pé roçaram a canela dele. O toque pareceu despertá-lo bruscamente de um estado de reflexão profundo. Assim era ele, Mick Dândi Radley.

Ela havia conhecido Mick Radley na Academia de Dança de Laurent, na Windmill Street. Agora que o conhecia bem, parecia-lhe mais um habitué do Kellner, na Leicester Square, ou mesmo do Portland Rooms. Estava sempre pensando, maquinando, resmungando sobre algo que tivesse em mente. Muito sagaz. Isso a preocupava. E a sra. Winterhalter não o teria aprovado, pois o trato com "cavalheiros políticos" exigia sutileza e discrição, qualidades que a sra. Winterhalter acreditava ter ela mesma em abundância, ao passo que não atribuía nenhuma às suas meninas.

– Chega dessa vida de rameira amadora, Sybil – disse Mick. Uma de suas manifestações, uma conclusão a que sua mente hábil chegara.

Sybil deu-lhe um sorriso afetado, o rosto meio oculto pela ponta aquecida do cobertor. Sabia que ele gostava do sorriso. O sorriso de garota má. Não deve estar falando a sério. Responda com uma piada, pensou.

– Mas se eu não fosse uma rameira devassa, estaria aqui com você agora?

– Basta de fazer-se de meretriz.

– Você sabe que só cortejo cavalheiros.

Mick torceu o nariz, divertindo-se.

– Considera-me um cavalheiro, então?

– Um cavalheiro muito bem-apessoado – disse Sybil, bajulando-o. – Dos mais vistosos. Sabe que não me importo com os lordes do Rad. Eu os desprezo, Mick.

Sybil estremeceu, mas não de infelicidade, pois tivera um bocado de sorte até ali, farta de bife com batata e chocolate quente, na cama entre lençóis limpos, num hotel elegante. Um hotel novo e reluzente com aquecimento central a vapor, embora ela pudesse ter trocado com muito gosto o gorgolejo e o sacolejo inquietos do radiador com arabescos dourados pelo calor de uma lareira bem abastecida.

E era um sujeito bonito, esse Mick Radley, ela tinha de admitir; usava roupas muito vistosas, tinha cobre e era generoso, e nunca exigira nada esquisito ou bestial. Ela tinha consciência de que não duraria muito, uma vez que Mick era um cavalheiro que gostava de viajar, e logo partiria. Mas via benefícios nele, e talvez ainda mais depois que a deixasse, caso conseguisse fazê-lo sentir-se triste – e generoso – na hora da partida.

Mick recostou-se nos travesseiros altos de plumas e deslizou os dedos de unhas feitas para trás da cabeça com a mecha de cabelo sobre a testa. Camisão de seda todo bufante, com renda na frente – Mick só usava do melhor. Agora, parecia querer conversar um pouco. Os homens geralmente tinham vontade de conversar, após algum tempo – sobre as esposas, na maioria das vezes.

Mas com Mick Dândi, era sempre política.

– Quer dizer que você odeia os lordes, Sybil?

– Por que não odiaria? – disse Sybil. – Tenho meus motivos.

– Eu diria que tem – Mick disse devagar, e o olhar de superioridade distante que ele lançou em seguida causou nela um arrepio.

– O que quis dizer com isso, Mick?

– Conheço seus motivos para odiar o governo. Consegui sua identidade.

Ela foi tomada por surpresa, depois medo. Sentou-se na cama. Sentiu na boca um gosto que lembrava ferro frio.

– Você deixa sua cédula na bolsa – ele disse. – Levei o número a um magistrado excêntrico que conheço. Passou-o por uma Máquina do governo para mim e imprimiu o seu arquivo da Bow Street, ra-tá-tá-tá, como brincadeira. – Deu um sorriso malicioso. – Portanto, sei tudo sobre você, garota. Sei quem você é...

Sybil tentou um tom atrevido:

– E quem sou, então, sr. Radley?

– Não é Sybil Jones, querida. Você é Sybil Gerard, a filha de Walter Gerard, o agitador ludita.

Ele invadira seu passado oculto.

Máquinas, zumbindo em algum lugar, mantinham viva a história.

Mick observava seu rosto, sorrindo diante do que via, e ela reconheceu o olhar que já vira dantes, na academia de Laurent, quando ele a espiou pela primeira vez, no meio da multidão. Um olhar ávido.

A voz dela ficou trêmula.

– Há quanto tempo sabe a meu respeito?

– Desde nossa segunda noite. Sabe que viajo com o general. Assim como qualquer homem importante, ele tem inimigos. Como seu secretário e conselheiro, não me arrisco muito com estranhos. – Mick pôs a mãozinha ligeira e cruel no ombro dela. – Você poderia ser agente de alguém. Era uma questão de negócios.

Sybil teve um sobressalto.

– Espiando uma garota indefesa – disse, finalmente. – É mesmo um tratante!

Mas as palavras repulsivas não pareceram chegar a afetá-lo – era frio e rígido, qual juiz ou lorde.

– Posso até espiar, garota, mas uso o maquinário do governo para servir aos meus propósitos particulares. Não sou nenhum informante da polícia para menosprezar um revolucionário como Walter Gerard. Não importa como os lordes do Rad o chamem agora. Seu pai foi um herói.

Ele mudou de posição no travesseiro.

– *Meu* herói... esse era Walter Gerard. Ouvi-o falar sobre os Direitos do Trabalho, em Manchester. Ele era fascinante. Todos gritamos com entusiasmo até doer a garganta! Os bons e velhos Hell-Cats... – A voz suave de Mick tornara-se aguda e penetrante, com leve sotaque manchesteriano. – Já ouviu falar dos Hell-Cats, Sybil? Dos velhos tempos?

– Uma gangue de rua – disse Sybil. – Desordeiros de Manchester.

Mick franziu o cenho.

– Éramos uma irmandade! Uma associação de jovens amigos! Seu pai nos conhecia bem. Era nosso benfeitor político, pode-se dizer.

– Preferiria que não falasse de meu pai, sr. Radley.

Mick balançou a cabeça, impaciente.

– Quando fiquei sabendo que o julgaram e enforcaram... – palavras qual gelo nas costelas de Sybil – eu e os rapazes pegamos em tochas e bestas, ficamos furiosos e desvairados... Isso foi obra de Ned Ludd, garota! Anos atrás... – Tocou com delicadeza a frente do camisão. – Não é uma história que conto a muitos. As Máquinas do governo têm memórias extensas.

Ela entendeu agora – a generosidade de Mick e sua fala amável, estranhos sinais que indicavam a ela planos secretos e prosperidade, cartas marcadas e ases escondidos. Estava manipulando-a, fazendo dela sua criatura. A filha de Walter Gerard, um prêmio especial para um homem como Mick.

Sybil afastou-se da cama, pisando as tábuas geladas do assoalho, de *pantalettes* e *chemise.*

Enfiou-se rápido, em silêncio, no amontoado de roupas. No mantelete debruado, no casaco, na grande gaiola desconjuntada da saia de crinolina. Na couraça tiritante do espartilho branco.

– Volte para a cama – disse Mick, preguiçoso. – Não fique nervosa. Está frio lá fora. – Balançou a cabeça. – Não é como está pensando, Sybil.

Ela recusou-se a olhá-lo, lutando para entrar no espartilho, ao lado da janela, onde o vidro coberto de gelo cortava o clarão refratado da luz a gás da rua. Cingiu com força os cordões do espartilho nas costas com um movimento rápido e hábil dos pulsos.

– Mas se for – refletiu Mick, observando-a –, é só até certo ponto.

Do outro lado da rua, a ópera havia terminado – a *gentry* com suas capas e cartolas. Os cavalos dos cabriolés, com cobertores sobre o dorso, tremiam e batiam as patas no macadame preto. Vestígios brancos da neve limpa dos bairros residenciais ainda presos à carroceria cintilante do *gurney* a vapor de algum lorde. Prostitutas buscavam trabalho na multidão. Pobres almas desditosas. Difícil mesmo encontrar um rosto amável entre as camisas plissadas e abotoaduras de diamante numa noite tão fria. Sybil voltou-se para Mick, confusa, irritada e muito apreensiva.

– A quem contou a meu respeito?

– Não contei a vivalma – disse Mick –, nem mesmo a meu amigo, o general. E não a denunciarei. Ninguém jamais disse que Mick Radley é indiscreto. Então, volte para a cama.

– Não voltarei – disse Sybil, e permaneceu ereta, os pés descalços congelando no assoalho. – Sybil Jones pode compartilhar sua cama, mas a filha de Walter Gerard é uma pessoa de princípios!

Mick olhou-a com surpresa. Pensou na questão, coçando o queixo estreito, depois assentiu com um movimento de cabeça.

– Triste perda a minha, então, srta. Gerard. – Sentou-se na cama e apontou para a porta, com um gesto dramático. – Vista sua saia e as botas boneca com salto de metal, srta. Gerard, vá, e leve consigo todos os seus princípios. Mas seria grande lástima se partisse. Uma garota sagaz serviria a meus propósitos.

– Eu diria que sim, seu desavergonhado – disse Sybil, mas hesitou. Ele tinha outra carta na manga. Ela podia sentir, pelo aspecto de sua expressão.

Ele abriu um sorriso, os olhos semicerrados.

– Já esteve em Paris, Sybil?

– Paris? – A respiração dela formou uma névoa no ar.

– Sim – ele disse –, a alegre e glamorosa, o próximo destino do general quando terminar seu roteiro de palestras em Londres. – Mick Dândi puxou os punhos de renda do camisão. – Que propósitos são esses, que mencionei, não devo revelar por ora. Mas o general é um homem de estratagemas complexos. E o governo da França tem certas dificuldades que exigem o auxílio de peritos... – Lançou um olhar malicioso de triunfo. – Mas percebo que a estou aborrecendo, não?

Sybil ficou irrequieta.

– Vai me levar a Paris, Mick – disse devagar –, fala a sério, sem trapaças dissimuladas?

– Honestidade absoluta. Se não acredita em mim, tenho uma passagem no casaco, para a balsa de Dover.

Sybil foi até a poltrona de brocado no canto do quarto e puxou o sobretudo de Mick. Tremia incontrolavelmente, e vestiu o casaco. Lã escura de excelente qualidade – era como estar aquecida pelo dinheiro.

– Veja no bolso direito da frente – Mick disse a ela. – O porta-cartões. – Estava divertindo-se, seguro, como se achasse graça da desconfiança dela. Sybil enfiou as mãos geladas nos dois bolsos. Fundos, com forro felpudo...

A mão esquerda apanhou um bloco de metal frio e duro. Retirou uma pequena e indecente pistola Derringer de canos múltiplos. Cabo de marfim, a cintilação intricada de cães de aço e cartuchos de latão, pequena como sua mão, mas pesada.

– Que indelicado – disse Mick, franzindo o cenho. – Seja uma boa menina e guarde-a de volta.

Sybil recolocou o objeto no bolso, num movimento suave, porém rápido, tal qual segurasse um caranguejo vivo. No outro bolso, encontrou o porta-cartões de couro marroquino vermelho. Dentro havia cartões de visita, *cartes-de-visite* com o retrato dele pontilhado por Máquina e uma tabela com horários de trens de Londres.

E uma tira de pergaminho impresso, de cor creme e rígido, passagem de primeira classe no *Newcomen*, com partida em Dover.

– Vai precisar de duas passagens, então – ela hesitou –, se de fato pretende levar-me.

Mick assentiu, concordando com o argumento.

– E outra para o trem de Cherbourg. Nada mais simples. Posso telegrafar um pedido de passagens, lá embaixo, na recepção.

Sybil estremeceu novamente, e apertou mais o casaco em torno de si. Mick riu dela.

– Não faça essa cara de azedume. Ainda está pensando como uma rameira amadora, pare. Comece a pensar com elegância, caso contrário não será de proveito algum para mim. É a garota do Mick agora... um alto investimento.

Ela falou devagar, hesitante.

– Jamais estive com um homem que soubesse estar com Sybil Gerard. – Era mentira, claro. Esteve com Egremont, o homem que a arruinara. Charles Egremont sabia muito bem quem era ela. Mas Egremont não importava mais; vivia num mundo diferente agora, com sua esposa respeitável e indiferente, seus filhos respeitáveis e sua posição respeitável no Parlamento.

E Sybil não havia agido como uma iniciante com Egremont. Não exatamente, poder-se-ia dizer. Havia graus de variação...

Pôde ver que Mick ficara satisfeito com a mentira. Sentiu-se lisonjeado.

Ele abriu uma caixa de charutos, retirou um *cherrot* e acendeu-o na chama oleosa de um fósforo de repetição, enchendo o quarto com o cheiro adocicado de tabaco de cereja.

– Então sente-se um pouco tímida comigo agora? – ele disse, finalmente. – Bom, prefiro assim. Aquilo que sei dá-me um pouco mais de controle sobre você, não é? Mais do que o mero cobre? – Estreitou os olhos. – O que um sujeito *sabe* é o que conta, não é mesmo, Sybil? Mais do que terras ou dinheiro, mais do que sua origem. *Informação.* Um luxo.

Sybil sentiu por ele um momento de ódio, por sua tranquilidade e segurança. Pura mágoa, aguda e primitiva. Mas esmagou o sentimento. O ódio cedeu, foi perdendo a pureza, tornou-se vergonha. Ela o odiava, sim... mas apenas porque ele a conhecia de verdade. Sabia a dimensão da queda de Sybil Gerard, que fora um dia garota instruída, com afetações e decoro, tão digna quanto qualquer garota da *gentry*.

Dos dias de fama do pai, da infância, Sybil era capaz de lembrar-se de pessoas da estirpe de Radley. Sabia a espécie de menino que havia sido. Garotos das fábricas, vendedores ambulantes, que se aglomeravam em volta de seu pai depois dos discursos à luz de tochas e faziam o que ele mandava, fosse o que fosse. Arrancar trilhos de trem, chutar a tampa das máquinas hidráulicas de fiar, colocar aos pés dele capacetes de policiais. Ela e o pai haviam fugido de cidade em cidade, muitas vezes à noite, morado em celeiros, sótãos, quartos alugados de anônimos, escondendo-se da Polícia Radical e dos punhais de conspiradores. E, às vezes, quando seus próprios discursos inflamados enchiam-no de ardente entusiasmo, abraçava-a e prometia-lhe sobriamente o mundo. Ela viveria como uma moça da nobreza progressista numa Inglaterra verde e tranquila, quando o Rei Vapor fosse destruído. Quando Byron e seus Radicais Industriais fossem aniquilados por completo...

Mas uma corda de cânhamo havia estrangulado seu pai, silenciando-o. Os Radicais seguiam governando sem interrupção, de vitória em vitória, desordenando o mundo como a um baralho de cartas. E agora Mick Radley estava no topo desse mundo, e Sybil Gerard embaixo.

Ela permaneceu em silêncio, envolta no casaco de Mick. Paris. A promessa era tentadora, e quando se deixou acreditar nele, houve um tremor ao fundo, como um raio. Forçou-se a pensar em abandonar sua vida em Londres. Era uma vida ruim, inferior, sórdida, ela sabia, mas não totalmente desesperada. Ainda tinha coisas a perder. Seu quarto alugado em Whitechapel, e o querido Toby, seu gato. Havia a sra. Winterhalter, que providenciava encontros entre garotas fogosas e cavalheiros da política. A sra. Whitechapel era uma alcoviteira, mas refinada e firme, e pessoas da sua natureza eram difíceis de encontrar. E perderia seus dois cavalheiros constantes, o sr. Chadwick e o sr. Kingsley, que se encontravam com ela duas vezes ao mês, cada um. O cobre constante, isto sim, que a mantinha fora das ruas. Mas Chadwick tinha uma esposa ciumenta em Fulham, e, num momento de insensatez, Sybil lhe roubara as melhores abotoaduras. Sabia que ele suspeitava dela.

E nenhum dos dois homens tinha tanta liberdade com seu dinheiro quanto Mick Radley.

Ela forçou-se a sorrir para ele, do modo mais amável possível.

– Você é peculiar, Mick Radley. Sabe que me controla a rédeas curtas. Talvez eu tenha ficado irritada com você no início, mas não sou tão estúpida a ponto de não reconhecer um cavalheiro peculiar.

Mick soprou a fumaça.

– Você *é* uma moça sagaz – admitiu. – Lisonjeadora, qual um anjo. Não pode me ludibriar; no entanto, não precisa enganar a si mesma. Ainda assim, é exatamente a garota que procuro. Volte para a cama.

Ela fez conforme ele ordenou.

– Deus – ele disse –, seus benditos pés são duas pedras de gelo. Por que não usa chinelinhos, hein? – Puxou o espartilho dela com determinação. – Chinelos e meias de seda pretas. Garotas ficam muito vistosas na cama, com meias de seda pretas.

Do outro lado do balcão com tampo de vidro, um dos vendedores da Aaron olhou para Sybil com indiferença, alto e arrogante, com seu casaco preto e botas lustrosas. Ele sabia que estava havendo algo fora do normal, podia sentir no ar. Sybil esperou Mick pagar, com as mãos cruzadas diante de si, sobre a saia, reservada, mas observando disfarçadamente sob a renda azul da touca. Debaixo da saia, enfiado na armação da crinolina, estava o xale que furtara enquanto Radley experimentava cartolas.

Sybil havia aprendido como furtar coisas – ensinara a si mesma. Era preciso coragem simplesmente, esse era o segredo. Era preciso determinação. Não olhe para a direita nem para a esquerda; apenas apanhe, levante a saia, enfie e ajeite. Depois fique bem ereta, como quem entoa um salmo, com ares de garota da *gentry*.

O gerente havia perdido o interesse nela, observava agora um homem gordo que manuseava suspensórios de seda ondulada. Sybil verificou rapidamente a saia. Nenhuma protuberância.

Um jovem balconista de rosto sardento, com polegares manchados de tinta, pôs o número de Mick numa máquina-de-crédito de balcão. Zum, clique, um puxão na alavanca com cabo de ébano e pronto. Entregou a Mick o cupom-de-compra e fez a embalagem com barbante e papel fino verde.

A Aaron & Son jamais notaria a falta de um xale de caxemira. Talvez suas máquinas-de-cálculo notassem, ao fazerem o fechamento, mas a perda não deveria trazer-lhes prejuízo; seu palácio de compras era grande e rico demais. Todas aquelas colunas gregas, candelabros de cristal, um milhão de espelhos – salões e mais salões dourados, abarrotados de botas de montaria de borracha e sabonetes fabricados na França, bengalas, guarda-chuvas, talheres, cristaleiras trancadas cheias de broches banhados a prata e de marfim, e lindas caixinhas de música de corda douradas... E aquela era apenas uma dentre uma dezena de lojas da cadeia. Mas, apesar de tudo isso, ela sabia: a Aaron não tinha uma elegância genuína, não era um estabelecimento da *gentry*.

Mas não era possível fazer qualquer coisa com dinheiro na Inglaterra, se o sujeito fosse inteligente? Algum dia, o sr. Aaron, um velho comerciante judeu de costeletas, oriundo de Whitechapel, teria título de lorde, com um *gurney* a vapor aguardando no meio-fio e seu próprio brasão na carroçaria. O Parlamento Radical não se importaria se o sr. Aaron não fosse cristão. Deram o título de lorde a Charles Darwin, e ele disse que Adão e Eva foram macacos.

O ascensorista, que surgiu com uma farda afrancesada, puxou a grade de metal ruidosa para ela. Mick seguiu-a, o pacote debaixo do braço, e logo depois desceram.

Saíram da Aaron para o tumulto de Whitechapel. Enquanto Mick verificava um mapa de ruas que retirara do casaco, ela olhava para as letras móveis que corriam por toda a extensão da fachada da Aaron. Um friso mecânico, um cinétropo do tipo lento para anúncios da Aaron, feito todo de pequenos pedaços de madeira pintada que viravam um de cada vez, atrás de folhas chumbadas de vidro chanfrado. FAÇA A CONVERSÃO DO SEU PIANO MANUAL, sugeriam as letras abalroadas, PARA UMA PIANOLA DA KASTNER.

O horizonte a oeste de Whitechapel estava marcado pelas pontas de guindastes de obras, rígidos esqueletos de aço pintados de mínio contra a umidade. Prédios mais antigos estavam incrustados de andaimes. Aquilo que não estava sendo demolido para dar lugar ao novo – essa era a impressão – passava por uma reconstrução da imagem. Ouvia-se o lamento distante das escavações, e era possível sentir o tremor abaixo do solo, de vastos mecanismos cortando uma nova linha de trem subterrâneo.

Mas Mick virou-se para a esquerda, sem dizer palavra, e saiu andando, o chapéu levantado na lateral, as calças xadrez cintilando sob a bainha do longo sobretudo. Ela teve de se apressar para acompanhar seu passo. Um garoto andrajoso com um distintivo de latão numerado varria a neve imunda da passagem. Mick atirou-lhe uma moeda sem reduzir o ritmo da passada, seguindo pela alameda chamada Butcher Row.

Ela alcançou-o e segurou seu braço, passando por carcaças vermelhas e brancas que pendiam de ganchos pretos de ferro, carne de vaca, de carneiro e vitela, e homens grosseiros, com aventais manchados, apregoando seus produtos aos gritos. Mulheres londrinas afluíam para lá em multidões, cestas de vime no braço. Criadas, cozinheiras, esposas respeitáveis com homens em casa. Um açougueiro de rosto vermelho surgiu de repente diante de Sybil com as duas mãos transbordando de carne azul.

– Olá, dama bonita. Compra esses belos rins pra fazer uma torta pro cavalheiro!

Sybil desviou a cabeça e passou por ele. Carrinhos de mão parados amontoavam-se no meio-fio, onde vendedores ambulantes berravam, seus casacos de belbute destacando-se com botões de latão ou pérola. Cada qual com um distintivo numerado, embora, segundo Mick, metade dos números fosse falsa, tão falsa quanto os pesos e as medidas dos ambulantes. Havia cobertores e cestos espalhados sobre quadrados riscados nitidamente com giz no pavimento, e Mick contava a ela as maneiras que os vendedores tinham para tornar roliça a fruta murcha, e entrelaçar enguias mortas, dando-lhes vida. Ela sorriu ao notar o prazer que ele parecia extrair do conhecimento de tais coisas, enquanto mascates gritavam, anunciando suas vassouras, sabões e velas, e um tocador de realejo com o cenho franzido virava, com as duas mãos, a manivela de sua máquina sinfônica, enchendo a rua com um clamor constante de molas, sinos e cordas de aço.

Mick parou ao lado de uma mesa de cavalete, permaneceu próximo a uma viúva estrábica, vestida de bombazina, a haste de um cachimbo de barro projetando-se dos lábios finos. Dispostos diante dela havia inúmeros frascos com alguma substância de aparência viscosa que Sybil tomou por medicamentos de eficácia duvidosa, uma vez que todos tinham um pedaço de papel azul colado, com a imagem indistinta de um índio selvagem de pele vermelha.

– E o que seria isto, dona? – Mick indagou, batendo de leve o dedo enluvado numa rolha coberta de cera vermelha.

– Óleo de pedra, senhor – ela disse, abandonando a ponta do cachimbo –, embora também chamem de alcatrão de Barbados. – O sotaque arrastado ofendia os ouvidos, mas Sybil sentiu uma pontada de compaixão. Tão distante devia estar a mulher de qual fosse o lugar remoto a que um dia chamou de pátria.

– Sério? – Mick perguntou. – Não seria texano?

– "O bálsamo salubre" – disse a viúva –, "da fonte secreta da Natureza, a flor da saúde e da vida para o homem será revelada". Extraído nas proximidades da Seneca selvagem, das águas do grande Oil Creek, na Pensilvânia, senhor. Três pennies o frasco, e cura garantida para todos os males. – A mulher passou a fitar Mick com uma expressão esquisita, os olhos claros apertados em ninhos de ruga, como se talvez recordasse o rosto dele. Sybil estremeceu.

– Tenha um bom dia, então, dona – disse Mick, com um sorriso que de algum modo a fez lembrar-se de um detetive da divisão de crimes contra os costumes que conheceu, um homenzinho ruivo responsável pelas operações na Leicester Square e no Soho. O Texugo, como as garotas o chamavam.

– O que é aquilo? – ela perguntou, segurando o braço de Mick quando ele se virou para sair. – O que ela vende?

– Óleo de pedra – disse Mick, e ela notou o olhar penetrante que ele lançou para o vulto negro e encurvado. – Diz o general que o óleo borbulha do solo, no Texas...

Sybil ficou curiosa.

– É mesmo uma panaceia, então?

– Deixe estar – ele disse –, e a conversa acaba aqui. – Fitou a rua com brilho nos olhos. – Estou vendo alguém, e você sabe o que fazer.

Sybil assentiu com um movimento de cabeça e começou a atravessar a multidão do mercado na direção do homem que Mick avistara. Era um vendedor de canções, magro, com maçãs do rosto fundas, cabelos longos e oleosos sob uma cartola envolta em tecido brilhante de bolinhas. Estava com os braços dobrados, as mãos entrelaçadas como em prece, as mangas do casaco amarrotado cedendo ao peso de longas e farfalhantes folhas de partitura.

– "Estrada de Ferro para o Céu", senhoras e senhores – entoou o vendedor de canções, um improvisador tarimbado. – "De sublime verdade os trilhos são feitos, e na Rocha das Eras são dispostos. Trilhos são fixados em cadeias de amor, firmes qual o trono do Deus supremo." Bela cantiga, apenas dois pence, senhorita.

– Tem "O Corvo de San Jacinto"? – perguntou Sybil.

– Posso conseguir essa, posso encontrá-la – disse o vendedor. – Do que ela fala, pois?

– Sobre a grande batalha no Texas, o grande General?

O vendedor de canções arqueou as sobrancelhas. Os olhos eram azuis e loucamente brilhantes, de fome talvez, ou fé religiosa, ou gim.

– Um dos generais da Crimeia, sim? Meio francês, esse sr. Jacinto?

– Não, não – disse Sybil, dirigindo-lhe um sorriso condolente. – O general Houston, Sam Houston do Texas. Quero mesmo essa canção, encarecidamente.

– Compro minhas publicações logo hoje à tarde e procurarei sua canção com certeza, senhorita.

– Devo querer pelo menos cinco cópias para meus amigos – disse Sybil.

– Faço seis por dez pence.

– Que sejam seis, então, e hoje à tarde, neste exato local.

– A senhorita é quem manda. – O vendedor tocou a aba da cartola.

Sybil afastou-se, entrando no meio da multidão. Já estava feito. Não foi tão ruim. Sentiu que poderia se acostumar àquilo. Talvez fosse até uma boa canção, que as pessoas apreciariam quando o vendedor fosse obrigado a vender as cópias.

Mick aproximou-se de repente, roçando o cotovelo dela.

– Nada mal – admitiu, colocando a mão no bolso do sobretudo e fazendo surgir, como num passe de mágica, um folhado de maçã, ainda quente, soltando açúcar, envolto em papel engordurado.

– Obrigada – ela disse num sobressalto, mas aliviada, pois havia pensado em parar e esconder-se para retirar o xale roubado, e agora via que Mick não havia tirado os olhos dela em momento algum. Ela não o vira, mas ele estivera observando; assim era ele. Ela não esqueceria mais.

Caminharam, ora juntos, ora separados, por toda a extensão de Somerset, depois atravessaram o vasto mercado da Petticoat Lane, iluminado como se a noite fosse chegando com uma multidão de luzes, um brilho de lampiões a gás, o clarão branco do carbureto, imundas lamparinas a óleo, velas de sebo cintilando entre os víveres oferecidos nas bancas. O rebuliço era ensurdecedor ali, mas ela deleitou Mick, ludibriando mais três vendedores de canções.

Num grande e luminoso bar em Whitechapel, de paredes revestidas com papel de ouro resplandecente, iluminado por candeeiros de lâmpadas a gás em formato de rabo de peixe, Sybil pediu licença e encontrou o mictório feminino. Lá, segura dentro da cabine malcheirosa, retirou o xale. Tão macio era, e de adorável cor violeta – colorido com uma das novas tinturas estranhas que a gente sabida obtinha a partir do carvão. Dobrou a peça com esmero e empurrou-a pela parte de cima do espartilho, de modo a ficar guardada em segurança. Em seguida, saiu para retomar a companhia de seu protetor e encontrou-o sentado a uma mesa. Havia comprado para ela uma caneca de gim com mel. Sentou-se ao lado dele.

– Saiu-se bem, moça – ele disse e deslizou a pequena caneca na direção dela. O local estava cheio de soldados da Crimeia de licença, irlandeses, com meretrizes à sua volta, o nariz cada vez mais vermelho e a voz cada vez mais estridente por conta do gim. Nenhuma garçonete ali, apenas garçons grandes, fortes, com ares de valentia, de avental branco, e com bastões para apartar brigas atrás do balcão.

– Gim é bebida de prostituta, Mick.

– Todo mundo gosta de gim – disse ele. – E você não é nenhuma prostituta, Sybil.

– Rameira, meretriz de segunda – ela lançou-lhe um olhar penetrante. – Pois com que outros nomes refere-se a mim?

– Está com Mick Dândi agora – ele disse. Inclinou a cadeira para trás, enfiando os polegares enluvados nas cavas do colete. – É uma *aventureira.*

– Aventureira?

– Exatamente. – Aprumou-se. – Um brinde a você. – Deu um gole do drinque de gim, deixou-o rolar pela língua com uma expressão infeliz e engoliu. – Não faça caso, querida... Ou misturaram aguarrás nisto, ou sou judeu. – Levantou-se.

Saíram. Ela pendurou-se no braço dele, tentando diminuir-lhe o ritmo.

– "Aventureiro", é assim que se define, então, ahn, sr. Mick Radley?

– Sim, é o que sou, Sybil – disse suavemente –, e você será minha aprendiza. Portanto faça o que digo, de acordo com o espírito humilde apropriado. Aprenda os macetes. E um dia entrará para a liga, ahn? Para a guilda.

– Como meu *pai*, ahn? Quer brincar com isso, Mick? Quem ele foi, quem eu sou?

– Não – disse Mick, categórico. – Ele era antiquado. Não é ninguém hoje.

Sybil sorriu com afetação.

– Garotas malvadas como nós podem entrar nessa sua guilda especial, Mick?

– Trata-se de uma guilda de conhecimento – disse em tom solene. – Os chefes, os grandes, podem tirar-nos toda espécie de coisas. Com suas malditas leis, fábricas, tribunais, bancos... São capazes de conformar o mundo às suas vontades, podem tomar-lhe o lar, a família e até o trabalho que exerce... – Mick deu de ombros, nervoso, vincando com os ombros magros o tecido pesado do sobretudo. – E até mesmo roubar a virtude da filha de um herói, se não for ousadia demais da minha parte afirmar tal coisa. – Pressionou a mão dela contra sua manga, num aperto forte, aprisionador. – Mas jamais podem tirar-lhe o que *sabe*, não é assim, Sybil? Jamais poderão.

De dentro do quarto, Sybil ouviu os passos de Hetty no corredor, e o ruído metálico da chave dela à porta. Sybil deixou a serineta aquietar-se, com um zumbido agudo.

Hetty arrancou da cabeça o gorro de lã, livrando-se da capa azul com movimentos de ombro. Era também uma das garotas da sra. Winterhalter, de cabelos escuros, ossos grandes, vinda de Devon. Excedia-se na bebida, mas era doce à sua maneira, e sempre gentil com Toby.

Sybil recolheu a manivela com cabo de porcelana e baixou a tampa arranhada do instrumento barato.

– Estava praticando. A sra. Winterhalter quer que eu cante na próxima quinta.

– Como é maçante a velha marafona – disse Hetty. – Pensei que fosse sua noite de sair com o sr. C. Ou seria o sr. K.? – Hetty aqueceu os pés diante da pequena lareira estreita e notou, à luz da lamparina, a bagunça de sapatos e caixas de chapéu da Aaron & Son. – Minha nossa! – disse e sorriu, a boca larga levemente contraída de inveja. – Galanteador novo, é? Tem tanta sorte, Sybil Jones!

– Talvez – Sybil deu um gole do cordial de limão, inclinando a cabeça para trás para relaxar a garganta.

Hetty piscou para ela.

– Winterhalter não sabe deste, ahn?

Sybil balançou a cabeça e sorriu. Hetty não contaria.

– Sabe alguma coisa sobre o Texas, Hetty?

– Um país na América – Hetty disse de pronto. – Pertence à França, não?

– Esse é o México. Gostaria de ir a uma apresentação de cinétropo, Hetty? O ex-presidente do Texas fará uma palestra. Tenho como conseguir ingressos facilmente.

– Quando?

– Sábado.

– Dançarei nesse dia – disse Hetty. – Talvez Mandy queira. – Aqueceu os dedos com um sopro. – Um amigo meu vem tarde da noite hoje. Não a incomodaria, sim?

– Não – disse Sybil. A sra. Winterhalter tinha uma regra rígida que proibia companhia masculina no quarto de qualquer garota. Uma regra que Hetty ignorava com frequência, como se desafiasse o senhorio a delatá-la. Uma vez que a sra. Winterhalter decidiu pagar o aluguel diretamente ao senhorio, o sr. Cairns, Sybil raramente tinha motivos para falar com ele, e menos ainda com a esposa taciturna, uma mulher de tornozelos grossos com predileção para chapéus horrendos. Cairns e a esposa jamais haviam denunciado Hetty, embora Sybil não tivesse certeza do porquê, pois o quarto de Hetty ficava ao lado do deles, e ela fazia uma algazarra desavergonhada quando levava homens para casa – diplomatas estrangeiros, na maioria, homens com sotaques esquisitos e, a julgar pelo barulho, com hábitos medonhos.

– Pode seguir cantando, se quiser – disse Hetty, e ajoelhou-se diante do fogo cobertos de cinzas. – Tem uma bela voz. Não deve deixar seus dons se perderem. – Começou a alimentar o fogo com um pedaço de carvão por vez, tremendo. Um frio terrível pareceu entrar no quarto então, através do batente rachado de uma das janelas fechadas com pregos, e por um momento estranho e passageiro Sybil sentiu uma presença distinta no ar. Uma sensação inconfundível de estar sendo observada por olhos de outra dimensão fixos sobre ela. Pensou no falecido pai. *Encontre a voz, Sybil. Aprenda a falar. É tudo o que temos para combatê-los*, ele lhe dissera. Isso nos últimos dias antes da prisão, quando estava claro que os Rads tinham vencido mais uma vez – claro para todos, talvez, menos para Walter Gerard. Ela vira naquele instante, com uma clareza que lhe esmagava o coração, a magnitude absoluta da derrota do pai. Os ideais dele estariam perdidos – não apenas fora de lugar, mas totalmente apagados da história, para serem aniquilados repetidas vezes, qual a carcaça de um cão vira-lata sob as rodas barulhentas de um trem expresso. *Aprenda a falar, Sybil. É tudo o que temos...*

– Leia para mim? – pediu Hetty. – Farei chá.

– Muito bem. – Em sua vida instável e desordenada com Hetty, ler em voz alta era um dos pequenos rituais que poderiam dar ao ambiente um caráter doméstico. Sybil pegou o *Diário Ilustrado de Londres* da mesa de pinheiro, arrumou a crinolina à sua volta, fazendo ranger a poltrona com cheiro de mofo, e apertou os olhos para ler um artigo na primeira página. Dizia respeito a dinossauros.

Os Rads eram loucos por esses dinossauros, parecia. Lá estava a gravura de um grupo de sete homens, liderado por Lorde Darwin, todos observando atentamente algum objeto indeterminado, embutido numa superfície de carvão na Turíngia. Sybil leu o cabeçalho em voz alta, mostrou a imagem a Hetty. Um osso. A coisa no carvão era um gigantesco osso cujo comprimento equivalia à altura de um homem. Ela estremeceu. Ao virar a página, deparou com a visão artística de como seria a criatura em vida, uma monstruosidade com duas fileiras iguais de furiosos dentes triangulares ao longo da espinha dorsal curva. Parecia ser do tamanho de um elefante pelo menos, embora a cabecinha perversa mal chegasse a ser maior que a de um cão.

Hetty serviu o chá.

– "Os répteis dominavam a totalidade da terra", ahn? – citou e passou a linha pela agulha. – Não acredito numa única palavra disso.

– Por que não?

– São ossos de malditos gigantes, do Gênesis. É o que o clero diz, não?

Sybil não disse nada. Nenhuma das duas suposições lhe pareceu a mais fantástica. Voltou a atenção para uma segunda matéria, esta em louvor à Artilharia de Sua Majestade na Crimeia. Viu uma gravura de dois vistosos subalternos a admirar a operação de uma arma de longo alcance. A arma em si, robusto cano qual chaminé de fundição, parecia apropriada para terminar rapidamente com todos os dinossauros do Lorde Darwin. A atenção de Sybil, no entanto, voltava-se para a imagem da Máquina de artilharia que ilustrava a matéria. O ninho intricado de engrenagens interligadas possuía uma beleza estranha, como uma espécie de papel de parede fabulosamente barroco.

– Tem alguma coisa precisando de remendo? – perguntou Hetty.

– Não, obrigada.

– Leia alguns anúncios, então – aconselhou Hetty. – Odeio essa enganação de guerra.

Havia a PORCELANA HAVILLAND, de Limoges, França; VIN MARIANI, o tônico francês, com depoimento de Alexandre Dumas e livro descritivo, retratos e autógrafos de celebridades mediante solicitação no local, na Oxford Street; ELETROPOLIMENTO DE PRATA COM SILICONE, nunca arranha, nunca desgasta, é diferente dos outros; o sino de bicicleta "NOVA PARTIDA", tem um timbre todo próprio; a ÁGUA DE LITINA DO DR. BAILEY, cura a doença de Bright e a diátese úrica; a MÁQUINA A VAPOR DE BOLSO "REGENTE" de GURNEY, para uso em máquinas de costura domésticas. Esse último prendeu a atenção de Sybil, mas não devido à promessa de fazer funcionar uma máquina ao dobro da velocidade antiga a um custo de uma moeda de meio penny por hora.

Havia ali uma gravura da pequena caldeira ornamentada com requinte, de aquecimento a gás ou parafina. Charles Egremont havia comprado uma dessas para a esposa. Vinha equipada com um tubo de borracha destinado a dar saída ao vapor residual quando comprimido sob uma prática janela corrediça, e Sybil havia se deleitado ao saber que a sala de visitas da madame transformara-se num banho turco.

Ao terminar a leitura do jornal, Sybil se recolheu. Foi despertada por volta da meia-noite por uma trituração rítmica e selvagem das molas da cama de Hetty.

O Teatro Garrick estava sombrio, empoeirado e frio, com o poço da orquestra, o balcão e as ruínas de assentos surrados; o breu era total debaixo do palco, onde Mick Radley encontrava-se, e cheirava a cal e umidade.

A voz de Mick ecoou abaixo dos pés dela:

– Já viu as vísceras de um cinétropo, Sybil?

– Vi um uma vez, atrás do palco – ela disse. – Num teatro, em Bethnal Green. Eu conhecia o sujeito que o operava, um clacker.

– Um namorado? – perguntou Mick. Sua voz ecoante era nítida.

– Não – Sybil respondeu rapidamente –, eu cantava num número... Mas pagavam mal.

Ela ouviu o clique agudo do fósforo de repetição dele. Teve sucesso na terceira tentativa e acendeu um toco de vela.

– Desça aqui – ele ordenou. – Não fique aí parada feito tola, exibindo os tornozelos. – Sybil ergueu a crinolina com as duas mãos e desceu com cuidado e embaraço os degraus íngremes da escada úmida.

Mick estendeu a mão e tateou atrás de um espelho de palco, uma grande folha cintilante de vidro prateado, com um pedestal sobre rodas, engrenagens oleosas e manivelas gastas de madeira. Retirou uma valise preta e barata de lona impermeável, colocou-a cuidadosamente no chão diante de si e agachou-se para abrir os frágeis fechos de estanho. Tirou uma pilha de cartões perfurados, presos por uma fita de papel vermelho. Havia também outros fardos na maleta, Sybil notou, e mais uma coisa, um brilho de madeira polida.

Ele manuseou os cartões com delicadeza, como se fossem uma bíblia.

– Tão seguros quanto um cofre – ele disse. – Basta disfarçá-los, sabe... Escrever algo tolo no invólucro, como "Preleção sobre a Temperança – Partes Um, Dois e Três". Desse modo, o sujeito nunca pensará em roubá-los, ou sequer carregá-los para ver. – Avaliando o peso do bloco espesso, passou o polegar pela borda, fazendo um som claro e agudo, como o de um jogador embaralhando cartas novas. – Investi um tanto de capital nestes aqui. Semanas de trabalho dos melhores cinetropistas de Manchester. Exclusivamente destinadas ao meu propósito, devo ressaltar. É uma coisa adorável, garota. Deveras artística, à sua maneira. Logo verá.

Após fechar a valise, ele levantou-se. Passou o monte de cartões com cautela para dentro do bolso do casaco. Em seguida, curvou-se sobre um caixote e puxou um espesso tubo de vidro. Soprou a poeira do tubo e depois prendeu uma extremidade com um alicate especial. O vidro partiu-se com um estalo hermético – havia um bloco de cal fresca no tubo. Mick fez com que se soltasse, cantarolando consigo. Socou a cal delicadamente para dentro da cavidade do bico de gás de um refletor, uma coisa em forma de tigela, feita de ferro fuliginoso e estanho cintilante. Depois virou uma torneira, fungou um pouco, acenou positivamente com a cabeça, virou outra torneira e ali colocou a vela.

Sybil gritou quando um clarão desagradável encobriu sua visão. Mick riu dela, acima do silvo do gás e das chamas, enquanto pontos de brilho quente e azul flutuavam diante dela.

– Melhor – ele comentou. Apontou a luz de cálcio flamejante com cautela para o espelho de palco, depois começou a ajustar as manivelas.

Sybil olhou à sua volta, pestanejando. Estava abafado, apertado e cheio de ratos embaixo do palco do Garrick, o tipo de lugar em que um cão ou um indigente morreria, sobre cartazes rotos e amarelados que anunciavam farsas maliciosas, como *Jack, o Tratante* e *Velhacos de Londres*. Havia uma roupa de baixo feminina enrolada num canto. Devido ao seu curto e infeliz período como cantora de palco, Sybil fazia alguma ideia de como aquilo havia parado ali.

Deixou o olhar seguir os tubos de vapor e fios esticados até a cintilante Máquina de Babbage, um pequeno modelo cinetrópico, mais baixo que Sybil. Ao contrário de todas as outras coisas no Garrick, a Máquina parecia estar em muito bom estado de conservação, montada sobre quatro blocos de mogno. O chão e o teto acima e abaixo dela tinham sido cuidadosamente limpos e caiados. Calculadoras a vapor eram coisas delicadas, temperamentais, foi o que ela ouvira dizer; se era para não cuidar bem delas, melhor não as possuir. No fulgor errante da luz oxídrica de Mick, dezenas de colunas de latão repletas de saliências reluziram, encaixadas em cavidades, no alto e embaixo, por meio de placas lustrosas, com alavancas cintilantes, eixos de engrenagem, mil rodas dentadas de aço com refinado acabamento. Cheirava a óleo de linhaça.

Olhar para o artefato de tão perto e por tanto tempo fez com que Sybil se sentisse realmente esquisita. Ansiosa, quase, ou ávida de um modo estranho, do modo que poderia sentir-se diante de... um belo e gracioso cavalo, digamos. Queria... não que ele fosse seu propriamente, mas possuí-lo de alguma forma...

Mick segurou-a pelo cotovelo de súbito, por trás. Ela teve um sobressalto.

– Adorável, não?

– Sim, é... adorável.

Mick ainda segurava seu braço. Lentamente, pôs a outra mão enluvada contra o rosto dela, por dentro da touca. Então ergueu seu queixo com o polegar, olhando fixamente para o seu rosto.

– Provoca uma sensação, sim?

A voz extasiada assustou-a, assim como o olhar obscuro e penetrante.

– Sim, Mick – ela disse rápido, obediente. – Realmente senti... algo.

Ele afrouxou a touca, deixando-a pender no pescoço.

– Não está com medo dela, está, Sybil? Não com Mick Dândi aqui, abraçando-a. Você sente um leve *frisson* especial. Vai aprender a gostar da sensação. Faremos de você uma clacker.

– Posso fazer isso mesmo, de verdade? Uma garota pode ter essa função?

Mick riu.

– Nunca ouviu falar de Lady Ada Byron, então? A filha do primeiro-ministro, e a verdadeira Rainha das Máquinas! – Soltou-a e estendeu os braços num movimento amplo que lhe abriu o casaco, um gesto de homem-espetáculo. – Ada Byron, amiga de confiança e discípula do próprio Babbage! Lorde Charles Babbage, o pai da Máquina Diferencial e o Newton de nossa era moderna!

Sybil olhou para ele boquiaberta.

– Mas Ada Byron é uma lady!

– Ficaria surpresa ao saber quem Lady Ada conhece – declarou Mick, apanhando um bloco de cartas do bolso e descascando o invólucro de papel. – Ah, não as companhias para o chá, o esquadrão diamante de suas festas ao ar livre. Poderíamos dizer que Ada é rápida, em sua própria linha de raciocínio matemática... – Fez uma pausa. – Isso não quer dizer que ela seja a melhor, sabe. Conheço clackers da Sociedade do Intelecto a Vapor que fazem até mesmo Lady Ada parecer um pouco lenta. Mas ela possui um dom. Sabe o que isso significa, Sybil? Um dom?

– O quê? – disse Sybil, odiando a segurança leviana da voz dele.

– Sabe como nasceu a geometria analítica? Sujeito chamado Descartes, olhando uma mosca no teto. Um milhão de sujeitos antes dele havia observado moscas no teto, mas foi preciso René Descartes para fazer disso uma ciência. Agora os engenheiros usam todos os dias o que ele descobriu, mas se não fosse por ele, ainda estaríamos cegos para isso.

– Que importam as moscas para qualquer pessoa? – indagou Sybil.

– Ada teve certa vez uma percepção à altura da descoberta de Descartes. Ninguém encontrou ainda uma aplicação para ela. É o que chamam de matemática pura. – Mick riu. – Pura. Sabe o que isso significa, Sybil? Significa que não conseguem colocá-la para funcionar. – Esfregou as mãos, com um sorriso largo. – Ninguém consegue encontrar uma função para ela.

O divertimento de Mick estava dando nos nervos dela.

– Achei que você odiasse os nobres!

– De fato odeio os privilégios da nobreza, aquilo que não é obtido de modo justo e franco – ele disse. – Mas Lady Ada confia no poder da matéria cinzenta, e não em seu sangue azul. – Inseriu os cartões numa bandeja prateada na lateral da máquina, depois girou e segurou Sybil pelo pulso. – Seu pai está morto, garota! Não é que eu queira magoá-la ao dizer isso, mas os luditas estão mais mortos que cinzas frias. Oh, já marchamos e discursamos pelos direitos trabalhistas e outras questões relacionadas... Belos discursos, garota! Mas Lorde Charles Babbage desenhou projetos enquanto fazíamos panfletos. E os projetos dele construíram este mundo.

Mick balançou a cabeça. – Os homens de Byron, os homens de Babbage, os Radicais Industriais, eles são os donos da Grã-Bretanha! São os nossos donos, garota... O globo inteiro está aos pés deles, Europa, América, todos os lugares. A Câmara dos Lordes está apinhada de Radicais, do chão ao teto. A Rainha Vitória não mexe um dedo sem um aceno dos sábios e dos capitalistas. – Apontou para ela. – E não adianta mais lutar contra isso, sabe por quê? Porque o jogo dos Radicais é limpo, ou limpo o suficiente para que mantenham o controle... E você pode se tornar um deles, se for esperto! Não se encontram homens espertos dispostos a combater tal sistema, uma vez que é tudo coerente demais para eles.

Mick bateu o polegar no peito.

– Mas não significa que você e eu estejamos desprotegidos e solitários. Significa apenas que temos de pensar mais rápido, com os olhos abertos e os ouvidos atentos... – Fez uma pose de pugilista: cotovelos dobrados, punhos suspensos, nós dos dedos erguidos diante do rosto. Então jogou os cabelos para trás e abriu-lhe um sorriso.

– Está tudo muito bem para você – ela protestou. – Pode fazer como quiser. Você era um dos seguidores de meu pai... bem, havia tantos, e alguns estão no Parlamento agora. Mas as mulheres desonradas estão arruinadas, entende? Arruinadas, e assim permanecem.

Mick endireitou-se, franzindo o cenho para ela.

– Ora, isso é exatamente o que tenciono dizer. Você está na companhia de figurões agora, mas pensando como uma prostituta! Ninguém sabe quem você é em Paris! Os policiais e os patrões daqui têm o seu número, é verdade! Mas são apenas números, e o seu arquivo não passa de uma simples pilha de cartões. Dentro do limite de informação deles, existem maneiras de se mudar um número. – Riu com escárnio e viu a reação de surpresa. – Não é fácil fazê-lo, aqui em Londres, admito. Mas as questões se desenvolvem de forma diferente na Paris de Luís Napoleão! As questões seguem de modo rápido e livre na Paris reluzente, em especial para uma aventureira de boa lábia e lindos tornozelos.

Sybil mordeu o nó do dedo. Os olhos arderam de súbito. Era a fumaça acre da luz de cálcio, e o medo. Um novo número nas máquinas do governo – isso significaria vida nova. Uma vida sem passado. A ideia inesperada de tal liberdade aterrorizou-a. Não tanto pelo que significava em si, ainda que isso já fosse estranho e deslumbrante o suficiente. Mas pelo que Mick Radley poderia exigir por tal coisa, numa troca justa.

– É sério? Poderia mudar meu número?

– Posso comprar-lhe um novo em Paris. Fazê-la passar por francesa, ou por uma refugiada argelina ou americana. – Cruzou os braços elegantes. – Não prometo nada, veja bem. Terá que fazer por merecer.

– Não pretende me ludibriar, Mick? – ela disse devagar. – Porque. . porque eu poderia ser mesmo especialmente doce com o sujeito que me fizesse tão formidável favor.

Mick enfiou as mãos no bolso, inclinando-se para trás sobre os calcanhares, olhando para ela.

– Poderia agora? – ele disse com voz suave. As palavras trêmulas dela haviam atiçado algo dentro dele, ela pôde ver em seus olhos. Um ardor lascivo, ávido, algo que ela mal sabia estar ali, uma necessidade que ele tinha de... colocar seus anzóis mais fundo dentro dela.

– Poderia, se você me tratasse de forma justa e igual, como sua aprendiza de aventureiro, e não como uma patética mulher da vida a ser ludibriada e jogada de lado. – Sybil sentiu as lágrimas chegando, mais forte desta vez. Pestanejou, olhou para cima com audácia e deixou-as fluir, pensando que talvez pudessem fazer algum bem. – Não alimentaria minhas esperanças para depois despedaçá-las, sim? Isso seria grosseiro e cruel! Se fizesse isso, eu... eu pularia da Tower Bridge!

Ele a olhou nos olhos.

– Pare de choramingar, garota, e ouça-me com tino. Entenda isto: você não é apenas a bela mulher-dama de Mick... Isso posso apreciar do mesmo modo que qualquer homem, mas posso consegui-lo onde quiser, sem precisar de você apenas com tal propósito. Preciso da lábia astuta e da determinação ousada que era característica do sr. Walter Gerard. Será minha aprendiza, Sybil, e eu, seu mestre, e deixe que assim sejam as coisas entre nós. Você será leal, obediente, honesta comigo, sem subterfúgios ou impertinências. Em troca, ensinar-lhe-ei a arte e cuidarei para que fique bem. E verá que serei tão gentil e generoso quanto você será leal e verdadeira. Estou sendo claro?

– Sim, Mick.

– Façamos um pacto, então?

– Sim, Mick. – Ela sorriu para ele.

– Muito bem – ele disse. – Então se ajoelhe aqui e junte as mãos, deste modo... – ele juntou as mãos em oração – e faça o seguinte juramento. Que você, Sybil Gerard, jura pelos santos e anjos, por potestades, dominações e tronos, por serafins, querubins e pelo olho que tudo vê, obedecer Mick Radley e servi-lo lealmente, e que Deus a ajude! Você jura?

Ela o encarou com desânimo.

– Preciso mesmo?

– Sim.

– Mas não é um grande pecado fazer tal juramento para um homem que... O que quero dizer é... Não somos unidos por matrimônio sagrado...

– Isso se fosse um voto de matrimônio – ele disse, impaciente –, mas trata-se de um voto de aprendiza!

Ela não viu alternativa. Puxando a saia para trás, ajoelhou-se diante dele, sobre a pedra fria e arenosa.

– Você jura?

– Juro, e que Deus me ajude.

– Não fique tão taciturna – ele disse, ajudando-a a levantar-se –, o juramento que fez é suave e feminil se comparado a alguns. – Colocou-a de pé. – Encare-o como um apoio, caso venha a ter dúvidas ou pensamentos desleais. Agora pegue isto – entregou-lhe a vela gotejante –, e encontre aquele contrarregra beberrão e diga a ele que quero as caldeiras acesas.

Eles jantaram aquela noite no Argyll Rooms, uma casa noturna de Haymarket não muito distante da Academia de Dança de Laurent. O Argyll possuía salas privadas para a ceia nas quais os indiscretos poderiam ficar a noite inteira.

Sybil estava perplexa com a escolha de uma sala privada. Mick certamente não sentia vergonha de ser visto com ela em público. No meio da refeição de carne de carneiro, no entanto, o garçom deixou entrar um pequeno e atarracado cavalheiro de cabelos vermelhos besuntados e uma corrente de ouro sobre o colete de veludo apertado. Era rechonchudo e pomposo, qual a boneca de uma criança.

– Olá, Corny – disse Mick, sem se incomodar em baixar o garfo e a faca.

– Boa noite, Mick – disse o homem, com o curioso sotaque irreconhecível dos atores, ou de provincianos há muito trabalhando para a *gentry* da cidade. – Disseram que precisava de mim.

– Disseram corretamente, Corny. – Mick não apresentou Sybil, tampouco convidou o homem a se sentar. Ela começou a se sentir bastante desconfortável. – É um papel pequeno, portanto não deverá ter muita dificuldade para lembrar suas falas. – Mick retirou do casaco um envelope em branco e entregou-o ao homem. – Suas falas, sua deixa e seu adiantamento. No Garrick, sábado à noite.

O homem sorriu melancólico ao aceitar o envelope.

– Há muito tempo não me apresento no Garrick, Mick. – Piscou para Sybil e retirou-se sem qualquer formalidade.

– Quem é esse, Mick? – perguntou Sybil. Ele havia retornado ao carneiro e enchia a colher de molho de hortelã da vasilha de estanho.

– Um ator importante – disse Mick. – Contracenará com você no Garrick, durante o discurso de Houston.

Sybil ficou atônita.

– Contracenar? Comigo?

– Você é uma aprendiza de aventureiro, não esqueça. Pode esperar ser chamada para fazer muitos papéis, Sybil. Um discurso político certamente pode se beneficiar de algo um pouco mais açucarado.

– Açucarado?

– Deixe estar. – Pareceu perder interesse no carneiro e empurrou o prato para o lado. – Há tempo de sobra para o ensaio amanhã. Tenho algo para mostrar-lhe agora. – Afastou-se da mesa, foi até a porta e trancou-a com segurança. Ao voltar, ergueu a valise de lona impermeável do carpete ao lado de sua cadeira e colocou-o diante dela, sobre a toalha de linho limpa, embora muito remendada, do Argyll.

Ela estivera curiosa a respeito da valise. Não porque ele a carregara do fosso do Garrick, primeiro, até os impressores, para examinar os panfletos do discurso de Houston, e depois até o Argyll Rooms; mas porque era de material tão barato, nem um pouco semelhante aos pertences dos quais demonstrava orgulho evidente. Por que Mick Dândi haveria decidido carregar uma bolsa daquele tipo, quando poderia adquirir algum item vistoso na Aaron's, com fechos de níquel e seda tecida no padrão xadrez de Ada? E ela sabia que a mala preta não continha mais os cartões de cine para a preleção, porque esses ele havia embrulhado cuidadosamente em páginas do *The Times* e escondido atrás do espelho de palco.

Mick abriu os fechos de latão, abriu a bolsa e retirou uma caixa longa e estreita de pau-rosa polido, com os cantos adornados de metal brilhante. Sybil imaginou que poderia conter um telescópio, pois vira caixas semelhantes na vitrine de uma firma de fabricantes de instrumentos na Oxford Street. Mick manuseou-a com uma cautela que por pouco não chegava a ser cômica, como a de um papista convocado a remover a poeira de um papa morto. Tomada por repentina ansiedade infantil, ela esqueceu-se do homem chamado Corny e da conversa preocupante de Mick a respeito de contracenar com ele no Garrick. Havia algo do mágico em Mick agora, ao depositar a caixa reluzente de pau-rosa sobre a toalha de mesa. Quase esperou que ele puxasse os punhos da camisa: nada nas mangas, observem, nada nas mangas.

Com os polegares, ele virou pequenos ganchos de metal de dois minúsculos orifícios. Fez uma pausa de efeito.

Sybil deu-se conta de que estava prendendo a respiração. Haveria ele trazido-lhe um presente? Algum símbolo de seu novo status? Algo para distingui-la secretamente como sua aprendiza de aventureiro?

Mick ergueu a tampa de pau-rosa com ponteiras de metal agudas.

Estava repleta de cartas de baralho. Abarrotada delas, de lado a lado, vinte baralhos, pelo menos. O coração de Sybil sofreu um golpe.

– Você nunca viu algo assim antes – ele disse. – Posso garantir-lhe.

Mick puxou a carta mais próxima da mão direita e mostrou-a a ela. Não, não era uma carta de jogo, ainda que quase do mesmo tamanho. Era feita de estranha substância leitosa que não era papel nem vidro, muito fina e lustrosa. Mick vergou-a levemente entre o polegar e o indicador. Dobrava-se fácil, mas voltou à forma rígida quando ele a soltou.

Era perfurada com cerca de três dezenas de fileiras pouco espaçadas de orifícios, estes não maiores do que os de um bom botão de pérola. Três dos cantos eram sutilmente arredondados, ao passo que o quarto era aparado obliquamente. Perto do canto enviesado, alguém havia escrito "nº 1" em tinta lilás-clara.

– Celulose canforada – declarou Mick –, uma coisa dos demônios, caso seja tocada por fogo, mas somente ela serve às refinadas práticas do *Napoléon*.

Napoléon? Sybil estava perdida.

– É uma espécie de carta de cine, Mick?

Ele sorriu radiante para ela, satisfeito. A ela pareceu ter dito a coisa certa.

– Nunca ouviu falar no *ordinateur* Grande *Napoléon*, a mais poderosa Máquina da Academia Francesa? As máquinas da polícia londrina são meros brinquedos se comparadas a ela.

Sybil fingiu examinar o conteúdo da caixa, sabendo que isso agradaria Mick. Mas era uma simples caixa de madeira, feita com bastante esmero, forrada com a baeta verde usada para cobrir mesas de bilhar. Continha uma quantidade enorme das cartas lisas e leitosas, talvez algumas centenas.

– Conte-me do que se trata, Mick.

Ele riu, parecendo muito satisfeito, curvou-se de repente e beijou-lhe a boca.

– Quando chegar a hora. – Endireitou-se, reinseriu a carta, baixou a tampa, fechou os ganchos de metal. – Toda irmandade tem seus mistérios. O melhor palpite de Mick Dândi é que ninguém sabe exatamente o que significaria operar este pequeno monte. Provaria certa questão, demonstraria determinada série encaixada de hipóteses matemáticas... todas questões bastante arcanas. E, a propósito, faria o nome Mick Radley brilhar como os céus na confraternidade de clacking. – Deu uma piscadela. – Os clackers franceses têm suas próprias irmandades, sabe. Les Fils de Vaucanson, chamam-se. A Sociedade Jacquardina. Vamos mostrar umas coisinhas para esses comedores de cebola.

Parecia a ela que ele estava bêbado agora, embora soubesse que havia bebido apenas as duas garrafas de cerveja. Não, ele estava embriagado com a ideia das cartas na caixa, o que quer que fossem elas.

– Esta caixa e seu conteúdo são deveras extraordinários, querida Sybil. – Sentou-se novamente e remexeu na mala preta barata. Dela saiu uma folha dobrada de papel marrom resistente, uma tesoura comum, um rolo de barbante verde forte. Enquanto falava, Mick abriu o papel e começou a embrulhar nele a caixa. – Muito preciosa. Viajar com o general expõe um homem a certos perigos. Seguiremos a Paris depois da preleção, mas amanhã pela manhã você levará este conjunto ao correio da Great Portland Street. – Ao terminar o embrulho, ele passou barbante em torno do papel. – Corte isto para mim com a tesoura. – Ela fez conforme pediu. – Agora coloque o dedo aqui. – Ele executou um nó perfeito. – Você enviará nosso pacote a Paris. *Poste restante*. Sabe o que significa?

– Significa que o pacote é retido para o destinatário.

Mick assentiu, pegou um bastão de cera escarlate num bolso da calça, o fósforo de repetição noutro. O fósforo acendeu na primeira tentativa.

– Sim, retido lá em Paris para nós, com o máximo de segurança. – A cera escureceu e deslizou na chama oleosa. Gotículas escarlates respingaram no nó verde, no papel marrom. Largou a tesoura e o rolo de barbante de volta na valise, colocou a cera e o fósforo no bolso, retirou sua caneta-tinteiro e começou a endereçar o embrulho.

– Mas o que *é* isso, Mick? Como pode saber seu valor se não tem ideia do que faz?

– Ora, eu não disse isso, disse? Tenho minhas ideias, não tenho? Mick Dândi sempre tem suas ideias. Tive uma ideia que foi suficiente para levar o original até Manchester comigo, numa visita de negócios com o general. Tive uma ideia para conseguir obter dos clackers mais engenhosos suas mais recentes técnicas de compressão, e o suficiente do capital do general para encomendar o resultado em celulose do calibrador napoleônico!

Poderia ter sido grego, considerando-se o que tudo aquilo significava para ela.

Bateram à porta. Um empregado jovem, com ares de poucos amigos e cabelo curto, entrou com um carrinho e recolheu os pratos. Fez um trabalho malfeito e demorou-se, como se esperasse gorjeta, mas Mick ignorou-o, e ficou olhando calmamente para o vazio, sorrindo para si de vez em quando, qual um gato.

O rapaz saiu com sorriso de escárnio. Finalmente, veio uma batida de bengala à porta. Um segundo amigo de Mick chegara.

Este era um homem corpulento de feiura realmente espantosa, olhos esbugalhados e barba por fazer, a testa curta e caída orlada por oleosa paródia da elegante franja de cachos ao gosto do primeiro-ministro. O estranho usava uma casaca nova e bem cortada, capa, bengala e cartola, uma pérola extravagante no plastrom e um anel maçônico de ouro no dedo. O rosto e o pescoço estavam fortemente queimados de sol.

Mick levantou da cadeira no mesmo instante, apertou a mão do anel, convidou-o a sentar-se.

– Costuma recolher-se tarde, sr. Radley – disse o estranho.

– Fazemos o possível para atender suas necessidades particulares, professor Rudwick.

O repulsivo cavalheiro acomodou-se na cadeira com um rangido agudo da madeira. Seus olhos salientes lançaram então um olhar especulativo para Sybil, e por um momento ínfimo ela temeu o pior, que tudo havia sido um logro e ela estava prestes a se tornar parte de alguma temível transação entre eles.

Mas Rudwick desviou o olhar para Mick.

– Não ocultarei do senhor minha ansiedade em retomar as atividades no Texas. – Fez beicinho. Os dentes eram pequenos, cinzentos, como seixos na enorme clareira que era a boca. – Este negócio de fazer o papel de celebridade londrina é um enfado abominável.

– O presidente Houston concederá uma audiência ao senhor amanhã às duas, se for do seu agrado.

Rudwick grunhiu:

– Perfeitamente.

Mick assentiu com um movimento de cabeça.

– A fama de sua descoberta texana parece aumentar a cada dia, senhor. Soube que o próprio Lorde Babbage está interessado.

– Trabalhamos juntos no Instituto em Cambridge – admitiu Rudwick, incapaz de esconder o afetado sorriso de satisfação. – A teoria da pseudodinâmica...

– Por acaso – observou Mick –, encontro-me com a posse de uma sequência de clacking que pode entreter Sua Senhoria.

Rudwick pareceu irritado com a notícia.

– *Entretê-lo*, senhor? Lorde Babbage é um homem extremamente... irascível.

– Lady Ada teve a delicadeza de apoiar-me em meus esforços iniciais...

– *Apoiá-lo*? – disse Rudwick, com súbita risada repulsiva. – Trata-se de algum sistema de apostas, então? Melhor que seja, se quiser atrair a atenção *dela*.

– De modo algum – disse Mick, sucinto.

– Sua Senhoria escolhe amigos esquisitos – opinou Rudwick, com um olhar demorado para Mick. – Conhece um homem chamado Collins, o tal *oddsmaker*?

– Não tive o prazer – disse Mick.

– O sujeito está colado nela qual piolho em orelha de cadela – disse Rudwick, o rosto queimado de sol ruborizado. – O camarada me fez a proposta mais assombrosa...

– E? – disse Mick, com delicadeza.

Rudwick franziu o cenho.

– Imaginei mesmo que você o conhecesse, parece muito bem o tipo que frequentaria os seus círculos...

– Não, senhor.

Rudwick inclinou-se para a frente.

– E quanto a outro determinado cavalheiro importante, sr. Radley, de membros muito longilíneos e olhos muito frios, que julgo andar espreitando meus movimentos ultimamente? Seria ele, talvez, um agente de seu presidente Houston? Parecia ter um ar texano.

– Meu presidente é afortunado pela qualidade de seus agentes.

Rudwick levantou-se, o semblante carregado.

– Fará a gentileza, tenho certeza, de solicitar que o desgraçado cesse e desista.

Mick levantou-se também, com um sorriso gentil.

– Decerto transmitirei seus sentimentos a meu patrão, professor. Mas lamento estar interrompendo as diversões de sua noite... – Andou até a porta, abriu-a e fechou-a nas costas largas e bem vestidas de Rudwick.

Mick virou-se, piscou para Sybil.

– Foi para a cova de ratos! Cavalheiro muito indecoroso, nosso erudito professor Rudwick. Mas não tem papas na língua, não é mesmo? – Fez uma pausa. – O general vai gostar dele.

Horas depois, ela acordou no Grand's, ao lado dele na cama, ao som do fósforo e ao doce odor do charuto. Ele a possuíra duas vezes no Argyll Rooms e mais uma vez no Grand's. Ela não sabia que ele era tão ardente antes. Pareceu-lhe animador, embora a terceira a tivesse deixado dolorida, lá embaixo.

O quarto estava escuro, exceto pela luz a gás que derramava entre as cortinas.

Ela aproximou-se um pouco dele.

– Aonde gostaria de ir, Sybil, depois da França?

Ela nunca havia considerado a questão.

– Com você, Mick...

Ele deu uma risada contida e deslizou a mão sob as roupas de cama, fechando os dedos ao redor do monte de sua feminilidade.

– Aonde iremos, então, Mick?

– Se for comigo, irá primeiro ao México. Depois para o norte, para a libertação do Texas, com um exército franco-mexicano sob o comando do general Houston.

– Mas... não é o Texas lugar assustadoramente esquisito?

– Pare de pensar como uma meretriz de Whitechapel. O mundo todo é esquisito, visto de Piccadilly. Sam Houston possuía um palácio no Texas. Antes de os texanos o terem atirado no exílio, ele era o grande aliado da Grã-Bretanha no oeste americano. Ora, você e eu poderíamos viver como os grandes no Texas, construir um solar às margens de algum rio...

– Deixariam que fizéssemos isso, de verdade, Mick?

– O Governo de Sua Majestade, quer dizer? A Pérfida Álbion? – Mick deu uma risadinha. – Bem, isso depende amplamente da opinião pública britânica em relação ao general Houston! Estamos fazendo todo o possível para adoçar a reputação dele na Grã-Bretanha. É por isso que ele está fazendo seu roteiro de palestras, não?

– Entendo – disse Sybil. – É muito arguto, Mick.

– Questões profundas, Sybil! Equilíbrio de poder. Funcionou para a Grã-Bretanha na Europa durante quinhentos anos, e funciona ainda melhor na América. União, Confederação, as Repúblicas do Texas e da Califórnia, todas se revezam para favorecer a Grã-Bretanha, até se tornarem ousadas demais, um pouco independentes demais, e terem de baixar a crista. Dividir e governar, querida. – A ponta em brasa do charuto de Mick brilhava na escuridão. – Não fosse pela diplomacia britânica, pelo poder britânico, a América poderia ser toda uma única imensa nação.

– E quanto a seu amigo, o general? Vai ajudar-nos de verdade?

– Essa é a melhor parte! – declarou Mick. – Os diplomatas pensaram que Sam Houston fosse um tanto teimoso, não deram atenção a algumas de suas ações e políticas, não o apoiaram com tanta força quanto deveriam. Mas a junta texana que o substituiu é muito pior. São abertamente hostis aos interesses britânicos! Estão com os dias contados. O general teve de esperar um pouco no exílio aqui na Inglaterra, mas agora está a caminho do Texas novamente, pelo que é seu por direito. – Deu de ombros. – Deveria ter acontecido anos atrás. Nosso problema é que o Governo de Sua Majestade não se decide! Há dissensões entre eles. Alguns não confiam em Sam Houston. Mas os franceses hão de ajudar-nos a qualquer preço! Seus clientes mexicanos estão numa guerra de fronteira com os texanos. Precisam do general!

– Você vai para a guerra, então, Mick? – Ela achou difícil imaginar Mick Dândi liderando um ataque da cavalaria.

– Golpe de estado, mais provavelmente – assegurou-lhe. – Não teremos muito derramamento de sangue. Sou o homem político de Houston, sabe, e continuarei ao lado dele, pois fui quem providenciou esse roteiro de palestras em Londres e na França em seguida, e fui quem fez certas aproximações que resultaram na concessão para a audiência dele com o imperador francês... – Mas isso poderia mesmo ser verdade?, imaginou Sybil. – E sou eu quem consegue o que há de melhor e mais recente através do cine para ele, quem amansa a imprensa e a opinião pública britânica, contrata pessoas para colar cartazes... – Deu um trago no charuto, os dedos massageando-a lá, e ela o ouviu soprar grande e satisfeita nuvem de fumo de cereja.

Mas ele não poderia ter sentido vontade de fazer novamente, não naquele momento, porque ela logo estava adormecida e sonhando, sonhando com o Texas, um Texas de colinas, ovelhas satisfeitas, com janelas de solares cinzas cintilando à luz do entardecer.

Sybil estava num assento do corredor, terceira fileira nos fundos do Garrick, pensando, com tristeza, que o general Houston, vindo do Texas, não estava atraindo uma multidão. As pessoas entravam lentamente, enquanto a orquestra de cinco homens rangia, serrava e buzinava. Uma família acomodava-se na fileira diante dela: dois garotos, de paletó azul e calças, com camisas de gola; uma garotinha de xale e vestido ornado com galões; em seguida, mais duas garotinhas, conduzidas pela governanta, uma mulher magra de nariz aquilino e olhos lacrimosos, fungando num lenço; e então o garoto mais velho, entrando e saracoteando, com expressão maliciosa. Depois, papai de casaca, bengala e suíças; e mamãe gorda com longos cachos, grande chapéu repugnante e três anéis de ouro nos dedos macios e rechonchudos. Finalmente, todos estavam sentados em meio ao roçar de casacos e xales e à mastigação ruidosa de casca de laranja cristalizada, bem comportados de modo bastante manifesto e esperando as coisas melhorarem. Limpos, ensaboados e prósperos em suas roupas aconchegantes, feitas à máquina.

Um sujeito com ares de estudioso tomou o assento ao lado de Sybil, uma faixa escura de dois centímetros de largura podia ser vista no alto da testa, onde ele raspara o cabelo para sugerir inteligência. Estava lendo o programa de Mick e chupando uma pastilha azeda de limão. Mais adiante, um trio de oficiais de licença da Crimeia, cheios de si, prontos para ouvirem alguém falar sobre uma guerra obsoleta no Texas, travada de modo obsoleto. Havia outros soldados espalhados pela multidão, vistosos em seus casacos vermelhos, de ar respeitável, que não apreciavam meretrizes ou gim, mas aceitavam o pagamento da rainha e aprendiam a aritmética da artilharia para depois voltarem ao trabalho nas estradas de ferro e nos estaleiros, e aperfeiçoarem-se.

O lugar estava cheio de homens em ascensão, na verdade: donos de loja, balconistas e boticários, com esposa e prole bem arrumadas. No tempo do pai dela, tais pessoas – gente de Whitechapel – eram mal-humoradas, magras e maltrapilhas, com porretes nas mãos e punhais no cinto. Mas sob o domínio dos Rads os tempos eram outros, e agora até mesmo Whitechapel tinha suas mulheres de rosto limpo e espartilho justo, e seus homens engomados, sempre olhando o relógio, que liam o *Dicionário de Conhecimento Útil* e o *Diário do Aperfeiçoamento Moral*, e buscavam prosperar.

Então as luzes a gás baixaram em seus anéis de cobre e a orquestra passou a tocar uma versão insípida de "Come to the Bower". Ressentida, a luz de cálcio chamejou, a cortina recuou diante da tela do cinétropo enquanto a música encobria os cliques de cine-bits girando para entrar em posição. Babados e falbalás rasgados cresceram feito geada negra nos cantos da tela. Emolduravam letras altas, num alfabeto pomposo de Gótica de Máquina com pontas afiadas, pretas em fundo branco:

Edições
Panóptico
Apresentam

E abaixo do cinétropo, Houston entrou pelo lado esquerdo do palco, um vulto corpulento e maltrapilho, mancando na direção do estrado no centro do palco. Ficou submerso na escuridão por um momento, abaixo do clarão cru e focado do refletor de Mick.

Sybil observou-o atentamente, curiosa, alerta – o primeiro vislumbre que tinha do chefe de Mick. Tinha visto número suficiente de refugiados americanos em Londres para nutrir ideias a seu respeito. Os unionistas vestiam-se de modo muito semelhante aos bretões normais, quando tinham dinheiro para isso, ao passo que os confederados tendiam a se vestir de modo um tanto afetado e ostentoso, mas excêntrico, pouco adequado. A julgar por Houston, os texanos eram ainda mais esquisitos e loucos. Ele era grande, de rosto vermelho e robusto, mais de um metro e oitenta sobre botas pesadas, os ombros largos envoltos por uma longa manta de tecido grosseiro, muito semelhante a uma mantilha, mas listrada de modo bárbaro. Vermelha, preta e marrom-alaranjado, ela varreu o palco do Garrick como a toga de um ator de tragédias. Tinha uma grossa bengala de mogno na mão direita e balançou-a levemente, como se não precisasse dela, mas as pernas tremeram, Sybil viu, e a franja dourada vibrou nas costuras ornadas das calças.

Subiu no estrado sombrio, esfregou o nariz, deu um gole de algo num copo que claramente não era água. Acima da cabeça, o cinétropo embaralhou-se, formando uma imagem colorida, o leão da Grã-Bretanha e uma espécie de touro de chifres longos. Os animais confraternizavam sob estandartes cruzados, a *Union Jack* e a bandeira do Texas com sua única estrela, ambas radiantes em vermelho, branco e azul. Houston ajustava algo atrás do púlpito. Um pequeno espelho de palco, Sybil supôs, para que pudesse verificar o cinétropo atrás de si enquanto falava, sem se perder.

O cinétropo voltou ao preto e branco, as partículas da tela tremeluzindo, fileira por fileira, como dominós caindo. A imagem de um busto surgiu em linhas denteadas e matizadas: testa calva e alongada, sobrancelhas espessas, nariz largo entre as suíças eriçadas que escondiam as orelhas. A boca fina era firme, a fenda do queixo erguida. Logo depois, abaixo da figura, as palavras GENERAL SAM HOUSTON.

Um segundo refletor fulgurou, incidindo sobre Houston no estrado, lançando-o num súbito realce luminoso perante a plateia. Sybil bateu palmas com força. Foi a última a parar.

– Meus mais cordiais agradecimentos, senhoras e senhores de Londres – disse Houston. Tinha a voz estrondosa e grave de um orador experiente, comprometida por um sotaque estrangeiro. – Concedem grande honra a um estrangeiro. – Houston olhou para os assentos do Garrick. – Vejo que temos muitos cavalheiros da força militar de Sua Majestade na plateia esta noite. – Puxou a manta um pouco para trás dos ombros, e a luz de cálcio cintilou cruamente nas medalhas presas ao casaco. – Seu interesse profissional é muito gratificante, senhores.

Na fileira à frente de Sybil, as crianças estavam inquietas. Uma garotinha gritou de dor quando um dos irmãos deu-lhe um soco.

– E vejo que temos um futuro combatente britânico aqui também! – Houve uma onda de risos surpresos. Houston verificou o espelho rapidamente, depois se inclinou sobre o púlpito, as densas sobrancelhas unindo-se com charme de avô. – Qual é o seu nome, filho?

O garoto travesso endireitou-se no assento no mesmo instante.

– Billy, senhor – disse, com a voz esganiçada. – Billy... William Greenacre, senhor.

Houston acenou solenemente com a cabeça.

– Diga-me, mestre Greenacre, gostaria de fugir de casa e ir morar com peles vermelhas?

– Ah, sim, senhor – o garoto deixou escapar. E em seguida: – Ah, não, senhor! – A plateia riu mais uma vez.

– Quando eu tinha mais ou menos a sua idade, pequeno William, eu era um rapazinho cheio de entusiasmo, como você. E esse foi exatamente o caminho que segui. – O cine embaralhou-se atrás da cabeça do general, e um mapa colorido surgiu, contornos dos diversos estados da América, províncias de formatos estranhos e nomes confusos. Houston verificou seu espelho e falou rapidamente. – Nasci no estado americano do Tennessee. Minha família era da *gentry* escocesa, embora tenhamos passado por dificuldades em nossa pequena fazenda na fronteira. E ainda que eu tenha nascido americano, meu devotamento para com o distante governo ianque em Washington era insignificante. – O cinétropo apresentou o retrato de um selvagem americano, uma criatura de olhar louco e fixo, com penas penduradas em si, a face riscada por cineblocos de pintura cerimonial de guerra. – Do outro lado do rio – disse Houston –, vivia a poderosa tribo dos cherokees, um povo simples de natural grandeza. Descobri que isso me agradava muito mais do que a vida com meus vizinhos americanos. Que infelicidade, suas almas estavam atormentadas, ávidas por dólares.

Houston balançou um pouco a cabeça diante da plateia britânica, aflito em sua própria alusão à fraqueza nacional americana. O público estava solidário com ele, pensou Sybil.

– Os cherokees conquistaram meu coração – prosseguiu Houston –, e eu fugi de casa para me juntar a eles, sem nada, senhoras e senhores, além do casaco de couro de gamo nas costas e a esplêndida narrativa da Ilíada de Homero no bolso. – O cinétropo embaralhou-se de baixo a cima, produzindo a imagem de uma urna grega, um guerreiro com um capacete emplumado, a lança erguida. Portava um escudo redondo com o emblema de um corvo, asas estendidas. Houve um leve tamborilo de aplauso comovido, o qual foi aceito por Houston com um aceno modesto de cabeça, como se fosse dirigido a ele.

– Como filho da fronteira americana – ele disse –, não posso afirmar que tive uma instrução muito admirável, embora, mais tarde, eu tenha sido aprovado para exercer a advocacia e conduzido uma nação. Quando jovem, no entanto, procurei obter minha educação numa escola antiga. Decorei cada verso do livro do bardo cego. – Ergueu a lapela coberta de medalhas do casaco, do lado esquerdo. – O coração dentro deste peito cicatrizado – disse e bateu no tórax – ainda se anima com a mais esplêndida história, com suas narrativas de uma intrepidez capaz de desafiar os próprios deuses e de imaculada honra marcial que perdura... até a morte! – Aguardou o aplauso. Finalmente veio, ainda que não tão entusiasmado como ele parecia esperar.

– Não vi contradição alguma entre a vida dos heróis de Homero e a dos meus amados cherokees – persistiu Houston. Atrás dele, da azagaia do grego brotaram as penas pendentes de uma lança de caça e a pintura de guerra cobriu o seu rosto.

Houston espiou suas anotações.

– Juntos caçamos ursos, gamos e javalis, pescamos em riachos límpidos e cultivamos o milho amarelo. Ao redor da fogueira, a céu aberto, contei a meus irmãos selvagens as lições de moral que meu coração juvenil havia reunido a partir das palavras de Homero. Por isso, deram-me o nome pele-vermelha de corvo, em referência ao espírito emplumado que, segundo eles, é o mais sábio dos pássaros.

O grego dissolveu-se, dando lugar a um corvo mais grandioso, as asas firmemente abertas na tela, o peito coberto por um escudo listrado. Sybil reconheceu-o. Era a águia americana, símbolo da União dividida, mas o pássaro ianque de cabeça branca havia se transformado no corvo negro de Houston.

Um detalhe engenhoso, ela concluiu, talvez mais engenhoso do que deveria, uma vez que duas partículas do cinétropo no canto superior esquerdo da tela emperraram no eixo, deixando aparecer sobras de azul. Uma falha minúscula, mas que prejudicava a proporção geral, qual partícula de poeira no olho de alguém. O elaborado clacking de Mick exigia muito do cine do Garrick.

Distraída, Sybil perdeu o fio do discurso de Houston.

– ...o grito agudo da corneta de guerra no campo dos voluntários do Tennessee. – Outro retrato de cine surgiu: um homem que se parecia muito com Houston, mas com um topete alto e o rosto fundo, identificado por legenda como GENERAL ANDREW JACKSON.

Ouviu-se um zumbido de sussurros aqui e ali, iniciado pelos soldados, talvez, e a multidão agitou-se. Alguns britânicos ainda se lembravam de Jackson "Hickory", sem afeição. De acordo com a narrativa de Houston, Jackson também lutara bravamente contra os índios, e até foi presidente da América por algum tempo; mas tudo isso significava pouco aqui. Houston elogiou Jackson enquanto seu protetor e mentor, "um honesto soldado do povo, que valorizava o legítimo valor interno de um homem além das falsidades da riqueza ou da ostentação", mas o aplauso para tal sentimento foi, na melhor das hipóteses, relutante.

Outra cena surgiu, algo como um rústico forte de fronteira. Houston narrou uma história de sítio, do início de sua carreira militar, quando lutou numa campanha liderada por Jackson contra os índios chamados creek. Mas ele pareceu ter perdido seus espectadores naturais, os soldados, pois os três veteranos da Crimeia na fileira de Sybil ainda murmuravam com raiva a respeito de Jackson Hickory. – A maldita guerra havia acabado antes que Nova Orleans...

De repente o refletor lançou um clarão vermelho-sangue. Mick estava assoberbado abaixo do palco: um filtro de vidro tingido, o estrondo repentino do timbale enquanto pequenos canhões de cine estouravam o branco da pólvora ao redor do forte, e bruxuleios de uma partícula formaram rapidamente um arco de balas de canhão pela tela.

– Noite após noite, ouvimos os fanáticos creeks entoando suas lúgubres canções de morte –, gritou Houston, uma coluna de luz abaixo da tela. – A situação exigia um ataque direto, com armas brancas! Dizia-se que avançar para aquele portão era morte certa... mas eu não era um Voluntário do Tennessee à toa...

Um pequeno vulto correu na direção do forte, não mais que alguns pontos pretos, um bloco tortuoso de cine-bits, e o palco inteiro escureceu. Ouviu-se um aplauso surpreso no breu repentino. Os jovens biscateiros no alto da galeria do Garrick soltaram assobios estridentes. A luz de cálcio voltou então a enquadrar Houston. Ele começou a vangloriar-se de seus ferimentos; duas balas no braço, uma facada na perna, uma flecha na barriga – Houston não disse o termo vulgar, mas demorou-se ao esfregar aquela área, como se estivesse com dispepsia. Havia passado a noite toda caído no campo de batalha, afirmou, e em seguida foi carregado por dias pelo ermo, numa carroça, sangrando, delirando, com febre dos pântanos...

O sujeito com ar de estudioso ao lado de Sybil pegou outra pastilha de limão e olhou o relógio de bolso. Nesse momento, uma estrela de cinco pontas apareceu lentamente no meio da escuridão fúnebre da tela à medida que Houston narrava sua demorada salvação do túmulo. Um dos cine-bits emperrados havia se soltado novamente, mas, entrementes, outro travou na parte de baixo à direita.

Sybil conteve um bocejo.

A estrela iluminou-se aos poucos enquanto Houston falava sobre seu ingresso na política americana, apresentando como motivo o desejo de ajudar seus perseguidos e estimados cherokees. Isso era bastante exótico, pensou Sybil, mas na essência encontrava-se o mesmo embuste sorrateiro da fala de todos os políticos, e a plateia estava cada vez mais impaciente. Teriam gostado de ver mais combate ou talvez mais falas poéticas sobre a vida com os cherokees. Em vez disso, Houston havia iniciado uma ladainha sobre sua eleição para um equivalente rústico do Parlamento, diversos cargos obscuros no governo provincial, e durante todo o tempo a estrela foi crescendo aos poucos, as pontas ramificando-se de forma elaborada, transformando-se no símbolo do governo do Tennessee.

As pálpebras de Sybil pesaram, trêmulas, enquanto o general seguia aos brados.

Muito de repente, o tom de Houston mudou, tornando-se vagaroso, sentimental, uma cadência melíflua conduzida por seu sotaque arrastado. Estava falando sobre uma mulher.

Sybil endireitou-se no assento, ouvindo.

Houston havia sido eleito governador, aparentemente conseguira ganhar algum dinheiro, e estava animado com a situação. Enamorara-se de uma garota da *gentry* do Tennessee, e casaram-se.

Mas na tela do cine, prolongamentos de escuridão rastejavam dos cantos feito cobras. Ameaçavam o brasão do estado.

O governador e a sra. Houston mal haviam se acomodado quando a esposa perdeu o controle e fugiu de volta para sua família. Deixara para ele uma carta, disse Houston, que continha um segredo terrível. Um segredo que ele nunca revelara, e havia jurado levar para o túmulo.

– Uma questão privada, da qual um cavalheiro de honra não pode e não deve falar. Um infortúnio tenebroso aconteceu-me... – Os jornais (então, *havia* jornais no Tennessee) atacaram-no. – As vozes difamatórias destilaram seu veneno sobre mim – lamentou-se Houston, quando o escudo grego com o corvo apareceu, e bolhas pretas de cine – lama, supôs Sybil – começaram a maculá-lo.

As revelações de Houston tornaram-se chocantes. Na verdade, o fato fora consumado, divorciara-se da esposa, a coisa mais improvável e horrível. É claro que perdera o posto no governo; a sociedade ultrajada tirou-o do cargo, e Sybil perguntou-se por que Houston ousara mencionar um escândalo tão repulsivo. Era como se esperasse que a plateia londrina desse aprovação moral a um homem divorciado. No entanto, ela percebeu, as senhoras pareciam intrigadas, e não totalmente desprovidas de compaixão, talvez. Até mesmo a mamãe gorda mostrava-se alvoroçada ao abanar o queixo duplo com o leque.

O general Houston era um estrangeiro, afinal, metade selvagem, de acordo com seu próprio relato. Mas ao falar da esposa, fazia-o com afeto, o de um amor verdadeiro, um amor destruído por uma verdade misteriosa e cruel. Sua voz clamorosa falhou com franca emoção. Secou um pouco a testa com um lenço elegante do bolso do colete de pele de leopardo.

Na realidade, não era um sujeito feio. Mais de sessenta. E esses eram os mais gentis com as garotas. Sua confissão parecia ousada e viril, pois ele mesmo introduzira o assunto: o escândalo do divórcio e a carta secreta da sra. Houston. Não parava de falar sobre o assunto, mas também não revelava o segredo. Aguçara a curiosidade dos espectadores – e a própria Sybil estava morrendo de vontade de saber.

Repreendeu a si mesma por ser tão tola, porque provavelmente se tratava de algo simples e desinteressante, nem um pouco tão profundo e misterioso como aparentava. Era provável que essa moça da *gentry* não fosse tão angélica quanto parecia. Era provável que sua castidade tivesse sido violada por algum galanteador mal-intencionado do Tennessee, muito antes da chegada de Houston Corvo. Os homens tinham regras severas para suas noivas, ainda que nunca para si mesmos.

Era provável que Houston tivesse sido o causador de tudo. Talvez tivesse ideias abominavelmente perversas quanto à vida de casado, tendo vivido com selvagens. Ou talvez tenha espancado a esposa – pois Sybil imaginava que ele seria um verdadeiro fanfarrão, quando embriagado.

O cine encheu-se de harpias mitológicas, destinadas a simbolizar os difamadores de Houston, os que haviam manchado sua preciosa honra com a tinta da imprensa sensacionalista. Bichos curvados, repugnantes, amontoando-se na tela em preto e vermelho diabólicos. À medida que a tela rotava com zumbido uniforme, eles contorciam os cascos fendidos. Nunca antes ela vira algo semelhante; com certeza, efeito do gim num artista do cartão perfurado de Manchester... Houston arengava a respeito de desafios e honra, fazendo referência a duelos, sendo os americanos os mais famosos duelistas, que amavam armas e atiravam uns nos outros ao cair um chapéu... Teria matado alguns daqueles tratantes dos jornais, Houston insistiu em voz alta, se não fosse governador, e não fosse por sua dignidade. Então, em vez disso, desistira de tudo para voltar a viver com seus amados cherokees... Estava cheio de entusiasmo agora; fora de fato tomado pela excitação, era quase assustador de se ver. A plateia estava entretida, sua reserva quebrada pelos olhos esbugalhados e pelo pescoço texano de veias saltadas, mas ninguém muito longe da aversão.

Talvez fora algo realmente terrível que ele tenha feito, pensou Sybil, esfregando as mãos dentro do regalo de pele de coelho. Talvez fora a doença do mundo, e transmitira à própria esposa um tipo de lues. Alguns casos eram horríveis, e poderiam deixar a vítima louca, cega ou aleijada. Quiçá fosse esse o segredo. Talvez Mick soubesse. Muito provável que Mick estivesse a par de tudo.

Houston explicou que havia deixado os Estados Unidos com desgosto e partido para o Texas, e, com a palavra, surgiu um mapa, uma extensão de terra no meio do continente. Afirmou que tinha ido para lá em busca de terras para seus pobres sofredores índios cherokees, mas tudo ficou um tanto confuso.

Sybil perguntou as horas ao sujeito com ar de estudioso. Apenas uma hora havia se passado. O primeiro terço do discurso acabara. O momento dela estava chegando.

– Imaginem uma nação muito maior que suas ilhas natais – disse Houston –, sem nenhuma estrada maior que as trilhas de grama dos índios.

Sem, naquela época, um único quilômetro de estrada de ferro britânica e desprovida de telégrafo ou, naturalmente, qualquer tipo de recurso das Máquinas. Como comandante supremo das forças nacionais texanas, minhas ordens não tinham mensageiro mais veloz ou mais confiável que o rapaz a cavalo, seu caminho ameaçado pelos comanches e pelos karankawa, por grupos de invasores mexicanos e pelos milhares de riscos inomináveis da selva. Não era surpresa, então, que o coronel Travis recebesse meus comandos tarde demais e depositasse sua confiança, de modo trágico, no grupo de apoio liderado pelo coronel Fannin. Cercado por uma força inimiga cinquenta vezes maior que a sua, o coronel Travis declarou que seu objetivo era a Vitória ou a Morte, muito consciente de que a segunda seria o resultado decretado pelo destino. Os defensores do Álamo sucumbiram todos. O grande Travis, o destemido coronel Bowie e David Crockett, uma verdadeira lenda entre os homens da fronteira – os senhores Travis, Bowie e Crockett ocupavam, cada um, um terço da tela do cine, os rostos estranhamente quadrados sob efeito da escala restrita dos retratos –, ganharam tempo precioso para minha estratégia fabiana.

Mais conversa de soldado. Nesse instante, ele se afastou do palanque e apontou para o cine com a pesada bengala lustrosa.

– As forças de López de Santa Anna encontravam-se em formação conforme podem vê-las aqui, com a floresta ao flanco esquerdo e os pântanos fluviais às costas. Seus engenheiros táticos haviam cavado trincheiras em torno do trem cargueiro, com plataformas de artilharia em madeira afiada, conforme a representação. Por meio de uma marcha forçada através do vau de Burnham, no entanto, meu exército de seiscentos cercara as margens arborizadas da baía pantanosa de Buffalo, sem o conhecimento da inteligência inimiga. O ataque começou com um rápido fogo de canhão do centro texano... Agora podemos testemunhar o movimento da cavalaria ligeira do Texas... O choque do ataque da infantaria fez com que o inimigo hesitasse, em estado de confusão, deixando sua artilharia, que ainda não estava engatada, num estado de completa desordem. – Os quadrados e losangos azuis do cinétropo perseguiram lentamente os deformados regimentos mexicanos através dos verdes e brancos enxadrezados das florestas e pântanos. Sybil remexeu-se no assento, tentando aliviar o atrito da anquinha. A jactância sanguinária de Houston estava finalmente atingindo o clímax.

– A contagem final dos mortos era de dois texanos e seiscentos e trinta invasores. Os massacres de Álamo e Goliad foram vingados com sangue santanista! Dois exércitos mexicanos totalmente derrotados, com a captura de catorze oficiais e vinte canhões.

Catorze oficiais, vinte canhões – sim, essa era a sua deixa. O momento dela chegara.

– Vingue-nos, general Houston! – Sybil gritou com a voz estridente, a garganta apertada de nervosismo. Tentou mais uma vez, levantando-se, balançando o braço – Vingue-*nos*, general Houston!

Houston parou, perplexo. Sybil gritou para ele, a voz aguda.

– Vingue *nossa* honra, senhor! Vingue a honra *britânica*! – Um murmúrio alarmado tornou-se audível. Sybil sentiu os olhos do público do teatro sobre ela, olhares chocados que costumam ser direcionados aos loucos. – Meu *irmão* – ela gritou, mas foi tomada pelo medo, por um ataque de nervos. Não esperava que fosse tão assustador. Isto era pior que cantar no palco, muito pior.

Houston ergueu os braços, a manta listrada abrindo-se atrás dele tal uma capa. De algum modo, conseguiu acalmar a multidão com o gesto, afirmando o comando. Acima de sua cabeça, o cinétropo girou para baixo lentamente, tremulando e zumbindo com seu truque de dominó até parar, deixando San Jacinto congelada em meio à vitória. Houston lançou um olhar fixo para Sybil, com um misto de austeridade e resignação.

– O que foi, minha cara jovem? O que a aflige? Conte-me.

Sybil segurou firme as costas do assento à frente, fechou os olhos com força e disse em voz alta:

– Senhor, meu irmão está numa prisão texana! Somos britânicos, mas os texanos aprisionaram-no, senhor! Confiscaram sua fazenda e seu gado! Roubaram até mesmo a estrada de ferro em que ele trabalhava, uma estrada de ferro britânica, construída para o Texas... – A voz falhou, involuntariamente. Mick não iria gostar disso, reprovaria seu desempenho... O pensamento causou-lhe um ímpeto de vitalidade. Abriu os olhos. – Esse regime, senhor, o desonesto regime texano, roubou a estrada de ferro britânica! Roubaram os trabalhadores no Texas e os acionistas aqui na Grã-Bretanha, e não nos pagaram um centavo sequer!

Com a perda do jogo de imagens coloridas do cinétropo, a atmosfera do teatro havia mudado. De súbito, tudo estava muito diferente, estranhamente íntimo e deslocado. Era como se ela e o general estivessem, de algum modo, enquadrados, dois vultos num daguerreótipo prateado. Uma jovem londrina, com sua touca e elegante xale, dirige-se com eloquente aflição ao velho herói estrangeiro; dois atores juntos agora, com os olhares surpresos do público silenciosamente fixos neles.

– Sofreu por causa da junta? – disse Houston.

– Sim, senhor! – gritou Sybil, um tremor proposital apoderando-se da voz. Não os assuste, Mick havia dito, mas faça com que sintam pena de você. – Sim, foi a junta. Jogaram meu irmão em sua prisão abominável, sem crime algum, senhor, mas simplesmente porque meu querido irmão é um homem de Houston! Ele votou no senhor quando o senhor tornou-se presidente do Texas, senhor! E votaria no senhor hoje, embora eu tema de verdade que eles o matem!

– Qual é o nome do seu irmão, minha cara dama? – perguntou Houston.

– Jones, senhor – Sybil gritou rapidamente. – Edwin Jones, de Nacogdoches, que trabalhava para a Empresa Ferroviária de Hedgecoxe.

– Acredito agora que eu conheça o jovem Edward! – declarou Houston, a surpresa evidente no tom. Apertou a bengala com raiva, e as sobrancelhas grossas uniram-se.

– Ouça o que ela está dizendo, Sam! – veio uma voz repentina e grave. Sybil, num sobressalto, virou-se para olhar. Era o homem do Argyll Rooms – o ator gordo, com seu cabelo vermelho e colete de veludo escovado. – Aqueles tratantes da junta apropriaram-se da Ferrovia de Hedgecoxe! Belo serviço esse, vindo de um suposto aliado! É esta a gratidão que demonstram por anos de orientação e proteção britânica? – Voltou a sentar-se.

– Não passam de ladrões desprezíveis! – Sybil berrou, alerta. Puxou rapidamente pela memória, retomando a sequência. – General Houston! Sou uma mulher indefesa, mas o senhor é um homem destinado à grandeza, um homem importante! Não pode haver justiça para o Texas, senhor? Alguma reparação para essas afrontas? Meu pobre irmão tem de morrer na penúria, enquanto traidores e tiranos roubam nossa propriedade britânica?

Mas a bela retórica de Mick foi abafada. Gritos da plateia, aqui e ali, sobressaíram-se aos murmúrios discretos de surpresa e aprovação. Vaias espalhafatosas e pueris partiram da galeria mais elevada.

Um pouco de diversão londrina, em resumo. Talvez, pensou Sybil, ela tivesse feito alguns deles acreditarem em sua história e sentirem piedade. A maioria simplesmente gritou e brincou um pouco, animada ao ver inesperada agitação.

– Sam Houston sempre foi um verdadeiro amigo da Grã-Bretanha! – Sybil deu um grito estridente para os rostos erguidos. As palavras ficaram um tanto perdidas, inúteis, e ela levou o pulso à testa úmida. Mick não lhe dera mais falas, então, ela deixou as forças abandonarem as pernas e caiu para trás, os olhos tremulantes, afundando-se no assento.

– A srta. Jones está precisando de ar! – disse Houston, num grito nervoso. – A moça vai desmaiar! – Sybil observou por entre pálpebras semicerradas os vultos indistintos aglomerando-se imóveis à sua volta. Casacos escuros, um roçar de crinolina, perfume de gardênia e um cheiro masculino de tabaco – um homem segurou-a pelo pulso e comprimiu-o com três dedos para verificar sua pulsação. Uma mulher abanou o rosto de Sybil, com um ruído de reprovação. Oh, céus, pensou Sybil, encolhendo-se, a mamãe gorda da fileira em frente, com o intolerável ar melífluo de boa mulher cumprindo seu dever moral. Sentiu uma breve palpitação de vergonha e asco. Por um momento, sentiu-se genuinamente debilitada, entregando-se com lisonjeiro conforto à ternura da preocupação da meia dúzia de intrometidos resmungando ao seu redor numa pretensa demonstração de competência, enquanto Houston trovejava acima de todos, rouco de indignação.

Sybil permitiu que a colocassem de pé. Houston hesitou ao ver isso, e ouviu-se leve dispersão de aplauso cortês para ela. Sentiu-se abatida, indigna. Sorriu languidamente, balançou a cabeça e desejou que estivesse invisível. Recostou a cabeça no ombro acolchoado do homem que havia lhe tomado o pulso.

– Senhor, se eu puder ir embora, por favor – sussurrou.

Seu salvador assentiu com a cabeça, alerta, um sujeito baixo com sagazes olhos azuis. Seus longos cabelos grisalhos estavam divididos ao meio.

– Levarei a dama a sua casa – ele avisou aos outros. Vestiu uma capa de ópera, pôs na cabeça uma cartola de pele de castor e ofereceu-lhe o braço. Andaram juntos pelo corredor, Sybil apoiando-se nele, enfraquecida, sem vontade de encontrar o olhar de ninguém. A multidão estava entusiasmada agora. Estavam ouvindo Houston como homem, quiçá pela primeira vez, e não mais como parte de uma estranha apresentação americana.

O pequeno cavalheiro de Sybil afastou o veludo desbotado para ela ao saírem no salão frio do Garrick, decorado com cupidos dourados, descascando, e paredes de mármore falso com marcas de umidade.

– Muito gentil de sua parte, senhor, ajudar-me assim – comentou Sybil, notando que seu acompanhante parecia ter dinheiro. – O senhor é um homem da medicina?

– Já fui estudante – ele disse, encolhendo os ombros. As maçãs do rosto coraram, dois pontos vermelhos de calor.

– Dá ao homem certo ar de distinção – disse Sybil, sem nenhum propósito em particular, apenas para preencher o silêncio. – Esse tipo de estudo, quero dizer.

– Dificilmente, madame. Desperdicei todo o meu tempo versificando. Devo dizer que parece estar bem-disposta agora. Sinto muito por seu desafortunado irmão.

– Grata, senhor – Sybil olhou para ele de viés. – Receio que tenha sido muito precipitado de minha parte, mas a eloquência do general Houston arrebatou-me.

Ele lançou-lhe um olhar obscuro, o olhar de um homem desconfiado de que uma mulher o esteja enganando.

– Com toda honestidade – ele disse –, não compartilho inteiramente seu entusiasmo. – Tossiu de modo explosivo num lenço enrolado e limpou a boca. – Ainda me mata, este ar londrino.

– Entretanto, fico grata ao senhor, mas lamento que não tenhamos sido apresentados...

– Keats – ele disse –, sr. Keats. – Retirou do colete um cronômetro de prata que tiquetaqueava, uma coisa cheia de indicadores, do tamanho de uma batata pequena, e consultou-o. – Não conheço bem o bairro – disse, com ar distante. – Pensei em chamar um cabriolé para a senhorita, mas a esta hora...

– Ah, não, sr. Keats, obrigada, mas tomarei o trem subterrâneo.

Ele arregalou os olhos brilhantes. Nenhuma mulher respeitável tomava o trem subterrâneo desacompanhada.

– Mas ainda não me disse qual a sua profissão, sr. Keats – ela disse, na esperança de distraí-lo.

– Cinetropia – disse Keats. – As técnicas empregadas aqui esta noite são de especial interesse! Ainda que a resolução da tela seja um tanto modesta, e a taxa de restauração definitivamente lenta, efeitos notáveis foram obtidos, pode-se presumir por meio de compressão algorítmica... mas receio que isso tudo seja um pouco técnico demais. – Guardou o cronômetro. – Tem total certeza de que não preferiria que eu tentasse chamar um cabriolé? Conhece bem

Londres, srta. Jones? Eu poderia acompanhá-la até a parada de ônibus local... é um vagão sem trilho, sabe...

– Não, senhor, obrigada. Sua gentileza foi excepcional.

– Disponha sempre – ele disse, o alívio evidente ao abrir e segurar uma das portas de vidro para a rua. Nesse momento, um garoto macilento aproximou-se rápida e furtivamente por trás deles, esbarrou neles e saiu do teatro sem uma palavra. Estava envolto num longo casaco sujo de lona, algo que um pescador usaria. Algo singular para ser usado numa palestra, pensou Sybil, ainda que fossem comuns vestimentas ainda mais esquisitas entre os pobres. As mangas balançavam, vazias, como se o garoto estivesse abraçando a si mesmo, protegendo-se do frio, talvez. Seu andar era estranho, costas curvadas, como se estivesse bêbado ou doente.

– Espere aí! Rapaz! – O sr. Keats pegara uma moeda, e Sybil entendeu que ele desejava que o rapaz chamasse um cabriolé para ela, mas os olhos úmidos brilharam para eles com alarme, o rosto pálido com as cavidades marcadas pela iluminação a gás. De repente, ele disparou. Algo escuro caiu de dentro do casaco e rolou para dentro da sarjeta. O garoto parou e olhou com cautela para eles.

Ele deixara cair um chapéu, uma cartola.

Voltou depressa, os olhos ainda fixos neles, catou o chapéu, enfiou-o debaixo do casaco e partiu novamente, penetrando as sombras, embora não tão rápido desta vez.

– Palavra de honra – disse o sr. Keats, com aversão –, aquele sujeito é um ladrão! Aquele impermeável está abarrotado de chapéus da plateia!

Sybil não conseguiu pensar em nada para dizer.

– Imagino que o tratante tenha se aproveitado da comoção que a senhorita causou – Keats disse a ela, o tom levemente marcado pela desconfiança. – Uma pena! Nunca se sabe em quem confiar hoje em dia.

– Senhor, acredito estar ouvindo a Máquina acumulando vapor para o cinétropo...

E isso bastou para ele.

A instalação de exaustores, dizia o *Daily Telegraph*, resultara em melhoria perceptível na atmosfera do metropolitano, embora o próprio Lorde Babbage tenha afirmado que um verdadeiro trem subterrâneo moderno devesse operar exclusivamente conforme os princípios pneumáticos, sem envolver qualquer tipo de combustão, de modo semelhante ao da transmissão de correspondências em Paris.

Sentada num vagão de segunda classe, respirando da forma mais superficial possível, Sybil sabia que era tudo enganação, ou pelo menos a parte da melhoria, pois quem saberia que maravilhas os Rads não poderiam produzir? Mas os jornais dos Rads também não haviam publicado o testemunho de médicos, contratados pela ferrovia, de que vapores sulfurosos eram terapêuticos para a asma? E não se tratava apenas dos vapores das Máquinas, mas das abomináveis infiltrações também, e dos vazamentos gasosos das bolsas flexíveis de goma da Índia, que iluminavam os tubos de vagões em suas redomas de vidro protegidas por telas de arame.

Era coisa estranha, o trem subterrâneo, quando se parava para pensar, estrepitando a tais velocidades, pela escuridão abaixo de Londres, onde os operários haviam encontrado canos de água de chumbo dos romanos, moedas, mosaicos e arcadas, e dentes de elefante com mil anos de idade...

E a escavação prosseguia, nesta e em todas as noites, pois ela ouvira o bufar da grande máquina quando estava ao lado de Mick, sobre a calçada em Whitechapel. Trabalhavam sem cessar, as escavadoras abrindo caminho para linhas mais novas e profundas agora, abaixo do emaranhado de esgotos, tubos de gás e rios revestidos de tijolos. As novas linhas eram reforçadas com aço, e logo os trens sem fumaça de Lorde Babbage deslizariam por elas, silenciosos feito enguias, ainda que ela considerasse a ideia um tanto impura.

As lamparinas resplandeceram todas de uma vez, o fluxo de gás perturbado por um tranco particularmente intenso, os rostos de outros passageiros parecendo saltar na direção dela: o cavalheiro pálido com ares de publicano bem-sucedido, o velho clérigo quacre de rosto redondo, o dândi bêbado com o casaco aberto, o colete amarelo-vivo com a frente toda manchada de clarete...

Não havia nenhuma outra mulher no vagão.

Adeus aos senhores, ela se imaginou gritando, *adeus a sua Londres*, pois ela era uma aprendiza de aventureira agora, declarada e legítima, rumo a Paris, embora o primeiro trecho da jornada consistisse necessariamente na miserável viagem de dois pence de volta a Whitechapel...

Mas o clérigo a havia notado, seu desprezo muito claro, nas vistas de qualquer um.

Realmente fazia um frio horrível no caminho entre a estação e seu quarto na Flower-and-Dean Street. Ela lamentou a vaidade, por ter escolhido o elegante xale novo em lugar do mantelete. Batia os dentes. A geada intensa brilhava em poças de luz a gás no novo macadame da rua.

Os paralelepípedos de Londres desapareciam a cada mês, pavimentados por um material negro que era derramado, quente e fétido, saído das mandíbulas de grandes carroças para os operários espalharem e alisarem com rastelos, antes do avanço do rolo compressor.

Um sujeito atrevido passou por ela depressa, tirando total vantagem da nova superfície arenosa. Quase deitado dentro da armação rangente de um velocípede de quatro rodas, os sapatos estavam presos às manivelas em rodopios, e a boca soltava o ar de forma explosiva no frio. Estava sem chapéu, com óculos de proteção, um casaco grosso de jérsei listrado e um longo cachecol de tricô tremulando para trás, seguindo veloz. Sybil supôs que fosse um inventor.

Sobejavam inventores em Londres, encontrando-se os mais pobres e loucos reunidos em praças públicas para apresentarem seus projetos e modelos, e discursar para a multidão a passeio. No período de uma semana, ela se deparara com um aparelho, de aspecto perverso, para encrespar cabelos por meio de eletricidade, um pião mecânico para crianças que tocava Beethoven e um projeto para a galvanoplastia dos mortos.

Passando da via pública para as antigas pedras arredondadas da Renton Passage, ela avistou a placa do Hart e ouviu o ruído dissonante de uma pianola. Fora a sra. Winterhalter quem arranjara um aposento para ela acima do Hart. A taverna, em si, era um local tranquilo, que não admitia mulheres. Atendia jovens escriturários e caixeiros, e oferecia, como atrativo mais excitante, uma aposta na máquina de jogos acionada por moedas.

Chegava-se aos quartos superiores por meio de uma escada escura e íngreme que se encontrava abaixo de uma claraboia coberta de fuligem, e que ia dar numa alcova com um par de portas idênticas. O sr. Cairns, o senhorio, tinha quartos atrás da porta à esquerda.

Sybil subiu a escada, encontrou em seu regalo uma caixa de moedas cheia de fósforos de fricção e acendeu um. Cairns havia acorrentado uma bicicleta à grade de ferro acima da escada. O cadeado brilhante de latão reluziu ao clarão da chama. Ela balançou o fósforo para apagá-lo, na esperança de que Hetty não tivesse trancado a porta por dentro. Não trancara, e a chave de Sybil virou suavemente na fechadura.

Toby estava lá para recebê-la, aproximando-se em silêncio pelo assoalho descoberto para enroscar-se em torno dos tornozelos dela, ronronando com afinco.

Hetty deixara uma lamparina com luz fraca sobre a mesa de cavalete que ficava no corredor. Fumegava, indicando que a mecha necessitava de aparo. Uma imprudência tê-la deixado queimando onde Toby poderia tê-la derrubado, mas Sybil sentiu-se grata por não ter encontrado o quarto na escuridão. Pegou Toby nos braços. Cheirava a arenque.

– Hetty deu-lhe de comer, então, querido?

Ele soltou um gemido suave e bateu nas fitas da touca dela.

O padrão do papel de parede dançou quando ela ergueu a lamparina. O corredor de entrada não via a luz do sol em todos os anos de existência do Hart, mas as flores estampadas haviam adquirido uma tonalidade pálida.

O quarto de Sybil tinha duas janelas, ainda que dessem para um muro falso de tijolos amarelos e encardidos, tão próximo que ela poderia tocá-lo se alguém não tivesse cravado pregos nos caixilhos. Mesmo assim, num dia claro, com o sol incidindo diretamente, um pouco de luz chegava a entrar. E o quarto de Hetty, embora maior, tinha apenas uma janela. Se Hetty estivesse aqui, agora, devia estar sozinha, dormindo, uma vez que luz alguma era visível pelo vão debaixo da porta fechada.

Era bom ter seu próprio quarto, com privacidade, por mais modesto que fosse. Sybil pôs Toby no chão, ainda que sob protesto, e levou a lamparina para o seu quarto, cuja porta estava entreaberta. Dentro, encontrou tudo tal qual deixara, mas viu que Hetty havia deixado o último número da *Illustrated London News* sobre o travesseiro, com uma gravura da Crimeia na capa, a cena de uma cidade toda em chamas. Colocou a lamparina sobre o tampo de mármore rachado da cômoda e, com Toby rondando em volta de seus tornozelos como se esperasse descobrir mais arenque, considerou o que deveria fazer.

O tique-taque do volumoso relógio de metal, que de quando em vez parecia-lhe insuportável, era reconfortante agora. Pelo menos estava funcionando, e ela imaginou que as horas que marcava, onze e quinze, estavam corretas. Girou a corda algumas vezes, por precaução. Mick viria buscá-la à meia-noite, e havia decisões a serem tomadas, uma vez que ele a aconselhara a viajar com muito pouca bagagem.

Retirou o aparador de pavio da cômoda da gaveta, ergueu a manga da lamparina e cortou o pedaço escurecido. A luz melhorou um pouco. Vestiu o mantelete para se proteger do frio, abriu a tampa de um baú de ferro laqueado e começou a fazer um inventário de suas melhores posses. Mas depois de separar duas trocas de roupa, deu-se conta de que quanto menos levasse, mais Mick Dândi teria de comprar para ela em Paris. E se isso não fosse pensar como uma aprendiza de aventureira, ela não sabia o que seria.

Ainda assim, tinha de fato algumas coisas pelas quais nutria especial afeto, e essas foram colocadas junto às vestimentas na valise de brocado com a costura desfeita que ela pretendia consertar. Havia o adorável frasco de colônia de Portland com perfume de rosas, pela metade, um broche verde de pasta vítrea do sr. Kingsley, um conjunto de escovas com imitação de ébano na parte de trás, uma prensa de flores em miniatura com uma imagem do Palácio de Kensington e um ferro de encrespar o cabelo de patente alemã que ela furtara num salão. Acrescentou uma escova de dentes com cabo de osso e uma lata de dentifrício canforado.

Então pegou uma minúscula lapiseira de prata e acomodou-se na beira da cama para escrever um bilhete para Hetty. A lapiseira foi-lhe presenteada pelo sr. Chadwick, com as palavras COMPANHIA METROPOLITANA DE ESTRADAS DE FERRO gravadas ao longo do tubo. A placa externa começava a descascar, revelando o metal por baixo. Para papel, descobriu que só tinha o verso de um folheto de anúncio de chocolate instantâneo.

Minha querida Harriet, ela começou, *fui Embora para Paris,* mas então parou, tirou a tampa da lapiseira e usou a borracha para apagar as quatro últimas palavras, substituindo-as por *Fugi com um Cavalheiro. Não se assuste. Estou Bem. Esteja à vontade para usar qualquer Ropa que deixo, e por favor Cuide do querido Toby e dê-lhe Arenque. Respeitosamente, Sybil.*

Sentiu-se estranha ao escrever o bilhete, e quando olhou para Toby, sentiu-se triste, e falsa, por deixá-lo.

Com esse pensamento vieram outros a respeito de Radley. Foi tomada por súbita e profunda convicção da falsidade dele.

– Ele *virá* – sussurrou furiosamente. Colocou a lamparina e o bilhete dobrado sobre a cornija estreita.

Na cornija havia uma lata rasa, com o nome de uma tabacaria da Strand litografado em cores vivas. Sabia que ela continha cigarros turcos. Um dos cavalheiros mais jovens de Hetty, estudante de medicina, insistira certa vez que ela adquirisse o hábito. Sybil geralmente evitava estudantes de medicina. Orgulhavam-se de estudar bestialidades. Mas ali, sob o domínio de intenso impulso nervoso, ela abriu a lata, retirou um dos cilindros de papel fino e sentiu seu perfume ardente.

Um tal sr. Stanley, advogado, conhecido entre os membros da turba desordeira, fumara cigarros incessantemente. Durante suas relações pessoais com Sybil, Stanley comentara com frequência que o cigarro era a melhor coisa para fortalecer os nervos de um jogador.

Sybil buscou os fósforos e, colocando o cigarro entre os lábios, como vira Stanley fazer, riscou uma das hastes e lembrou-se de deixar a massa de enxofre queimar antes de levar a chama à ponta do cigarro. Ela tragou o cigarro aceso, hesitante, e foi recompensada por uma porção acre da fumaça abominável que a fez esmorecer como uma tuberculosa. Com os olhos lacrimejando, quase atirou a coisa longe.

Ficou parada diante da lareira e forçou-se a continuar, tragando em intervalos regulares e batendo a cinza pálida e delicada sobre o carvão, com o gesto que Stanley usava. Era quase intolerável, concluiu, e onde estava o efeito desejado? Sentiu-se mal bruscamente, o estômago revirando de náusea, a mão fria como gelo. Tossindo ruidosamente, largou o cigarro sobre os carvões, onde ele ardeu em chamas e foi consumido pelo fogo de imediato.

Ela tomou uma consciência dolorosa do tique-taque do relógio.

O Big Ben começou a soar meia-noite.

Onde estava Mick?

Ela acordou no escuro, tomada por um medo que não sabia nomear. A lamparina apagara. Os carvões estavam frios. Levantou-se com dificuldade, pegou a caixa de fósforos, depois seguiu tateando até o seu quarto, onde o minúsculo tique-taque do relógio guiou-a até a cômoda.

Quando acendeu um fósforo, a face do relógio pareceu nadar ao clarão do enxofre.

Era uma e meia.

Teria ele vindo enquanto ela dormia, batido à porta e, sem obter resposta, ido embora sem ela? Não, não Mick. Ele teria encontrado uma maneira, se quisesse. Tê-la-ia ludibriado, pois certamente fora a garota patética de sempre, acreditando em suas promessas?

Um tipo estranho de calma invadiu-a, uma lucidez cruel. Lembrou-se da data de partida na passagem do navio a vapor. Partiria de Dove apenas no dia seguinte, tarde, e parecia improvável que ele e o general Houston deixassem Londres, após uma apresentação importante, na calada da noite. Ela iria até o Grand, então, e encontraria Mick, para defrontá-lo, e implorar, chantagear, ameaçar expô-lo, o que fosse necessário.

Se ela tivesse algum dinheiro, estaria no regalo. Havia um posto de cabriolés em Minories, próximo à Goodman's Yard. Ela iria até lá e acordaria um taxista para levá-la a Piccadilly.

Toby miou uma vez, comiserativo, quando Sybil saiu e fechou a porta. Ela arranhou feio a canela no escuro, na bicicleta de Cairns.

Estava no meio do caminho entre a Minories e a Goodman's Yard quando se lembrou da valise, mas não havia como voltar.

O porteiro noturno do Grand era corpulento, de olhos frios e suíças, manco, e com toda certeza não permitiria a entrada de Sybil em seu hotel, se pudesse impedi-la. Ela o havia notado a uma quadra de distância, enquanto descia do cabriolé – um grande bicho-papão num uniforme com galões dourados, à espreita nos degraus de mármore da entrada, sob enormes lampiões adornados por golfinhos. Ela conhecia porteiros muito bem; tinham um papel importante em sua vida.

Uma coisa era entrar no Grand de braço dado com Mick Dândi, à luz do dia. Mas chegar com ousadia na madrugada, uma mulher desacompanhada, era outro caso. Apenas as prostitutas faziam isso, e o porteiro não permitia a entrada de prostitutas. Mas ela poderia pensar numa história para ludibriá-lo; talvez, se imaginasse uma mentira convincente, e se ele fosse burro ou desatento, ou se estivesse cansado. Ou poderia tentar suborná-lo, embora tivesse muito pouco dinheiro, depois do cabriolé. E estava vestida de maneira adequada, não com as roupas chamativas de uma meretriz. Poderia, em caso de emergência, distraí-lo. Despedaçar uma janela com paralelepípedo e passar correndo por ele quando saísse para olhar. Era difícil correr de crinolina, mas ele era coxo e lento. Ou poderia encontrar um garoto da rua para atirar uma pedra para ela...

Sybil ficou parada na escuridão, ao lado dos tapumes de madeira de uma construção. Cartazes de anúncios assomavam-se acima dela, maiores que lençóis, com grandes impressos dilacerados e exclamativos: DAILY NEWS *Circulação Mundial,* LLOYD'S NEWS *Apenas um Penny,* ESTRADA DE FERRO SUDESTE *Ramsgate &Margate 7/6.* Sybil retirou a mão do regalo e roeu fervorosamente a unha, que cheirava a tabaco turco. Sentiu melancólica surpresa ao notar que a mão estava branco-azulada de frio, e tremia muito.

Pura sorte, pareceu, salvou-a então, ou o gesto de um anjo compadecido, pois um *gurney* reluzente e ruidoso veio parar em frente ao Grand, e o fornalheiro de casaco azul saltou para baixar o degrau articulado. Dela saiu uma multidão galhofeira de franceses bêbados com capas de forro vermelho, coletes de brocado e bengalas de luxo, e dois deles estavam com mulheres.

Sibyl ergueu a saia no mesmo instante e apressou-se, de cabeça baixa. Ao atravessar a rua, ficou escondida do porteiro pela barricada da carroceria brilhante do *gurney*. Em seguida, simplesmente contornou-o, passando pelas grandes rodas com travas de madeira e faces de rolamento de borracha, e juntou-se ao grupo com ousadia. Os franceses *parlevousavam* uns com os outros, acariciavam o bigode e davam risadinhas, e não pareciam notá-la nem se importar. Ela deu um sorriso bondoso, para ninguém em particular, e ficou bem perto de um homem alto, que parecia o mais bêbado. Subiram, cambaleantes, a escadaria de mármore, e o francês alto deixou uma nota de uma libra na mão do porteiro, com a tranquilidade de um homem que não sabia o que era dinheiro de verdade. O porteiro ficou surpreso e tocou o chapéu de galões dourados.

E Sybil entrou com segurança. Caminhou com os franceses, em meio ao falatório, pela amplidão de mármore lustroso até a recepção, onde pegaram suas chaves com o funcionário do hotel e subiram, vacilantes, a escada curva, bocejando e sorrindo, deixando Sybil para trás, diante do balcão.

O recepcionista, que falava francês, continha o riso diante de algo que ouvira. Aproximou-se de lado, ao longo do lintel de mogno, com um sorriso para Sybil.

– Em que posso servi-la, madame?

As palavras saíram com dificuldade, quase gaguejos, no início.

– Poderia me dizer, por favor, algum sr. Michael... ou, melhor dizendo... O general Houston ainda está hospedado aqui?

– Sim, madame. Vi o general Houston esta noite mesmo. Contudo, está em nossa sala de charutos agora... Quem sabe a senhorita poderia deixar um recado?

– Sala de charutos?

– Sim... ali, atrás do acanto. – O recepcionista acenou com a cabeça na direção de uma porta enorme no canto do saguão. – Nossa sala de charutos não é para as damas, é claro... Perdoe-me, madame, mas parece um tanto aflita. Caso a questão seja de importância vital, quem sabe eu possa enviar um mensageiro.

– Sim – disse Sybil –, seria maravilhoso. – O recepcionista, prestativo, pegou uma folha de papel timbrado do hotel e ofereceu sua caneta-tinteiro com pena de ouro.

Ela escreveu apressadamente, dobrou a mensagem, rabiscou SR. MICHAEL RADLEY atrás. O funcionário tocou um sino de modo enérgico e conciso, fez uma reverência ao agradecimento dela e prosseguiu com seus afazeres.

De imediato, um pequeno mensageiro carrancudo apareceu, bocejando, e colocou o recado dela numa salva com tampa de cortiça.

Ansiosa, Sybil seguiu os passos arrastados do mensageiro até a sala de charutos.

– É para o secretário pessoal do general – ela disse.

– Tudo bem, senhorita, eu o conheço. – Empurrou a porta da sala de charutos com a mão. Quando ela abriu, o mensageiro passou, e Sybil espiou o interior. Enquanto a porta fechava devagar, pôde olhar bem para Houston, sem chapéu, rosto reluzente, com o suor decorrente da bebida e um pé calçado com bota apoiado sobre a mesa, ao lado de um decantador de vidro lapidado. Segurava um canivete grande e ameaçador, e dava baforadas, furando algo – *talhando*, era isso, pois o chão ao redor da cadeira de couro estava coberto de raspas de madeira.

Um inglês alto e barbado murmurou algo para Houston. O estranho estava com o braço preso numa tipoia de seda branca, tinha olhos tristes e parecia honrado e importante. Mick estava ao seu lado, curvando-se à cintura para acender o *cheroot* do homem. Sybil viu-o raspando um faiscador de aço, na ponta de um tubo de gás de borracha pendente, e então a porta fechou-se.

Sybil sentou-se numa espreguiçadeira no saguão de mármore ecoante, o calor penetrando os sapatos úmidos e encardidos; os dedos dos pés começaram a doer. Então o mensageiro surgiu, seguido por Mick, que sorria na direção da sala e esboçava uma jovial saudação escoteira. Sybil levantou-se da cadeira. Vendo-a ali, o rosto estreito de Mick foi tomado por expressão de desânimo.

Aproximou-se dela rapidamente, segurou-a pelo cotovelo.

– Pelo amor de Deus – sussurrou –, que recado tolo era aquele? Perdeu a razão, garota?

– O que foi? – ela perguntou. – Por que não foi me buscar?

– Pequeno contratempo, infelizmente. A raposa mordeu o próprio rabo. Seria engraçado se não fosse extremamente difícil. Mas sua presença aqui pode mudar as coisas...

– O que deu errado? Quem é o sujeito com ares de *gentleman* e o braço imobilizado?

– Maldito diplomata britânico que não se importa com o plano do general de formar um exército no México. Não façamos caso dele. Amanhã estaremos na França, e ele estará aqui em Londres, perturbando outra pessoa. Pelo menos é o que espero... Acontece que o general estragou tudo. Bêbado feito um porco, e aprontou uma de suas gracinhas... Fica detestável quando bebe, verdade seja dita. Começa a esquecer-se dos amigos.

– Ele enganou-o de algum modo – Sybil deu-se conta. – Quer livrar-se de você, é isso?

– Surrupiou minhas cartas de cine – disse Mick.

– Mas enviei-as a Paris, como *poste restante* – disse Sybil. – Exatamente conforme pediu.

– Não essas, tola... as cartas de cine do discurso!

– Suas cartas de teatro? Ele as roubou?

– Ele sabia que eu tinha de pô-las na bagagem, levá-las comigo, percebe? Portanto, vigiou-me de alguma forma e agora as afanou de minha mala. Está dizendo que não precisará de mim na França afinal, desde que tenha minhas informações. Contratará um cretino qualquer que saiba operar um cine por uma miséria. Pelo menos é o que diz.

– Mas isso é roubo!

– "Empréstimo", segundo ele. Diz que me devolverá as cartas assim que alguém as *copiar* para ele. Dessa forma, não perco nada, entende?

Sybil sentiu-se tonta. Ele a estava provocando?

– Mas isso não é *roubo*, de alguma forma?

– Tente convencer o maldito Samuel Houston! Já roubou um país inteiro, roubou-o com destreza e fê-lo até os ossos!

– Mas você é o braço direito dele! Não pode deixar que roube de você.

Mick interrompeu-a.

– Quanto a isso... você também poderia perguntar como consegui que fizessem aquele singular programa francês. Poder-se-ia dizer que pedi emprestado dinheiro do general para tanto, por assim dizer. – Mostrou os dentes num largo sorriso. – Não é a primeira vez que tentamos tal manobra um no outro. Não deixa de ser um teste, não vê? O camarada tem de ter todo tipo de qualificação para viajar com o general Houston...

– Oh, Deus – disse Sybil, desabando dentro da crinolina, sobre a cadeira. – Mick, se você soubesse o que eu estava pensando...

– Coragem, então! – Levantou-a da espreguiçadeira. – Preciso daquelas cartas, e elas estão no quarto dele. Você vai encontrá-las para mim e furtá-las de volta. E eu voltarei lá para dentro, como se nada tivesse acontecido, frio como gelo. – Riu. – O desgraçado poderia não ter tentado isso, não fosse por meus truques na apresentação dele. Você e Corny Simms fizeram-no sentir que estava saindo-se muito bem, exercendo sua influência! Mas ainda vamos fazê-lo de trouxa, você e eu, juntos...

– Tenho medo, Mick – disse Sybil. – Não sei roubar!

– Sua tolinha, é claro que sabe – disse Mick.

– Bem, pode vir comigo e ajudar, então?

– É claro que não! Ele descobriria, certo? Disse a ele que você era uma amiga do jornal. Se eu ficar muito tempo conversando, vai pressentir a tramoia, com certeza. – Olhou-a fixamente.

– Está bem – disse Sybil, vencida. – Dê-me a chave do quarto dele.

Mick grunhiu.

– Chave? Não tenho a maldita chave.

Uma onda de alívio atravessou-a.

– Pois, não sou nenhuma arrombadora!

– Fale baixo, senão revelará a todos no Grand... – Seus olhos cintilaram de raiva. Estava bêbado, Sybil percebeu. Nunca vira Mick realmente bêbado antes, e agora estava embriagado, em choque. Não era aparente na voz ou no andar, mas estava louco e impertinente. – Pegarei uma chave para você. Vá até o homem do balcão, bajule-o. Mantenha-o ocupado. E não olhe para mim. – Deu-lhe um meio empurrão. – Vá!

Aterrorizada, ela retornou ao balcão. O telégrafo do Grand estava na outra ponta, uma máquina de latão tiquetaqueante num baixo pedestal de mármore ornado com frondosas videiras douradas. Dentro de uma espécie de campânula de vidro, uma agulha dourada balançando, apontando para letras num alfabeto concêntrico. A cada contração da agulha, algo se chocava metodicamente contra a base de mármore, fazendo sair dela mais um quarto de polegada de fita de papel amarelo, com nítidas perfurações. O recepcionista, que furava um maço de papel em dobras sanfonadas, deixou o trabalho de lado, fixou o pincenê sobre o nariz e foi até ela.

– Sim, madame?

– Preciso enviar um telegrama. É bastante urgente.

O recepcionista reuniu com destreza uma pequena caixa de cartões perfurados, um perfurador articulado de latão e um formulário pautado com esmero. Apresentou a caneta-tinteiro que Sybil usara antes.

– Sim, madame. Número de identidade?

– Ah... Seria o meu número ou o dele?

– Isso depende, madame. Pretende pagar com crédito nacional?

– Posso deixar na conta do meu quarto? – Sybil resguardou-se.

– Certamente, madame. Número do quarto?

Sybil hesitou o quanto sua ousadia permitiu.

– Penso, em verdade, que pagarei em dinheiro.

– Muito bem. Agora, número de identidade do destinatário?

– Infelizmente, não sei, em verdade. – Pestanejou para o recepcionista e começou a morder a junta do dedo.

Ele era muito paciente.

– Mas *tem* nome e endereço?

– Ah, sim – disse Sybil, rapidamente. – Sr. Charles Egremont, membro do Parlamento, "The Beeches", Belgravia, Londres.

O funcionário anotou os dados.

– É um tanto mais custoso enviar um telegrama apenas com o endereço, madame. É mais eficiente encaminhá-lo direto pela Agência Central de Estatística. – Sybil não estava procurando Mick. Tivera medo de olhar. Neste momento, pelo canto dos olhos, viu um vulto escuro correr pelo saguão. Mick estava curvado, quase dobrado, sem sapatos, os cadarços amarrados no pescoço. Avançou com ímpeto rumo ao balcão de mogno à altura da cintura, agarrou-se à margem dianteira com as duas mãos, saltou por cima dele numa fração de segundo e desapareceu.

Não fez absolutamente som algum.

– Está relacionado ao modo como a Máquina manipula as mensagens – explicava o recepcionista.

– De fato – disse Sybil. – Mas não tenho seu número de identidade. Hei de pagar o acréscimo, portanto, sim? Trata-se de algo importante.

– Sim, madame. Estou certo de que sim. Prossiga, por favor, e tomarei o ditado.

– Imagino que não devo começar por meu endereço e data? Digo, o telegrama não é como a carta, na verdade, é?

– Não, madame.

– Nem pelo endereço dele, tampouco?

– A concisão é a essência da telegrafia, madame.

Mick devia estar arrastando-se até o quadro de mogno do hotel, apinhado de chaves penduradas. Ela não podia vê-lo, mas agora imaginava poder ouvi-lo mover-se, quase sentir-lhe o cheiro, e ao recepcionista era preciso apenas olhar à direita para descobrir um ladrão sorrateiro rastejando-se em sua direção, de olhar desvairado e agachado feito um macaco.

– Por favor, anote o seguinte – disse Sybil, com a voz trêmula. – Querido Charles. – O recepcionista pôs-se a escrever às pressas. – Nove anos atrás, causaste a pior desonra que uma mulher pode sofrer.

O recepcionista olhou horrorizado para a caneta, impetuoso rubor emergindo colarinho acima.

– Charles, prometeste-me salvar meu pobre pai. Em vez disso, corrompeste-me, o corpo e a alma. Hoje estou partindo de Londres, na companhia de amigos poderosos. Sabem muito bem o traidor que foste de Walter Gerard e de mim. Não tentes encontrar-me, Charles. Seria inútil. Espero que tu e a sra. Egremont durmam um sono profundo esta noite. – Sybil estremeceu. – Assine "Sybil Gerard", por obséquio.

– Sim, madame – murmurou o recepcionista, olhar cabisbaixo, ao passo que Mick emergia em silêncio acima do balcão em pés de meias. Mick abaixou-se, escondido pelo anteparo do balcão, depois saiu rastejando de cócoras, bamboleando-se pelo chão de mármore, qual pato monstruoso. Num instante, rolara para trás de um par de cadeiras estofadas.

– Quanto devo? – Sybil perguntou educadamente ao recepcionista.

– Dois xelins e seis pence – gaguejou o recepcionista, totalmente incapaz de fitar-lhe os olhos.

Ela entregou o dinheiro contado da bolsinha porta-moeda que tirou do regalo e deixou o recepcionista ruborizado em seu posto, perfurando os cartões de telegrama de sua caixa.

Mick veio desfilando como um cavalheiro pelo saguão. Fez uma pausa ao lado de um cavalete cheio de jornais passados a ferro com esmero. Abaixou-se calmamente, amarrou os sapatos, endireitou-se, e ela viu o brilho do metal em sua mão. Sem se preocupar sequer em ver se ela estava olhando, enfiou a chave atrás de uma almofada de veludo jacquard sobre uma espreguiçadeira. Depois se levantou rapidamente, ajeitou a gravata, alisou as mangas e caminhou a passos largos direto para a sala de charutos.

Sybil sentou-se por um momento na cadeira, fingindo ler um mensário com lombada de ouro, *Transações da Sociedade Real.* Cautelosa, com a ponta dos dedos da mão direita, pescou atrás de si a chave. Lá estava, com o número "24" estampado no latão oval. Ela bocejou, com o que esperava ser o modo de uma dama, e levantou-se, para recolher-se ao andar de cima, com todo o ar de quem tivesse um quarto ali.

Doíam-lhe os pés.

Ao caminhar com dificuldade pelo corredor silencioso iluminado a gás, na direção da suíte de Houston, sentiu assombro repentino pelo ataque a Charles Egremont. Ao necessitar de uma mensagem dramática que distraísse o funcionário, deixara escapar ameaças e fúria. As palavras transbordaram, de modo quase involuntário. Desconcertou-a o fato, e até assustou-a, após ter acreditado já ter quase esquecido o homem.

Podia imaginar o medo no rosto de Egremont quando lesse o telegrama. Lembrava-se bem do semblante dele, fátuo e próspero, alguém que sempre dava a impressão de ter boas intenções, que sempre se desculpava, que sempre predicava para ela, e lamentava-se, implorava, chorava e pecava. Era um tolo.

Mas agora ela permitira que Mick Radley a predispusesse a roubar. Se fosse mais esperta, sairia do Grand Hotel, desapareceria nas profundezas de Londres para nunca mais ver Radley. Não deveria deixar que o juramento de aprendiza a impedisse. Quebrar um juramento era assustador, porém não mais abominável que seus outros pecados. Ainda assim, de algum modo, lá estava ela. Deixara que ele fizesse com ela o que queria.

Parou diante da porta, olhou para um lado e para outro do corredor deserto e apalpou a chave roubada. Por que estava fazendo isso? Porque Mick era forte, e ela fraca? Porque ele sabia de segredos que ela desconhecia? Pela primeira vez, ocorreu-lhe que poderia estar apaixonada por ele. Talvez de fato o amasse, de alguma estranha maneira, e se fosse isso verdade, poderia responder-lhe suas questões de forma quase tranquilizadora. Se estivesse apaixonada, tinha o direito de trilhar um caminho sem volta, de estar nas nuvens, de viver por impulso. E se amasse Radley, finalmente havia algo que ela sabia, e ele não. Um segredo só dela.

Nervosa, Sybil destrancou rapidamente a porta. Passou para dentro, fechou-a e apoiou nela as costas. Estava no escuro.

Havia uma lamparina em algum lugar do quarto. Podia sentir o cheiro da mecha queimada. Na parede em frente, surgia o contorno de uma janela quadrada, com cortinas, que dava para a rua. Entre as cortinas, uma tênue lâmina derramava luz a gás. Andou vacilante pelo quarto, mãos estendidas, até sentir o volume sólido e liso de uma escrivaninha, e distinguiu o vago reflexo da manga de um candeeiro ali. Ergueu o lampião, balançou-o. Tinha óleo. Agora, ela precisava de fósforo.

Tateou as gavetas da escrivaninha. Por alguma razão, já estavam abertas. Remexeu-as, farfalhando. Material de escritório. Inúteis, e alguém derramara tinta numa das gavetas. Pôde sentir o cheiro.

Seus dedos roçaram uma caixa de fósforo, a qual reconheceu menos pelo tato do que pelo familiar ruído seco. Os dedos, na verdade, não pareciam estar funcionando bem. O primeiro palito de fósforo estalou e falhou, recusando-se a acender, enchendo o quarto com o cheiro detestável de enxofre. O segundo mostrou-lhe a lamparina. Suas mãos tremiam intensamente quando ergueu a manga e aplicou a chama à mecha.

Viu seu próprio reflexo iluminado pelo candeeiro, o olhar fixo e arisco no espelho móvel inclinado, depois duplicado nos espelhos chanfrados das portas de um guarda-roupa. Notou roupas espalhadas sobre a cama, no chão...

Um homem estava sentado no braço de uma cadeira, curvado como um grande corvo sombreado, uma faca enorme na mão.

Ele levantou-se então, mas lentamente, com um ranger de couro, qual imenso títere de madeira que estivesse há anos deitado na poeira. Estava envolto por longo casaco cinza e disforme. O nariz e a mandíbula cobertos por um lenço escuro.

– Melhor ficar quieta agora, mocinha – ele disse, mostrando a lâmina ponderosa... o aço sombrio que lembrava um cutelo. – Sam está vindo?

Sybil encontrou a própria voz.

– Por favor, não me mate!

– O velho travesso ainda vai atrás de meretrizes, é? – A lenta voz texana deslizava feito melado. Sybil mal conseguia compreender suas palavras. – É a favorita dele?

– Não! – disse Sybil, a voz sufocada. – Não sou, juro! Eu... eu vim aqui para roubá-lo, essa é a verdade!

Houve um silêncio medonho.

– Dê uma olhadela à sua volta.

Sybil fê-lo, tremendo. O quarto fora vasculhado.

– Nada aqui a ser roubado – disse o homem. – Onde está ele, garota?

– Está lá embaixo – disse Sybil. – Está bêbado! Mas não o conheço, juro! Meu homem mandou-me vir aqui, e é só! Eu não queria fazer isso! Ele forçou-me!

– Agora, silêncio – disse ele. – Não machucaria uma mulher branca, a menos que tivesse de fazê-lo. Apague o lampião.

– Deixe-me ir – implorou. – Vou-me de imediato! Não tive má intenção!

– Má intenção? – A voz lenta estava carregada de certeza matreira. – O mal que houver é para Houston, e a isso se chama justiça.

– Não roubei as cartas! Não as toquei!

– Cartas? – Ele riu, som seco do fundo da garganta.

– As cartas não pertencem a Houston. Ele as roubou!

– Houston roubou muito – disse o homem, mas era claro que estava intrigado. Estava pensando nela, e não estava contente com isso. – Como a chamam?

– Sybil Jones. – Respirou. – Sou súdita britânica!

– Nossa – disse o homem. Estalou a língua.

Sua voz mascarada era ininteligível. O suor cintilou numa faixa de pele lisa e clara no alto da testa. Uma aba de chapéu repousara ali, Sybil notou, para protegê-lo do sol texano. Ele avançou, tomou dela a lamparina e dobrou a mecha. Os dedos dele, ao roçarem sua mão, eram secos e duros como madeira.

No escuro, restaram apenas a batida do seu coração e a terrível presença do texano.

– Deve ficar solitário aqui em Londres – disse Sybil, sem pensar, desesperada para evitar outro silêncio.

– Talvez Houston esteja só. Tenho a consciência tranquila. – A voz do texano era incisiva. – Já perguntou se ele é solitário?

– Não o conheço – ela insistiu.

– Você está aqui. Uma mulher que veio sozinha aos aposentos dele.

– Vim pegar as cartas de cine. Cartas de papel, com furos. Só isso, juro! – Nenhuma resposta. – Sabe o que é um cinétropo?

– Mais uma maldita máquina – disse o texano, aborrecido.

Outro silêncio.

– Não minta para mim – disse ele, finalmente. – É uma prostituta, só isso. Não é a primeira que vejo.

Ela ouviu-o tossir por trás do lenço, com um resfolegar úmido.

– Mas não é feia – ele disse. – No Texas, poderia casar-se. Começar de novo.

– Estou certa de que seria maravilhoso – disse Sybil.

– Nunca há mulher branca suficiente no país. Pode conseguir homem decente, em vez de cafetão. – Ergueu o lenço e cuspiu no assoalho. – Odeio cafetões – ele anunciou num tom apático. – Odeio-os como odeio os peles-vermelhas. E os mexicanos. Peles-vermelhas mexicanos... Peles-vermelhas mexicanos franceses com armas, trezentos, quatrocentos deles. Montados em cavalos, com seus rifles de corda, o que há de mais parecido com diabos na terra.

– Mas os texanos são heróis – disse Sybil, tentando, desesperada, lembrar-se de um nome do discurso de Houston. – Ouvi falar de... de Álamo.

– Goliad – a voz era um sussurro seco. – Eu estava em Goliad.

– Ouvi falar disso também – Sybil disse rápido. – Deve ter sido magnífico.

O texano pigarreou e cuspiu mais uma vez.

– Combati-os por dois dias. Sem água. O coronel Fannin rendeu-se. Fizeram-nos prisioneiros, com toda delicadeza, muito corteses. No dia seguinte, marcharam conosco para fora da cidade. Atiraram em nós a sangue frio. Simplesmente nos enfileiraram. Massacraram-nos.

Sybil não disse nada.

– Massacraram Álamo. Queimaram todos os corpos... Massacraram a Expedição Meir. Fizeram-nos *escolher feijões.* Pequena loteria num vaso de barro. Era só retirar um feijão-preto que o matavam. Assim são os mexicanos.

– Mexicanos – ela repetiu.

– Os comanches são piores.

De algum lugar na noite veio o guincho agudo de um grande freio de atrito, e depois, batidas distantes e imprecisas.

Feijões-pretos. Goliad. A cabeça dela era uma Babel. Feijões, massacre e esse homem cuja pele era como couro. Fedia como um estivador, cheirava a cavalos e suor. Passando pela Neal Street, ela pagara um dia dois pence para ver um diorama de vastas terras na América, um pesadelo de rochas retorcidas. O texano parecia nascido em tal lugar, e ela deu-se conta de que todas as regiões despovoadas do discurso de Houston, todos os locais com nomes tão estranhamente improváveis, eram de fato reais, habitados por criaturas como essa. E Mick disse que Houston roubara um país uma vez, e agora vinha esse, um anjo vingador. Ela lutou contra um insano desejo de rir.

Lembrou-se da velha mulher então, a vendedora de óleo de pedra em Whitechapel, e o estranho olhar que lançara a Mick quando ele a questionara. Havia outros agindo de comum acordo com o anjo de Goliad? Como um tipo tão esquisito conseguira entrar no Grand's esta noite, num quarto trancado? Onde um tal homem poderia esconder-se, mesmo em Londres, mesmo entre as hordas maltrapilhas de refugiados americanos?

– Disse que está bêbado? – perguntou o texano.

Sybil teve um sobressalto terrível.

– O quê?

– Houston.

– Ah. Sim. Na sala de charutos. Muito bêbado.

– Será a última vez, então. Sozinho?

– Ele... – Mick. – Está com um homem alto. Não o conheço.

– Tem barba? Braço quebrado?

– Eu... Sim.

Ele fez um som de sucção entre os dentes, depois um ranger de couro quando deu de ombros.

Algo chocalhou à esquerda de Sybil. Ao brilho tênue da janela cortinada, ela vislumbrou as facetas brilhantes da maçaneta de vidro lapidado começando a virar. O texano saltou da cadeira.

Com a palma da mão comprimindo com força a boca de Sybil, ele ergueu o grande punhal diante dela, coisa medonha, como um cutelo alongado, afilado até a ponta. O dorso todo era de latão; com a lâmina a centímetros dos olhos, ela viu chanfros e cortes ao longo do metal. E então a porta foi-se abrindo, Mick passando abaixado, a cabeça e os ombros contornados como que por mimeógrafo pela luz do corredor.

Ela deve ter batido a cabeça contra a parede quando o texano jogou-a de lado, mas em seguida estava de joelhos, sobre a crinolina amassada, vendo o homem erguer Mick contra a parede, uma única e enorme mão sobre a garganta, os saltos dos sapatos de Mick tatuando freneticamente os lambris – até a lâmina golpeá-lo, girar, golpeá-lo novamente, enchendo o quarto com o cheiro forte e quente da Butcher Row.

E tudo o que ocorreu depois, naquele quarto, foi um sonho para Sybil, uma peça a que assistia, ou uma apresentação de cine formada por fragmentos de pau-de-balsa tão numerosos, tão minúsculos e tão bem trabalhados, a ponto de obscurecer a realidade. Pois o texano baixou Mick em silêncio ao chão, fechou e trancou de novo a porta, com movimentos metódicos, sem pressa.

Ela vacilou onde ajoelhara, depois cedeu contra a parede atrás da escrivaninha. Mick foi arrastado, raspando os calcanhares, para a escuridão mais profunda ao lado do guarda-roupa. O texano ajoelhou-se sobre ele – houve um farfalhar de roupas e o estalo do estojo de cartas arremessado para fora do caminho, um tinido de moedas e o som de uma delas caindo, rolando, girando no piso de madeira...

E da porta veio um ruído de algo arranhando, metal raspando metal – o som de um homem bêbado tentando encaixar a chave na fechadura.

Houston, escancarando a porta, entrou aos trancos com o apoio da bengala pesada. Soltou um arroto estrondoso e esfregou o local da velha ferida.

– Filhos da puta – disse, rouco da bebida, inclinando-se violentamente, fazendo a bengala bater com intenso estrépito a cada passo. – Radley? Aparece, garoto insolente. – Aproximara-se da escrivaninha, e Sybil afastou os dedos em silêncio, com medo do peso das botas do homem.

O texano fechou a porta.

– Radley!

– Noite, Sam.

O quarto dela acima do Hart parecia tão distante quanto uma memória de infância, ali com o cheiro da morte, no escuro em que se moviam gigantes... Houston cambaleou de súbito e acertou as cortinas com a bengala, rasgou-as, fazendo com que a luz a gás incidisse sobre o padrão da geada que cobria o vidro em cada um dos painéis, iluminando o lenço do texano e os olhos repugnantes acima, olhos distantes e impiedosos qual estrelas invernais. Houston atarantou-se diante da visão, e a manta listrada deslizou-lhe dos ombros. As medalhas cintilaram, estremecidas.

– Os Texas Rangers me enviaram, Sam. – A pequena pistola *pepperbox* de Mick parecia brinquedo na mão do texano, os canos múltiplos cintilando ao gesto de pontaria.

– Quem é você, filho? – perguntou Houston, todo vestígio de embriaguez tendo desaparecido bruscamente da voz grave. – É Wallace? Tire o lenço. Encare-me de homem para homem.

– O senhor não dá mais ordem alguma, general. Não deveria ter aceitado o que fez. Você nos roubou, Sam. Onde está? Onde está aquele dinheiro público?

– Ranger – disse Houston, a voz era um caldo denso de paciência e sinceridade –, você foi iludido. Sei quem o enviou, e conheço as mentiras e difamações contra mim. Mas juro a você que não roubei nada... Aqueles fundos são meus por direito, o sagrado depósito em custódia do governo do Texas no exílio.

– Você vendeu o Texas pelo ouro britânico – disse o Ranger. – Precisamos desse dinheiro para armas e alimento. Estamos passando fome, e estão nos matando. – Pausa. – E sua intenção é ajudá-los nisso.

– A República do Texas não pode desafiar os grandes poderes do mundo, Ranger. Sei que as coisas vão mal por lá, e meu coração sofre a falta de meu país, mas não pode haver paz até que eu retome o comando.

– Não tem mais dinheiro, não é? – disse o Ranger. – Procurei, e não está aqui. Vendeu sua elegante propriedade no interior... Jogou tudo fora, Sam, com prostitutas, bebida e extravagantes espetáculos em teatros para os estrangeiros. E agora quer voltar com um exército mexicano. É um ladrão, um bêbado e um traidor.

– Maldito seja – bradou Houston, escancarando o casaco com as duas mãos – seu assassino covarde, seu filho da puta obsceno. Se acha que tem coragem de matar o pai de seu país, mire o coração. – Bateu no peito.

– Pelo Texas. – A *pepperbox* emitiu um clarão de chama laranja cercada de azul, arremessando Houston contra a parede. Houston bateu no chão, enquanto o vingador avançava, curvando-se para empurrar as bocas da arma contra o pomposo colete de leopardo. Um tiro explodiu no peito de Houston, depois outro; em seguida, o estalo sonoro do gatilho delicado quebrando no punho do Ranger.

O texano jogou a arma de Mick para o lado. Houston esparramou-se, imóvel, com faíscas vermelhas deslizando sobre a pele de leopardo do colete.

Gritos sonolentos de sobressalto soaram de outro quarto. O texano apanhou a bengala de Houston e começou a martelar a janela. O vidro estilhaçou-se e despencou no piso abaixo. As barras dos painéis cederam e então ele saiu com dificuldade, para o outro lado do peitoril. Paralisou ali por um instante, o vento gelado puxando-lhe o longo casaco, e Sybil, em seu transe, lembrou-se da primeira visão que teve dele: um enorme corvo sombrio, preparando-se agora para voar.

Ele pulou para fora do campo de visão, o exterminador de Houston, o anjo de Goliad, e já estava longe, deixando-a com o silêncio e o terror cada vez mais intensos, como se, ao desaparecer, houvesse quebrado um encanto. Ela começou a arrastar-se, muito a esmo e cruelmente dificultada pela crinolina, mas era como se os membros se movimentassem por vontade própria. A bengala pesada encontrava-se no chão, mas o cabo, um corvo de latão dourado, havia se soltado do corpo.

Houston gemeu.

– Por favor, fique em silêncio – ela disse. – Você está morto.

– Quem é você? – ele disse, e tossiu.

O chão estava repleto de cacos de vidro, afiados sob as palmas dela. Não. Brilhantes. Como cristais de rocha. A bengala, ela viu, era oca, e entornara algodão em rama comprimido onde havia mais cristais de rocha aninhados. Diamantes, diamantes reluzentes. Ela recolheu-os com as duas mãos juntas, enchendo o maço de algodão, e jogou a porção deles dentro do corpete, entre os seios.

Voltou-se para Houston em seguida. Ainda estava deitado de costas, e ela observou com fascinação uma mancha de sangue espalhar-se ao longo das costelas.

– Ajude-me – grunhiu ele. – Não consigo respirar. – Puxou os botões do colete, que se abriu, revelando belos bolsos internos de seda preta, recheados de pacotes compactos de papel: espessos pacotes de cartões perfurados, embrulhados em papel marrom fechado com cola, as intricadas perfurações certamente arruinadas pelo impacto furioso das balas... E sangue, pois ao menos um projétil acertara-o de fato.

Sybil levantou-se e andou de modo vertiginoso na direção da porta. O pé chapinhou nas úmidas sombras manchadas de vermelho perto do guarda-roupa. Ela olhou para baixo e viu um estojo de cartas aberto, de marroquino vermelho, com duas passagens presas por forte grampo niquelado. Ela abaixou e pegou-o.

– Ponha-me de pé – pediu Houston, a voz mais forte agora, com traços de urgência e irritação. – Onde está minha bengala? Onde está Radley?

O quarto parecia balançar sob ela, qual navio em alto-mar, mas ela foi até a porta, abriu-a, saiu e fechou-a, e seguiu como uma garota da *gentry* pelos corredores absolutamente respeitáveis, iluminados a gás, do Grand's Hotel.

London Bridge, a Estação Final da Companhia de Estradas de Ferro Sudeste, era um salão amplo e frio, de ferro e vidro coberto de fuligem. Quakers circulavam entre avenidas de bancos oferecendo panfletos aos viajantes sentados. Soldados irlandeses de casaco vermelho, de olhos vermelhos do gim da noite, passavam com olhares furiosos para os missionários de barba feita. Os passageiros franceses todos pareciam estar voltando para casa com abacaxis, doces presentes exóticos das docas de Londres. Mesmo as pequenas atrizes rechonchudas sentadas na frente de Sybil tinham seu abacaxi, as verdes folhas pontudas projetavam-se das cestas cobertas a seus pés.

O trem voou por Bermondsey e saiu em ruazinhas de tijolos novos e telhas vermelhas. Monturos, hortas, ermo. Um túnel.

A escuridão em torno dela fedia a pólvora.

Sybil cerrou os olhos.

Quando os abriu, viu corvos adejando acima de uma colina infecunda, e os fios do telégrafo elétrico todos ativos, movendo-se acima e abaixo, tornando-se borrões nos intervalos entre postes, dançando ao vento da passagem dela rumo à França.

Esta imagem, daguerreotipada de modo sub-reptício por um membro da Seção de Condutas Públicas do Sûreté Générale, a 30 de janeiro de 1885, apresenta uma jovem mulher sentada à mesa no terraço do Café Madeleine, nº 4

Boulevard Malesherbes. A mulher, sentada sozinha, tem um bule de chá de porcelana e uma xícara diante de si. O ajuste da imagem revela certos detalhes da vestimenta: fitas, babados, seu xale de caxemira, as luvas, os brincos, a touca elaborada. O traje da mulher é de origem francesa, novo e de excelente qualidade. O rosto, levemente indistinto devido à longa exposição da câmera, parece pensativo, perdido em pensamentos.

O ajuste dos detalhes de fundo revela o número 3 do Boulevard Malesherbes, os escritórios da Compagnie Sud Atlantique Transport Maritimes. A vitrine do escritório contém um grande modelo de barco a vapor com três chaminés, uma embarcação desenhada por franceses para o comércio colonial transatlântico. Um senhor de idade sem rosto definido, sujeito evidentemente acidental, parece absorto na contemplação do barco. Seu vulto solitário emerge, por conseguinte, dos borrões em movimento da multidão parisiense nas ruas. Está sem chapéu, ombros caídos, apoiando-se com força numa bengala, que parece ser feita de ratã barato. Não está consciente da proximidade da jovem mulher, assim como ela não percebe a presença dele.

Ela é Sybil Gerard.

Ele é Samuel Houston.

Seus caminhos divergem para sempre.

Segunda Iteração

Dia de Derby

Ele está congelado no meio de um passo, ao infiltrar-se, em sentido diagonal, nas profundezas da multidão festiva. O ângulo de abertura capturou uma fração do rosto: proeminências malares altas, barba densa e escura aparada rente, orelha direita, mecha de cabelo solta visível entre a gola do casaco de veludo cotelê e a boina listrada. As bainhas justas das calças escuras, abotoadas sob polainas de couro acima das botas de passeio com tachas no salto, estão salpicadas até as canelas com a lama calcária de Surrey. A dragona esquerda do surrado casaco impermeável abotoa-se com firmeza acima da alça de um estojo de binóculos de modelo militar. As lapelas abrem-se no calor, revelando pinos sólidos e reluzentes de latão. As mãos estão enterradas nos bolsos do casaco.

Seu nome é Edward Mallory.

Seguia a passos firmes entre o brilho envernizado das carruagens e os cavalos com antolhos que aparavam ruidosamente a grama, entre odores de infância como os do arreio, do suor e do estrume repleto de grama. Com as mãos examinou o conteúdo de diversos bolsos. Chaves, cigarreira, carteira, porta-cartões. O espesso cabo de chifre de veado de seu canivete Sheffield de múltiplas lâminas. Bloco de anotações – o item mais precioso de todos. Um lenço, um toco de lápis, alguns xelins soltos. Homem prático, o dr. Mallory sabia que em toda aglomeração em eventos esportivos havia ladrões, nenhum deles vestido de acordo com sua categoria. Qualquer um ali poderia ser um ladrão. Trata-se de um fato, trata-se de um risco.

Uma mulher cometeu o erro de cruzar o caminho de Mallory, e as tachas do sapato dele rasgaram o babado da saia. Virando-se e franzindo o cenho, ela puxou a saia com um rangido da crinolina quando Mallory tocou a boina, e seguiu marchando rápido adiante. Esposa de fazendeiro, criatura atrapalhada, com maçãs do rosto vermelhas e salientes, tão civilizada e tão inglesa quanto uma vaca leiteira. O olhar de Mallory ainda estava acostumado a um gênero mais selvagem, as pequenas mulheres-lobo morenas de Cheyenne, com suas tranças negras untadas e calças de couro ajustadas, ornadas por contas. As saias-balão à sua volta pareciam-lhe uma regressão aberrante no processo evolutivo. As filhas de Álbion tinham agora um andaime comum lá embaixo, todo de aço e barbatana de baleia.

O bisão; era isso. O bisão americano, exatamente aquela mesma silhueta da saia-balão, quando o grande rifle os abatia. Tinham uma maneira de cair na grama alta, subitamente desprovidos do apoio das pernas, um monte peludo de carne. Os grandes rebanhos de Wyoming permaneciam totalmente imóveis ao morrer, meramente contraindo as orelhas em assombro diante do estampido longínquo do rifle.

Mallory abriu caminho em meio a esse outro rebanho, impressionado com o fato de que algo simples como a moda pudesse fazer ir tão longe seu misterioso ímpeto. Os homens, entre suas damas, pareciam espécie diversa, nada havendo neles de tão exagerado – exceto, talvez, pelas cartolas brilhantes, embora seu olhar interno se recusasse a considerar exótico qualquer chapéu. Conhecia muito sobre chapéus, conhecia demais os segredos completamente banais de sua manufatura. Era capaz de ver com um breve olhar que a maioria dos chapéus à sua volta era muitíssimo barata, feita à Máquina, com corte prévio em fábricas, ainda que parecesse quase tão boa quanto o trabalho artesanal de um chapeleiro, e pela metade do preço ou menos. Ajudara o pai no pequeno armarinho em Lewes: perfurando, dando pontos, moldando e costurando. O pai, mergulhando o feltro em banhos de mercúrio, parecia não se incomodar com o mau cheiro...

Mallory não estava nostálgico quanto ao fim natural do comércio do pai. Afastou o pensamento ao ver que se vendiam bebidas numa barraca de lona listrada, onde homens aglomeravam-se na frente do balcão, limpando espuma da boca. Foi tomado pela sede diante da visão. Desviando de um trio de cavalheiros esportivos, com chicotes de montaria debaixo do braço, que discutiam as chances das apostas do dia, alcançou ao balcão e nele bateu de leve com um xelim.

– Que deseja, senhor? – perguntou o garçom da barraca.

– Um *huckle-buff*.

– Homem de Sussex, senhor?

– Sou. Por quê?

– Não posso lhe fazer um *huckle-buff* apropriado, senhor, uma vez que não tenho bebidas à base de cevada – explicou o sujeito. – Não há muita demanda para elas fora de Sussex.

– Há quase dois anos não tomo um *huckle-buff* – disse Mallory.

– Preparo-lhe um excelente bumbo. Não? Um bom charuto, então? Apenas dois pence! Ótimo fumo de Virgínia. – O garçom retirou um *cheroot* torto de uma caixa de madeira.

Mallory balançou a cabeça.

– Quando tenho predileção por alguma coisa, sou um homem teimoso. Um *huckle-buff* ou nada.

O garçom sorriu.

– Não ficará aborrecido? É um homem de Sussex, claro! Também sou do interior. Fique com este excelente charuto grátis, senhor, com minhas saudações.

– Muito decente de sua parte – disse Mallory, surpreso. Saiu caminhando, retirando um palito de fósforo da cigarrilha. Acendeu o fósforo na bota, tragou o *cheroot* para acendê-lo e enfiou garbosamente os polegares nas cavas do colete.

O charuto tinha gosto de pólvora úmida. Tirou-o da boca de modo abrupto. Uma faixa de papel barato cercava as folhas repugnantes de cor preta esverdeada, uma bandeirinha estrangeira com estrelas, faixas e o lema: VICTORY BRAND. Bobagens de guerra ianque; arremessou-o longe, fazendo-o bater, faiscando, na lateral de uma carruagem cigana, onde uma criança de cabelos negros, em andrajos, catou-o rapidamente.

À esquerda de Mallory, um *gurney* a vapor novo em folha adentrou a multidão com ruídos explosivos, o motorista ereto em seu posto. Quando o homem puxou a alavanca de freio, um sino de bronze soou na proa castanha, e as pessoas dispersaram com amuo antes do avanço do veículo. Acima delas, passageiros relaxavam em poltronas de veludo, o escudo antifaíscas dobradiço recuado para que a luz do sol entrasse. Um velho grã-fino e sorridente com luvas de criança bebericava champanhe com duas moças jovens, filhas ou amantes. Um brasão reluzia na porta do *gurney* – azul-celeste na roda dentada e argênteo nos martelos cruzados. Um emblema de Rad que Mallory desconhecia.

Estava familiarizado com o brasão de todos os lordes sábios, porém os capitalistas não eram o seu forte.

A máquina dirigia-se para o leste, na direção das garagens do Derby. Ele posicionou-se atrás dela, deixando que abrisse o caminho, acompanhando seu ritmo e sorrindo, enquanto os carreteiros tentavam controlar cavalos assustados. Retirou o caderno do bolso, tropeçando um pouco nos sulcos deixados na trilha gramada pelas rodas espessas da carruagem, e folheou com o polegar as páginas coloridas de seu guia do observador. Era a edição do ano anterior. Não conseguiu encontrar o brasão. Uma pena, mas não significava muito, uma vez que novos lordes eram nobilitados a cada semana. Enquanto classe, os lordes prezavam muitíssimo suas carruagens a vapor.

A máquina iniciou o trajeto até os jorros de vapor cinzento que se elevavam atrás das tribunas sustentadas por pilares do Epsom. Avançou lentamente até o meio-fio de uma via de acesso pavimentada. Mallory pôde ver a garagem, uma longa estrutura sinuosa ao estilo moderno, cingida por estrutura de ferro e coberta por lâminas de folhas de flandres aparafusadas, com a rigidez das linhas amenizada aqui e ali por flâmulas coloridas e exaustores com acabamento de latão.

Ele seguiu o veículo, que bufou e diminuiu a velocidade até parar. O motorista fez estalarem as válvulas com um jato de vapor. Os mecânicos do estábulo partiram para o trabalho de lubrificar engrenagens enquanto os passageiros desciam pela prancha dobradiça de desembarque; o lorde e suas duas mulheres passaram por Mallory a caminho da tribuna. Membros da nova elite britânica, confiavam que ele os estivesse observando e ignoraram-no com serenidade. Atrás deles, o motorista arrastava um imenso cesto. Mallory tocou sua boina listrada, idêntica à do motorista, e piscou, mas o homem não deu resposta alguma.

Passeando pelas garagens, Mallory localizou no guia os carros a vapor, marcando cada novo achado com o toco de lápis e uma leve palpitação de alegria. Aqui estava Faraday, grande físico e sábio da Royal Society; lá, Colgate, o magnata do sabonete; e aqui, um bom partido de fato, Brunel, o construtor visionário. Muito poucas máquinas tinham brasões de família antigos; proprietários de terras, cujos pais foram duques e condes, quando tais títulos existiam. Parte da velha nobreza decaída tinha recursos para o vapor. Alguns tinham mais iniciativa que outros, e faziam o possível para manter as aparências.

Ao chegar à ala sul, Mallory encontrou-a cercada por uma barricada de cavaletes de madeira limpos e novos, cheirando a piche. Esta seção, reservada para os carros de corrida a vapor, era patrulhada por uma esquadra uniformizada da infantaria. Um deles levava uma Cutts-Maudslay semiautomática de um modelo familiar a Mallory, já que a expedição de Wyoming fora equipada com seis delas. Embora os cheyennes tivessem considerado a carabina atarracada, feita em Birmingham, com conveniente admiração, Mallory sabia que ela era temperamental a ponto de não merecer confiança. E imprecisa a ponto de tornar-se inútil também, a menos que a pessoa estivesse disparando todos os trinta tiros num bando de perseguidores – algo que o próprio Mallory fizera de seu posto na retaguarda da fortaleza a vapor da expedição.

Mallory duvidou que o jovem policial de rosto viçoso tivesse qualquer noção do que uma Cutts-Maudslay poderia fazer caso fosse disparada numa aglomeração de ingleses. Esforçou-se para tirar da cabeça o pensamento sombrio.

Do outro lado da barricada, cada baia individual estava cuidadosamente protegida de espiões e *oddsmakers* por altas divisórias de lona, esticadas com firmeza por cabos cruzados que passavam por mastros. Mallory abriu caminho em meio a uma ávida multidão de leigos e entusiastas do vapor como hobby. Dois policiais pararam-no de modo brusco diante do portão. Ele exibiu seu cartão com o número de identidade e o convite impresso da Irmandade da Mecânica a Vapor. Anotando o número com atenção, o guarda conferiu-o com um espesso caderno abarrotado de folhas de papel carbono. Por fim, apontou a localização de seus anfitriões, advertindo-o para não perambular.

Por precaução adicional, a Irmandade designara seu próprio vigia. O homem estava sentado num banco dobrável do lado de fora da lona, espremendo os olhos de maneira abominável e segurando firme uma longa chave inglesa de ferro. Mallory mostrou o convite. O vigia passou a cabeça por uma aba estreita da lona e gritou:

– Seu irmão está aqui, Tom. – Conduziu Mallory para dentro.

A luz do dia se dissipava na confusão de graxa, aparas metálicas e fuligem de carvão. Quatro mecânicos da Irmandade, de chapéu listrado e avental de couro, examinavam um projeto à luz dura de um lampião de carbureto; atrás deles, um estranho contorno refletindo pontos luminosos nas curvas de latão esmaltado.

Ele concluiu, num primeiro instante de surpresa, que a coisa seria um barco, seu casco escarlate absurdamente suspenso entre um par de rodas encrmes. Rodas motrizes, ele notou ao se aproximar; o latão polido dos pistões desaparecia nas aberturas suavemente alargadas da estrutura ou casco de aparência insubstancial. Não era um barco; antes, lembrava uma gota d'água, ou um enorme girino. Uma terceira roda, muito pequena e vagamente cômica, estava fixada num suporte giratório na ponta da longa cauda afunilada.

Ele decifrou o nome pintado em preto e dourado ao longo da proa bulbosa, abaixo de uma extensão curva de vidro delicadamente moldada por chumbo: *Zéfiro*.

– Venha, Ned, junte-se a nós! – chamou o irmão, acenando. – Não fique acanhado! – Os outros riram da insolência de Tom enquanto Mallory seguia em frente com passos largos, as tachas das botas arranhando o chão. Seu irmãozinho, Tom, dezenove anos, apresentava um bigode incipiente, algo que parecia capaz de desaparecer com a lambida de um gato. Mallory estendeu a mão para o amigo, o mestre de Tom.

– Sr. Michael Godwin! – disse Mallory.

– Dr. Mallory! – disse Godwin, um engenheiro de quarenta anos e cabelos claros, suíças no rosto com marcas de varíola. Pequeno e robusto, de olhos astutos e pálpebras caídas, Godwin ensaiou uma reverência, mudou de ideia, tocou suavemente as costas de Mallory e apresentou seus companheiros. Eram Elijah Douglas, artífice, e Henry Chesterton, mestre de segundo grau.

– Um privilégio, senhores – declarou Mallory. – Esperava coisas admiráveis de vocês, mas isto é uma revelação.

– O que achou dele, dr. Mallory?

– Um grande contraste com nossa fortaleza a vapor, eu diria!

– Ele não foi concebido para a sua Wyoming – disse Godwin –, e isso se deve a certa falta de armas e couraças. A forma surge da função, como o senhor disse-nos tantas vezes.

– Pequeno para um *gurney* de corrida, não? – arriscou Mallory, um tanto confuso. – Formas peculiares.

– Construído com base em princípios, senhor, princípios recém-descobertos, de fato. Uma bela história por trás de sua invenção, relacionada a um colega seu. Recorda-se do finado professor Rudwick, tenho certeza.

– Ah, sim, Rudwick – murmurou Mallory, hesitando em seguida. – Estava longe de ser um homem de novos conceitos, Rudwick...

Douglas e Chesterton observavam-no com inequívoca curiosidade.

– Éramos paleontólogos – disse Mallory, subitamente desconfortável –, mas o sujeito julgava-se *gentry* de alguma forma. Fanfarreava-se e nutria teorias obsoletas. Bastante desnorteado no modo de pensar, em minha opinião.

Os dois mecânicos pareceram incertos.

– Não sou de falar mal dos mortos – assegurou-lhes Mallory. – Rudwick tinha seus amigos, eu tinha os meus, e é só.

– Certamente lembra-se do grande réptil voador do professor Rudwick? – persistiu Godwin.

– *Quetzalcoatlus* – disse Mallory. – De fato, foi bem-sucedido nisso; não há como negar.

– Estudaram seus vestígios arqueológicos em Cambridge – disse Godwin –, no Instituto de Analítica Maquinal.

– Planejo realizar alguns trabalhos lá, sobre o brontossauro – disse Mallory, descontente com o rumo que a conversa estava tomando.

– Veja – continuou Godwin –, os mais hábeis matemáticos da Grã-Bretanha estavam lá, bem agasalhados, girando suas grandes peças de bronze, fazendo furos em seus cartões para averiguar como uma criatura daquele tamanho poderia voar, enquanto eu e você congelávamos na lama de Wyoming.

– Conheço o projeto – disse Mallory. – Rudwick publicou um trabalho sobre o tema. Mas a "pneumodinâmica" não é minha área. Francamente, não estou certo de que tenha relevância, em termos científicos. Parece-me um tanto... bem... *ilusório*, se é que me entende. – Sorriu.

– Grandes aplicações práticas, possivelmente – disse Godwin. – O próprio Lorde Babbage participou da análise.

Mallory pensou na questão.

– Admito ser provável que a pneumática tenha alguma relevância, então, se chamou a atenção do grande Babbage! Aperfeiçoar a arte do balonismo, talvez? Voo em balão, trata-se de uma área de interesse militar. Sempre há vastos recursos destinados à ciência da guerra.

– Não, senhor; refiro-me ao desenvolvimento prático de maquinaria.

– Uma máquina voadora, quer dizer? – Mallory fez uma pausa. – Não está tentando dizer-me que esse seu veículo pode *voar*, está?

Os mecânicos riram com educação.

– Não – disse Godwin –, e não posso afirmar que todo aquele girar de Máquinas tenha dado em muita coisa, de forma direta. Mas entendemos agora certas questões relacionadas à ação do ar em movimento, aos princípios da resistência atmosférica. Princípios novos, pouco conhecidos até agora.

– Mas nós, mecânicos – disse o sr. Chesterton, com orgulho –, demos a eles um uso prático, senhor, na forma de nosso *Zéfiro.*

– "Processamento contínuo", é como o chamamos – disse Tom.

– Então vocês "processaram de modo contínuo" esse *gurney,* ãh? Por isso se parece tanto com, hum...

– Com um peixe – disse Tom.

– Exatamente – disse Godwin. – Um peixe! Tudo tem relação com a ação dos fluidos, percebe? Água. Ar. Caos e turbulência! Está tudo nos cálculos.

– Notável – disse Mallory. – Então, presumo que esses princípios de turbulência...

Um barulho violento e repentino estourou de um compartimento vizinho. As paredes tremeram e um pó fino de fuligem caiu do teto.

– São os italianos – gritou Godwin. – Trouxeram um monstro este ano!

– Deixa um vestígio de fedor que é mortal! – reclamou Tom.

Godwin empertigou a cabeça.

– Estão ouvindo as bielas estalando na descida do êmbolo? Péssima tolerância. Trabalho estrangeiro desleixado! – Tirou a boina e bateu-a no joelho para tirar a fuligem.

A cabeça de Mallory estava zunindo.

– Permitam-me comprar-lhes uma bebida! – gritou.

Godwin pôs a mão em concha atrás da orelha.

– O quê?

Mallory fez o gesto; ergueu o punho à boca, com o polegar para cima. Godwin abriu um sorriso. Trocou palavras, rápido e aos berros, com Chesterton, por cima dos projetos. Então Godwin e Mallory saíram, curvando-se, para a luz do sol.

– Péssimas bielas – disse o guarda, do lado de fora, com presunção. Godwin concordou com aceno de cabeça e entregou-lhe o avental de couro. Pegou um casaco todo preto e trocou a boina de engenheiro por um chapéu *wideawake* de palha.

Deixaram o recinto da corrida.

– Posso dispensar apenas alguns minutos – desculpou-se Godwin. – "É o olho do Mestre que derrete o metal", como se diz. – Prendeu os óculos fumê sobre as orelhas. – Alguns dos entusiastas aqui me conhecem e podem tentar seguir-nos... Mas não se preocupem com isso. É um prazer revê-lo, Ned. Seja bem-vindo de volta à Inglaterra.

– Não tomarei muito do seu tempo – disse Mallory. – Queria uma palavrinha em particular. Coisas sobre o garoto.

– Ah, Tom é um ótimo rapaz – disse Godwin. – Está aprendendo. É bem-intencionado.

– Espero que consiga progredir.

– Fazemos todo o possível – disse Godwin. – Lamento o que soube por meio de Tom a respeito de seu pai. Ter ficado ele tão doente, e tudo mais.

– "O velho Mallory, que não se vai até que tenha concedido a mão de sua última filha" –, citou Mallory, com o sotaque mais forte e arrastado de Sussex. – É o que nosso pai sempre nos diz. Quer ver todas as filhas casadas. É um sujeito resoluto, meu pobre pai.

– Deve sentir grande conforto em ter um filho como você – disse Godwin. – E então, Londres corresponde às suas expectativas? Pegou o trem turístico?

– Não estive em Londres. Estava em Lewes, com a família. Tomei o trem matinal de lá até Leatherhead; depois caminhei.

– Veio andando para o Derby desde Leatherhead? São quinze quilômetros ou mais!

Mallory sorriu.

– Já me viste caminhar por vinte, pelos campos dos terrenos erodidos de Wyoming, à caça de fósseis. Apreciei novamente a visão do interior inglês. Acabo de voltar de Toronto, com todos os nossos caixotes de ossos engessados, enquanto vocês ficaram neste lugar durante meses, aproveitando ao máximo isto aqui. – Fez um gesto com o braço.

Godwin acenou com a cabeça, concordando.

– O que achou do lugar, então... agora que está de volta ao lar?

– A anticlinal da Bacia de Londres – disse Mallory. – Jazidas de calcário do Terciário e do Eoceno, um pouco de argila pedregosa moderna.

Godwin riu.

– Todos nós somos argila pedregosa moderna... Vamos lá, então. Não é má a cerveja que esses rapazes vendem.

Desceram uma rampa suave até um carrinho cercado de gente, cheio de pequenos barris de cerveja. Os proprietários não tinham o *huckle-buff*. Mallory comprou duas canecas.

– Foi admirável de sua parte aceitar nosso convite – disse Godwin. – Sei que o senhor é um homem ocupado, ainda mais com suas famosas controvérsias geológicas.

– Não mais ocupado que você – disse Mallory. – Sólido trabalho em engenharia. Com aplicação prática direta e útil. Invejo isso, de verdade.

– Não, não – disse Godwin. – Aquele seu irmão, ele o admira imensamente. Como todos nós o admiramos! És o homem do amanhã, Ned. Seu futuro será brilhante.

– Tivemos excelente sorte em Wyoming, certamente – disse Mallory. – Fizemos uma grande descoberta. Mas sem você e sua fortaleza a vapor, aqueles peles-vermelhas teriam acabado conosco em pouco tempo.

– Não eram tão ruins, uma vez que se aproximavam amistosamente e provavam uísque.

– Os selvagens respeitam o aço da Grã-Bretanha – disse Mallory. – Teorias sobre ossos velhos não os impressionam muito.

– Bem – disse Godwin –, sou um bom homem do Partido, e estou com Lorde Babbage. "Teoria e prática devem ser como osso e tendão."

– O estimável ponto de vista pede mais cerveja – disse Mallory. Godwin quis pagar. – Permita-me, por favor – disse Mallory. – Ainda estou gastando meu abono, da expedição.

Godwin, cerveja na mão, levou Mallory para fora do alcance dos ouvidos dos outros bebedores. Verificou o redor com cautela, depois tirou os óculos e olhou Mallory nos olhos.

– Confia em sua boa sorte, Ned?

Mallory afagou a barba.

– Prossiga.

– Os palpiteiros estão cotando probabilidade de dez para um contra nosso *Zéfiro.*

Mallory riu à socapa.

– Não sou um jogador, sr. Godwin! Dê-me fatos concretos e evidências, para que eu possa tomar uma posição. Mas não sou nenhum bobo alegre para alimentar a esperança de riquezas incertas.

– Arriscou em Wyoming. Arriscou a própria vida.

– Mas aquilo dependia de minhas próprias habilidades e das de meus colegas.

– Exatamente! – disse Godwin. – É esta minha posição, ao pé da letra! Ouça por um instante. Deixe-me contar-lhe a respeito de nossa Irmandade da Mecânica a Vapor.

Godwin baixou a voz.

– O chefe de nosso sindicato, Lorde Scowcroft... Era apenas Jim Scowcroft nos tempos ruins, um desses agitadores populares, mas fez as pazes com os Rads. Agora é rico, conheceu o Parlamento e coisas assim; homem muito astuto. Quando fui a Lorde Scowcroft com meus planos para o *Zéfiro*, ele se dirigiu a mim exatamente como você o fez agora: fatos e evidências. "Mestre de primeiro grau, Godwin", ele disse, "não posso financiá-lo com as reservas de nossos Irmãos, a menos que consiga mostrar-me, preto no branco, como isso poderá beneficiar-nos."

– Então, contei-lhe: "Milorde, a construção de *gurneys* a vapor é um dos melhores mercados de luxo do país. Quando formos a Epsom Downs, e esta nossa máquina derrotar os adversários, a *gentry* formará filas à procura do notável trabalho da Mecânica a Vapor". E assim será, Ned.

– Se você ganhar a corrida – disse Mallory.

Godwin concordou com melancólico aceno de cabeça.

– Não faço nenhuma promessa rigorosa. Sou engenheiro; sei perfeitamente bem que o ferro pode curvar-se, quebrar, enferrujar e explodir. Você decerto também o sabe, Ned, pois me viu fazer reparos na maldita fortaleza a vapor até quase enlouquecer... Mas domino as condições e as variáveis. Conheço os diferenciais de pressão, o rendimento efetivo do motor, o torque do eixo de manivela e os diâmetros das rodas. Na ausência de infortúnios, nosso pequeno *Zéfiro* passará a toda velocidade por seus rivais como se estivessem imóveis.

– Parece-me esplêndido. Fico feliz por você. – Mallory deu um gole da cerveja. – Agora, diga-me o que acontece em caso de infortúnio.

Godwin sorriu.

– Nesse caso, perco, e fico sem dinheiro. Lorde Scowcroft era liberal, de acordo com seus próprios padrões, mas sempre há custos extras num projeto assim. Investi tudo em minha máquina: meu abono da expedição da Royal Society, até mesmo uma pequena herança que recebi de uma tia solteira, que Deus a tenha.

Mallory ficou surpreso.

– Tudo?

Godwin deu um riso contido e sarcástico.

– Bem, não podem tomar-me o que *sei*, podem? Ainda terei minhas habilidades; quiçá realize outra expedição da Royal Society. Pagam o suficiente. Mas estou arriscando tudo o que tenho na Inglaterra. É tudo ou nada, Ned, sem meio-termo.

Mallory afagou a barba.

– Assusta-me assim, sr. Godwin. Sempre me pareceu um homem tão prático.

– Dr. Mallory, meu público hoje é nada menos que a nata da Grã-Bretanha. O primeiro-ministro está presente hoje. Lady Ada Byron está aqui, e apostando prodigamente, se os rumores forem verdadeiros. Quando terei outra chance assim?

– Sim, estou acompanhando sua lógica – disse Mallory –, embora não possa dizer que aprovo. Mas, enfim, sua situação de vida permite tal risco. Não é um homem casado, é?

Godwin deu um gole da cerveja.

– Você também não, Ned.

– Não, mas tenho oito irmãos e irmãs mais novos, a doença mortal de meu pai, minha mãe consumida pelo reumatismo. Não posso jogar com o sustento de minha família.

– A probabilidade é de dez para um, Ned. Probabilidade falsa! Deveria ser cinco para três a favor do *Zéfiro*.

Mallory não disse nada. Godwin suspirou.

– É uma pena. Acalentava o desejo de ver um bom amigo ganhar essa aposta. Uma grande vitória, uma vitória admirável! E eu mesmo não posso fazê-lo, percebe? Queria, mas gastei minha última libra no *Zéfiro*.

– Quem sabe uma quantia modesta – arriscou Mallory. – Pela amizade.

– Aposte dez libras por mim – disse Godwin de súbito. – Dez libras, como um empréstimo. Se perder, pago-lhe tudo de alguma forma, nos próximos dias. Se ganhar, dividimos cem libras hoje à noite, meio a meio. O que me diz? Fará isso por mim?

– Dez libras! Uma importância considerável...

– Tenho condições de devolvê-la.

– Confio que tenha... – Mallory viu que era difícil recusar. O homem havia dado a Tom um lugar na vida, e Mallory sentia-se em dívida. – Muito bem, sr. Godwin. Para satisfazê-lo.

– Não se arrependerá – disse Godwin. Passou pesarosamente a mão nas mangas puídas da sobrecasaca. – Cinquenta libras. Estou precisando. Um inventor triunfante, no auge da vida, não deveria ter que se vestir como um pároco.

– Não acho que gastaria bom dinheiro com vaidades.

– Não é vaidade vestir-se de acordo com sua posição social. – Godwin observou-o, com olhar penetrante. – É seu velho casaco ordinário de Wyoming, não?

– Uma peça bastante prática – disse Mallory.

– Não para Londres. Não para dar palestras especiais para elegantes damas londrinas, enquanto a história natural está em voga.

– Não me envergonho do que sou – disse Mallory, resoluto.

– Modesto Ned Mallory – Godwin acenou afirmativamente –, vindo ao Epsom com uma boina de engenheiro para que os rapazes não se aflijam ao conhecerem um famoso cientista. Sei por que fez isso, Ned, e admiro-o. Mas atente para minhas palavras: será Lorde Mallory um dia, e isso é tão certo quanto o fato de estarmos aqui, bebendo. Terá um belo terno de seda e uma fita na lapela, estrelas e medalhas de todas as escolas eruditas. Pois é o homem que desenterrou o grande Leviatã Terrestre e decifrou de modo extraordinário um amontoado confuso de ossos duros. É o que você é agora, Ned, então não vejo por que não encarar o fato.

– Não é tão simples quanto pensa – protestou Mallory. – Não conhece a política da Royal Society. Sou um catastrofista. Os uniformitaristas dominam, no que se refere à concessão de cargos e honrarias. Os homens gostam de Lyell e daquele maldito imbecil, Rudwick.

– Charles Darwin é lorde. Gideon Mantell é lorde, e o iguanodonte dele é insignificante perto do seu brontossauro.

– Não fale mal de Gideon Mantell! É o mais admirável homem de ciência que Sussex já teve, e foi muito gentil comigo.

Godwin olhou para a caneca vazia.

– Sinto muito. Fui um pouco franco demais, entendo. Estamos longe da selvagem Wyoming, onde sentávamos perto da fogueira como simples irmãos ingleses, fazendo o que desse vontade. – Colocou os óculos fumê. – Mas me recordo das conversas teóricas que tinha conosco, explicando do que se tratavam aqueles ossos. "A forma segue a função." "Os mais bem adaptados sobrevivem." As formas novas lideram o caminho. Podem parecer esquisitas no começo, mas a natureza as testa de modo justo em comparação com as velhas, e se forem eficientes em essência, o mundo será delas. – Godwin ergueu a cabeça. – Se não consegue ver que sua teoria é o osso do meu tendão, não é o homem que considero ser.

Mallory retirou a boina.

– Sou eu quem deveria desculpar-me, senhor. Perdoe meu temperamento estouvado. Espero que possa sempre falar comigo francamente, sr. Godwin, esteja eu com fitas na lapela ou não. Que eu jamais seja tão anticientífico a ponto de fechar os olhos para a verdade honesta. – Estendeu-lhe a mão.

Godwin apertou-a.

Uma fanfarra soou do outro lado da pista, ao que a multidão respondeu com brados e sussurros. Por todos os lados, as pessoas começaram a movimentar-se, migrando na direção das tribunas qual vasta manada de ruminantes.

– Estou indo fazer a aposta que discutimos – disse Mallory.

– Tenho que voltar aos meus rapazes. Junta-se a nós depois da corrida? Para dividir os ganhos?

– Certamente – disse Mallory.

– Deixe-me pegar essa caneca vazia – ofereceu Godwin. Mallory entregou a caneca e saiu andando.

Ao deixar o amigo, Mallory arrependeu-se imediatamente da promessa. Dez libras era quantia deveras alta. Ele mesmo havia sobrevivido com pouco mais que isso por ano, nos tempos de estudante.

E, no entanto, refletiu, vagueando na direção geral das bancas toldadas dos *bookmakers*, Godwin era um técnico extremamente minucioso, e um homem escrupulosamente honesto. Não tinha qualquer razão para duvidar de suas estimativas quanto ao resultado da corrida, e um homem que apostasse generosamente no *Zéfiro* poderia deixar Epsom aquela noite com uma importância equivalente à renda de alguns anos. Se esse homem apostasse trinta libras, ou quarenta...

Mallory tinha algo bem próximo de cinquenta libras depositado num banco da Cidade, a maior parte de seu abono da expedição. Estava com doze adicionais na cinta porta-dinheiro de lona manchada, apertada com firmeza sob o colete.

Pensou no pobre pai debilitado pela síndrome do chapeleiro louco, envenenado por mercúrio, contorcendo-se e murmurando em sua cadeira ao lado da lareira, em Surrey. Parte do dinheiro de Mallory já estava destinada ao carvão da lareira.

Ainda assim, era possível sair com *quatrocentas libras*... Mas não, ele seria sensato e apostaria apenas as dez, cumprindo seu acordo com Godwin. Dez libras seria uma perda considerável, mas suportável para ele. Passou os dedos da mão direita entre os botões do colete, buscando a aba abotoada do cinto de lona.

Decidiu fazer a aposta com a totalmente modernizada Dwyer & Company, em vez da venerável e talvez minimamente mais respeitável firma Tattersall. Passara muitas vezes em frente ao estabelecimento intensamente iluminado da Dwyer na St. Martin's Lane, ouvindo o grave zunido metálico das três Máquinas que utilizavam. Não quis fazer tal aposta com nenhum dos vários *bookmakers* individuais elevados acima do povaréu em seus altos bancos, embora fossem quase tão confiáveis quanto qualquer uma das firmas maiores; a multidão mantinha-os assim. O próprio Mallory testemunhara o quase linchamento de um *oddsmaker* delinquente em Chester. Ainda lembrava-se do grito horrível de "caloteiro!", emitido como um alerta de "fogo!", saindo da área cercada por grades, e a perseguição contra um homem de boina preta que foi atirado ao chão e chutado brutalmente. Sob a fachada de benevolência da multidão impetuosa havia uma ferocidade primitiva. Ele discutira o incidente com Lorde Darwin, que comparou o ocorrido com a aglomeração de corvos...

Seus pensamentos voltaram-se para Darwin enquanto entrava na fila para o guichê da corrida a vapor. Mallory fora um defensor apaixonado do homem, e um dos primeiros, julgando-o uma das grandes mentes da época; mas passou a suspeitar que o recluso Lorde, embora claramente grato pelo apoio de Mallory, considerava-o um tanto impertinente. No que dizia respeito a questões de avanço profissional, Darwin pouco ajudava. Thomas Henry Huxley era o homem para tal, grande teórico da sociedade, assim como cientista e orador talentoso...

Na fila mais próxima, à direita de Mallory, aguardava um janota vestindo traje elegante no estilo discreto da Cidade, o *Sporting Life* do dia sob o cotovelo imaculado. Enquanto Mallory observava, o homem dirigiu-se ao guichê e fez uma aposta de cem libras num cavalo chamado "Orgulho de Alexandra".

– Dez libras no *Zéfiro*, para ganhar – disse Mallory ao atendente do guichê do vapor, apresentando uma nota de cinco libras e cinco de um. Enquanto o atendente emitia o bilhete da aposta, Mallory examinou as probabilidades expostas em cine-bits acima e atrás do marmorizado lustroso do balcão de papel machê. Os franceses eram tidos como grandes favoritos, ele viu, com o *Vulcão* da Compagnie Générale de Traction, sendo o condutor um tal M. Raynal. Notou que o participante italiano estava em posição um pouco melhor que a do *Zéfiro* de Godwin. Rumores a respeito das bielas?

O atendente passou a Mallory uma cópia em papel delgado do cartão que emitira.

– Muito bem, senhor, obrigado. – Já estava olhando para o próximo apostador, atrás de Mallory.

Mallory disse em voz alta:

– Aceitam cheque de um banco da Cidade?

– Certamente, senhor – respondeu o atendente, erguendo uma sobrancelha, como se notasse a boina e o casaco de Mallory pela primeira vez –, desde que esteja impresso com seu número de identidade.

– Nesse caso – disse Mallory, para o seu próprio espanto –, farei uma aposta adicional de quarenta libras no *Zéfiro*.

– Para ganhar, senhor?

– Para ganhar.

Mallory considerava a si mesmo um observador muito perspicaz de seus colegas. Possuía, Gideon Mantell há muito lhe asseverara, o olhar preciso dos naturalistas. De fato, devia sua atual posição na hierarquia científica ao fato de ter usado tal olhar ao longo de monótono trecho da margem rochosa de Wyoming, fazendo distinções em meio ao caos aparente.

Agora, no entanto, assustado pela temeridade da aposta feita, pela monstruosidade do resultado caso perdesse, Mallory não encontrava conforto algum na presença e na diversidade da multidão do Derby. O estrondo vivo de avidez da aglomeração agitada enquanto os cavalos seguiam seu curso era mais do que ele poderia suportar.

Afastou-se das bancas, quase correndo, na esperança de que desaparecesse das pernas o sinal de nervosismo. Densa massa de veículos e pessoas reunira-se às grades da pista, gritando com entusiasmo à medida que os cavalos passavam em nuvens de poeira. Entre a gente mais pobre, a maioria era composta por aqueles relutantes em pagar a taxa de um xelim para a entrada nas bancas, e o restante entretinha ou buscava vítimas na multidão: trapaceiros, ciganos, batedores de carteira. Ele começou a abrir passagem na turba, seguindo para o perímetro da aglomeração, onde pudesse retomar o fôlego.

Ocorreu-lhe de repente que teria perdido uma das papeletas de aposta. O pensamento quase o paralisou. Parou de súbito e afundou as mãos nos bolsos.

Não... Os papeizinhos azuis ainda estavam lá, seus bilhetes para o desastre...

Por pouco não foi esmagado por um par de cavalos que passou aos solavancos. Chocado e enfurecido, Mallory agarrou o arreio do cavalo mais próximo, retomou o equilíbrio e gritou uma advertência.

Um chicote estalou perto de sua cabeça. O condutor tentava livrar-se do emaranhado da multidão, de pé sobre o assento de uma carruagem aberta. O sujeito era um dândi das pistas de corrida, vestindo terno de um azul extremamente artificial, com um enorme rubi falso reluzindo no plastrom de seda lívida. Sob a palidez da testa inchada, acentuada pelas madeixas escuras e desalinhadas, os brilhantes olhos fundos moviam-se constantemente, de modo que ele parecia estar olhando para todos os lados ao mesmo tempo... menos para a pista de corrida, que ainda atraía a atenção de todos, exceto a dele e a de Mallory. Sujeito esquisito, e parte de um trio ainda mais estranho, pois a carruagem tinha duas mulheres como passageiras.

Uma delas usava véu e um vestido quase masculino; e quando a carruagem parou, ela levantou-se sem firmeza, tateando em busca da porta. Tentou descer, num cambaleio bêbado, as mãos obstruídas por uma longa caixa de madeira, algo como o estojo de um instrumento. Mas a outra mulher agarrou violentamente a companheira, empurrando a dama de volta para o assento.

Mallory, ainda com o arreio de couro em punho, olhava tudo aquilo com perplexidade. A segunda mulher era uma prostituta ruiva, em traje apropriado para um cabaré ou pior. As belas feições pintadas eram marcadas por um ar de determinação absoluta e inflexível.

Mallory viu a prostituta ruiva desferir um golpe na dama velada. Foi um soco preciso e dissimulado, acertando as costelas da mulher com os nós dos dedos e com calejada agressividade. A mulher velada curvou-se para a frente e desabou no assento.

Mallory teve o impulso para agir de imediato. Correu para a lateral da carruagem e puxou a porta laqueada.

– O que significa isso? – gritou ele.

– Vá embora – sugeriu a prostituta.

– Eu a vi golpear esta dama. Como ousa?

A carruagem retomou o movimento com um tranco, quase derrubando Mallory ao chão. Ele recuperou-se com agilidade, lançou-se para a frente e pegou no braço da dama.

– Pare já!

A dama levantou-se novamente. Sob o véu negro, o rosto arredondado e delicado estava frouxo e entorpecido. Ela tentou descer mais uma vez, ignorando o movimento da carruagem. Não conseguiu se equilibrar. Com um gesto muito natural e refinado, entregou a Mallory a caixa de madeira alongada.

Mallory cambaleou, segurando firme a desajeitada caixa com as duas mãos. Ouviram-se gritos da multidão desordenada, pois o modo temerário com que o oportunista conduzia a carruagem enfureceu quem estava por perto. O veículo fez mais uma parada ruidosa, com os cavalos bufando e começando a arriar.

O condutor, tremendo de raiva, atirou o chicote para o lado e saltou. Seguiu na direção de Mallory, empurrando os curiosos no caminho. Sacou do bolso óculos rosados quadrados e ajustou-os nas orelhas, em cima do cabelo cheio de vaselina. Ao parar diante de Mallory, endireitou os ombros caídos e estendeu a mão vestida em luva amarelo-canário num gesto peremptório.

– Devolva a caixa imediatamente – ordenou.

– O que está acontecendo aqui? – Mallory revidou.

– Dê-me agora, ou será pior para você.

Mallory encarou o homenzinho com superioridade, bastante surpreso com a ousadia da ameaça. Quase riu alto, e o teria feito, não fosse o brilho insano lançado pelos olhos agitados por trás dos óculos quadrados, como que sob efeito do láudano.

Refletidamente, Mallory colocou a caixa entre as botas enlameadas.

– Madame – chamou –, desça da carruagem, por obséquio. Essas pessoas não têm o direito de forçá-la...

O oportunista pôs rapidamente a mão dentro do espalhafatoso casaco azul e deu o bote, tal qual boneco que salta de uma caixa de surpresa. Mallory defendeu-se, empurrando-o com as mãos abertas, e sentiu o golpe pungente rasgar-lhe a perna esquerda.

O oportunista cambaleou um pouco, firmou-se e atacou novamente, rosnando. Foi possível ver um lampejo fino de aço em sua mão.

Mallory era praticante do sistema de pugilismo científico do sr. Shillingford. Em Londres, lutava semanalmente num dos ginásios privados mantidos pela Royal Society, e os meses que passara nos ermos da América do Norte serviram como uma introdução ao tipo mais agressivo de combate.

Aparou o braço armado do homem com o canto do próprio braço esquerdo e lançou o punho direito contra a boca do sujeito.

Percebeu de relance o punhal, caído na grama pisada: uma lâmina de fio duplo, cruelmente afiada, com cabo de guta-percha preta. Então o homem foi para cima dele, sangrando na boca. O ataque era desprovido de qualquer método. Mallory assumiu a Primeira Postura de Shillingford e acertou a cabeça do miserável.

Agora, a multidão, que recuara diante dos golpes iniciais e do brilho do aço, fechou o cerco em torno dos dois, com um círculo interno de trabalhadores e os tipos característicos das pistas de corrida que deles tentavam tirar proveito. Era um bando de homens robustos, dados a vaiar e gritar insultos, jubilosos ao verem um pouco de sangue derramado em circunstâncias inesperadas. Quando Mallory acertou seu oponente em cheio no queixo com um de seus melhores golpes, deram vivas, apanharam o homem caído entre eles e lançaram-no de volta, direto para o próximo soco. O almofadinha desabou, com a seda salmão do plastrom salpicada de sangue.

– Hei de destruí-lo! – gritou do chão. Um dente, o canino, pelo visto, fora despedaçado brutalmente.

– Cuidado! – gritou alguém. Mallory virou-se com o alerta. A mulher ruiva estava atrás dele, olhar demoníaco, algo reluzente na mão; parecia ser um frasco de vidro, por mais estranho que parecesse. Ela olhou para baixo, mas Mallory colocou-se prudentemente entre ela e a caixa longa de madeira. Seguiu-se um momento tenso de impasse, em que a prostituta pareceu avaliar suas alternativas. Ela então correu para o lado do oportunista ferido.

– Hei de destruí-lo completamente! – o oportunista repetiu entre lábios ensanguentados. A mulher ajudou-o a levantar-se. A multidão zombou dele, chamando-o de covarde e arrogante leviano.

– Tente – sugeriu Mallory, agitando o punho.

O olhar do oportunista encontrou o seu com fúria vil, enquanto o homem apoiava-se pesadamente na mulher. Em seguida, os dois foram-se dali, cambaleando no meio do povo. Mallory apanhou a caixa, triunfante, virou-se e abriu caminho, aos empurrões, pelo cerco dos homens aos risos. Um deles bateu animadamente em suas costas. Ele partiu para a carruagem abandonada.

Então subiu o degrau e entrou no recinto de veludo e couro gastos. O barulho da massa diminuiu aos poucos. A corrida terminara, alguém vencera.

A dama estava sentada com a postura curva no banco surrado, e a respiração movia-lhe o véu. Mallory olhou rapidamente à sua volta, à procura de possíveis agressores, mas viu apenas a multidão. Viu a tudo de modo deveras curioso, como se o instante estivesse congelado, daguerreotipado por algum processo fabuloso que captasse cada nuance mínima do espectro.

– Onde está minha aia? – perguntou a mulher, em tom calmo, distraído.

– E quem seria a sua aia, madame? – disse Mallory, um pouco atordoado. – Não diria que seus amigos eram acompanhantes adequados para uma dama...

A ferida na coxa esquerda de Mallory sangrava. O sangue vazava pela perna da calça. Estava sentado com todo o peso do corpo sobre o assento de veludo roto, pressionando a palma da mão contra o ferimento e espiando sob o véu da mulher. Os cachos esmerados, claros e com aparentes fios grisalhos, indicavam as atenções constantes de uma dedicada dama de companhia. Mas o rosto parecia sugerir estranha familiaridade.

– Conheço-a, madame? – perguntou Mallory.

Não houve resposta.

– Posso acompanhá-la? – sugeriu. – Tem amigos *adequados* no Derby, madame? Alguém que possa cuidar da senhora?

– O Royal Enclosure – ela murmurou.

– Deseja ir ao Royal Enclosure? – A ideia de perturbar a Família Real com uma mulher louca e atordoado era muito mais do que Mallory estava disposto a tolerar. Então, ocorreu-lhe que seria algo bastante simples encontrar policiais ali; e aquilo se enquadrava em questões policiais de alguma forma, sem dúvida.

Ceder à vontade da mulher infeliz seria um plano mais rápido e prático.

– Muito bem, madame – ele disse. Colocou a caixa de madeira debaixo do braço e ofereceu-lhe o outro cotovelo. – Seguiremos imediatamente para o Royal Enclosure. Faça a gentileza de acompanhar-me, por favor.

Mallory levou-a na direção das tribunas, passando pelo mar de pessoas, mancando um pouco. À medida que andavam, ela pareceu recuperar-se levemente. A mão enluvada apoiava-se no antebraço dele, leve como uma teia.

Mallory aguardou uma abertura para atravessar a multidão. Finalmente encontrou-a abaixo dos pilares alvorejados das tribunas.

– Poderia apresentar-me, madame? Meu nome é Edward Mallory. Sou membro da Royal Society. Paleontólogo.

– Da Royal Society – murmurou para a mulher, distraída, a cabeça velada balançando afirmativamente, como uma flor no pedúnculo. Pareceu balbuciar algo mais.

– Perdão?

– A Royal Society! Sugamos a força vital dos mistérios do universo...

Mallory fitou-a.

– As relações fundamentais na ciência da harmonia – prosseguiu a mulher, num tom de voz de profunda nobreza, enorme cansaço e completa serenidade – são suscetíveis à expressão mecânica, permitindo a composição de peças musicais científicas e elaboradas, de qualquer grau de complexidade ou extensão.

– De fato – Mallory tranquilizou-se.

– Penso, cavalheiro – sussurrou a mulher –, que quando vir certas produções minhas, não perderá as esperanças! Ao seu próprio modo, meus regimentos servirão habilmente aos governantes da Terra. E de que consistirão meus regimentos...? Vastos *números*.

Ela apertara o braço de Mallory com fervorosa intensidade.

– Marcharemos com força irresistível, ao som da *música*. – Voltou a face velada para ele, com estranha e vivaz gravidade. – Não é muito misterioso? Minhas tropas certamente consistirão de *números*, caso contrário não terão existência alguma. Entretanto, o que *são* tais números? Há um enigma...

– Esta caixa é sua, madame? – disse Mallory, oferecendo-lhe o objeto, na esperança de despertar um retorno à razão.

Ela olhou para a caixa, sem reconhecimento aparente. Era algo vistoso, de pau-rosa polido, com os cantos revestidos de latão. Poderia ter sido uma caixa de luvas femininas, mas era austera demais, e faltava-lhe elegância. A longa tampa estava fechada por um par de pequeninos ganchos de latão. Acariciou-a com o dedo indicador enluvado, como se confirmasse assim sua existência física. Algo no objeto parecia provocar-lhe um gradual reconhecimento do próprio infortúnio.

– Poderia segurá-la para mim, senhor? – perguntou finalmente a Mallory, a voz serena tremendo com um apelo estranho e comovente. – Poderia ela ficar sob sua guarda?

– É claro! – disse Mallory, com involuntário enternecimento. – É claro que posso zelar por ela; por quanto tempo a senhora desejar.

Subiram as tribunas com cautela, na direção da escadaria acarpetada que levava ao Royal Enclosure. A perna de Mallory doía de forma aguda, e as calças estavam grudentas de sangue. Estava mais atordoado do que achava que deveria estar em razão de um ferimento tão pequeno; algo na estranha fala da mulher e na conduta mais estranha ainda lhe havia revirado a cabeça. Ou quiçá – veio o pensamento sombrio – houvesse algum tipo de veneno encobrindo o punhal do oportunista. Lamentava não ter apanhado a arma para análise posterior. Talvez a louca também tivesse sido narcotizada de alguma forma; provável que ele tivesse frustrado um plano sombrio de sequestro...

Abaixo deles, a pista fora desobstruída para a iminente corrida de *gurneys*. Cinco imensos *gurneys* – e o minúsculo *Zéfiro* com ares de bugiganga – tomavam seus lugares. Mallory parou por um momento, hesitante, contemplando o frágil veículo do qual suas riquezas tão absurdamente dependiam. A mulher aproveitou o momento para soltar seu braço e apressar-se na direção das paredes caiadas do Royal Enclosure.

Mallory, surpreso, correu atrás dela, mancando. Ela parou por um momento ao lado de dois guardas à porta – policiais à paisana, pareciam, muito altos e robustos. A mulher afastou o véu, com a habilidade de um gesto habitual, e Mallory avistou seu rosto com clareza pela primeira vez.

Era Ada Byron, a filha do primeiro-ministro. Lady Ada Byron, a Rainha das Máquinas.

Ela entrou rapidamente pela porta, passando pelos guardas, sem uma olhadela sequer para trás ou uma única palavra de agradecimento. Mallory, carregando a caixa de pau-rosa, foi atrás dela de imediato.

– Espere! – gritou. – Milady!

– Só um momento, senhor! – disse o policial maior, muito cortês. Ergueu a mão musculosa e olhou Mallory de cima a baixo, notando o estojo de madeira e a perna das calças umedecida. A boca sob o bigode entortou.

– É convidado no Royal Enclosure, senhor?

– Não – disse Mallory. – Mas deve ter visto Lady Ada passar por aqui há um instante. Algo muito horrível aconteceu-lhe. Receio que esteja um tanto aflita. Consegui prestar-lhe auxílio...

– Seu nome, senhor? – vociferou o segundo policial.

– Edward... Miller – disse Mallory, sem pensar, tomado por um súbito arrepio de desconfiança defensiva no último instante.

– Posso ver seu cartão de identidade, sr. Miller? – disse o primeiro policial. – O que há na caixa que leva consigo? Posso ver seu interior, por obséquio?

Mallory afastou a caixa e deu um passo para trás. O policial fitou-o com uma mistura explosiva de desdém e desconfiança.

Ouviu-se um alto estampido da pista abaixo. O vapor zuniu de uma emenda rompida no *gurney* italiano, lançando névoa sobre as tribunas como um gêiser. Houve breve pânico ali. Mallory aproveitou o ensejo para sair mancando. Os policiais, preocupados talvez com a segurança de seu posto, decidiram não segui-lo.

Ele apressou-se, coxeando, descendo as tribunas, misturando-se o mais rápido possível com a multidão. Um sentido qualquer de autopreservação fez com que tirasse a boina listrada de engenheiro e enfiasse-a no bolso do casaco.

Encontrou um lugar nas tribunas, a vários metros do Royal Enclosure. Equilibrou sobre os joelhos a caixa debruada de latão. Embora fosse um pequeno rasgo na perna das calças, a ferida ainda sangrava por baixo. Mallory ficou sentado com uma expressão confusa, pressionando a palma da mão contra o ferimento dolorido.

– Maldição – disse um homem no banco atrás dele, a voz cheia de autoconfiança e bebida. – Essa falsa largada vai diminuir a pressão. Uma simples questão de calor específico. Significa que a caldeira maior ganhará com certeza.

– E qual deles é, então? – disse o companheiro do homem, seu filho talvez.

O homem remexeu uma folha de palpites.

– É o *Golias*. O carro de Lorde Hansell. Seu modelo anterior venceu ano passado...

Mallory olhou de cima a pista batida por cascos de animais. O corredor do veículo italiano estava sendo carregado em maca após ter sido desvencilhado com alguma dificuldade do interior da cabine de piloto. Uma coluna de vapor sujo ainda saía da fenda na caldeira italiana. Os assistentes de corrida puxavam um grupo de cavalos até a carroceria inutilizada.

Grandes colunas de vapor branco saíam de modo brusco dos canos de escapamento dos outros competidores. As crenas de latão polido que coroavam o escapamento do *Golias* eram especialmente imponentes. E apequenavam por completo o escapamento delgado e de peculiar delicadeza do *Zéfiro* de Godwin, cercado de correntes que repetiam em seções cruzadas o padrão de gota das linhas aerodinâmicas.

– Que situação horrenda! – opinou o homem mais jovem. – Creio mesmo que a explosão tenha arrancado a cabeça do pobre estrangeiro, por completo.

– Nem um pouco – disse o mais velho. – O sujeito estava com um capacete especial.

– Não está se movendo, senhor.

– Se os italianos não puderem competir de forma apropriada na esfera técnica, não têm o que fazer aqui – disse em tom severo o mais velho.

Um estrondo de aprovação partiu da multidão quando a caldeira foi retirada pelos cavalos laboriosos.

– Veremos uma grande competição agora! – disse o homem mais velho.

Mallory, aguardando em estado de tensão, viu-se abrindo a caixa de pau-rosa, os dedos movimentando-se sobre os pequenos fechos de latão como que por vontade própria. O interior, forrado de baeta verde, continha uma longa pilha de cartas de um branco leitoso. Puxou uma delas do meio da pilha. Era um cartão perfurado de Máquina, cortado em medida padrão de especialidade francesa e feito de algum material artificial desconcertantemente macio. Um dos cantos trazia uma observação manuscrita, "nº 154", em tinta lilás-clara.

Mallory recolocou a carta no lugar e fechou a caixa.

A bandeira foi agitada, e os *gurneys* partiram.

O *Golias* e o *Vulcano* francês guinaram de imediato para a liderança. O atraso imprevisto – o atraso fatal, pensou Mallory, com o coração oprimido – esfriara a caldeira minúscula do *Zéfiro*, levando-o de forma indubitável a uma perda crucial de impulso. O *Zéfiro* seguiu atrás das máquinas maiores, chacoalhando de maneira meio cômica nos sulcos profundos que eram deixados. Ele não parecia estar conseguindo uma tração adequada.

Mallory não se viu surpreso. Estava tomado por fatal resignação.

Vulcano e *Golias* começaram a se chocar na luta pela vantagem na primeira curva. Os outros três *gurneys* enfileiraram-se atrás deles. O *Zéfiro*, de modo um tanto absurdo, fez a curva mais aberta possível, totalmente fora do rasto dos outros competidores. O mestre de segundo grau, Henry Chesterton, ao volante do minúsculo veículo, parecia ter de fato enlouquecido. Mallory assistia com a calma entorpecida de um homem arruinado.

O *Zéfiro* sacudiu numa impossível explosão de velocidade. Passou deslizando pelos outros *gurneys* com absurda facilidade, tal escorregadia semente de abóbora espremida entre um indicador e um polegar. Na curva do primeiro quilômetro, a uma velocidade bastante espantosa, oscilou visivelmente sobre duas rodas; na última volta, atingiu sutil elevação, ficando o veículo como um todo perceptivelmente no ar. As grandes rodas motrizes repeliram o solo com discreta nuvem de poeira e guincho metálico; foi apenas nesse momento que Mallory percebeu que a enorme multidão nas arquibancadas mergulhara em silêncio mortal.

Nem um pio foi emitido pelo povo quando o *Zéfiro* atravessou, zunindo, a linha de chegada. Em seguida, deslizou até parar, chacoalhando violentamente de um lado ao outro dos sulcos deixados pela disputa.

Quatro segundos inteiros passaram-se antes que o encarregado da pista conseguisse agitar a bandeira. Os outros *gurneys* ainda faziam uma curva distante a nada menos de cem metros atrás.

De súbito, os espectadores começaram a gritar – não de alegria, mas de profunda incredulidade, e até mesmo de uma estranha espécie de raiva.

Henry Chesterton desceu do *Zéfiro*. Jogou o cachecol para trás, apoiou-se tranquilamente na carroceria brilhante de seu veículo e observou com afrontosa insolência os outros *gurneys* arrastarem-se penosamente para atravessar a linha de chegada. No momento em que chegaram, pareciam ter envelhecido séculos. Eram, Mallory deu-se conta, peças de museu.

Mallory pôs a mão no bolso. Os bilhetes azuis das apostas estavam completamente seguros. Sua natureza material não se havia modificado minimamente, mas agora essas pequenas tiras de papel azul significavam infalivelmente um ganho de quatrocentas libras. Não, *quinhentas* libras no total – cinquenta das quais a ser dadas ao vencedor absoluto, o sr. Michael Godwin.

Uma voz ressoou nos ouvidos de Mallory em meio ao tumulto crescente da multidão.

– Estou rico – observou calmamente a voz. Era a sua própria voz.

Ele estava rico.

Esta imagem é um daguerreótipo formal do tipo que é distribuído pela aristocracia britânica, nos círculos restritos de amizade e relações pessoais. O fotógrafo pode ter sido Albert, o príncipe consorte, homem cujo notório interesse em questões científicas fez dele membro íntimo, de sinceridade aparentemente genuína, da elite Radical britânica. As dimensões da sala e a rica tapeçaria ao fundo mostravam claramente tratar-se do salão de fotografia que o príncipe Albert preservava no Palácio de Windsor.

As mulheres retratadas são Lady Ada Byron e sua companheira e pretensa aia, Lady Mary Somerville. Autora de *Sobre a conexão das ciências físicas* e tradutora de *Mecânica celeste,* de Laplace, Lady Somerville apresenta a expressão resignada de uma mulher habituada aos caprichos de sua companheira mais jovem. Ambas usam sandálias douradas e vestes brancas, lembrando de algum modo togas gregas, mas fortemente influenciadas pelo neoclassicismo francês. São, na verdade, as vestimentas de iniciadas da Sociedade da Luz, a cúpula secreta e braço da propaganda internacional do Partido Radical Industrial. A mais velha, sra. Somerville, usa também uma faixa de bronze com símbolos astronômicos, um símbolo secreto do alto posto que esta *femme savante* ocupa nos conselhos da ciência europeia.

Lady Ada, os braços nus exceto pelo anel de sinete no dedo indicador direito, deposita uma coroa de louros em torno da cabeça do busto esculpido em mármore de Isaac Newton. Apesar do posicionamento meticuloso da câmera, a estranha roupagem não favorece Lady Ada, e seu rosto dá sinais de tensão. Lady Ada tinha quarenta e um anos no final de junho de 1855, quando este daguerreótipo foi tirado. Pouco tempo antes, havia perdido alta soma de dinheiro no Derby, embora seus prejuízos no jogo, de conhecimento comum entre os amigos íntimos, pareçam ter ultrapassado a perda de quantias ainda maiores, muito provavelmente extorquidas.

Ela é a Rainha das Máquinas, a Feiticeira dos Números. Lorde Babbage chamava-a de "Pequena Da". Não exerce função formal no governo, e o breve florescimento de seu gênio matemático ficou para trás. Mas ela é, talvez, a principal ligação entre seu pai, o grande Orador do Partido Radical Industrial, e Charles Babbage, eminência parda do Partido e o mais notável teórico social.

Ada é a mãe.

Seus pensamentos são imperscrutáveis.

Terceira Iteração

Lanternas Furta-fogo

IMAGINE EDWARD MALLORY subindo a esplêndida escadaria do Palácio de Paleontologia, o corrimão maciço de ébano sustentado por estrutura de ferro esmaltada de preto, que representava samambaias antigas, cicadáceas e ginkgos.

Digamos que está sendo seguido por um mensageiro de rosto vermelho, sobrecarregado por uma dúzia de pacotes brilhantes, fruto de compras cuidadosas e metódicas de uma longa tarde. Na subida, Mallory vê que Lorde Owen arrasta-se pesadamente escada abaixo, com um ar rabugento nos olhos reumosos. Os olhos do ilustre anatomista de répteis lembram ostras fora da concha, pensa Mallory, descascadas e prontas para a dissecação. Mallory cumprimenta-o, tirando o chapéu. Owen murmura algo que poderia ser uma saudação.

Na curva do primeiro largo patamar, Mallory avista um grupo de estudantes sentados às janelas abertas, debatendo tranquilamente, enquanto o crepúsculo persiste acima dos beemotes de gesso dos jardins de pedra do Palácio.

Uma brisa agita as longas cortinas de linho.

Mallory virou o rosto, lado direito, lado esquerdo, diante do espelho do armário. Desabotoou o casaco e enfiou as mãos nos bolsos das calças, de modo a melhor exibir o colete, que era tecido num mosaico vertiginoso de minúsculos quadrados azuis e brancos. Xadrez de Ada, os alfaiates chamavam-no, tendo a Lady criado o padrão programando um tear de Jacquard para tramar álgebra pura. O colete era o arremate perfeito para todo o conjunto, pensou, embora ainda precisasse de algo, talvez uma bengala. Puxou a tampa da charuteira e ofereceu um havana para o cavalheiro no espelho. Um gesto refinado, mas não se podia andar por aí com uma charuteira de prata como se fosse um regalo de mulher; isso era afeminado, certamente.

Um leve repenique saiu do tubo acústico instalado na parede ao lado da porta. Mallory atravessou o quarto e abriu a tampa de latão revestida de borracha.

– Mallory falando! – gritou, inclinando-se.

A voz do recepcionista tornou-se audível, com o aspecto fantasmagórico conferido pela sonoridade retumbante.

– Visita para o senhor, dr. Mallory! Devo enviar o cartão dele?

– Sim, por favor! – Mallory, não acostumado a fechar a grade pneumática, atrapalhou-se com o gancho de estanho dourado. Um cilindro de guta-percha preta projetou-se para fora do tubo, como se lançado por uma arma, indo bater com sólido impacto na parede em frente. Apressando-se para apanhá-lo, Mallory notou, sem surpresa, que a parede de gesso coberto de papel já estava com as marcas da pancada. Desatarraxou a tampa do cilindro e balançou-o, deixando cair o conteúdo. *Sr. Laurence Oliphant*, em extravagante papel-cartão, *Autor e Jornalista*. Um endereço de Piccadilly e um número de telegrama. Um jornalista com alguma pretensão, a julgar pelo cartão. Nome vagamente familiar. Não havia lido algo escrito por um Oliphant no *Blackwood's*? Virou o cartão e examinou o retrato pontilhado por Máquina de um cavalheiro de cabelos claros, com incipiente calvície na frente. Grandes olhos castanhos e servis, um meio sorriso esquisito, uma sombra de barba abaixo do queixo. Com a barba e a calvície, o crânio estreito do sr. Oliphant parecia tão alongado quanto o de um iguanodonte.

Mallory enfiou o cartão no caderno e olhou para o quarto à sua volta. Miudezas compradas por ele estavam espalhadas em desordem sobre a cama: notas de recibo, papel de seda, caixas de luvas, formas de sapateiro.

– Por favor, diga ao sr. Oliphant que irei ter com ele no saguão.

Enchendo rapidamente os bolsos das calças novas, saiu, trancou a porta e seguiu a passos largos pelo corredor, passando por paredes brancas de calcário fóssil, salpicadas e marcadas por cavidades, emolduradas por úmidas colunas quadradas de mármore escuro, os sapatos novos rangendo a cada passo.

O sr. Oliphant, inesperadamente longilíneo e vestido de forma simples e esmerada, mas suntuosa, recostava-se no balcão de mármore, pés cruzados aos tornozelos – a pose relaxada do jornalista transmitia a indolência serena de um cavalheiro direito. Mallory, tendo conhecido mais repórteres gim-com-água do que gostaria, trampolineiros que buscavam artigos fantasiosos sobre o grande Leviatã, sentiu tênue pontada de ansiedade. O sujeito revelava o polido autocontrole dos extremamente opulentos.

Mallory apresentou-se, descobrindo a força resistente da mão de dedos alongados do jornalista.

– Estou a serviço da Geographical Society – anunciou Oliphant, alto o suficiente para ser ouvido por um grupo de cientistas que passava por perto. – Comitê de Exploração, entende? Gostaria de saber se poderia consultá-lo a respeito de certa questão, dr. Mallory.

– É claro – disse Mallory. A Royal Geographical Society era generosamente patrocinada; o poderoso Comitê de Exploração tomava as decisões sobre quem receberia os recursos da Geographical.

– Posso sugerir que conversemos em particular, senhor?

– Certamente – concordou Mallory, e seguiu o jornalista até o salão do Palácio, onde Oliphant encontrou um canto sossegado e meio sombrio ao lado de um biombo chinês laqueado. Mallory jogou para trás as abas do casaco e sentou-se numa cadeira. Oliphant acomodou-se na ponta mais distante de um sofá de seda vermelha, de costas para a parede. Olhou claramente para a extensão da sala, e Mallory viu que estava verificando a presença de possíveis bisbilhoteiros.

– Parece conhecer bem o Palácio – arriscou Mallory. – Costuma vir aqui, a trabalho pelo Comitê?

– Não com frequência, embora tenha encontrado um colega seu aqui, o professor Francis Rudwick.

– Ah, Rudwick, sim; pobre sujeito. – Mallory ficou um tanto melindrado, mas não surpreso, por encontrar uma conexão profissional de Rudwick, que raramente perdia a oportunidade de conseguir concessões financeiras, qualquer que fosse a fonte.

Oliphant acenou positivamente a cabeça, com moderação.

– Não sou nenhum cientista, dr. Mallory. Sou escritor de livros de viagem, na verdade. Insignificâncias, mesmo, ainda que alguns tenham recebido alguma resposta favorável do público.

– Entendo – disse Mallory, convencido de que agora captara as intenções do homem: rico e desocupado, diletante. Muito provavelmente tinha conexões familiares. A maioria de tais entusiastas amadores era bastante inútil para a ciência.

– Dentro da Geographical Society, dr. Mallory – começou Oliphant –, trava-se no momento intenso debate a respeito de nosso verdadeiro objeto. Talvez esteja ciente da controvérsia?

– Estive no estrangeiro – disse Mallory –, e deixei de acompanhar algumas notícias.

– Sem dúvida tem estado inteiramente ocupado com sua própria controvérsia científica. – O sorriso de Oliphant desarmou-o. – Catástrofe *versus* Uniformidade. Rudwick costumava abordar a questão. Com muita impetuosidade, devo dizer.

– Assunto difícil – murmurou Mallory –, um tanto abstruso...

– Pessoalmente, achei fraco o argumento de Rudwick – disse Oliphant, sem cerimônias, para a agradável surpresa de Mallory. O jornalista inclinou-se para a frente, com lisonjeira atenção. – Permita-me explicar melhor o propósito da minha visita, dr. Mallory. Dentro da Geographical Society, alguns consideram que ela deveria ter melhor orientação, em vez de limitar-se a uma ligação com a África para descobrir as fontes do Nilo: investigar as fontes de nossa própria sociedade. Por que confinar as explorações à geografia física, quando há tantos problemas de geografia política, e até mesmo moral, ainda não solucionados?

– Interessante – disse Mallory, completamente perdido quanto a onde o visitante estava querendo chegar.

– Como eminente explorador – disse Oliphant –, o que diria a uma proposição da seguinte espécie? – O olhar do homem, curiosamente, parecia fixado no meio do caminho. – Suponha, senhor, que alguém fosse explorar não a vastidão de Wyoming, mas um canto específico de nossa própria Londres...

Mallory acenou inexpressivamente com a cabeça, e considerou a breve possibilidade de que Oliphant estivesse louco.

– Não poderíamos, então, senhor – continuou o sujeito, com um leve tremor, como o de um entusiasmo reprimido –, fazer investigações inteiramente estatísticas, extremamente objetivas? Não poderíamos examinar a sociedade, senhor, com precisão e intensidade inteiramente inovadoras? Conjeturando, por meio delas, novos princípios... a partir das incontáveis aglomerações da população ao longo do tempo, senhor; dos mais obscuros trajetos da moeda que passa de mão em mão; dos fluxos turbulentos do tráfego... Assuntos a que hoje chamamos vagamente de questões de polícia, questões de saúde, serviços públicos... mas concebidos, senhor, por meio de um olhar científico, todo penetrante e todo minucioso!

Havia um excesso de brilho entusiasmado no olhar de Oliphant, um repentino ardor furioso que revelava o impostor através do ar langoroso.

– Na teoria – ressalvou Mallory –, a perspectiva parece promissora. Como questão prática, duvido que as sociedades científicas possam fornecer os recursos de Máquina necessários para um projeto tão amplo e ambicioso. Eu mesmo tive de esforçar-me para ordenar uma simples análise de estresse dos ossos que descobri. O trabalho da Máquina tem demanda constante. Em todo caso, por que a Geographical Society se interessaria pela questão? Por que tomaria os fundos destinados aos essenciais trabalhos de exploração estrangeiros? Eu diria que uma sindicância parlamentar direta talvez...

– Mas ao governo falta a visão necessária, o senso de aventura intelectual, a objetividade. Suponha que fossem as Máquinas da polícia, todavia, em vez das Máquinas, digamos, do Instituto de Cambridge. O que diria nesse caso?

– As Máquinas da polícia? – disse Mallory. A ideia era bastante extraordinária. – Por que a polícia concordaria com um empréstimo de suas Máquinas?

– As Máquinas frequentemente ficam ociosas à noite – disse Oliphant.

– Ficam mesmo? – disse Mallory. – Minha nossa, isso é deveras interessante... Mas se essas Máquinas fossem colocadas a serviço da ciência, sr. Oliphant, imagino que outros projetos, mais urgentes, consumiriam rapidamente os ciclos ociosos. Uma proposta como a sua precisaria de apoiadores poderosos para ir ao início da fila.

– Mas, em teoria, o senhor concorda? – persistiu Oliphant. – Caso os recursos estivessem disponíveis, consideraria válido o princípio básico?

– Teria de ver uma proposta detalhada antes de apoiar de forma ativa tal projeto, e, francamente, duvido que minha voz tenha muito peso em sua Sociedade. Não sou membro, percebe?

– Subestima sua fama em ascensão – protestou Oliphant. – A indicação de Edward Mallory, o descobridor do Leviatã da Terra, enlevaria a Geographical com enorme facilidade.

Mallory ficou sem fala.

– Rudwick tornou-se membro – disse Oliphant, calmamente. – Após a questão do pterodáctilo.

Mallory pigarreou.

– Estou certo de que é válido o...

– Considerarei uma honra se me deixar cuidar do assunto pessoalmente – disse Oliphant. – Não haverá qualquer dificuldade, posso prometer-lhe.

O ar seguro de Oliphant não permitia qualquer hesitação. Mallory reconheceu o fato consumado. Havia sido manipulado com destreza. Não havia forma educada de recusar o favor, e uma participação na rica e poderosa Sociedade certamente não era algo a ser desdenhado. Seria uma bênção profissional. Ele era capaz de imaginar sua participação, junto ao seu nome: Mallory, F.R.S., F.R.G.S.

– A honra é toda minha, senhor – disse Mallory –, embora receie que venha a enfrentar problemas demais por minha causa.

– Tenho profundo interesse em paleontologia, senhor.

– Fico surpreso que um autor de livros de viagem tenha tal interesse.

Oliphant ergueu os dedos elegantes e levou-os ao longo lábio superior sem bigode.

– Percebi, dr. Mallory, que "jornalista" é um termo de conveniente imprecisão, pois permite que se faça grande quantidade de estranhas perguntas. Por natureza, sou um homem de curiosidade ampla mas tristemente superficial. – Oliphant abriu as mãos. – Faço o que posso para ser útil aos verdadeiros estudiosos, embora duvide que seja totalmente merecedor de minha atual e não solicitada posição no círculo interno da venerável Geographical Society. A fama que nasce do dia para a noite tem repercussões peculiares, entende?

– Devo confessar que não conheço seus livros – disse Mallory. – Estive no estrangeiro e fiquei muito atrasado em minhas leituras. Acredito que tenha acertado o alvo em relação aos leitores e, com isso, tenha obtido grande sucesso?

– Não foram os *livros* – disse Oliphant, divertindo-se com a própria surpresa. – Estive envolvido no caso da Legação de Tóquio. No Japão. Final do ano passado.

– Uma afronta à nossa embaixada no Japão, estou correto? Um diplomata foi ferido? Eu estava nos Estados Unidos...

Oliphant hesitou, depois flexionou o braço esquerdo, puxando a manga do casaco e o punho imaculado, e revelou uma ferida vermelha e enrugada na articulação externa do pulso esquerdo. Um talho de faca. Não, pior que isso: um golpe de sabre, nos tendões. Mallory notou pela primeira vez que dois dedos da mão esquerda de Oliphant estavam dobrados de forma permanente.

– É você, então! Laurence Oliphant, o herói da Legação de Tóquio! Agora lembro-me do nome. – Mallory alisou a barba. – Deveria ter colocado *isso* no cartão, e ter-me-ia lembrado do senhor de imediato.

Oliphant pôs a manga de volta no lugar, com expressão de leve constrangimento.

– Um ferimento de espada japonesa é algo tão bizarro para uma *carte d'identité*...

– Seus interesses são variados de fato, senhor.

– Às vezes não se pode evitar certas complicações, dr. Mallory. Pelos interesses da nação, por assim dizer. Imagino que o senhor mesmo conheça tal situação muito bem.

– Infelizmente, não entendo a que se refere...

– O professor Rudwick, o *finado* professor Rudwick, certamente estava a par de tais complicações.

Mallory compreendeu, então, a natureza das alusões de Oliphant; e pronunciou-se de modo franco e severo.

– Seu cartão, senhor, declara que é um jornalista. E essas não são questões a serem discutidas com um jornalista.

– Seu segredo, receio, está longe de ser hermético – disse Oliphant, com educado desdém. – Todos os membros de sua expedição a Wyoming sabem a verdade. Quinze homens, alguns menos discretos do que se poderia esperar. Os homens de Rudwick sabiam também das atividades secretas dele. Aqueles que organizaram o negócio, que lhe pediram para levar em frente o plano, também sabem.

– E como é que *o senhor* sabe?

– Investiguei o assassinato de Rudwick.

– Acredita que a morte de Rudwick esteja relacionada às suas... atividades americanas?

– Sei que está.

– Antes de prosseguirmos, preciso ter certeza do que estamos falando, sr. Oliphant. Quando diz "atividades", a que exatamente se refere? Fale com clareza, senhor. Defina seus termos.

– Muito bem. – Oliphant pareceu aflito. – Refiro-me à organização oficial que persuadiu o senhor a contrabandear rifles de repetição para os selvagens americanos.

– E o nome dessa organização?

– A Comissão de Livre Comércio da Royal Society – disse Oliphant, pacientemente. – Ela existe, oficialmente, para estudar as relações internacionais de comércio. Tarifas, investimentos e assim por diante. A ambição dela, receio, vai além dessa jurisdição.

– A Comissão de Livre Comércio é uma agência legítima do governo.

– No âmbito da diplomacia, dr. Mallory, suas ações podem ser interpretadas como armamento clandestino dos inimigos das nações contra as quais a Grã-Bretanha não está oficialmente em guerra.

– E devo concluir – começou Mallory, irritado – que o senhor não vê com bons olhos...

– O contrabando de armas. Embora tenha lugar específico no mundo, não se deixe enganar. – Oliphant ficou novamente atento para a presença de bisbilhoteiros. – Nunca deve ser realizado por autodenominados entusiastas com uma noção ufana de seu papel na política estrangeira.

– Não gosta de amadores no jogo, então?

Oliphant encarou Mallory, mas não disse nada.

– Prefere profissionais, então, sr. Oliphant? Homens como o senhor?

Oliphant inclinou-se para a frente, apoiando os cotovelos nos joelhos.

– Uma agência *profissional* – afirmou com precisão – não abandonaria seus homens para serem eviscerados por agentes estrangeiros em pleno centro de Londres, dr. Mallory. E é quase nessa condição, devo informar-lhe, que o senhor encontra-se hoje. A Comissão de Livre Comércio não o ajudará mais, não importando a perfeição com que tenha realizado seu trabalho. Nem sequer o informaram da ameaça à sua vida. Estou enganado, senhor?

– Francis Rudwick morreu numa briga num covil de ratos. E isso foi meses atrás.

– Foi em janeiro passado, há apenas cinco meses. Rudwick voltara do Texas, onde armava a tribo comanche em segredo com os rifles fornecidos por sua Comissão. Na noite do assassinato de Rudwick, alguém tentou tirar a vida do ex-presidente do Texas. O presidente Houston escapou por muito pouco. Seu secretário, cidadão britânico, foi brutalmente morto a facadas. O assassino ainda está totalmente livre.

– Acredita que um texano matou Rudwick, então?

– Considero quase certo. As atividades de Rudwick podem ser pouco conhecidas aqui em Londres, mas são bastante óbvias para os infelizes texanos, que extraem balas britânicas dos corpos de compatriotas com regularidade.

– Não gosto do modo como pinta as coisas – disse Mallory, com leve pontada de raiva. – Se não tivéssemos dado a eles as armas, não teriam nos ajudado. Poderíamos ter labutado por anos, não fosse pela ajuda dos cheyennes...

– Duvido que alguém pudesse explicar a questão para um Ranger texano – disse Oliphant. – Na verdade, duvido que pudesse explicá-la à imprensa popular...

– Não tenho qualquer intenção de falar à imprensa. Lamento ter falado com o senhor. Está claro que não é amigo da Comissão.

– Já sei muito mais sobre a Comissão do que gostaria de descobrir. Vim aqui para transmitir uma advertência, dr. Mallory, não para solicitar informações. Fui eu quem falei abertamente demais... fui forçado a fazê-lo, uma vez que é muito óbvio que a sandice da Comissão pôs em risco sua vida, senhor.

Havia força no argumento.

– Compreendo sua preocupação – admitiu Mallory. – Já me advertiu, senhor, e agradeço-o por isso. – Refletiu por um momento. – Mas, e quanto à Geographical Society, sr. Oliphant? Qual o lugar dela nisso?

– Um viajante alerta e observador pode servir aos interesses da nação sem prejuízo algum à ciência – disse Oliphant. – A Geographical tem sido há muito fonte vital de informações. Elaboração de mapas, rotas navais...

Mallory deu o bote.

– Não os chama de "amadores", então, sr. Oliphant? Ainda que também andem à espreita com suas lanternas furta-fogo por onde não deveriam?

O silêncio estendeu-se.

– São *nossos* amadores – Oliphant disse secamente.

– Mas qual é a diferença exata?

– A diferença *exata*, dr. Mallory, é que os amadores da Comissão estão sendo assassinados.

Mallory resmungou com irritação. Recostou-se na cadeira. Talvez tivesse real substância a obscura teoria de Oliphant. A morte repentina de Rudwick, seu rival, seu mais formidável inimigo, sempre parecera golpe de sorte por demais conveniente. – Como é, então, esse seu assassino texano?

– É descrito como um homem alto, moreno e de poderosa constituição física. Usa chapéu de aba larga e longo sobretudo cinza.

– Não seria um grã-fino extravagante das pistas de corrida, de testa saliente... – Mallory tocou a têmpora – e punhal no bolso?

Oliphant arregalou os olhos.

– Meu Deus – disse suavemente.

De repente, Mallory notou que estava se divertindo. Confundir o elegante espião alcançara um ponto profundo de satisfação.

– Cortou-me com um punhal, esse sujeito – disse Mallory, com o mais carregado sotaque de Sussex. – Dia do Derby, durante as corridas. Tratantezinho incomum e odioso...

– O que aconteceu?

– Derrubei o salafrário – disse Mallory.

Oliphant encarou-o fixamente, depois escancarou uma gargalhada.

– O senhor é um homem de recursos inesperados, dr. Mallory.

– Posso dizer o mesmo do senhor – Mallory fez uma pausa. – Mas tenho de dizer-lhe, não creio que o homem estivesse atrás de mim. Estava com uma garota, uma coquete, e os dois intimidavam uma dama...

– Prossiga, sim – instou Oliphant –, isso é inusitadamente interessante.

– Infelizmente, não posso – disse Mallory. – A dama em questão era uma pessoa importante.

– Sua discrição, senhor – disse Oliphant, calmamente –, demonstra que é um cavalheiro. Um ataque à faca, no entanto, é crime sério. Não informou a polícia?

– Não – disse Mallory, deleitando-se com a agitação contida de Oliphant –, pela dama, novamente, percebe? Receei expô-la.

– Talvez – sugeriu Oliphant – seja tudo uma farsa, planejada para envolvê-lo numa suposta briga de jogo. Algo semelhante foi tramado contra Rudwick... que morreu, o senhor bem se recorda, num covil de ratos.

– Senhor – disse Mallory –, a dama não era ninguém menos que Ada Byron.

Oliphant ficou tenso.

– A filha do primeiro-ministro?

– Não há outra.

– Indubitavelmente – disse Oliphant, com súbita e frágil leveza no tom. – Parece-me, no entanto, que existe grande quantidade de mulheres parecidas com Lady Ada, uma vez que nossa Rainha das Máquinas é também uma rainha da moda. Milhares de mulheres seguem seu estilo.

– Nunca fui apresentado, sr. Oliphant, mas a vi em sessões da Royal Society. Estive presente em sua palestra sobre a matemática das Máquinas. Não estou enganado.

Oliphant retirou um caderno de couro do paletó, apoiou-o sobre o joelho e tirou a tampa da caneta-tinteiro. – Fale-me, por favor, sobre o incidente.

– De modo estritamente confidencial?

– Dou-lhe minha palavra.

Mallory apresentou uma versão sucinta dos fatos. Descreveu o casal que importunou Ada e as circunstâncias com o máximo de habilidade, mas não fez menção à caixa de madeira com os cartões de Máquina franceses de celulose canforada. Considerava o detalhe uma questão privada entre ele e a Lady; ela incumbiu-o da guarda de seu estranho objeto, e ele considerava sagrado o compromisso. A caixa de madeira com as cartas, cuidadosamente envoltas em linho especial, escondida entre fósseis emboçados num dos armários pessoais de Mallory no Museu de Geologia Prática, no aguardo de sua atenção adicional.

Oliphant fechou o caderno, guardou a caneta e acenou para o garçom, pedindo bebidas. O garçom, reconhecendo Mallory, levou-lhe um *huckle-buff*. Oliphant pediu um *pink gin*.

– Gostaria que o senhor conhecesse alguns amigos meus – disse Oliphant. – A Agência Central de Estatística mantém extensos arquivos a respeito de tipos criminais, com medidas antropométricas, retratos de Máquina e coisas do gênero. Gostaria que tentasse identificar seu agressor e a cúmplice.

– Muito bem – disse Mallory.

– Receberá também proteção policial.

– Proteção?

– Não de um policial comum, é claro. Alguém do Departamento Especial. São muito discretos.

– Não posso estar com um policial seguindo-me a cada passo todo o tempo – disse Mallory. – O que as pessoas diriam?

– Preocupo-me muito mais com o que diriam caso o senhor fosse encontrado estripado numa via qualquer. Dois proeminentes especialistas em dinossauros, ambos misteriosamente assassinados? A imprensa iria à loucura.

– Não preciso de escolta alguma. Não tenho medo do pequeno cafetão.

– Ele pode bem ser insignificante. Saberemos ao menos isso, se o senhor for capaz de identificá-lo. – Oliphant soltou um suspiro delicado. – Sem dúvida, trata-se de assunto de pouca monta, de acordo com os padrões do Império. Mas eu avaliaria o caso levando em consideração a força do dinheiro; os serviços, quando necessários, por parte de tal tipo sombrio de cidadão inglês, que vive nos redutos da vida estrangeira de Londres; e, finalmente, a solidariedade secreta de refugiados americanos, aqui fugidos das guerras que convulsionam aquele continente.

– E imagina que Lady Ada tenha se envolvido de alguma forma nesse negócio hediondo?

– Não, senhor, em nenhuma parte dele. Pode tranquilizar-se de que não deve ser esse o caso. A mulher que viu pode não ter sido Ada Byron.

– Considero, então, o assunto resolvido – disse Mallory. – Caso me dissesse que os interesses de Lady Ada estavam sob algum risco, eu poderia concordar com quase qualquer medida. Do modo como as coisas encontram-se, correrei meus próprios riscos.

– A decisão é totalmente sua, é claro – disse Oliphant, friamente. – E talvez ainda seja cedo para tomar tão severas medidas. Tem meu cartão? Mantenha-me a par dos desdobramentos.

– Assim o farei.

Oliphant levantou-se.

– E lembre-se, caso alguém pergunte, hoje não discutimos nada além dos assuntos da Geographical Society.

– Ainda não me disse o nome de seus empregadores, sr. Oliphant. Seus verdadeiros empregadores.

Oliphant balançou a longa cabeça sombriamente.

– Tal conhecimento nunca traz benefícios, senhor; tais questões não trazem nada além de pesar. Se for sensato, dr. Mallory, não estará mais envolvido com lanternas furta-fogo. Com sorte, o caso como um todo simplesmente dará em nada, no fim, e desaparecerá aos poucos, sem vestígios, tal como um pesadelo. Certamente, encaminharei seu nome à Geographical, conforme prometi, e espero mesmo que considere com seriedade minha proposta quanto ao uso das Máquinas da Bow Street.

Mallory observou a eminente personalidade erguer-se, virar-se e sair andando a passos largos pelo rico carpete do Palácio, com longas pernas movimentando-se como as lâminas de uma tesoura.

Segurando firme a nova valise com uma das mãos e as correias extras com a outra, Mallory avançou aos poucos pelo corredor lotado do ônibus que seguia até a sacolejante plataforma de saída. Quando o motorista reduziu a velocidade para a passagem de uma imunda asfaltadeira, Mallory pulou para o meio-fio.

Apesar de todo o esforço, tomara o ônibus errado. Ou talvez tivesse seguido longe demais no veículo correto, muito além de seu destino, enquanto prendia sua atenção o último número da *Westminster Review.* Mallory comprara a revista porque trazia um artigo de Oliphant, mordaz necropsia da condução da Guerra da Crimeia. Oliphant, revelou-se, era algo como um especialista na região da Crimeia, tendo publicado seu *As costas russas do Mar Negro* um ano antes da eclosão das hostilidades. O livro detalhava as férias alegres, porém um tanto extensas, de Oliphant naquele lugar. Aos olhos recém-alertados de Mallory, o mais recente artigo de Oliphant estava repleto de insinuações ardilosas.

Um moleque das ruas bateu uma vassoura de ramos no pavimento diante dos pés de Mallory. O garoto ergueu a cabeça, confuso.

– Perdão, chefe?

Mallory percebeu com infeliz sobressalto que estava falando sozinho, em sua abstração extasiada, murmurando algo sobre a sagacidade de Oliphant. O garoto, na tentativa de chamar a atenção de Mallory, deu uma cambalhota para trás. Mallory lançou-lhe dois pence, virou-se ao acaso e saiu caminhando, logo descobrindo estar na Leicester Square, com seus passeios de cascalho e jardins formais que constituíam excelente local para roubos e emboscadas. Especialmente à noite, pois nas ruas próximas havia teatros, pantomimas e casas de lanterna mágica.

Após atravessar a Whitcomb e depois a Oxenden, viu-se na Haymarket, estranha em plena luz do dia, com suas prostitutas roucas agora ausentes, adormecidas. Percorreu toda a extensão da rua, por curiosidade. Parecia muito diferente durante o dia, miserável e cansada de si mesma. Finalmente, ao notar o passo de Mallory, um cafetão aproximou-se, oferecendo-lhe um pacote de camisas-de-vênus, proteção certa contra a lues.

Mallory comprou-as e largou o embrulho dentro da valise.

Virou à esquerda e marchou rumo ao clamor das máquinas da movimentada Pall Mall, o amplo macadame cercado por negras paliçadas de ferro de clubes exclusivos, as fachadas de mármore bem recuadas da movimentação das ruas. Ao lado da Pall Mall, no fim da Waterloo Place, encontrava-se o memorial do Duque de York. O Grande e Velho Duque de York, Que Tinha Dez Mil Homens, era agora distante efígie enegrecida de fuligem, com sua coluna rotunda apequenada pelas espirais de aço da sede da Royal Society.

Mallory sabia onde estava agora. Seguiu a passos firmes pela passarela acima da Pall Mall enquanto, abaixo dele, operários suados, de lenço na cabeça, rompiam um cruzamento com uma ruidosa escavadora com garras de aço. Preparavam a fundação de um novo monumento, ele viu, sem dúvida à gloriosa vitória na Crimeia. Subiu a Regent Street até o Circus, onde o povaréu emergia sem cessar das saídas de mármore fuliginoso do metropolitano. Ele deixou-se levar pelos fluxos ligeiros de humanidade.

Havia ali potente odor nauseabundo, fedor cloacal, como o de vinagre queimando, e por um momento Mallory imaginou que o miasma emanava da própria multidão, das fissuras pendentes de seus casacos e sapatos. Havia uma intensidade subterrânea, uma química feroz profundamente enterrada de cinzas quentes e gotejamentos sépticos, e então ele percebeu que aquilo devia estar sendo trazido por êmbolos, de algum modo forçado a sair das entranhas ardentes de Londres por meio dos exaustores abaixo. Em seguida, ele estava sendo empurrado para fora, para a Jermyn Street, e num instante sentia o cheiro inebriante das mercadorias do empório de queijos Paxton & Whitfield. Depois de atravessar correndo a Duke Street, esquecido o odor, fez uma pausa abaixo das lamparinas de ferro fundido do Hotel Cavendish, protegeu os fechos da valise e partiu para seu destino, o Museu de Geologia Prática.

Era um edifício imponente, robusto como uma fortaleza; Mallory considerou-o muito semelhante à mente de seu curador. Subiu depressa os degraus que iam dar em uma acolhedora frieza impessoal. Depois de assinar o livro de visitas encadernado em couro com um rasgo de pena, seguiu a passos firmes até o amplo salão central com estantes de mogno e frentes envidraçadas e lustrosas, enfileiradas diante das paredes. A luz descia de grandes cúpulas de aço e vidro, onde havia um faxineiro solitário às voltas com seus equipamentos presos ao corpo, lustrando vidraça após vidraça do que Mallory supôs fazer parte de uma escala de serviços infindável.

No piso térreo do museu estavam expostos os vertebrados, junto com diversas ilustrações concernentes das maravilhas da geologia estratigráfica. Acima, numa galeria entre balaústres e pilastras, havia uma série de estantes menores, contendo os invertebrados. O público do dia era satisfatório, com número surpreendente de mulheres e crianças, incluindo toda uma turma de garotos uniformizados e desarrumados, da classe operária, alunos de alguma escola do governo. Examinavam as prateleiras com solene atenção, assistidos por guias de jaleco vermelho.

Mallory esgueirou-se por uma porta alta, sem sinalização, e passou por um corredor ladeado por depósitos trancados. Ao fim do corredor, uma única voz magistral era audível através da porta fechada do escritório do curador. Mallory bateu, depois ouviu, sorrindo, a voz completar uma sentença particularmente pomposa e retórica.

– Entre – ressoou a voz do curador. Mallory entrou, e Thomas Henry Huxley levantou-se para cumprimentá-lo. Trocaram um aperto de mão. Huxley estava ditando para seu secretário, um jovem de óculos com ares de ambicioso estudante de pós-graduação.

– Isso é tudo por ora, Harris – disse Huxley. – Peça para o sr. Reeks entrar, por favor, com seus esboços do brontossauro.

O secretário enfiou as anotações a lápis no in-fólio de couro e saiu, fazendo uma mesura a Mallory.

– Como tem passado, Ned? – Huxley mediu Mallory de cima a baixo, com os olhos impiedosamente observadores e apertados que haviam descoberto a "Camada de Huxley" na raiz dos pelos humanos. – Está com muito boa aparência. Diria até esplêndida.

– Tive um pouco de sorte – disse Mallory, asperamente.

Para a sua surpresa, Mallory viu um garoto pequeno, de cabelos claros, vestido com esmero, de terno de gola plana e calções até a altura dos joelhos, sair de trás das pilhas de papel da mesa de Huxley. – E quem é *esse*?

– A futuridade – gracejou Huxley, curvando-se para pegar a criança. – Meu filho, Noel, veio ajudar o pai hoje. Diga olá para o dr. Mallory, filho.

– Olá, sr. Mellowy – esganiçou o menino.

– *Doutor Mallory* – corrigiu Huxley, docilmente.

Noel arregalou os olhos.

– O senhor é *médico*, dr. Mellowy? – ficou claro que a ideia alarmou-o.

– Minha nossa, mal sabia andar até a última vez que nos encontramos, jovem Noel – Mallory exclamou com entusiasmo. – E aqui está hoje, um pequeno e genuíno cavalheiro. – Sabia que Huxley era doido pelo filho. – E como vai seu irmãozinho?

– Tem uma irmã também, agora – anunciou Huxley, colocando o menino no chão. – Nasceu enquanto você estava em Wyoming.

– Deve estar feliz com isso, mestre Noel!

O garotinho deu um breve sorriso, com acautelada educação. Pulou para a cadeira do pai. Mallory colocou a valise sobre uma estante de livros, que continha uma coleção encadernada em marroquim dos originais da obra de Cuvier.

– Tenho um item que pode interessá-lo, Thomas – disse, abrindo a valise. – Um presente dos cheyennes para você. – Lembrando-se de colocar as camisas-de-vênus sob a *Westminster Review*, retirou um embrulho de papel amarrado com barbante e levou-o a Huxley.

– Espero que não seja uma daquelas curiosidades etnográficas – disse Huxley, sorrindo, ao cortar o barbante habilmente com uma espátula. – Não suporto colares de contas ignóbeis e bugigangas semelhantes...

O embrulho continha seis hóstias marrons e murchas, do tamanho de uma moeda de meia-coroa.

– Um legado útil para você, Thomas, vindo de um curandeiro cheyenne.

– Muito parecido com nossos bispos anglicanos, não? – Huxley sorriu, segurando à luz um dos rígidos objetos. – Matéria vegetal desidratada. Cactos?

– Diria que sim.

– Joseph Hooker, do Kew, poderia dizer-nos.

– Esse médico bruxo teve um considerável entendimento do propósito de nossa expedição. Imaginou que pretendíamos ressuscitar o monstro morto, aqui na Inglaterra. Disse que essas hóstias permitiriam que você viajasse para longe, Thomas, para trazer de volta a alma da criatura.

– E o que eu faço com elas, Ned, penduro-as em um rosário?

– Não, Thomas, você as come. Come-as, entoa cânticos, bate tambores e dança como um dervixe até ter um ataque e cair no chão. É o método padrão, a meu ver – Mallory deu uma risadinha.

– Certas toxinas vegetais têm a propriedade de gerar visões – observou Huxley, guardando as hóstias cuidadosamente na gaveta da escrivaninha. – Obrigado, Ned. Providenciarei a catalogação adequada delas, mais tarde.

Infelizmente, a pressão dos negócios está consternando nosso sr. Reeks. Ele costuma ser mais ligeiro.

– O público está bom hoje – comentou Mallory, para preencher o silêncio. O menino de Huxley retirara uma bala de leite do bolso e desembrulhava-a com precisão cirúrgica.

– Sim – disse Huxley –, os museus da Grã-Bretanha, nossas fortalezas do intelecto, como diz o PM à sua maneira eloquente. Ainda assim, de nada adianta negar que a educação, a educação em massa, seja o único grande trabalho à mão. Embora haja dias em que eu abandonaria tudo, Ned, para voltar a fazer pesquisa de campo como você faz.

– Precisam de você aqui, Thomas.

– É o que me dizem – disse Huxley. – De fato, tento sair uma vez por ano. País de Gales, geralmente... e caminhar pelas montanhas. Renova a alma. – Fez uma pausa. – Está sabendo que posso ser nomeado lorde?

– Não! – exclamou Mallory, maravilhado. – Tom Huxley, lorde! Não me diga! Que notícia esplêndida.

Huxley pareceu inesperadamente melancólico.

– Encontrei Lorde Forbes na Royal Society. "Bem", disse Forbes, "fico contente em contar-lhe que foi aprovada sua entrada na Câmara dos Lordes; a seleção foi feita na sexta-feira à noite, e soube que foi um dos escolhidos." – Huxley, sem demonstrar esforço, usou os gestos, as palavras e até o tom de voz de Forbes. Ergueu a cabeça. – Não vi a lista, mas a autoridade de Forbes é tal que fiquei, de algum modo, convencido.

– É claro! – entusiasmou-se Mallory. – É um homem determinado, o Forbes!

– Não hei de sentir-me inteiramente convicto até receber a confirmação oficial – disse Huxley. – Confesso, Ned, que estou um tanto apreensivo, estando a saúde do primeiro-ministro como está.

– Sim, lamentável que esteja doente – disse Mallory. – Mas por que isso o preocuparia tanto? Suas conquistas falam por si próprias!

Huxley balançou a cabeça.

– O *timing* não parece acidental. Desconfio que seja alguma manobra de Babbage e de seus pares mais íntimos, última tentativa de lotar a Câmara dos Lordes de sábios da ciência, enquanto Byron ainda tem influência.

– Trata-se de obscura suspeita – disse Mallory. – Você foi o grande defensor da Evolução no debate! Por que questionar sua boa sina? Parece-me simples questão de justiça!

Huxley segurou as lapelas com as duas mãos, num gesto de profunda sinceridade.

– Receba eu o título de lorde ou não, uma coisa posso afirmar: deixei que meu caso se apoiasse na própria força. Nunca pedi favores especiais. Se o título for meu, não será por intriga minha.

– Intriga não entra na questão! – disse Mallory.

– Claro que sim! – vociferou Huxley. – Ainda que não me ouvirá dizê-lo em público. – Baixou o tom de voz. – Mas você e eu conhecemo-nos há muitos anos. Considero-o um aliado, Ned, e amigo de verdade.

Huxley começou a andar pelo carpete turco diante da escrivaninha.

– De nada adianta termos qualquer falsa modéstia em assunto tão relevante. Temos certos deveres vitais a cumprir; para com nós mesmos, para com o mundo lá fora e para com a Ciência. Recebemos elogios, o que não dá grande prazer, e enfrentamos numerosas dificuldades que envolvem grandes e inquestionáveis sofrimentos; sofrimentos e até perigos.

Mallory ficou inquieto, perplexo, tanto pela velocidade das notícias quanto pelo peso repentino da sinceridade de Huxley. Porém, Huxley sempre fora assim, pensou; ainda quando jovem estudante, havia sempre um quê de surpresa nele, além de sua presença marcante. Pela primeira vez desde que deixara o Canadá, Mallory sentiu-se de volta ao seu verdadeiro mundo, no plano mais limpo e superior que a mente de Huxley habitava.

– Que tipo de perigo? – perguntou, finalmente.

– O perigo moral. Assim como o perigo físico. Sempre há riscos na luta pelo poder temporal. O título de lorde representa um posto político. Partido e governo, Ned. Dinheiro e leis. Tentações, quiçá acordos ignóbeis... Os recursos da nação são finitos; a competição é acirrada. O nicho da educação e da ciência tem de ser defendido; não, expandido! – Huxley deu um sorriso rígido. – Temos de enfrentar a situação de alguma forma. A alternativa seria permanecermos parados e permitirmos que o diabo faça o que bem entender no futuro. Eu, por minha parte, preferiria explodir em pedaços a ver a ciência prostituída!

Assustado pela aspereza de Huxley, Mallory olhou para o menino, que chupava sua bala de leite e chutava as pernas da cadeira com os sapatos reluzentes.

– Você é o homem certo para a tarefa, Thomas – disse Mallory. – Sabe que tem toda e qualquer ajuda que eu possa oferecer, se a questão um dia demandá-la.

– Anima-me ouvir isso, Ned. Confio, sim, no seu ânimo, na sua obstinada firmeza de propósito. Comprovadamente precisa como o aço, em dois anos de trabalho duro nos ermos de Wyoming! Ora, há homens que vejo toda semana que afirmam ter grande devoção à ciência, mas que não sonham com nada além de medalhas de ouro e trajes acadêmicos.

Huxley acelerou o passo.

– Uma abominável nódoa de hipocrisia, fraude e egoísmo envolve tudo na Inglaterra de hoje. – Huxley parou de repente. – Isso quer dizer, Ned, que por vezes suponho estar eu mesmo contaminado, possibilidade essa que me causa mórbido pavor.

– Jamais – garantiu-lhe Mallory.

– É bom tê-lo de volta entre nós – disse Huxley, retomando o passo. – E melhor ainda, famoso! Temos de tirar proveito dessa vantagem. Você tem de escrever um guia de viagem, um relato completo de suas explorações.

– Estranho que tenha mencionado isso – disse Mallory. – Trago justamente um livro desses em minha bolsa. *A missão para China e Japão*, de Laurence Oliphant. Sujeito muito inteligente, parece.

– Oliphant, da Geographical? O homem é um caso perdido; astuto demais, e mente como político. Não, proponho uma versão popular, algo que um mecânico consiga entender, o tipo de sujeito que mobília a sala de estar com mesa Pembroke e um casal de pastores de louça! Digo-lhe, Ned, é vital para o trabalho maior. Ganha-se bom dinheiro com isso também.

Mallory estava perplexo.

– Falo bem o suficiente quando estou sob pressão, mas escrever um livro inteiro a sangue frio...

– Encontraremos para você um trampolineiro da Grub Street para lapidar as pontas brutas – disse Huxley –, estratagema bastante comum, acredite. Aquele tal de Disraeli, cujo pai fundou o *Trimestral de Disraeli*, sabe? Meio doido. Escreve folhetins. Lixo. Mas é bastante equilibrado quando está sóbrio.

– Benjamin Disraeli? Minha irmã Agatha é doida por seus romances.

Algo no aceno de cabeça de Huxley pretendia dizer a Mallory que uma mulher do clã dos Huxley jamais seria vista com um romance popular.

– Temos de conversar sobre seu simpósio na Royal Society, Ned, seu discurso vindouro sobre o brontossauro. Será um evento e tanto, um palanque público muito proveitoso. Tem uma boa foto para a divulgação?

– Nossa, não – disse Mallory.

– Maull e Polyblank são os homens certos para você, então. Daguerreotipistas da *gentry*.

– Tomarei nota disso.

Huxley foi até a lousa com moldura de mogno atrás da escrivaninha e pegou um porta-giz de prata de lei. *Maull & Polybank*, escreveu, em letra cursiva rápida e fluida.

Virou-se.

– Precisará de um cinetropista também, e conheço a pessoa perfeita. Faz muitos trabalhos para a Royal Society. Tende a trabalhos excessivamente elaborados, portanto roubará sua cena com o clacking, caso tenha a menor oportunidade. Preenchendo todas as fendas com minério*, como ele mesmo diz. Mas é um sujeitinho engenhoso.

John Keats, escreveu.

– Isso é inestimável, Thomas!

Huxley fez uma pausa.

– Tem outra questão, Ned. Não sei se devo mencioná-la.

– O que é?

– Não tenho a intenção de ferir seus sentimentos pessoais.

Mallory deu um sorriso artificial.

– Sei que não sou um orador exemplar, mas consegui sair-me bem no passado.

Huxley parou e, em seguida, ergueu a mão bruscamente.

– Como se chama isso?

– Eu chamo a isso um pedaço de giz – disse Mallory, brincando com ele.

– *Geez?*

– Giz! – repetiu Mallory.

– Temos de fazer algo a respeito dessas vogais arrastadas de Sussex, Ned. Conheço um sujeito que é locutor. Homenzinho muito discreto. Francês, na

---

* No original, *Load every rift with ore.* Alusão a um comentário feito por John Keats a Percy Shelley quando os dois discutiam sobre seus poemas. [N. do E.]

verdade, mas fala o inglês mais perfeito que já ouviu. Uma semana de aulas com ele faria milagres.

Mallory franziu a testa.

– Espero que não esteja dizendo que *preciso* de milagres.

– De modo algum! É uma simples questão de educar o ouvido. Ficaria surpreso em saber quantos oradores em ascensão usaram os serviços desse cavalheiro. – *Jules D'Alembert*, escreveu Huxley. – Suas aulas são um pouco caras, mas...

Mallory anotou o nome.

Ouviram uma batida à porta. Huxley apagou o quadro-negro com o feltro empoeirado do apagador de ébano.

– Entre! – Apareceu um homem baixo e robusto, com o avental manchado de gesso. – Deve lembrar-se do sr. Trenham Reeks, nosso curador assistente.

Reeks enfiou uma longa pasta de arquivo sob o braço e apertou a mão de Mallory. Reeks perdera cabelo e engordara desde a última vez em que o vira.

– Desculpe-me o atraso, senhor – disse Reeks. – Estamos assoberbados na oficina, modelando os vertebrados. Uma estrutura extraordinária. A própria escala apresenta problemas terríveis.

Huxley abriu um espaço na escrivaninha. Noel puxou a manga do pai e sussurrou algo.

– Ah, muito bem – disse Huxley. – Deem-nos licença por um momento, cavalheiros. – E saiu do escritório com Noel.

– Meus parabéns pela promoção, sr. Reeks – disse Mallory.

– Obrigado, senhor – disse Reeks. Abriu o fichário e apoiou no nariz um pincenê adornado com fita. – E obrigado por esta grande descoberta. Embora eu deva dizer que ela desafia a própria escala de nossa instituição! – Bateu numa folha de papel almaço milimetrada. – Como pode ver.

Mallory examinou o esboço, uma planta baixa do salão central do museu com o esqueleto do Leviatã sobreposto.

– Onde está o crânio?

– O pescoço todo estende-se pelo saguão de entrada – disse Reeks, com orgulho. – Teremos de retirar diversos armários...

– Tem a vista lateral?

Reeks destacou-a do feixe de esboços. Mallory examinou-a, franzindo a testa.

– Que fonte usou para este arranjo anatômico?

– Há muito poucos trabalhos publicados sobre a criatura até hoje – disse Reeks, magoado. – O mais longo e mais completo é do dr. Foulke, que saiu na *Transactions* do mês passado. – Retirou a revista da pasta e ofereceu-a.

Mallory empurrou-a para o lado.

– Foulke deturpou completamente a natureza do espécime.

Reeks ficou surpreso.

– A reputação do dr. Foulke...

– Foulke é uniformitarista! Era conselheiro de Rudwick, um de seus mais íntimos aliados. O trabalho de Foulke é um emaranhado de absurdos. Afirma que a fera tinha sangue frio e era semiaquática! Que se alimentava de tenras plantas aquáticas e movimentava-se lentamente.

– Mas uma criatura de dimensões tão vastas, dr. Mallory, desse peso enorme! Parece que uma vida na água, para suportar a massa em si...

– Entendo – interrompeu Mallory. Esforçou-se para retomar a calma. De nada adiantaria perturbar o pobre Reeks. O homem era um funcionário da instituição, não muito esperto, mas bem-intencionado. – Isso explica por que o deixou com o pescoço esticado e frouxo, quase no nível do chão... e também esclarece as juntas das pernas como as de um lagarto... não, *anfíbio*.

– Sim, senhor – disse Reeks. – Imagina-se que colhia plantas aquáticas com o longo pescoço, entende, raramente tendo que mover o grande corpo para muito longe, ou muito rápido. Exceto talvez para escapar de predadores, se é que existia algum com fome suficiente para atacar tal monstro.

– Sr. Reeks, esta criatura não era uma grande salamandra de corpo mole. Fizeram-no vítima de grave e errônea concepção. Esta criatura era como um elefante moderno, como uma girafa, porém numa escala muito maior. Evoluiu e passou a arrancar e devorar a copa das árvores.

Mallory pegou um lápis na escrivaninha e começou a desenhar com rapidez e habilidade.

– Ele passava muito tempo sobre as patas traseiras, escorado na cauda, com a cabeça muito acima do chão. Atente para este engrossamento nas vértebras da cauda. Sinal certo de enorme pressão, de postura bípede. – Bateu na folha do projeto e prosseguiu. – Uma manada dessas criaturas poderia ter destruído uma floresta inteira rapidamente. Elas migraram, sr. Reeks, como fazem os elefantes, percorrendo vastas distâncias, e depressa, mudando a própria paisagem com seu apetite devastador. O brontossauro tinha postura ereta, peito estreito, pernas bastante colunares e verticais para dar passadas velozes com joelhos estendidos, como as do elefante. Nada dessa história de semelhança com a rã.

– Modelei a postura com base no crocodilo – protestou Reeks.

– O Instituto de Analítica Maquinal de Cambridge realizou o cálculo de análise de forças que solicitei – disse Mallory. Foi até a valise, retirou um bloco de papéis intercalados com papel carbono e jogou-o sobre a mesa. – A criatura não poderia ter ficado um instante sequer sobre a terra seca com as pernas naquela posição absurda.

– Sim, senhor – disse Reeks, calmamente. – Isso explica a hipótese aquática.

– Olhe para os dedos dos pés! – disse Mallory. – São grossos feito pedras angulares; não são os pés palmados de um nadador. E veja as extremidades da coluna espinhal. Esta criatura erguia-se na altura da articulação da bacia, para atingir grandes alturas. Como um guindaste!

Reeks retirou o pincenê. Começou a limpá-lo com um lenço de linho que tirou do bolso da calça.

– Isso não agradará ao dr. Foulke. Tampouco aos colegas dele, ouso dizer.

– Ainda não comecei com esses – disse Mallory.

Huxley retornou ao escritório, levando o filho pela mão. Olhou para Reeks e depois para Mallory.

– Oh, não. Já profundamente envolvidos na discussão.

– É esse absurdo do Foulke – disse Mallory. – Parece determinado a provar que os dinossauros eram inaptos para viver! Retratou meu Leviatã como uma lesma flutuante sugando ervas-d'água.

– Tem de concordar que a criatura não tinha muito cérebro – disse Huxley.

– Não se pode concluir que era inerte, Thomas. Todos admitem que o dinossauro de Rudwick sabia voar. Essas criaturas eram ágeis e ativas.

– Na verdade, agora que Rudwick não está mais entre nós, existe um pensamento revisionista sobre essa questão – disse Huxley. – Há quem diga que seu réptil voador somente planava.

Mallory conteve-se para não dizer um palavrão, devido à presença da criança.

– Bem, tudo nos leva de volta à teoria básica, não?! – ele disse. – A facção uniformitarista deseja que essa criatura pareça indolente e vagarosa! Os dinossauros, então, enquadrariam-se na curva de desenvolvimento gradual, numa lenta progressão até os dias atuais. Ao passo que, se for concebido o papel de Catástrofe, admite-se um estado muito maior de aptidão darwiniana para essas magníficas criaturas, por mais prejudicial que isso possa parecer para a futilidade dos minúsculos mamíferos modernos, segundo a norma de Foulke e de seus camaradas.

Huxley sentou-se. Apoiou a mão no rosto com suíças.

– Discorda do arranjo do exemplar?

– Parece que o dr. Mallory prefere que fique de pé – disse Reeks. – Pronto para jantar uma copa de árvore.

– Podemos arranjar tal posição, sr. Reeks?

Reeks pareceu espantado. Enfiou o pincenê num bolso por detrás do avental. Depois coçou a cabeça.

– Acho que talvez possamos, senhor. Caso o montássemos sob a claraboia e o fixássemos nas vigas mestras. É possível que tenha de dobrar o pescoço um pouco... Poderíamos voltar a cabeça para a público! Teria mesmo um efeito dramático.

– Uma manobra para melhorar sua popularidade – disse Huxley. – Embora eu questione as consequências para os nervos alvoroçados da paleontologia. Confesso que não estou nem um pouco à vontade com tal argumento. Ainda não li o artigo de Foulke, e você, Mallory, ainda não publicou sobre o tema. E eu não desejaria aumentar o calor do debate catastrofista. *Natura non facit saltum.*

– Mas a Natureza *salta* – disse Mallory. – As simulações de Máquina provam-no. Sistemas complexos podem realizar transformações repentinas.

– Deixe de lado a teoria. O que pode concluir das evidências aqui presentes?

– Posso fazer delas um bom exemplo. E fá-lo-ei, em minha apresentação pública. Não um exemplo perfeito, mas melhor que o da oposição.

– Apostaria nisso sua reputação de especialista? Já considerou todos os questionamentos, todas as objeções?

– Eu poderia estar errado – disse Mallory. – Mas não tão inteiramente errado quanto eles estão.

Huxley bateu de leve na mesa com a caneta-tinteiro.

– E se eu perguntar, como um tópico elementar, de que maneira essa criatura poderia ter comido folhagem lenhosa? A cabeça mal chega a ser maior que a de um cavalo, e os dentes são notavelmente ordinários.

– Ela não mastigava com os dentes – disse Mallory. – Tinha uma moela, revestida de rebolos. A julgar pelo tamanho da caixa torácica, esse órgão devia ter um metro de comprimento e talvez pesasse cem libras. Cinquenta quilos de moela têm mais poder muscular que as mandíbulas de quatro elefantes machos.

– Por que um réptil precisaria dessa quantidade de alimento?

– Ele não tinha sangue quente propriamente dito, mas tinha alto metabolismo. É uma simples questão de relação entre superfície e volume. Uma massa corporal desse tamanho retém o calor até no tempo frio. – Mallory sorriu. – As equações são calculadas de forma simples, não exigindo mais do que uma hora numa das menores Máquinas da Sociedade.

– Isso resultará em um enorme problema – murmurou Huxley.

– Deixaremos que a política se interponha à verdade?

– *Touché.* Ele nos pegou, sr. Reeks... sinto que terá de alterar seus planos minuciosos.

– Os rapazes da oficina adoram desafios, senhor – disse Reeks, fielmente. – E se me permite dizê-lo, dr. Huxley, uma controvérsia faz maravilhas para o nosso número de visitações.

– Mais uma pequena questão – disse Mallory, rapidamente. – A condição do crânio. Infelizmente, o crânio do espécime está bastante fragmentário e exigirá um estudo cuidadoso, e certa quantidade de conjecturas. Gostaria de juntar-me a vocês na oficina para tratar da questão do crânio, sr. Reeks.

– Certamente, senhor. Providenciarei para que receba uma chave.

– Lorde Gideon Mantell ensinou-me tudo o que eu sabia sobre a modelagem de gesso – declarou Mallory, com uma demonstração de nostalgia. – Faz muito tempo que eu não me envolvo com essa meritória arte. Será um grande prazer observar os últimos avanços na técnica, num ambiente tão exemplar.

Huxley sorriu, com leve sinal de dúvida.

– Espero mesmo que sejamos capazes de satisfazê-lo, Ned.

Secando a nuca com um lenço, Mallory contemplava com tristeza a sede da Agência Central de Estatística.

O Egito Antigo estava morto há vinte e cinco séculos, mas Mallory viera a conhecê-lo bem o suficiente para não gostar dele. A escavação francesa do Canal de Suez fora um trabalho heroico, de modo que todas as coisas egípcias haviam se tornado moda parisiense. A Grã-Bretanha também tinha sido tomada pela mania, que deixou a nação inundada por broches de camafeu com imagem de escaravelho, bules de chá com asas de falcão, estereógrafos melodramáticos de obeliscos inclinados e miniaturas em mármore falso da esfinge sem nariz. Fabricantes bordavam à Máquina toda uma enxurrada de pequenos deuses pagãos com cabeça de fera em cortinas, carpetes e mantas de carruagem, muito para o desgosto de Mallory, e ele havia desenvolvido especial aversão pelas conversinhas tolas sobre as pirâmides, ruínas que inspiraram exatamente o tipo de assombro estúpido que mais revoltava sua sensibilidade.

Ele tinha, é claro, lido com admiração a respeito dos feitos de engenharia de Suez. Com a falta de carvão, os franceses haviam abastecido suas escavadoras gigantes com múmias encharcadas de betume, empilhadas feito lenha e vendidas às toneladas. Ainda assim, ele ressentia-se do espaço usurpado pela egiptologia nos jornais geográficos.

A Agência Central de Estatística, vagamente piramidal na forma e excessivamente egíptica nos detalhes ornamentais, situava-se solidamente atarracada no centro administrativo de Westminster, e com os andares superiores formando um ápice enviesado de calcário. Com a finalidade de ampliar espaços, a seção inferior do prédio fora aumentada de modo impreciso, lembrando um grande nabo de pedra. As paredes, trespassadas por chaminés altaneiras, sustentavam uma floresta dispersa de exaustores giratórios com pás de hélice em irritante formato de asa de falcão. Todo o vasto edifício era dominado de cima a baixo por espessos fios negros de telégrafo, como se correntes individuais de informação do Império tivessem aberto caminho através da sólida pedra. A fiação adensava-se numa descida, partindo de canos e suportes, até postes telegráficos abarrotados como cordames num porto movimentado.

Mallory atravessou o macadame quente e pegajoso da Horseferry Road, tomando cuidado com os excrementos dos pombos apinhados na trama de cabos acima.

As portas fortificadas da Agência, emolduradas por colunas com flores de lótus no alto e esfinges de bronze britanizadas, chegavam a cerca de seis metros de altura. Portas menores, prosaicas, estavam localizadas nos cantos. Mallory, com semblante carregado, adentrou a fria penumbra entre odores fracos, mas penetrantes, de lixívia e óleo de linhaça. A efervescente agitação londrina ficara para trás agora, mas o maldito lugar não tinha janelas. Lampiões ao estilo egípcio iluminavam a escuridão, sua chama bruxuleando alegremente em refletores de estanho polido em forma de leques.

Ele mostrou seu cartão de identidade no balcão de visitantes. O atendente – que talvez fosse uma espécie de policial, pois usava um moderno uniforme da Agência, de aspecto estranhamente militar – fez cuidadosa anotação do destino de Mallory. Pegou uma planta baixa do prédio sob o balcão e assinalou a rota sinuosa de Mallory em tinta vermelha.

Mallory, ainda aborrecido pela reunião matinal com o Comitê de Indicações da Geographical Society, agradeceu ao homem muito bruscamente. De algum modo – ele não sabia que manobras tortuosas tinham sido armadas nos bastidores, mas o complô estava bastante claro –, Foulke conseguira abrir caminho no Comitê de Indicações da Geographical. Foulke, cuja teoria aquática do brontossauro fora desprezada pelo museu de Huxley, tomou a hipótese arborívora de Mallory como ataque pessoal e, com isso, uma formalidade normalmente agradável havia se transformado em mais uma acusação pública para o catastrofismo radical. Mallory conseguira o título de membro, por fim, já que Oliphant havia descrito em minúcias o plano de Foulke para que tal armadilha fosse bem-sucedida, mas a questão ainda o irritava. Ele sentia o prejuízo à sua reputação. Dr. Edward Mallory – "Mallory Leviatã", como os jornais de um penny insistiam em chamá-lo – tinha sido feito passar por fanático, até mesmo mesquinho. E isso na frente de dignos geógrafos de primeiro escalão, homens como Burton de Meca e Elliot do Congo.

Mallory seguiu o mapa, resmungando consigo mesmo. Os acasos da guerra entre eruditos, pensou Mallory, nunca pareceu favorecê-lo como faziam a Thomas Huxley. As rixas de Huxley com as autoridades apenas fizeram distingui-lo como um mago dos debates, enquanto Mallory foi reduzido a percorrer aquele mausoléu iluminado a gás, onde esperava identificar um desprezível alcoviteiro das pistas de corrida.

Ao virar a primeira esquina, descobriu um baixo-relevo de mármore que retratava a Praga das Rãs de Moisés, a qual ele sempre incluíra entre suas histórias bíblicas favoritas. Admirado, fez uma pausa e quase foi atropelado por um carrinho de aço com baralhos de cartões perfurados empilhados nas amuradas.

– Passagem! – gritou o carroceiro, usando roupa de sarja com botões de latão e um boné de mensageiro. Mallory notou com espanto que o homem usava botas com rodinhas, robustos sapatos de amarrar encaixados em pequenos eixos e rodas de borracha sem raios. O sujeito disparou de modo abrupto pelo corredor, guiando com destreza o carrinho pesado, e desapareceu ao virar a esquina.

Mallory passou por um corredor bloqueado por cavaletes listrados, onde duas figuras aparentemente lunáticas, na penumbra da iluminação a gás, arrastavam-se com lentidão, de gatinhas. Mallory ficou olhando. As rastejadoras eram mulheres rechonchudas, de meia-idade, vestidas do pescoço aos pés com roupas brancas imaculadas, os cabelos presos por toucados elásticos apertados. De longe, as roupas tinham o ar lúgubre de sudários. Enquanto ele observava, uma delas levantou-se com dificuldade e começou a limpar o teto cautelosamente com um esfregão esponjoso encaixado numa haste extensível.

Eram faxineiras.

Seguindo o mapa até um elevador, ele foi conduzido para dentro por um atendente uniformizado e levado a outro piso. O ar ali era seco e estático, e os corredores mais movimentados. Havia outros policiais de estranha aparência misturados a cavalheiros de aspecto grave da capital: advogados talvez, procuradores ou agentes legislativos de grandes capitalistas, homens cujo trabalho era adquirir e revender o conhecimento a respeito das atitudes e da influência do público. Homens políticos, em suma, que lidavam apenas com o intangível. E embora fosse possível supor que tivessem esposa, filhos e casa elegante, ali, pareciam a Mallory vagamente fantasmagóricos ou eclesiásticos.

Alguns metros adiante, Mallory foi forçado a desviar de repente de um segundo mensageiro sobre rodas. Ele segurou-se atrás de uma coluna decorativa de ferro fundido. O metal queimou-lhe as mãos. Apesar da ornamentação profusa – flores de lótus –, a coluna era uma chaminé. Ele conseguia ouvi-la emitindo o estrondo abafado e o murmúrio de um cano mal ajustado.

Após consultar seu mapa mais uma vez, ele entrou num corredor com escritórios à esquerda e à direita. Escriturários de casaco branco passavam abaixados de porta em porta, desviando de jovens mensageiros deslizando de um lado para o outro com carrinhos de mão carregados de cartões. As luzes a gás eram mais claras ali, mas vibravam com a corrente de vento constante. Mallory olhou para trás. No fim do corredor havia um gigantesco ventilador com armação de aço. Emitia um leve guincho sobre uma corrente de transmissão a óleo acionada por um motor que não podia ser visto, nas entranhas da pirâmide.

Mallory começou a sentir-se um tanto confuso. Era provável que tudo aquilo fosse um grave erro. Decerto havia meios melhores de desvendar o mistério do Dia do Derby do que sair à caça de cafetões com algum amigo burocrata de Oliphant. Até mesmo o ar do local molestava-o, seco, impregnado de sabão e sem vida, os pisos e paredes lustrosos e cintilantes... Ele nunca vira antes um lugar tão completamente isento de sujeira ordinária... Aquelas paredes faziam-no lembrar-se de algo, de outra viagem labiríntica...

Lorde Darwin.

Mallory e o grande sábio haviam caminhado pelas alamedas de Kent, ladeadas por cercas vivas, à sombra das folhagens, com Darwin cutucando o solo negro e úmido com a bengala. Darwin falava sem parar – a seu modo interminável, metódico e pródigo em detalhes – sobre minhocas. As minhocas, sempre invisivelmente ocupadas abaixo do chão, de modo que até os monolitos de sarsen afundavam aos poucos para dentro da argila. Darwin avaliara o processo em Stonehenge, numa tentativa de datar o antigo monumento.

Mallory cofiou a barba com força, o mapa esquecido em suas mãos. Veio-lhe uma visão de minhocas mexendo-se num frenesi catastrófico, até perturbarem o solo, fazendo-o borbulhar como uma poção de bruxa. Dali a anos, meros meses talvez, todos os monumentos de eras mais antigas afundariam, naufragando ao leito de rocha primitivo...

– Senhor? Posso lhe ser útil?

Mallory voltou a si com um sobressalto. Um funcionário de casaco branco estava diante dele, encarando-o com desconfiança por trás dos óculos. Mallory fitou-o também, confuso. Por um instante sublime, ficou suspenso, na iminência da revelação, e o instante passou, inglório e frustrado como um espirro que não saiu.

Ainda pior, Mallory deu-se conta de que estivera murmurando novamente. Sobre minhocas, supôs. Bruscamente, ofereceu o mapa.

– Estou procurando o Nível 5, CQ-50.

– É na Criminologia Quantitativa, senhor. Aqui é a Pesquisa de Deterrência. – O funcionário apontou para uma tabuleta pendurada acima da porta de um escritório próximo. Mallory acenou com a cabeça, entorpecido.

– A CQ fica logo depois da Análise Não Linear, virando à sua direita – disse o funcionário. Mallory seguiu em frente. Pôde sentir o olhar descrente do homem às suas costas.

A seção de CQ era um favo com minúsculas divisões, as paredes à altura do pescoço permeadas por cubículos revestidos de amianto. Funcionários de luvas e avental encontravam-se sentados, assépticos, diante de mesas inclinadas, examinando e manipulando cartões perfurados com uma variedade de aparelhos especializados de clacker: embaralhadores, suportes de pino, codificadores de cores de mica, lupas de joalheiro, lenços de papel lubrificados e delicadas pinças com ponta de borracha. Mallory observou o trabalho familiar com a feliz sensação de ter a autoconfiança restabelecida.

A CQ-50 era o escritório do Subsecretário de Criminologia Quantitativa da Agência, cujo nome, Oliphant informara, era Wakefield.

O sr. Wakefield não tinha mesa, ou melhor, sua mesa abarcava e engolia a totalidade de seu escritório, e ele trabalhava ali dentro. Escrivaninhas brotavam de aberturas nas paredes num engenhoso sistema de articulações, depois voltavam a desaparecer numa estrutura enigmática de armários especializados. Havia prateleiras de jornais, abridores de carta, amplos arquivos embutidos de cartões, catálogos, manuais de códigos, guias de clackers, um elaborado relógio com múltiplos mostradores, três mostradores de telégrafo cujos ponteiros dourados indicavam o alfabeto e tipógrafos perfurando fitas sem cessar.

Wakefield era um escocês pálido de cabelos claros e ralos. Não se podia afirmar com certeza que o olhar era evasivo, mas extremamente inconstante. Os dentes superiores pronunciados comprimiam o lábio inferior.

Pareceu a Mallory muito jovem para um homem em seu cargo, talvez apenas quarenta anos. Sem dúvida, como a maioria dos clackers bem-sucedidos, Wakefield crescera junto com o negócio das Máquinas. A primeira Máquina de Babbage, hoje exaltada relíquia, ainda tinha menos de trinta anos, mas o progresso veloz das Máquinas abarcara toda uma geração em sua passagem, como uma poderosa locomotiva da mente.

Mallory apresentou-se.

– Lamento minha demora, senhor. Fiquei um tanto perdido em seus corredores.

Isso não era novidade para Wakefield.

– Aceita um chá? Temos um excelente pão de ló.

Mallory balançou a cabeça. Em seguida, abriu a charuteira com um floreio.

– Fuma?

– Não! Não, obrigado. Risco de incêndio, estritamente contra os regulamentos.

Mallory guardou a charuteira, aborrecido.

– Entendo... Mas não vejo nenhum perigo real num charuto, certo?

– As cinzas! – disse Wakefield com firmeza. – E as partículas pneumáticas! Flutuam pelo ar, sujam o óleo das rodas dentadas, corrompem as engrenagens.

E para limpar as Máquinas da Agência... bem, não preciso dizer-lhe que se trata de uma tarefa de Sísifo, dr. Mallory.

– Certamente – murmurou Mallory. Tentou mudar o assunto. – Como deve saber, sou paleontólogo, mas tenho um pequeno conhecimento a respeito de clacking. Quantos metros de engrenagem giram aqui?

– Metros? Medimos nossas engrenagens em quilômetros.

– De fato? Tanta potência assim?

– Tanto trabalho assim, poderíamos muito bem dizer – disse Wakefield, com um estalo comedido da mão em luva branca. – O calor é acumulado com o atrito da rotação, que expande a placa de bronze, que se agarra aos dentes da roda. O tempo úmido engrossa o óleo da engrenagem. E no tempo seco, uma Máquina em rotação pode até mesmo criar uma pequena carga de Leyden, que atrai todo tipo de sujeira! As engrenagens colam e entopem, os cartões perfurados aderem nos carregadores... – Wakefield suspirou. – Descobrimos que compensa todas as precauções no que concerne à limpeza, ao calor, à umidade. Até mesmo o bolo do nosso chá é preparado especialmente para a Agência, para reduzir o risco de migalhas!

Algo nas palavras "risco de migalhas" soou cômico a Mallory, mas a expressão de Wakefield era muito sóbria, deixando claro que não havia intenção de pilhéria.

– Já experimentaram o Purificador de Vinagre da Colgate? – perguntou Mallory. – Confiam muito nele em Cambridge.

– Ah, sim – disse Wakefield, com sua fala arrastada –, o bom e velho Instituto de Analítica Maquinal. Queria eu que *nós* tivéssemos o ritmo sossegado dos acadêmicos! Mimam os altos funcionários em Cambridge, mas aqui, no serviço público, temos de realizar e repetir as práticas mais exaustivas até empenarmos as alavancas decimais.

Mallory, que estivera no Instituto recentemente, estava atualizado e determinado a mostrá-lo.

– Ouviu falar dos novos compiladores de Cambridge? Distribuem o desgaste da engrenagem muito mais uniformemente...

Wakefield ignorou-o.

– Para o Parlamento e para a polícia, a Agência não passa de um recurso, sabe? Sempre dependendo de sua demanda, mas mantida em rédeas curtas para tudo. Financiamentos, entende? Não conseguem compreender nossas necessidades, senhor! A mesma velha história, que com certeza não lhe é estranha, sendo também um homem da ciência. Não é minha intenção ser desrespeitoso, mas a Câmara dos Comuns não sabe a diferença entre o verdadeiro clacking e uma simples manivela de fogão de corda.

Mallory puxou a barba.

– Parece realmente lamentável. *Quilômetros* de engrenagens! Quando imagino o que se poderia realizar com isso, a perspectiva é de tirar o fôlego.

– Ah, estou certo de que retomaria o fôlego bem rápido, dr. Mallory – disse Wakefield. – Em clacking, a demanda sempre se expande para superar a capacidade. É como se fosse uma lei da natureza!

– Talvez seja uma lei – disse Mallory – de algum reino da natureza que ainda não compreendemos...

Wakefield sorriu educadamente e olhou para o relógio.

– Uma pena que as mais altas aspirações de alguém sejam subjugadas por questões práticas do cotidiano. Não costumo ter a oportunidade de discutir a filosofia das Máquinas. Exceto com meu autoproclamado amigo, o sr. Oliphant, é claro. Ele teria lhe contado seus planos visionários para nossas Máquinas?

– Apenas muito brevemente – disse Mallory. – Parece-me que seus projetos em, hmmm, estudos sociais, exigiriam mais potência de Máquina do que dispomos na Grã-Bretanha. Para monitorar todas as operações em Piccadilly, e assim por diante. Soou-me como uma fantasia utópica, para ser franco.

– Em teoria, senhor – respondeu Wakefield –, é *inteiramente* possível. Naturalmente dedicamos uma atenção fraternal ao telégrafo, ao registro de créditos e coisas assim. O elemento humano é nosso único impedimento real, entende? Uma vez que somente um analista capacitado pode transformar dados brutos de Máquina em conhecimento aproveitável. E a ambiciosa dimensão de tal esforço, quando comparada à dimensão modesta do atual financiamento da Agência para pessoal...

– Com certeza não quero aumentar a carga já premente de suas obrigações – interrompeu Mallory –, mas o sr. Oliphant de fato sugeriu que o senhor poderia ajudar-me a identificar um criminoso solto e sua cúmplice. Após completar dois de seus formulários de requerimento em triplicata, despachei-os por meio de um mensageiro especial...

– Semana passada, sim – Wakefield acenou positivamente com a cabeça. – E fizemos tudo o que podíamos pelo senhor. Ficamos sempre satisfeitos em obsequiar cavalheiros tão peculiarmente distintos quanto o senhor Oliphant e o senhor. Uma agressão e uma ameaça de morte contra um sábio notável são questões graves, é claro. – Wakefield sacou um lápis afiado como uma agulha e um bloco de papel quadriculado. – Mas um assunto um tanto trivial para atrair os interesses tão especializados de Oliphant, não?

Mallory não disse nada.

Wakefield estava sério.

– Não precisa ter receio de falar francamente, senhor. Não é a primeira vez que o sr. Oliphant ou seus superiores apelam para os nossos recursos. E, claro, como funcionário juramentado da Coroa, posso garantir-lhe o mais estrito sigilo. Nada do que disser deixará os limites destas paredes. – Inclinou-se para a frente. – Então. O que pode contar-me, senhor?

Mallory pensou bem e rápido. Qualquer que fosse a estupidez cometida por Lady Ada – não importando o ato de desespero ou temeridade que a tivesse levado às garras do trapaceiro e sua prostituta – ele não imaginava que pudesse ser remediada com o nome "Ada Byron" indo parar naquele bloco de notas quadriculado. E Oliphant, claro, não aprovaria.

Portanto Mallory simulou uma confissão relutante.

– Estou numa posição desvantajosa, sr. Wakefield, pois acredito que não haja muito a dizer sobre o assunto. Nada que de fato mereça o privilégio de sua atenção! Conforme lhe disse em minha nota ao senhor, deparei-me com um apostador bêbado no Derby, e o oportunista deu um show com a faca. Pensei muito pouco a respeito... mas o sr. Oliphant sugeriu que eu estivesse correndo perigo real. Lembrou-me que um de meus colegas foi assassinado recentemente, em estranhas circunstâncias. E o caso ainda não foi solucionado.

– Professor Fenwick, o cientista de dinossauros?

– Rudwick – disse Mallory. – Conhece o caso?

– Morto a facadas. Num covil de ratos. – Wakefield bateu nos dentes com a borracha do lápis. – Saiu em todos os jornais, passou uma impressão bastante negativa dos cientistas. Teve-se a sensação de que Rudwick desonrou seus colegas.

Mallory concordou.

– Exatamente o meu sentimento. Mas o sr. Oliphant pareceu ver uma conexão entre os incidentes.

– Jogadores espreitando e matando cientistas? – disse Wakefield. – Não vejo motivo, francamente. A menos, talvez, e perdoe-me a insinuação, que uma grande dívida de jogo esteja envolvida. O senhor e Rudwick eram amigos íntimos? Companheiros de apostas, talvez?

– De modo algum. Mal conhecia o homem. E não tenho nenhuma dívida do tipo, garanto-lhe.

– O sr. Oliphant não acredita em acidentes – disse Wakefield. Parecia ter sido convencido pelo subterfúgio de Mallory, pois estava claramente perdendo o interesse. – Claro, é muito prudente de sua parte identificar o tratante. Se é tudo o que precisa de nossa parte, estou certo de que podemos ser úteis. Pedirei a um funcionário que o leve até a biblioteca e às Máquinas. Uma vez que tivermos o número do agressor, estaremos pisando em solo mais firme.

Wakefield virou uma rolha de borracha articulada e gritou ao tubo acústico. Um jovem funcionário, um *cockney*, apareceu, de luvas e avental.

– Este é o sr. Tobias – disse Wakefield. – Está à sua disposição. – A entrevista terminara. Os olhos de Wakefield já estavam vidrados diante da premência de outros assuntos. Fez uma reverência mecânica. – Foi-um-prazer-conhecê-lo, senhor. Por favor, avise-se-pudermos-ser-de-mais-alguma-serventia.

– O senhor é muito gentil – disse Mallory.

O rapaz havia raspado três centímetros de couro cabeludo acima da testa, elevando-a para obter aparência elegantemente intelectual, mas algum tempo se passara desde que o funcionário barbeara-se, pois tinha agora uma faixa espinhosa de pelos nascendo na fronte. Mallory seguiu-o para fora do labirinto de cubículos, até o corredor, notando o estranho bamboleio no seu andar. Os saltos dos sapatos do funcionário estavam tão gastos que era possível ver as unhas, e as meias baratas de algodão pendiam sobre os tornozelos.

– Para onde estamos indo, sr. Tobias?

– Máquinas, senhor. No andar de baixo.

Pararam diante do elevador, onde um engenhoso mostrador indicava que estava em outro andar. Mallory pôs a mão no bolso da calça, sentiu o canivete e as chaves. Retirou um guinéu.

– Tome.

– E o que é isso? – perguntou Tobias, pegando a moeda.

– Isso, meu garoto, é o que chamamos de gorjeta – disse Mallory, com afetada jovialidade. – Para garantir a presteza, entende?

Tobias examinou a moeda como se nunca tivesse visto o perfil de Albert. Dirigiu-lhe um olhar taciturno e penetrante por trás dos óculos.

A porta do elevador abriu-se. Tobias escondeu a moeda no avental. Ele e Mallory entraram no meio de uma pequena multidão, e o atendente empurrou a alavanca, fazendo com que o elevador descesse às entranhas da Agência.

Mallory saiu do elevador depois de Tobias, passou por um suporte de calhas de transporte de correspondências e atravessou portas de vaivém, cujas extremidades eram revestidas de feltro grosso.

– Devia saber que não é uma boa ideia oferecer gratificações a funcionários públicos.

– Você parece estar precisando – disse Mallory.

– O equivalente a dez dias de trabalho? Posso até estar. Contanto que o senhor seja correto e sutil.

– Não tenho más intenções – disse Mallory, em tom suave. – Este lugar é território estranho. Em tais circunstâncias, considero sensato ter um guia nativo.

– E o que há de errado com o patrão?

– Esperava que *você* me dissesse, Tobias.

Mais do que a moeda, o comentário em si pareceu persuadir Tobias. Ele deu de ombros.

– Wakey não é tão ruim. Se estivesse no lugar dele, eu não agiria de outro modo. Mas ele fez uma busca do *seu* número hoje, chefe, e tirou uma pilha com vinte centímetros de altura. Tem amigos bastante tagarelas, de fato, sr. Mallory.

– É mesmo? – disse Mallory, forçando um sorriso. – Deve ser uma leitura interessante, essa ficha. Eu certamente gostaria de dar uma olhada.

– Suponho que a informação possa chegar a mãos indevidas – admitiu o rapaz. – Claro que poderia custar o emprego do sujeito, caso fosse pego.

– Gosta do seu trabalho, sr. Tobias?

– O salário não é muito. A luz a gás acaba com a vista. Mas tem suas vantagens. – Deu de ombros novamente e empurrou mais uma porta, entrando numa antessala barulhenta com três das paredes tomadas por prateleiras e arquivos de cartões, e a quarta de vidro esmaltado.

Atrás do vidro via-se um vasto corredor de Máquinas altíssimas... tantas que, a princípio, Mallory pensou que as paredes certamente deveriam ser revestidas de espelhos, como um elegante salão de baile. Era como um truque num parque de diversões, destinado a iludir a visão – as gigantescas Máquinas idênticas, construções de latão intricadamente interligado, parecidas com relógios, do tamanho de vagões ferroviários postos de pé, cada qual sobre blocos acolchoados de trinta centímetros de espessura. O teto caiado, de dez metros de altura, estava repleto de correias de polias giratórias, as engrenagens menores extraindo energia de imensos volantes raiados sobre colunas de ferro soqueteadas. Clackers de jalecos brancos, apequenados diante de suas máquinas, caminhavam pelas galerias imaculadas. Tinham o cabelo envolto por toucas brancas franzidas, a boca e o nariz escondidos sob quadrados de gaze branca.

Tobias observou os majestosos painéis de engrenagens com absoluta indiferença.

– O dia todo olhando para pequenos buracos. E sem cometer erros! Puxe uma alavanca errada e surge toda a diferença entre um clérigo e um incendiário. Muitos foram os pobres inocentes que se arruinaram assim...

O tique-taque e o chiado do mecanismo monstruoso abafaram suas palavras.

Dois homens, bem vestidos e calados, estavam com a atenção voltada para o trabalho na biblioteca. Estavam debruçados sobre um grande álbum quadrado de placas coloridas.

– Sente-se, por favor – disse Tobias.

Mallory sentou-se diante de uma mesa da biblioteca, numa cadeira giratória de bordo sobre rodas de borracha, enquanto o jovem funcionário selecionava um arquivo de cartões. Tobias sentou-se diante de Mallory e folheou os cartões, pausando para passar o dedo enluvado num pequeno recipiente de cera de abelha. Retirou um par deles.

– Eram esses seus pedidos, senhor?

– Preenchi questionários em papel. Mas vejo que passou tudo para configuração de Máquina.

– Bem, a CQ recebeu os pedidos – disse Tobias, espremendo os olhos. – Mas tivemos que encaminhá-los para a Antropometria Criminal. Estes cartões que está vendo... já passaram por um trabalho de classificação. – Levantou-se de súbito e buscou um caderno de folhas removíveis, um guia para clackers. Comparou um dos cartões de Mallory a algum modelo contido no caderno, com um olhar distraído de desprezo. – Preencheu os formulários de forma *completa*, senhor?

– Penso que sim – Mallory limitou-se a dizer.

– Altura do suspeito – murmurou o rapaz –, distância... Comprimento e largura da orelha esquerda, pé esquerdo, antebraço esquerdo e dedo indicador esquerdo.

– Forneci minhas melhores estimativas – disse Mallory. – Por que só o lado esquerdo, posso perguntar?

– Menos afetado por trabalho físico – disse Tobias distraidamente. – Idade, coloração da pele, cabelos, olhos. Cicatrizes, marcas de nascença... ah, agora, sim. Deformidades.

– O homem tinha uma protuberância na lateral da testa – disse Mallory.

– Plagiocefalia frontal – disse o rapaz, verificando seu caderno. – Raro, e por isso chamou-me a atenção. Mas deve ser útil. O pessoal da Antropometria criminal é apaixonado por crânios. – Tobias arrancou os cartões, colocou-os numa fenda e puxou um cordão de campainha. Ouviu-se um tinido agudo. Num instante, um clacker chegou para retirá-los.

– E agora? – perguntou Mallory.

– Esperamos que girem completamente – disse o rapaz.

– Quanto tempo?

– Sempre demora o dobro do tempo que imagina – disse o jovem, recostando-se na cadeira. – Mesmo que dobre sua estimativa. Alguma lei natural.

Mallory acenou com a cabeça. A demora era inevitável, e poderia ser útil.

– Trabalha aqui há muito tempo, senhor Tobias?

– Não o suficiente para enlouquecer.

Mallory deu uma risadinha.

– Acha que estou brincando – disse Tobias num tom sombrio.

– Por que trabalha aqui, se odeia tanto?

– Todos odeiam, os que têm o mínimo de juízo – disse Tobias. – Claro que é bom trabalhar aqui, se trabalha nos andares de cima e é importante. – Apontou o polegar discretamente para o teto. – Coisa que não sou, claro. Mas a maior parte do trabalho demanda pouca gente. Precisam de muitos de nós, dezenas, centenas, porque entramos e saímos. Dois anos deste trabalho, talvez três, acabam com as vistas e os nervos. Pode-se ficar totalmente louco de olhar para esses buraquinhos. Louco feito um roedor dançarino. – Tobias enfiou as mãos nos bolsos do avental. – Aposto que o senhor pensa, ao ver-nos, funcionários vestidos como um monte de pombos brancos, que somos por dentro todos iguais! Mas não somos, senhor, de modo algum. Sabe, não há muitos na Grã-Bretanha que sabem ler e escrever, soletrar e somar tão bem quanto é preciso aqui. A maioria que sabe fazer isso consegue trabalhos muito melhores, se está disposta a procurar. Então, a Agência fica com os... bem... os tipos desajustados. – Tobias deu um pequeno sorriso. – Já até contrataram mulheres algumas vezes. Costureiras que perderam o emprego para máquinas fiadeiras.

O governo as emprega para ler e perfurar cartões. Muito boas para trabalhos detalhados, as ex-costureiras.

– Parece-me uma estranha política – disse Mallory.

– Pressão da circunstância – disse Tobias. – É da natureza dos negócios. Já trabalhou para o governo de Sua Majestade, sr. Mallory?

– De certo modo – disse Mallory. Trabalhara para a Comissão de Livre Comércio da Royal Society. Acreditou em seu discurso patriótico, suas promessas de prestígio nos bastidores... e abandonaram-no para se defender sozinho quando não precisavam mais dele. Uma audiência privada com Lorde Galton, da Comissão, um cordial aperto de mão, uma expressão de "profundo lamento" por não poder haver "manifesto reconhecimento de seus nobres préstimos..." E foi isso. Sequer um pedaço de papel assinado.

– Que tipo de trabalho do governo? – disse Tobias.

– Já viu o chamado Leviatã Terrestre?

– Num museu – disse Tobias. – O brontossauro, como dizem, um elefante réptil. Tinha os dentes na ponta da tromba. A fera comia árvores.

– Rapaz esperto, Tobias.

– O senhor é o Mallory do Leviatã – disse Tobias –, o famoso cientista! – Mallory ficou muito vermelho.

Uma campainha tocou. Tobias ficou de pé num pulo. Pegou um panfleto de papel sanfonado numa bandeja da parede.

– Está com sorte, senhor. Suspeito encontrado. Eu lhe disse que a questão do crânio ajudaria. – Tobias estendeu o papel sobre a mesa diante de Mallory.

Era uma coleção de retratos de Máquina impressos em pontilhismo. Ingleses de cabelos escuros e ares de velhacos. As unidades de imagem de pequenos quadrados das impressões de Máquina estavam num tamanho que distorcia apenas levemente os rostos, de modo que todos os homens pareciam ter uma baba preta na boca e sujeira nos cantos dos olhos. Todos pareciam irmãos, alguma estranha subespécie humana dos desencaminhados e desiludidos. Os retratos não tinham nome; tinham números de identidade abaixo.

– Não esperava por dezenas deles – disse Mallory.

– Poderíamos ter reduzidos as opções, com melhores parâmetros da antropometria – disse Tobias. – Mas não tenha pressa, senhor, e examine com atenção. Se ele estiver em nossos arquivos, está aqui.

Mallory olhou para as fileiras carrancudas de vigaristas numerados, muitos com a cabeça inquietantemente deformada. Lembrava-se do rosto do oportunista com grande clareza. Lembrava-se da face desfigurada pela fúria homicida, a saliva ensanguentada no dente fendido. A visão estava gravada para sempre na mente, tão vívida quanto as formas articuladas da espinha da fera, quando viu seu grande prêmio sobressair do xisto em Wyoming. Num longo momento de revelação, então, Mallory enxergara através das protuberâncias monótonas da rocha e distinguiu o brilho imanente de sua própria glória, sua fama vindoura. Dessa mesma maneira ele vira, na face do oportunista, um desafio letal que poderia transformar sua vida.

Mas nenhum dos retratos turvos e taciturnos combinava com a lembrança.

– Existe alguma razão para que *não* tenham o registro desse homem?

– Talvez seu homem não tenha ficha criminal – disse Tobias. – Poderíamos passar o cartão novamente, para verificar na população em geral. Mas isso levaria semanas com as Máquinas girando, e exigiria uma autorização especial dos homens lá de cima.

– Diga-me, por que tanto tempo?

– Dr. Mallory, temos todas as pessoas da Grã-Bretanha em nossos registros. Todas as pessoas que já se ofereceram para um trabalho, pagaram impostos ou foram presas. – Tobias procurava justificar-se, arduamente ansioso por ajudar. – É estrangeiro, talvez?

– Tenho certeza de que era britânico, e um salafrário. Estava armado e era perigoso. Mas não o vejo aqui.

– Talvez seja um retrato ruim, senhor. Gente criminosa costuma inchar as bochechas em fotografias criminais. Chumaços de algodão no nariz e truques semelhantes. Tenho certeza de que ele está aqui, senhor.

– Não acredito. Existe outra possibilidade?

Tobias sentou-se, derrotado.

– É tudo o que tenho, senhor. A menos que queira mudar sua descrição.

– Alguém pode ter *removido* o retrato dele?

Tobias pareceu chocado.

– Isso seria adulteração de arquivo oficial, senhor. Um delito grave que leva à expatriação. Tenho certeza de que nenhum dos funcionários faria algo assim. – Houve um silêncio pesado.

– No entanto? – insistiu Mallory.

– Bem, os arquivos são invioláveis, senhor. É o que mais nos preocupa aqui, como sabe. Mas *há* oficiais de altos cargos, de fora da Agência... homens que trabalham pela segurança confidencial da área. Se é que entende a que cavalheiros estou me referindo.

– Acredito que não – disse Mallory.

– Bem poucos cavalheiros, em cargos de grande confiança e discrição – disse Tobias. Olhou de relance para os outros homens na sala e baixou a voz. – Talvez tenha ouvido falar do que chamam de "o Gabinete Especial"? Ou a Agência Especial da polícia da Bow Street...?

– Mais alguém...?

– Bem, a Família Real, é claro. Somos servidores da Coroa aqui, afinal. Se Albert em pessoa fosse comandar nosso Ministro de Estatística...

– E quanto ao primeiro-ministro? Lorde Byron?

Tobias não respondeu. Sua expressão era de aborrecimento.

– Uma pergunta inútil – disse Mallory. – Esqueça que a fiz. É hábito de estudiosos, entende... Quando um assunto me interessa, exploro os aspectos específicos, até mesmo ao limite do pedantismo. Mas não tem nenhuma relevância agora. – Mallory observou as imagens mais uma vez, demonstrando muita atenção. – Sem dúvida a falha é minha... a iluminação aqui não é tão boa quanto poderia ser.

– Deixe-me ligar o gás – disse o rapaz, levantando-se.

– Não – disse Mallory. – Deixe-me voltar minha atenção à mulher. Talvez tenhamos mais sorte.

Tobias afundou-se no assento. Enquanto aguardavam os giros da Máquina, Mallory fingiu sossegada indiferença.

– Trabalho moroso, sim, sr. Tobias? Um rapaz com sua inteligência deve ansiar por desafios maiores.

– Realmente amo Máquinas – disse Tobias. – Não esses monstros desajeitados, mas as mais inteligentes e estéticas. Queria aprender clacking.

– Por que não está na escola, então?

– Não posso pagar, senhor. A família não aprova.

– Tentou o Exame Nacional de Mérito?

– Não ganhei a bolsa... Não passei em cálculo. – Tobias estava aborrecido. – Não sou nenhum cientista mesmo. É para a arte que vivo. Cinetropia!

– Trabalho de teatro, é? Dizem que está no sangue.

– Gasto cada xelim extra com exibições – disse o rapaz. – Temos um pequeno clube de entusiastas. O Palladium aluga-nos seu cinétropo durante as primeiras horas da manhã. Podem-se ver coisas bastante surpreendentes, às vezes, assim como alguns desatinos de iniciantes.

– Fascinante – disse Mallory. – Ouvi dizer que, ãh... – Teve de esforçar-se para lembrar-se do nome. – Ouvi dizer que John Keats é muito bom.

– É velho – disse o rapaz, encolhendo os ombros, sem piedade. – Devia ver Sandys. Ou Hughes. Ou Etty! E há um clacker de Manchester cujo trabalho é esplêndido... Michael Radley. Vi uma apresentação dele aqui em Londres, no inverno passado. De uma turnê de palestras, com um americano.

– Palestras com cinétropos são muito edificantes.

– Ah, o palestrante era um político ianque desonesto. Por mim, poderiam jogar o palestrante fora e passar as imagens em silêncio.

Mallory interrompeu a conversa. Tobias demonstrou um pouco de desconforto, querendo voltar a falar, mas não ousou tomar a liberdade, e a campainha tocou. O rapaz levantou-se como um raio, derrapando com um ranger dos sapatos baratos. Voltou com outro papel sanfonado.

– Ruivas – disse, e deu um sorriso encabulado.

Mallory grunhiu. Examinou as mulheres com muita atenção. Eram mulheres abatidas, acabadas, com o olhar apático do abatimento e da ruína marcado de modo indelével nas pequenas unidades pretas de sua feminilidade estampada. Diferentemente dos homens, os rostos femininos, de algum modo, ganharam vida para Mallory. Aqui, uma criatura *cockney*, de rosto redondo, com o olhar mais selvagem que o de uma mulher cheyenne. Ali, uma garota irlandesa de olhar meigo, cujo maxilar protuberante certamente amargurara-lhe a vida. Ainda, uma prostituta de cabelos emaranhados como um ninho de rato e olhos turvos de gim. De um lado, provocação. Do outro, insolência taciturna. E o olhar paralisado e enganador de uma inglesa com a nuca comprimida por tempo excessivo no suporte do daguerreótipo.

Os olhos, com o apelo calculado de inocência ferida, prenderam-no com o choque do reconhecimento. Mallory bateu no papel e ergueu a cabeça.

– Aqui está ela!

Tobias arregalou os olhos.

– Essa é peculiar, senhor! Deixe-me pegar o número.

Perfurou um cartão novo com o número de identidade usando uma pequena prensa de mogno, depois recolocou o cartão na bandeja da parede.

Limpou cuidadosamente as partículas de papel dos furos e jogou-as num cesto de tampa articulada.

– Isso me dirá tudo sobre ela? – disse Mallory, e tirou do casaco o caderno.

– Quase tudo, senhor. Um resumo impresso.

– E eu poderia levar esses documentos comigo para exame posterior?

– Não, senhor, estritamente falando, uma vez que não é funcionário da área de... – Tobias baixou a voz. – Para dizer-lhe a verdade, senhor, poderia pagar a um magistrado comum, ou até mesmo a seu secretário, para ter esta informação por alguns xelins, confidencialmente. Uma vez que tenha o número da pessoa, o resto é bastante simples. Trata-se de um truque comum entre clackers, ler os arquivos de Máquinas de pessoas do mundo do crime... Chamam-no de "mexer os pauzinhos" ou "ter a faca e o queijo nas mãos".

Mallory considerou de singular interesse a notícia.

– Digamos que eu pedisse meu próprio arquivo...

– Bem, o senhor é um cavalheiro, não um criminoso. Não está nos arquivos policiais comuns. Os magistrados, secretários de tribunal e funcionários assemelhados teriam de preencher formulários e apresentar boas justificativas para a busca, que não concedemos facilmente.

– Protocolos legais, sim? – disse Mallory.

– Não, senhor, não é lei alguma que nos impede, mas o simples trabalho de realizá-la. Tal busca consome tempo de Máquina e dinheiro, e sempre estamos abaixo do esperado para ambos. Mas se um membro do parlamento fizesse tal solicitação, ou um lorde...

– Digamos que eu tenha um bom amigo aqui na Agência – disse Mallory. – Alguém que me admirasse por minha generosidade.

Tobias pareceu relutante, e um pouco reservado.

– Não é questão simples, senhor. Cada giro é registrado, e toda solicitação precisa ter um fiador. O que fizemos hoje foi feito no nome do sr. Wakefield, portanto não haverá problemas. Mas seu amigo teria de forjar o nome de algum fiador e correr o risco por tal impostura. Trata-se de fraude, senhor. Fraude de Máquina, como roubo de crédito ou fraude de ações e investimentos, e é punida da mesma maneira quando descoberta.

– Muito esclarecedor – disse Mallory. – Vejo que sempre há vantagens em conversar com um homem técnico que conhece de fato o assunto. Deixe-me dar-lhe meu cartão.

Mallory retirou um de seus *cartes-de-visite* Maull & Polyblank da carteira. Dobrou uma nota de cinco libras e prendeu-a atrás do cartão, antes de entregá--lo. Era uma quantia considerável. Um investimento propositado.

Tobias remexeu o espaço sob o avental, encontrou uma carteira de couro besuntada, nela enfiou o cartão e o dinheiro de Mallory e retirou um pedaço de cartolina brilhante com uma dobra na ponta. Ilmo. Sr. J. J. TOBIAS, eram os dizeres do cartão, em letra gótica de Máquina grotescamente rebuscada. CINETROPIA E OBJETOS DE COLECIONADOR PARA TEATRO. Havia um endereço de Whitechapel.

– Ignore o número de telégrafo abaixo – disse Tobias. – Tive de parar de pagar o aluguel.

– Tem algum interesse em cinetropia francesa, sr. Tobias? – disse Mallory.

– Ah, sim, senhor – aquiesceu Tobias. – Há excelente material vindo de Montmartre hoje em dia.

– Soube que os melhores *ordinateurs* franceses utilizam novo padrão de cartão.

– O padrão do *Napoléon* – disse Tobias, prontamente. – Cartões menores de matéria artificial, que passa com muita agilidade pelos compiladores. Tal velocidade é bastante conveniente para o trabalho com cines.

– Sabe onde um sujeito pode alugar um desses compiladores franceses aqui em Londres?

– Para traduzir dados de cartões franceses, senhor?

– Sim – disse Mallory, fingindo interesse apenas casual. – Aguardo o recebimento de alguns dados de um colega francês, envolvendo uma controvérsia científica. Um tanto abstrusa, mas ainda questão de sigilo entre estudiosos. Prefiro examiná-los em particular, em momento conveniente.

– Sim, senhor – disse Tobias. – Em outras palavras, conheço, sim, um sujeito que tem um compilador francês, e que deixaria o senhor fazer o que quisesse com ele, mediante pagamento. Ano passado houve grande tendência para o padrão francês nos círculos de clacking londrinos. Mas as opiniões voltaram-se contra ele, principalmente com os percalços do Grande *Napoléon*.

– Verdade? – disse Mallory.

Tobias acenou positivamente com a cabeça, encantado em poder mostrar seu conhecimento.

– Acredito que as pessoas pensem agora, senhor, que os franceses precipitaram-se com seu vasto projeto napoleônico e deram um passo técnico errado!

Mallory cofiou a barba.

– Isso não seria a inveja profissional britânica falando mais alto, espero.

– De modo algum, senhor! É de conhecimento comum que o Grande *Napoléon* sofreu um infortúnio terrível no começo deste ano – garantiu-lhe Tobias –, e a grande Máquina nunca mais girou adequadamente desde então. – Baixou a voz. – Há quem alegue sabotagem! Conhece o termo francês *sabotage*? Vem de *sabots*, os sapatos de madeira usados por trabalhadores franceses. São capazes de chutar metade de uma Máquina para fora das bases! – Tobias abriu grande sorriso diante da possibilidade, com uma alegria que deixou Mallory deveras inquieto. – Os franceses têm alguns problemas com luditas, entende, senhor, como os que tivemos anos atrás!

Duas notas curtas soaram num apito a vapor, reverberando pelo teto caiado. Os dois zelosos cavalheiros, aos quais juntara-se um terceiro, igualmente zeloso, fecharam os álbuns e saíram.

A campainha tocou mais uma vez, chamando Tobias à bandeja da parede. O rapaz levantou-se lentamente, arrumou uma cadeira, seguiu até o fim da mesa, examinou os álbuns, verificando a poeira inexistente e colocou-os na prateleira.

– Acho que nossa resposta nos aguarda – disse Mallory.

Tobias deu um curto aceno com a cabeça, de costas para Mallory.

– Muito provavelmente, senhor, mas já excedi o meu horário, sabe. Aqueles dois toques da buzina...

Mallory levantou-se impaciente e foi até a bandeja.

– Não, não – gritou Tobias –, não sem luvas! Por favor, deixe-me fazê-lo!

– Luvas, decerto! Quem ficará sabendo?

– A Antropometria Criminal ficará sabendo! Esta sala é deles, e não há nada que odeiem mais do que manchas de dedos desnudos! – Tobias virou-se com um feixe de documentos. – Bem, senhor, nossa suspeita é uma tal de Florence Bartlett, nascida Russel, residiu em Liverpool...

– Obrigado, Tobias – disse Mallory, dobrando o feixe de papel sanfonado, de modo a colocá-lo com mais facilidade no colete tecido em padrão xadrez de Ada. – Muito grato pelo seu auxílio.

Numa manhã ártica de Wyoming, a geada espessa na pradaria marrom e batida, Mallory agachara-se ao lado da tépida caldeira da fortaleza a vapor da expedição, atiçando a escassa fogueira de esterco de búfalo, tentando degelar uma tira de charque, dura como uma barra de ferro, que os homens comiam no café da manhã, almoço e jantar. Nesse momento de profundo sofrimento, a barba coberta com o gelo da respiração e os dedos com bolhas da pá queimados pelo frio, Mallory fizera o juramento solene de nunca mais maldizer o calor do verão.

Mas nunca esperou um calor tão opressivo e abominável em Londres.

A noite passou sem uma única brisa, e sua cama parecia um fétido ensopado. Dormira sobre os lençóis com uma toalha turca molhada, estendida sobre o corpo nu, e lavara-se de hora em hora, molhando novamente a toalha. Agora o colchão estava encharcado e todo o quarto parecia quente e abafado como uma estufa. Fedia a tabaco amanhecido também, pois Mallory fumara meia dúzia de seus melhores charutos cubanos enquanto lia a ficha criminal de Florence Russel Bartlett, que dava conta principalmente do assassinato do marido, proeminente comerciante de algodão de Liverpool, na primavera de 1853.

O *modus operandi* fora envenenamento por arsênico, o qual a sra. Bartlett extraíra de papel mata-moscas e administrara durante período de semanas em medicamento patenteado, o Fortificante Hidropático do Dr. Gove. Mallory, de suas noites no Haymarket, sabia que o Dr. Gove era, na verdade, um afrodisíaco patenteado, mas a ficha não fazia menção ao fato. As doenças fatais da mãe de Bartlett, em 1852, e do irmão do marido, em 1851, também estavam registradas, com os respectivos atestados de óbito citando úlcera perfurada e cólera-morbo. As doenças alegadas apresentaram sintomas muito semelhantes aos do envenenamento por arsênico. Nunca tendo sido formalmente acusada por tais mortes, a sra. Bartlett escapara da prisão ao dominar o carcereiro com uma pistola Derringer escondida.

A Agência Central de Estatística suspeitou que ela teria fugido para a França, supôs Mallory, porque alguém havia anexado traduções de relatórios policiais franceses de 1854 a respeito de um julgamento por *crime passionel* em tribunais parisienses. Uma certa "Florence Murphy", abortadeira, supostamente refugiada americana, foi detida e julgada por crime de *vitriolage*, atacar alguém com ácido sulfúrico com a intenção de desfigurar ou mutilar. A vítima, Marie Lemoine, esposa de proeminente comerciante de seda de Lyon, era uma suposta rival.

Mas a "sra. Murphy" desaparecera da prisão, e de todos os seguintes registros policiais da França, durante a primeira semana de seu julgamento como *vitrioleuse*.

Mallory passou uma esponja com água da torneira no rosto, pescoço e axilas, pensando sombriamente em vitríolos.

Estava novamente suando em bicas, enquanto amarrava os sapatos. Ao sair do quarto, descobriu que o estranho verão da cidade dominara o Palácio de Paleontologia. A umidade obstinada fervia sobre os pisos de mármore tal pântano invisível. Até mesmo as palmeiras ao pé da escadaria pareciam jurássicas. Caminhou penosamente até a sala de jantar, onde quatro ovos cozidos frios, café gelado, um arenque defumado, alguns tomates grelhados, um pedaço de presunto e um melão gélido ajudaram-no a restabelecer-se um pouco. A comida ali era muito boa, embora o arenque cheirasse um pouco a estragado... o que não era surpresa, num calor daqueles. Mallory assinou o vale e saiu para buscar suas correspondências.

Ele havia sido injusto com o arenque. Do lado de fora da sala de jantar, o próprio Palácio fedia: peixe podre ou algo muito parecido. Havia perfume de sabonete no saguão da frente, deixado pela faxina da manhã, mas o ar estava carregado do cheiro forte, úmido e distante de algo terrível e aparentemente morto. Mallory sabia que sentira tal cheiro antes... Era penetrante, como ácido misturado ao fedor gorduroso de um matadouro... Mas não conseguia identificar a lembrança. Por um momento, o mau cheiro desaparecera. Aproximou-se do balcão para pedir as correspondências. O desolado recepcionista saudou-o com grande demonstração de cortesia. Mallory conquistara a lealdade dos funcionários com generosas gorjetas.

– Nada em minha caixa? – disse Mallory, surpreso.

– Pequena demais, dr. Mallory. – O recepcionista curvou-se para erguer uma grande cesta de arame abarrotada até a borda de envelopes, revistas e pacotes.

– Decerto! – disse Mallory. – Piora a cada dia!

O funcionário deu um aceno de cabeça, demonstrando conhecimento da situação.

– É o preço da fama, senhor.

Mallory estava estupefato.

– Suponho que terei de ler tudo isso...

– Se eu puder tomar a liberdade, senhor, diria que talvez fosse bom contratar um secretário particular.

Mallory soltou um grunhido. Tinha aversão a secretários, criados, mordomos, camareiras, a todo o maldito trabalho de servir. Sua própria mãe trabalhara uma vez na área de serviços, para uma abastada família de Sussex, nos velhos tempos antes dos Rads. O fato amargurava-o.

Levou a cesta pesada até um canto sossegado da biblioteca e começou a separar-lhe o conteúdo. Primeiro, as revistas: as de lombada dourada, *Transações da Sociedade Real, Herpetologia de Todas as Nações, Jornal de Sistemática Dinâmica, Annales Scientifiques de l'École dês Ordinateurs,* com o que parecia ser um interessante artigo sobre os percalços mecânicos do Grande *Napoléon*... Essa história de assinar uma série de revistas acadêmicas tinha ido longe demais, embora ele achasse que deixava os editores felizes, e editores felizes era meio caminho andado para se publicar um artigo.

Em seguida, as cartas. Mallory separou-as em pilhas. Primeiro, as cartas com pedidos. Cometera o erro de responder a algumas, que pareciam especialmente chorosas e sinceras, e agora os velhacos maquinadores enxameavam-se sobre ele feito piolhos. A segunda pilha era de cartas de trabalho. Convites para fazer apresentações, pedidos de entrevistas, paleontólogos e geólogos catastrofistas oferecendo coautoria em trabalhos eruditos e contas de lojistas.

Depois as cartas em caligrafia feminina. As incubadoras da história natural – as "colhedoras de flores", como Huxley chamava as remetentes. Escreviam aos montes, a maioria das vezes apenas para solicitar seu autógrafo e, se ele pudesse fazer o favor, um *carte-de-visite* assinado. Outras enviavam esboços tímidos de lagartos comuns, requisitando seu conhecimento em taxonomia de répteis. Outras expressavam delicada admiração, porventura acompanhada de versos, e convidavam-no para um chá caso estivesse algum dia em Sheffield ou Nottingham, ou Brighton. E algumas poucas, geralmente caracterizadas por caligrafia temperamental com *triplos sublinhados (!!!)* e mechas de cabelo presas em fitas, expressavam afetuosa admiração feminina, isso em termos tão ousados a ponto de ser quase desconcertante. Houvera notável torrente de tais missivas depois que seu glamoroso retrato apareceu no *Semanário Doméstico da Mulher Inglesa*.

Mallory parou de súbito. Quase jogara para o lado uma carta de sua irmã, Ruth. A querida Ruthie... Mas é claro que a caçula da família já estava com dezessete anos. Abriu a carta de imediato.

Querido Ned,

Escrevo para você as palavras ditadas por nossa Mãe, pois suas mãos estão muito ruins hoje. O Pai agradece-lhe muito a esplêndida manta de Londres. O linimento francês tem ajudado minhas mãos (da Mãe) muito bem, não obistante mais os joelhos que as mãos. Todos sentimos muito a sua falta em Lewes, não obistante sabemos que está ocupado c/ seus importantes afazeres da Royal Society! Lemos em voz alta todas as suas aventuras americanas escritas pelo sr. Disraeli na Museu de Família. Agatha pede se pode fazer o favor de pedir um autógrafo do sr. Disraeli pois seu romance favorito é dele, "Tancredo"! Mas nossa ótima notícia é que nosso querido Brian voltou de Bombaim, em segurança conosco, neste dia 17 de junho! E trouxe com ele nosso querido futuro cunhado, o tenente Jerry Rawlings, também da Artilharia de Sussex, que pediu a nossa Madeline que esperasse por ele, e é claro que ela esperou. Agora vão se casar, e nossa Mãe quer que você saiba particularmente que não será na Igreja, mas numa serimônia civil com o Juíz de Paz sr. Witherspoon na Prefeitura de Lewes. Você estará presente no dia 29 quando o Pai entregará uma de suas últimas filhas – eu não queria escrever isso, mas a Mãe me obrigou.

Com todo nosso carinho,
Ruth Mallory (senhorita)

Então... a pequena Madeline, finalmente com seu homem. Pobre criatura, quatro anos foi um longo noivado, mais preocupante ainda quando apalavrado com um soldado num país tropical e infestado como a Índia. Ela recebera o anel de compromisso quando tinha dezoito anos, e agora estava com mais de vinte e dois. Um longo noivado é algo cruel a se pedir a uma garota jovem e vivaz, e Mallory notara em sua última visita que a provação afiara a língua e o temperamento de Madeline, tornando-a quase um motivo de sofrimento para todos na casa. Logo não haveria mais ninguém para cuidar dos velhos a não ser a pequena Ruthie. E quando Ruthie se casasse... bem, ele pensaria na questão no momento devido. Mallory esfregou a barba suada. Madeline passara por mais dificuldades na vida que Ernestina, Agatha e Dorothy. Deveria ter algo de bom para si, decidiu Mallory. Um presente de casamento que comprovasse que ela havia colocado um ponto final nos tempos desditosos.

Mallory levou o cesto de cartas para o quarto, empilhou as correspondências no chão, ao lado da escrivaninha abarrotada, e saiu do Palácio, deixando o cesto no balcão da recepção.

Um grupo de quakers, homens e mulheres, encontrava-se na calçada diante do Palácio. Cantavam monotonamente uma de suas intoleráveis cantilenas homiléticas que dizia algo a respeito de uma "estrada de ferro para os céus", pelo que Mallory pôde ouvir. A canção não parecia ter muito a ver com Evolução, blasfêmia ou fósseis; mas talvez a mera insipidez de seus protestos inúteis parecia cansar até mesmo os próprios quakers. Mallory passou por eles rapidamente, ignorando os panfletos oferecidos. Fazia calor, um calor incomum e brutal. Não havia um raio de sol, mas o ar estava mortalmente parado e o céu de nuvens altas tinha uma aparência plúmbea, carrancuda, como se quisesse chover mas tivesse perdido o jeito.

Mallory desceu a Gloucester Road até a esquina da Cromwell. Havia uma nova e bela estátua equestre de Cromwell no cruzamento; Cromwell era o favorito dos Rads. E havia ônibus também, seis a cada hora, mas estavam todos lotados até as amuradas. Ninguém queria caminhar sob aquela temperatura.

Mallory tentou o metropolitano da Gloucester Road, próximo à esquina da Ashburn Mews. Quando se preparava para descer a escada, uma pequena multidão subiu quase correndo, esquivando-se de um mau cheiro de tal virulência que o deteve onde estava.

Os londrinos estavam habituados a cheiros estranhos nos metropolitanos, mas aquele fedor era claramente de outra ordem, ímpar. Comparado ao calor funesto das ruas, o ar estava frio, mas trazia um odor funéreo, como algo que tivesse apodrecido num pote de vidro fechado. Mallory foi à bilheteria; estava fechada, com um cartaz que dizia PEDIMOS DESCULPAS PELO INCONVENIENTE. Nenhuma menção à real natureza do problema.

Mallory virou-se. Havia cabriolés puxados a cavalo no hotel Bailey, do outro lado da Courtfield Road. Preparou-se para atravessar a rua, mas notou então um cabriolé aguardando bem próximo, no meio-fio, aparentemente desocupado. Acenou para o condutor e foi até a porta. Ainda havia um passageiro lá dentro. Mallory esperou educadamente o homem desembarcar. Em vez disso, o estranho, parecendo ofendido com o olhar atento de Mallory, pressionou um lenço contra o rosto e afundou abaixo do nível da janela. Começou a tossir. Talvez estivesse doente, ou tivesse acabado de sair do metropolitano e não retomado ainda a respiração.

Irritado, Mallory atravessou a rua e tomou um cabriolé no Bailey's.

– Piccadilly – ordenou.

O condutor bateu no velho cavalo suado e seguiram para o leste pela Cromwell Road. Uma vez a caminho, com leve brisa à janela, o calor tornou-se menos opressivo, e Mallory animou-se. Cromwell Road, Thurloe Place, Brompton Road... Em seus vastos planos de reconstrução, o governo reservara essas áreas de Kesington e Brompton a uma vasta convergência de museus e palácios da Royal Society. Um por um, os edifícios passaram pela janela com a sóbria majestade das cúpulas e colunatas. Física, Economia, Química... Alguns poderiam reclamar das inovações dos Radicais, refletiu Mallory, mas eram inegáveis a percepção e a justiça para com os estudiosos envolvidos nos trabalhos mais nobres da humanidade. Certamente, por seu auxílio à ciência, os palácios recompensavam o pródigo custo de sua construção pelo menos uma dezena de vezes.

Continuou seguindo pela Knightsbridge e passando pela Hyde Park Corner até o Arco de Napoleão, um presente de Luís Napoleão para celebrar a Entente Anglo-Francesa. O grande arco de ferro, com seu profuso esqueleto de escoras e cavilhas, sustentava uma grande população de cupidos alados e damas com drapejados e tochas. Um monumento vistoso, pensou Mallory, e de acordo com a tendência mais recente. Sua elegante solidez parecia negar a existência de qualquer traço de discórdia entre a Grã-Bretanha e sua aliada mais leal, a França Imperial. Quiçá, pensou Mallory ironicamente, os "mal-entendidos" das Guerras Napoleônicas poderiam ter sido causados pelo tirano Wellington.

Embora Londres não tivesse monumentos do Duque de Wellington, por vezes parecia a Mallory que memórias tácitas do homem ainda assombravam a cidade, um fantasma não esconjurado. Certa vez, o grande conquistador de Waterloo fora exaltado ali como um verdadeiro salvador da nação britânica. Wellington fora enobrecido e ocupara o cargo mais alto do país. Mas na Inglaterra moderna foi aviltado como um estúpido gabola, um segundo rei João, o assassino de seu próprio povo inquieto. Os Rads jamais esqueceram seu ódio pelo antigo e pavoroso inimigo. Toda uma geração passara desde a morte de Wellington, mas o primeiro-ministro Byron ainda difamava com frequência a memória do duque com a temível acidez de sua eloquência.

Mallory, ainda que fosse homem fiel do Partido Radical, não se convencia por mera injúria retórica. Mantinha em particular sua própria opinião sobre o tirano há muito falecido. Em sua primeira viagem a Londres, quando tinha seis anos, Mallory vira o duque de Wellington: passara pela rua em sua carruagem dourada, em meio ao ploc-ploc de cascos e ao tinido da escolta de cavalaria armada. E o menino Mallory ficara deveras impressionado. Não apenas pelo famoso rosto de nariz aquilino entre golas altas e suíças, elegante, austero e silencioso, mas pela mistura apavorada de medo e prazer que o próprio pai sentiu com a passagem do duque.

Um leve travo daquela visita a Londres na infância – em 1831, o primeiro ano dos Tempos Tumultuosos, o último do antigo regime da Inglaterra – ainda era sentido por Mallory sempre que ele via a capital. Alguns meses depois, em Lewes, seu pai comemorara com intensa alegria a notícia da morte de Wellington numa atrocidade envolvendo uma bomba. Mas Mallory chorara em segredo, atingido por uma tristeza dolorosa por uma razão da qual não podia mais se lembrar.

Em sua avaliação amadurecida, o Duque de Wellington foi a vítima antiquada e ignorante de uma revolta que estava além de sua própria compreensão. Estava mais para Carlos I do que para rei João. Wellington nesciamente patrocinara os interesses dos decadentes de sangue azul do Tory, um grupo destinado a ser varrido do poder pela ascendente classe média e pelos sábios meritocratas. Mas o próprio Wellington não tinha sangue azul; um dia fora simplesmente Arthur Wellesley, de origem irlandesa um tanto modesta.

Ademais, parecia a Mallory que, como soldado, Wellington exibia muito louvável maestria de sua arte. Fora apenas como político civil, e primeiro-ministro reacionário, que Wellington se equivocara completamente ao interpretar o teor revolucionário da era vindoura na indústria e na ciência. Pagara tal falta de visão com sua honra, seu poder e com a própria vida.

E a Inglaterra que Wellington conhecera e administrara mal, a Inglaterra da infância de Mallory, passara por greves, manifestos e manifestações, tumultos, lei marcial, massacres, abertas lutas de classe e anarquia quase total. Apenas o Partido Industrial Radical, com sua ousada visão racional de uma nova ordem abrangente, salvara a Inglaterra do abismo.

Mas ainda assim, pensou Mallory, ainda assim, deveria haver um monumento em algum lugar...

O cabriolé subiu a Piccadilly, passando pelas Down Street, Whitehorse Street e Half-Moon Street. Mallory folheou a agenda de endereços e encontrou o *carte-de-visite* de Laurence Oliphant. Ele morava na Half-Moon Street. Mallory pensou em parar o cabriolé e ver se Oliphant estava em casa. Caso, diferentemente da maioria dos elegantes cortesãos, Oliphant levantasse da cama antes das dez, poderia ter um balde de gelo em casa e quiçá uma gota de algo para abrir os poros. A ideia de interromper de modo ousado o dia de Oliphant, quem sabe surpreendendo-o em alguma intriga secreta, era agradável a Mallory.

Mas havia coisas mais importantes a fazer. Talvez tentasse encontrar Oliphant depois de cumprir sua tarefa.

Mallory parou o carro na entrada da Galeria Burlington. O gigantesco zigurate com estrutura de ferro do Fortnum & Mason espreitava do outro lado da rua, em meio a uma sequência de joalherias e lojas exclusivas. O chofer cobrou um valor incrivelmente excessivo, mas Mallory não tomou conhecimento por estar excepcionalmente bem-humorado. Parecia que os condutores estavam se aproveitando de todos. Um pouco adiante, na Piccadilly, outro homem saltara do cabriolé e discutia, de modo vulgar, com o chofer.

Mallory não encontrara nada que se igualasse a fazer compras, uma agradável demonstração de poder de sua recém-adquirida riqueza. Ganhara o dinheiro numa bravata quase insana, mas o segredo de sua origem estava seguro com ele. As máquinas de crédito de Londres processavam os rendimentos extravagantes de apostadores com a mesma prontidão com que recebiam os trocados das viúvas.

Então, o que seria desta vez? Este imenso vaso de ferro com base octogonal e oito telas de treliça pendendo diante do pedestal canelado, conferindo singular leveza e elegância ao objeto como um todo? Este suporte entalhado em madeira de buxo com dossel esculpido, destinado à montagem de um termômetro em vidro veneziano? Este saleiro de mesa em ébano, adornado por colunas e painéis em baixo-relevo, acompanhado de uma colher de sal de prata ornada por trifólios, folhas de carvalho, haste envolta em espiral e o monograma à sua escolha?

Dentro da J. Walker & Co., estabelecimento pequeno, mas de extremo bom gosto, entre as lojas com janelas salientes da famosa galeria, Mallory descobriu um presente que pareceu-lhe perfeitamente apropriado. Era um relógio de corda para oito dias que batia os quartos e as horas em belos tons de sino de catedral. O carrilhão, que também mostrava a data, o dia da semana e as fases da lua, era notável amostra da arte de precisão britânica, embora, naturalmente, a parte externa causasse mais admiração aos desentendidos em mecânica. O suporte, do *papier-mâché* mais refinado com vidro azul-turquesa embutido, era adornado por um grupo de grandes figuras douradas com mantos muito leves, que representavam uma Bretanha jovem e decididamente encantadora, admirando o progresso feito pelo Tempo e pela Ciência na civilização e na felicidade do povo britânico. O louvável tema era igualmente ilustrado por uma série de sete cenas esculpidas que giravam a cada semana no mecanismo oculto dentro da base do relógio.

O preço era nada menos que catorze guinéus. Parecia que um item de tal raridade artística não poderia ser determinado em simples libra-xelins-e-pence. O pensamento grosseiramente pragmático trouxe a Mallory a ideia de que o casal estaria mais bem servido por vibrante punhado de catorze guinéus. Mas o dinheiro logo desapareceria, como sempre acontecia quando se é jovem. Um belo relógio como esse poderia adornar um lar ao longo de gerações.

Mallory pagou o relógio em dinheiro, recusando a oferta de crédito com prazo de um ano para pagar. O balconista, um senhor de idade sobranceiro, suando a gola alta engomada estilo regência, demonstrou o sistema de cunhas de cortiça que firmavam as engrenagens, protegendo-as em caso de viagens. O relógio era acompanhado de tranqueta e estojo com alça, forrado com cortiça no contorno da peça, sob veludo bordô.

Mallory sabia que nunca poderia fazer seu galardão entrar num ônibus a vapor lotado. Teria de tomar outro cabriolé e amarrar o estojo do relógio na capota. Uma situação incômoda, estando Londres assombrada por jovens ladrões conhecidos como "rebocadores", velhacos que saltavam como macacos nos tetos de carruagens em movimento, munidos de punhais com lâminas serrilhadas para cortar as tiras de couro que seguravam bagagens. Quando a carruagem parasse, os ladrões já teriam sumido completamente impunes nas profundezas de algum antro miserável, onde passavam a pilhagem de mão em mão até os pertences da mala da vítima irem parar em dezenas de lojas de objetos usados.

Mallory carregou a compra, passando pelo último portão da Galeria Burlington, onde o policial de guarda saudou-o com alegria. Do lado de fora, nos jardins de Burlington, um jovem de chapéu amassado e casaco roto e seboso, que estivera sentado aparentemente muito à vontade na beira de um vaso de cimento, levantou-se de súbito.

O rapaz maltrapilho saiu mancando na direção de Mallory, os ombros caídos em teatral desespero. Tocou a aba do chapéu, ensaiou um sorriso patético e começou a falar a Mallory num só fôlego.

– Peço desculpas senhor mas se perdoa o abuso de ser abordado assim em via pública por alguém quase reduzido a trapos embora não tenha sido sempre assim e sem nenhuma culpa de minha parte mas por problemas de saúde na família e muitos sofrimentos não merecidos seria grande obséquio saber a hora.

A hora? Poderia esse homem, de alguma forma, saber que Mallory acabara de adquirir um grande relógio? Mas o homem maltrapilho não prestou atenção alguma à confusão de Mallory, pois prosseguia, impetuoso, no mesmo tom insinuante e invariável.

– Senhor não é pedir esmola minha intenção pois fui criado pela melhor das mães e mendigar não é minha ocupação eu não saberia como seguir tal ocupação mesmo se tal fosse meu vergonhoso desejo pois logo morreria de pobreza mas senhor imploro-lhe em nome da caridade que me permita a honra de agir como seu carregador para levar essa caixa que lhe pesa por qualquer preço que sua benevolência possa determinar para meus serviços...

O homem maltrapilho interrompeu a fala bruscamente. Arregalou os olhos, olhando acima do ombro de Mallory, a boca assumindo uma expressão de contenção repentina, comprimida, como a de uma costureira cortando a linha com os dentes. O homem maltrapilho deu três cautelosos passos para trás, lentamente, mantendo Mallory entre ele e o que quer que tenha visto. Então girou sobre os calcanhares agitados, recheados de jornal, e afastou-se ligeiro, sem mancar, rumo ao passeio abarrotado da Cork Street.

Mallory virou-se no mesmo instante e olhou para trás. Havia detrás dele um homem alto, delgado, de nariz de batata e longas suíças, com um fraque estilo Albert curto e calças lisas. No exato momento em que Mallory olhou para ele, o homem levou um lenço ao rosto. Tossiu, à maneira de um cavalheiro, depois limpou de leve os olhos. Em seguida, num gesto súbito e teatral, deu a impressão de ter se lembrado de algo que havia esquecido. Virou-se e seguiu na direção da Galeria Burlington. Não olhara diretamente para Mallory sequer uma vez.

O próprio Mallory demonstrou súbito e falso interesse nos fechos do estojo do relógio. Colocou a caixa no chão, curvou-se e olhou os pedaços de metal brilhante, com a mente dando voltas e um frio na espinha. O lenço do tratante denunciara-o. Mallory reconhecera-o, o homem que vira diante da estação do metropolitano em Kensington; o cavalheiro da tosse, que não quis deixar o cabriolé. Além disso, pensou Mallory, a mente excitada pela súbita compreensão, o cavalheiro da tosse era também o homem descortês que discutira com o chofer a respeito do preço da passagem, em Piccadilly. Seguira Mallory por todo o caminho desde Kensington. Estava no seu rasto.

Mallory apanhou o estojo do relógio com aperto firme e andou discretamente pelos Jardins de Burlington. Virou à direita na Old Bond Street. Sentia nervosismo, com o instinto de perseguição. Fora insensato ao virar-se e olhar de imediato. Talvez tenha-se entregado ao perseguidor. Não se virou para olhar de novo, apenas caminhou a passos lentos, na melhor simulação de ócio que conseguia. Fez uma pausa diante das prateleiras de veludo de uma joalheria com camafeus, braceletes e tiaras de gala para damas, e observou a rua atrás de si, no vidro brilhante com barras de ferro.

Viu o Cavalheiro da Tosse reaparecer quase ao mesmo tempo em que olhou. O homem permaneceu bem distante por um momento, cuidando para manter grupos de consumidores londrinos entre si e Mallory. Talvez tivesse trinta e cinco anos, com as costeletas um pouco grisalhas e uma sobrecasaca escura, costurada à Máquina, que não parecia ter nada de extraordinário. Seu rosto era como o de qualquer pessoa da Inglaterra, talvez um pouco mais pesado, um pouco mais frio no olhar, com uma boca mais rígida sob o nariz de batata.

Mallory virou mais uma esquina, na Bruton Street à esquerda, o estojo do relógio tornando-se mais desairoso a cada passo. As lojas ali não tinham vidros em ângulo conveniente. Ergueu o chapéu para uma bela dama e fingiu olhar para seus tornozelos depois que passou. O Cavalheiro da Tosse ainda estava com ele.

Talvez o homem fosse um aliado do oportunista e de sua mulher. Um bandido contratado; um assassino com uma Derringer no bolso daquela sobrecasaca ao estilo príncipe Albert. Ou um frasco de vitríolo. Os pelos da nuca de Mallory eriçaram-se, prevendo o súbito impacto da bala do assassino, o esguicho úmido e ardente da corrosão.

Mallory começou a andar mais rápido, o estojo batendo dolorosamente contra a perna. Na Berkeley Square, um pequeno guindaste a vapor movia-se resoluto entre dois plátanos fendidos, conduzindo sua grande bola de ferro fundido na direção de um frontispício georgiano alquebrado. Uma multidão de espectadores apreciava o espetáculo. Ele juntou-se ao povo, atrás da barricada de cavaletes, em meio ao cheiro acre de gesso antigo, e sentiu um instante de segurança. Espiou o Cavalheiro da Tosse com um olhar enviesado. O sujeito parecia bastante sinistro, e ansioso, tendo perdido Mallory de vista no meio da multidão, por ora. Mas não parecia louco de ódio, nem pronto para matar; olhava entre as pernas dos espectadores, procurando o estojo do relógio.

Ali estava a chance de despistar o velhaco. Mallory escapou agilmente pela extensão da praça, aproveitando-se da cobertura das árvores. Do outro lado da praça, desceu a Charles Street, entre as fileiras de casas do século XVIII à esquerda e à direita. Casas altivas com brasões modernos suspensos em ornamentos de ferro. Atrás dele surgiu um *gurney* suntuoso, saindo da cocheira, dando a Mallory a chance de parar, virar e examinar a rua.

Seu artifício falhara. O Cavalheiro da Tosse estava poucos metros atrás, um pouco esbaforido, talvez, e com o rosto vermelho do forte calor, mas não ludibriado. Aguardava o próximo movimento de Mallory, tomando o cuidado de não olhar para ele. Em vez disso, olhava com aparente interesse para a entrada de uma taverna chamada "Sou o Único Lacaio em Serviço". Ocorreu a Mallory voltar e entrar no Único Lacaio, onde poderia despistar o Cavalheiro da Tosse na multidão. Ou talvez pudesse saltar, no último instante, em um ônibus de saída... se conseguisse fazer entrar consigo o precioso estojo.

Mas Mallory viu pouca esperança em tais expedientes. O sujeito tinha a firme vantagem do terreno e todos os ardis sorrateiros do criminoso londrino. Mallory sentiu-se como um pesado bisão de Wyoming. Seguiu caminhando com dificuldade, carregando o pesado relógio. A mão doía-lhe; estava ficando fatigado...

Na entrada de Queens Way, um reboque e duas dragas devastavam progressivamente as ruínas do Mercado de Shepherd. Tapumes cercavam o local, com as tábuas rachadas e perfuradas por espectadores ávidos. Mulheres de lenço na cabeça e vendedores de frutas cuspindo tabaco, deslocados de suas posições costumeiras, haviam montado, num esforço desesperado, uma loja de usados em frente à cerca. Mallory passou pela fileira de ostras malcheirosas e legumes murchos. Ao fim do tabique, um acidente no planejamento deixara uma passagem estreita; tábuas empoeiradas de um lado, tijolos esfacelados do outro. Viçosas ervas daninhas brotavam entre pedras antigas umedecidas de urina. Mallory espiou o lado de dentro, quando uma mulher encarquilhada, antes de cócoras, ergueu-se, ajustando as saias. Passou por ele sem dizer palavra. Mallory tocou o chapéu.

Ergueu o estojo acima da cabeça e colocou-o delicadamente sobre o muro de tijolos musguentos. Apoiou-o de pé, com segurança, com o pedaço de um pilar deteriorado, depois colocou o chapéu do lado.

Encostou as costas rentes na parede de tábuas.

O Cavalheiro da Tosse apareceu. Mallory deu-lhe um bote e socou-o na boca do estômago com toda a sua força. O homem dobrou-se com um cuspe e um chiado, e Mallory acertou-o com um golpe curto de esquerda na lateral do maxilar. O chapéu do homem voou, e ele tombou de joelhos.

Mallory agarrou a parte de trás do fraque do miserável e atirou-o com força contra os tijolos. O homem ricocheteou, desabou abruptamente e ficou arfando, com as costeletas cobertas de sujeira. Mallory ergueu-o com as duas mãos, pelo pescoço e pela lapela.

– Quem é você?

– Socorro – o homem grasnou debilmente. – Assassino!

Mallory arrastou o homem por três metros ao longo da passagem.

– Não se faça de tolo comigo, salafrário! Por que está me seguindo? Quem o pagou? Qual o seu nome?

O homem agarrou-se desesperadamente ao pulso de Mallory.

– Me solta... – O fraque estava aberto. Mallory avistou o couro marrom de um coldre de ombro e foi de imediato pegar a arma que estava ali.

Não era uma arma. O que veio em sua mão era algo como uma longa cobra lubrificada. Um porrete com cabo de couro trançado e grossa haste de borracha indiana achatada na extremidade até a ponta inchada, como a de uma calçadeira. Tinha a flexibilidade de molas de aço, como se tivesse sido feita em torno de uma espiral de ferro.

Mallory brandiu o repulsivo artefato, que dava a impressão de poder quebrar ossos com facilidade. O Cavalheiro da Tosse curvou-se diante dele.

– Responda às minhas perguntas!

Um raio molhado estourou na parte de trás da cabeça de Mallory. Ele quase perdeu os sentidos; sentiu que estava caindo, mas segurou-se nas pedras imundas com os braços frouxos e pesados, sem controle. Veio um segundo golpe, mas resvalou em seu ombro. Ele rolou para trás e rosnou... um ruído grave, dissonante, um grito que nunca ouvira da própria garganta. Chutou seu agressor, conseguiu atingir-lhe a canela. O homem pulou para trás, xingando.

Mallory perdera o porrete. Ergueu-se com um tranco, arrastando-se até ficar agachado, sem firmeza. O segundo homem era forte e pequeno. Usava um chapéu-coco redondo, afundado até quase as sobrancelhas. Estava diante das pernas estendidas do Cavalheiro da Tosse e fez um talho ameaçador em Mallory, com um cassetete de couro em formato de salsicha.

O sangue escorreu pelo pescoço de Mallory junto a uma onda de tontura nauseante. Sentiu que poderia desmaiar a qualquer momento, e o instinto animal dizia que, se caísse ali, certamente seria espancado até a morte.

Virou-se e saiu do beco com pernas bambas. A cabeça parecia chacoalhar e ranger, como se as junções do crânio tivessem sido rompidas. Uma névoa vermelha redemoinhou feito óleo diante de sua vista.

Cambaleou por um pequeno trecho da rua e virou uma esquina, ofegante. Escorou-se contra um muro, as mãos apoiadas nos joelhos. Um homem e uma mulher respeitáveis passaram por ele, olhando-o com vago desgosto. Com o nariz escorrendo, a boca obstruída pela náusea, encarou-os com débil provocação. De algum modo pressentiu que se os bastardos sentissem o cheiro de seu sangue, acabariam com ele.

O tempo passou. Outros londrinos passaram por ele com olhar de indiferença, curiosidade, leve reprovação, considerando estar ele bêbado ou doente. Mallory espiou através das lágrimas o prédio do outro lado da rua, vendo a placa esmaltada de ferro fundido no canto.

Half-Moon Street. Half-Moon Street, onde Oliphant morava.

Mallory buscou no bolso sua caderneta de campo. Ainda estava lá, o toque familiar da capa de couro resistente, como uma bênção. Com dedos trêmulos, encontrou o cartão de Oliphant.

Quando chegou ao endereço, na outra extremidade da Half-Moon, não mais trançava os pés. A terrível vertigem no crânio mudara para doloroso latejo.

Oliphant vivia em uma mansão georgiana, dividida para inquilinos modernos. O piso térreo tinha elaborado corrimão de ferro e janela de sacada com cortinas, que oferecia uma serena vista do Green Park. Era mesmo um lugar agradavelmente civilizado, inteiramente inapropriado para um homem com dores, atordoado, pingando sangue. Mallory bateu violentamente com o batetor em forma de cabeça de elefante.

Um criado abriu a porta. Olhou Mallory de cima a baixo.

– Em que posso ajudá-lo...? Oh, minha nossa. – Virou-se, ergueu a voz e gritou: – Sr. Oliphant!

Mallory entrou cambaleando no saguão repleto de ladrilhos elegantes e rodapés encerados. Oliphant apareceu quase de imediato. Apesar da hora, vestia trajes formais, com pequeníssima gravata borboleta e crisântemo na lapela.

Oliphant pareceu compreender a situação com um único olhar aguçado.

– Bligh! Vá agora mesmo para a cozinha; peça conhaque ao cozinheiro. Uma bacia com água. E toalhas limpas.

Bligh, o criado, desapareceu. Oliphant foi até a porta aberta, olhou cautelosamente para os dois lados da rua, então a fechou e trancou com segurança. Segurando o braço de Mallory, conduziu-o ao salão, onde este sentou-se com cuidado num banco de piano.

– Então, foi agredido – disse Oliphant. – Atacado pelas costas. Emboscada covarde, pelo que vejo.

– Está muito ruim? Não posso ver.

– Um golpe com instrumento sem corte. A pele está rompida, e você está com um hematoma considerável. Sangrou copiosamente, mas está coagulando agora.

– É grave?

– Já vi pior. – O tom de Oliphant era ironicamente animado. – Mas estragou muito seu casaco, infelizmente.

– Espreitaram-me por toda a Piccadilly – disse Mallory. – Só vi o segundo quando já era tarde demais. – Endireitou-se de repente. – Droga! Meu relógio! Um relógio, presente de casamento. Deixei-o num beco perto do Shepherd Market. Os cafajestes já devem tê-lo roubado!

Bligh reapareceu, com toalhas e uma bacia. Era mais baixo e mais velho que seu patrão, sem barba, pescoço grosso e olhos castanhos protuberantes. Os pulsos peludos eram espessos como os de um carvoeiro. Ele e Oliphant compartilhavam um ar de respeito afável, como se o homem fosse empregado de confiança da família. Oliphant umedeceu a ponta de uma toalha na bacia e colocou-se atrás de Mallory.

– Fique totalmente parado, por favor.

– Meu relógio – repetiu Mallory.

Oliphant suspirou.

– Bligh, acha que poderia localizar a propriedade perdida deste cavalheiro? Existe um grau de perigo, é claro.

– Sim, senhor – disse Bligh, impassível. – E quanto aos hóspedes, senhor?

Oliphant pareceu considerar a situação, tocando de leve a base do crânio de Mallory.

– Por que não leva consigo os convidados, Bligh? Tenho certeza de que apreciariam o passeio. Saia com eles pelos fundos. Tente não criar excessivo espetáculo público.

– O que devo dizer-lhes, senhor?

– Diga-lhes a verdade, é claro! Conte que um amigo da família foi agredido por agentes estrangeiros. Mas diga-lhes que não devem matar ninguém. E se não encontrarem o relógio do dr. Mallory, não devem considerar isso um reflexo de suas habilidades. Faça piada a respeito, se necessário, mas não permita que pensem ter perdido o prestígio.

– Entendo, senhor – disse Bligh, e saiu.

– Sinto muito por dar trabalho – murmurou Mallory.

– Bobagem. É para isso que estamos aqui. – Oliphant ofereceu a Mallory dois dedos de excelente conhaque num copo de cristal.

Com o conhaque, a sensação de garganta seca provocada pelo choque esvaiu-se de Mallory, deixando-o com a dor, mas muito menos atordoado e desolado.

– Você estava certo e eu estava errado – declarou. – Estavam espreitando-me como a um animal! Não eram bandidos comuns; tinham a intenção de ferir-me, estou certo disso.

– Texanos?

– Londrinos. Um sujeito alto de costeletas e um gordinho de chapéu-coco.

– Mercenários – Oliphant tocou com a toalha o conteúdo da bacia. – Você precisa de um ou dois pontos, acho eu. Devo chamar um médico? Ou confia em mim para fazê-lo? Já trabalhei um pouco com cirurgia, nos ermos do interior.

– Assim como eu – disse Mallory. – Por favor, vá em frente, caso considere necessário.

Deu mais um trago do conhaque de Oliphant enquanto o homem foi buscar agulha e linha. Em seguida, tirou o casaco, cerrou a mandíbula e ficou olhando para o papel de parede floral azul durante o tempo em que Oliphant perfurava com destreza a pele rasgada, suturando-a.

– Hmmm, nada mal – disse Oliphant, satisfeito. – Basta permanecer longe de exalações insalubres, e é bem provável que escape sem uma febre.

– Londres inteira é uma exalação hoje. Este calor bestial... Não confio em médicos, e você? Não sabem o que dizem.

– Ao contrário dos diplomatas ou dos catastrofistas? – O gracioso sorriso de Oliphant impossibilitou Mallory de ofender-se. Mallory pegou o casaco do banco de piano. A gola estava opaca com as manchas de sangue. – E agora? Devo ir à polícia?

– É sua prerrogativa, claro – disse Oliphant –, embora eu confie que seus instintos patrióticos levem-no a não mencionar certas questões.

– Certas questões como Lady Ada Byron?

Oliphant franziu o cenho.

– Especular imoderadamente a respeito da filha do primeiro-ministro seria, sinto dizer, indiscrição muito *grave.*

– Entendo. E quanto a meu contrabando de armas para a Comissão de Livre Comércio da Royal Society? Minha suposição infundada é a de que os escândalos da Comissão diferem dos de Ada Byron.

– Bem – disse Oliphant. – Por mais agradável que me fosse, pessoalmente, ver as asneiras de sua Comissão expostas publicamente, sinto dizer que o assunto como um todo deve permanecer confidencial... pelos interesses da nação britânica.

– Entendo. O que exatamente me resta dizer à polícia, então?

Oliphant sorriu levemente.

– Que levou um golpe na cabeça de um bandido anônimo, por razões desconhecidas.

– Isso é ridículo – Mallory não se conteve. – Vocês da elite do governo não servem para nada? Não se trata de um concurso de piadas de salão! Já identifiquei a facínora que ajudou a manter Lady Ada cativa! Seu nome é....

– Florence Bartlett – disse Oliphant. – E, por obséquio, não fale muito alto.

– Como você...? – Mallory parou. – Foi seu amigo, o sr. Wakefield, não? Imagino que ele tenha observado toda a minha atividade na Agência de Estatística e correu de imediato a contar-lhe tudo.

– É o trabalho de Wakefield, por mais tedioso que seja, observar as atividades de suas próprias Máquinas todo santo dia – disse Oliphant, calmamente. – Eu esperava que *você* me contasse, na verdade... agora que sabe ter sido engodado por uma autêntica *femme fatale.* Mas não parece ávido para compartilhar suas informações.

Mallory grunhiu.

– Não se trata de um assunto para a polícia comum – disse Oliphant. – Dissera-lhe que deveria fazer uso de proteção especial. Agora, sinto que devo insistir.

– Que diabo – murmurou Mallory.

– Tenho o homem certo para a tarefa. O inspetor Ebenezer Fraser, do Departamento Especial da Bow Street. O Departamento Especial de fato, portanto não pode dizê-lo alto demais; mas verá que o inspetor Fraser, ou *senhor* Fraser, como prefere ser chamado em público, é extremamente capaz, compreensivo e muito discreto. Sei que estará a salvo nas mãos dele... e não faz ideia do quanto ficarei aliviado.

Uma porta foi fechada nos fundos da casa. Ouviram-se passos, algo raspando, estalos, vozes estranhas. Então Bligh reapareceu.

– Meu relógio! – exclamou Mallory. – Graças a Deus!

– Encontramo-lo em cima de um muro, escorado num pedaço de tijolo, um tanto escondido – disse Bligh, colocando o estojo no chão. – Quase sem um arranhão. Suponho que os bandidos o tenham ocultado ali para levarem-no posteriormente, senhor.

Oliphant acenou com a cabeça, erguendo uma sobrancelha para Mallory.

– Belo trabalho, Bligh.

– E também havia isto, senhor. – Bligh mostrou uma cartola pisada.

– É do tratante – declarou Mallory. O chapéu moído do Cavalheiro da Tosse fora deliberadamente molhado numa poça de urina de cavalo, embora ninguém tenha considerado apropriado comentar o espantoso fato.

– Sinto por não ter encontrado seu chapéu, senhor – disse Bligh. – É provável que tenha sido roubado por algum moleque.

Oliphant, com a mais sutil indicação de aversão involuntária, examinou a cartola arruinada, virando-a do avesso e invertendo o forro.

– Sem marca do fabricante.

Mallory olhou-a de relance.

– Feita à Máquina. Da Moses & Son, eu diria. Há cerca de dois anos.

– Bem – Oliphant ficou surpreso. – Presumo que tal indício elimine qualquer estrangeiro. Um veterano londrino, certamente, que usa óleo de macassar barato, mas que possui suficiente capacidade craniana para demonstrar alguma astúcia. Jogue no lixo, Bligh.

– Sim, senhor. – Bligh retirou-se.

Mallory afagou o estojo do relógio com profunda satisfação.

– Bligh prestou-me grande serviço. Acha que se oporia a uma gratificação?

– Decididamente – disse Oliphant.

Mallory percebeu a gafe. Rangeu os dentes.

– E quanto a seus *hóspedes*? Poderia ter a permissão para agradecê-los?

Oliphant sorriu despreocupado.

– Por que não?

Levou Mallory até a sala de jantar. As pernas de mogno tinham sido retiradas da mesa de jantar de Oliphant, e a grande superfície polida fora colocada sobre as extremidades de um ornamento esculpido, poucos centímetros acima do chão. Cinco homens asiáticos estavam sentados ao redor da mesa, pernas cruzadas, com estranha dignidade: cinco homens sóbrios de meias, usando trajes a rigor feitos sob medida, da Savile Row. Todos estavam com cartola alta de seda afundada nas cabeças aparadas. Os cabelos eram muito curtos e muito escuros.

E também havia uma mulher com eles, ajoelhada ao pé da mesa. Tinha uma expressão de compostura que lembrava uma máscara e cabelos negros fartos e sedosos. Estava envolta em volumosa roupagem nativa, colorida por gaivotas e folhas de bordo.

– Doutor Edward Mallory *san o goshokai shimasu* – disse Oliphant. Os homens levantaram-se com graça peculiar; com leve balanço para trás, deslizando um pé sob o corpo e erguendo-se um tanto de repente, ficando numa postura de pernas flexíveis, como se fossem bailarinos.

– Estes cavalheiros estão a serviço de Sua Majestade Imperial, o Mikado do Japão – disse Oliphant. – São o sr. Matsuki Koan, o sr. Mori Arinori, o sr. Fusukawa Yukichi, o sr. Kanaye Nagasawa e o sr. Hisanobu Sameshima. – Os homens fizeram reverência, inclinando o dorso, um de cada vez.

Oliphant não fez nenhuma indicação de que apresentaria a mulher, que permaneceu sentada com inexpressiva rigidez, como se ressentida com o olhar do inglês. Mallory considerou prudente não mencionar a questão, nem prestar muita atenção nela. Em vez disso, virou-se para Oliphant.

– Japoneses, certo? Você fala a língua deles, sim?

– Tenho uma noção, para fins diplomáticos.

– Poderia, por favor, agradecê-los por tão corajosamente trazerem meu relógio, então?

– Nós o entendemos, dr. Marori – disse um dos japoneses. Mallory esquecera de imediato seus impossíveis nomes, mas achou que aquele poderia chamar-se Yukichi. – É honra para nós ajudar amigo britânico de sr. Raurence Oriphant, a quem nosso soberano expressou compromisso.

O sr. Yukichi curvou-se novamente.

Mallory estava completamente desnorteado.

– Obrigado por suas educadas palavras, senhor. É um cavalheiro muito cortês, devo dizer. Não sou diplomata, mas agradeço muito sua sinceridade. Muito gentil da parte de todos vocês...

Os japoneses conferenciaram entre si.

– Esperamos que não esteja seriamente ferido pelo bárbaro ataque sobre sua pessoa britânica por estrangeiros – disse o sr. Yukichi.

– Não – disse Mallory.

– Não vimos seu inimigo, nem qualquer pessoa rude ou violenta. – O tom do sr. Yukichi era suave, mas o brilho dos olhos deixou Mallory em dúvida quanto ao que ele e seus amigos teriam feito caso tivessem encontrado tal pessoa. Como grupo, os cinco japoneses tinham um ar refinado e culto; dois usavam óculos sem aro, outro tinha um monóculo guarnecido com fita e afeminadas luvas amarelas. Mas eram todos jovens, hábeis e vigorosos, e suas cartolas eram usadas como capacetes vikings.

As longas pernas de Oliphant dobraram-se de repente, e ele sentou-se à cabeceira da mesa com um sorriso. Mallory sentou-se também, as rótulas estalaram alto. Os japoneses seguiram Oliphant, colocando-se rapidamente na mesma posição de árida dignidade. A mulher não havia movido sequer um centímetro.

– Nas atuais circunstâncias – refletiu Oliphant –, dia de terrível calor, cansativa incursão atrás dos inimigos na região... uma pequena libação está de acordo com os procedimentos adequados. – Ergueu um sino de latão da mesa e tocou-o. – Então, vamos nos confraternizar, hein? *Nani o onomi ni narimasu ka?*

Os japoneses conferenciaram, arregalando os olhos, com animados acenos de cabeça e grunhidos acentuados de aprovação.

– Uisuki...

– Uísque, excelente escolha – disse Oliphant.

Bligh apareceu instantaneamente, com um carrinho de garrafas.

– Temos pouco gelo, senhor.

– O que foi, Bligh?

– O homem do gelo não quis vender ao cozinheiro senão uma pequena quantidade. O preço triplicou desde a semana passada!

– Bem, o gelo não caberia na garrafa da boneca mesmo – disse Oliphant alegremente, como se o comentário fizesse algum sentido. – Agora, dr. Mallory, ouça com muita atenção. O sr. Matsuki Koan, que por acaso mora na muito avançada província de Satsuma, estava há pouco dando-nos demonstração de uma das maravilhas da arte japonesa... Quem era mesmo o artesão, sr. Matsuki?

– Ela é feita por filhos de família Hosokawa – disse o sr. Matsuki, curvando-se do seu lugar. – Nosso senhor, *Satsuma daimyo*, é patrocinador.

– Creio que o sr. Matsuki fará as honras, Bligh – disse Oliphant. Bligh entregou uma garrafa de uísque ao sr. Matsuki, que começou a decantar a bebida em um elegante jarro de cerâmica, à mão direita da mulher japonesa. Ela não apresentou reação alguma. Mallory começou a pensar que ela estivesse doente ou paralisada. Em seguida, o sr. Matsuki encaixou a pequena jarra na mão direita dela, com um estalo preciso de madeira. Ele levantou-se e buscou um cabo de manivela dourado. Prendeu o dispositivo na região lombar da mulher e começou a girá-lo, inexpressivo. Um som agudo e espiralado saiu das vísceras da mulher.

– É uma boneca! – disse Mallory, sem pensar.

– Trata-se mais de uma marionete, na verdade – disse Oliphant. – O termo apropriado é "autômato", creio eu.

Mallory respirou fundo.

– Entendo! Como aqueles brinquedos Jacquot-Droz, ou o famoso pato de Vaucanson, certo? – Riu. Era óbvio agora, olhando de relance, que o rosto, tal uma máscara, meio encoberto pelo elegante cabelo negro, era, de fato, madeira esculpida e pintada. – O golpe deve ter aturdido meus miolos. Céus, que maravilha!

– Cada fio de cabelo da peruca é colocado à mão – disse Oliphant. – Ela é um presente real, para Sua Majestade a Rainha da Grã-Bretanha. Embora eu imagine que o príncipe consorte, e especialmente o jovem Alfred, possam gostar muito dela também.

O autômato começou a servir a bebida. Havia uma dobradiça dentro do cotovelo coberto pelo robe e outra no pulso; ela serviu o uísque com um suave deslizar de cabos e leves estalidos de madeira.

– Ela se movimenta de modo muito semelhante ao do torno de Maudsley guiado por Máquina – observou Mallory. – Foi lá que adquiriram os sistemas?

– Não, ela é inteiramente nativa – disse Oliphant. O sr. Matsuki passava pequenos copos de cerâmica com o uísque pela mesa. – Nem um pedaço de metal nela... só bambu, crina de cavalo trançada e molas de osso de baleia. Os japoneses sabem como fazer tais bonecas há muitos anos... *karakuri* é como são chamadas.

Mallory tomou um gole do uísque. Puro malte escocês. Ele já estava um pouco embriagado do conhaque de Oliphant... Agora, a visão da boneca fazia--o sentir como se tivesse topado com uma pantomima de natal.

– Ela anda? – perguntou. – Toca flauta, talvez? Ou alguma coisa dessas?

– Não, simplesmente serve bebidas – disse Oliphant. – Mas com ambas as mãos.

Mallory sentiu os olhares dos japoneses fixos nele. Ficou claro que a boneca não era nenhuma maravilha em particular para eles. Queriam saber o que ele, um bretão, achava dela. Queriam saber se ele estava impressionado.

– Ela é *muito* impressionante – ele disse sem pensar. – Especialmente, considerando-se a natureza primitiva da Ásia!

– O Japão é a Grã-Bretanha da Ásia – disse Oliphant.

– Sabemos que ela não é muita coisa – disse o sr. Yukichi, com os olhos cintilantes.

– Não, é uma maravilha, de verdade – insistiu Mallory. – Nossa, vocês poderiam cobrar para mostrá-la.

– Sabemos que não é muito se comparada às suas grandes máquinas britânicas. É como disse o sr. Oriphant... somos seus irmãos mais novos neste mundo.

– Vamos aprender – disse outro japonês, falando pela primeira vez. Provavelmente era o que se chamava Arinori. – Temos grande dívida com a Grã--Bretanha! A Grã-Bretanha abriu nossos portos com a esquadra de ferro. Despertamos, e aprendemos grande lição que vocês nos ensinaram. Destruímos nosso shogun e seu atrasado *bakufu*. Mikado nos comanda agora, na nova grande era do progresso.

– Seremos aliados de vocês – disse o sr. Yukichi, generosamente. – A Grã--Bretanha da Ásia levará civilização e esclarecimento a todos os povos da Ásia.

– É muito louvável de sua parte – disse Mallory. – Mas é trabalho um tanto árduo, a civilização, construir um império. São necessários alguns séculos, sabe...

– Aprendemos tudo com vocês agora – disse o sr. Arinori. Seu rosto estava vermelho; o uísque e o calor pareciam ter acendido um fogo nele. – Construímos grandes escolas e armadas, como vocês. Em Choshu, temos uma Máquina! Compraremos mais Máquinas. Construiremos nossas próprias Máquinas!

Mallory conteve uma risada. Os estrangeiros esquisitos pareciam tão jovens, tão idealistas... inteligentes e, sobretudo, sinceros. Sentiu muita pena deles.

– Bem! É um belo sonho, jovem senhor, e motivo de honra! Mas não é questão tão simples. Sabe, nós da Grã-Bretanha devotamos grande esforço a essas Máquinas... pode-se até dizer que são o objetivo central de nossa nação! Nossos estudiosos trabalham com Maquinaria há décadas. Para vocês, em poucos anos, alcançarem o que fizemos...

– Faremos qualquer sacrifício que seja necessário – disse o sr. Yukichi, calmamente.

– Existem outras maneiras de modernizar a pátria de sua raça – disse Mallory. – Mas o que propõe é simplesmente impossível!

– *Faremos qualquer sacrifício que seja necessário.*

Mallory olhou para Oliphant, que permanecia com um sorriso fixo, observando a garota de corda preencher os copos de cerâmica. Talvez o leve abatimento no ar fosse apenas a imaginação de Mallory. Ainda assim, sentiu que havia feito alguma asneira.

O silêncio era quebrado apenas pelo tique-taque do autômato. Mallory levantou-se, a cabeça martelando.

– Agradeço sua gentileza, sr. Oliphant. E a ajuda de seus hóspedes, é claro. Mas não posso ficar. Muito agradável aqui, mas a urgência dos negócios...

– Tem certeza? – Oliphant perguntou cordialmente.

– Sim.

Oliphant ergueu a voz.

– Bligh! Mande o ajudante da cozinha chamar um cabriolé para o dr. Mallory.

A noite de Mallory foi de úmida fadiga. Despertou após um sonho confuso, no qual discutia catastrofismo com o Cavalheiro da Tosse, ao ouvir batidas insistentes à porta.

– Um momento! – Jogou as pernas pesadas para fora da cama, deu um bocejo grogue e balançou cuidadosamente a base do crânio. A contusão sangrara um pouco durante a noite, deixando uma mancha rosada na fronha, mas o inchaço diminuíra, e ele não se sentia febril. Provavelmente fora o efeito terapêutico da excelente bebida de Oliphant.

Cobriu sua nudez suada com o camisão de dormir, envolveu-se num roupão e abriu a porta. O concierge do Palácio de Paleontologia, um irlandês chamado Kelly, estava no corredor, acompanhado de duas camareiras taciturnas munidas de esfregão, balde galvanizado, funis pretos de borracha e um carrinho abarrotado de garrafões de vinho arrolhados.

– Que horas são, Kelly?

– Nove horas, senhor. – Kelly entrou, sugando os dentes amarelos. As mulheres seguiram-no com o carrinho. Rótulos de papel espalhafatosos denunciavam que o conteúdo de cada garrafa de cerâmica era "Desinfetante Oxigenador Patenteado de Condy, Um Galão Imp".

– O que é tudo isso?

– Manganato de sódio, senhor, para cuidar do encanamento do Palácio. Planejamos enxaguar todos os sanitários. Desobstruir os canos do Palácio até as valas principais.

Mallory arrumou o robe. Constrangia-o ficar com os pés e os tornozelos nus diante das camareiras.

– Kelly, não adiantará absolutamente nada, ainda que lave os canos até o inferno. Esta é a Londres metropolitana num verão cruelmente quente. Até o Tâmisa está fedendo.

– Tenho que fazer alguma coisa, senhor – disse Kelly. – Nossos hóspedes estão reclamando, com veemência. Não posso dizer que os culpo, senhor.

As mulheres despejaram por um funil a decocção, que era de um roxo reluzente, na privada do banheiro de Mallory. O desinfetante exalou um odor forte e penetrante de amoníaco, muito mais repulsivo do que o ar pestilento em seu quarto. Esfregaram exaustivamente a peça de porcelana, espirrando, até Kelly puxar a corrente da cisterna num gesto magistral.

Então saíram, e Mallory vestiu-se. Verificou seu caderno. Os horários da tarde estavam todos ocupados, mas a manhã tinha apenas um único compromisso. Mallory já aprendera que, com a lerdeza de Disraeli, era melhor reservar-lhe metade do dia. Com sorte, poderia encontrar tempo para levar o casaco para uma lavagem a seco, ou ir a um barbeiro para limpar os coágulos do cabelo.

Quando chegou à sala de jantar, havia duas outras pessoas que também tomavam um café da manhã tardio, e conversavam, tomando chá. Um era membro do gabinete governamental, chamado Belshaw; o outro, um empregado do museu cujo nome talvez fosse Sydenham. Mallory não conseguia lembrar com precisão.

Belshaw olhou quando Mallory entrou no salão. Mallory acenou cortesmente com a cabeça. Belshaw olhou novamente para ele, mal conseguindo esconder o assombro. Mallory passou pelos dois homens e tomou seu lugar de costume abaixo do candelabro dourado a gás. Belshaw e Sydenham passaram a conversar em tom baixo e urgente.

Mallory ficou confuso. Nunca fora apresentado formalmente a Belshaw, mas seria possível que o homem se ofendesse com um simples aceno de cabeça? Sydenham, o rosto rechonchudo agora pálido, lançava-lhe olhares enviesados. Mallory pensou que sua braguilha poderia estar aberta. Não estava. Mas os homens arregalavam os olhos, dando a impressão de um alarme genuíno. Sua ferida abrira, o sangue escorria-lhe pelos cabelos até o pescoço? Não parecia ser o caso...

Mallory entregou o pedido de café da manhã ao garçom; a expressão do funcionário também era canhestra, como se a escolha de arenque e ovos fosse grave indiscrição.

Cada vez mais confuso, Mallory pensou em dirigir-se a Belshaw para esclarecer o problema, e começou a ensaiar uma fala curta. Mas Belshaw e Sydenham levantaram-se de repente, deixando o chá, e saíram da sala de jantar. Mallory tomou o café da manhã em severa ponderação, determinado a não deixar que o incidente o perturbasse.

Foi até a recepção para apanhar sua cesta de correspondências. O funcionário de costume não estava presente; acometido de catarro nos pulmões, disse seu substituto. Mallory retirou-se com a cesta e dirigiu-se para o assento de costume na biblioteca. Havia cinco de seus colegas do Palácio presentes, reunidos num canto da sala, onde conversavam ansiosamente. Ao erguer a cabeça, Mallory achou ter visto um deles olhando para ele... mas isso era tolice.

Mallory selecionou a correspondência com inconstante interesse, uma leve dor de cabeça, e a mente já vagueando. Havia uma carga tediosa de epístolas profissionais necessárias e o habitual fardo cansativo de missivas de admiração e cartas de pedidos. Talvez a contratação de um secretário fosse realmente inevitável.

Tomado de estranha inspiração, Mallory perguntou-se se o jovem Tobias da Agência Central de Estatística não seria a pessoa certa para o posto. Quiçá uma oferta de empregos alternados aumentaria a intrepidez do rapaz no escritório, pois havia muitas coisas na Agência que Mallory desejava examinar. O arquivo sobre Lady Ada, por exemplo, caso existisse tal item fabuloso. Ou sobre o evasivo sr. Oliphant, com seus sorrisos prontos e suas vagas declarações.

Ou sobre Lorde Charles Lyell, o cientista chefe, carregado de medalhas, da facção uniformitarista.

As três sumidades provavelmente estavam muito além de seu alcance, pensou Mallory. Mas também poderia pesquisar uns poucos dados sobre Peter Foulke: um tratante sinistro cuja rede de intrigas dissimuladas era ainda mais evidente.

Conseguiria tudo isso de alguma forma; Mallory sentiu total certeza disso enquanto vasculhava a cesta de correspondência. Todas as questões ocultas emergiriam aos poucos, tal ossos escavados do leito de xisto. Ele vislumbrara os esqueletos no armário da elite dos Rad. Agora, com tempo e uma oportunidade de agir, desvendaria todo o mistério como se fosse garimpar uma pedra preciosa de seu leito rochoso.

Chamou sua atenção um pacote muito incomum. Suas dimensões eram fora do padrão, um tanto atarracado e quadrado, e trazia um conjunto colorido de selos *express* franceses. O envelope amarelo-marfim, espantosamente lustroso e rijo, era da mais incomum substância à prova d'água, algo como cola de peixe. Mallory pegou seu canivete Sheffield, selecionou a menor dentre as diversas lâminas e lacerou o envelope.

O interior continha um único cartão de Máquina francês, do padrão do *Napoléon*. Mallory, cada vez mais alarmado, balançou o envelope até o cartão cair sobre a mesa. Fê-lo com alguma dificuldade, pois o interior liso do envelope estava estranhamente úmido. Estava umedecido por uma substância química, exalando um mau cheiro cada vez mais virulento ao entrar em contato com o ar.

O cartão, incompleto, sem furos, trazia um bloco perfeito de impressão miúda e negra, toda em caixa alta.

> AO DR. EDWARD MALLORY, PALÁCIO DE PALEONTOLOGIA, LONDRES: O SENHOR ESTÁ DE POSSE CRIMINOSA DE UM BEM ROUBADO EM EPSOM. DEVOLVER-NOS-Á TAL BEM, COMPLETO E INTATO, SEGUINDO AS ORDENS DADAS NA COLUNA DE NOTAS PESSOAIS DO LONDON DAILY EXPRESS. ATÉ RECEBERMOS TAL BEM, O SENHOR SOFRERÁ UMA VARIEDADE DE PUNIÇÕES DELIBERADAS, CULMINANDO, CASO NECESSÁRIO, EM SUA INTEIRA E ABSOLUTA DESTRUIÇÃO. EDWARD MALLORY: SABEMOS SEU NÚMERO, SUA IDENTIDADE, SUA HISTÓRIA E SUAS AMBIÇÕES. TEMOS TOTAL CONHECI-

MENTO DE CADA UMA DE SUAS FRAQUEZAS. RESISTIR É INÚTIL; A OBEDIÊNCIA IMEDIATA E COMPLETA É SUA ÚNICA ESPERANÇA. CAPITÃO SWING.

Mallory permaneceu perplexo, a memória assaltando-o de forma intensa. Wyoming mais uma vez, a manhã em que se levantara da cama de campanha e encontrara uma cascavel adormecida no calor de seu corpo. Sentira a serpente contorcendo-se sob suas costas durante o sono pesado, mas a ignorara na sonolência. Lá estava a súbita comprovação escamosa.

Ele pegou o cartão, examinando-o minuciosamente. Celulose canforada, umedecida com algo corrosivo – e as minúsculas letras pretas começavam a desaparecer. O cartão flexível ficara quente entre seus dedos. Largou-o de imediato, reprimindo um grito de surpresa. O cartão arqueou-se sobre a mesa, depois começou a escamar em camadas mais finas que a mais delgada casca de cebola, enquanto as extremidades tornavam-se desagradavelmente marrons. Uma espécie de fumaça amarelada começou a subir, e Mallory percebeu que a coisa estava prestes a irromper em chamas.

Ele buscou às pressas alguma coisa dentro da cesta, apanhando o número mais recente, espesso e cinzento do *Periódico Trimestral da Sociedade Geológica*, e esmagou rapidamente o cartão, que se desfez após dois golpes precisos, tornando-se uma mistura fibrosa e retorcida, mesclada ao acabamento empolado do tampo da mesa.

Mallory abriu com um corte uma carta de pedido de favores, arrancou o conteúdo ainda por ler e varreu as cinzas para dentro do envelope com a extremidade afiada do periódico geológico. A mesa não parecia muito danificada...

– Dr. Mallory?

Mallory olhou para cima, num sobressalto, tomado de culpa, na direção de um rosto desconhecido. O homem, um londrino alto e sem barba, vestido de modo muito simples, com expressão desolada e sem sorrir, permaneceu do outro lado da mesa da biblioteca, com papéis e um caderno em uma das mãos.

– Um espécime muito insatisfatório – disse Mallory, improvisando súbito arrebatamento de decepção. – Conservado em cânfora! Péssima técnica! – Dobrou o envelope e enfiou-o no bolso.

Silenciosamente, o estranho ofereceu um *carte-de-visite*.

O cartão de Ebenezer Fraser trazia seu nome, um número de telegrama e um pequeno emblema de Estado em relevo. Nada mais. O verso apresentava um retrato em pontilhismo com a expressão de gravidade impassível que parecia ser-lhe natural.

Mallory levantou-se para oferecer-lhe a mão, então percebeu que seus dedos estavam manchados de ácido. Em vez disso, fez uma reverência, sentou-se de imediato e limpou as mãos furtivamente atrás da perna das calças. A pele do polegar e do indicador parecia ressecada, como se mergulhada em formaldeído.

– Espero que esteja bem, senhor – murmurou Fraser, sentando-se do outro lado da mesa. – Recuperado do ataque de ontem?

Mallory olhou para a extensão da biblioteca. Os outros clientes ainda estavam agrupados no outro extremo da sala, e pareciam deveras curiosos quanto à sua atrapalhação e à chegada repentina de Fraser.

– Uma bobagem – acautelou-se Mallory. – Pode acontecer a qualquer um em Londres.

Fraser ergueu levemente uma sobrancelha negra.

– Lamento que meu infortúnio tenha-lhe causado preocupação, sr. Fraser.

– Nenhuma preocupação, senhor. – Fraser abriu um caderno com capa de couro e retirou uma caneta-tinteiro do casaco simples, ao estilo quaker. – Algumas perguntas?

– Para dizer a verdade, tenho pressa no momento...

Fraser silenciou-o com um olhar de indiferença.

– Estou aqui há três horas, senhor, aguardando a oportunidade.

Mallory começou a balbuciar um pedido de desculpas.

Fraser ignorou-o.

– Testemunhei algo bastante curioso lá fora, às seis horas da manhã, senhor. Um jovem jornaleiro gritando ao mundo que Mallory Leviatã foi preso por assassinato.

– Eu? Edward Mallory?

Fraser assentiu com a cabeça.

– Não entendo. Por que um jornaleiro gritaria uma mentira tão abominável?

– Vendeu boa parte dos jornais – disse Fraser, secamente. – Eu mesmo comprei um.

– Que diabos esse jornal tinha a dizer sobre mim?

– Nem uma palavra sobre qualquer Mallory nas notícias – disse Fraser. – Pode ver por si mesmo. – Largou um jornal dobrado sobre a mesa: um *Daily Express* londrino.

Mallory colocou o jornal cuidadosamente sobre a cesta.

– Alguma brincadeira perversa – sugeriu, com a garganta seca. – Os moleques de rua são capazes de qualquer coisa...

– Quando saí novamente, o maroto havia fugido – disse Fraser. – Mas alguns de seus colegas ouviram o jornaleiro anunciar a mentira. Tem sido a conversa do lugar a manhã toda.

– Entendo – disse Mallory. – Isso explica um certo... bem! – Limpou a garganta.

Fraser observava-o impassivelmente.

– É melhor que veja isto agora, senhor. – Pegou um documento dobrado no caderno, abriu-o e deslizou-o sobre o mogno polido.

Um daguerreótipo impresso por Máquina. Um homem morto, o corpo todo sobre uma laje, um pedaço de pano cobrindo a genitália. A imagem fora captada num necrotério. O cadáver fora aberto à faca da barriga ao esterno com um único e tremendo corte. A pele do peito, das pernas e da barriga protuberante era pálida tal mármore, em sinistro contraste com as mãos profundamente queimadas de sol, com o rosto corado.

Era Francis Rudwick.

Havia uma legenda abaixo da imagem. *Uma Autópsia Científica*, dizia. *O sujeito "batráquio" foi morto ao ter a medula extraída e foi aberto numa dissecação catastrófica. A primeira de uma série.*

– Santo Deus! – disse Mallory.

– Registro oficial da polícia do necrotério – disse Fraser. – Parece ter caído nas mãos de algum encrenqueiro.

Mallory ficou olhando para a imagem, aturdido pelo pânico.

– O que isso pode significar?

Fraser aprontou a caneta.

– O que é "batráquio", senhor?

– Do grego – disse Mallory, sem pensar. – *Batrachos*, anfíbio. Rãs e sapos, na maioria. – Esforçou-se para encontrar as palavras. – Certa vez... anos atrás... num debate... eu disse que as teorias dele... as teorias geológicas de Rudwick, entende...

– Ouvi a história esta manhã, senhor. Parece ser bem conhecida entre seus colegas. – Fraser virou páginas de seu caderno. – O senhor disse ao sr. Rudwick: "O curso da Evolução não está em conformidade com a lentidão batráquia do seu intelecto". – Fez uma pausa. – O sujeito lembrava mesmo uma rã, não é, senhor?

– Foi num debate público em Cambridge – disse Mallory, lentamente. – Nosso sangue fervia...

– Rudwick afirmou que o senhor era louco como um chapeleiro – refletiu Fraser. – Parece que o senhor levou muito a sério tal comentário.

Mallory enrubesceu. – Ele não tinha nenhum direito de dizer isso, com seu ar de *gentry*...

– Eram inimigos.

– Sim, mas... – Mallory limpou a testa. – Não pode acreditar que *eu* tenha qualquer coisa a ver com *isto*!

– Não por sua própria intenção, tenho certeza – disse Fraser. – Mas acredito que seja um homem de Sussex, certo? De uma cidade chamada Lewes?

– Sim?

– Parece que um grande número dessas imagens foi enviado pelo correio de Lewes.

Mallory ficou pasmo.

– *Grande número* delas?

– Enviadas para toda parte, para seus colegas da Royal Society, senhor. Anonimamente.

– Por Deus – disse Mallory –, querem me destruir!

Fraser não disse nada.

Mallory ficou olhando para a imagem do necrotério. De súbito, foi tomado pela simples compaixão humana da visão que o chocara, com força terrível.

– Pobre coitado do Rudwick! Olha o que fizeram a ele!

Fraser observou-o com educação.

– Era um de nós! – Mallory deixou escapar, afligido por uma sinceridade furiosa. – Não era um teórico, mas um excelente escavador de ossos. Meu Deus, pense na sua pobre família!

Fraser fez uma anotação.

– Família... Tenho de investigar isso. Muito provável que lhes tenham dito que o senhor assassinou-o.

– Mas eu estava em Wyoming quando Rudwick foi assassinado. Todos sabem disso!

– Um homem rico pode pagar para que o trabalho seja feito.

– Não sou um homem rico.

Fraser não disse nada.

– Eu não era – disse Mallory –, não naquela época...

Fraser folheou o caderno, com ar de ponderação.

– Ganhei o dinheiro no jogo.

Fraser demonstrou moderado interesse.

– Meus colegas vêm reparando em meus gastos – concluiu Mallory, com uma sensação de arrepio. – E perguntam-se de onde vem o dinheiro. E falam de mim pelas minhas costas, sim?

– A inveja dá margem a falatório, senhor.

Mallory sentiu súbito pavor vertiginoso. Ameaças pesavam o ar tal nuvem de vespas. Após um momento, no silêncio diplomático de Fraser, Mallory retomou as forças. Balançou a cabeça devagar, firmou o maxilar. Não ficaria confuso ou constrangido. Havia trabalho a ser feito. Havia evidências à mão. Inclinou-se para a frente franzindo a sobrancelha e examinou a imagem furiosamente.

– "Primeira de uma série", está escrito. Isto é uma ameaça, sr. Fraser. Sugere que assassinatos semelhantes ocorrerão. "Uma dissecação catastrófica." Isto se refere à nossa discussão científica... Como se ele tivesse morrido por causa disso!

– Cientistas levam suas discussões muito a sério – disse Fraser.

– Pretende afirmar que meus colegas acreditam que *eu* enviei isto? Que contrato assassinos como um Maquiavel? Que sou um maníaco perigoso que se jacta de assassinar rivais?

Fraser não disse nada.

– Meu Deus – disse Mallory. – O que devo fazer?

– Meus superiores colocaram este caso sob minha competência – disse Fraser, em tom formal. – Tenho de pedir que confie em minha discrição, dr. Mallory.

– Mas o que devo fazer quanto aos danos à minha reputação? Devo dirigir-me a cada homem neste prédio e implorar seu perdão, e dizer-lhe... dizer-lhe que não sou um ghoul dos infernos?

– O governo não permitirá que um cientista proeminente seja assediado de tal maneira – Fraser garantiu-lhe, calmamente. – Amanhã, na Bow Street, o comissário de polícia emitirá uma declaração à Royal Society afirmando que o senhor é vítima de calúnia maliciosa, e que é inocente de todas as suspeitas no caso Rudwick.

Mallory esfregou a barba.

– Isso ajudará, o senhor acredita?

– Se necessário, enviaremos uma declaração pública aos jornais diários também.

– Mas tal divulgação não poderia levantar mais desconfiança contra mim?

Fraser remexeu-se um pouco na cadeira.

– Dr. Mallory, meu departamento existe para destruir conspirações. Não somos inexperientes. Não nos faltam recursos. Não seremos vencidos por uma roda miserável de furta-foguistas. Pretendemos apanhar todos esses conspiradores, até a raiz, e fá-lo-emos mais rápido se for franco comigo e me disser tudo o que sabe, senhor.

Mallory encostou-se na cadeira.

– É de minha natureza ser franco, sr. Fraser. Mas se trata de uma história sombria e escandalosa.

– Não precisa temer por minhas suscetibilidades.

Mallory olhou para as prateleiras de mogno à sua volta, os periódicos encadernados, os textos com capa de couro e os atlas enormes. A desconfiança pairava no ar, como uma ameaça de contaminação. Após o ataque do dia anterior, o Palácio pareceu-lhe uma fortaleza bem-vinda, mas agora era como o esconderijo de um texugo.

– Este não é o lugar para falar – murmurou Mallory.

– Não é, senhor – concordou Fraser. – Mas deveria cuidar de seus assuntos científicos, como sempre o fez. Trate de suas questões com confiança, e é provável que seus inimigos considerem que os estratagemas usados por eles fracassaram.

O conselho pareceu sensato a Mallory. Pelo menos, era uma iniciativa. Levantou-se de imediato.

– Cuidar de meus assuntos diários, hein? Sim, eu diria que é o melhor. Bastante apropriado.

Fraser também se levantou.

– Acompanharei o senhor, com sua permissão. Confio que daremos um rápido fim aos seus problemas.

– Não pensaria assim, se soubesse da questão como um todo – resmungou Mallory.

– O sr. Oliphant informou-me sobre tal assunto.

– Duvido – murmurou Mallory. – Ele minimizou a pior parte.

– Não sou um político desgraçado – observou Fraser, em seu tom moderado. – Vamos seguir em frente, senhor?

Do lado de fora do Palácio de Paleontologia, o céu de Londres era uma cobertura de neblina amarela pairando sobre a cidade em sombrio esplendor, tal tempestuosa água-viva gelatinosa. Seus tentáculos, a sujeira que ascendia das chaminés, retorciam-se e franziam-se tal fumaça de vela em total tranquilidade, para então chapinhar contra um teto encoberto por nuvens arrebatadas. O sol invisível lançava uma luz rala e insípida.

Mallory examinou a rua à sua volta, uma manhã londrina de verão agora estranha devido à sinistra opulência da luz âmbar e fuliginosa.

– Sr. Fraser, o senhor é um homem de Londres, nascido e criado, parece-me.

– Sim, senhor.

– *Alguma* vez já viu um tempo como este?

Fraser refletiu, olhando para o céu com olhos semicerrados.

– Não desde que era garoto, senhor, quando as brumas de carvão eram intensas. Mas os Rads construíram chaminés mais altas. Hoje, a névoa é soprada para os condados. – Fez uma pausa. – A maior parte.

Mallory observou as nuvens rasas, fascinado. Desejou que tivesse dedicado mais tempo às doutrinas da pneumodinâmica. Essa tampa de panela de nuvens estáticas apresentava uma insalubre falta de turbulência natural, como se a sistemática dinâmica da atmosfera houvesse estagnado de alguma forma. O metropolitano fétido, a estiagem do Tâmisa turvo de esgoto, e agora isso.

– Não parece estar tão quente quanto ontem – murmurou.

– É a escuridão, senhor.

As ruas recebiam uma aglomeração que somente Londres era capaz de originar. Os ônibus e cabriolés estavam todos tomados, cada cruzamento congestionado por latas-velhas e charretes puxadas por cães, com condutores praguejando e cavalos arfando por narinas negras. *Gurneys* a vapor passavam ruidosa e lentamente, muitos deles rebocando vagões de mantimentos sobre pneumáticos de borracha. Parecia que o êxodo de verão da *gentry* estava tornando-se uma debandada. Mallory era capaz de compreender a razão.

A caminhada era longa até a Fleet Street, para seu compromisso com Disraeli. Parecia melhor pegar o trem e enfrentar o Fedor.

Mas a Irmandade Britânica de Sapadores e Mineiros fazia greve na entrada da Gloucester Road Station. Formaram piquetes e colocaram cartazes na calçada, e empilhavam sacos de areia como um exército de ocupação. Uma grande multidão assistia a tudo, mantendo a ordem; não parecia incomodada com a ousadia dos grevistas, mas sim curiosa, ou intimidada. Talvez as pessoas estivessem felizes em ver o metropolitano fechado; mais provável que estivessem simplesmente com medo dos escavadores da areia. Os grevistas, todos de capacete, deixaram seus trabalhos subterrâneos, agitados, como uma multidão de gnomos musculosos.

– Não estou gostando disso, sr. Fraser.

– Não, senhor.

– Vamos dar uma palavra com esses sujeitos – Mallory atravessou a rua. Aproximou-se de um dos escavadores, atarracado e de nariz venoso, que gritava para a multidão e empurrava panfletos às pessoas.

– Qual o problema aqui, irmão sapador?

O escavador olhou Mallory de cima a baixo e abriu um sorriso ao redor de um palito de dentes de marfim. Havia uma grande argola banhada a ouro na orelha dele... ou talvez de ouro maciço, uma vez que a Irmandade era uma associação endinheirada, detentora de muitas patentes engenhosas.

– Vou trocar em miúdos, senhor, já que perguntou de modo tão educado. São esses malditos, desgraçados trens pneumáticos imbecis! Falamos a Lorde Babbage, em petição, que os malditos túneis nunca iam ventilar direito. Mas um porra dum cientista desgraçado veio com uma merda de discurso sem pé nem cabeça, e agora a porcaria azedou feito mijo velho.

– Trata-se de um sério problema, senhor.

– Pode estar certo disso, meu camarada.

– Sabe o nome do cientista consultado?

O escavador discutiu a questão com dois de seus amigos de capacete.

– Nome do lorde é Jefferies.

– Conheço Jefferies! – disse Mallory, surpreso. – Afirmou que o pterodáctilo de Rudwick não podia voar. Afirmou ter comprovado tratar-se de um “réptil planador apático”, incapaz de bater as próprias asas. O biltre é um incompetente! Deveria ser condenado por fraude!

– É cientista também, não é, senhor?

– Não desse tipo – disse Mallory.

– E quanto a seu companheiro, esse polícia aí? – O escavador puxou com agitação a argola da orelha. – Por acaso não está anotando tudo isso nos malditos caderninhos, está?

– De modo algum – disse Mallory, com dignidade. – Simplesmente queria saber toda a verdade da questão.

– Quer saber a maldita verdade, seu cientista, é só se arrastar lá pra dentro e raspar o senhor mesmo um monte daquela merda bolorenta dos tijolos. Até bueristas com vinte anos de reputação estão colocando as tripas para fora por causa do Fedor.

O escavador virou-se para confrontar uma mulher vestindo crinolina com laços.

– Não pode ir lá embaixo, querida, não há um só trem circulando em Londres...

Mallory seguiu adiante.

– Este assunto não está encerrado! – resmungou Mallory em voz alta, vagamente na direção de Fraser. – Quando um cientista é consultado para questões industriais, tem de ter certeza do que fala!

– São as condições do tempo – disse Fraser.

– De modo algum! É questão de ética científica! Eu mesmo recebi um pedido do tipo... sujeito de Yorkshire, quer construir uma estufa de vidro em formato de espinha e costelas de brontossauro. A abóbada é boa e eficiente, eu disse a ele, mas as vedações de vidro certamente terão vazamentos. Portanto, não aceitei o trabalho e não cobrei pela consultoria... mas minha reputação de estudioso está preservada! – Mallory bufou no ar oleoso, limpou a garganta e cuspiu na sarjeta. – Não acredito que o imbecil do Jefferies tenha dado um conselho tão ordinário a Lorde Babbage.

– Nunca vi um cientista falar direto com um escavador...

– Então não conhece Ned Mallory! Honro qualquer homem honesto que conheça de verdade seu trabalho.

Fraser refletiu a respeito. Pareceu um pouco duvidoso, se é que era possível julgar a partir da expressão inerte.

– Amotinadores perigosos da classe operária, esses seus escavadores.

– Ótimo sindicato dos Rads. Apoiou o partido com bravura no início. E ainda o faz.

– Mataram muitos da polícia, nos Tempos Tumultuosos.

– Mas eram policiais de Wellington – disse Mallory.

Fraser concordou sombriamente com um aceno de cabeça.

Não parecia haver muito a fazer senão caminhar até a casa de Disraeli. Fraser, cujos passos largos e rápidos equiparavam-se aos de Mallory com facilidade, seguiu de bom grado. Reduzindo o ritmo, entraram no Hyde Park, onde Mallory esperava encontrar uma brisa de ar puro. Mas ali as folhagens de verão pareciam murchar na estagnação oleosa, e a luz esverdeada abaixo dos ramos era rara, maligna e soturna.

O céu transformara-se num vaso de fumaça, turvo e cada vez mais espesso. A visão desgraciosa parecia apavorar os estorninhos de Londres, pois um grande bando de passarinhos erguera-se acima do parque. Mallory observou a cena com admiração enquanto caminhava. A movimentação das revoadas resultava em muito elegante aula de física. Bastante extraordinária a interação sistemática que fazia com que tantos passarinhos formassem figuras vastas e harmoniosas no ar: um trapezoide, depois uma pirâmide cortada, transformando-se num crescente plano e então se curvando para cima no centro, como o balanço de uma onda no mar. Era provável que houvesse um bom trabalho sobre o fenômeno.

Mallory tropeçou na raiz de uma árvore. Fraser segurou-lhe o braço.

– Senhor...

– Sim, sr. Fraser?

– Mantenha-se atento, por favor. Talvez estejamos sendo seguidos.

Mallory olhou de relance à sua volta. Não adiantou muito; o parque estava lotado e ele não conseguia avistar sinal algum do Cavalheiro da Tosse nem do cúmplice de chapéu-coco.

Na Rotten Row, um pequeno destacamento da cavalaria feminina – "belas adestradoras de cavalos", como eram chamadas nos jornais, sendo esse um eufemismo para cortesãs afortunadas – estava reunido ao redor de uma de suas integrantes, lançada da sela por seu alazão castrado. Mallory e Fraser, ao aproximarem-se, viram que o animal caíra e espumava, ofegante, sobre a grama úmida ao lado da trilha. A amazona estava enlameada, mas ilesa. Maldizia Londres, o ar imundo, as mulheres que insistiram para que galopasse e o homem que lhe havia comprado o cavalo.

Fraser ignorou educadamente o inoportuno espetáculo.

– Senhor, em minha área de trabalho aprendemos a usar os espaços ao ar livre. Não há portas entreabertas ou buracos de fechaduras perto de nós no momento. Poderia relatar-me seus problemas, com suas próprias e claras palavras, como se tivesse sido uma testemunha dos eventos?

Mallory caminhou em silêncio por alguns instantes, organizando os pensamentos na cabeça. Estava inclinado a confiar em Fraser; de todas as autoridades as quais poderia recorrer nesse momento difícil, o resoluto policial, sozinho, parecia preparado para agarrar com coragem os problemas pela raiz. Mesmo que houvesse muitos riscos em tal confiança, e que os perigos não afetassem apenas a ele.

– Sr. Fraser, a reputação de uma grande lady está envolvida neste caso. Antes de falar, tenho de ter sua palavra de cavalheiro de que não prejudicará os interesses de tal dama.

Fraser continuou andando, com ar meditativo, mãos apertadas às costas.

– Ada Byron? – perguntou, finalmente.

– Ora, sim! Oliphant contou-lhe a verdade, não é?

Fraser balançou a cabeça devagar.

– O sr. Oliphant é muito discreto. Mas nós da Bow Street com frequência somos chamados a silenciar questões difíceis para a família Byron. Poder-se-ia dizer até que somos especializados em tal esforço.

– Mas pareceu entender a menção quase de imediato, sr. Fraser! Como seria possível?

– Triste experiência, senhor. Conheço as palavras que usou, conheço o tom de reverência... "os interesses de uma grande lady". – Fraser olhou para o parque sombrio à sua volta, observando os bancos curvos de teca e ferro, cheio de homens com a gola da camisa aberta, mulheres de rosto ruborizado abanando-se, bandos esmaecidos de crianças da cidade, de olhos vermelhos e irritadiças com o calor malcheiroso. – As duquesas, as condessas, todas tiveram suas mansões incendiadas nos Tempos Tumultuosos. As ladies do Rad podem fazer pose, mas ninguém as chama de "grandes ladies" dessa maneira um tanto ultrapassada, a menos que se esteja referindo à própria rainha, ou à nossa chamada Rainha das Máquinas.

No caminho de cascalhos, Fraser passou com cautela por cima do pequeno corpo emplumado de um estorninho, completamente sem vida, com as asas abertas e as pequenas garras enrugadas para cima. Alguns metros adiante, ele e Mallory reduziram o passo para passar entre um grande número deles.

– Talvez seja melhor começar pelo início, senhor. Comece com o finado sr. Rudwick e tal questão.

– Muito bem. – Mallory limpou o suor do rosto. O lenço ficou marcado por partículas de fuligem. – Sou doutor em paleontologia. Logo, sou um bom homem do Partido. Minha família é um tanto humilde, mas graças aos Rads concluí o doutorado, com honras. Apoio lealmente o governo.

– Prossiga – disse Fraser.

– Passei dois anos na América do Sul, fazendo escavações com Lorde Loudon, mas eu não era o cientista principal, agindo por conta própria. Quando me ofereceram a chance de liderar minha própria expedição, com generoso financiamento, aceitei-a. E assim fez, soube mais tarde, o pobre Francis Rudwick, por razões semelhantes.

– Os dois receberam dinheiro da Comissão de Livre Comércio da Royal Society.

– Não meramente seu financiamento, mas suas disposições, sr. Fraser. Atravessei a fronteira americana com quinze homens. Desenterramos ossos, contrabandeamos armas para os peles-vermelhas a fim de ajudá-los a manter os ianques a distância. Mapeamos rotas desde o Canadá, detalhando a configuração do terreno. Se houver uma guerra entre Grã-Bretanha e América algum dia... – Mallory fez uma pausa. – Bem, já existe uma tremenda guerra na América, não existe? Estamos com os confederados do sul, de modo não oficial.

– Não fazia ideia de que Rudwick pudesse estar correndo perigo devido a tais atividades secretas?

– Perigo? É claro que havia perigo. Mas não em casa, na Inglaterra... Eu estava em Wyoming quando Rudwick foi morto aqui; eu não sabia nada a respeito até ler a notícia no Canadá. Foi um choque para mim... Briguei amargamente com Rudwick a respeito de teorias, e sabia que ele fora fazer escavações no México, mas não sabia que compartilhávamos o mesmo segredo. Não sabia que Rudwick era um furta-foguista da Comissão; só sabia que se destacava em nossa profissão. – Mallory suspirou no ar pútrido. Suas próprias palavras surpreenderam-no; nunca admitira tais questões até para si mesmo. – Eu até invejava Rudwick, creio. Ele era um tanto superior a mim, e pupilo de Buckland.

– Buckland?

– Um dos maiores nomes de nossa área. Também já se foi. Mas, verdade seja dita, eu não conhecia bem Rudwick. Era um homem desagradável, arrogante e frio em suas relações. Estava melhor quando fazia explorações no estrangeiro, a uma considerável distância da sociedade decente. – Mallory limpou a nuca. – Quando li sobre sua morte numa rixa vulgar, não fiquei inteiramente surpreso.

– Sabe se Rudwick chegou a conhecer Ada Byron?

– Não – disse Mallory, surpreso. – Não sei. Eu e ele não tínhamos uma posição tão alta nos círculos eruditos... não no nível de Lady Ada, certamente! Talvez tenham sido apresentados, mas acho que eu saberia, caso ela o tivesse protegido.

– Ele era brilhante, o senhor disse.

– Mas não *galante.*

Fraser trocou de assunto.

– Oliphant parece crer que Rudwick foi morto pelos texanos.

– Não sei de nenhum texano – disse Mallory, irritado. – Quem sabe alguma coisa sobre o Texas? Um ermo desgraçado, a mares e continentes de distância! Se os texanos mataram o pobre Rudwick, suponho que a Armada Real deva bombardear seus portos em represália, ou algo do tipo. – Balançou a cabeça. Toda a podridão do assunto, que um dia pareceu-lhe tão ousado e engenhoso, parecia agora algo inglório e vil, pouco mais que uma trapaça barata. – Fomos tolos em envolver-nos com o trabalho da Comissão, Rudwick e eu. Alguns lordes ricos, conspirando entre quatro paredes para atormentar os ianques. As repúblicas ianques já estão cortando as gargantas umas das outras, por causa da escravidão, direitos civis ou alguma maldita insensatez! Rudwick morreu por causa disso, e poderia estar vivo agora, escavando maravilhas. Isso me envergonha!

– Há quem possa dizer que era seu dever patriótico. Que o senhor o fez pelos interesses da Inglaterra.

– Suponho que sim – disse Mallory, tremendo –, mas é grande alívio manifestar-me sobre o assunto, após um silêncio tão longo.

Fraser não pareceu muito impressionado com a história. Mallory imaginou que fosse uma velha e enfadonha narrativa para o inspetor Fraser da Agência Especial, ou talvez um mero fragmento de maldades maiores e mais obscuras. Mas Fraser não estava interessado em política; limitava-se aos fatos do crime.

– Fale-me sobre o primeiro ataque à sua pessoa.

– Isso ocorreu no dia da corrida. Vi uma dama velada dentro de um cabriolé alugado, tratada de forma terrível por um homem e uma mulher, os quais julguei serem criminosos... sendo que a mulher era uma tal de Florence Russell Bartlett, como presumo que saiba, sim?

– Sim. Estamos procurando pela sra. Bartlett com o maior empenho.

– Não consegui identificar seu companheiro. Mas pode ser que tenha ouvido o nome "Swing". Ou "Capitão Swing".

Fraser pareceu demonstrar alguma surpresa.

– Contou esse fato ao sr. Oliphant?

– Não. – Mallory, sentindo-se vulnerável, não disse nada mais.

– Talvez isso não faça tanta diferença – disse Fraser, após uma pausa reflexiva. – O sr. Oliphant é um pouco imaginativo às vezes; e "Capitão Swing" é um nome bem conhecido em conspirações; um personagem mítico, muito semelhante a "Ned Ludd" ou "General Ludd". Os bandos de Swing eram formados por luditas do interior, anos atrás. Incendiários, em sua maioria, queimavam montes de feno. Mas, nos Tempos Tumultuosos, tornaram-se selvagens, mataram muitos proprietários de terra da *gentry* e incendiaram suas belas mansões.

– Ah – disse Mallory. – Crê que esse sujeito seja ludita, então?

– Não existem mais luditas – disse Fraser, calmamente. – Estão tão extintos quanto seus dinossauros. Suspeito, antes, de algum antiquário pernicioso. Temos a descrição do sujeito, temos nossos métodos... Quando o apanharmos, extrairemos à força informações sobre sua inclinação para identidades falsas.

– Bem, o sujeito certamente não é um trabalhador rural... É uma espécie de dândi afrancesado das corridas. Quando defendi a Lady, ele veio para cima de mim com um punhal! Cortou-me a perna. Imagino que tive sorte de não estar a lâmina envenenada.

– Talvez estivesse – disse Fraser. – A maioria dos venenos é muito menos potente do que se supõe...

– Bem, derrubei o velhaco, e afastei-os da vítima. O oportunista jurou duas vezes que me mataria. "Destruir-me" foi o verbo usado... Então me dei conta de que a dama só poderia ser Lady Ada Byron. Ela começou a falar de modo deveras estranho, como se estivesse drogada, ou desnorteada pelo medo... Implorou-me que a acompanhasse até o Royal Enclosure, mas ao nos aproximarmos do Royal Box escapou de mim como em um truque, sem uma palavra de agradecimento por meu sofrimento.

Mallory fez uma pausa, apalpando o conteúdo do bolso. – Suponho que seja esse o ponto principal da questão, senhor. Logo em seguida, ganhei grande quantia em dinheiro, apostada num *gurney* a vapor construído por um amigo. Deu-me ele informações muito úteis, as quais me transformaram, num instante, de modesto estudioso a homem de recursos. – Mallory puxou a barba. – Por maior que tenha sido a mudança, pareceu a menor das surpresas então.

– Entendo – Fraser seguiu andando em silêncio. Aproximaram-se da Hyde Park Corner, onde havia homens sobre caixotes de sabão, tossindo e fazendo discursos para a multidão. Fraser e Mallory ficaram em silêncio enquanto andavam entre os céticos ouvintes aglomerados.

Atravessaram o alvoroço frenético e crepitante da Knightsbridge, Mallory esperando que Fraser falasse, mas o policial não disse nada. Diante do alto portão do Green Park, Fraser virou-se e observou as ruas atrás deles por um momento demorado.

– Podemos tomar um atalho através de Whitehall – disse, finalmente. – Conheço um caminho por trás.

Mallory assentiu. E seguiu Fraser.

No Palácio de Buckingham, a guarda estava sendo trocada. A família real, como era seu hábito, estava passando o verão na Escócia, mas a elite da Brigada de Guardas conduzia o ritual diário na ausência da rainha. As tropas do palácio marchavam com orgulho trajando o que havia de mais novo e eficiente em fardamento militar, uniforme pardo de batalha da Crimeia, cientificamente manchado para iludir o olhar inimigo. O tecido inteligente confundira por completo os russos, de acordo com todos os relatos. Atrás dos soldados, grandes cavalos de artilharia rebocavam um calíope militar, sua alegre melodia e estrondoso zumbido soavam estranhamente lúgubres e sinistros no ar parado e putrefato.

Mallory esperava que Fraser chegasse a uma conclusão. Por fim, não pôde aguardar mais.

– Acredita que estive com Ada Byron, sr. Fraser?

Fraser limpou a garganta e cuspiu discretamente.

– Sim, senhor. Acredito. O assunto não me agrada muito, mas não vejo nele muita estranheza.

– Não vê?

– Não, senhor. Creio ver a raiz da questão de modo bastante claro. É o problema do jogo. Lady Ada tem um Modus.

– Um Modus... O que é isso?

– É uma lenda entre os círculos esportivos, dr. Mallory. O Modus é um sistema de jogo, um truque secreto de Maquinaria matemática, para derrotar os *oddsmakers*. Todo clacker desonesto quer um Modus, senhor. É sua pedra filosofal, um modo de transformar ar em ouro!

– Isso é possível? Tal análise pode ser feita?

– Se for possível, senhor, talvez Lady Ada Byron possa consegui-lo.

– A amiga de Babbage – disse Mallory. – Sim... posso acreditar. Posso de fato!

– Bem, talvez ela tenha um Modus, talvez apenas pense tê-lo – disse Fraser. – Não sou nenhum matemático, mas acredito que nunca existiu um sistema de apostas que prestasse. – Fraser soltou um grunhido de desgosto. – Ela persegue esse fantasma dos clackers há anos, e transitou entre muitas más companhias: trapaceiros, clackers corrompidos, usurários e coisa pior. Ela acumulou dívidas de jogo, ao ponto de virarem escândalos notórios!

Distraído, Mallory firmou os polegares no porta-dinheiro preso à cintura.

– Bem! Se Ada de fato encontrou um Modus, não terá dívidas por muito tempo!

Fraser dirigiu a Mallory um olhar de compaixão por tamanha ingenuidade.

– Um verdadeiro Modus destruiria a instituição do Turfe! Acabaria com o sustento de todos os envolvidos com o esporte... Já viu uma multidão numa corrida brigando por causa de um trapaceiro? É o tipo de revolta que um Modus causaria. Ada pode ser grande literata, mas não possui mais juízo que uma mosca!

– É uma grande cientista, sr. Fraser! Muito talentosa. Li seus trabalhos, e a esplêndida matemática...

– "Lady Ada Byron, a Rainha das Máquinas" – disse Fraser em tom extremamente fastidioso, que denotava mais aborrecimento que desprezo. – Mulher determinada! Muito parecida com a mãe, certo? Usa óculos verdes e escreve livros eruditos... Deseja desordenar o universo e jogar dados com os hemisférios. As mulheres *nunca* sabem quando parar...

Mallory sorriu.

– É casado, sr. Fraser?

– Eu, não – disse Fraser.

– Nem eu, ainda. E Lady Ada Byron nunca se casou. Foi uma noiva da ciência.

– Toda mulher precisa de um homem para segurar-lhe as rédeas – disse Fraser. – É o plano de Deus para as relações entre homens e mulheres.

Mallory franziu a testa.

Fraser viu sua expressão e repensou a questão.

– Trata-se da adaptação evolutiva da espécie humana – corrigiu-se.

Mallory assentiu lentamente com a cabeça.

Fraser pareceu notadamente relutante em encontrar Benjamin Disraeli ao forjar uma breve desculpa sobre ver se havia espiões na rua, mas Mallory considerou muito mais provável que Fraser conhecesse a reputação de Disraeli e não confiasse na discrição do jornalista. O que não era de admirar.

Mallory conhecera muitos homens de negócios em Londres, mas "Dizzy" Disraeli era o mais londrino dos londrinos. Mallory não o respeitava muito, mas o considerava alegre companhia. Disraeli sabia, ou fingia saber, todas as intrigas dos bastidores da Câmara dos Comuns, todas as rixas entre editores e sociedades eruditas, todas as *soirées* e terças-feiras literárias de Lady Fulana de Tal e de Lady Beltrana de Tal. Ele tinha uma maneira dissimulada de aludir a esse conhecimento que era quase mágica.

Acontece que Mallory sabia que Disraeli fora banido de três ou quatro clubes de cavalheiros, talvez porque, embora agnóstico declarado e respeitado, tivesse ascendência judaica. Mas os modos e costumes do homem, por alguma razão, deixavam a insuperável impressão de que qualquer londrino que não conhecesse "Dizzy" era um imbecil, ou moribundo. Era como uma aura mística, um miasma que cercava o sujeito, e por vezes o próprio Mallory não conseguia deixar de acreditar nisso.

Uma criada de touca com babados e avental conduziu Mallory para dentro. Disraeli estava acordado, tomando o café da manhã: café preto forte e uma travessa malcheirosa de cavala frita no gim. Vestia chinelos, um roupão turco e um fez de veludo com borla.

– Dia, Mallory. Horrível dia. Abominável.

– Sim, muito.

Disraeli encheu a boca com o restante da cavala e começou a pitar o primeiro cachimbo do dia.

– Na verdade, você é exatamente a pessoa que preciso ver hoje, Mallory. Um pouco clacker, especialista técnico?

– Ah!

– Tem uma porcaria nova aqui, comprei na quarta-feira passada. O vendedor jurou que facilitaria a minha vida. – Disraeli seguiu na frente até seu escritório, uma sala que lembrava a do sr. Wakefield, na Agência Central de Estatística, ainda que em escala muito menos ambiciosa e cheia de restos de fumo de cachimbo, revistas extravagantes e sanduíches pela metade. O chão estava repleto de blocos de cortiça esculpidos e montes de aparas de papel picotado.

Mallory viu que Disraeli comprara uma Máquina de Datilografar Colt & Maxwell, conseguira arrastar a coisa para fora da caixa de embalagem e colocara-a de pé sobre as pernas curvas de ferro. Estava sobre tábuas de carvalho manchadas, diante de uma cadeira de escritório de couro envernizado.

– Parece que está tudo certo – disse Mallory. – Qual o problema?

– Bem, consigo acionar o pedal e manusear as manivelas razoavelmente bem – disse Disraeli. – Faço a pequena agulha mover as letras que quero. Mas não sai nada.

Mallory abriu a lateral da caixa, passou com destreza a fita perfurada pelas bobinas da engrenagem, depois verificou o papel sanfonado na calha de abastecimento. Disraeli não encaixara as rodas dentadas corretamente. Mallory sentou-se na cadeira, acelerou com o pedal a máquina de datilografar e segurou os cabos de manivela.

– O que escrevo? Dite algo.

– "Conhecimento é poder" – disse Disraeli, de pronto.

Mallory manivelou a agulha para a frente e para trás, passando pelo alfabeto do mostrador de vidro. A fita perfurada saiu aos poucos, enrolando-se perfeitamente numa bobina movimentada por um sistema de mola espiral, e a roda de impressão giratória soltou um suave e ruidoso estalido. Mallory deixou o pêndulo parar e retirou lentamente da fenda a primeira folha de papel. Nela estava escrito CONHECIMENTOO É PPODER.

– É uma questão de prática – disse Mallory, entregando a página ao jornalista. – Mas pegará o macete.

– Posso escrevinhar mais depressa que isso! – reclamou Disraeli. – E com letra melhor, de longe!

– Sim – disse Mallory, com paciência –, mas não pode recarregar a fita; com um pouco de tesoura e cola, pode prender a fita perfurada, e a máquina cospe página por página, desde que acione o pedal. Quantas cópias quiser.

– Encantador – disse Disraeli.

– E, é claro, pode revisar o que escreveu. Uma simples questão de cortar e colar a fita.

– Profissionais *nunca* revisam – disse Disraeli, aborrecido. – E digamos que eu queira escrever algo elegante e de fôlego. Algo como... – Disraeli balançou o cachimbo ardente. – "Há tumultos da mente em que, como as grandes convulsões da natureza, tudo parece anarquia e caos em regresso; no entanto, com frequência, em tais momentos de vasta perturbação, como que na discórdia da própria natureza, um novo princípio de ordem, ou novo impulso de conduta, desenvolve-se, e controla, regula e leva a uma harmoniosa consequência, a paixões e a elementos que parecem ameaçar tão somente o desespero e a subversão".

– Isso é muito bom – disse Mallory.

– Gostou? Do seu novo capítulo. Mas como me concentrar na eloquência enquanto empurro e viro manivelas tal uma lavadeira?

– Ora, se cometer algum erro, pode reimprimir uma página nova em folha a partir da fita.

– Afirmaram que o aparelho me faria *economizar* papel!

– Pode contratar um secretário e ditar.

– Disseram que economizaria *dinheiro* também! – Disraeli tragou a ponta de âmbar do longo cachimbo de meerschaum. – Imagino que não tenha saída. Os editores forçar-nos-ão a aceitar a novidade. O *Evening Telegraph* já está sendo todo feito com Máquinas. Um alvoroço e tanto a esse respeito no governo. As confrarias de tipógrafos, entende? Mas já chega de assuntos técnicos, Mallory. Ao trabalho, sim? Receio que tenhamos de apressar-nos. Gostaria de fazer anotações para ao menos dois capítulos hoje.

– Por quê?

– Partirei de Londres para o Continente, com um grupo de amigos – disse Disraeli. – Suíça, estamos pensando. Algum acantonamento no alto dos Alpes onde alguns escritores contentes possam respirar um pouco de ar puro.

– E o ar está muito ruim lá fora – disse Mallory. – Tempo muito agourento.

– É o assunto em todos os salões – disse-lhe Disraeli, sentando-se à mesa. Começou a vasculhar escaninhos à procura de suas anotações. – Londres sempre fede no verão, mas chamam a este de "O Grande Fedor". Todos da *gentry* estão de viagem planejada ou já partiram! Não há de restar uma alma de bom gosto nesta cidade. Dizem que o próprio Parlamento fugirá rio acima, para Hampton Court, e os tribunais de justiça para Oxford!

– Quê, verdade?

– Ah, sim. Medidas horrendas estão sendo preparadas. Tudo em sigilo, é claro, para evitar o pânico das massas. – Disraeli virou-se na cadeira e deu uma piscadela. – Mas as medidas serão tomadas, pode contar com isso.

– Que tipo de medidas, Dizzy?

– Racionamento de água, desligamento de chaminés e iluminação a gás, essa espécie de coisa – disse Disraeli, com afetação. – Pode-se dizer o que quiser sobre a nomeação de lordes por mérito. Mas ao menos está garantido que a liderança de nosso país não é *obtusa*.

Disraeli espalhou as anotações sobre a mesa. – O governo tem planos de contingência altamente científicos, sabe? Invasões, incêndios, secas e pestes... – Folheou as notas, lambendo o polegar. – Há quem tenha adoração por planejar desastres.

Mallory considerou o mexerico difícil de acreditar.

– O que exatamente contêm tais "planos de contingência"?

– Todo tipo de coisa. Planos de evacuação, suponho.

– Decerto não está insinuando que o governo pretende evacuar Londres.

Disraeli abriu um sorriso perverso.

– Se sentisse o cheiro do Tâmisa defronte ao Parlamento, não estranharia que nossos estadistas estejam dispostos a arrepiar carreira.

– Tão ruim assim, é?

– O Tâmisa é um esgoto pútrido com marés de enfermidades! – proclamou Disraeli. – Abarrotado de ingredientes das cervejarias, das fábricas de gás, de produtos químicos e minerais! Matérias decompostas flutuam como algas marinhas nocivas nas estacas da ponte de Westminster, e todo navio a vapor que passa agita um turbilhão fétido que quase subjuga sua tripulação com o cheiro nauseabundo!

Mallory sorriu.

– Escreveu um editorial a respeito, não?

– Para o *Morning Clarion*... – Disraeli deu de ombros. – Admito que minha retórica está um tanto espalhafatosa. Mas é um verão esquisito dos infernos, e esta é a verdade. Alguns dias de boa e farta chuva, para renovar o Tâmisa e desfazer essas estranhas nuvens sufocantes, e tudo ficará bem conosco. Todavia, um pouco mais deste tempo esdrúxulo e os idosos ou fracos dos pulmões poderão sofrer imensamente.

– Pensa assim, de verdade?

Disraeli baixou a voz.

– Dizem que o cólera está à solta mais uma vez em Limehouse.

Mallory sentiu um arrepio de pavor.

– *Quem* disse isso?

– A dona Boataria. Mas quem há de duvidar dela nas atuais circunstâncias? Num verão tão abjeto, é por demais provável que eflúvios e maus cheiros espalhem uma epidemia mortal. – Disraeli esvaziou o cachimbo e começou a recarregá-lo com o forte tabaco preto turco do estojo vedado com borracha. – Tenho um terno amor por esta cidade, Mallory, mas há tempos em que a prudência deve superar a devoção. Você tem família em Sussex, sei disso. Se fosse você, partiria de imediato para juntar-me a eles.

– Mas tenho uma palestra a proferir. Daqui a dois dias. Sobre o brontossauro. Com acompanhamento de cinétropo!

– Cancele a palestra – disse Disraeli, tentando acender um fósforo de repetição. – Adie-a.

– Não posso. Deverá ser uma grande ocasião, um evento popular e profissional grandioso!

– Mallory, não haverá ninguém para vê-la. Ninguém que importa, pelo menos. Estará desperdiçando seu fôlego.

– Haverá operários – disse Mallory, obstinado. – As classes mais humildes não têm condições de deixar Londres.

– Ah – Disraeli assentiu, dando uma baforada. – Isso será esplêndido. O tipo de gente que lê o lixo dos periódicos baratos. Não se esqueça de elogiar-me para a sua plateia.

Mallory cerrou os dentes, resoluto.

Disraeli suspirou.

– Vamos ao trabalho. Temos muito a fazer. – Puxou da prateleira o último número do *Museu da Família*. – O que achou do episódio da semana passada?

– Ótimo. O melhor até agora.

– Muita teoria científica execrável – disse Disraeli. – É preciso mais interesse sentimental.

– O que há de errado com a teoria, se for boa?

– Ninguém, além do especialista, quer ler sobre as pressões nas juntas do maxilar de um réptil, Mallory. Verdade seja dita, só há uma coisa que as pessoas realmente querem saber sobre os dinossauros: por que os malditos estão todos mortos.

– Pensei termos concordado em deixar isso para o fim.

– Ah, sim. Dá um ótimo clímax, a coisa do enorme cometa esmagador e a grande tempestade negra de areia eliminando toda a vida réptil, e assim por diante. Muito dramático, muito catastrófico. É disso que o público *gosta* no catastrofismo, Mallory. A Catástrofe causa melhor impressão que a lengalenga da Uniformidade sobre a Terra ter milhões de anos. Tedioso e maçante... maçante até não poder mais!

– Um apelo à emoção vulgar não tem relevância! – disse Mallory, veemente. – A evidência está a meu favor! Olhe para a lua... absolutamente coberta por crateras de cometas!

– Sim – disse Disraeli, distraído –, ciência rigorosa, tanto melhor.

– Ninguém é capaz de explicar nem mesmo como o sol pôde arder por dez milhões de anos. Nenhuma combustão poderia durar tanto tempo... Isso viola as leis elementares da física!

– Deixe isso de lado por um momento. Estou de pleno acordo com seu amigo Huxley, quando diz que devemos iluminar a ignorância pública, mas é preciso jogar ao cachorro um osso de vez em quando. Nossos leitores querem saber de Mallory Leviatã, o homem.

Mallory soltou um grunhido.

– Por isso temos de voltar à questão da garota índia.

Mallory balançou a cabeça. Era isso o que vinha temendo.

– Não era uma "garota". Era uma mulher nativa...

– Já explicamos que vocês não se casaram – disse Disraeli, com paciência. – Não quer admitir nenhuma namorada inglesa. Chegou a hora de trazer à tona o assunto da donzela índia. Você não precisa ser obsceno nem indelicado sobre a questão. Apenas algumas palavras amáveis sobre ela, um ou outro galanteio, algumas insinuações. As mulheres são loucas por tal espécie de coisa, Mallory. E leem muito mais que os homens. – Disraeli pegou a caneta-tinteiro. – Não me disse sequer o nome dela.

Mallory sentou-se numa cadeira.

– Os cheyennes não têm nomes como nós. Especialmente as mulheres.

– Ela devia ser chamada de alguma coisa.

– Bem, às vezes era chamada de Viúva-do-Cobertor-Vermelho, e às vezes era chamada de Mãe-da-Cobra-Pintada ou Mãe-do-Cavalo-Coxo. Mas não posso dar minha palavra a respeito de nenhum desses nomes, na verdade. Contávamos com um francês místico, bêbado, que era nosso intérprete, e ele mentia feito um velhaco.

Disraeli ficou decepcionado.

– Nunca falou diretamente com ela, então?

– Não sei. Fui até onde conseguia sair-me razoavelmente bem com gestos. O nome dela era Wak-see-nee-ha-wah ou Wak-nee-see-wah-ha, ou algo muito parecido.

– Que tal se eu a chamar de "Donzela da Pradaria"?

– Dizzie, ela era viúva. Tinha dois filhos crescidos. Faltavam-lhe alguns dentes e era magra como um lobo.

Disraeli suspirou.

– Não está cooperando, Mallory.

– Está bem. – Mallory puxou a barba. – Era boa costureira; pode-se dizer isso. Conquistamos sua, hmmm, amizade, dando-lhe agulhas. Agulhas de aço, no lugar de lascas de osso de bisão. E contas de vidro, é claro. Todos eles querem contas de vidro.

– "Tímida no começo, Flor da Pradaria foi conquistada por seu amor inato aos apetrechos femininos" – disse Disraeli, escrevendo. Insistiu o máximo sobre os detalhes da questão, aos poucos, enquanto Mallory contorcia-se na cadeira.

Não era nada próximo da verdade. A verdade não poderia ser escrita em papel civilizado. Mallory havia conseguido deixar todo o negócio sujo fora de seus pensamentos. Mas não o esquecera, não de fato. Enquanto Disraeli rascunhava seu melodrama açucarado, a verdade voltou à lembrança de Mallory com selvagem clareza.

Nevava sobre as tendas cônicas, e os cheyennes estavam bêbados. Era um pandemônio de gritaria e uivos embriagados, porque os infelizes não tinham ideia real do que era o álcool; para eles, era um veneno e um íncubo. Pavoneavam-se e cambaleavam feito doidos, disparando seus rifles para os vazios céus americanos, e caíam no solo regelado sob o domínio de visões, mostrando somente o branco dos olhos. Uma vez que começavam, prosseguiam por horas.

Mallory não quisera se envolver com a viúva. Lutara contra a tentação por muitos dias, mas por fim chegara o momento em que percebeu que faria menos mal à sua alma se simplesmente resolvesse o assunto. Assim, bebeu dois dedos de uma das garrafas de uísque e dois dedos de uma bebida barata de Birmingham, enviada por navio com os rifles. Entrou na tenda onde a viúva encontrava-se agachada em mantas e penas, diante da fogueira de esterco. As duas crianças saíram, os rostos redondos e morenos encarando o vento com olhos semicerrados, em desolação.

Mallory mostrou a ela uma nova agulha, e fez o gesto lascivo com as mãos. A viúva assentiu com a agitação exagerada de uma pessoa para a qual um aceno de cabeça era idioma estrangeiro, e voltou para seu ninho de peles, deitando-se de costas com as pernas estendidas e braços erguidos. Mallory subiu sobre ela, puxou o membro teso e dolorido para fora das calças e forçou-o entre as pernas da mulher. Ele pensou que acabaria rápido, e talvez sem muita vergonha, mas era estranho e desconcertante demais para ele. O coito prosseguiu por bastante tempo, e finalmente ela começou a olhar para ele com uma espécie de timidez queixosa, e puxou-lhe o pelo da barba com curiosidade. Enfim, o calor, a suave fricção e o cheiro rançoso e animal dela derreteram algo dentro dele, e ele ejaculou longa e intensamente, ejaculou dentro dela, embora não tivesse a intenção de fazê-lo. As três outras vezes em que foi ter com ela, depois, ele retirou, e não arriscou engravidar a pobre criatura. Sentia muito tê-lo feito uma vez sequer. No entanto, se ela estava grávida, havia grandes chances de que não fosse dele, mas de um dos outros homens.

Por fim, Disraeli passou para outros assuntos, e as coisas tornaram-se mais fáceis. Mas Mallory deixou a sala cheio de amarga confusão. Não fora a prosa floreada de Disraeli que despertou o caos dentro dele, mas o violento poder de suas próprias lembranças. A energia vital voltara com ímpeto. Ele estava luxuriosamente rígido e irrequieto, e perdeu o próprio controle. Não estivera com mulher alguma desde o Canadá, e a francesa em Toronto não parecera totalmente asseada. Ele precisava de uma mulher, muito. Uma inglesa, uma boa moça do interior, de firmes e brancas pernas, e belos braços carnudos e sardentos...

Mallory caminhou de volta até a Fleet Street. Ao ar livre, começaram a arder-lhe os olhos quase de imediato. Não havia sinal de Fraser na multidão agitada. A escuridão do dia era realmente extraordinária. Ainda não era meio-dia, mas o domo da St. Paul estava encoberto de névoa suja. Grandes chumaços ondulantes de cerração oleosa ocultavam os pináculos e os gigantescos cartazes de anúncios da Ludgate Hill. A Fleet Street era uma desordem amontoada e ruidosa, repleta de estalos de chicotes, bufos de vapor e gritos. As mulheres na calçada encolhiam-se sob sombrinhas manchadas de fuligem e andavam meio curvadas; tanto os homens como as mulheres apertavam lenços aos olhos e nariz. Homens e meninos arrastavam bolsas de tecido da família e malas de viagem com alça de borracha, seus alegres chapéus de palha já salpicados de detritos. Um trem de passeio superlotado passou ruidosamente sobre o elevado da London, Chatham & Dover, sua nuvem de escape incinerado pairando no ar sombrio tal bandeira de lixo.

Mallory observou o céu. A indolente mistura fibrosa de fumaça em elevação não estava mais lá, engolida que fora pela avultante neblina opaca. Aqui e ali, flocos cinzentos de algo semelhante à neve baixavam com delicadeza sobre a Fleet Street. Mallory examinou a partícula que brilhava na manga de seu casaco, um estranho floco curvo de arenito cristalizado. Ao toque, ele estourou, transformando-se em cinza finíssima.

Fraser gritava para Mallory, embaixo de um poste, do outro lado da rua.

– Dr. Mallory! – Fraser acenou de maneira que era, para ele, notadamente animada. Mallory percebeu, com atraso, que Fraser deveria estar gritando por ele há algum tempo.

Mallory lutou e se esquivou de seu caminho para atravessar o tráfego: cabriolés, carroças, um grande rebanho de ovelhas aos balidos e chiados. O esforço deixou-o ofegante.

Dois estranhos estavam embaixo do poste com Fraser, ambos com a face envolta em lenço branco apertado. O sujeito mais alto vinha respirando através do lenço por algum tempo, pois o tecido, abaixo do nariz, estava manchado de marrom amarelado.

– Tirem-no, rapazes – ordenou Fraser.

Taciturnos, os dois estranhos puxaram o lenço para baixo do queixo.

– O Cavalheiro da Tosse! – disse Mallory, estupefato.

– Permita-me – disse Fraser, em tom irônico. – Este é o sr. J. C. Tate, e este é seu parceiro, o sr. George Velasco. Intitulam-se agentes secretos, ou algo do gênero. – Fraser retesou os lábios, formando o que quase seria um sorriso. – Creio que os cavalheiros já conheçam o dr. Edward Mallory.

– Conhecemos – disse Tate. Havia uma contusão inchada e roxa na lateral do seu maxilar. O lenço a escondera. – Doido de pedra, ele! Violento como um maluco de Bedlam.

– O sr. Tate foi policial de nossa força metropolitana – disse Fraser, cravando os olhos opressivos em Tate. – Até perder o posto.

– Pedi demissão! – declarou Tate. – Deixei o cargo por princípios, uma vez que não havia como fazer justiça na polícia pública de Londres, e sabe disso tão bem quanto eu, Ebenezer Fraser.

– Quanto ao sr. Velasco, ele é um dos assim chamados furta-foguista – disse Fraser, com moderação. – O pai chegou a Londres como monarquista espanhol refugiado, mas nosso jovem sr. George possui talento para realizar qualquer tarefa prática... falsificar passaportes, espiar pela fechadura, bater com cassetetes em cientistas proeminentes na rua...

– Sou um cidadão nativo da Grã-Bretanha – disse o pequeno mestiço trigueiro, com um olhar repulsivo para Mallory.

– Chega de gabolice, Fraser – disse Tate. – Você trilhou o mesmo caminho que eu, e se é um dos grandes hoje, é só por conseguir abafar escândalos indecorosos para o governo. Algeme-nos, Fraser! Prenda-nos! Faça o seu pior! Tenho meus próprios amigos, você sabe.

– Não permitirei que o dr. Mallory lhe dê outra surra, Tate. Não há com o que se preocupar. Mas conte-nos por que o vem seguindo.

– Sigilo profissional – protestou Tate. – Não posso dedurar um cliente.

– Não seja tolo – disse Fraser.

– Seu cavalheiro aí é um assassino dos infernos! Destripou o rival como se ele fosse um peixe!

– Eu não fiz tal coisa – disse Mallory. – Sou um estudioso da Royal Society, não um reles conspirador que se esconde em becos!

Tate e Velasco trocaram olhares de pasmo ceticismo. Velasco não foi capaz de controlar o riso.

– O que há de tão engraçado? – disse Mallory.

– Eles foram contratados por um de seus colegas – disse Fraser. – Trata-se de intriga da Royal Society. Não é assim, sr. Tate?

– Já lhe disse que não contarei – disse Tate.

– É a Comissão para o Livre Comércio? – indagou Mallory. Sem resposta. – É Charles Lyell?

Tate revirou os olhos vermelhos de fumaça e cutucou a costela de Velasco com o cotovelo.

– Tão inocente quanto a neve esse seu dr. Mallory, tal como diz, Fraser. – Limpou o rosto com o lenço manchado. – A que belo ponto chegamos, que droga, com Londres fedendo uma desgraça e o país nas mãos de intelectuais lunáticos com dinheiro em demasia e coração de pedra!

Mallory sentiu o forte impulso de dar ao velhaco insolente mais uma prova da precisão de seu punho, mas num repentino esforço de vontade, suprimiu o inútil instinto. Acariciou a barba com ar profissional e sorriu para Tate, de modo frio e ponderado.

– Quem quer que seja seu patrão – disse Mallory –, não deverá ficar muito feliz em saber que o sr. Fraser e eu o descobrimos.

Tate observou Mallory com atenção, sem dizer nada. Velasco pôs as mãos no bolso e pareceu estar pronto para evadir-se a qualquer momento.

– Podemos ter chegado às vias de fato anteriormente – disse Mallory –, mas me orgulho de poder superar naturais ressentimentos e ver nossa situação com objetividade! Agora que está sem o disfarce enganoso sob o qual me vinha espreitando, não é mais útil a seu patrão. Não é assim?

– E se for? – perguntou Tate.

– Vocês dois ainda podem ser de considerável serventia a um certo Ned Mallory. Quanto lhes está pagando, esse seu fabuloso patrão?

– Acautele-se, Mallory – avisou Fraser.

– Se de fato espiaram-me com atenção, devem saber que sou um homem generoso – insistiu Mallory.

– Cinco xelins por dia – murmurou Tate.

– Cada – acrescentou Velasco. – Mais gastos.

– Estão mentindo – disse Fraser.

– Ao fim desta semana, haverá cinco guinéus de ouro esperando por vocês em meus aposentos no Palácio de Paleontologia – prometeu Mallory. – Em troca dessa quantia, quero que tratem seu ex-patrão exatamente como me trataram... Simples justiça poética, digamos assim! Sigam-no em segredo, aonde quer que vá, e contem-me tudo o que ele fizer. Para isso foram contratados, não?

– Mais ou menos – admitiu Tate. – Podemos pensar nisso, cavalheiro, se nos adiantar essa quantia.

– Posso adiantar-lhes parte do dinheiro – consentiu Mallory. – Desde que me adiantem informações.

Velasco e Tate entreolharam-se de modo intenso.

– Dê-nos um momento para discutir a questão. – Os dois detetives particulares afastaram-se por entre a aglomeração do tráfego da calçada e buscaram abrigo na lateral de um obelisco com cerca de ferro.

– Aqueles dois não valem cinco guinéus por ano – disse Fraser.

– Imagino que sejam cafajestes degenerados – concordou Mallory –, mas pouco importa o que são, Fraser. Estou atrás do que sabem.

Tate finalmente retornou, o lenço de volta à face.

– Sujeito de nome Peter Foulke – disse ele, a voz abafada. – Eu não teria dito isso... nem que tentassem me arrancar à força... Só que o tipo tem o rei na barriga e vive a dar-nos ordens como um maldito lorde. Não confia em nossa integridade. Não confia que agimos pelos interesses dele. Parece achar que não sabemos como fazer nosso próprio trabalho.

– Que vá para o inferno – disse Velasco. Presos entre o lenço e a aba do chapéu-coco, os cachos de cabelo ao lado do rosto estavam para fora, feito asas gordurosas. – Velasco e Tate não contrariam os Agentes Especiais por causa de um maldito Peter Foulke.

Mallory ofereceu a Tate viçosa nota de uma libra que retirou do livro. Tate examinou-a de modo superficial, dobrou-a entre os dedos com a destreza de um trapaceiro nas cartas e fê-la desaparecer. – Mais uma dessas para o meu amigo aqui, para fechar o acordo?

– Desconfiava todo o tempo que fosse Foulke – disse Mallory.

– Então, aí vai algo que não sabe, cavalheiro – disse Tate. – Não somos os únicos a segui-lo. Enquanto anda por aí, discreto como um elefante, falando sozinho, há um sujeito disfarçado e a rapariga dele nos seus calcanhares, isso em três dos últimos cinco dias.

Fraser pronunciou-se com firmeza:

– Mas não hoje, certo?

Tate deu uma risada contida por trás do lenço.

– Creio que viram você e fugiram, Fraser. Essa tua cara de azedume decerto os faria se resguardar. Ariscos feito gatos, aqueles dois.

– Sabem que vocês os viram? – disse Fraser.

– Não são burros, Fraser. São rápidos e sagazes. Ele é das corridas, se não estiver enganado, e ela é ambiciosa. A boneca tentou convencer Velasco a contar-lhe quem nos havia contratado. – Tate fez uma pausa. – Não dissemos.

– O que eles disseram sobre si mesmos? – disse Fraser, em tom ríspido.

– Ela disse que era irmã de Francis Rudwick – disse Velasco. – Que investigava o assassinato do irmão. Disse isso diretamente, sem eu perguntar.

– É claro que não acreditamos nessa conversa tola – disse Tate. – Ela não se parece nem um pouco com Rudwick. Uma beleza de rapariga, no entanto. Rosto gracioso, cabelos ruivos, mais provável que fosse amásia de Rudwick.

– É uma assassina! – disse Mallory.

– Engraçado, cavalheiro, é exatamente o que ela diz do senhor.

– Sabe onde encontrá-los? – perguntou Fraser.

Tate balançou a cabeça.

– Podemos procurar – ofereceu Velasco.

– Por que não o fazem enquanto seguem Foulke? – disse Mallory, num surto de inspiração. – Sou da opinião de que estão todos associados de alguma forma.

– Foulke está em Brighton – disse Tate. – Não aguentou o Fedor... sensibilidade delicada. E se tivermos de ir a Brighton, Velasco e eu precisaríamos do dinheiro para a passagem de trem... São gastos, entende?

– Mandem-me a conta – disse Mallory. Deu uma nota de uma libra a Velasco.

– O dr. Mallory quer essa conta especificada por completo – disse Fraser. – Com os recibos.

– Certo e justo, cavalheiro – disse Tate. Tocou a aba do chapéu, numa saudação policial. – Encantado em servir aos interesses da nação.

– E mantenha a compostura, Tate.

Tate ignorou-o e olhou de soslaio para Mallory.

– Terá notícias nossas, cavalheiro.

Fraser e Mallory viram-nos partir.

– Suponho que tenha perdido duas libras – disse Fraser. – Nunca mais verá aqueles dois.

– Ficou barato o preço, talvez – disse Mallory.

– Não ficou, senhor. Há maneiras muito mais baratas.

– Ao menos não serei mais atacado com porrete pelas costas.

– Não, senhor, não por eles.

Mallory e Fraser comeram sanduíches secos de peru e bacon de um carrinho com laterais de vidro. Não puderam, mais uma vez, usar um cabriolé. Não se via nenhum na rua. As estações do metropolitano estavam todas fechadas, com piquetes de escavadores furiosos gritando insultos sórdidos aos transeuntes.

O segundo compromisso do dia, na Jermyn Street, foi uma grave decepção para Mallory. Fora ao Museu para discutir sua apresentação, mas o sr. Keats, o cinetropista da Royal Society, enviara um telegrama declarando-se muito enfermo, e Huxley fora obrigado a participar de algum comitê de lordes eruditos, reunidos para discutir sobre a emergência. Mallory não foi capaz sequer de cancelar a palestra, conforme sugerira Disraeli, pois o sr. Trenham Reeks declarou-se incapaz de tomar tal decisão sem a autorização de Huxley, e o próprio Huxley não deixara endereço ou número de telegrama.

Para tornar piores as coisas, o Museu de Geologia Prática estava quase deserto, os grupos animados de alunos e entusiastas da história natural reduzidos a poucos infelizes taciturnos, claramente atraídos pelo ar ali mais limpo e para fugir do calor. Andavam de cabeça baixa e demoravam-se sob o altíssimo esqueleto do Leviatã, como se desejassem quebrar-lhe os ossos enormes e sugar-lhe o tutano.

Não havia o que fazer senão caminhar de volta ao Palácio de Paleontologia e preparar-se para o jantar da Associação Agnóstica de Moços, uma entidade que reunia estudantes eruditos. E de Mallory, como celebridade da noite, seriam esperados alguns comentários após o jantar. Ele esperara ansiosamente pelo evento, uma vez que a AAM era um grupo divertido, de modo algum pomposo como seu respeitável nome poderia sugerir, e a exclusiva companhia masculina permitiria alguma pilhéria descomposta, apropriada a jovens solteiros. Mallory ouvira algumas piadas de Disraeli "Dizzy", que considerou de fato muito boas. Mas agora se perguntava quantos de seus anfitriões anteriores estariam em Londres, ou como os moços conseguiriam se reunir, se ainda tinham tal inclinação e, pior ainda, como seria o jantar no salão superior do pub Black Friar, que ficava perto da Blackfriars Bridge na direção do vento que passava pelo Tâmisa.

As ruas esvaziavam-se a olhos vistos. Lojas e mais lojas apresentavam placas de FECHADO. Mallory esperava encontrar um barbeiro para aparar cabelo e barba, mas não teve sorte. Os cidadãos de Londres se haviam debandado ou buscado refúgio atrás de janelas bem fechadas. A fumaça instalara-se ao nível do solo misturada à névoa fétida, ubíqua sopa de ervilha que dificultava a visão no alcance de meia quadra. Os raros pedestres surgiam na obscuridade tal fantasmas bem trajados. Fraser seguiu à frente, conformado e imperturbável, e Mallory supôs que o policial veterano poderia guiá-los facilmente pelas ruas de Londres, mesmo se estivesse de olhos vendados. Usavam lenço no rosto agora. Pareceu precaução sensata, embora incomodasse Mallory que Fraser parecesse amordaçado além de taciturno.

– Os cinétropos são a raiz do problema – opinou Mallory enquanto subiam a Brompton Road, os pináculos de seus palácios científicos obscurecidos pelo mau cheiro. – Não era assim quando saí da Inglaterra. Dois anos atrás essas coisas infernais estavam longe de ser tão populares. Agora não me permitem fazer um discurso público sem um deles. – Tossiu. – Fiquei chocado ao ver o longo painel lá na Fleet Street, montado diante do *Evening Telegraph*, com seu clacking ininterrupto e acelerado, acima da multidão! "Metropolitano Fechado com Greve dos Escavadores", dizia a coisa, "Parlamento Desaprova Condições do Tâmisa".

– O que há de errado com isso?

– Não *diz* nada – disse Mallory. – *Quem* no Parlamento? *Que* condições do Tâmisa, especificamente? O que o Parlamento disse a respeito? Coisas sensatas ou coisas estúpidas?

Fraser soltou um grunhido.

– Há falsa impressão de que a pessoa está sendo informada de algo. Mas tal coisa não ocorreu de fato! É mero slogan, ladainha vazia. Nenhum argumento é transmitido, nenhuma evidência considerada. Não se trata de notícia de modo algum, apenas fonte de distração para desocupados.

– Há quem diga que aos desocupados é melhor saber um pouco do que nada.

– Há quem seja um verdadeiro cretino, então, Fraser. Essas breves cine-frases são como cédulas impressas sem lastro, ou cheques sem fundo. Se deve ser esse o nível de discurso racional para a gente comum, devo dar vivas à autoridade da Câmara dos Lordes.

Um *gurney* de bombeiros passou por eles devagar, com bombeiros fatigados nos estribos, roupas e rostos enegrecidos do trabalho, ou quiçá do próprio ar de Londres, ou ainda da fuligem malcheirosa fluindo das chaminés do próprio *gurney*. A Mallory pareceu coisa estranhamente irônica que um *gurney* de bombeiros devesse ser impelido pela ação de carvão em chamas. Mas talvez houvesse sentido nisso afinal, pois num tempo como aquele, uma junta de cavalos mal conseguiria galopar por uma quadra.

Mallory estava ansioso para aliviar a garganta seca com um *huckle-buff*, mas o interior do Palácio de Paleontologia parecia mais enfumaçado que o exterior. Havia um mau cheiro pungente, como o de tecido queimado.

Talvez os galões imperiais de manganato de sódio de Kelly tivessem corroído o encanamento. De todo modo, tal Fedor parecia ter finalmente vencido os hóspedes do Palácio, pois mal havia uma alma no saguão e nenhum murmúrio vindo da sala de jantar.

Mallory procurava ser atendido no salão, entre biombos laqueados e tapeçarias de seda vermelha, quando Kelly apareceu, o rosto tenso e resoluto.

– Dr. Mallory?

– Sim, Kelly?

– Tenho más notícias para o senhor. Um acontecimento infeliz aqui. Um incêndio, senhor.

Mallory olhou para Fraser.

– Sim, senhor – disse o concierge. – Senhor, quando saiu hoje, deixou, por acaso, roupas perto da chama de gás? Ou um charuto ainda em brasa?

– Não está querendo dizer que o incêndio foi no meu quarto!

– Infelizmente estou, senhor.

– Um incêndio grave?

– Os hóspedes consideraram-no assim, senhor. E também os bombeiros. – Kelly não mencionou o sentimento dos funcionários do Palácio, mas o rosto o deixou claro.

– Sempre desligo o gás! – Mallory disse sem pensar. – Não me lembro exatamente... mas eu *sempre* desligo o gás.

– Sua porta estava trancada, senhor. Bombeiros tiveram de arrombar.

– Queremos olhar – sugeriu Fraser, em tom brando.

A porta do quarto de Mallory fora derrubada a machadadas, e o chão empenado estava inundado de areia e água. As pilhas de revistas e correspondências de Mallory haviam queimado com intensidade, consumindo completamente a escrivaninha e um grande pedaço enegrecido do carpete. Havia um enorme buraco chamuscado na parede entre a escrivaninha e o teto acima dela, com vigas de madeira e esteios expostos transformados em carvão, e o guarda-roupa de Mallory, repleto de trajes finos de Londres, queimado até reduzir-se a trapos cremados e espelho despedaçado. Mallory estava fora de si de tanta raiva e uma profunda vergonha apreensiva.

– Trancou sua porta, senhor? – perguntou Fraser.

– Eu sempre o faço. Sempre!

– Posso ver sua chave?

Mallory entregou a Fraser o molho de chaves. Fraser ajoelhou-se em silêncio ao lado da moldura estilhaçada da porta. Examinou o buraco da fechadura com atenção, depois se levantou.

– Houve relato de algum indivíduo suspeito neste corredor? – Fraser perguntou a Kelly.

Kelly ofendeu-se.

– Posso saber quem é o senhor para indagar?

– Inspetor Fraser, Bow Street.

– Não, inspetor – disse Kelly, sugando os dentes. – Nenhum indivíduo suspeito. Não de meu conhecimento pessoal!

– Manterá tal assunto em sigilo, sr. Kelly. Suponho que, assim como em outros estabelecimentos da Royal Society, o senhor aceite como hóspedes apenas cientistas com credenciais.

– É nossa política rigorosa, inspetor!

– Mas seus hóspedes têm permissão para receber visitas?

– Visitas masculinas, senhor. Damas devidamente acompanhadas... nada escandaloso, senhor!

– Um salteador bem vestido – concluiu Fraser. – E incendiário. Melhor salteador que incendiário, pois foi um tanto desajeitado na maneira com que empilhou os papéis abaixo da escrivaninha e do armário. Usou uma chave falsa nessa fechadura. Teve alguma dificuldade, mas duvido que tenha levado mais de cinco minutos.

– É inacreditável – disse Mallory.

Kelly parecia à beira das lágrimas.

– Um cientista com seu quarto reduzido às cinzas! Não sei o que dizer! Não vejo crueldade assim desde os tempos de Ludd! É lamentável, dr. Mallory... Uma vergonha repugnante.

Mallory balançou a cabeça.

– Eu deveria tê-lo precavido quanto a isso, sr. Kelly. Tenho inimigos terríveis.

Kelly engoliu em seco.

– Sabemos disso, senhor. Fala-se muito a respeito entre os funcionários, senhor.

Fraser examinava os restos da escrivaninha, escarafunchando a sujeira com o varão empenado que tirou do guarda-roupa.

– Sebo – disse ele.

– Temos seguro, dr. Mallory – disse Kelly, esperançoso. – Não sei se nossa apólice cobre exatamente esse tipo de problema, mas espero que possamos reparar a sua perda! Por favor, aceite minhas mais sinceras desculpas!

– Isto me causa um grande inconveniente – disse Mallory, olhando para os destroços à sua volta. – Mas não tão grande quanto eles talvez almejassem! Guardo todos os meus documentos importantes no cofre do Palácio. E, é claro, nunca deixo dinheiro aqui. – Fez uma pausa. – Suponho que o cofre do Palácio esteja ileso, sr. Kelly.

– Sim, senhor – disse Kelly. – Ou melhor... deixe-me verificá-lo de imediato, senhor. – Retirou-se às pressas, com mesuras.

– Seu amigo, o homem do punhal no Derby – disse Fraser –, não ousou segui-lo hoje; mas assim que saímos, ele subiu aqui, arrombou a porta e acendeu velas entre seus papéis empilhados. E já estava longe e seguro antes de o alarme disparar.

– Deve saber muito de meus horários – disse Mallory. – Sabe tudo de mim, ouso dizer. Roubou meu número de identidade. Considera-me um idiota.

– Por assim dizer, senhor – Fraser atirou o varão para o canto. – Ele é um amador insidioso. Seu incendiário habilidoso usa parafina líquida, que se consome totalmente e a tudo o que atinge.

– Não conseguirei ir ao jantar com os agnósticos hoje, Fraser. Não tenho o que vestir!

Fraser permaneceu imóvel.

– Vejo que enfrenta infortúnios com muita bravura... como um intelectual e um cavalheiro, dr. Mallory.

– Obrigado – disse Mallory. Houve silêncio. – Fraser, preciso de uma bebida.

Fraser acenou lentamente com a cabeça.

– Pelo amor de Deus, Fraser, vamos a algum lugar onde possamos beber de forma autêntica, torpe, pobre, sem o brilho falso de ornamentos espalhado sobre todas as coisas! Vamos nos afastar do elegante Palácio e ir a um lugar onde não se importem com a entrada de um homem sem nada além do casaco nas costas! – Mallory chutou os entulhos do guarda-roupa.

– Sei do que precisa – disse Fraser, tranquilizando-o. – Um lugar alegre para recarregar um pouco as energias... onde haja bebida, dança e moças vivazes.

Mallory avistou os agora enegrecidos pinos de latão de seu casaco militar de Wyoming. A visão afligiu-o profundamente.

– Não estaria tentando me pajear, estaria, Fraser? Suponho que Oliphant tenha mandado pajear-me. Acho que seria um erro. Estou disposto a arrumar encrenca, Fraser.

– Não tenho dúvidas sobre suas disposições, senhor. O dia foi muito inclemente. Mas é que ainda não viu o Cremorne Gardens.

– A única coisa que quero ver é o homem do punhal na mira de um rifle de caça!

– Entendo perfeitamente o sentimento, senhor.

Mallory abriu a charuteira de prata – pelo menos esse bem ainda tinha – e acendeu o último Havana de primeira. Tragou com força, até a sensação de calma do bom tabaco chegar-lhe ao sangue.

– Por outro lado – disse, finalmente –, suponho que o seu Cremorne Gardens pode servir em caso de apuros.

Fraser seguiu à frente, descendo toda a Cromwell Lane, passando pela grande pilha de tijolos pardos que era o Diseased Chest Hospital: um lugar medonho tal um pesadelo naquela noite, Mallory não pôde evitar o pensamento.

Uma vaga sensação de austeridade hospitalar continuou a perturbar a mente de Mallory, tanto assim que pararam no pub mais próximo, onde Mallory tomou quatro, quiçá cinco, doses de um uísque surpreendentemente aceitável. O lugar estava cheio da gente de New Brompton, que parecia bastante alegre, de modo aconchegante e abarrotado, ainda que não parassem de depositar moedas numa pianola que tilintava "Come to the Bower", uma canção que Mallory odiava. Não havia sossego para ele ali. De qualquer forma, não era o Cremorne Gardens.

Depararam-se com o primeiro sinal de encrenca a algumas quadras da New Brompton Road, próximo à Fábrica de Revestimentos de Piso Patenteados Bennett & Harper. Tumultuada multidão de homens uniformizados movimentava-se diante do portão da extensa fábrica. Algum tipo de problema industrial.

Fraser e Mallory levaram algum tempo para descobrir que a multidão consistia quase inteiramente de policiais. A Bennett & Harper produzia elegante material à prova d'água, patenteado, feito de aniagem, cortiça em pó e derivados de carvão, apropriado para rejuntes e revestimentos em cozinhas e banheiros da classe média. Também produziam grande volume de efluentes, saídos de meia dúzia de chaminés, os quais, era evidente, deveriam ser interrompidos de forma temporária para o bem da cidade. Os primeiros oficiais na cena – ou que, ao menos, alegavam a distinção – formavam um grupo de inspetores do Gabinete Real de Patentes, levados pela urgência do dever por causa de um plano de contingência do governo. Mas os senhores Bennett e Harper, ansiosos por não perder a produção do dia, haviam desafiado a autoridade legal dos homens da patente em interromper os trabalhos. Logo foram confrontados por dois outros inspetores do comitê industrial da Royal Society, que alegaram haver precedente. A guarda local fora atraída pelo rebuliço, seguida pela Brigada Móvel da Polícia Metropolitana da Bow Street, que chegou num ônibus a vapor requisitado pela corporação. A maioria dos ônibus havia sido solicitada pelo governo, além da frota de cabriolés da cidade, de acordo com as medidas de contingência destinadas a lidar com as greves de trem.

A polícia desativara as chaminés de imediato, um excelente trabalho e devido crédito às boas intenções do governo, mas os trabalhadores da fábrica ainda estavam no local, desocupados e muito impacientes, pois ninguém mencionara férias remuneradas, embora os trabalhadores sentissem claramente que as mereciam em tais circunstâncias. Também restava saber quem seria responsável por vigiar a propriedade dos srs. Bennett e Harper, e a quem caberia dar o aviso oficial para reativar as caldeiras.

O pior de tudo é que parecia haver terríveis problemas com o serviço telegráfico da polícia – interrompido, supunha-se, pela pirâmide da Agência Central de Estatística em Westminster. Devia haver problemas ali por conta do Fedor, suspeitou Mallory.

– O senhor é do Departamento Especial, sr. Fraser – disse Mallory. – Por que não dá um jeito nesses broncos?

– Muito espirituoso – disse Fraser.

– Perguntei por que não vimos policiais patrulhando as ruas. Devem estar enredados em pátios de fábricas por toda a Londres!

– Parece-me estar imensamente satisfeito com a situação – disse Fraser.

– Burocratas! – Mallory zombou com entusiasmo. – Deveriam saber que isso aconteceria, se tivessem estudado direito a teoria do Catastrofismo. É uma concatenação de interações sinérgicas; o sistema todo está na rota de duplicação de período para o Caos!

– O que isso significa, por obséquio?

– Basicamente – disse Mallory, sorrindo por detrás do lenço –, em termos leigos, significa que todas as coisas ficam duas vezes pior, duas vezes mais rápidas, até que tudo desmorona por completo!

– Isso é conversa de cientista. Não supõe que tenha alguma relação com as questões reais aqui de Londres, sim?

– Pergunta muito interessante! – Mallory acenou com a cabeça. – Profundas raízes metafísicas! Se crio um modelo preciso do fenômeno, isso significa que o compreendi? Ou poderia ser mera coincidência, ou um produto artificial da técnica? É claro, como simulacionista ardente, eu mesmo deposito muita fé nos modelos criados por Máquina. Mas a doutrina pode ser questionada, não há dúvida. Questão complicada, Fraser! A espécie de coisa em que o velho Hume e o bispo Berkeley costumavam sair-se bem!

– Não está bêbado, está, senhor?

– Só um pouco alto – disse Mallory. – Alegre, pode-se dizer. – Seguiram andando, tendo a sensatez de deixar a polícia com seu tumulto.

Mallory sentiu subitamente a perda de seu bom e velho casaco militar de Wyoming. Sentiu falta do cantil, da luneta, da dureza confortável de um rifle sobre as costas. A visão de um horizonte frio, limpo e selvagem, onde a vida era vivida em sua inteireza e a morte era rápida e honesta. Desejou estar fora de Londres, mais uma vez em expedição. Poderia cancelar todos os compromissos. Poderia requerer fundos junto à Royal Society ou, melhor ainda, à Geographical. Deixaria a Inglaterra!

– Não precisa fazer isso, senhor – disse Fraser. – Poderia tornar as coisas piores, na verdade.

– Eu estava falando em voz alta?

– Um pouco, senhor. Sim.

– Onde se pode conseguir um rifle de caça de primeira nesta cidade, Fraser?

Estavam atrás do Chelsea Park agora, num lugar chamado Camera Square, onde as lojas ofereciam extravagantes produtos ópticos: calótipos, lanternas mágicas, fenacistoscópios, telescópios para amadores. Havia microscópios de brinquedo para o pequeno cientista da casa, pois os garotos sempre têm grande interesse nos animálculos a retorcerem-se na água dos lagos. As criaturas diminutas não tinham interesse prático, mas seu estudo poderia levar as mentes juvenis às doutrinas da ciência genuína. Estimulado pelo sentimento, Mallory parou diante de uma vitrine que expunha tais microscópios. Lembravam-no do velho e amável Lorde Mantell, que lhe dera seu primeiro emprego na arrumação do Museu de Lewes. De lá, passara à catalogação de ossos e ovos de pássaros e, por fim, a uma verdadeira bolsa em Cambridge. O velho

Lorde fora um tanto ávido com a vara de vidoeiro, ele agora recordava, mas provavelmente não mais do que Mallory merecia.

Um estranho zunido partia da calçada adiante. Mallory olhou nessa direção e viu um insólito vulto espectral emergindo da névoa, meio abaixado, as roupas tremulando rapidamente à sua volta, um par de bengalas enfiado sob os braços.

Mallory pulou para trás no último instante possível, quando o garoto passou por ele como um raio, soltando um uivo. Um pequeno londrino por volta dos treze anos, com botas de rodas de borracha. O garoto virou rapidamente, parou com destra derrapada e começou a subir na calçada com o apoio das bengalas. Logo um bando de garotos cercava Mallory e Fraser, saltando e gritando em diabólica alegria. Nenhum dos outros tinha calçados com rodas, mas quase todos usavam a máscara de pequeno pano quadrado que os funcionários da Agência vestiam para cuidar de suas Máquinas.

– Digam, garotos! – gritou Fraser – Onde conseguiram as máscaras?

Eles o ignoraram.

– Isso foi incrível! – gritou um deles. – Faz de novo, Bill!

Outro garoto ergueu a perna três vezes num estranho movimento ritual, depois pulou alto e gritou:

– Bosta! – Os que estavam à sua volta riram e aplaudiram.

– Acalmem-se, vocês – ordenou Fraser.

– Cara de vinagre! – um garoto malcriado escarneceu dele. – Chapéu danado de feio! – O bando inteiro desatou em estridente algazarra.

– Onde estão seus pais? – indagou Fraser. – Não deveriam estar correndo por aí com este tempo.

– Doidos e cabeçudos! – zombou o garoto de sapatos com rodas. – Avancem todos, alegre patota! Bill Pantera ordena! – Bateu repetidas vezes com as bengalas no chão. Os outros seguiram gritando e fazendo estardalhaço.

– Bem vestidos demais para serem garotos de rua – observou Mallory.

Os meninos tinham corrido por curta distância e preparavam-se para o jogo do estala-chicote. Rapidamente, cada criança segurou a outra pelo braço, formando uma cadeia. O garoto sobre rodas ficou na ponta da fila.

– Não gosto do que vejo – murmurou Mallory.

A cadeia de garotos volteou pela Camera Square, cada elo acumulando impulso, e de repente o garoto com rodas nos pés lançou-se para fora do grupo tal pedra partindo duma catapulta. Ele saiu deslizando com um grito de endiabrada alegria, bateu em alguma descontinuidade da calçada e tropeçou, caindo de cabeça numa placa de vidro.

Cacos de vidro romperam-se na entrada de uma loja, desabando como lâminas de guilhotina.

O jovem Bill Pantera estava caído na calçada, parecendo inconsciente ou morto. Seguiu-se um momento terrível de choque silencioso.

– Tesouro! – um dos garotos gritou em tom agudo. Com gritos enlouquecidos, o bando avançou com dificuldade até a frente quebrada da loja e começou a catar todos os itens à vista: telescópios, tripés, tubos de ensaio...

– Parem! – gritou Fraser. – Polícia! – Pôs a mão dentro do casaco, puxou o lenço e deu três sopros precisos no apito de polícia niquelado.

Os garotos fugiram de imediato. Alguns largaram o objeto da pilhagem, mas o restante agarrou com ferocidade o prêmio e correu como um macaco selvagem. Fraser foi atrás deles com Mallory em seus calcanhares, e chegaram à frente da loja onde Bill Pantera ainda estava caído. Ao se aproximarem, o garoto ergueu-se pelo cotovelo e meneou a cabeça ensanguentada.

– Está machucado, filho – disse Mallory.

– Estou é muito bem! – disse Bill Pantera, devagar. O couro cabeludo estava cortado até o osso e o sangue derramava sobre as orelhas. – Tirem as mãos de mim, bandoleiros mascarados!

Tardiamente, Mallory puxou o lenço do rosto e tentou sorrir para o menino.

– Está ferido, filho. Precisa de ajuda. – Junto com Fraser, inclinou-se sobre o garoto.

– Socorro! – berrou o menino. – Socorro, turma!

Mallory virou-se para olhar. Talvez um dos outros garotos poderia ser enviado a pedir auxílio.

Um cintilante caco de vidro triangular saiu girando da neblina, acertando Fraser diretamente nas costas. O policial endireitou-se num espasmo, com os olhos arregalados de choque animal.

Bill Pantera arrastou-se de gatinhas e ficou de pé num pulo, sem firmeza. Houve um novo estrondo em outra vitrine próxima, o fragor musical do vidro, e gritos de deleite.

O caco de vidro projetava-se das costas de Fraser de maneira estarrecedora. Estava incrustado nele.

– Vão matar-nos! – gritou Mallory, puxando Fraser pelo braço. Atrás dele, vidros estouravam feito bombas, alguns arremessados cegamente até estilhaçarem contra os muros, outros cascateando das barras de metal da vitrine.

– Diabos... – murmurou Fraser.

O grito de Bill Pantera reverberou através da bruma.

– Tesouro, meus camaradas! Tesouro!

– Cerre os dentes – disse Mallory. Dobrou o lenço para proteger a mãos e arrancou o caco de vidro das costas de Fraser. Para seu grande alívio, saiu inteiro. Fraser estremeceu.

Cauteloso, Mallory ajudou-o a tirar o casaco. O sangue coagulado manchava a camisa de Fraser até a cintura, embora não parecesse tão grave quanto poderia ter sido. O vidro trespassara a alça de camurça do coldre de Fraser, que prendia uma pequena, porém robusta, *pepperbox*.

– Seu coldre segurou a maior parte – disse Mallory. – Você tem um corte, mas não é profundo, não atravessou as costelas. Precisamos estancar o sangue...

– Delegacia de polícia – Fraser acenou com a cabeça –, Kings Road West. – Estava muito pálido.

Nova cascata de vidro quebrado ecoou ao longe, atrás deles. Seguiram a passo ligeiro, Fraser retraindo-se a cada passo.

– É melhor que fique comigo – disse ele. – Passe a noite na delegacia. A situação ficou muito ruim.

– Certamente – disse Mallory. – Mas não se incomode.

– Falo a sério, Mallory.

– Sem dúvida.

Duas horas depois, Mallory estava no Cremorne Gardens.

O documento em análise é uma carta holográfica. O cabeçalho foi removido, e a folha dobrada às pressas. Não há data, mas a análise holográfica confirma tratar-se da caligrafia autêntica de Edward Mallory, escrita rapidamente e em condições que sugerem alguma perda de coordenação muscular.

O material do papel, de qualidade modesta e mal amarelado pelo tempo, é do tipo de uso comum do governo em meados dos anos 1850. Sua provável origem é a delegacia de polícia da Kings Road West.

O texto, em tinta desbotada de bico de pena gasto por longo uso, diz o seguinte:

Madame,

Não contei a ninguém. Mas alguém precisa saber. Concluo que a senhorita tem de ser minha confidente, pois não há mais ninguém.

Quando fiquei com sua propriedade sob minha guarda, fi-lo por livre vontade. Seu pedido é honrado por mim como uma ordem real, e seus inimigos são, é claro, meus próprios. É o mais alto privilégio de minha vida agir como seu paladino.

Por favor, não se alarme por minha segurança. Imploro-lhe, não tome medida alguma em meu favor que possa colocá-la em perigo. Todo risco nesta batalha assumo de bom grado, mas há risco de fato. Caso o pior me aconteça, é provável que seu bem nunca seja recuperado.

Examinei os cartões. Creio ter alguma ideia de seu uso, embora estejam muito além de minhas escassas habilidades em Maquinaria. Se isso foi impertinência, peço perdão.

Envolvi os cartões com segurança em linho limpo e selei-os pessoalmente dentro de recipiente hermético de gesso. Tal recipiente é o crânio do espécime de brontossauro no Museu de Paleontologia Prática, na Jermyn Street. Sua propriedade repousa agora em perfeita segurança cerca de nove metros acima do chão. Nenhuma alma humana sabe disso, exceto a senhorita, e

O mais humilde criado de Sua Senhoria,

Edward Mallory, F.R.S., F.R.G.S.

Quarta Iteração

Sete Pragas

ESTE OBJETO É UMA PLACA FUNERÁRIA patriótica em densa porcelana branca, do tipo produzido para celebrar as mortes da realeza e de chefes de Estado. Abaixo do esmalte originalmente incolor, rachado e amarelado pelo processo do tempo, são visíveis as feições de Lorde Byron.

Dezenas de milhares desses objetos foram vendidas por toda Inglaterra durante os meses que se seguiram à morte do primeiro-ministro. As placas em si eram de fabricação padronizada, prontamente mantidas para o caso de falecimento de qualquer personalidade relativamente notável. A imagem de Byron, cercada de grinaldas, arabescos ornamentais e figuras representativas da história inicial do Partido Industrial Radical, foi gravada a pontilhismo de Máquina sobre um filme de material transparente, o qual foi transferido em seguida à placa, esmaltado e queimado.

À esquerda de Byron, entre arabescos em pontilhismo, um leão britânico coroado pousa com exuberância acima das espirais obscuras duma serpente derrotada, muito provavelmente destinada a representar a causa ludita.

Por vezes comentava-se, tanto durante como depois da chegada de Byron à liderança, que seu discurso inaugural na Câmara dos Lordes, em fevereiro de 1812, instava clemência para com os luditas. Muitos acreditam que o próprio Byron, questionado a esse respeito, teria respondido: "Mas havia luditas, senhor, e depois havia luditas." Embora tal comentário possa ser apócrifo, está inteiramente de acordo com o que se conhece da personalidade do primeiro-

-ministro, e pareceria aludir à extraordinária severidade com a qual dominou e suprimiu o movimento popular anti-industrial sediado em Manchester e liderado por Walter Gerard. Pois esta foi uma forma de o ludismo atacar não a velha ordem, mas a ordem que os próprios Rads haviam estabelecido.

Este objeto foi um dia propriedade do Inspetor Ebenezer Fraser, do Departamento Especial da Bow Street.

Mallory ficara com Fraser, observando o trabalho do cirurgião da polícia com chumaço de algodão sujo e bandagem, até ter certeza de que Fraser estava completamente distraído. Para atenuar ainda mais as evidentes suspeitas de Fraser, Mallory pedira uma folha de papel da delegacia e pôs-se à tarefa de compor uma carta.

Enquanto isso, a delegacia da Kings Road fora aos poucos ocupada por bêbados desordeiros que vociferavam e várias espécies de amotinadores. Muito interessante como fenômeno social, mas Mallory não estava com ânimo de passar a noite na cama estreita e sem graça de uma cela barulhenta. Sua vontade estava teimosamente voltada a outra espécie de coisa.

Então, pedira informações a um sargento exausto e aborrecido, anotou-as com cuidado na caderneta de campo e deixou a delegacia com cautela. Não teve dificuldades para encontrar o Cremorne Gardens.

A situação ali era bela indicativa da dinâmica da cidade em crise. Era bastante calma. Ninguém no Gardens parecia estar a par dos acontecimentos do outro lado da cidade, das ondas de choque de destruição localizada que ainda não penetravam o sistema.

E o cheiro não era tão ruim ali. O Gardens ficava em Chelsea Reach, bem acima do pior do Tâmisa. Havia leve brisa noturna vinda do rio, um tanto duvidosa, mas não totalmente desagradável, e a névoa era moderada pelos grandes ramos frondosos dos elmos antigos do Cremorne. O sol se pusera, e mil luzes a gás, turvadas, cintilavam para a alegria do público.

Mallory foi capaz de imaginar o charme bucólico dos jardins em tempos mais felizes. O local tinha vívidos canteiros de gerânio, áreas de grama bem aplainada, agradáveis coretos encobertos por trepadeiras, construções extravagantes de gesso e, é claro, o famoso Círculo de Cristal. E também a "plataforma do monstro", grande salão de baile com telhado e sem paredes por onde milhares teriam passeado, dançado valsa ou polca sobre a plataforma de madeira com marcas de sapatos. Havia barracas de bebidas no interior, e comida, e um grande panmelódio tocando uma seleção de óperas favoritas.

Não havia, no entanto, a presença de milhares nessa noite. Talvez trezentas pessoas circulassem, indiferentes, e não mais de cem eram respeitáveis. Estas cem estavam cansadas do confinamento, presumiu Mallory, ou eram casais enamorados enfrentando todos os aborrecimentos para se encontrar. Dos restantes, dois terços eram homens, mais ou menos desesperados, e prostitutas, mais ou menos desavergonhadas.

Mallory tomou mais dois uísques no bar da plataforma. O uísque era barato e tinha cheiro peculiar, corrompido pelo Fedor ou adulterado com sal volátil, potassa ou quássia. Ou talvez anamirta, pois a coisa tinha a cor de cerveja de malte ruim. As doses de uísque caíram-lhe no estômago como dois carvões em brasa.

Havia pouca gente dançando, alguns casais aventurando-se numa valsa constrangida. Mallory não era muito de dançar, mesmo nas melhores ocasiões. Observou as mulheres. Uma mulher alta, de belas formas, dançava com um cavalheiro mais velho de barba. O sujeito era robusto, e parecia acometido de gota nos joelhos, mas a mulher estava ereta como uma flecha e dançava com a graça de uma profissional, os saltos de metal das botas cintilando. O balanço das anáguas sugeria a forma e o tamanho dos quadris que estavam por baixo. Não havia ali enchimento ou barbatana. Tinha belos tornozelos sob meias vermelhas, e as saias estavam cinco centímetros acima do que permitia o decoro.

Mallory não via seu rosto.

O panmelódio começou a tocar outra melodia, mas o cavalheiro corpulento parecia sem fôlego. O par parou e afastou-se na direção de um grupo de amigos: uma mulher mais velha, de touca e aparência modesta, duas outras jovens que pareciam meretrizes iniciantes e outro cavalheiro mais velho que parecia estrangeiro e desolado, da Holanda talvez, ou de uma das Alemanhas. A dançarina conversava com as outras raparigas e jogava a cabeça para trás, como que dando risadas. Tinha belos cabelos castanhos e uma touca amarrada no pescoço, descendo até as costas. Belas e firmes costas femininas e cintura fina.

Mallory caminhou lentamente na direção deles. A garota conversava com visível entusiasmo com o estrangeiro, mas a expressão dele demonstrava relutância e aparente desdém. Ela esboçou algo como uma mesura hesitante, depois virou-se de costas para ele.

Mallory viu seu rosto pela primeira vez. Tinha estranha maxila alongada, sobrancelhas grossas e uma boca volúvel que parecia vir de soslaio, lábios emoldurados com brilho vermelho. Não era exatamente um rosto feio, mas definitivamente modesto. No entanto, havia uma expressão impetuosa e arrebatada nos olhos cinzentos e estranho aspecto voluptuoso na fisionomia que o surpreenderam naquele instante. E o corpo era esplêndido. Ele pôde vê-lo enquanto ela caminhou – deslizando, quase flutuando – até o bar. Mais uma vez, os maravilhosos quadris e a linha das costas. Ela se apoiou no balcão para motejar com o garçom, e a saia subiu atrás quase até a panturrilha sob a meia vermelha. A visão da perna musculosa excitou-o com um choque de intensa lascívia. Foi como se tivesse levado um chute daquela perna.

Mallory foi até o bar. Ela não estava de pilhéria com o garçom, mas discutindo com ele, ao modo meio angustiado, choroso, das mulheres. Ela estava com sede e não tinha dinheiro, e disse que os amigos pagariam. O garçom não acreditou, mas não o disse de forma direta.

Mallory bateu de leve no balcão com um xelim.

– Garçom, dê à dama o que ela quer.

Ela olhou-o com ofendida surpresa. Em seguida, recuperou-se, sorriu e olhou para ele entre cílios semicerrados.

– Sabe do que eu gosto mais, Nicholas? – Disse ao garçom.

Ele trouxe-lhe uma *flûte* de champanhe e retirou de Mallory o dinheiro.

– Adoro champanhe – ela disse a Mallory. – Dançamos como uma pluma quando bebemos champanhe. Você dança?

– Abominavelmente – disse Mallory. – Posso ir para casa com você?

Ela olhou-o de cima a baixo, com um movimento no canto dos lábios e malicioso sorriso, atravessado mas voluptuoso. – Responderei daqui a um minuto. – E voltou a juntar-se aos amigos.

Mallory não esperou, pois achou que poderia bem ser um engodo. Caminhou lentamente pelo passeio do monstro e olhou para outras mulheres, mas então viu a garota alta de rosto modesto acenar. Foi até ela.

– Creio que posso ir com você, mas pode não gostar – ela disse.

– Por que não gostaria? – ele disse. – Gosto de *você.*

Ela riu.

– Não me refiro a isso. Não moro aqui em Brompton; moro em Whitechapel.

– É longe.

– Os trens não estão funcionando. E não podemos mesmo tomar um cabriolé. Eu temia ter de dormir no parque!

– E quanto a seus amigos? – perguntou Mallory.

A garota jogou a cabeça para trás como se quisesse dizer que não se importava com eles. O belo pescoço revelou um pedaço de renda feita à máquina na reentrância da garganta.

– Quero voltar para Whitechapel. Pode me levar? Não tenho dinheiro algum, nem uma moeda de dois pence.

– Está bem – disse Mallory. Ofereceu-lhe o braço. – É uma caminhada de oito quilômetros... mas suas pernas são uma maravilha.

Ela pegou-lhe o cotovelo e sorriu.

– Podemos tomar o barco a vapor no píer de Cremorne.

– Oh – disse Mallory. – Descendo o Tâmisa, sim?

– Não é muito caro. – Desceram os degraus da plataforma do monstro, na direção da escuridão permeada por luzes a gás cintilantes. – Não é de Londres, é? Cavalheiro em viagem. Pode me dar um soberano se eu dormir com você?

Mallory, surpreso com a objetividade da moça, não disse nada.

– Pode ficar a noite toda – ela disse. – Tenho um quarto muito agradável.

– Sim, é isso o que quero.

Ele cambaleava um pouco no passeio de cascalhos. Ela firmou-o e, em seguida, encarou-o com audácia.

– Está um pouco embriagado, não? Mas parece bondoso. Como o chamam?

– Edward. Ned, a maioria das vezes.

– É o meu nome também! – ela disse. – Harriet Edwardes, com um "e" no final. Meu nome artístico. Mas meus amigos chamam-me Hetty.

– Tem o corpo de uma deusa, Hetty. Não me surpreende que seja uma artista.

Ela cravou-lhe os olhos cinzentos e atrevidos.

– Gosta de garotas malvadas, Ned? Espero que sim, pois estou com más intenções para esta noite.

– Gosto bastante – disse Mallory. Agarrou-a pela cintura afunilada, apertou a mão contra o seio intumescido e beijou-lhe a boca. Ela deu um gritinho surpreso e depois lhe jogou os braços em torno do pescoço. Beijaram-se longamente, abaixo da copa escura de um elmo. Ele sentiu a língua dela nos dentes.

Ela afastou-se um pouco.

– Temos de chegar em casa, Ned. Está bem?

– Está bem – ele disse, com a respiração intensa. – Mas mostre-me suas pernas agora. Por favor?

Ela olhou para os dois lados do caminho, ergueu as anáguas até os joelhos e depois as soltou.

– São uma perfeição – ele disse. – Poderia posar para pintores.

– *Já* posei para pintores – ela disse –, e não compensa.

Um barco a vapor ressoou no píer do Cremorne. Eles correram até lá e embarcaram momentos antes da partida. O esforço fez o uísque subir à cabeça de Mallory. Deu à garota um xelim para pagar a tarifa de quatro pence e encontrou uma cadeira de lona próxima à proa. A pequena balsa ganhou velocidade, as pás laterais jogando água para trás.

– Vamos entrar no salão – ela disse. – Tem bebida.

– Gosto de ver Londres.

– Creio que não vai gostar do que verá nesta viagem.

– Gostarei, se você ficar comigo – ele disse.

– Como você fala, Ned – ela disse, e riu. – Engraçado, achei que fosse policial, no início, parecia tão severo e solene. Mas policiais não falam assim, bêbados ou sóbrios.

– Não gosta de elogios?

– Não, são encantadores. Mas gosto de champanhe também.

– Um momento – disse Mallory. Estava mais embriagado do que gostaria. Levantou-se, andou até o corrimão da proa e segurou-o com força, apertando as pontas dos dedos para recuperar as sensações. – Maldita escuridão na cidade.

– Ora, é mesmo – ela disse, colocando-se ao lado dele. Ela cheirava a suor salgado, rosa-chá e boceta. Ele se perguntou se ela teria muito pêlo ali e de que cor seria. Ele desejava ardentemente ver. – Por que será, Ned?

– O quê?

– Por que está tão escuro? É a neblina?

– Luzes a gás – ele disse. – O governo tem um plano de desligar as luzes a gás porque soltam muita fumaça.

– Que inteligente da parte deles.

– Agora as pessoas estão correndo pelas ruas escuras, destruindo tudo o que veem.

– Como sabe disso?

Ele deu de ombros.

– Não é policial?

– Não, Hetty.

– Não gosto de policiais. Estão sempre falando como se soubessem coisas que você não sabe. E não contam como as sabem.

– Eu poderia contar-lhe – disse Mallory. – Eu gostaria de contar-lhe. Mas você não entenderia.

– É claro que eu entenderia, Ned – disse Hetty, com a voz tão clara quanto tinta descascada. – Adoro ouvir homens inteligentes.

– Londres é um sistema complexo fora de equilíbrio. É como... como um homem embriagado, totalmente bêbado, numa sala com garrafas de uísque. O uísque está escondido... então, o homem está sempre andando de um lado para outro, procurando-o. Quando encontra uma garrafa, bebe bastante, mas deixa-a de lado e esquece-a de imediato. Em seguida sai vagando à procura de outra, repetidas vezes.

– Depois a bebida acaba e ele tem de comprar mais – disse Hetty.

– Não. Nunca acaba. Há um demônio que repõe as garrafas de modo constante. Por isso se trata de um sistema dinâmico aberto. Ele anda sem cessar pela sala, para sempre, sem nunca saber qual poderá ser o próximo passo. Totalmente cego e alheio, anda em círculos, dá voltas e todos os movimentos que faria um patinador, mas nunca ultrapassa as fronteiras. Assim, um dia as luzes se apagam e, no mesmo instante, ele corre precipitado para fora da sala, na direção da treva exterior. E qualquer coisa pode acontecer então, absolutamente qualquer coisa, pois a treva externa é o Caos. É o Caos, Hetty.

– E gosta disso, sim?

– De quê?

– Não sei o que significa isso que acabou de dizer; mas posso ver que lhe agrada. Gosta de pensar a respeito. – Num movimento suave, muito natural, ela pôs a mão na frente das calças dele. – Não é que está rijo! – Retirou a mão e abriu um sorriso triunfal.

Mallory olhou às pressas para o convés à sua volta. Havia outras pessoas do lado de fora, dez ou mais. Parecia que nenhuma delas estava olhando, mas era difícil saber na escuridão brumosa.

– Você provoca – ele disse.

– Ponha para fora e verá como provoco.

– Prefiro esperar a hora e o local apropriados.

– Imagine só, um homem dizer isso – ela disse e riu.

As pás de roda em movimento mudaram de curso de repente. O Tâmisa enegrecido exalou uma torrente abjeta de mau cheiro junto ao som encrespado de borbulhas.

– Oh, é horrendo – gritou Hetty, colocando a mão sobre a boca. – Vamos entrar no salão, Ned, por favor!

Estranha curiosidade manteve Mallory no lugar em que estava.

– Fica ainda pior? Rio abaixo?

– Muito pior – disse Hetty, entre os dedos. – Vi gente desmaiar.

– Por que as balsas ainda estão trabalhando, então?

– Sempre estão – disse Hetty, já se virando. – São embarcações de correspondência.

– Ah – disse Mallory. – Eu poderia comprar um selo aqui?

– Lá dentro – disse Hetty –, e pode comprar algo para mim também.

Hetty acendeu uma candeia no pequeno corredor apertado de seu aposento, no andar superior da Flower-and-Dean Street. Mallory, com enérgica satisfação por estar livre do pavor da asfixia pela neblina nas ruas afastadas de Whitechapel, passou por ela com algum esforço e entrou na sala de estar. Sobre a mesa quadrada, com tampo em pranchas, havia uma pilha desordenada de tabloides ilustrados, entregues de alguma forma, apesar do Fedor. Na obscuridade, ele conseguiu distinguir encorpadas manchetes impressas à Máquina lamentando o lastimável estado de saúde do primeiro-ministro. O velho Byron estava sempre simulando doença, alguma paralisia na perna, pulmão reumatoide ou fígado cirrótico.

Hetty entrou na saleta com a candeia acesa, e rosas desbotadas floresceram no papel de parede empoeirado. Mallory deixou um soberano de ouro sobre a mesa. Detestava problemas em tais questões, e sempre pagava adiantado. Ela notou o tinido da moeda, com um sorriso. Em seguida, chutou as botas enlameadas e caminhou, oscilando, até a porta, a qual abriu com veemência. Um gato preto saiu correndo, miando, e ela fez uma festa, acariciando-o e chamando-o de Toby. Deixou-o sair pela escada. Mallory observou-a, resoluto e infeliz em sua paciência.

– Bem, agora, você – ela disse, jogando a cabeça e as tranças castanhas para trás.

O quarto era bastante pequeno e deteriorado, com uma cama de duas colunas em chapa de carvalho e um alto espelho móvel embaçado, que parecia um dia ter custado algum dinheiro. Hetty colocou a candeia sobre o compensado de uma cômoda de cabeceira em lâminas separadas e começou a abrir os botões de sua blusa. Retirou os braços das mangas e jogou a peça para o lado, como se roupas fossem apenas um incômodo para ela. Livrou-se da saia com habilidade e começou a remover o espartilho e uma anágua rija e amarrotada.

– Não usa crinolina – comentou Mallory, rouco.

– Não gosto. – Ela puxou o cós da anágua e colocou-a de lado. Segurou com destreza os ganchos de arame do espartilho e afrouxou os cordões, depois o passou por cima dos quadris e ficou parada ali, respirando aliviada, apenas com a combinação de renda.

Mallory tirou o casaco e os sapatos. O membro apertava os botões da braguilha. Estava ansioso para retirá-lo das calças, mas não desejava desfilar com o pau ereto à luz da lamparina.

Hetty pulou na cama com a combinação, e as molas gastas reclamaram alto. Mallory sentou-se na beira da cama, que cheirava fortemente a água de flor de laranjeira barata e a suor de Hetty, e tirou as calças e as roupas de baixo, ficando de camisa.

Inclinando-se para fora da cama, ele desabotoou um compartimento da cinta porta-dinheiro e retirou uma camisa de vênus.

– Usarei armadura, querida – ele murmurou. – Está bem assim?

Hetty ergueu-se, animada, apoiando-se nos cotovelos.

– Deixa-me ver, então.

Mallory mostrou-lhe a membrana de tripa de carneiro.

– Não é daquelas esquisitas – observou ela, com evidente alívio. – Faça como quiser, querido.

Mallory assentou com cautela o artifício sobre a pele tesa do membro. Assim era melhor, pensou Mallory, feliz pelo ato de precaução. Parecia-lhe mais que sabia o que estava fazendo ali, e que estaria seguro, afinal, e também teria o que pagara. Entrou debaixo do lençol desbotado.

Hetty passou-lhe os fortes braços pela nuca e beijou-o com ímpeto, como se a intenção fosse grudar nele a bocarra torta. Mallory, surpreso, sentiu a língua dela se retorcer em seus dentes tal enguia quente e escorregadia. A estranha sensação tinha o poder de estimular sua virilidade. Movimentou-se com esforço sobre ela, maravilhado com o corpo firme da mulher através do véu fino e obsceno da combinação, e abriu caminho até estar a peça acima da cintura dela. Hetty soltou gemidos entusiasmados enquanto Mallory andava às apalpadelas na lã úmida entre suas pernas. Por fim, parecendo impaciente, Hetty estendeu a mão sem cerimônias e enfiou o pinto dele em sua boceta.

Ela parou de chupar-lhe a boca quando começaram o coito. Logo estavam respirando tal *gurneys* a vapor, e a cama rangendo e sacudindo sob eles como um panmelódio desafinado.

– Oh, Ned, querido! – ela gritou de repente, fincando oito unhas afiadas nas costas dele. – Que ótimo e grande! Eu vou gozar! – E ela contorceu-se debaixo dele numa semiconvulsão. Abalado por ouvir uma mulher falar de forma direta em meio à cópula carnal, ele gozou de modo abrupto, como se o sêmen fora arrancado contra a vontade de seu corpo pela irrupção rígida e lasciva dos quadris dela.

Após um momento silencioso e ofegante, Hetty beijou-lhe o rosto barbado com a expressão meio tímida e com o pestanejo de uma mulher conquistada pelo desejo.

– Foi muito bom mesmo, Ned. De fato sabe como fazê-lo. Agora, vamos comer algo, sim? Estou morrendo de fome.

– Ótimo – disse Mallory, rolando para fora do ninho suado dos quadris dela. Sentiu-se grato a ela, como sempre sentia com qualquer mulher que o obsequiava, e um pouco envergonhado de si mesmo, e dela também. Mas igualmente faminto. Não comia há muitas horas.

– Podemos pedir um belo *petit-souper* lá embaixo, no Hart. A sra. Cairns pode mandar trazer. É a minha senhoria, que mora aqui ao lado.

– Excelente – disse Mallory.

– Terá de pagá-la e dar uma gorjeta, no entanto. – Hetty saiu da cama, a combinação enrugada para cima. Puxou a peça, mas a breve visão de seu magnífico dorso provocou nele uma onda de gratificante fascinação. Ela bateu na parede do quarto com as juntas dos dedos, num rápido *staccato*. Depois de demorado momento, ouviu-se uma batida em resposta.

– Sua amiga fica acordada até esta hora? – disse Mallory.

– Está acostumada com este tipo de trabalho – disse-lhe Hetty, voltando para a cama com o coro de rangidos. – Nunca se preocupe com a sra. Cairns. Ela revira o pobre marido toda quarta-feira e mantém o prédio todo acordado.

Mallory removeu com cautela a camisa de vênus, que se alargara mas não estava rasgada, e jogou-a no urinol.

– Abrimos a janela? O calor está infernal...

– Não, não deixe o Fedor entrar, querido! – Hetty abriu largo sorriso à luz da lamparina e coçou-se sob o lençol. – Seja como for, as janelas não abrem.

– Por que não?

– Os caixilhos estão todos bem pregados. A moça que morava aqui, no inverno passado... Criaturinha estranha, com ar pomposo e refinado da *gentry*, mas terrivelmente amedrontada de seus inimigos. Fechou todas as janelas com pregos, creio. Acabaram levando-a, ainda assim, pobre criatura.

– Como aconteceu, então? – perguntou Mallory.

– Ah, ela nunca trazia seus homens aqui, não que eu tenha visto; mas os policiais acabaram batendo à nossa porta, procurando por ela, agentes especiais, se é que sabe de que espécie falo. E maltrataram-me também, os desgraçados, como se eu soubesse o que ela fazia ou quem eram seus amigos. Eu nem sequer sabia seu nome verdadeiro. Sybil alguma coisa. Sybil Jones.

Mallory puxou a barba.

– E *o que* ela fazia, essa Sybil Jones?

– Teve um filho de um membro do Parlamento, quando mais jovem – disse Hetty. – O nome do sujeito era, bem, duvido que queira saber. Ela era a meretriz de um político, e costumava cantar de vez em quando. Eu sou uma meretriz que posa. *Connaissez-vous poses plastiques?*

– Não. – Mallory notou sem surpresa que uma pulga pulara sobre seu joelho nu. Num gesto sanguinário, prendeu-a e esmagou-a entre as unhas dos polegares.

– Vestimos *collants* cor da pele e ficamos sem fazer nada, deixando que os cavalheiros admirem-nos. A sra. Winterhalter... Você a viu esta noite em Cremorne... É minha agente, como dizem. O movimento estava um horror esta noite, e aqueles diplomatas suecos que falavam com a gente estavam apertados tal cu de galinha. Então, foi sorte minha que você tenha aparecido.

Ouviu-se uma batida à porta do corredor. Hetty levantou-se.

– *Donnez-moi* quatro xelins – ela disse. Mallory deu-lhe algumas moedas, que desapareceram quase no mesmo instante em que ela retirou-se. Hetty retornou com uma bandeja laqueada, amassada e com rachaduras e exibiu um pão deformado, um pedaço de presunto, mostarda, quatro salsichas fritas e meia garrafa empoeirada de champanhe morno.

Após encher duas *flûtes* de champanhe, ela começou a comer a ceia, com muita compostura, sem falar. Mallory tinha o olhar fixo nos braços e ombros sardentos e no volume dos seios pesados, de mamilos escuros sob a fina combinação, e refletiu um pouco sobre a singeleza do rosto. Bebeu uma taça do champanhe acre e ruim e comeu o presunto esverdeado em famintas bocadas.

Hetty terminou as salsichas. Então, com um sorriso torto, saiu da cama e agachou-se ao lado, levantando a combinação até a cintura.

– O champanhe desce direto pela gente, não? Preciso do penico. Não olhe, a menos que queira. – Mallory olhou para o lado, por educação, e escutou o estrépito do xixi.

– Vamos lavar-nos – ela disse. – Pegarei uma bacia. – Voltou com uma tina esmaltada com água malcheirosa de Londres e esfregou em si uma esponja.

– Suas formas são esplêndidas – disse Mallory. As mãos e os pés dela eram pequenos, mas a harmonia arredondada das panturrilhas e coxas eram maravilhas da anatomia mamífera. As grandes nádegas firmes eram impecáveis. Pareciam a ele estranhamente familiares, como as nádegas de mulheres brancas que vira em dezenas de pinturas históricas. Ocorreu-lhe ser provável que fossem exatamente as mesmas. A boceta de belos lábios era coberta por pelos castanhos avermelhados.

Ela sorriu ao olhar dele.

– Gostaria de ver-me nua?

– Muito.

– Por um xelim?

– Está bem.

Ela livrou-se da combinação com evidente alívio, o suor acumulado por todo o corpo. Passou a esponja nas axilas molhadas, num gesto suave.

– Consigo manter-me numa pose, sem me mover, por cinco minutos completos de cada vez – ela disse, engolindo um pouco as palavras. Havia bebido quase todo o champanhe. – Tem relógio? Dez xelins e eu o faço! Aposta que consigo?

– Tenho certeza de que consegue – disse Mallory.

Hetty curvou-se com graça, segurou o tornozelo esquerdo e ergueu-o acima da cabeça, sem dobrar o joelho. Começou a girar lentamente, arrastando o calcanhar e o dedo do pé.

– Gosta?

– Maravilhoso – disse Mallory, deslumbrado.

– Olhe, consigo pôr as duas mãos inteiras no chão – ela disse, curvando-se à cintura. – A maioria das garotas de Londres é tão acanhada que quebraria ao meio se tentasse fazer isto. – Em seguida, desceu ao chão e fez um espacate, e olhou para ele bêbada e triunfante.

– Eu não vivia até vir a Londres – disse Mallory.

– Tire a camisa, então, e vamos foder nus em pelo. – Seu rosto de queixo alongado tinha expressão excitada, os olhos cinzas salientes. Mallory tirou a camisa. Ela avançou em sua direção com a tina esmaltada. – Trepar pelados é ótimo numa noite de calor brutal como esta. Eu *sempre* gosto de trepar nua. Nossa, você tem um corpo firme e bonito, e gosto de homens peludos. Vamos dar uma olhada no seu pinto. – Ela agarrou-o sem rodeios, afastou-lhe a pele e examinou-o. Depois o molhou na bacia. – Não está doente, querido... não há nada de errado com você, ele está ótimo. Por que não me foder sem aquela horrível pele de linguiça e economizar nove pence?

– Nove pence não é muito – disse Mallory. Vestiu outra camisa de vênus, depois montou nela. Penetrou-a despido, suando como um ferreiro. O suor pingava de ambos, com forte cheiro de champanhe ruim, mas a pele grudenta das grandes tetas parecia bastante fresca contra o peito nu dele. Ela acompanhou o galope sob ele, os olhos fechados e a língua aparecendo no canto da boca torta, e fincou os calcanhares no traseiro dele. Finalmente, ele gozou, gemendo entre dentes cerrados mediante o fluxo ardente em seu pênis. Um bramido soou em seus ouvidos.

– É um demônio obsceno, meu Ned, e infalível. – O pescoço e os ombros dela estavam vermelhos do calor pruriginoso.

– Assim como você – disse Mallory, ofegante.

– Eu sou, meu querido, e gosto de fazer sexo com um homem que sabe como tratar uma garota. Vamos tomar uma boa cerveja engarrafada, então. Mais refrescante que aquele champanhe.

– Está bem, ótimo.

– E papirosi. Gosta de papirosi?

– O que é isso, exatamente?

– Cigarros turcos, da Crimeia. Estão na moda, desde a guerra.

– Fuma tabaco? – ele perguntou, surpreso.

– Aprendi com Gabrielle – ela disse, levantando-se. – Gabrielle morou aqui após Sybil sair. Era francesa de Marselha. Mas tomou um navio para o México francês no mês passado, com um de seus soldados da embaixada. Casou-se com ele, a sortuda. – Hetty envolveu-se num penhoar de seda amarela. À luz da lamparina, parecia uma vestimenta fina, apesar das barras desfiadas. – Era doce, a Gabrielle. *Donnez-moir* quatro xelins, querido. Não, cinco.

– Tem troco para uma nota de uma libra? – disse Mallory. Hetty deu-lhe quinze xelins, com expressão aborrecida, e desapareceu na sala de estar.

Ficou ausente por longo tempo – conversando com a sua Senhoria, pareceu. Mallory ficou deitado à vontade, ouvindo estranhos ecos distantes da grande metrópole: campainhas tocando, gritos agudos ao longe, estrondos que poderiam ser tiros. Estava bêbado feito um lorde, parecia, e sentir-se um lorde era extremamente agradável. O peso logo retornaria ao coração, redobrado, sem dúvida, pelo pecado, mas por ora o prazer carnal o elevara, e ele sentia-se completamente livre, leve como uma pluma.

Hetty retornou carregando um engradado de arame cheio de garrafas com uma das mãos, e pitando um cigarro com a outra.

– Demorou – ele disse.

Ela deu de ombros.

– Pequeno problema lá embaixo. Uns brigões. – Colocou o engradado no chão, puxou uma garrafa e lançou-a para ele. – Veja que fresca... são as que ficam na adega. Ótimo, não?

Mallory desprendeu a complexa tampa de porcelana, cortiça e alavanca de arame, e bebeu com avidez. CERVEJA DE NEWCASTLE, estava escrito na garrafa, com letras em relevo no vidro. Uma cervejaria moderna onde fabricavam a bebida em enormes tonéis de aço quase do tamanho de um couraçado de batalha. Excelente cerveja feita à máquina, isenta de qualquer mácula fraudulenta de jalapa ou anamirta.

Hetty entrou debaixo do lençol com seu robe, deu o último trago da garrafa e abriu outra.

– Tire o robe – disse Mallory.

– Não me deu meu xelim.

– Aqui está, então.

Ela enfiou a moeda debaixo do colchão e sorriu.

– Você é danado, Neddie. Gosto de você. – Ela tirou o robe, atirou-o no cabide de ferro atrás da porta, errou o alvo. – Estou com uma disposição fora do comum hoje. Vamos de novo.

– Num instante – disse Mallory, e bocejou. Suas pálpebras ficaram pesadas de repente, granulosas. A parte de trás da cabeça latejava, onde Velasco o acertara, o que parecia fazer séculos. Parecia fazer séculos desde que fizera qualquer coisa a não ser beber e copular.

Hetty pegou em seu pênis mole e começou a acariciá-lo.

– Quando foi a última vez em que esteve com uma mulher, Ned?

– Hm... dois meses, acho. Três.

– E quem era ela?

– Ela era... – Havia sido uma prostituta no Canadá, mas Mallory parou de repente. – Por que pergunta?

– Conte-me. Gosto de ouvir isso. Gosto de saber o que os grã-finos fazem.

– Não sei nada sobre isso. Tampouco você, imagino.

Hetty soltou o pênis dele e cruzou os braços. Recostou-se na cabeceira da cama, depois acendeu outro papirosi, raspando o fósforo num pedaço áspero de gesso. Soprou fumaça pelo nariz de estranho formato – uma visão desconcertante, para Mallory.

– Pensa que não sei de nada – ela disse. – Ouvi coisas que você não imagina, aposto.

– Sem dúvida – disse Mallory, educadamente. Terminou sua cerveja.

– Sabia que Lady Byron açoita o marido nua? O pau dele não levanta se ela não bater no traseiro dele com um chicote de montaria alemão, e ouvi isso direto de um policial que foi um doce comigo, que soube de um conceituado serviçal da casa!

– Ah, sim?

– A família Byron é terrivelmente obscena e pervertida até a raiz. Ele está velho demais agora, mas nos tempos de mocidade Lorde Byron comeria uma ovelha. Foderia uma moita se achasse haver ali uma ovelha! E a esposa não é nada melhor. Não fornica com outros homens, mas é adepta do açoite.

– Notável – disse Mallory. – E quanto à filha deles, então?

Hetty não disse nada por um momento. Ele surpreendeu-se com a gravidade de sua expressão.

– É uma sonsa, Ada. É a maior prostituta de Londres.

– Por que diz isso?

– Porque vai para a cama com quem bem entende, e não há quem ouse espiar o que faz. Esteve com metade da Câmara dos Lordes, e todos eles ficam grudados na barra de sua saia como garotinhos. E denominam-se os favoritos dela, seus paladinos, e se qualquer homem falta com a palavra e ousa pronunciar algo contra ela, os outros cuidam para que esse tenha muito amargo fim.

Todos se juntam ao redor dela e protegem-na, adorando-a tal como os padres católicos fazem com a Madona.

Mallory soltou um grunhido. Tratava-se de conversa de meretriz, algo inapropriado de se dizer. Ele sabia que Lady Ada tinha seus galanteadores, mas a ideia de que se deixasse possuir por homens, de que havia esfregações e gozos, cacetes e bocetas no leito matemático da Rainha das Máquinas... Melhor não pensar a respeito. A cabeça revirou como se houvesse bebido uísque.

– Seu conhecimento é impressionante, Hetty – murmurou Mallory. – De fato, domina os dados de seu ofício...

Hetty, que bebia avidamente outra garrafa de cerveja, soltou uma gargalhada explosiva. A espuma esguichou sobre o peito.

– Ai, Deus – ela disse, tossindo, esfregando os seios. – Nossa, Neddie, como você fala. Veja o que me fez.

– Sinto muito – disse Mallory.

Ela deu-lhe um sorriso zombeteiro e pegou o cigarro aceso na beira da cômoda.

– Pegue o pano e dê uma boa lavada neles – sugeriu. – Aposto que gostaria, hein?

Sem dizer palavra, Mallory inclinou-se e deu início à tarefa. Apanhou a bacia e embebeu a toalha de rosto para então friccionar o tecido molhado cuidadosamente nos seios e na elevação branca e carnuda da barriga ao redor da covinha do umbigo. Hetty observou com olhos semicerrados, tragando o cigarro e batendo a cinza no chão, como se seu corpo pertencesse a outra pessoa. Após algum tempo, pegou-lhe o pênis em silêncio, num incitante movimento para a frente e para trás, enquanto ele passava o pano em suas pernas.

Mallory vestiu outra proteção, um tanto desajeitado, quase perdendo a ereção ao fazê-lo. Para seu alívio, conseguiu penetrá-la, e logo recuperou a rigidez em meio à carne acolhedora, e investiu nela com força, bêbado e cansado, com uma dor nos braços, nos pulsos e nas costas, e com um estranho e aflitivo formigamento na base do pênis. A glande estava bastante sensível, quase dolorosamente tenra dentro de sua armadura de tripa de ovelha, e gozar parecia tão difícil e complicado quanto remover um prego enferrujado. As molas da cama rangiam tal campo repleto de grilos metálicos. No meio do caminho, Mallory sentiu como se houvesse corrido quilômetros, e Hetty, cujo cigarro apagado queimara a cômoda, parecia extasiada, quiçá apenas aturdida, ou embriagada. Por um momento, passou-lhe pela cabeça simplesmente parar, interromper, dizer a ela que, por algum motivo, simplesmente não estava funcionando, mas sequer era capaz de começar a encontrar as palavras que explicassem de maneira satisfatória a situação, e assim, prosseguiu. A mente vagou, para outra mulher, uma prima, moça ruiva que ele vira copulando atrás de uma cerca viva em Sussex, quando subira numa árvore ainda garoto, em busca de ovos de cuco. A prima ruiva casara-se com o homem, e estava com quarenta anos agora, e filhos criados, uma mulherzinha respeitável com sua touca respeitável, mas sempre que a via Mallory se lembrava da expressão de prazer desvirtuado no rosto sardento. Agarrou-se à imagem secreta como um galeote agarrava-se ao remo, e avançou obstinadamente na direção do clímax. Finalmente, sobreveio a sensação de clímax e derretimento no púbis que lhe dizia que o gozo estava próximo, que nada o deteria, e arremeteu com novo desespero, ofegando intensamente, e o impulso torturante do gozo subiu-lhe pela espinha tal foguete, uma onda de revoltante prazer nos braços, nas pernas e até mesmo nas solas nuas dos pés paralisados pela cãibra, e ele gritou, um gemido alto, bestial, extático, que o surpreendeu.

– Senhor – comentou Hetty.

Mallory desmoronou fora dela e permaneceu bufando como um cetáceo encalhado no ar fétido. Seus músculos pareciam de borracha, e ele suara metade do uísque pela pura agitação. A sensação era profundamente maravilhosa. Ele sentia-se disposto a morrer. Se o oportunista aparecesse e atirasse nele ali mesmo, seria de alguma forma bem-vindo, pois Mallory acolheria a oportunidade de nunca mais deixar aquele platô de sensibilidade, a oportunidade de nunca mais voltar a ser Edward Mallory, mas apenas uma esplêndida criatura submersa em boceta e rosa-chá.

Mas após um momento, a sensação desaparecera, e ele era Mallory novamente. Demasiadamente atônito para qualquer refinada demonstração de culpa ou arrependimento. Ainda assim, Mallory sentia-se pronto para partir. Alguma crise tácita passara, e o episódio chegara ao fim. Estava ele simplesmente cansado demais para mover-se ainda, mas sabia que estava prestes a fazê-lo. O quarto da prostituta não lhe parecia mais uma espécie de abrigo. As paredes pareciam irreais, meras abstrações matemáticas, fronteiras agora incapazes de restringirem-lhe o impulso.

– Vamos dormir um pouco – disse Hetty, as palavras enodoadas de álcool e exaustão.

– Está bem. – Com sensatez, ele colocou a caixa de fósforos em distância segura, apagou a lamparina e ficou deitado na cálida escuridão londrina, tal alma platônica suspensa. Repousou, de olhos abertos, com uma pulga alimentando-se no seu tornozelo com vagarosa precisão. Não dormiu, exatamente, mas descansou por tempo indefinido. Quando a mente começou a girar em círculos, acendeu e fumou um dos cigarros de Hetty, prazeroso ritual, ainda que um tanto desprovido de sentido no que concernia ao uso apropriado do tabaco. Depois se levantou e urinou no penico, guiado pelo tato. Havia cerveja derramada no chão ali, ou talvez fosse outra coisa. Gostaria de ter limpado os pés, mas pareceu não fazer sentido.

Esperou que algo semelhante ao amanhecer aparecesse no batente gasto e encardido de Hetty, que dava, de modo deprimente, para um muro próximo. Por fim, veio um brilho frágil, nem um pouco parecido com decente luz do dia. Estava sóbrio agora, e sedento, como se a cabeça estivesse recheada de algodão-pólvora. Não era de todo ruim, na verdade, se não a movesse de forma brusca, mas cheia de latejos premonitórios.

Acendeu a vela de cabeceira, encontrou sua camisa. Hetty despertou com um gemido e ficou olhando para ele, os cabelos emaranhados e suados, os olhos salientes numa expressão que quase o amendrontou... *ellynge,* como se dizia em Sussex... sinistra.

– Você não vai embora – ela disse.

– Vou.

– Por quê? Está tão escuro, ainda.

– Prefiro sair cedo. – Ele fez uma pausa. – Velho hábito de acampamento.

Hetty bufou.

– Volte para a cama, meu bravo soldado, não seja tolo. Fique um pouco mais. Vamos lavar-nos e tomar o café da manhã. Pode pagar, não? Um bom e farto café da manhã?

– Melhor não. Está tarde, tenho de ir, tenho trabalho.

– Tarde por quê? – ela bocejou. – Nem sequer amanheceu ainda.

– Está tarde. Tenho certeza disso.

– O que diz o Big Ben?

– Não ouvi o Big Ben em nenhum momento da noite – disse Mallory, surpreso com a constatação. – O governo desativou-o, imagino.

A leve especulação pareceu alarmar Hetty vagamente.

– Café da manhã francês, então – ela sugeriu –, enviado lá de baixo para cá. Doces, bule de café. É barato.

Ele balançou a cabeça.

Hetty parou, estreitou os olhos. A recusa pereceu tê-la chocado. Sentou-se, a cama rangendo, e puxou os cabelos desordenados.

– Não saia, o tempo está horrível. Se não consegue dormir, querido, vamos foder, então.

– Creio que não consigo.

– Sei que gostou de mim, Neddie. – Ela ergueu o lençol molhado de suor. – Venha e passe a mão por todo o meu corpo, isso vai fazê-lo ficar de pé. – Ficou ali, esperando, com o lençol levantado.

Mallory, não disposto a desapontá-la, foi em sua direção, acariciou-lhe os adoráveis quadris e apalpou a maciez sedutora dos seios. O corpo dela deleitou o seu toque, mas o pênis, embora excitado, não levantou.

– Realmente tenho de ir – ele disse.

– Ficará de pé de novo, se esperar um pouco.

– Não posso ficar mais.

– Eu não o faria se não fosse um homem tão amável – disse Hetty, lentamente –, mas posso fazê-lo levantar agora mesmo se quiser; *connaissez-vous la belle gamahuche?*

– E o que é isso?

– Bem – ela disse –, se tivesse ficado com Gabrielle em vez de mim, saberia a esta altura; ela sempre o fazia com seus homens, e dizia que eles eram loucos por isso; é o que chamam de "gamahuchar", o prazer francês.

– Não tenho certeza se entendi.

– Chupar o pau.

– Ah. Isso. – Ele ouvira o termo, embora apenas como a espécie mais indecente de xingamento, e ficou espantado ao ver-se numa situação em que poderia ser realizado como ato físico. Puxou a barba. – Ah... quanto custaria?

– Não faria por dinheiro algum, para certos homens – ela garantiu –, mas gosto mesmo de você, Ned, e para você, eu o faria.

– Quanto?

Ela hesitou.

– Dez xelins?

Meia libra.

– Creio que não – ele disse.

– Bem, está certo, cinco xelins se não gozar lá. Mas tem de prometê-lo, e estou falando a sério.

As implicações de tal proposta causaram-lhe requintada aversão.

– Não, não estou interessado. – Começou a vestir-se.

– Voltará, então? Quando virá para me ver?

– Em breve.

Ela suspirou, sabendo que ele mentia.

– Vá, então, se precisa. Mas ouça, Neddie, sei que gostou de mim. E não me lembro de seu nome exatamente, mas sei que vi seu retrato nos jornais. É um cientista famoso, e tem um bocado de dinheiro. Estou certa quanto a isso, não?

Mallory nada disse.

Ela apressou-se.

– Um sujeito como você pode ter sérios problemas com o tipo errado de garota londrina. Mas está totalmente seguro com Hetty Edwardes, pois só me encontro com cavalheiros, e sou muito discreta.

– Tenho certeza disso – disse Mallory, vestindo-se às pressas.

– Danço às terças e quintas no Teatro Pantascópico, em Haymarket. Irá ver-me?

– Se estiver em Londres.

Deixou-a em seguida e saiu do lugar guiado pelo tato. Ao seguir apressado até a escada, arranhou a canela no pedal de uma bicicleta acorrentada.

O céu sobre o Hart não se parecia com nada que Mallory já vira, mas ele o conhecia. Vira tal céu em sua imaginação, um domo rebaixado, transbordando de lixo explosivo, inundado de poeira obstrutiva – um céu que era o próprio arauto da Catástrofe.

Pela obscuridade crepuscular do sol totalmente elevado, ele supôs serem quase oito horas. A manhã viera, mas sem trazer o dia. Os leviatãs da terra tinham visto esse mesmo céu, ele sabia, após o choque decisivo do Grande Cometa. Para os bandos miseráveis, avançando sem cessar pelas selvas fervilhantes, impulsionados sempre pela fome poderosa em suas enormes barrigas em fermentação, esse fora o céu do Armagedom. Tempestades de Cataclismo açoitaram a terra cretácea, vastos incêndios arderam e granulações cometárias espalhavam-se pela atmosfera encrespada, secando e matando a folhagem murcha até que os poderosos dinossauros, adaptados a um mundo agora arruinado, entraram em extinção, e os mecanismos dos saltos evolutivos foram desatados para repovoar a Terra com novas e estranhas ordens de existência.

Ele desceu a Flower-and-Dean Street a passos arrastados, atemorizado, tossindo. Não era capaz de enxergar dez metros adiante, pois o beco estava obscurecido por uma névoa amarelada que lhe turvava a visão com seu odor ácido e penetrante.

Mais por sorte que por intenção, ele foi sair na Commercial Street, normalmente uma exuberante avenida de Whitechapel. Agora deserta, o liso macadame estava repleto de cacos de vidro caídos das vitrines.

Andou por uma quadra, depois mais outra. As pedras do pavimento, desenterradas de ruas secundárias, haviam sido arremessadas de um lado para o outro, tal chuva de meteoros. Um aparente furacão descera numa mercearia próxima, deixando a rua com montes sujos de farinha e açúcar até os tornozelos. Mallory passou com dificuldade entre repolhos esfacelados e ameixas esmagadas, potes despedaçados de pêssego em calda e presuntos defumados inteiros chutados feito bolas de futebol. As áreas em que a farinha espalhara-se acusavam uma debandada de chancas masculinas, pequenos pés descalços dos meninos de rua, traços delicados de sapatos femininos e do arrastamento da barra de suas saias.

Quatro vultos encobertos pela neblina, três homens e uma mulher, todos vestidos de modo respeitável, todos cuidadosamente protegidos por máscaras de pano grosso, despontaram, avançando com dificuldade. Ao notar a presença dele, atravessaram a rua deliberadamente. Moviam-se devagar, sem pressa, falando em tom baixo.

Mallory prosseguiu, com o ruído de lascas de vidro sob a sola dos sapatos. Meyer Mobílias Nobres, Armarinhos Peterson e Lavanderia Pneumatique Parisiense LaGrange, todos estavam com a frente destruídas e portas arrancadas das dobradiças. As fachadas haviam sido completamente bombardeadas por pedras, tijolos e ovos.

Apareceu então um grupo mais coeso. Homens e garotos, alguns empurrando carrinhos de mão lotados, embora estivesse claro que não eram vendedores ambulantes. Com as máscaras, pareciam cansados, preocupados, lúgubres, como se estivessem num funeral. Em sua caminhada a esmo reduziram o passo diante de uma sapataria saqueada e cataram calçados dispersos com o parco entusiasmo dos necrófagos.

Mallory deu-se conta de que havia sido um insensato. Enquanto chafurdara em negligente devassidão, Londres tornara-se um local de anarquia. Deveria estar em casa, na pacata Sussex, com a família. Deveria estar se preparando para o casamento da pequena Madeline, no ar puro do campo, perto dos irmãos e das irmãs, com a boa comida caseira e bebida honesta. Foi tomado por súbita angústia de saudade, e perguntou-se que amálgama caótico de luxúria, ambição e incidentes haviam-no deixado em isolamento naquele lugar terrível e cruel. Perguntou-se o quê, exatamente, estaria fazendo a família naquele momento.

Num sobressalto, lembrou-se do relógio de Madeline. O presente de casamento da irmã estava em seu estojo com fecho de latão no cofre do Palácio de Paleontologia. O adorável e elegante relógio da querida Madeline, agora, de modo tão grotesco, fora de seu alcance. O Palácio ficava a dez quilômetros de Whitechapel. Dez quilômetros de caos perturbador.

Deve haver algum caminho de volta, algum modo de atravessar tal distância, certamente. Mallory perguntou-se se algum dos trens da cidade estava em funcionamento, ou os ônibus. Um coche, quem sabe? Os cavalos ficariam sufocados nesta névoa imunda. Ele teria de ir a pé. Provavelmente, qualquer esforço para atravessar Londres seria insensato, e provavelmente o mais ajuizado seria esconder-se em algum porão sossegado, tal um rato, esperando que a Catástrofe passasse. No entanto, Mallory notou que seus ombros estavam retos, e que as pernas marchavam adiante por conta própria. Até mesmo o latejo na cabeça estorricada começou a passar à medida que suas faculdades mentais concentraram-se num objetivo. Voltar ao Palácio. Voltar à sua vida.

– Alô! Diga lá, senhor! – A voz ecoou acima da cabeça de Mallory como o grito de uma consciência pesada. Ele ergueu a cabeça, assustado.

De uma janela do terceiro andar da Jackson Bros. Peleiros & Chapeleiros, projetava-se o cano preto de um rifle. Atrás dele, Mallory conseguiu discernir a cabeça calva de um balconista de óculos, debruçando-se agora na janela aberta, revelando uma camisa listrada e suspensórios escarlates.

– Posso lhe ser útil? – gritou Mallory, a frase saída por reflexo.

– Obrigado, senhor! – gritou o balconista, a voz falhando. – O senhor poderia, por favor, verificar a nossa porta aí... logo ao lado, abaixo dos degraus? Acredito que... pode haver alguém ferido!

Mallory acenou com a mão em resposta e foi até a entrada da loja. As portas duplas estavam inteiras, mas muito danificadas, com restos de ovos quebrados pingando. Um jovem com blusa de marinheiro listrada e calças boca de sino estava caído ali, rosto para baixo, um pé de cabra de ferro forjado próximo à mão.

Mallory agarrou o ombro da blusa rústica do marinheiro e virou-o. Uma bala atingira-o, atravessando a garganta. Estava deveras morto, e o nariz fora amassado para um lado pelo pavimento, conferindo aspecto bizarro ao rosto jovem e sem marcas de sangue, de modo que parecia vindo de uma terra desconhecida de navegadores albinos.

Mallory ergueu-se.

– Você matou-o! – gritou para o alto.

O balconista, aparentemente aturdido, começou a tossir alto, não deu resposta alguma.

Mallory avistou a coronha de madeira de uma pistola enfiada na faixa amarrada com nó intricado; ele puxou-a. Um revólver de fabricação desconhecida, com o tambor entalhado e sulcado de forma curiosa. O longo cano octogonal, com uma espécie de pistão saliente, fedia à pólvora. Olhou para a porta danificada da pelaria. Era evidente que uma turba estivera ali, uma turba armada, inclinada à pior espécie de afronta. Os patifes deviam ter-se dispersado quando o marinheiro levou o tiro.

Andou até a rua e acenou com a arma.

– O tratante estava armado! – gritou. – Fizeste bem em...

Uma bala do rifle do balconista sibilou ao ricochetear num degrau de cimento, branqueando-o com o impacto e não atingindo Mallory por pouco.

– Deus o castigue, seu imbecil desastrado! – berrou Mallory. – Pare com isso já!

Houve um momento de silêncio.

– Desculpe-me, senhor – gritou o balconista.

– Que diabos pensa estar fazendo?

– Pedi desculpa! Mas é melhor que jogue fora essa arma, senhor!

– Jogar fora uma ova! – bradou Mallory, colocando a pistola na cintura da calça. Intencionou exigir que o balconista descesse e cobrisse o morto de forma decente, mas mudou de ideia ao ouvir outras janelas chacoalharem em seus caixilhos, quando quatro outros canos de rifle apareceram em defesa da Jackson Bros.

Mallory recuou, mostrando as mãos vazias e ensaiando um sorriso. Quando a neblina adensou à sua volta, virou-se e correu.

Passou a movimentar-se com mais cautela, mantendo-se no centro da rua. Encontrou uma camisa de cambraia pisoteada e cortou uma das largas mangas com a pequena lâmina dentada de sua faca Sheffield. Resultou numa máscara aproveitável.

Examinou o revólver do marinheiro e arrancou do tambor uma cápsula enegrecida. Ainda tinha cinco tiros. Era uma coisa desajeitada, estrangeira, de um azul desigual, embora o mecanismo parecesse ter sido acionado com grau decente de precisão. Conseguiu ler BALLESTER-MOLINA estampado de modo indistinto na lateral do cano octogonal, mas não havia qualquer outra marcação.

Mallory foi dar na Aldgate High Street, lembrando-se dela quando da caminhada com Hetty, ao saírem do píer da ponte de Londres, ainda que parecesse, na melhor das hipóteses, mais sinistra e horrenda que à noite. A turba parecia não tê-la tocado ainda, no capricho inerente ao Caos.

Um clangor cadenciado de alarme soou, vindo da névoa atrás dele. Deu um passo para o lado e viu um *gurney* de bombeiro passar a todo vapor, as laterais pintadas de vermelho quebradas e amassadas. Alguma turba londrina atacara brutalmente os bombeiros, atacara os vigilantes e as máquinas que se mantinham firmes entre a cidade e a conflagração em massa. Pareceu-lhe o ápice da estupidez perversa, mas ainda assim, por algum motivo, não chegava a surpreendê-lo. Bombeiros exaustos, segurando-se aos estribos do *gurney*, usando máscaras de borracha bizarras com oculares brilhantes e tubos de respiração sanfonados. Mallory desejou intensamente ter uma máscara daquelas, pois seus olhos lacrimejavam tão dolorosamente que os mantinha estreitos tal pirata caricato, mas seguiu em frente.

Da Aldgate passou à Fenchurch, depois à Lombard e à Poultry Street, e ainda estava a quilômetros de seu objetivo, se é que poderia chamar assim o Palácio de Paleontologia. Sua cabeça pesava e girava sob os efeitos impertinentes do uísque ruim e do ar ainda pior, e parecia estar mais próximo do Tâmisa, pois um ar pestilento surgiu, úmido e viscoso, causando-lhe náusea.

Na Cheapside, um ônibus municipal fora virado e incendiado com os próprios carvões da caldeira. Todas as janelas haviam sido estilhaçadas, e ele queimara até restar uma carcaça enegrecida. Mallory esperou que não houvesse ninguém lá dentro. Os destroços fumegantes exalavam cheiro ruim demais para que ele pretendesse olhar mais de perto.

Havia pessoas no adro da igreja de St. Paul. O ar parecia um tanto melhor ali, pois o domo era visível e uma multidão de homens e meninos reunira-se entre as árvores. Inexplicavelmente, pareciam muitíssimo animados. Mallory percebeu, para seu espanto, que jogavam dados descaradamente nos degraus da obra prima de Wren.

Seguiu um pouco adiante, e a Cheapside estava bloqueada por aglomerações difusas de jogadores ávidos e obstinados. Círculos de velhacos brotavam do pavimento, à esquerda e à direita, homens ajoelhados, vigiando suas pilhas crescentes de moedas e cédulas. Líderes impetuosos na arte da malícia, *cockneys* durões de olhos semicerrados que pareciam ter saltado incólumes do Fedor coagulado de Londres gritavam alto, roucos, tal vendedores de rua, enquanto Mallory passava.

– Um xelim pra começar! Quem vai entrar? Quem vai entrar, pessoal? – Das rodas espalhadas vinham os gritos de triunfo da vitória, gemidos irritados, abafados pelas máscaras.

Para cada homem a jogar audaciosamente, havia três assistindo com timidez. Uma atração festiva, parecia, um parque fétido e criminoso, mas, ainda assim, uma farra londrina. Não havia polícia à vista, nem autoridade, nem decência. Mallory infiltrou-se nos esparsos agrupamentos excitados, com a mão cautelosa na coronha da pistola do marinheiro. Num beco, dois homens mascarados chutavam um terceiro, depois lhe tomaram o relógio e a carteira. Um grupo de pelo menos dez assistiam com nada além de moderado interesse.

Esses londrinos eram como um gás, pensou Mallory, uma nuvem de diminutos átomos. Ao romperem-se os laços da sociedade, eles simplesmente seguiam à deriva, como as esferas gasosas perfeitamente elásticas da Lei da Física de Boyle. A maioria parecia bastante respeitável pelos trajes. Eram dotados agora de mera indiferença, desnudados pelo Caos, até revelarem o vazio moral. A maioria deles, pensou Mallory, jamais vira qualquer evento remotamente parecido com esse. Não lhes restaram padrões adequados para formarem um julgamento ou uma comparação. Haviam-se tornado marionetes do impulso básico.

Como os membros da tribo cheyenne de Wyoming, dançando sob o controle do demônio da bebida, os pais de família da Londres civilizada haviam-se entregado à loucura primitiva. E pela evidente expressão de felicidade nos rostos, Mallory percebeu que estavam gostando. Estavam gostando muito, de fato. Era para eles uma exaltação, uma liberdade perversa, mais perfeita e desejável do que qualquer uma já conhecida por eles.

Para além da aglomeração de jogadores, uma série de folhetos fora recentemente colada numa antes inviolável parede de tijolos da Paternoster Row. Eram anúncios do tipo mais barato e onipresente, daquele que se via por toda parte em Londres: PÍLULAS MAGNÉTICAS PARA DOR DE CABEÇA DO PROFESSOR RENBOURNE, BACALHAU EM TIRAS DE BEARDSLEY, *TARTARLITHINE* DE MICKESSON

& ROBBINS, SABÃO DENTAL DE ARNICA... e alguns cartazes de teatro: MADAME SCAPIGLIONI na Saville House na Leicester Square, uma SINFONIA DE PANMELÓDIO DE VAUXHALL... eventos, pensou Mallory, que certamente não aconteceriam, e os folhetos de fato haviam sido colados com descuido e pressa, de modo que os papéis estavam bastante amassados. A cola fresca pingava por baixo das folhas em vagarosos riachos brancos, uma visão que perturbou Mallory de uma maneira que ele não conseguia definir.

Mas preso entre tais folhetos banais, como se tivesse o direito de estar ali, havia um grande cartaz de três folhas, algo do tamanho de uma manta de cavalo, impresso à Máquina, amarrotado pela colagem apressada. De fato, até a tinta parecia ainda úmida.

Uma sandice.

Mallory parou de súbito diante dele, impressionado pela tosca bizarrice. Tinha sido feito com três cores – escarlate, preto e um feio rosa acinzentado que parecia uma mistura das outras duas.

Uma mulher com uma venda escarlate – uma Deusa da Justiça? –, vestida com uma toga escarlate desbotada, brandia uma espada escarlate com a indicação ludd acima das cabeças cinza-rosadas de duas figuras representadas de modo muito tosco, o busto de um homem e de uma mulher – um rei e uma rainha? Lorde e Lady Byron, talvez? A deusa escarlate pisava uma cobra de duas cabeças, ou um dragão escamoso, cujo corpo retorcido trazia as palavras NOBREZA POR MÉRITO. Atrás da mulher escarlate, o horizonte de Londres estava vigorosamente em chamas, com labaredas escarlates, ao passo que o céu, em torno das diversas figuras dementes, era repleto de arabescos estilizados de grossas nuvens negras. Três homens, aparentemente clérigos ou cientistas, pendiam de uma forca no canto superior direito; e no esquerdo, confusa massa de figuras malfeitas gesticulava, agitando bandeiras e lanças jacobinas, avançando na direção de desconhecida meta sob a cauda de um cometa.

E isso não era sequer a metade. Mallory esfregou os olhos doloridos. Imagens menores fervilhavam na ampla folha retangular tal bolas de bilhar espalhadas a esmo sobre a mesa. De um lado, um diminuto deus do vento soprava uma nuvem com a indicação PESTE. Do outro lado, uma bala de canhão, ou bomba, explodia em pontudos fragmentos estilizados, negros diabretes deformados sendo arremessados pela explosão. Um laço pairava acima de um caixão coberto de flores. Uma mulher nua agachada aos pés de um monstro, um homem bem vestido com cabeça de réptil. Um homenzinho com dragonas rezava sobre um cadafalso enquanto o carrasco, sujeito miúdo com capuz e mangas arregaçadas, apontava para a corda com um gesto brusco... Mais nuvens de fumaça borradas, espalhadas sobre a imagem como lama, ligavam tudo isso como massa de bolo recheado. E também havia um texto, abaixo. Um título, em grandes letras de Máquina borradas: "AS SETE PRAGAS DA PROSTITUTA DE BABILONDRES!!!"

Babilondres. Babi o quê? Que "pragas?" E por que "sete"? A folha parecia montada a partir de pedaços aleatórios de imagens de Máquina. Mallory sabia que os impressores modernos possuíam cartões perfurados especiais para impressão, muito ao modo dos blocos baratos de xilogravura das velhas baladas de assassinato. Nas impressões vistosas, porém malfeitas por meio de Máquinas, era possível ver a mesma imagem trivializada centenas de vezes. Mas nesta, as cores eram horrendas, as figuras comprimidas por todos os lados numa aparência de desvario e, o pior de tudo, o cartaz parecia tentar *expressar*, ainda que de modo convulsivo e vacilante, algo que era simples e verdadeiramente inexprimível.

– Estaria falando comigo? – perguntou um homem ao lado de Mallory

Mallory deu um pequeno pulo, assustado.

– Nada – murmurou.

O homem aproximou-se do ombro de Mallory aos poucos, um *cockney* muito alto de ralos e imundos cabelos amarelos sob mui alta cartola. Estava bêbado, pois tinha o olhar enlouquecido e brilhante. O rosto estava seguramente mascarado por tecido de bolinhas. Suas roupas sujas eram quase trapos – exceto os sapatos, que eram roubados e novíssimos. O suor do *cockney* cheirava a dias sem banho, o fedor da negligência, do desvario. Olhou fixamente para o cartaz, depois novamente para Mallory.

– Amigos seus, cavalheiro?

– Não – disse Mallory.

– Diga-me o que significa! – insistiu o *cockney*. – Ouvi-o falando enquanto olhava. *Sabe* o que é, não sabe?

A voz penetrante do homem estremeceu, e quando voltou a olhar para Mallory, os brilhantes olhos acusadores acima da máscara pareceram irradiar ódio animal.

– Afaste-se de mim! – gritou Mallory.

– Blasfemando Cristo, o Redentor! – o homem gritou mais alto, as mãos retorcidas apertando o ar. – O sangue sagrado de Cristo, que nos livrou de nossos pecados...

Ele tentou segurar Mallory. Mallory bateu na mão sôfrega.

– *Mate-o!* – sugeriu uma voz anônima, com avidez. As palavras de maligno regozijo carregaram o ar sombrio como uma garrafa de Leyden. De repente, Mallory e seu oponente estavam no centro de uma multidão – não eram mais partículas aleatórias, mas o foco de problema real. O alto *cockney*, talvez meio empurrado, cambaleou para cima de Mallory. Mallory dobrou-o com um soco no estômago. Alguém gritou, um som alto, contente, horripilante. Um bolo de lama passou perto da cabeça de Mallory e esparramou-se sobre o cartaz. Como se isso fosse um sinal, iniciou-se subitamente uma peleja cega com guinchos, baques surdos entre choques, murros.

Mallory, empurrando, xingando, equilibrando-se com os pés esmagados, arrancou o revólver da cintura, apontou-o para cima e apertou o gatilho.

Nada. Foi atingido em cheio nas costelas por um cotovelo.

Armou o cão do revólver com o polegar e apertou novamente. O estampido foi chocante, ensurdecedor.

Numa fração de segundo, a confusão dissipou-se com homens caindo em ondas, arrastando-se para longe, afoitos e de gatinhas, na intensa ânsia bestial de fugir dali. Homens foram pisoteados diante de seus olhos. Mallory ficou parado por um instante, o queixo caído em assombro sob a máscara de cambraia, a arma ainda suspensa acima da cabeça.

Então foi atingido por um raio de bom senso. Retirou-se. Na corrida, tentou enfiar a pistola na cintura das calças, mas viu, sobressaltado, que o cão estava novamente armado, o revólver pronto para disparar a qualquer toque no gatilho. Carregou o traiçoeiro objeto afastado do corpo enquanto fugia.

Finalmente, parou, tossindo penosamente. Detrás dele, envoltos pela obscuridade turva da neblina, chegavam tiros de pistola dispersos e gritos bestiais de fúria, escárnio e alegria.

– Jesus – murmurou Mallory, e examinou o mecanismo. O diabólico objeto armara-se automaticamente, enviando parte da carga de pólvora para o pistão abaixo do tambor, o que desviou o cilindro sulcado de volta à catraca fixa, posicionando num giro o próximo projétil e fazendo o cão recuar. Mallory prendeu o cão com os dois polegares e manipulou o gatilho com cuidado até conseguir fechar o mecanismo. Colocou a pistola na cintura.

Ele não deixara para trás a fileira de folhetos colados. Ainda se estendiam diante dele, em número aparentemente inexaurível, grudados um após o outro numa linha irregular. Ele seguiu-os por uma rua aparentemente vazia.

De algum lugar veio um estrondo distante de vidro quebrado e ruídos de risadas infantis.

CHAVES feitas a PREÇOS BAIXOS, dizia um folheto afixado. Belas CAPAS IMPERMEÁVEIS para a ÍNDIA e as COLÔNIAS. Precisa-se de aprendizes de químicos e BOTICÁRIOS.

Adiante, ouviu-se o som baixo de cascos lentos, o guincho do eixo de rodas. Saindo da bruma, então, o veículo que colava os anúncios, um carro alto e preto, com grandes cartazes espalhafatosos nas laterais elevadas. Um sujeito mascarado, com larga capa de chuva cinza, pressionava um anúncio contra o muro. O muro era protegido por alta cerca de ferro, a aproximadamente um metro e meio do tijolo, mas isso não incomodava o homem de modo algum, pois ele tinha um dispositivo cilíndrico específico para tal função sobre uma espécie de cabo de vassoura alongado.

Mallory aproximou-se para observar. O homem que colava cartazes não ergueu a cabeça, estando num momento crucial do trabalho. O cartaz, enrolado com firmeza em torno de um cilindro preto de borracha, foi pressionado contra o muro e estendido de cabeça para baixo. No mesmo instante, o homem espremeu destramente um pistão manual na haste do aparelho, que esguichou uma porção de cola pastosa a partir de um par de tubos preso às pontas do cilindro. Mais um golpe para baixo, para completar a colagem, e pronto.

O carro seguiu adiante. Mallory aproximou-se e examinou o folheto, que retratava e exaltava, numa gravura de Máquina, os efeitos embelezadores do Sabonete Colgate de Limpeza de Pele.

O homem que colava cartazes e seu carro seguiram em frente. Mallory acompanhou-os. O homem notou a atenção de Mallory, o que pareceu estorvá-lo um pouco, pois murmurou algo para o condutor, e a carroça afastou-se.

Mallory seguiu discretamente. O carro parou numa esquina da Fleet Street, onde os tapumes apresentavam, por antiga tradição, os grandes anúncios chamativos dos jornais da cidade. Mas um cartaz foi colado audaciosamente sobre a página do *Morning Clarion*, e depois outro, e mais outro.

Mais cartazes de teatro, desta vez. O DR. BENET de PARIS daria uma palestra sobre o *Valor Terapêutico do Sono Aquático*; A SOCIEDADE CHAUTAUQUA DO FALANSTÉRIO DE SUSQUEHANNA apresentaria um simpósio sobre *A Filosofia Social do Finado Dr. Coleridge*; e uma *Palestra Científica com Cinetropia* seria ministrada pelo DR. EDWARD MALLORY...

Mallory parou, abrindo um sorriso por trás da máscara. EDWARD MALLORY! Tinha de admitir que o nome ficava muito bem em Gótica de Máquina de oitenta pontos. Era uma grande pena que o discurso não pudesse ser realizado, mas estava claro que Huxley, ou mais provavelmente um de seus funcionários, tivesse feito o pedido de cartazes com presteza, mas não solicitara a tempo o seu cancelamento.

Lamentável, pensou Mallory vendo, com terno sentimento de posse, o carro de anúncios partir. EDWARD MALLORY. Teria gostado de guardar um cartaz como lembrança, e chegou a pensar em arrancá-lo do muro, mas as gotas de cola o dissuadiram.

Olhou mais de perto, com esperança de decorar o texto. Observando bem, o trabalho de impressão não era tão bom quanto poderia ter sido, pois as letras pretas tinham, num e noutro local, margens borradas de escarlate, como se os pinos de impressão tivessem sido embebidos em tinta vermelha e não limpados adequadamente.

"O Museu de Geologia Prática, na Jermyn Street, tem a honra de apresentar ao público de Londres, para apenas duas apresentações, o DR. EDWARD MALLORY. O DR. MALLORY, F.R.S., F.R.G.S., apresentará a emocionante história de sua descoberta do famoso LEVIATÃ TERRESTRE na Wyoming selvagem; suas teorias sobre o ambiente, os hábitos e a alimentação do animal; seus encontros com os selvagens ÍNDIOS Cheyenne; detalhando também o MELANCÓLICO e TERRÍVEL ASSASSINATO de seu mais íntimo rival, o finado PROFESSOR RUDWICK; e os Segredos dos *Oddsmakers*, especificamente o dos COVIS DE RATOS, a serem desvendados aos ávidos por conhecer a TÉCNICA DE CÁLCULO DE PROBABILIDADES, seguido pela sensualíssima DANÇA DOS 7 VÉUS a ser realizada pelas diversas senhoritas Mallory, oferecendo Franco Relato de suas Várias Introduções à ARTE DO AMOR; será permitida apenas a entrada de Cavalheiros; Preço 2 shillings e 6 pence. A apresentação será acompanhada pelo avançado cinétropo do SR. KEATS."

Mallory rangeu os dentes e saiu correndo. Ultrapassou o carro, que seguia com lentidão, e agarrou a rédea da mula com as duas mãos. O animal parou, bufando e cambaleando. Sua cabeça imunda estava envolta por uma máscara de lona, adaptada a partir de um embornal.

O cocheiro soltou um grito por detrás de um cachecol manchado de fuligem. Pulou do assento de madeira e desceu vacilante, brandindo um bastão de nogueira.

– Ei, você! Pare com isso! – gritou o cocheiro para Mallory. – Davey, impeça este tolo! Tire-o daqui... – sua voz falhou enquanto analisava Mallory, batendo o bastão na palma calejada, numa tentativa de ameaça.

O segundo colador de cartazes precipitou-se por trás da carroça e juntou-se ao amigo, exibindo seu artefato de cabo longo, semelhante a um forcado.

– Afaste-se, senhor – sugeriu o cocheiro. – Não lhe estamos fazendo nenhum mal.

– Com toda certeza estão! – berrou Mallory. – Onde vocês conseguiram aqueles folhetos, seus tratantes? Digam-me já!

Num gesto desafiador, o homem mais alto balançou o cilindro lambuzado de cola de seu aparelho diante do rosto de Mallory.

– Londres está escancarada hoje! Quer brigar por conta de onde grudamos nossos papéis, então atreva-se!

Uma das grandes tábuas de anúncio na lateral do carro abriu-se de repente, com um rangido das dobradiças de latão. Uma porta, parecia, pois um homem pequeno e corpulento, meio calvo, saltou por ela, saindo de dentro do carro. Usava um belo casaco de caça vermelha e calças xadrez, enfiadas em botas de caminhada de couro envernizado. Não usava chapéu, e o rosto redondo de maçãs avermelhadas não estava mascarado; e para o espanto de Mallory, ele fumava um grande cachimbo, exalando um fumo repulsivo.

– O que se passa? – ele perguntou brandamente.

– Um bandido, senhor! – declarou o cocheiro. – Um valentão miserável enviado por Turkey-Legs!

– O quê, totalmente sozinho? – disse o homem corpulento, arqueando as sobrancelhas com expressão questionadora. – Parece não fazer sentido. – Olhou Mallory de cima a baixo. – Sabe quem sou, filho?

– Não – disse Mallory. – Quem é você?

– Sou o cavalheiro a quem chamam de o Rei dos Coladores de Cartazes, meu rapaz! Se não conhece tal fato, deve ser muito verde neste negócio!

– Não sou da sua área. Eu, senhor, sou Edward Mallory!

O homem corpulento cruzou os braços e balançou um pouco sobre o salto das botas.

– E?

– Acaba de afixar um anúncio que me difama de modo grosseiro!

– Ah – disse o Rei. – Então, é isso que te aflige, não é? – Abriu um sorriso de alívio manifesto. – Ora, isso nada tem a ver comigo, dr. Edward Mallory. Eu só os colo; eu não os imprimo. Não sou o responsável.

– Pois não irá colar mais nenhum desses abomináveis folhetos caluniadores! – disse Mallory. – Quero todos os restantes, e exijo que me diga onde os obteve!

Com um movimento régio de mão, o Rei tranquilizou seus dois seguidores ouriçados.

– Sou um homem muito ocupado, dr. Mallory. Se não se importar em subir em meu carro e conversar comigo como um homem sensato, talvez eu o ouça, mas não tenho tempo para bazófias ou ameaças. – Cravou Mallory com os olhinhos azuis semicerrados.

– Bem – soltou Mallory, surpreso. Embora soubesse estar certo, a réplica mordaz e serena do Rei aliviara o peso de sua indignação; sentiu-se um tanto tolo de repente, e um tanto desconfortável, por alguma razão. – Certamente – murmurou. – Muito bem.

– Entendido. Tom, Jemmy, voltemos ao trabalho. – O Rei subiu no carro com destreza.

Mallory, após um momento de hesitação, seguiu-o, subindo até o interior do estranho veículo. Não havia assentos; o piso, de um lado a outro, era ondulado e abotoado num almofadado marrom, ao estilo turco otomano. Escaninhos inclinados de madeira envernizada cobriam as laterais, cheios de folhetos firmemente enrolados. Um grande alçapão no teto fora aberto, permitindo uma iluminação sombria. Fedia terrivelmente a cola e a tabaco preto, forte e barato.

O Rei esparramou-se à vontade, apoiando-se num travesseiro fofo e ataviado. A mula zurrou com o estalo do chicote do condutor, e o carro moveu-se lentamente, aos trancos e rangidos.

– Gim com água? – ofereceu o Rei, abrindo um armário.

– Água pura, por favor – disse Mallory.

– Sim, água natural. – O Rei serviu a água de um cantil de cerâmica numa caneca de lata. Mallory puxou a máscara esfiapada abaixo do queixo e bebeu com grande sede.

O Rei serviu Mallory mais uma vez, depois uma terceira.

– Que tal espremer um pouco de limão para dar sabor? – O Rei deu uma piscadela. – Espero que saiba qual é o seu limite.

Mallory limpou a garganta viscosa.

– Muito decente de sua parte. – Sentiu-se estranhamente nu sem a máscara, e a demonstração de civilidade dentro da carruagem do Rei, junto ao fedor químico da cola, quase pior que o do Tâmisa, deixara-o bastante tonto. – Sinto muito se pareci, ãh... um tanto brusco anteriormente.

– Pois, são os rapazes, sabe – disse o Rei, com generoso tato. – O sujeito tem de estar pronto para usar os punhos no trabalho de colagem de folhetos. Ontem mesmo, meus garotos tiveram de usar a força com muita rapidez diante do velho Turkey-Leg e seus rapazes, por uma questão de espaço para cartazes na Trafalgar Square. – O Rei torceu o nariz com desdém.

– Tive alguns problemas sérios ao longo desse período crítico – disse Mallory, a voz rouca. – Mas basicamente, sou um homem racional, senhor. Muito racional... Não do tipo que procura confusão; não deve pensar isso de mim.

O Rei meneou a cabeça solenemente.

– Nunca ouvi dizer que Turkey-Leg contratasse estudiosos para dar uma de valentão. Mas por seus trajes e modos, imagino que seja um cientista, senhor.

– Tem o olhar aguçado.

– Tenho de concordar – disse o Rei. – Pois agora que esclarecemos a questão, talvez queira me informar a respeito da mágoa que parece carregar.

– Aqueles cartazes que afixou são fraudulentos – disse Mallory. – E caluniosos. Com certeza não são legais.

– Conforme expliquei anteriormente, isso não me diz respeito – disse o Rei. – Deixe-me contar-lhe alguns fatos relacionados ao comércio, de modo franco. Para colar cem folhas de duas coroas, espero ganhar uma libra e um xelim; o que significa dois pence e seis décimos de um penny por folha; digamos, três pence, arredondados. Pois, se deseja adquirir alguns de meus cartazes a esse valor, eu poderia estar disposto a fazer negócio.

– Onde estão? – disse Mallory.

– Se puder dar uma olhada nos cubículos dos itens em questão, ficarei grato.

Quando os trabalhadores pararam para colar mais cartazes, Mallory começou a buscar os folhetos no estoque. Os cartazes estavam enrolados com firmeza e esmero, em forma de cilindros perfurados, densos e pesados como clavas.

O rei passou um rolo através do alçapão, para o condutor. Em seguida, bateu tranquilamente o resíduo de tabaco de seu meerschaum, recarregou-o usando um cone de papel grosseiro e acendeu-o com um isqueiro alemão. Soprou uma nuvem poluída com plena aparência de satisfação.

– Aqui estão – disse Mallory. Retirou a folha externa do rolo e abriu-a no interior do veículo. – Veja que coisa detestável, por favor. Parece esplêndida no início, mas o texto é de um ultraje obsceno!

– Rolo padrão de quarenta; fica por seis xelins.

– Leia aqui – disse Mallory –, onde praticamente me acusa de assassinato!

O Rei, educadamente, voltou o olhar para a folha. Moveu os lábios, enquanto esforçava-se para ler o título.

– Ma Lorry – disse, finalmente. – Faz apresentações com vagões de carvão, é isso?*

– *Mallory*... é o meu nome!

– É um pôster de teatro em meia-folha, sem ilustrações – disse o Rei. – Meio borrado... Ah, sim, lembro-me desses. – Baforou fumaça. – Eu deveria saber que nada de bom viria dessa remessa. Mas veja, o velhaco pagou adiantado.

– Quem? Qual?

– Lá de Limehouse, em West India Docks – disse o Rei. – Grande comoção naquele local, dr. Mallory. Velhacos colando anúncios novíssimos em todo muro e tapume à vista, desde ontem. Meus garotos estavam inclinados a criar certo tumulto devido a tal invasão; até o Capitão Swing – é como ele se autodenomina – achou por bem contratar nossos serviços.

As axilas de Mallory formigavam de suor.

– Capitão Swing, é?

– Sujeito decente até, a julgar pelos trajes – disse o Rei, animado. – Baixo, ruivo, vesgo... tinha um calombo na cabeça, bem aqui. Louco de pedra. Mas foi bastante educado, não propôs criar problema algum em relação ao negócio da colagem de cartazes, uma vez que conseguimos esclarecer a ele como funciona nosso trabalho. E tinha muito dinheiro à disposição.

– Conheço esse homem! – disse Mallory, a voz trêmula. – É um violento conspirador ludita. Talvez seja o homem mais violento da Inglaterra!

– Não me diga uma coisa dessas – resmungou o Rei.

– Ele é uma enorme ameaça à segurança pública!

– O sujeito não parecia ser grande coisa – disse o Rei. – Parecia um patinho, usava óculos e falava sozinho.

---

* Jogo de palavras dos autores com o termo *lorry*, um vagão aberto que corre sobre trilhos em minas de carvão, e o nome do personagem. [N. do T.]

– O homem é um inimigo do reino... um furta-foguista da mais sinistra categoria!

– Não acompanho muito a política – disse o Rei, recostando-se muito confortavelmente. – O Decreto de Regulamentação da Colagem de Cartazes... Isso sim é política! Que trabalho mais estúpido! Esse maldito decreto é extremamente rígido em relação ao local onde os cartazes podem ser colados. Digo-lhe uma coisa, dr. Mallory, *conheço* pessoalmente o membro do Parlamento que conseguiu aprovar tal decreto, pois fui contratado para sua campanha eleitoral. *Ele* não se preocupava com o local para onde iam *seus* cartazes. Estava tudo certo, desde que fossem os *seus* cartazes!

– Meu Deus! – interrompeu Mallory. – Pensar nesse homem miserável, solto em Londres... com dinheiro de sabe-se lá que fonte, fomentando tumultos e rebeliões durante uma situação de emergência pública... e no controle de uma prensa movida à Máquina! É um pesadelo! Horrível!

– Por favor, não se aborreça, dr. Mallory – o Rei repreendeu-lhe suavemente. – Meu querido pai, que descanse em paz, costumava dizer-me: "Quando todos à sua volta estiverem perdendo a cabeça, filho, lembre-se de que ainda há vinte xelins numa libra."

– Pode ser – disse Mallory –, mas...

– Meu querido pai colava cartazes nos Tempos Tumultuosos! Nos anos trinta, quando a cavalaria atacava os trabalhadores e Wellington, o velho Narigudo, foi explodido em pedaços. Tempos difíceis, mesmo, senhor, muito mais difíceis que os suaves tempos modernos, com este Fedor banal! Chamam a isto de emergência? Ora, chamo de oportunidade, e não me interessa mais.

– Parece não compreender a urgência da crise – disse Mallory.

– Os Tempos Tumultuosos... foi quando começaram a imprimir as primeiras coroas duplas de quatro folhas! O governo Tory pagava meu velho pai (meu pai colava cartazes e era sacristão na paróquia de St. Andrews, Holborn) para passar tinta preta nos cartazes dos Radicais. Ele teve de contratar mulheres para fazê-lo, tamanha era a demanda. Pintava os anúncios dos Rads durante o dia e colava os novos à noite! Trata-se de excelente oportunidade em tempos de revolução.

Mallory suspirou.

– Meu pai inventou o aparelho a que chamamos Encaixe de Colagem Extensível Patenteado, no qual realizei algumas melhorias mecânicas. Serve para colar cartazes na parte inferior de pontes, para o comércio fluvial. Somos a linhagem empreendedora da família, senhor. Não desanimamos facilmente.

– Tudo isso vai ajudar muito quando Londres estiver reduzida a cinzas – disse Mallory. – Ora, vocês estão ajudando o salafrário em suas conspirações anarquistas!

– Eu diria que o senhor está vendo a situação de trás para a frente, dr. Mallory – disse o Rei, com uma estranha risadinha. – O que vi foi o sujeito colocando dinheiro no meu bolso, não o contrário. Pensando bem, ele confiou diversos cartazes a mim... bem naquela fileira superior ali. – O Rei levantou-se, puxou os documentos e lançou-os sobre o piso acolchoado. – Sabe, senhor, não importa que besteiras ou loucuras estejam ditas nestes cartazes! A verdade profunda é que os cartazes são intermináveis por sua própria natureza, regulares como as marés do Tâmisa, ou como a fumaça de Londres. Os verdadeiros filhos de Londres chamam a cidade de "A Fumaça", sabe? É uma cidade eterna, como Jerusalém, Roma ou, diriam alguns, o Pandemônio de Satã! Não vê o Rei dos Coladores de Cartazes preocupado com a Londres fumegante, vê? Nem um pouco!

– Mas as pessoas fugiram!

– Uma insensatez passageira. Todos voltarão – disse o Rei, com sublime segurança. – Ora, não têm para onde ir. Este é o centro do mundo, senhor.

Mallory ficou em silêncio.

– Portanto, senhor – declarou o Rei –, se quiser aceitar meu conselho, gastaria seis xelins nesse rolo de cartazes que está segurando. Ora, por uma libra incluo esses outros anúncios mal impressos de nosso amigo, Capitão Swing. Apenas vinte xelins, senhor, e pode deixar as ruas para descansar em casa, em paz e sossego.

– Alguns desses cartazes já foram colados – disse Mallory.

– Eu poderia mandar os rapazes pintá-los de preto... ou até colar outros por cima – refletiu o Rei. – Se estiver disposto a fazer valer a pena, claro.

– Isso colocaria um ponto final na questão? – disse Mallory, levando a mão à bolsa. – Duvido.

– Um fim melhor que qualquer outro que possa obter com a pistola que vejo surgir no cós de suas calças – disse o Rei. – Tal objeto não avaliza de modo algum um cavalheiro ou um estudioso.

Mallory não disse nada.

– Atente ao meu conselho, dr. Mallory, e guarde essa arma antes que possa causar um mal a si mesmo. Creio mesmo que poderia ter machucado um de meus rapazes, caso eu não tivesse avistado a arma pela vigia e saído para resolver as coisas. Vá para casa, senhor, esfriar a cabeça.

– Por que o *senhor* não está em casa, se é de fato sincero em seu conselho? – disse Mallory.

– Ora, esta *é* minha casa – disse o Rei. Colocou o dinheiro de Mallory no casaco de caça. – Nos dias agradáveis, minha senhora e eu tomamos nosso chá aqui dentro, e conversamos sobre os velhos tempos... sobre muros, aterros, tapumes...

– Não tenho casa em Londres; e de todo modo, os negócios me chamam em Kensington – disse Mallory.

– É longe, dr. Mallory.

– Sim – disse Mallory, puxando a barba. – Mas ocorre-me que há alguns museus e palácios de cientistas em Kensington que nunca foram tocados por anúncios de papel.

– De fato? – refletiu o Rei. – Conte-me.

Mallory despediu-se do Rei a cerca de dois quilômetros do Palácio de Paleontologia; não era mais capaz de suportar a emanação da cola, e o balanço da carruagem deixara-o profundamente enjoado. Saiu cambaleando com os pesados rolos de cartazes difamadores e anárquicos desajeitadamente seguros por suas mãos suadas. Atrás dele, Jemmy e Tom deram início à ávida colagem nos tijolos virgens do Palácio de Economia Política.

Mallory apoiou os cartazes enrolados num poste adornado e voltou a dar o nó na máscara de pano, prendendo-a sobre o nariz e a boca. A cabeça girava terrivelmente. Talvez, pensou, a pasta da cola tivesse um pouco de arsênico, ou a tinta, algum derivado de carvão potente e nauseante, pois ele sentia-se envenenado e fraco até a medula. Quando voltou a equilibrar os cartazes, o papel enrugou em suas mãos suadas, como a pele descamada de um afogado.

Ele havia, aparentemente, frustrado uma pequena parte das intricadas diabruras do oportunista. Mas seu pequeno triunfo parecia insignificante se comparado às infinitas reservas de inventiva crueldade do bandido. Mallory cambaleou na escuridão, dilacerado por presas invisíveis...

E ainda assim Mallory descobrira uma evidência crucial: o oportunista encontrara refúgio em West India Docks! Estar tão próximo e ao mesmo tempo tão distante de uma chance de pôr as mãos no patife... era o suficiente para enlouquecer qualquer um.

Mallory escorregou feio num monte de esterco de cavalo e jogou os rolos para cima do ombro direito, numa pilha oscilante. Era uma vã fantasia imaginar-se confrontando o oportunista... sozinho, sem auxílio, enquanto o homem estava a quilômetros de distância, do outro lado do caos de Londres. Agora Mallory estava quase chegando ao Palácio, e custara-lhe quase tudo o que tinha conseguir a proeza.

Forçou-se a se concentrar nas questões mais imediatas. Levaria os ordinários cartazes até o cofre do Palácio. Poderiam vir a ser úteis como provas algum dia, e poderiam tomar o lugar do relógio de Madeline. Pegaria o relógio e encontraria um meio de fugir desta Londres amaldiçoada para reunir-se com a família, como já deveria ter feito. Na verde Sussex, no seio do lar, haveria tranquilidade, sensatez e segurança. As engrenagens de sua vida voltariam a trabalhar em ordem.

Mallory soltou sem querer os rolos de papel, que desabaram violentamente sobre o macadame, um deles atingindo-lhe a canela num golpe doloroso ao abrir-se. Recolheu-os, resmungando, e tentou o outro ombro.

Nas brumas rançosas da Knightsbridge, uma espécie de procissão atravessava a rua, imperturbável. Fantasmagórica, indistinta pela distância e pelo Fedor, dava a impressão de ser composta por *gurneys* militares, os atarracados monstros subjugados da Guerra da Crimeia. A névoa abafava o ruído pesado do escape dos motores e o tinido baixo e repetitivo de ferro articulado. Um após outro passaram, enquanto Mallory tentava enxergar o que havia adiante, permanecendo completamente imóvel, segurando firme sua carga. Cada *gurney* rebocava uma carreta articulada, usada para carregar munição. Tais carros pareciam ser canhões envoltos por lona, com homens, soldados de infantaria vestindo roupas de tecido grosso e pardo, amontoados sobre os canhões como cracas, com baionetas erguidas que lembravam um ouriço-do-mar arrepiado. Pelo menos uma dúzia de *gurneys* de guerra, talvez vinte deles. Mallory esfregou os olhos doloridos em perplexa incredulidade.

No cruzamento da Brompton, ele viu um trio de vultos mascarados de chapéu, fugindo com passos ligeiros, passando pelo vão de uma porta quebrada; mas nenhum deles lhe ofereceu problema.

Alguma autoridade civil erigira cavaletes de madeira diante do portão do Palácio de Paleontologia. Mas não havia homens nas barricadas; era uma simples questão de passar por elas e subir a escada de pedra, gordurosa de névoa, até a entrada principal. As grandes portas duplas do Palácio estavam protegidas por grossas cortinas, um manto de lonas molhadas, penduradas no arco de tijolo e descendo até as pedras do pavimento. O tecido espesso e úmido exalava um cheiro penetrante de cloreto de cálcio. Atrás das lonas, as portas do Palácio estavam ligeiramente abertas. Mallory entrou com cautela.

Empregados cobriam a mobília do saguão e da sala de recepção com lençóis de musselina branca. Um outro grupo peculiar varria e esfregava, reforçando intensamente a limpeza nas cornijas com longos espanadores articulados. Mulheres londrinas e uma grande quantidade de crianças de todas as idades usavam aventais de limpeza do Palácio e trabalhavam depressa, parecendo ansiosas mas vagamente entusiasmadas.

Mallory percebeu finalmente que essas pessoas estranhas deveriam ser as famílias dos funcionários do Palácio, que teriam vindo em busca de abrigo e segurança no interior do mais grandioso prédio conhecido por elas. E alguém – possivelmente Kelly, o mordomo, com a ajuda de quaisquer cientistas que ainda estivessem presentes – corajosamente organizara os refugiados.

Mallory seguiu até o balcão do saguão, arrastando sua carga de papel. Aquelas eram pessoas vigorosas e trabalhadoras, notou. Sua condição social poderia ser humilde, mas eram britânicas da cabeça aos pés. Não estavam intimidadas; haviam-se reunido em instintiva defesa de suas instituições científicas e dos valores civis da lei e da propriedade. Ele deu-se conta, com o coração enlevado por uma onda de alívio patriótico, que o avanço desvairado do Caos atingira seu limite. Dentro do redemoinho titubeante, uma nucleação de ordem espontânea havia surgido! Agora, como uma sujeira nebulosa dissolvendo-se em cristais, tudo mudaria.

Mallory lançou sua carga odiada atrás do balcão deserto da recepção. Num canto, um telégrafo tilintava em espasmos, e a nova fita perfurada enrolava-se aos trancos sobre o chão. Mallory observou o pequeno, porém significativo, milagre, e suspirou como um mergulhador cuja cabeça passou pela superfície da água.

O ar do Palácio cheirava fortemente a desinfetante, mas era alegremente respirável. Mallory arrancou a máscara imunda do rosto e enfiou-a no bolso. Em algum lugar desse abrigo abençoado, pensou, haveria comida. Talvez uma bacia com água e sabão, e polvilho de enxofre para as pulgas que se arrastavam por sua cintura desde a manhã. Ovos. Presunto. Vinho revigorante. Selos, lavanderia, engraxates – toda a milagrosa rede concatenada de Civilização.

Um estranho dirigiu-se a Mallory a passos firmes, atravessando o saguão: um soldado britânico, um subalterno da Artilharia, vestindo elegante uniforme. Usava um dólmã azul trespassado, de tom claro e com divisas, botões de metal e dragonas com fios de ouro trançados. As calças lustrosas tinham uma listra vermelha militar. Usava um casquete redondo com galão dourado, e um coldre abotoado ao esmerado cinto branco. Com os ombros retos, a espinha ereta e a cabeça erguida, o belo jovem aproximou-se com expressão severa e determinada. Mallory endireitou-se rapidamente, surpreso, até vagamente envergonhado, ao comparar sua vestimenta civil, amarrotada e manchada de suor, ao asseado modelo de perfeição militar do rapaz.

Então, com um rompante de surpresa, veio o feliz reconhecimento.

– Brian! – gritou Mallory. – Brian, garoto!

O soldado acelerou o passo.

– Ned... nossa, *é* você mesmo! – disse o irmão de Mallory com um sorriso afetuoso dividindo a nova barba da Crimeia. Segurou a mão de Mallory entre as suas e balançou-a com entusiasmo e firmeza.

Mallory notou, com surpresa e prazer, que a disciplina militar e a dieta sistemática haviam acrescido centímetros e quilos ao rapaz. Brian Mallory, o sexto filho da família, sempre parecera um tanto quieto e tímido, mas agora, o irmão mais novo de Mallory tinha mais de um metro e noventa em suas botas militares, e tinha nos olhos azuis vincados o olhar de um homem que vira o mundo.

– Estamos esperando por você, Ned – disse Brian. A voz confiante retornou um pouco, por hábito antigo, ao tom lembrado da infância. Para Mallory, era um eco queixoso de memórias distantes: as demandas de um monte de criancinhas diante do irmão mais velho. Por alguma razão, o apelo familiar, longe de desgastar ou perturbar Mallory, reanimou-o imediatamente, dando-lhe nova disposição mental. A confusão desapareceu como névoa, e ele sentiu-se mais forte, mais capaz; a simples presença do jovem Brian fizera-o voltar a si. – Puxa, como é bom vê-lo! – soltou Mallory.

– É bom que finalmente esteja de volta – disse Brian. – Ouvimos uma história de incêndio em seu quarto... e você desapareceu em Londres, ninguém sabia por onde! Isso deixou a Tom e a mim muito confusos!

– Tom está aqui também?

– Viemos os dois para Londres no pequeno *gurney* do Tom – disse Brian. Sua expressão ficou triste. – Com péssimas notícias, Ned, e sem ter como contar-lhe, a não ser pessoalmente.

– O que foi? – disse Mallory, preparando-se. – É... é o nosso pai?

– Não, Ned. O pai está bem; ou bem como sempre está, ultimamente. É a pobre Madeline!

Mallory soltou um grunhido.

– Não a futura noiva. O que é agora?

– Bem, tem a ver com meu colega, Jerry Rawlings – murmurou Brian, endireitando os ombros com uma expressão de doloroso constrangimento. – Jerry queria fazer as coisas certas por nossa Madeline, Ned, pois sempre falou dela, e viveu de modo muito correto por ela; mas recebeu uma tal *carta* em sua casa, Ned, uma coisa sórdida e pavorosa! Ele ficou muito decepcionado!

– Que carta, pelo amor de Deus?

– Bem, não estava assinada, a não ser por "Aquele Que Sabe"... mas o remetente sabia tanta coisa sobre nós, digo, a família, sobre todas as nossas ações, por menores que fossem, e disse que Madeline fora... *impudica*. Só que com palavras mais rudes.

Mallory sentiu uma onda ardente de fúria corar-lhe o rosto.

– Entendo – disse, com a voz embargada e contida. – Prossiga.

– Pois o noivado foi cancelado, como pode supor. A pobre Madeline está deprimida como nunca esteve. Tem vontade de ferir a si mesma, e não faz nada além de sentar-se sozinha na cozinha, chorando sem parar.

Mallory ficou em silêncio, a mente torturada pelas informações de Brian.

– Fiquei longe por um bom tempo, na Índia e na Crimeia – disse Brian, em voz baixa e hesitante. – Não sei como estão as coisas, exatamente. Diga-me a verdade... não pensa que poderia haver alguma verdade no que o perverso fofoqueiro contou a Jerry? Pensa?

– O quê? Nossa Madeline? Meu Deus, Brian, ela é uma Mallory! – Mallory deu um soco no balcão. – Não, trata-se de calúnia; é um ataque infame e deliberado à honra de nossa família!

– Como... por que alguém nos faria tal coisa, Ned? – perguntou Brian, com estranha expressão de fúria queixosa.

– *Sei* por que o fizeram... e conheço o bandido que o fez.

Brian arregalou os olhos.

– Sabe?

– Sim, foi o sujeito que incendiou meus aposentos. E sei onde está escondido neste exato momento!

Brian encarou-o em perplexo silêncio.

– Fiz dele um inimigo numa obscura questão política – disse Mallory, medindo as palavras. – Sou um homem de alguma influência agora, Brian; descobri uma espécie de segredo, conspirações silenciosas que um homem como você, um honesto soldado da Coroa, mal poderia acreditar!

Brian balançou a cabeça lentamente.

– Presenciei vilezas pagãs na Índia que embrulhariam o estômago de um homem forte. Mas ver algo assim na Inglaterra é mais do que posso suportar! – Brian puxou as costeletas, um gesto estranhamente familiar para Mallory. – Sabia que o certo era vir falar com você, Ned. Você sempre parece ver as coisas com clareza, como ninguém é capaz. Prossiga, então! O que devemos fazer quanto a este assunto horrendo? O que *podemos* fazer?

– Essa pistola no seu coldre... está em bom funcionamento?

Os olhos de Brian brilharam.

– Pra dizer a verdade, não é regulamentar! Um troféu de guerra, tomado de um oficial czarista morto... – Começou a abrir a aba do coldre.

Mallory balançou a cabeça rapidamente, olhando para o saguão à sua volta.

– Não tem medo de usar sua pistola, se tiver de fazê-lo?

– *Medo*? – disse Brian. – Se você não fosse um civil, Ned, a pergunta me ofenderia.

Mallory encarou-o fixamente.

Brian olhou-o nos olhos com segurança.

– É pela família, não? Foi por isso que lutamos contra os russos... pelas pessoas que ficaram em casa.

– Onde está Thomas?

– Está comendo no... bem, posso mostrar-lhe.

Brian seguiu na frente até o salão do Palácio. O recinto normalmente destinado aos estudiosos estava tomado por trabalhadores comuns, tagarelando e devorando ruidosamente batatas diretamente dos pratos de porcelana do Palácio, como se estivessem famintos. O jovem Tom Mallory, vestido de forma um tanto chamativa com um casaco curto de linho e calças xadrez, estava sentado à mesa com um acompanhante, diante dos restos de peixe frito e limonada.

O outro homem era Ebenezer Fraser.

– Ned! – gritou Tom. – Sabia que viria! – Levantou-se e pegou outra cadeira. – Sente-se conosco, sente-se! Seu amigo, o sr. Fraser, teve a gentileza de pagar-nos o almoço.

– E como está, dr. Mallory? – indagou Fraser, taciturno.

– Um tanto fatigado – respondeu-lhe Mallory, sentando-se –, mas nada que um pouco de comida e um *huckle-buff* não dêem jeito. Como vai, Fraser? Completamente recuperado, espero? – Baixou a voz. – E que bobagens persuasivas tem contado a meus pobres irmãos, por favor?

Fraser não disse nada.

– O sargento Fraser é policial de Londres – disse Mallory. – Do tipo furta-foguista.

– Sério? – soltou Tom, alarmado.

Um garçom chegou à mesa, um dos funcionários habituais, parecendo atordoado e com intenção de pedir desculpas.

– Dr. Mallory... a despensa do Palácio está um tanto desprovida, senhor. Um prato simples de peixe e batatas é nossa melhor opção, senhor, se não se importa.

– Está bom. E se puder preparar um *huckle-buff*... bem, não se preocupe. Traga café. Preto e forte.

Fraser observou o garçom afastar-se, com melancólica paciência.

– Deve ter tido uma noite animada – comentou Fraser quando o homem estava longe demais para poder ouvir. Brian e Tom olhavam para Fraser com uma nova e meio ressentida desconfiança.

– Descobri que o oportunista... ou seja, o Capitão Swing, encontrou refúgio em West India Docks – disse Mallory. – Está tentando incitar uma insurreição geral!

Fraser comprimiu os lábios.

– Ele tem uma prensa de Máquina, e uma turba de aliados. Está imprimindo documentos sediciosos aos montes, às centenas. Confisquei alguns exemplares hoje pela manhã... indecentes, caluniosos, um lixo ludita!

– O senhor foi diligente.

Mallory bufou.

– Logo estarei um tanto mais ocupado ainda, Fraser. Pretendo ir pessoalmente à caça do patife e dar um fim definitivo nisto!

Brian inclinou-se para a frente.

– Foi esse tal de "Capitão Swing" que escreveu a difamação mentirosa contra a nossa Maddy, então, foi?

– Sim.

Tom endireitou-se na cadeira, num acesso de agitação.

– West India Docks. E onde fica?

– Descendo o trecho do Tâmisa em Limehouse, no outro extremo de Londres – disse Fraser.

– Isso não importa nem um pouco – disse Tom, rapidamente. – Tenho o meu *Zéfiro*!

Mallory ficou espantado.

– Você trouxe o *gurney* de corrida da Irmandade?

Tom balançou a cabeça.

– Não aquela banheira velha, Ned, e sim o modelo mais recente! É uma beleza, novinho em folha, aguardando na cocheira do Palácio. Trouxe-nos lá de Sussex em apenas uma manhã, e teria vindo mais rápido até se não estivesse puxando uma carreta de carvão. – Riu. – Podemos ir para onde quisermos!

– Não vamos perder a cabeça, cavalheiros – advertiu Fraser.

Ficaram em silêncio contra a própria vontade, por um momento, enquanto o garçom colocava habilmente a comida diante de Mallory. A visão do linguado frito e das batatas fatiadas fez o estômago de Mallory contorcer-se com pontadas de fome.

– Somos livres súditos britânicos e podemos ir aonde desejarmos – disse Mallory com firmeza; pegou os talheres e pôs-se a comer com sofreguidão.

– Só posso chamar a isso de insensatez – disse Fraser. – Multidões turbulentas vagando pelas ruas, e o homem que buscam é astuto como uma víbora.

Mallory grunhiu com escárnio.

Fraser estava irredutível.

– Dr. Mallory, é meu dever cuidar para que não corra perigo! Não podemos permitir que fique mexendo num perigoso ninho de serpentes nos bairros mais repulsivos de Londres!

Mallory engoliu o café quente.

– Sabe que ele pretende me destruir – disse a Fraser, cravando-o com os olhos. – Se eu não acabar com ele agora, enquanto tenho a chance, ele acaba por me fazer em pedaços. Não há absolutamente nada que possa fazer para me proteger! Esse homem não é como você e eu, Fraser! É inaceitável! As opções são vida ou morte... ele ou eu! Você sabe que essa é a pura verdade.

Fraser, surpreso diante da argumentação de Mallory, pareceu abalado. Tom e Brian, ainda mais alarmados com a nova revelação da gravidade de seus problemas, olharam um para o outro, confusos, depois voltaram-se para Fraser, indignados.

Fraser falou com relutância:

– Não vamos agir com precipitação! Quando a neblina subir e a lei e a ordem retornarem...

– O Capitão Swing vive sob uma neblina que nunca sobe – disse Mallory.

Brian interrompeu com um movimento da manga dourada.

– Não vejo *razão alguma* nisso, sr. Fraser! O senhor deliberadamente *enganou* a mim e a meu irmão Thomas! Não posso dar crédito a qualquer conselho seu!

– Brian está certo! – disse Tom. Ele olhou para Fraser com um misto de desprezo e surpresa. – Esse homem afirmou ser seu amigo, Ned, e com isso fez com que Brian e eu falássemos livremente sobre você! E agora está tentando nos dar ordens! – Tom brandiu o punho cerrado, vigoroso e calejado. – Pretendo ensinar uma lição a esse Capitão Swing! Se tiver de começar pelo senhor, sr. Fraser, então estou pronto!

– Calma agora, rapazes – disse Mallory aos irmãos. Outros comensais por perto começaram a olhar. Mallory deliberadamente limpou a boca com o guardanapo. – A sorte está a nosso favor, sr. Fraser – disse com brandura. – Adquiri uma pistola. E o jovem Brian também está armado.

– Oh, Deus – disse Fraser.

– Não tenho medo de Swing – disse-lhe Mallory. – Lembra, derrubei-o no Derby. Cara a cara, ele não passa de um vira-lata.

– Ele está nas docas, Mallory! – disse Fraser. – Pensa que vai sair valseando pelos tumultos na parte mais opressiva de Londres?

– Nós, homens da família Mallory, não somos como os afrescalhados das academias de dança – disse Mallory ao policial. – Pensa ser mais assustador enfrentar os pobres de Londres do que os selvagens de Wyoming?

– Na verdade, sim – disse Fraser lentamente. – *Consideravelmente* pior, em minha opinião.

– Ah, pelo amor de Deus, Fraser! Não gaste nosso tempo com tal futilidade! Temos de vir às mãos com esse fantasma escorregadio de uma vez por todas, e chance melhor nunca virá! Em nome da sanidade e da justiça, ponha fim a esse choramingo inútil e inoportuno!

Fraser suspirou.

– E suponhamos, nesta brava expedição, que você caia numa armadilha ardilosa e seja assassinado, como seu colega Rudwick. E aí? Como eu responderia a meus superiores?

Mas agora Brian encarou Fraser fixamente, com os olhos duros de soldado.

– Já teve uma irmã mais nova, sr. Fraser? Já teve de ver a felicidade dela despedaçada como uma xícara de porcelana, pisoteada por um monstro? E com o coração ferido dela, o honesto coração de um herói da Crimeia, cuja simples e valorosa intenção era fazer dela sua noiva...

Fraser suspirou alto.

– Basta!

Brian recostou-se, parecendo levemente humilhado com a interrupção.

Fraser alisou as lapelas escuras com as duas mãos.

– Parece um momento fadado aos riscos – admitiu com um encolher de ombros inclinado e um estremecimento passageiro. – Não tive sorte alguma desde que o conheci, dr. Mallory, e ouso dizer que espero que isso mude. – De repente, seus olhos brilharam. – Quem pode dizer que não vamos apanhar o salafrário, hein? Prendê-lo! Ele é esperto, mas quatro homens corajosos podem pegar o canalha miserável com a guarda baixa, enquanto ele estiver bancando o valentão pela área pobre de Londres, como um príncipe jacobino. – Fraser franziu a testa, o rosto magro retorcendo-se com genuína fúria. Era uma visão inesperadamente assombrosa.

– A sorte está do lado dos corajosos – disse Brian.

– E Deus olha pelos insensatos – murmurou Fraser. Inclinou-se para a frente, concentrado, puxando as pernas das calças dos joelhos ossudos. – Não se trata de assunto simples, cavalheiros! Não é uma brincadeira para amadores. É um trabalho enorme! Devemos tomar com nossas próprias mãos a lei, nossas vidas e nossa honra. Se tiver de ser feito, tem de ser em mais estrito e permanente segredo.

Mallory, percebendo a vitória, pronunciou-se com uma sagacidade que surpreendeu até a si mesmo.

– Meus irmãos e eu respeitamos sua excepcional perícia, sargento Fraser! Se puder guiar-nos rumo à justiça, ficaremos gratos em colocar-nos sob seu comando. Não necessita jamais duvidar de nossa discrição ou determinação. A honra sagrada de nossa querida irmã está em jogo.

Tom e Brian pareciam perplexos diante da súbita mudança de conduta, pois ainda desconfiavam de Fraser, mas o sóbrio comprometimento de Mallory não admitia objeções da parte deles.

– Nunca me verão delatar! – declarou Tom. – Nem em meu túmulo!

– Eu diria que o juramento de um soldado britânico ainda vale – disse Brian.

– Então, correremos o risco – disse Fraser com um esgar de fatalismo.

– Tenho de ligar o vapor do *Zéfiro*! – disse Tom, levantando-se da cadeira. – Minha belezinha precisa de meia hora para se aquecer.

Mallory assentiu. Aproveitaria cada minuto.

Do lado de fora do Palácio, lavado, penteado e com as partes íntimas polvilhadas com talco antipulgas, Mallory procurou um ponto de apoio rugoso dentro da carreta de madeira do *Zéfiro*. O pequeno e ruidoso *gurney* mal tinha espaço para dois homens dentro do casco de latão estriado. Tom e Fraser estavam ocupando esses assentos. Discutiam diante de um mapa das ruas de Londres.

Brian chutou a lona frouxa da carreta para desfazer uma parte mais embolada, estendida sobre um monte decrescente de carvão.

– Precisam de umas pazadas de carvão, os *gurneys* modernos – observou Brian com um sorriso estoico. Sentou-se de frente para Mallory. – Tom realmente toma conta de sua preciosa máquina; encheu meus ouvidos falando sobre *Zéfiros*, de Lewes até aqui.

O *gurney* e a carreta entraram em movimento, e as rodas de borracha com raios de madeira da carreta de carvão giraram com rangidos ritmados. Desceram a Kensington Road com uma celeridade espantosa. Brian esfregou a manga do garboso casaco, tirando uma chispa ardente saída da chaminé.

– Precisa de uma máscara de respiração – disse Mallory, oferecendo ao irmão uma das máscaras improvisadas que as damas haviam costurado no Palácio: um quadrado de guingão caprichosamente costurado com fitas, com enchimento de algodão barato dos confederados.

Brian fungou o ar acelerado.

– Não está tão ruim.

Mallory amarrou as fitas de sua máscara com precisão atrás da cabeça.

– O miasma deporá contra sua saúde, rapaz, em longo prazo.

– Isto não se compara ao mau cheiro de um barco de transporte militar – disse Brian. O afastamento de Fraser parecia tê-lo feito relaxar. Algo do garoto de Sussex parecia mais presente nele, sobrepondo-se ao jovem e austero oficial subalterno. – Vapores de carvão penetrando nossa casa de máquinas – recordou-se Brian –, e os rapazes vomitando a ração para todo lado, devido ao enjoo! Descemos aquele novo canal francês em Suez, diretamente de Bombaim. Habitamos o maldito transporte durante semanas! Do insalubre calor egípcio, passando para o inverno da Crimeia! Se o cólera ou a febre quartã não acabaram comigo naquela situação, não preciso me preocupar com uma nevoazinha londrina. – Brian deu uma risada contida.

– Pensei em você muitas vezes, no Canadá – disse Mallory ao irmão. – Você, alistado há cinco anos... e uma guerra em andamento! Mas eu sabia que daria orgulho à família, Brian. Sabia que cumpriria com seu dever.

– Nós, rapazes da família Mallory, estamos por toda parte, Ned – disse Brian, em tom filosófico. Sua voz era áspera, mas o rosto barbado havia corado com o elogio de Mallory. – Onde está nosso irmão Michael neste momento, hein? O bom e velho Mickey?

– Em Hong Kong, penso eu – disse Mallory. – Mick certamente estaria hoje conosco se o destino o tivesse levado a aportar na Inglaterra. Nunca foi de se esquivar de uma luta, nosso Michael.

– Vi Ernestina e Agatha, depois que voltei – disse Brian. – E seus pequenos queridos. – Não mencionou Dorothy. A família não se referia mais a Dorothy. Brian remexeu-se sobre as protuberâncias da lona voltando a atenção cautelosa às ameias indistintas de um palácio científico. – Não aprecio muito uma briga de rua – observou. – Esse foi o único local em que os russos de fato atormentaram-nos, nas ruas de Odessa. Brigando e atirando de casa em casa pela cidade, feito bandoleiros. Isso não é guerra civilizada. – O semblante ficou carregado.

– Por que não foram honrados e deram a vocês uma batalha decente?

Brian olhou-o com surpresa, depois riu, um pouco estranhamente.

– Ora, certamente tentaram fazê-lo de início, em Alma e Inkermann. Mas lhes demos uma surra tão grande que entraram em pânico. Pode considerar o feito parcialmente meu, suponho. É a Artilharia Real, Ned.

– Conte-me – disse Mallory.

– Somos a força militar mais instruída. Eles amam a Artilharia, os Rads militares. – Brian apagou mais uma graúda faísca de chaminé com o polegar umedecido por saliva. – Ciência militar especializada! Sujeitinhos sonhadores com óculos sobre o nariz e números na cabeça. Nunca viram de perto uma espada desembainhada ou uma baioneta. Não é necessário ter visto tais coisas para vencer uma guerra moderna. Trata-se apenas de trajetórias e *timing* de detonação.

Brian observou com desconfiança alerta uma dupla de homens com capas de chuva largas, descendo a rua de modo sorrateiro.

– Os russos fizeram o que podiam. Enormes redutos, no Redan, e em Sebastopol. Quando nossas armas pesadas abriram fogo, desfizeram-se tal castelo de cartas. Depois se posicionaram em trincheiras, mas a metralha vinda dos morteiros funcionou uma maravilha. – O olhar de Brian ficou distante, concentrado na lembrança. – Podia-se ver, Ned, fumaça branca e sujeira voando no auge do fogo de barragem, cada rajada caindo certeira tal árvores num pomar! E quando o bombardeio parou, nossa infantaria – aliados franceses em sua maior parte, fizeram parte do serviço a pé – penetrou as paliçadas, correndo, e acabou com o pobre Ivan com os rifles de corda.

– Os jornais disseram que os russos lutaram sem respeito algum ao decoro militar.

– Entraram em mortal desespero quando nos viram intocáveis – disse Brian. – Partiram para a guerrilha, lutando em emboscadas, atirando contra bandeiras brancas e coisas semelhantes. Trabalho feio, desonroso. Não podíamos aceitar tal coisa. Tivemos de tomar medidas.

– Pelo menos tudo acabou rapidamente – disse Mallory. – Não se trata de gostar de guerra, mas já era tempo de dar uma lição ao czar Nicolau. Duvido que o tirano volte a puxar a cauda do Leão.

Brian concordou.

– É de fato assombroso o que as novas bombas incendiárias são capazes de fazer. Podem ser colocadas em fileiras, em perfeita disposição. – Sua voz baixou. – Devia ter visto Odessa ardendo em chamas, Ned. Como um *furacão* de fogo. Um furacão gigante...

– Sim... Li a respeito – assentiu Mallory. – Houve uma "tempestade de fogo" no cerco de Filadélfia. Situação muito semelhante, princípio muito notável.

– Ah – disse Brian –, esse é o problema dos ianques... nenhuma percepção militar! Imagine fazer tal coisa em suas próprias cidades! Ora, é preciso ser totalmente insensato!

– São um povo esquisito, os ianques – disse Mallory.

– Pois alguns povos são desatinados demais para conduzir a si mesmos, essa é a verdade – disse Brian. Olhou ao redor com cautela, enquanto Tom pilotava o *Zéfiro*, passando pelos destroços fumegantes de um ônibus. – Deram-se bem com os ianques, pelo menos, na América?

– Não cheguei a ver os americanos, só os índios. – E quanto menos falasse no assunto, melhor, pensou Mallory. – Qual a sua impressão da Índia, aliás?

– É um lugar horrível, a Índia – disse Brian, prontamente –, repleto de estranhas maravilhas, mas horrível. Só há um povo sensato na Ásia, e são os japoneses.

– Soube que participou de uma campanha na Índia – disse Mallory. – Mas nunca tive muita certeza de quem seriam os "sipaios", exatamente.

– Sipaios são tropas nativas. Tivemos uma sequência de problemas com os amotinados, bobagem muçulmana, com respeito à gordura de porco nos cartuchos de seus rifles! Pura tolice dos nativos, mas os muçulmanos não gostam de comer carne de porco, entende, todos muito supersticiosos. Parecia arriscado, mas o vice-rei da Índia não provera os regimentos nativos de qualquer artilharia moderna. Uma bateria de morteiros de Wolseley é capaz de mandar um regimento bengali pro inferno em cinco minutos.

Os ombros com franjas douradas de Brian cintilaram quando ele os encolheu.

– Ainda assim, vi barbaridades em Meerut e Lucknow, durante a rebelião... Jamais pensaria que qualquer homem fosse capaz de tais crueldades e selvagerias. Especialmente nossos próprios soldados nativos, que nós mesmos treinamos.

– Fanáticos – assentiu Mallory. – Mas o indiano comum certamente deve ser grato por um governo civil decente. Estradas de ferro, telégrafos, aquedutos e coisas assim.

– Ah – disse Brian –, quando se vê um faquir hindu sentado no nicho de um templo, sujo e nu, com uma flor no cabelo, não há como saber o que se passa naquela estranha cabeça. – Ficou em silêncio, em seguida apontou bruscamente acima do ombro de Mallory. – Ali... O que estão fazendo os tratantes?

Mallory virou-se e olhou. Na entrada de uma rua adjacente, a calçada estava tomada por uma roda grande e agitada de jogadores.

– Estão jogando dados – explicou Mallory. Um bando de miseráveis desgrenhados faziam as vezes de vigias; posicionados sob um toldo, estes sentinelas foras da lei passavam uma garrafa de gim de mão em mão. Um gordo valentão fez um gesto obsceno quando o *Zéfiro* passou ruidoso, e seus companheiros alarmados gritaram insultos desconfiados por trás das máscaras de farrapos.

Brian precipitou-se para o outro lado da carreta de carvão e espiou acima da lateral de madeira.

– Estão armados?

Mallory pestanejou.

– Acho que não nos pretendem fazer mal...

– Vão atacar-nos – anunciou Brian. Mallory olhou para o irmão com surpresa, mas para seu maior espanto, viu que Brian tinha toda razão. Os miseráveis corriam atrás do *Zéfiro*, quase deixando a rua deserta, brandindo o punho e chacoalhando a garrafa de gim. Pareciam tomados de uma energia furiosa e barulhenta, tal cães de fazenda correndo atrás de carroça. Brian apoiou-se num joelho, abriu o coldre, pôs a mão sobre a estranha e robusta pistola...

Ele quase foi lançado para fora da carreta quando Thomas pisou no pedal do *Zéfiro*. Mallory agarrou o cinto do irmão e içou-o de volta ao espaço seguro. O barulhento *Zéfiro* subiu a rua suavemente, derramando uma pequena cascata de carvão pela traseira com o choque da aceleração. Atrás deles, os perseguidores pararam de súbito, descrentes, depois se curvaram feito néscios a recolher os carvões caídos como se fossem esmeraldas.

– Como sabia que fariam aquilo? – perguntou Mallory.

Brian bateu o pó de carvão dos joelhos com um lenço.

– Eu sabia.

– Mas por quê?

– Porque estamos aqui, e eles lá, suponho! Porque estamos num veículo, e eles a pé! – Olhou para Mallory com o rosto vermelho, como se a pergunta fosse mais incômoda que uma luta armada.

Mallory recostou-se e olhou noutra direção.

– Coloque a máscara – disse em tom brando, estendendo-a. – Trouxe-a especialmente para você.

Brian então sorriu, encabulado, e amarrou a coisa por trás do pescoço.

Havia soldados com baionetas nas esquinas de Piccadilly, em modernos trajes de lã grossa sarapintados e chapéus desajeitados. Comiam mingau com pratos e talheres de latão amassado. Mallory acenou cordialmente para os agentes da ordem, mas eles lançaram um olhar de aversão para o *Zéfiro*, com uma desconfiança combativa que o fez parar rapidamente. Algumas quadras adiante, na esquina da Longacre com a Drury, os soldados intimidavam ostensivamente um pequeno grupo de policiais londrinos desnorteados. Os guardas moviam-se confusamente, feito crianças repreendidas, apanhando com hesitação seus inadequados cassetetes. Alguns estavam sem capacete, e muitos tinham toscas bandagens nas mãos, na cabeça e nas canelas.

Tom parou o *Zéfiro* para abastecê-lo com carvão enquanto Fraser, seguido por Mallory, foi buscar informação com os policiais londrinos. Disseram-lhes que a situação estava totalmente fora de controle ao sul do rio. Havia intensas batalhas com pedras e pistolas em Lambeth. Muitas ruas estavam obstruídas por turbas amotinadas. Receberam relatos de que Bedlam fora devastado e que seus loucos, agora desamarrados, corriam pelas ruas em frenesi.

Os policiais tinham o rosto coberto de fuligem e tossiam, exaustos. Todos os homens fisicamente aptos da força policial estavam nas ruas, o Exército fora convocado por um comitê de emergência e um toque de recolher geral fora declarado. Voluntários das classes respeitáveis foram investidos de autoridade em West End, munidos de bastões e rifles. Pelo menos, pensou Mallory, a ladainha da calamidade acabara com quaisquer dúvidas quanto aos responsáveis pelos próprios riscos. Fraser não fez comentários, mas voltou ao *Zéfiro* com o olhar de inflexível determinação.

Tom seguiu pilotando. Além das fronteiras da precária autoridade, a coisa tornava-se rapidamente mais grave. Era meio-dia, com um brilho âmbar e espectral no zênite encardido, e as multidões apinhando-se feito moscas nas encruzilhadas da cidade. Grupos de londrinos mascarados seguiam arrastando-se, curiosos, irrequietos, famintos ou desesperados... conspirando, sem pressa. O *Zéfiro*, com alegres toques de apito, passou pela turba amorfa; o caminho abria-se a ele por reflexo.

Dois ônibus usados para fins militares faziam a patrulha em Cheapside, lotados de valentões carrancudos. Homens exibindo pistolas pendiam dos estribos, e o teto de ambos os veículos a vapor carregava altas pilhas de móveis roubados. Thomas contornou facilmente os ônibus bamboleantes, esmagando vidro sob as rodas do *Zéfiro*.

Em Whitechapel havia crianças sujas, descalças, trepando feito macacos sobre o braço vermelho de um grande guindaste de construção, a uma altura de quatro andares. Uma espécie de espiãs, opinou Brian, pois algumas agitavam trapos coloridos e gritavam para as pessoas na rua. Mallory considerou mais provável que os marotos tivessem ali subido em busca de ar fresco.

Quatro cavalos mortos e inchados, duas parelhas de enormes percherões, jaziam em Stepney. As carcaças enrijecidas, derrubadas a tiros, ainda tinham os arreios. Alguns metros adiante aparecia a carreta, saqueada e sem as rodas. Os doze grandes barris de cerveja haviam sido rolados rua abaixo, depois abertos a pancadas, e cada local da arrebatadora pilhagem estava agora cercado da viscosidade pungente e deteriorada do derramamento. Não restara nenhum farrista; seus únicos vestígios eram jarros espedaçados, farrapos sujos de roupas femininas e sapatos sem par.

Mallory avistou uma praga morfética de anúncios, colados no local da orgia embriagada. Acertou o alto do *Zéfiro* com um pedaço de carvão, e Tom parou.

Tom desceu do *gurney* seguido de Fraser, estendendo os ombros doloridos, protegendo as costelas feridas.

– O que foi?

– Sedição – disse Mallory.

Os quatro, com o olhar atento para interferências, caminharam com interesse até o muro, local antigo para colagem de anúncios, numa superfície coberta por madeira de lei, tão carregada de anúncios que parecia feita de crosta de queijo. Cerca de duas dúzias dos melhores de Capitão Swing tinham sido recentemente colados, cópias do mesmo ataque violento, espalhafatoso e de impressão grosseira. O cartaz apresentava uma grande mulher alada, com os cabelos em chamas, acima de duas colunas de denso texto. Palavras aparentemente aleatórias tinham sido assinaladas em vermelho. Eles permaneceram em silêncio, tentando decifrar a impressão de letras entrançadas e borradas. Após um momento, o jovem Thomas, com um encolher de ombros e um riso de escárnio, retirou-se.

– Vou cuidar do *gurney* – disse.

Brian começou a ler em voz alta, vacilante.

– "UM APELO AO POVO! Vocês são todos livres Senhores da Terra, e precisam apenas de CORAGEM para fazer uma GUERRA triunfal contra a Prostituta de Babilondres e todos os seus instruídos ladrões. Sangue! Sangue! Vingança! Vingança, vingança! Pragas, pragas odiosas, *et cetera,* sobre todos os que não deram atenção à justiça universal! IRMÃOS, IRMÃS! Não se ajoelhem mais diante dos vampiros capitalistas e da ciência estúpida! Deixem que os escravos do banditismo coroado rastejem aos pés de Newton. NÓS destruiremos o Vapor de Moloch e quebraremos seu ferro titubeante! Enforquem dez dúzias de tiranos nos postes desta cidade, e sua felicidade e liberdade estarão garantidas para sempre! Avante! Avante!!! Temos esperança no Dilúvio humano, não temos recurso que não seja uma guerra geral! Estamos numa cruzada pela REDENÇÃO dos oprimidos, dos rebeldes, dos pobres, dos criminosos, de todos aqueles que são ATORMENTADOS pela Prostituta das Sete Pragas, cujo corpo é de enxofre e que monta o cavalo de ferro do pesadelo..."

Havia muito mais.

– Que diabos o canalha está tentando *dizer?* – perguntou Mallory, com a cabeça zumbindo.

– Nunca vi algo parecido – murmurou Fraser. – É o discurso bombástico de um louco criminoso!

Brian apontou para a parte de baixo do cartaz.

– Não entendo as chamadas "Sete Pragas"! Refere-se a elas como se fossem aflições horrendas e, no entanto, não as nomeia nem enumera. Nunca deixa claro o que seriam...

– O que ele poderia estar querendo? – indagou Mallory. – Não pode acreditar que um massacre geral seja a resposta para as suas queixas, quaisquer que sejam elas...

– Não existe raciocínio nesse monstro – disse Fraser, severo. – O senhor tinha toda razão, dr. Mallory. Aconteça o que acontecer... não importa o risco... temos de livrar-nos dele! Não há outra saída!

Retornaram ao *Zéfiro*, onde Tom terminara o abastecimento. Mallory olhou fixamente para os irmãos. Acima das máscaras, os olhos vermelhos brilhavam com toda a inflexível coragem da determinação varonil. Fraser falara por todos; estavam unidos; não havia mais necessidade de palavras. Bem no meio de tanta sordidez, esse pareceu a Mallory um momento de verdadeiro esplendor. Profundamente emocionado, sentiu o coração elevar-se dentro de si. Pela primeira vez no que pareciam eras, sentiu-se redimido, puro, completamente resoluto, totalmente livre de dúvidas.

Enquanto o *Zéfiro* seguia através de Whitechapel, a exaltação começou a baixar, substituída pela atenção intensificada e a pulsação acelerada. Mallory ajustou a máscara, verificou as peças da Ballester-Molina e trocou algumas palavras com Brian. Mas com todas as dúvidas resolvidas, com vida e morte aguardando o lançamento do dado, parecia haver muito pouco a ser dito. Em vez de falar, assim como Brian, Mallory viu-se inspecionando cada porta e cada janela que passavam, com apreensiva cautela.

Parecia que todos os muros de Limehouse estavam maculados pelas efusões do desgraçado. Algumas eram vívida loucura, pura e simples; muitas outras, porém, eram astutamente disfarçadas. Mallory notou cinco exemplares dos anúncios da palestra que o difamavam. Além desses despautérios, poderia até haver cartazes genuímos, pois ele não leu o texto. A visão do próprio nome abalou suas mais altas sensibilidades com um choque quase doloroso.

E ele não fora a única vítima daquele estranho tipo de falsificação. Um anúncio do Banco da Inglaterra solicitava depósitos em quilos de carne humana. Uma aparente promoção de excursões ferroviárias de primeira classe incitava o público a roubar os ricos passageiros. Tal era o escárnio diabólico dos fraudulentos cartazes, que até os anúncios totalmente normais começaram a parecer estranhos. Ao examinar os cartazes em busca de duplos sentidos, cada palavra publicada parecia deteriorar-se em absurdos ameaçadores. Mallory nunca antes percebera a ubiquidade dos anúncios em Londres, a obstinada onipresença de insistentes palavras e imagens.

Foi dominado por um inexplicável cansaço da alma, enquanto o *Zéfiro* seguia retumbando, inconteste, pelas ruas de macadame. Era um cansaço da própria Londres, do puro aspecto físico da cidade, da perpetuidade de seu pesadelo, das ruas, dos pátios, dos arcos, das casas enfileiradas, dos becos, das pedras cobertas de névoa e dos tijolos enegrecidos pela fuligem. Uma náusea diante dos toldos, uma sordidez nos batentes, a feiúra dos andaimes amarrados uns aos outros por cordas; uma horrível preponderância dos postes de luz e dos postes de armação de granito, de casas de penhores, armarinhos e tabacarias. A cidade parecia estender-se em torno deles como impiedoso abismo de tempo geológico.

Um grito horrendo rompeu o devaneio de Mallory. Homens mascarados correram para a rua diante deles, desgrenhados, ameaçadores, bloqueando a passagem. O *Zéfiro* parou de súbito, sacudindo a carreta de carvão.

Mallory viu de imediato que aqueles eram tratantes da pior categoria. O primeiro, um jovem cruel com rosto que lembrava massa suja, com um casaco seboso e calças de veludo cotelê, tinha um gorro de pele asqueroso puxado para baixo, mas não o suficiente para esconder o corte de cabelo de prisioneiro. O segundo, um brutamontes musculoso de trinta e cinco anos, usava um chapéu alto, enrijecido de sebo, calças xadrez e botas de amarrar com ponta de latão. O terceiro era atarracado, de pernas tortas, com calças de couro até os joelhos, meias sujas e um longo cachecol que cobria a boca, dando várias voltas.

Em seguida, precipitando-se do interior de uma loja de ferragens saqueada, mais dois aliados – jovens grosseiros, indolentes, relaxados, com largas camisas de mangas curtas e calças apertadas demais. Carregavam armas improvisadas, um ferro de plissagem e um atiçador de um metro de comprimento. Itens caseiros, mas inesperadamente cruéis nas mãos ligeiras desses bandidos.

O homem com botas de latão, o líder, parecia, puxou o lenço do rosto com um sorriso zombeteiro e amarelado.

– Saiam dessa carroça – ordenou. – Saiam já!

Mas Fraser já estava em movimento. Surgiu com tranquila segurança diante dos cinco brutos que se acotovelavam, com a maior naturalidade do mundo, tal professor acalmando uma turma indisciplinada. Anunciou, com bastante clareza e firmeza:

– Ora, *isso* de nada adianta, sr. Tally Thompson! Eu conheço *você*... e devo crer que *me* conhece. Está preso, por grave delito.

– Mas que droga! – soltou Tally Thompson, empalidecendo com assombro.

– É o sargento Fraser! – gritou o garoto com cara de massa suja, horrorizado, dando dois passos para trás.

Fraser sacou uma algema de ferro azulado.

– Não – berrou Thompson –, nada disso! Não suporto isso! Não vou aguentar!

– Vocês *vão* sair do caminho – anunciou Fraser. – Você, Bob Miles... o que anda fazendo por aqui ainda? Largue esse ferro ridículo antes que eu o leve daqui.

– Por Deus, Tally, *atira* nele! – gritou o bandido de cachecol.

Fraser fechou as algemas com destreza em torno dos pulsos de Tally Thompson.

– Quer dizer que temos uma arma, não é Tally? – disse, arrancando uma Derringer do cinto com tachas de latão do homem. – É uma pena, mesmo. – Franziu o cenho para os outros. – Você *vão* sumir daqui, certo, rapazes?

– Vamos sair daqui – choramingou Bob Miles. – Devíamos cair fora, como o sargento está mandando!

– Matem-no, seus cabeças de bagre! – gritou o homem de cachecol, pressionando a máscara contra o rosto com uma das mãos e sacando uma faca curta, de lâmina larga, com a outra. – É a porra de um *policial*, seus idiotas... *acabem* com ele! Swing vai degolá-los se não o fizerem! – O homem de cachecol ergueu a voz. – Policiais aqui! – gritou como um vendedor de castanhas quentes. – Todos, venham aqui e acabem com esses policiais filhos da puta...

Fraser bateu habilidosamente a coronha da Derringer no pulso do homem de cachecol; o infeliz largou a faca com um uivo.

Os outros três bandidos fugiram de imediato. Tally Thompson também tentou correr, mas Fraser agarrou os pulsos algemados do homem com a mão esquerda, desequilibrou-o com um puxão e girou-o até que caísse de joelhos.

O homem de cachecol deu um salto e alguns passos cambaleantes para trás, como se arrastado contra a vontade. Depois parou, curvou-se, catou um ferro de engomar pelo cabo de mogno. Recuou a mão, para arremessá-lo.

Fraser mirou a Derringer e atirou. O homem de cachecol curvou-se, dobrando os joelhos, e caiu na rua, contorcendo-se em espasmos.

– Ele me matou – grasnou o bandido. – Levei um tiro, ele me matou!

Fraser deu um tapa repreensivo na orelha de Tally Thompson.

– Sua arma não presta, Tally. Mirei nas malditas pernas!

– Ele não pretendia fazer mal – choramingou Tally.

– Estava com um ferro de engomar de cinco quilos. – Fraser olhou para Mallory e Brian, atônitos, na carreta de carvão. – Vamos, rapazes... fiquem alertas agora. Vamos ter de deixar o *gurney*. Eles vão procurar por ele. Temos de seguir a pé agora.

Fraser pôs Tally Thompson de pé, com um puxão violento da algema.

– E você, Tally, vai nos levar ao Capitão Swing.

– Não vou, sargento!

– Vai, Tally. – Fraser arrastou Tally para a frente, com um olhar penetrante para Mallory.

Os cinco contornaram o bandido que gemia e engasgava, rolando no próprio sangue derramado sobre o pavimento, as pernas tortas e sujas tremendo na convulsão.

– Caramba, que escândalo ele faz – disse Fraser, friamente. – Quem é esse, Tally?

– Não sei o nome dele.

Sem interromper o passo, Fraser deu um tapa na cartola amassada de Tally, lançando-a ao chão. A cartola amarrotada parecia que estivera colada à cabeça do bandido, com fuligem e óleo de macassar. – É claro que o conhece!

– Sem nomes! – insistiu Tally, olhando para trás, para o chapéu perdido, com expressão de desespero. – Ianque, não?

– Que tipo de ianque, então? – perguntou Fraser, percebendo a manha do velhaco. – Confederado? Unionista? Texano? Californiano?

– É de Nova York – disse Tally.

– O quê? – disse Fraser, descrente. – Quer me dizer que era um *communard* de Manhattan? – Olhou para trás e viu o homem moribundo enquanto caminhavam, depois se recuperou rapidamente e falou com moderado ceticismo. – Não falava como nenhum ianque de Nova York.

– Não sei nada de comunários. Swing gostou dele, só isso!

Fraser guiou-os por um beco atravessado por enferrujadas passarelas elevadas, com os muros altos de tijolo brilhando de umidade oleosa.

– Tem mais algum como ele, no conselho de Swing? Outros homens de Manhattan?

– Swing tem muitos amigos – disse Tally, parecendo ter-se recuperado –, e vai acabar com você, vai mesmo, se mexer com ele!

– Tom – disse Fraser, entregando-lhe a Derringer de Tally. – Restou apenas um tiro. Não deve usá-lo, a menos que seu homem esteja ao alcance da mão.

Tendo se livrado da pistola, Fraser caminhou em direção a Tally Thompson. Sem parar, enfiou a mão no bolso do casaco, retirando um pequeno cassetete flexível de couro e, ainda em movimento, começou a bater no meliante com estarrecedora precisão, na parte mais grossa de seus braços e ombros.

O homem encolheu-se e grunhiu sob os golpes, e finalmente começou a gritar, com o nariz achatado escorrendo.

Fraser parou e guardou o porrete.

– Que idiota você é, Tally Thompson – disse com uma espécie estranha de afeição. – Não sabe nada sobre policiais? Vim atrás de Swing sozinho, e trouxe esses três rapazes animados só para assistirem à diversão! Diga, onde ele está atocaiado?

– Num grande armazém nas docas – choramingou Tally. – Cheio de pilhagens... maravilhas! E armas, caixas cheias das melhores armas...

– E em qual armazém?

– Não sei – resmungou Tally –, nunca passei dos malditos portões! Não sei a droga dos nomes de todos esses armazéns especiais!

– Que nome estaria na porta? O do dono!

– Não sei ler, sargento, sabe disso!

– Onde fica, então? – perguntou Fraser, implacável. – Docas de importação ou exportação

– Importação...

– Ala sul? Ala norte?

– Sul, perto do meio... – Da rua atrás deles vinham gritos distantes, um estilhaçar enfurecido de vidros e estrondos ecoando como tambores de folhas de metal golpeadas. Tally ficou em silêncio, empertigando a cabeça para escutar. Entortou os lábios. – Ora, é o seu carro! – disse com uma voz mais firme, sem mais choramingos. – Os rapazes de Swing voltaram depressa e encontraram seu carro, sargento!

– Quantos homens nesse armazém?

– Ouça-os destruindo-o! – disse Tally. Uma estranha espécie de admiração infantil eliminara todo o pavor de suas feições taciturnas.

– Quantos homens? – gritou Fraser, esbofeteando a orelha de Tally.

– Estão fazendo-o em pedacinhos! – declarou Tally animadamente, encolhendo-se com o golpe. – Um trabalho ludita em seu belo *gurney*!

– Cala a boca, seu desgraçado! – irrompeu o jovem Tom, a voz aguda de raiva e dor.

Surpreso, Tally, com um renovado esgar oblíquo de satisfação, encarou o rosto mascarado de Tom.

– O que é isso, meu jovem?

– Cala a boca, já lhe disse! – gritou Tom.

Tally Thompson olhou de soslaio, como um macaco.

– Não sou eu quem está depenando seu precioso *gurney*! Grite com eles, garoto! Mande-os parar, então! – De repente, Tally deu um tranco para trás tirando as mãos algemadas da mão de Fraser. O policial cambaleou, quase derrubando Brian.

Tally virou-se e gritou entre as mãos em concha.

– Parem com a diversão, meus queridos! – Seu grito ecoou pelo desfiladeiro de tijolos. – Estão danificando propriedade privada!

Tom lançou-se sobre o homem feito um raio, com um giro violento do punho. A cabeça de Tally caiu para trás, e ele perdeu a respiração com um suspiro dissonante. Deu um passo titubeante, depois rolou ao chão de pedras do beco feito um saco de farinha.

Houve um silêncio repentino.

– Droga, Tom! – disse Brian. – Você o apagou!

Fraser, com o porrete em punho agora, foi até o bandido inerte e puxou uma pálpebra para cima com o polegar. Depois olhou para Tom, compassivamente...

– Tem o pavio curto, rapaz...

Tom puxou sua máscara, com a respiração trêmula.

– Eu poderia ter atirado nele! – soltou, com a voz fraca. Olhou para Mallory com estranho e confuso apelo. – Eu poderia, Ned! Ter atirado para matar!

Mallory acenou brevemente com a cabeça.

– Calma, rapaz...

Fraser tentou abrir as algemas; estavam escorregadias com o sangue dos pulsos lacerados de Tally.

– Foi estranhíssimo o que o tratante acabou de fazer! – admirou-se Brian, com leve sotaque de Sussex. – Estão todos loucos aqui, Ned? Ficaram todos *ellynge*, essa gente de Londres?

Mallory assentiu sobriamente. Depois ergueu a voz.

– Mas nada que um braço forte não cure! – Bateu no ombro de Tom com a mão aberta. – És um pugilista, rapaz! Derrubou-o feito um touro abatido!

Brian prendeu o riso. Tom sorriu timidamente, esfregando as juntas dos dedos.

Fraser levantou-se, colocando cassetete e algema nos bolsos, e seguiu pelo beco a passos rápidos. Os irmãos seguiram-no.

– Não foi tanto assim – disse Tom, com a voz vacilante.

– O quê – objetou Mallory –, um mero rapaz de dezenove anos nocautear um brigão com botas de metal? É um prodígio, certamente!

– Nem foi uma briga limpa, ele com as mãos atadas – disse Tom.

– Um soco! – exultou Brian. – Você o derrubou de uma vez, como uma tábua de carvalho, Tommy!

– Parem! – sussurrou Fraser.

Eles ficaram em silêncio. O beco terminava numa área desocupada de um prédio demolido, o alicerce rachado repleto de pedaços de tijolo vermelho e lascas acinzentadas de madeira estilhaçada. Fraser seguiu em frente, abrindo caminho. O céu corria cinza amarelado, o nevoeiro abrindo aqui e ali, revelando grossas nuvens esverdeadas tal coalhada apodrecida.

– Minha nossa – exclamou Tom com leve diversão na voz. – Não nos podem ouvir, sr. Fraser! Não com a tremenda algazarra que estão fazendo no meu *gurney*!

– Não é aquele bando que me preocupa agora, rapaz – disse Fraser, sem ser indelicado. – Mas podemos encontrar outros amotinados.

– Onde estamos? – perguntou Brian, depois cambaleou e parou. – Deus do céu! Que cheiro é *esse*?

– O Tâmisa – disse-lhe Fraser.

Havia um muro espesso e baixo de tijolos ao fim do terreno abandonado. Mallory ergueu-se e ficou de pé, respirando muito superficialmente, a máscara apertada contra os lábios barbados. O outro lado do muro de tijolos – fazia parte do aterro do Tâmisa – era um declive de três metros até o leito do rio. O nível estava baixo, e o encolhido Tâmisa não passava de um lampejo moroso entre longas praças de margem barrenta com rachaduras.

Do outro lado do rio ficava a torre de navegação de Cuckold's Point, adornada por bandeiras náuticas de advertência. Mallory não conseguiu reconhecer os sinais. Quarentena, talvez? Bloqueio? O rio parecia quase abandonado.

Fraser olhou para os alagadiços de um lado e de outro, ao pé do aterro. Mallory seguiu seu olhar. Pequenos barcos estavam engastados na lama preta acinzentada, como se presos em cimento. Aqui e ali, ao longo da curva Limehouse Reach, pequenos arroios de lodo verde azulado estendiam-se até as trilhas lavradas pelas dragas de canal.

Algo como uma brisa fluvial – não chegava a ser brisa, mas o suave e líquido escoamento do Fedor gelatinoso – subiu do Tâmisa e derramou-se sobre eles.

– Deus do Céu! – gritou Brian com débil assombro e ajoelhou-se rapidamente atrás do muro. Com solidária agitação nauseante, Mallory ouviu a violenta ânsia de vômito do irmão.

Com duro esforço, Mallory dominou a sensação. Não foi fácil. O Tâmisa claramente superara até mesmo o lendário fedor dos porões dos navios da Artilharia Real.

O jovem Thomas, embora também tivesse ficado muito pálido, parecia mais resistente que Brian – habituado, talvez, aos escapes explosivos dos *gurneys* a vapor.

– Ora, vejam que coisa sórdida! – declarou Tom, de repente, com a voz abafada e absorta. – Sabia que tínhamos uma seca, mas nunca imaginei algo assim! – Olhou para Mallory com assombro e olhos vermelhos. – Nossa, Ned... o ar, a água... Com certeza, nunca houve algo tão pavoroso!

Fraser parecia aflito.

– Londres nunca é o que poderia ser, no verão...

– Mas olhe para o rio! – gritou Tom, inocentemente. – E veja, veja, lá vem um navio! – Um grande barco a vapor movido a roda de pá subia o Tâmisa com dificuldade, e era de fato embarcação de aparência muito esquisita, com o casco plano como o de uma balsa e uma cabine redonda de ferro inclinado e rebitado, as paredes de couraça preta remendadas de proa a popa com grandes quadrados brancos: escotilhas de canhão. Na proa, dois marinheiros, com luvas de borracha e capacetes de borracha com bocais, faziam sondagens com uma linha chumbada.

– Que espécie de barco é essa? – perguntou Mallory, esfregando os olhos.

Brian ergueu-se, sem firmeza, e apoiou-se sobre o muro. Limpou a boca e cuspiu.

– Couraçado de bolso – anunciou com rouquidão. – Um navio de batalha fluvial. – Apertou o nariz e estremeceu da cabeça aos pés.

Mallory havia lido a respeito de tal embarcação, mas nunca a vira.

– Da campanha no Mississippi, na América. – Observou com a mão acima da vista, sentindo a falta de uma luneta. – Traz a bandeira dos Confederados, então? Não sabia que tínhamos um exemplar aqui na Inglaterra... Não, estou vendo que a bandeira é a Union Jack!

– Vejam o que fazem as pás da roda! – admirou-se Tom. – Essa água deve estar densa como geleia de mocotó...

Ninguém considerou apropriado comentar tal observação. Fraser apontou rio abaixo.

– Ouçam, rapazes. A algumas varas de distância há um fundo canal dragado. Vai dar nos ancoradouros em West India Docks. Com o rio baixo assim, com sorte é possível arrastar-se por aquele canal e sair dentro das docas sem ser visto.

– Andar sobre a lama da margem, você quer dizer – disse Mallory.

– Não! – gritou Brian. – Deve haver outro estratagema!

Fraser balançou a cabeça.

– Conheço essas docas. Têm um muro de dois metros e meio ao redor, coberto por um cavalo de frisa muito afiado. Há portões de carregamento e um terminal ferroviário também, claro, mas estarão bem guardados, com certeza. Swing soube escolher. O lugar é quase uma fortaleza.

Brian balançou a cabeça.

– Swing não vigiará o rio também?

– Sem dúvida – disse Fraser –, mas quantos homens permanecerão atentos a esta lama fética, por Swing ou qualquer outra pessoa?

Mallory assentiu, convencido.

– Ele está certo, rapazes.

– Mas vai cobrir-nos da cabeça aos pés com essa imundice sebosa! – protestou Brian.

– Não somos feitos de açúcar – resmungou Mallory.

– Mas meu uniforme, Ned! Sabe quanto esta casaca custou-me?

– Troco meu *gurney* por esse reluzente galão de ouro – disse-lhe Tom.

Brian encarou o irmão mais novo e recuou.

– Então temos de despir-nos, rapazes – ordenou Mallory, tirando o casaco. – Como se fôssemos trabalhadores do campo, juntando feno fresco numa bela manhã de Sussex. Joguem no lixo a fineza da cidade, e rápido.

Mallory despiu-se até a cintura, enfiou a pistola no cinto das calças arregaçadas e desceu o muro do aterro. Meio deslizou, meio pulou na lama daninha abaixo.

O barranco estava duro e seco feito tijolo. Mallory riu alto. Os outros se juntaram a ele, Brian por último. Brian chutou um prato de barro rachado com a bota engraxada e lustrosa.

– Isso está indo longe demais – disse –, convencer-me a tirar o uniforme!

– Que pena! – escarneceu Tom. – Nunca vais limpar a sujeira desse lindo casquete.

Fraser, retirando agora o distintivo, ficou de camisa branca e suspensórios – peças surpreendentemente casquilhas, de seda ondeada escarlate. Um novo coldre de ombro de camurça clara continha uma pequena e robusta pistola *pepperbox*. Mallory notou a protuberância de uma bandagem acolchoada sob a camisa e a alça.

– Não reclamem, rapazes – disse Fraser, seguindo à frente. – Há quem passe a vida nas lamas do Tâmisa.

– E quem faz isso? – perguntou Tom.

– Os catadores da lama – disse Fraser, seguindo adiante. – No inverno e no verão, labutam com a lama da maré baixa até a cintura. Em busca de pedaços de carvão, pregos enferrujados, qualquer lixo do rio que valha um penny.

– Está brincando? – perguntou Tom.

– Crianças, na maioria – persistiu Fraser, calmamente –, e muitas mulheres idosas e frágeis.

– Não acredito em você – disse Brian. – Se dissesse que era em Bombaim ou Calcutá, eu poderia aceitar. Mas não em Londres!

– Eu não disse que os infelizes são britânicos – disse Fraser. – Os catadores da lama são estrangeiros, a maioria. Refugiados pobres.

– Pois então – disse Tom, aliviado.

Seguiram com o andar pesado, respirando da melhor forma que podiam. O nariz de Mallory entupira solidamente, e a garganta estava cheia de catarro. Era um alívio, de certo modo, ter poupado o olfato.

Brian ainda resmungava, num tom monótono que se harmonizava com os passos ruidosos.

– A Grã-Bretanha é hospitaleira demais com todos esses malditos refugiados estrangeiros. Se dependesse de mim, transportaria todos para o Texas...

– Todos os peixes aqui devem estar mortos, certo? – disse Tom, curvando-se para remover uma travessa de barro, dura como se fosse de porcelana. Mostrou a Mallory uma mistura achatada de espinhas de peixe incrustada na lama. – Veja, Ned... a mesma imagem de seus fósseis!

Chegaram a um obstáculo alguns metros adiante, a depressão lamacenta deixada por uma draga, meio preenchida por lodo, marmorizada com repulsivos veios de gordura pálida, como resíduos de uma panela de toicinho defumado. Não havia outra saída senão pular e sair chapinhando até o outro lado do fosso, e Brian teve o azar de escorregar. Ergueu-se asquerosamente lambuzado, agitando as mãos para tirar a sujeira e praguejando violentamente no que Mallory supôs ser hindustâni.

Depois do fosso a crosta era traiçoeira, placas de lama seca deslizavam ou desintegravam-se sob os pés, acima de um lixo píceo e viscoso, cheio de limo e bolsas de gás borbulhantes. Mas a sorte era ainda pior no canal de entrada das docas. Ali as margens do canal estavam bloqueadas por estacas com piche ensebadas de resíduos esverdeados e umidade oleosa, elevando-se quinze pés acima da água. E a água, que preenchia o amplo canal de margem a margem, era uma fossa cinzenta e fria, aparentemente sem fundo, retorcendo-se em rolos espessos de lodo verde azulado.

Era um impasse.

– Qual o nosso procedimento agora? – perguntou Mallory, austero. – Nadar?

– Jamais! – gritou Brian, os olhos vermelhos e perturbados.

– Escalar os muros, então?

– Não podemos – Tom suspirou, olhando desanimado para as estacas ensebadas. – Mal conseguimos respirar!

– Eu não lavaria minhas *mãos* nessa maldita água! – gritou Brian. – E *minhas* mãos estão encrostadas de lama fétida!

– Parem! – disse Fraser. – Os homens de Swing hão de ouvi-los, com certeza. Se nos pegarem aqui embaixo, seremos abatidos feito cachorros! Parem, e deixem-me pensar!

– Meu Deus, o *Fedor*! – gritou Brian, ignorando-o. Parecia estar a ponto de entrar em pânico. – É pior que o navio de carga... pior que uma trincheira russa! Jesus Cristo, vi *cadáveres* russos de uma semana serem enterrados em Inkermann, e *aquilo* cheirava melhor que *isto*!

– Chega! – sussurrou Fraser. – Estou ouvindo algo.

Passos. O andar de um grupo de homens, aproximando-se.

– Eles nos pegaram – disse Fraser em agudo desespero, olhando para o alto do muro abrupto e colocando a mão sobre a pistola. – Chegou a nossa hora... vendam caro sua pele, rapazes!

Mas num momento – uma série de instantes cortados em fatias tão finas que normalmente são inúteis à mente humana –, Mallory foi atingido por uma inspiração tal rajada de vento alpino.

– Não – ordenou aos outros com uma voz de convicção ferrenha. – Não olhem para cima. Façam o mesmo que eu!

Mallory começou a entoar uma cantiga de marujo, alto, embriagadamente.

“Em Santiago o amor é agrado,
Para esquecer quem foi deixado...
Pois dê-nos um beijo de mel,
Polly e Meg, Kate e Nell...”

– Vamos, rapazes! – insistiu animadamente com um aceno bêbado de braço. Tom e Brian, terrivelmente perplexos, cantaram o refrão, vacilantes e atrasados.

“Adeus, adeus, amigo marinheiro
Vou para a baía do Rio de Janeiro !”

– Próxima estrofe! – incitou Mallory.

"Em Vera Cruz é lindo o dia
Adeus a Jane, Amelia e Mia..."

– Olá! – veio o grito brusco do alto do muro. Mallory olhou para cima, com dissimulada surpresa, e viu corpos escorçados. Meia dúzia de saqueadores assomava-se sobre eles com rifles pendurados nas costas. O que gritara agachou-se no alto das estacas, a cabeça e o rosto envoltos em lenços de seda com estampa Paisley. Trazia uma pistola brilhante de cano longo, com aparente descuido, sobre um joelho. As calças de brim branco pareciam imaculadas.

– Olá, terra firme! – gritou Mallory, estendendo o pescoço. Abriu os braços num cumprimento jovial e quase tombou para trás. – Em que lhes poderíamos ser úteis, elegantes cavalheiros?

– Aí vai uma charada – anunciou o líder no tom elaborado de um homem a jogar pérolas aos porcos. – Quão bêbedos, quão de fato embriagados podem ficar quatro pombos londrinos? – Ergueu a voz. – Não estão sentindo a terrível fedentina aí embaixo?

– Certamente! – disse Mallory. – Mas queremos ver as West India Docks!

– Por quê? – O tom era frio.

Mallory soltou uma risada dissonante.

– Porque está cheia de coisas que queremos, não é assim? Faz sentido, não?

– Coisas como tecidos limpos? – disse um dos outros homens. Houve risos misturados a grunhidos e tosse.

Mallory também riu e bateu no peito nu.

– Por que não? Seus rapazes podem ajudar-nos? Joguem uma corda ou algo assim!

Os olhos do líder estreitaram-se entre os lenços de Paisley, e segurou com mais força a coronha da pistola.

– Você não é marinheiro! Um lobo do mar nunca diz "corda". Sempre diz "amarra"!

– Que te importa o que eu sou? – gritou Mallory, olhando zangado para o homem. – Jogue-nos uma corda! Ou uma escada! Ou um maldito balão! Ou então vá pro inferno!

– É isso mesmo! – Tom entrou na conversa com a voz trêmula. – Quem precisa desses aí!

O líder virou-se, e seus homens desapareceram com ele.

– Rápido! – berrou Mallory como última réplica. – Não podem ficar com toda essa bela pilhagem pra vocês!

Brian balançou a cabeça.

– Por Deus, Ned – sussurrou. – Isso é perigoso demais!

– Vamos nos passar por saqueadores – disse Mallory, calmamente. – Agiremos como velhacos bêbados prontos para qualquer tipo de maldade! Vamos nos juntar a essa laia e chegar a Swing!

– E se nos fizerem perguntas, Ned?

– Aja como um imbecil.

– Alôô! – veio do alto uma voz aguda.

– O que é? – Mallory gritou em tom rude, olhando para cima. Era um garoto mascarado e esquelético de uns quinze anos, equilibrando-se sobre as estacas com um rifle nas mãos.

– Lorde Byron está morto! – gritou o garoto.

Mallory emudeceu.

Tom quebrou o silêncio com um grito penetrante.

– Quem *disse* que ele morreu?

– É verdade! O velho desgraçado bateu as botas, está mortinho da silva! – O garoto riu com leviano prazer e saltou pelas estacas com o rifle balançando em cima da cabeça. Desapareceu com um pulo.

Mallory recuperou a voz.

– Com certeza, não.

– Não – concordou Fraser.

– Não é provável, pelo menos.

– É só a vontade desses anarquistas – sugeriu Fraser.

Houve longo e vazio silêncio.

– É claro – disse Mallory, puxando a barba –, se o Grande Orador de fato estiver morto, isso significa... – as palavras faltaram-lhe, em um naufragante ataque de confusão, mas os outros esperavam dele orientação, quietos e esperançosos. – Bem... – disse Mallory –, a morte de Byron marcaria o fim de uma era de grandeza!

– Não significaria muito, necessariamente – contestou Fraser, a voz sob firme controle. – Há muitos homens de grande talento no partido. Charles Babbage ainda vive! Lorde Colgate, Lorde Brunel... o Príncipe Consorte, por exemplo. O príncipe Albert é um homem sensato e previdente.

– Lorde Byron *não pode* estar morto! – explodiu Brian. – Estamos no meio da lama podre, acreditando numa mentira podre!

– Silêncio! – ordenou Mallory. – Teremos simplesmente de suspender qualquer julgamento sobre o assunto até termos sólidas evidências!

– Ned está certo – assentiu Tom. – O primeiro-ministro teria preferido que fosse assim! É o método científico. É o que Lorde Byron sempre nos ensinou...

Uma corda grossa, pichada, com a ponta amarrada num laço compacto, desceu serpenteando o muro. O tenente anarquista – o homem afetado com os lenços de Paisley – posou uma perna dobrada em cima do muro, com o cotovelo no joelho e o queixo na mão.

– Ponha o traseiro aí, meu amigo – sugeriu –, e içá-lo-emos num instante!

– Agradeço-lhe imensamente! – disse Mallory. Acenou com alegre confiança e entrou no laço.

Quando veio o puxão, ele firmou os sapatos cobertos de lama contra as horríveis vigas escorregadiças e subiu a passos pesados até o topo.

O líder atirou o laço vazio de volta, com a mão em luva de pelica.

– Bem-vindo, senhor, à augusta companhia da vanguarda da humanidade. Permita-me, sob as atuais circunstâncias, apresentar-me. Sou o Marquês de Hastings. – O autodenominado marquês fez uma breve reverência, depois uma pose, erguendo o queixo e colando o pulso enluvado no quadril.

Mallory viu que o sujeito estava agindo a sério.

O título de marquês era uma relíquia anterior aos Rads; no entanto, ali estava uma espécie de jovem fingidor, um fóssil vivo, vivo e no comando de seu bando de víboras! Mallory não teria ficado muito mais chocado se visse um jovem plesiossauro erguer a cabeça serpentiforme das profundezas do fétido Tâmisa.

– Rapazes – disse com lentidão o jovem marquês –, derramem um pouco de água-de-colônia sobre nosso sarcástico amigo! Se ele aprontar qualquer estupidez, sabem o que fazer.

– Atirar nele? – soltou alguém, em tom idiótico.

O marquês recuou com primor – um gesto teatral para indicar que houve falta de elegância. Um garoto com um capacete policial roubado e camisa de seda rasgada entornou a água-de-colônia fria de um vidro lapidado sobre o pescoço e as costas de Mallory.

Brian subiu em seguida, na ponta da corda.

– Essas são calças de soldado, sob a sujeira – observou o marquês. – Ausente sem permissão, camarada?

Brian deu de ombros, calado.

– Aproveitando as curtas férias em Londres?

Brian fez que sim como um imbecil.

– Dê calças novas a essa criatura imunda – ordenou o marquês. Examinou sua pequena trupe de seis, que mais uma vez baixava a amarra com o desajeitado entusiasmo de um cabo de guerra de Primeiro de Maio. – Camarada Shillibeer! É mais ou menos do tamanho deste homem... dê-lhe suas calças.

– Ai, mas camarada Marqueis...

– A cada um de acordo com suas necessidades, camarada Shillibeer! Tire a peça de imediato.

Shillibeer livrou-se das calças desajeitadamente e ofereceu-as. Não usava roupa de baixo, e puxou nervosamente a ponta da camisa com uma das mãos.

– Pelo amor de Deus – disse o Marquês em tom pilhérico –, será que tenho de explicar até as menores coisas, seu simplório tacanho? – Apontou de repente para Mallory. – Você! Tome o lugar de Shillibeer e puxe a amarra. Você, soldado, não mais subordinado do opressor, mas um homem inteiramente livre!... vista as calças de Shillibeer. Camarada Shillibeer, pare de se remexer. Não tem nada para se envergonhar. Pode ir já para o depósito geral pegar roupas novas.

– Obrigado, senhor!

– "Camarada" – corrigiu o Marquês. – Pegue algo bom, Shillibeer. E traga mais água-de-colônia.

Tom chegou em seguida, içado com a ajuda de Mallory. Os bandidos estavam muito estorvados pelos ruidosos rifles, precariamente pendurados em seus ombros. Eram carabinas vitorianas de distribuição geral, pesadas relíquias de um tiro, agora despachadas a tropas nativas nas colônias. Os desordeiros tornavam-se ainda mais desajeitados por conta das assustadoras facas de cozinha e dos porretes de fabricação caseira casualmente enfiados nas vistosas vestimentas pilhadas. Usavam cachecóis espalhafatosos, sedas suadas, bandoleiras do exército, o que os assemelhava mais aos *bashi-bazouks* turcos do que a qualquer tipo britânico. Dois deles eram praticamente garotos, ao passo que outros dois eram gatunos velhacos, atarracados, grosseiros, abobalhados pela bebida.

O último, para a contínua surpresa de Mallory, era um negro delgado e silencioso, com a discreta vestimenta de valete.

O Marquês de Hastings examinou Tom.

– Qual é o seu nome?

– Tom, senhor.

O Marquês apontou.

– Qual é o nome *dele*?

– Ned.

– E o dele?

– Brian – disse Tom. – Creio eu...

– E qual é, por obséquio, o nome daquele sujeito de aparência severa lá embaixo, que se parece terrivelmente com um policial?

Tom hesitou.

– O senhor não sabe?

– Ele nunca nos deu nenhum nome certo – interrompeu Mallory. – Chamamo-lo apenas de Reverendo.

O Marquês encarou Mallory fixamente.

– Conhecemos o Reverendo hoje, senhor – desculpou-se Tom, irrefletidamente. – Não somos o que se poderia chamar de amigos.

– Suponho que devemos deixá-lo lá embaixo, então – sugeriu o Marquês.

– Traga-o – disse Mallory. – Ele é esperto.

– Oh? E você, camarada Ned? Não é tão estúpido quanto finge ser, parece. E não está muito bêbado.

– Então dê-me uma bebida – disse Mallory, com audácia. – E uma dessas carabinas me seria útil também, se estão dividindo as pilhagens.

O Marquês notou a pistola de Mallory; em seguida ergueu a cabeça e recuou, como se compartilhassem uma piada.

– Cada coisa a seu tempo, meu ansioso amigo. – Acenou com a asseada mão enluvada. – Muito bem. Icem-no.

Fraser subiu no laço.

– Então, Reverendo – disse o Marquês –, qual, por obséquio, seria sua graça?

Fraser afrouxou a corda e saiu do laço.

– O que acha, chefe? Sou um maldito quaker!

Houve risadas maliciosas. Fraser, fingindo um prazer grosseiro com o divertimento dos outros, balançou a cabeça com a máscara listrada.

– Não – disse com rangido –, não sou quaker, pois sou um pinto-de-sucata.

Os risos pararam de repente.

– Pinto-de-sucata – insistiu Fraser –, um daqueles *ranters* ianques ...

O Marquês interrompeu com fria precisão.

– Pantisocrata, quer dizer? O que significa, um pregador leigo do falanstério de Susquehanna?

Fraser ficou olhando para o Marquês, sem fala.

– Refiro-me às doutrinas utópicas do professor Coleridge e do reverendo Wordsworth – persistiu o Marquês, com sutil ameaça.

– Certo – grunhiu Fraser –, um desses.

– Tanto a pistola quanto o tiracolo que carrega parecem ser de policial, meu pacifista amigo pantisocrata.

– Peguei de um policial, pois não? – fez uma pausa. – Um policial morto!

Houve risos novamente, interrompidos por tosses e grunhidos.

O garoto que estava ao lado de Mallory cutucou com o cotovelo um dos outros broncos.

– Este Fedor está me deixando tonto, Henry! Não podemos dar o fora?

– Pergunta pro Marquês – disse Henry.

– Pergunta você – argumentou o garoto –, ele sempre faz tanta pilhéria de mim...

– Atenção, agora! – disse o Marquês. – Júpiter e eu vamos acompanhar os novos recrutas ao depósito geral. O restante deve continuar a patrulha das margens.

Os quatro restantes soltaram um gemido inconformado.

– Não desviem do caminho – repreendeu o Marquês –, sabem que todos os camaradas passam pela tarefa do rio, assim como vocês.

O Marquês, seguido de perto pelo negro, Júpiter, mostrou o caminho ao longo do aterro. Surpreendeu Mallory o fato de que o sujeito deu as costas para quatro estranhos armados, um ato de completa insensatez ou coragem por sublime desatenção.

Mallory trocou olhares silenciosos, cheios de sentido, com Tom, Brian e Fraser. Os quatro ainda portavam suas armas, não tendo o anarquista sequer se dado ao trabalho de confiscá-las. Seria uma questão de instantes atirar no guia pelas costas, e talvez no negro também, embora este estivesse desarmado. Um trabalho cruel, no entanto, atacar por trás, ainda que, talvez, uma necessidade de guerra. Mas os outros se remexiam, ansiosos, e Mallory notou que esperavam que ele consumasse o ato. A empreitada tornara-se dele agora, e até Fraser apostara a vida na sorte de Edward Mallory.

Mallory adiantou-se, acompanhando os passos largos do Marquês de Hastings.

– O que tem no seu depósito, vossa senhoria? Uma porção de excelentes pilhagens, espero.

– Uma porção de excelente esperança, meu amigo de pilhagem! Mas não se preocupe com isso. Diga-me uma coisa, camarada Ned... o que faria com a pilhagem, se a tivesse?

– Suponho que dependa do que seja – arriscou Mallory.

– Você a carregaria para o seu ninho de ratos – conjeturou o Marquês –, a venderia por uma fração do valor para um judeu contrabandista e gastaria a maior parte em bebida para acordar, um ou dois dias depois, numa delegacia imunda com o pé de um policial no pescoço.

Mallory coçou o queixo.

– E o que o senhor faria com ela?

– Eu a usaria, claro! Haveremos de usá-la pela causa daqueles que lhe dão valor. Refiro-me às pessoas comuns de Londres, as massas, os oprimidos, os trabalhadores explorados, aqueles que produzem todas as riquezas desta cidade.

– Que conversa mais estapafúrdia – disse Mallory.

– A revolução não saqueia, camarada Ned. Apreendemos, requisitamos, liberamos! Você e seus amigos foram atraídos por algumas quinquilharias importadas. Pensam em levar o que as mãos puderem carregar por alguns momentos. São homens ou pegas? Por que se contentar com um bolso cheio de xelins? Poderiam ser os donos de Londres, da própria Babilônia moderna! Poderiam possuir futuridade!

– Futuridade, é? – disse Mallory, encarando Fraser. Acima da máscara listrada, o olhar do policial demonstrava ódio absoluto.

Mallory deu de ombros.

– Quanto dinheiro custaria um quarto de "futuridade", vossa senhoria?

– Agradeço se não me chamar assim – disse prontamente o Marquês. – Está falando com um veterano da revolução popular, um soldado do povo que se orgulha do simples título de "camarada".

– Peço perdão e tenho certeza disso.

– Não é um tolo, Ned. Não me pode confundir com um lorde Rad. Não sou nenhum burguês meritocrata! Sou um revolucionário e um inimigo mortal, de sangue e convicção, da tirania de Byron e de todos os seus trabalhos!

Mallory deu uma tossidela áspera e limpou a garganta.

– Está certo, então – disse, com uma voz nova e mais nítida. – Que conversa é essa? Apoderar-se de Londres... Não pode estar falando sério! Ninguém o fez desde William, o Conquistador.

– Leia sua história, meu amigo! – retorquiu o Marquês. – Wat Tyler fê-lo. Cromwell fê-lo. O próprio Byron fez o mesmo! – Riu. – O Povo Insurgente dominou a cidade de Nova York! Os trabalhadores controlam Manhattan enquanto andamos e falamos aqui! Liquidaram os ricos. Incendiaram Trinity! Confiscaram os meios de informação e de produção. Se meros ianques podem fazer isso, o povo da Inglaterra, muito mais avançado no curso do desenvolvimento histórico, pode fazê-lo com ainda maior facilidade.

Estava claro para Mallory que o homem – o rapaz, na verdade, pois sob a máscara e a bazófia era muito jovem – acreditava naquela loucura nociva com todo o coração.

– Mas o governo – protestou Mallory – enviará o Exército.

– Elimine a classe dos oficiais, e os soldados rasos rebelar-se-ão conosco – disse o Marquês com frieza. – Veja o seu amigo soldado, Brian. Parece bastante feliz em sua companhia! Não é assim, Brian?

Brian fez que sim com a cabeça, calado, acenando com a mão suja de lama.

– Não compreende ainda a genialidade da estratégia de nosso Capitão – disse o Marquês. – Estamos no coração da capital britânica, a única área na Terra em que a elite imperial não está disposta a destruir em busca de sua malfazeja hegemonia. Os lordes do Rad não bombardearão nem incendiarão sua própria Londres querida para reprimir o que falsamente consideram um período de inquietação passageira. Mas! – ergueu um dedo indicador enluvado. – Quando montarmos as barricadas por toda a cidade, terão de lutar corpo a corpo com uma classe trabalhadora incitada, homens encorajados até a medula pela primeira real liberdade que jamais conheceram!

O Marquês parou por um momento, respirando com dificuldade o ar fétido.

– A maior parte da classe opressora – continuou, tossindo – já se evadiu de Londres para escapar do Fedor! Quando tentar retornar, as massas rebeladas recebê-la-ão com fogo e aço! Lutaremos contra eles em telhados, umbrais, becos, esgotos e galinheiros! – Fez uma pausa para limpar o nariz com um lenço sujo, retirado da manga. – Apreenderemos todas as fontes de opressão organizada. Os jornais, as linhas de telégrafo e os sistemas de tubos pneumáticos, os palácios, os quartéis e as repartições públicas! Submeteremos a todos pela grande causa da libertação!

Mallory aguardou, mas parecia que o jovem fanático finalmente perdera a força.

– E quer que o ajudemos, sim? Que nos juntemos a esse seu exército do povo?

– É claro!

– O que ganhamos com isso?

– Tudo – disse o Marquês. – Para sempre.

Havia vistosos navios atracados em West India Docks, cordames entrelaçados e chaminés de vapor. A água nas docas, uma passagem secundária do fluxo de esgoto do Tâmisa, não parecia tão pútrida a Mallory, até ele ver, boiando entre finas vagas de lodo, os corpos de homens mortos. Marinheiros assassinados, esqueletos de tripulações deixadas por companhias marítimas para guardarem os navios no porto. Os cadáveres passavam tal madeira flutuante, uma visão de provocar arrepios na espinha. Mallory contou quinze corpos, possivelmente dezesseis, enquanto seguia o Marquês pelo cais de madeira coberto por guindastes. Talvez, ele especulou, a maior parte das tripulações fora assassinada em outro lugar, ou então recrutada para aumentar as tropas da pirataria de Swing. Nem todos os marinheiros eram fiéis à ordem e à autoridade. A pistola Ballester-Molina era um peso frio contra as entranhas de Mallory.

O Marquês e seu subordinado negro guiavam-nos alegremente. Passaram por um navio abandonado onde um repulsivo gás, vapor ou fumo, espiralava-se de modo agourento das escotilhas abaixo do convés. Um quarteto de guardas anarquistas, com as carabinas apoiadas em sarilhos grosseiros, jogava cartas sobre uma barricada de fardos de morim roubados.

Outros guardas, bêbados, patifes de suíças com chapéus-coco ordinários e calças ainda piores, traidores armados, dormiam sobre carrinhos de mão virados e trenós de carga em meio a entulhos crescentes de barris, cestos, rolos de espias e rampas de carga, montes de carvão preto para os guindastes a vapor parados. Dos armazéns do outro lado da água, ao sul, vinha uma salva dissonante de tiros de pistola longínquos. O Marquês não demonstrou interesse, não interrompeu o passo, sequer olhou.

– Vocês dominaram todos esses navios? – indagou Mallory. – Deve ter muitos homens, camarada Marquês!

– E mais a cada hora – garantiu-lhe o Marquês. – Nossos homens estão vasculhando Limehouse, incitando todas as famílias de trabalhadores. Conhece o termo "crescimento exponencial", camarada Ned?

– Ora, não – mentiu Mallory.

– Termo matemático de clacking – expôs o Marquês, distraído. – Campo muito interessante, o clacking de Máquina, sem nenhuma finalidade para o estudo científico do socialismo... – Pareceu desatento, nervoso, agora. – Mais um dia de Fedor como este e teremos mais homens que a força policial de Londres! Não são os primeiros tipos que recruto, sabe! Adquiri muita prática nisso. Ora, penso que até meu Júpiter poderia fazê-lo! – Deu um tapa no casaco de libré do negro.

O negro não demonstrou reação alguma. Mallory perguntou-se se seria surdo-mudo. Não usava máscara de proteção. Talvez não precisasse.

O Marquês levou-os ao maior dentre uma série de armazéns. Mesmo entre os nomes eminentes do comércio – Whitby's, Evan-Hare, Aaron's, Madras & Pondicherry Co. –, este era um verdadeiro palácio da modernidade mercantil. Suas imensas portas de carga estavam erguidas por um sistema inteligente de contrapesos articulados, revelando um interior formado por estruturas de aço, com uma abóbada translúcida em vidro laminado cobrindo um teto que se estendia tão ampla e longamente quanto um campo de futebol. Abaixo do teto brotava um labirinto de suportes de aço, uma grega de engrenagens e trilhos em rodas na qual carrinhos com roldanas movidos a Máquina corriam feito aranhas. Em algum lugar, pistões emitiam ruídos, o barulho estalejante e familiar de uma Máquina de impressão.

Mas a prensa estava oculta em algum lugar, atrás de um labirinto de pilhagens capaz de espantar um Borgia. As mercadorias formavam pilhas, montes, montanhas: brocados, poltronas, rodas de carruagem, adornos de mesa e candelabros, terrinas, colchões, segadeiras de ferro e bebedouros de pássaros em mármore de Paros, mesas de bilhar e armários de bebidas, armações de cama e balaústres de corrimão, tapetes enrolados e cornijas em mármore...

– Meu Deus! – gritou Tom. – Como fizeram tudo isso?

– Estamos aqui há dias – disse o Marquês. Puxou o lenço do rosto, revelando um semblante pálido de beleza quase feminina, com um bigode de penugem loira. – Há fartura de produtos, ainda, nos outros armazéns, e todos vocês terão oportunidade de usar o trenó e o carrinho de mão. É uma grande diversão. E é tudo seu, pois pertence a todos nós, igualmente!

– Todos nós? – disse Mallory.

– É claro. Todos os camaradas.

Mallory apontou para o negro.

– E quanto a ele?

– O quê, meu Júpiter? – O Marquês ficou surpreso. – Júpiter pertence a todos nós também, é claro! Não é apenas meu criado, mas serve ao bem comum. – O Marquês esfregou o nariz molhado com o lenço. – Sigam-me.

O amontoado de pilhagens transformara a metódica planta do depósito do armazém num monstruoso ninho de ratos. Ao seguirem o Marquês, tiveram de desviar de uma grande quantidade de cacos de cristal, poças de óleo de cozinha, um caminho ruidoso de cascas de amendoim.

– Estranho – murmurou o Marquês –, da última vez em que estive aqui os camaradas estavam por toda parte...

As pilhas de mercadorias encolhiam na direção dos fundos do armazém. Passaram pela colossal máquina impressora, escondida num beco sem saída de elevados fardos de papel para impressão. Alguém jogou um fardo de anúncios frescos por cima da barricada, quase atingindo o Marquês, que pulou com destreza sobre o volume.

Mallory notou uma voz distante, aguda e penetrante.

Bem no fundo do armazém, uma grande área livre tornara-se um salão de conferência improvisado. Um quadro-negro, uma mesa repleta de copos e garrafas, um apoio para livros, todos acomodados sem firmeza sobre um palco de caixas de sabão aglomeradas. Conjuntos de cadeiras de jantar baratas e desemparelhadas, de carvalho prensado e boldo embutido, serviam de assento para uma plateia silenciosa de talvez sessenta indivíduos.

– Pois aqui estão eles – disse o Marquês com estranha tremulação na voz. – Estão com sorte! Barton dar-nos-á a honra de uma exposição. Sentem-se já, camaradas. Hão de considerá-lo, garanto-lhes, mui digno de sua atenção!

Para sua enorme surpresa, Mallory e seus companheiros viram-se forçados a juntarem-se à plateia, na última fila de cadeiras. O negro permaneceu de pé, mãos para trás, no fundo do salão.

Mallory, sentado ao lado do Marquês, esfregou os olhos irritados, sem acreditar no que via.

– Esse seu palestrante está usando um vestido!

– Silêncio – sussurrou de imediato o Marquês.

A palestrante, brandindo uma haste de ébano com ponta de giz, intimidava as pessoas sentadas com uma voz de estridente, mas cautelosamente controlado, fanatismo. A estranha acústica do salão improvisado distorcia suas palavras como se estivesse falando através de uma pele de tambor. Parecia uma excêntrica palestra sobre a parcimônia, pois ela depreciava "o veneno do álcool" e sua ameaça ao "espírito revolucionário da classe trabalhadora". Sobre a mesa, havia frascos, grandes garrafões empalhados com tampa de vidro, cheios de bebida. Os rótulos traziam a caveira com os ossos cruzados entre uma porção de diversos frascos para destilação, tubos de borracha vermelha, gaiolas de arame e bicos de gás de laboratório.

Tom, à esquerda de Mallory, bateu de leve no braço do irmão e sussurrou com voz que beirava o terror:

– Ned! Ned! Essa não é Lady Ada?

– Meu Deus, menino – disse Mallory em voz baixa, os pelos dos braços e da nuca arrepiados de medo –, o que o faz pensar tal coisa? É claro que não é ela!

Tom pareceu aliviado, perplexo e vagamente ofendido.

– Quem é, então?

A palestrante voltou-se para o quadro-negro e escreveu, numa letra cursiva elegante, as palavras "Degeneração Neurastênica". Virou a cabeça, lançou sobre o ombro falso e brilhante sorriso para a plateia e Mallory reconheceu-a.

Era Florence Russel Bartlett.

Mallory enrijeceu-se na cadeira com um suspiro contido de choque. Alguma coisa – um floco de algodão seco de dentro da máscara – alojou-se feito um espinho em sua garganta. Ele começou a tossir. E não conseguia parar. A garganta viscosa estava lacerada. Tentou sorrir, sussurrar um pedido de desculpa, mas a traqueia-artéria parecia presa por barras de ferro. Mallory lutou com todas as forças contra os espasmos torturantes, vertendo lágrimas quentes em abundância, mas não conseguiu controlar-se, sequer abafar o pesadelo em forma de tosse seca. Aquilo chamou a atenção para ele como o pregão de um vendedor ambulante. Por fim, Mallory levantou-se de repente, derrubando a cadeira para trás com um estrépito, e saiu cambaleando, meio curvado, meio cego.

Ele passou vacilante, braços esticados, pela selva obscura de pilhagens, os pés ficaram presos em algo, e um objeto de madeira caiu com um estrondo. Conseguiu encontrar um ponto de abrigo e curvou-se ali, tremendo violentamente, sufocado por um bolo repugnante de vômito e catarro. Eu poderia morrer, pensou em desespero, os olhos ressaltados nas órbitas. Algo vai rebentar. Meu coração vai explodir.

Em seguida, de algum modo, a obstrução aliviou-se, o ataque foi vencido. Mallory inspirou com um chiado dissonante, tossiu, retomou o fôlego e começou a respirar. Limpou a asquerosa saliva da barba com a mão e viu-se encostado numa estátua. Era uma donzela hindu em tamanho real, em pedra artificial patenteada por Coate, meio nua, com um jarro d'água apoiado no quadril coberto por tecido drapeado. O jarro era pedra maciça, é claro, embora cada átomo de Mallory ansiasse por um gole d'água.

Alguém bateu com firmeza em suas costas. Virou-se, esperando encontrar Tom ou Brian, e viu o Marquês.

– Está bem?

– Um ataque passageiro – disse Mallory com a voz áspera e baixa. Acenou com a mão, incapaz de estender o corpo.

O Marquês depositou um frasco curvo de prata em sua mão.

– Tome. Isso vai ajudar.

Mallory, esperando um conhaque, inclinou o frasco nos lábios. Uma mistura de melado com gosto vagamente parecido ao de alcaçuz e olmo encheu-lhe a boca. Engoliu com relutância.

– O quê... o que é isto?

– Um dos medicamentos herbáceos da doutora Barton – disse-lhe o Marquês –, específico contra o mau cheiro. Venha, deixe-me molhar sua máscara com ele; a exalação limpará seus pulmões.

– Prefiro que não o faça – disse Mallory com a voz rouca.

– Sente-se bem, então, para retornar à palestra?

– Não! Não.

O Marquês pareceu cético.

– A dra. Barton é um gênio da medicina! Foi a primeira mulher a graduar-se com honras em Heidelberg. Se soubesse as maravilhas que ela realizou entre os doentes da França, os pobres infelizes desacreditados pelos pretensos especialistas...

– Eu sei – soltou Mallory. Algo como força reanimou-o, despertando um intenso ímpeto de estrangular o Marquês, de chacoalhar o maldito e perigoso imbecil até espremer-lhe os disparates tal fosse uma pasta. Sentiu uma ânsia suicida de gritar a verdade, que sabia ser esta tal de Barton uma envenenadora, uma *vitrioleuse* procurada pela polícia em pelo menos dois países. Poderia sussurrar tal confissão, depois matar o Marquês de Hastings e depois empurrar seu desprezível corpo para baixo de alguma coisa.

O acesso repentino passou, substituído pela astúcia racional, fria e frágil como gelo.

– Prefiro conversar com você, camarada – disse Mallory –, a ouvir qualquer palestra.

– Verdade? – disse Hastings, avivando-se.

Mallory fez que sim, com expressão grave.

– Eu... eu noto que sempre ganho mais ao ouvir homens que conhecem de fato seu trabalho.

– Não consigo entendê-lo, camarada – disse o Marquês. – Às vezes parece-me um típico tolo interesseiro, mas depois parece-me um homem de compreensão bastante sofisticada; certamente bem superior àqueles seus amigos!

– Viajei um pouco – disse Mallory devagar. – Imagino que isso amplie os horizontes de um homem.

– Viajou para onde, camarada?

Mallory encolheu os ombros.

– Argentina. Canadá. Pelo Continente, aqui e ali.

O Marquês olhou à sua volta, como se procurasse espiões entre bebedouros e candelabros. Como não avistara nenhum, pareceu relaxar um pouco, então falou com renovada, porém discreta, urgência.

– Será que conheceu o sul da América? A Confederação?

Mallory balançou negativamente a cabeça.

– Há uma cidade chamada Charleston, na Carolina do Sul. Cidade encantadora. Tem uma grande comunidade de exilados britânicos bem nascidos, que fugiram dos Rads. Fidalgos arruinados da Grã-Bretanha.

– Muito interessante – resmungou Mallory.

– Charleston é uma cidade tão refinada e civilizada quanto qualquer uma da Grã-Bretanha.

– E você nasceu lá, sim? – Mallory cometeu uma rata ao dizer em voz alta sua dedução, pois Hastings pareceu sensível ao comentário, e franziu o cenho. Mallory prosseguiu apressadamente. – Deve ter prosperado em Charleston, para ter um negro.

– Espero mesmo que você não seja um fanático antiescravagista – disse o Marquês. – Tantos britânicos o são. Imagino que me faria mandar o pobre Júpiter para uma das selvas infestadas por febres na Libéria!

Mallory conteve seu gesto de assentimento. De fato, era abolicionista, e apoiava a repatriação dos negros.

– O pobre Júpiter não duraria um dia no Império da Libéria – insistiu o Marquês. – Sabe que ele lê e escreve? Eu mesmo o ensinei. Lê até poesia.

– Seu negro lê versos?

– Não "versos"... poesia. Os grandes poetas. John Milton... Mas você nunca ouviu falar dele, aposto.

– Um dos ministros de Cromwell – disse Mallory de pronto –, autor de *Areopagítica*.

O Marquês assentiu. Pareceu contente.

– John Milton escreveu um poema épico, *Paraíso Perdido*. Uma história bíblica, em verso branco.

– Sou agnóstico – disse Mallory.

– Conhece o nome William Blake? Escreveu e ilustrou seus próprios livros e poemas.

– Não conseguiu encontrar um editor adequado, sim?

– Ainda há bons poetas na Inglaterra. Já ouviu falar em John Wilson Crocker? Winthrop Mackworth Praed? Bryan Waller Procter?

– Pode ser que sim – disse Mallory. – Li um pouco... histórias sensacionalistas, na maioria. – Estava intrigado com o estranho interesse do Marquês no hermético assunto. E estava preocupado com Tom e os outros... O que deveriam estar pensando, enquanto esperavam sentados por ele. Poderiam perder a paciência e fazer algo imprudente, e isso não serviria.

– Percy Bysshe Shelley era poeta antes de liderar os luditas nos Tempos Tumultuosos – disse o Marquês. – Saiba que Percy Shelley está vivo! Byron exilou-o na ilha de Santa Helena. Lá permanece como prisioneiro, no presbitério de Napoleão I. Alguns dizem que desde então escreve peças teatrais e livros de sonetos inteiros ali.

– Absurdo – disse Mallory. – Shelley morreu na prisão há muitos anos.

– Está vivo – disse o Marquês. – Poucos o sabem.

– Falta agora você dizer que Charles Babbage escreveu poesia – disse Mallory, os nervos à flor da pele. – Aonde quer chegar?

– Trata-se de uma teoria minha – disse o Marquês. – Não exatamente uma teoria, é mais uma intuição poética. Mas desde que comecei a estudar os escritos de Karl Marx e, é claro, do grande William Collins, ocorreu-me que uma terrível violência foi perpetrada contra a verdade e o curso natural do desenvolvimento histórico. – O Marquês parou, deu um sorriso afetado. – Mas duvido que possa entender-me, pobre companheiro!

Mallory chacoalhou a cabeça.

– Entendo muito bem. Refere-se a uma Catástrofe.

– Sim. Poderia chamá-la assim.

– A história é movida pela Catástrofe! É assim o mundo, a única maneira em que ele existe, existiu ou jamais existirá. Não há história... há apenas contingência!

A compostura do Marquês foi destruída.

– És um mentiroso!

Mallory sentiu o tolo insulto agulhá-lo em seu íntimo.

– Sua cabeça está cheia de fantasmas, garoto! "História"! Você pensa que deveria ter um título e propriedades, e eu deveria apodrecer em Lewes, fazendo chapéus. Essa é a única verdade! Seu pequeno tolo, os Rads não dão a mínima para você, Marx ou Collins, nem para qualquer de suas palhaçadas poéticas! Matarão a todos vocês aqui, tal ratos num poço.

– Não és o que aparenta – disse o Marquês. Estava branco como papel. – Quem é você? *O que* é você?

Mallory ficou tenso.

O rapaz arregalou os olhos.

– Um espião. – Fez menção de pegar a arma.

Mallory deu-lhe um soco em cheio no rosto. Quando o Marquês cambaleou para trás, Mallory segurou-lhe o braço e golpeou-o na cabeça, uma vez, duas vezes, com o cano pesado da Ballester-Molina. O Marquês caiu, sangrando.

Mallory apanhou a segunda pistola, ergueu-se, olhou à sua volta.

O negro estava parado a menos de cinco metros.

– Eu vi – disse Júpiter, calmamente.

Mallory ficou em silêncio. Mirou as duas armas para o homem.

– O senhor feriu o meu mestre. Ele está morto?

– Creio que não – disse Mallory.

O negro acenou com a cabeça. Estendeu as mãos abertas, num gesto suave que era como uma bênção.

– O senhor estava certo, e ele, totalmente errado. A história não é nada. Não há progresso nem justiça. Não há nada além de horror fortuito.

– Que seja assim – disse Mallory devagar –, mas se gritar, terei de atirar em você.

– Se o senhor o tivesse matado, eu certamente gritaria – disse o negro.

Mallory olhou para trás.

– Ainda está respirando.

Houve um longo silêncio. O negro ficou completamente imóvel, a postura rígida e perfeita, irresoluto, estático como um cone platônico perfeitamente equilibrado sobre a ponta da agulha, esperando um ímpeto além da causalidade determinar a direção de sua queda.

O negro suspirou.

– Voltarei para Nova York. – Virou-se sobre um salto polido e saiu andando, sem pressa, desaparecendo entre as altas barricadas de mercadorias.

Mallory teve certeza de que o homem não gritaria, mas esperou alguns instantes pela evidência que confirmaria a convicção. O Marquês mexeu-se onde estava, e gemeu. Mallory tirou o lenço de Paisley dos cabelos cacheados do homem e amordaçou-o.

Bastou um momento para empurrá-lo para trás de uma enorme urna de terracota.

O choque da ação deixara Mallory sedento. Sua garganta parecia uma lixa ensanguentada. Não havia nada para beber, exceto, é claro, o frasco prateado de poção charlatanesca. Mallory retirou-o, pelo tato, do bolso do casaco do Marquês, e umedeceu a garganta. A poção deixou uma sensação de dormência no fundo do palato, como de champanhe seca. Era repulsivo, mas parecia dar-lhe força, de algum modo. Deu mais alguns goles.

Mallory voltou à área da palestra e sentou-se ao lado de Fraser. O policial ergueu uma sobrancelha em silenciosa indagação. Mallory bateu de leve na coronha da pistola do Marquês, presa na cintura das calças, do lado oposto da Ballester-Molina. Fraser acenou com a cabeça, imperceptivelmente.

Florence Russell Bartlett prosseguia com sua arenga, e sua conduta parecia afetar a plateia com uma paralisia oculta. Mallory viu, para seu abalo e desgosto, que a sra. Bartlett expunha aparelhos charlatanescos destinados a impedir a gravidez. Um disco de borracha flexível, um chumaço de esponja preso a um fio. Mallory não pôde evitar a imagem obscura de um coito envolvendo tais estranhos objetos. O pensamento revirou suas vísceras.

– Ela matou um coelho há um instante – sussurrou Fraser, pelo canto da boca. – Mergulhou-lhe o focinho em essência de charuto.

– Eu não matei o rapaz – sussurrou Mallory, por sua vez. – Causei-lhe uma concussão, creio... – Observou Bartlett enquanto seu discurso bombástico passava para estranhos planos de procriação seletiva para melhorar a descendência da humanidade. Na futuridade dela, parecia, o casamento tradicional seria abolido. O "amor livre universal" substituiria a castidade. A reprodução seria um assunto para especialistas. Os conceitos flutuavam como nuvens escuras na margem da mente de Mallory. Ocorreu-lhe, então, sem motivo aparente, que esse dia – essa exata tarde, de fato – seria o destinado à sua própria palestra triunfal sobre o brontossauro, com acompanhamento cinetrópico do sr. Keats. A assustadora coincidência causou-lhe um estranho arrepio por todo o corpo.

Brian inclinou-se de súbito na direção de Fraser, segurando o pulso descoberto de Mallory com punho de ferro.

– Ned! – sussurrou. – Vamos sair deste maldito lugar!

– Ainda não – disse Mallory. Mas estava abalado. Um fluxo hipnótico de puro pânico pareceu sacudi-lo por meio do aperto de Brian. – Não sabemos ainda onde Swing está escondido; pode estar em qualquer lugar desta toca...

– Camaradas! – bradou Bartlett com uma voz de navalha fria. – Sim, vocês quatro, no fundo! Se *têm* mesmo de perturbar-nos, se têm novidades de tão *urgente* importância, certamente compartilhariam com os outros camaradas na Chautauqua!

Os quatros ficaram paralisados.

Bartlett varreu-os com um olhar de medusa. Os outros ouvintes, de alguma forma livres da estranha sujeição, viraram-se para olhar para trás com sanguinária alegria. Os olhos da multidão brilharam com sórdido prazer, o alívio de canalhas que vêem a punição destinada a si cair em outro lugar...

Tom e Brian falaram ao mesmo tempo, em desvairados sussurros.

– Ela refere-se a *nós*?

– Meu Deus, o que fazemos?

Mallory sentiu-se preso num pesadelo. Uma palavra romperia a armadilha, pensou.

– Ela é apenas uma mulher – disse em voz muito alta e calma.

– Basta! – sussurrou Fraser. – Fiquem quietos!

– Nada a dizer-nos? – escarneceu Bartlett. – Pensei que não...

Mallory levantou-se.

– Tenho, sim, algo a dizer!

Com a rapidez de um boneco que salta de uma caixa de surpresa, três homens levantaram-se na plateia, erguendo as mãos.

– Dra. Barton! Dra. Barton?

Bartlett deu um aceno gracioso com a cabeça e fez um gesto com a haste de ébano.

– Camarada Pye tem a palavra.

– Dra. Barton – gritou Pye –, eu não reconheço esses camaradas. Estão se comportando de maneira retrógrada, e eu... eu penso que deveriam ser *criticados*!

Um silêncio ameaçador envolveu os presentes.

Fraser puxou a perna das calças de Mallory.

– Sente-se, seu idiota! Perdeu a cabeça?

– Eu tenho uma novidade! – gritou Mallory através da máscara de pano listrado. – Uma novidade para o Capitão Swing!

Bartlett pareceu chocada; seus olhos moviam-se de um lado para outro.

– Conte-a a todos nós, então – ela ordenou. – Todos pensamos igual aqui!

– Sei onde está o Modus, sra. Bartlett! – gritou Mallory. – Quer que eu conte isso a todos esses simplórios e cativos?

Houve um estrondo de cadeiras, de homens ficando de pé de repente. Bartlett gritou algo em tom agudo, que foi abafado pelo barulho.

– Quero Swing! Tenho de falar com ele a sós! – À medida que o caos aumentava, Mallory chutou a cadeira vazia diante dele, que saiu deslizando, e puxou as duas pistolas do cinto. – Sentem-se, seus desgraçados! – Mirou as pistolas para a plateia. – Acabo com o primeiro covarde que se mexer!

A resposta foi uma chuva de tiros.

– Corram! – berrou Brian. Ele, Tom e Fraser fugiram de imediato.

Cadeiras estilhaçaram-se, tombando dos dois lados de Mallory. A plateia atirava nele, com estouros dissonantes. Mallory mirou as duas pistolas em Bartlett, no púlpito, e apertou os gatilhos.

Nenhuma das armas disparou. Ele deixara de armar os cães. A arma do Marquês parecia ter uma espécie de chave de segurança niquelada.

Alguém próximo arremessou uma cadeira em Mallory; ele aparou o golpe, distraidamente, mas algo o atingiu com força no pé. O golpe foi intenso o bastante para entorpecer a perna e tirar-lhe o equilíbrio; ele aproveitou para se retirar.

Não conseguia correr direito. Talvez tivesse sido mutilado. As balas passaram por ele, sibilantes, com um zunido nostálgico da distante Wyoming.

Fraser acenou da saída de um beco. Mallory correu até ele, virou, derrapando.

Fraser surgiu com frieza em plena rua erguendo a *pepperbox* da polícia, em pose de duelo, braço direito estendido, corpo virado para não ser um alvo fácil, cabeça reta e olhos atentos. Atirou duas vezes, e ouviram-se gritos.

Fraser segurou Mallory pelo braço.

– Por aqui! – O coração de Mallory saltava como um coelho, e ele não conseguia mover o pé.

Seguiu mancando pelo beco, que terminou de súbito. Fraser buscou freneticamente uma passagem protegida. Tom empurrava Brian sobre uma grande e instável pilha de caixas de papelão.

Mallory parou ao lado dos irmãos, virou-se, ergueu as duas pistolas. Olhou rápido para o pé. Uma bala perdida arrancara o salto do sapato. Ergueu os olhos no instante seguinte e viu meia dúzia de bandidos, gritando, aproximando-se numa busca furiosa.

Um abalo estremeceu o prédio. Montes de produtos enlatados retiniram no chão numa onda de fumaça de poeira. Mallory ficou boquiaberto.

Todos os seis bandidos estavam caídos e desbaratados no beco, como se atingidos por um raio.

– Ned! – gritou Brian, do alto de sua pilha de caixas. – Pegue as armas deles! – Agachou-se sobre um joelho, com a pistola russa soltando fumaça pela câmara de carga aberta. Brian carregou um segundo cartucho de latão e papel de cera vermelho, tão espesso quanto um bastão de policial.

Mallory, com os ouvidos tinindo, precipitou-se adiante, depois escorregou e quase caiu de cabeça no sangue espalhado. Tentou apoiar-se na mão direita, e a Ballester-Molina disparou. A bala estrondeou numa viga de ferro acima dele. Mallory parou, desarmou o cão com cautela, desarmou também a pistola do Marquês, enfiou as duas no bolso; preciosos segundos passaram-se com seu sobressalto.

O beco estava inundado de sangue. A detonação precipitada do canhão de mão russo havia lacerado os homens de modo pavoroso. Um pobre diabo ainda murmurava enquanto Mallory retirava com dificuldade uma carabina vitoriana de baixo de seu corpo, a coronha ensopada de sangue. Esforçou-se para puxar a bandoleira do sujeito, mas desistiu dela pelo revólver ianque com cabo de madeira de outro. Algo lhe feriu a palma da mão ao apanhar a pistola. Mallory olhou para a mão ferida, atônito, depois para a coronha da pistola.

Havia um estilhaço recente de metralha, contorcido, fincado na madeira, uma coisa afiada, como uma grande apara de metal.

Rifles começaram a estalar ao longe, e as balas cravavam nas pilhagens ao redor dele com estranhos ruídos e um tinido musical de vidro.

– Mallory! Por aqui – gritou Fraser.

Fraser havia descoberto uma fresta ao longo da parede do armazém. Mallory virou-se para erguer a carabina e procurar Brian, e viu o jovem artilheiro saltar para o outro lado do beco, para outra posição de mira.

Ele seguiu Fraser pela fenda, grunhindo e arfando, por alguns metros ao longo da parede. Balas começaram a penetrar os tijolos, diante deles e atrás deles, mas bem acima da cabeça. Tiros de má pontaria rompiam o telhado de zinco com batidas como as de um tambor. Mallory saiu e encontrou Tom labutando feito um demônio num beco sem saída, arremessando uma barricada de penteadeiras com pernas alongadas. Os móveis estavam empilhados num amontoado de laca branca que lembrava tarântulas mortas.

Os estampidos dos rifles, mais penetrantes agora, faziam do armazém uma cacofonia. Atrás deles, Mallory ouviu gritos de ira e medo diante dos mortos.

Tom empurrou uma armação de cama de ferro num monte de caixas e colocou as costas nele, virando a pilha com um estrondo.

– Quantos? – perguntou, ofegante.

– Seis.

Tom sorriu tal um louco.

– É mais do que conseguirão matar dos nossos. Onde está Brian?

– Não sei. – Mallory retirou a correia da carabina e entregou-a a Tom que, por sua vez, pegou-a pelo cano e segurou-a na altura do tronco, surpreso com a camada de sangue coagulado.

Fraser, vigiando com atenção pela fenda, disparou a *pepperbox*. Ouviu-se um terrível grito afeminado e uma chicotada, como um rato envenenado agonizando dentro da parede.

As balas começaram a mergulhar nos escombros em torno deles com uma precisão um tanto maior, atraídas pelo grito. Uma bala cônica do tamanho de um polegar caiu, vinda não se sabia de onde, aos pés de Mallory, e girou feito um pião sobre as tábuas do assoalho.

Fraser bateu em seu ombro. Mallory virou-se. Fraser puxara a máscara do rosto; seus olhos brilhavam e a barba por fazer surgia no queixo pálido.

– E agora, dr. Mallory? Qual é a nova e inspirada manobra?

– Poderia até ter funcionado – protestou Mallory. – Ela poderia ter-nos levado direto a Swing se tivesse acreditado em mim. As mulheres são imprevisíveis...

– Ah, ela acreditou, sim, em você – disse Fraser e riu de repente, uma risada estranha e seca, como a fricção de madeira com resina. – Bem, o que tem aí?

– Pistola? – Mallory ofereceu a Fraser o revólver resgatado. – Cuidado com o estilhaço de metralha.

Fraser raspou a arma no salto da bota, retirando a farpa incrustada.

– Nunca vi nada parecido com essa arma! Duvido muito que seja legal, mesmo para um de seus nobres heróis da Crimeia.

Um tiro de rifle arrancou um pedaço de uma das penteadeiras, não atingindo Fraser por pouco. Mallory olhou para cima, espantado.

– Droga! – Um atirador estava agarrado feito um macaco a uma das vigas de ferro, encaixando mais munição no rifle.

Mallory tomou a Victoria de Tom, envolveu o antebraço com a tira ensanguentada e mirou com cautela. Apertou o gatilho. Sem resultado. O único tiro já havia sido disparado. Mas o atirador, boquiaberto num o de terror, saltou com um estrondo distante.

Mallory puxou a culatra para trás, arrancando o cartucho vazio.

– Eu deveria ter apanhado a maldita bandoleira...

– Ned! – Brian apareceu de repente à esquerda deles, agachado no alto de uma pilha. – Aqui... fardos de algodão!

– Certo! – Eles seguiram o comando de Brian, arrastando-se e subindo no alto das pilhagens em uma cascata de barbatanas de baleia e castiçais. Balas silvavam e batiam em volta deles. Mais homens nas vigas, pensou Mallory ocupado demais para olhar. Fraser levantou-se uma vez e deu um tiro a esmo, sem nenhum efeito aparente.

Dezenas de fardos de aproximadamente quarenta e cinco quilos de algodão descaroçado dos Confederados, amarrados com cordas e sacos de estopa, estavam empilhados até quase a altura das vigas.

Brian gesticulou loucamente, em seguida desapareceu do outro lado do monte de algodão. Mallory entendeu: era uma fortaleza natural, com um pouco de esforço.

Ele e Tom ergueram e derrubaram um dos fardos do alto da pilha e entraram na cavidade. As balas atingiam o algodão, bufando suavemente, enquanto Fraser levantava-se e retribuía os tiros.

Empurraram mais um fardo, depois um terceiro. Fraser juntou-se a eles na escavação, com um salto e um deslize. Num minuto frenético e ofegante, esconderam-se no centro da pilha tal formigas no meio de uma caixa de cubos de açúcar.

Sua posição era óbvia agora; as balas chocavam-se com um som surdo contra a fortaleza de algodão, mas sem danos. Mallory arrancou um grande chumaço limpo e tirou suor e sangue do rosto e dos braços. Era um trabalho pesado erguer fardos de algodão; não era de admirar que os sulistas haviam-no relegado aos negros.

Fraser abriu um espaço estreito entre dois fardos.

– Dê-me outra pistola.

Mallory entregou-lhe o revólver de cano longo do Marquês. Fraser disparou, apertou os olhos e acenou com a cabeça. – Bela peça... – Uma saraivada de tiros vãos foi a resposta. Tom, grunhindo e arfando, abriu mais espaço ao erguer e soltar um fardo do fundo da pilha; o volume atingiu algo com um estrondo, como o de uma pianola despedaçando-se.

Fizeram um inventário. Tom tinha uma Derringer com uma câmara carregada; útil, talvez, caso os anarquistas chegassem aos bandos, feito piratas embarcando, mas não em outro caso. A Ballester-Molina de Mallory tinha três tiros. A *pepperbox* de Fraser ainda tinha três balas, e a arma do Marquês, cinco disparos. E tinham uma carabina Victoria vazia, e o pequeno cassetete de Fraser.

Não havia sinal de Brian.

Ouviram gritos nervosos, abafados, nas profundezas do armazém – ordens, pensou Mallory. O tiroteio parou de súbito, substituído por um silêncio agourento, interrompido por um roçar e algo que parecia batida de martelo. Ele espiou por cima de um fardo à frente. Não havia inimigos visíveis, mas as portas do armazém tinham sido fechadas.

A escuridão varreu o armazém numa onda repentina. Além da abóbada vítrea do teto, o lugar escurecera rápida e espantosamente, como se o Fedor estivesse ainda mais denso.

– Devemos fugir? – sussurrou Tom.

– Não sem Brian – disse Mallory.

Fraser balançou a cabeça de modo sorumbático, sem expressar sua dúvida, mas deixando-a clara o bastante.

Trabalharam no escuro por algum tempo, abrindo espaço, cavando mais fundo, puxando alguns fardos para servirem de ameias. Com o som de sua atividade, mais tiros espocaram, os lampejos das bocas das armas iluminavam as trevas com violência, guinchando nas vigas de ferro ao alto. Aqui e ali, nas pilhas de mercadorias, brilhava a luz chamejante de lampiões.

Mais gritos de ordens, e os tiros cessaram. Houve uma agitação de passos rápidos no telhado de metal, que logo desapareceu.

– O que foi isso? – perguntou Tom.

– Pareceu o som de ratos fugindo – disse Mallory.

– Chuva! – sugeriu Fraser.

Mallory não disse nada. O mais provável seria outra chuva de cinzas.

A escuridão foi iluminada de novo, muito de repente. Mallory espiou por cima do fardo. Um grupo de cafajestes seguia arrastando-se quase até o pé das trincheiras, descalços e em silêncio, alguns com facas nos dentes. Mallory gritou em alarme e começou a atirar.

Logo foi cegado pelos clarões da própria arma, mas a Ballester-Molina, recuando e pulsando, parecia ter vida própria; num instante, os três tiros restantes se foram. Mas não desperdiçados; a tão curta distância, ele não teve como errar. Dois homens caíram, um terceiro arrastava-se e os outros fugiam aterrorizados.

Mallory pôde ouvi-los reagrupando-se fora do campo de visão, xingando uns aos outros de modo confuso. Mallory, com a arma descarregada, pegou no cano quente como se fosse um porrete.

O prédio tremeu com o estrondo terrível da pistola de Brian.

O silêncio que se seguiu foi interrompido por gritos de dor. Um longo e angustiante minuto passou, preenchido por berros infernais dos feridos e dos moribundos, com um estampido, um praguejar e ruídos de vozes.

De repente, um vulto escuro impulsionou-se até eles, fedendo a pólvora. Brian.

– Ainda bem que não me acertou – disse. – Minha nossa, está escuro aqui dentro, não?

– Você está bem, rapaz? – disse Mallory.

– Cortes – disse Brian, ficando de pé. – Veja o que trouxe para ti, Ned.

Ele passou o objeto para as mãos de Mallory. A forma lisa e pesada do cabo e do cano ajustou-se à mão de Mallory como seda. Era um rifle de caça.

– Eles têm uma caixa cheia dessas maravilhas – disse Brian. – Lá num pequeno escritório bagunçado, do outro lado. E munições também, mas só consegui trazer duas caixas.

Mallory começou a carregar o rifle de imediato, um cartucho de latão após o outro estalando no carregador de corda como o tique-taque de um relógio preciso.

– Coisa esquisita – disse Brian. – Creio que não sabiam que eu estava entre eles. Nenhuma noção de estratégia. Parece não haver nenhum traidor do exército no meio dessa turba, acredite!

– Essa sua arma é uma beleza, rapaz – disse Fraser.

Brian resmungou.

– Não mais, sr. Fraser. Eu só tinha dois cartuchos. Queria ter-me contido, mas quando vi a excelente chance de fogo de enfiada, tive de disparar.

– Não se preocupe – disse-lhe Mallory, cariciando o cabo de nogueira. – Se tivéssemos quatro dessa, poderíamos detê-los por toda a semana.

– Peço desculpas! – disse Brian. – Mas não poderei mais fazer um reconhecimento em força de maneira apropriada. Eles me feriram um pouco.

Uma bala perdida queimara a frente da canela de Brian. O osso branco aparecia no ferimento superficial, e a bota imunda estava cheia de sangue. Fraser e Tom passaram rolos de algodão limpo na ferida enquanto Mallory mantinha a vigília com o rifle.

– Já chega – Brian protestou, por fim –, vocês sigam em frente para derrotar a Lady Nightingale. Viu alguma coisa, Ned?

– Não – disse Mallory. – Mas os ouço tramando estragos.

– Estão divididos em três agrupamentos – disse Brian. – Tinham um ponto de encontro bem ao lado de sua linha de fogo, mas eu os varri dali com as balas do czar. Duvido que vão nos atacar mais uma vez. Não terão coragem para tal agora.

– O que farão, então?

– Algum trabalho de sapador, aposto – disse Brian. – Avançar barricadas, talvez algo sobre rodas. – Cuspiu asperamente. – Droga, preciso de uma bebida. Não sinto sede assim desde Lucknow.

– Sinto muito – disse Mallory.

Brian suspirou.

– Tínhamos um excelente carregador de água com o regimento na Índia. O danado do hinduzinho valia por dez desses tratantes!

– Viu a mulher? – perguntou-lhe Fraser. – Ou o Capitão Swing?

– Não – disse Brian. – Eu estava buscando abrigo, rastejando por aí. Procurando uma arma de fogo de melhor qualidade, principalmente com mira.

Também vi coisas estranhas. Encontrei esse rifle de caça do Ned numa salinha de escritório, nem uma alma ali a não ser um sujeitinho com ares de escriturário, escrevendo a uma mesa. Par de velas acesas, papéis espalhados para todo lado. Cheia de armas encaixotadas para exportação; e o porquê de estarem guardando esses ótimos rifles com um escriturário e distribuindo Victorias está além de minha compreensão profissional.

Uma onda de tênue luz esverdeada entrou no prédio – contornando, em sua passagem, um homem armado que subia por uma corda com roldana, sentado num laço corrediço. Rápido como um pensamento, Mallory centralizou nele a mira, expirou o ar, atirou. O homem baqueou para trás e ficou pendurado pelos joelhos, frouxo.

O fogo de rifles começou a estalar no algodão. Mallory voltou a abaixar-se.

– Bela plataforma, fardos de algodão – disse Brian com satisfação, batendo no piso forrado de aniagem. – Hickory Jackson escondeu-se atrás deles em New Orleans, e também nos deu uma vitória.

– O que aconteceu no escritório, Brian? – perguntou Tom.

– O sujeito enrolou para si uma espécie de papirosi – disse Brian. – Conhece? Tabaco turco. Acontece que o velhaco pegou um conta-gotas de um frasco de remédio, passou-o pelo papel antes, depois enrolou uma folha esquisita que estava num pote de doce. Olhei bem para o rosto dele quando acendeu o cigarro na vela, e a expressão era muito alheia, evasiva, pode-se dizer bastante parecida com o irmão Ned quando envolvido num de seus problemas eruditos! – Brian soltou um riso seco, sem intenção de ofensa. – Não parecia muito certo atrapalhar sua fantasia então, portanto peguei um rifle e umas caixas, de maneira bem discreta, e saí!

Tom riu.

– Olhaste bem, ãh? – perguntou Mallory.

– Com certeza.

– O sujeito tinha um galo na testa, bem aqui?

– E como tinha!

– Então era o Capitão Swing – disse Mallory.

– Então sou um imbecil cabeçudo! – gritou Brian. – Não pareceu correto atirar num homem pelas costas, mas se soubesse que era ele, teria estourado aquela cabeça encaroçada!

– Doutor Edward Mallory! – alguém gritou do piso escurecido abaixo.

Mallory ergueu-se, espiou em volta do fardo. O Marquês de Hastings estava abaixo deles, a cabeça enfaixada e uma lamparina na mão. Agitou um lenço branco preso a uma vara.

– Mallory Leviatã, uma conferência com o senhor! – gritou o Marquês.

– Pode falar, então – disse Mallory com cuidado para não mostrar a cabeça.

– Está encurralado aqui, dr. Mallory! Mas temos uma oferta a fazer-lhe. Se contar-nos onde escondeu certo objeto de valor, o qual roubou, libertá-lo-emos com seus irmãos. Mas seu espião policial do Departamento Especial tem de ficar. Temos perguntas a fazer para ele.

Mallory riu dele com escárnio.

– Ouçam, Hastings e todos os outros! Entreguem-nos o louco do Swing e sua prostituta assassina com as mãos amarradas! Então deixaremos o restante sair arrastado daqui antes da chegada do exército!

– A demonstração de insolência de nada lhe serve – disse o Marquês. – Incendiaremos esse algodão e vocês hão de assar feito coelhos!

Mallory virou-se.

– Ele pode fazer isso?

– Algodão não queima quando empacotado firme assim – teorizou Brian.

– Certo, incendeiem! – gritou Mallory. – Toquem fogo no armazém inteiro e morram asfixiados com a fumaça.

– Tem sido muito ousado, dr. Mallory, e muito sortudo. Mas nossos melhores homens estão patrulhando as ruas de Limehouse agora, aniquilando a polícia! Logo retornarão, soldados calejados, veteranos de Manhattan! Tomarão de assalto seu pequeno esconderijo sob a força de baionetas! Saiam agora, enquanto têm uma chance de viver!

– Não tememos turba ianque alguma! Tragam-nos, para provarem da metralha!

– Fizemos nossa oferta! Avalie-a, como um verdadeiro cientista!

– Vá para o inferno – disse Mallory. – Mande-me Swing; quero falar com Swing! Estou farto de você, seu traidorzinho pretencioso.

O Marquês retirou-se. Após alguns instantes, um fogo errático teve início. Mallory gastou meia caixa de cartuchos em resposta aos clarões de tiros.

Os anarquistas começaram, então, o penoso trabalho de avançar uma arma de cerco, uma falange improvisada de três pesados carrinhos de carga com uma armadura de tampos de mesa de mármore amarrada na dianteira. A armadura móvel era larga demais para passar pelo beco curvo que ia dar nos fardos de algodão; então os rebeldes abriram caminho pelos montes de mercadorias, empilhando-as nos flancos dos carrinhos. Mallory feriu dois deles em atividade, mas eles ficaram mais prudentes com a experiência e logo erigiram uma passagem coberta atrás da armas de cerco que avançavam.

Parecia haver muito mais homens no armazém agora. Escurecera ainda mais, mas a luz de lampiões surgia aqui e ali, e as vigas de ferro estavam repletas de francos atiradores. Ouvia-se uma conversa em voz alta – uma discussão, pareceu – além dos gemidos dos feridos.

A arma de cerco aproximou-se ainda mais. Estava agora na melhor linha de fogo de Mallory. Caso ele se expusesse numa tentativa de debruçar sobre a trincheira, sem dúvida seria atingido pelo atirador.

A arma de cerco chegou à base dos fardos de algodão. Ouviu-se um som de rasgo na base da parede.

Uma voz distorcida e abafada – auxiliada talvez por um megafone – soou de dentro da arma de cerco.

– Dr. Mallory!

– Sim?

– Pediu que eu viesse... Aqui estou! Derrubaremos o muro do seu castelo, dr. Mallory. Logo estará bastante vulnerável.

– Trabalho difícil para um jogador profissional, Capitão Swing! Não vá ficar com bolhas nas mãos delicadas!

Tom e Fraser, que estavam trabalhando juntos, tombaram um fardo pesado em cima da arma de cerco. Ela balançou sem danos. Um fogo bem combinado varreu a fortaleza, fazendo os atacados mergulharem no abrigo.

– Cessar fogo! – gritou Swing, e riu.

– Tenha cuidado, Swing! Se atirar em mim, nunca saberá onde o Modus está escondido.

– Ainda o tolo fanfarrão! Roubou-nos o Modus no Derby. Poderia tê-lo devolvido a nós, e evitado certa destruição a si mesmo! Seu ignorante teimoso, sequer tem ideia do propósito verdadeiro do objeto!

– Ele pertence à Rainha das Máquinas, e isso sei muito bem.

– Se pensa isso, não sabe nada.

– Sei que é de Ada, pois ela me disse. E ela sabe onde está escondido, pois eu contei-lhe onde o guardei!

– Mentiroso! – gritou Swing. – Se Ada soubesse já estaríamos com ele. Ela é uma de nós!

Tom suspirou alto.

– Vocês são os algozes dela, Swing!

– Estou lhe dizendo que Ada é nossa.

– A filha de Byron jamais trairia o reino.

– Byron está morto! – Swing gritou com a terrível convicção da verdade. – E tudo o que ele construiu, tudo aquilo em que você acredita, será agora abolido.

– Está sonhando.

Houve um longo silêncio. Depois Swing voltou a falar, com voz nova e lisonjeira. – O exército agora atira no povo, dr. Mallory.

Mallory não disse nada.

– O Exército Britânico, o verdadeiro baluarte de sua pretensa civilização, está agora matando seus concidadãos nas ruas. Homens e mulheres com pedras nas mãos estão sendo assassinados com armas de fogo contínuo. Não está ouvindo?

Mallory não respondeu.

– Você construiu uma casa na areia, dr. Mallory. Sua árvore da prosperidade está enraizada na lama escura. As massas não podem suportá-lo mais. O sangue jorra nas ruas sete vezes amaldiçoadas de Babilondres!

– Saia daí, Swing! – gritou Mallory. – Saia de sua escuridão, deixe-me ver seu rosto!

– Pouco provável – disse Swing.

Houve mais um silêncio.

– Eu pretendia levá-lo com vida, dr. Mallory – disse Swing em tom decisivo. – Mas se é verdade que confessou seu segredo a Ada Byron, não preciso mais do senhor. Minha camarada de confiança, minha companheira de vida, ela mantém a Rainha das Máquinas numa armadilha perfeita! Ficaremos com Lady Ada e com o Modus, e com a futuridade também. E o senhor terá como sepulcro as profundezas do Tâmisa envenenado.

– Mate-nos, então, e pare com a maldita conversa inútil! – gritou Fraser, de súbito, sem suportar mais o tormento. – O Departamento Especial cuidará para que você se debata com uma corda no pescoço, nem que isso leve cem anos.

– A voz da autoridade! – escarneceu Swing. – O todo-poderoso governo britânico! Não vê problema na matança de pobres coitados nas ruas, mas veremos se seus plutocratas envaidecidos tomam este armazém enquanto mantemos como reféns mercadorias no valor de milhões aqui dentro.

– Deve estar completamente louco – disse Mallory.

– Por que pensa que escolhi este lugar como meu centro de operações? Vocês são governados por comerciantes, que valorizam mais suas preciosas mercadorias do que qualquer número de vidas humanas! Jamais incendiarão seus próprios armazéns, seus próprios proveitos. Somos inexpugnáveis aqui!

Mallory riu.

– Seu estúpido completo! Se Byron está morto, o governo está nas mãos de Lorde Babbage e de seus comitês de emergência. Babbage é um mestre do pragmatismo! Não será impedido por interesses comerciais de qualquer monta.

– Babage é um fantoche dos capitalistas.

– É um visionário, seu palhaço iludido! Assim que ele souber que está aqui, vai mandar este lugar para os ares sem pensar duas vezes!

Um raio estremeceu o prédio. Ouviram-se batidas no telhado.

– Está chovendo! – gritou Tom.

– É artilharia – disse Brian.

– Não, ouça... Está chovendo, Brian! O Fedor acabou! É a chuva abençoada!

Uma discussão irrompera abaixo do abrigo da arma de cerco. Swing falava de modo ríspido com seus homens.

Água fria começou a gotejar através das gregas irregulares formadas pelos buracos das balas no telhado.

– É chuva – disse Mallory, e lambeu a mão. – Chuva! Nós vencemos, rapazes. – Um trovão ribombou. – Mesmo se nos matarem aqui – gritou Mallory –, acabou para eles. Quando o ar de Londres estiver respirável novamente, não terão onde se esconder.

– Pode estar chovendo – disse Brian –, mas há armas navais de dez polegadas perto do rio...

Uma granada arrebentou o telhado numa torrente de estilhaços em chamas.

– Eles nos alcançaram agora! – gritou Brian. – Pelo amor de Deus, protejam-se! – Começou a manejar desesperadamente os fardos de algodão.

Mallory viu, atônito, uma granada após outra atravessar o telhado, deixando buracos tão bem espaçados quanto os golpes da sovela de um sapateiro. Redemoinhos de escombros em chamas voaram, como o impacto de cometas de ferro.

A abóbada de vidro explodiu em mil fragmentos afiados. Brian gritava com Mallory, e sua voz era completamente abafada pela cacofonia. Após o instante de aturdimento, Mallory curvou-se para ajudar o irmão a erguer mais um fardo, e agachou-se dentro da trincheira.

Sentou-se ali, com o rifle sobre os joelhos. Explosões de luz encobriram o teto deformado. As vigas de ferro começaram a empenar sob pressão, com os rebites estourando feito tiros de revólver. O barulho era infernal, sobrenatural. O armazém estremecia tal chapa de estanho.

Brian, Tom e Fraser, agachados, pareciam beduínos em oração, tapando os ouvidos com as mãos. Pedaços de madeira ardente e tecido caíam suavemente sobre os fardos ao redor deles, pulando um pouco a cada abalo repetido, apagando ao pousar no algodão. O armazém inflou-se de ar e calor.

Mallory puxou dois chumaços de algodão, com expressão ausente, e enfiou-os nos ouvidos.

Uma seção do telhado ruiu, bem devagar, como a asa de um cisne moribundo. A chuva em torrentes combateu o fogo abaixo.

A beleza penetrou a alma de Mallory. Ele levantou-se, o rifle tal uma varinha nas mãos. O bombardeio havia parado, mas o barulho era incessante, pois o prédio estava em chamas. Labaredas de fogo sujo subiam em centenas de pontos, retorcidas de forma fantástica por rajadas de fogo.

Mallory foi até a beira do parapeito de algodão. O bombardeio derrubara a passarela coberta deixando apenas fragmentos, como uma passagem lamacenta de cupins esmagados por uma bota. Mallory ficou parado, observando seus inimigos fugirem aos gritos.

Um homem parou entre as chamas e virou-se. Era Swing. Olhou para cima, para Mallory. O rosto contorcido de pavor e desespero. Gritou algo – gritou ainda mais alto –, mas era um homem pequeno, ao longe, e Mallory não conseguiu ouvi-lo. Mallory balançou a cabeça devagar.

Swing ergueu a arma. Mallory viu, com um rubor de alegre surpresa, os contornos familiares de uma carabina Cutts-Maudslay.

Swing mirou sua arma, firmou-a e apertou o gatilho. Zumbidos tênues e agradáveis envolveram Mallory, com estalos musicais do teto perfurado atrás dele. Mallory, movendo as mãos com magnífica e involuntária graça, ergueu o rifle, suspirou, atirou. Swing girou e caiu, desajeitado. A Cutts-Maudslay, ainda em suas mãos, continuou com as contrações e estalos mesmo depois de o cilindro de cartuchos estar vazio.

Mallory viu, com tépido interesse, Fraser saltar pelos escombros com a agilidade de uma aranha, aproximar-se do anarquista caído, com a pistola na mão. Algemou Swing e depois o ergueu com dificuldade sobre o ombro.

Os olhos de Mallory ardiam. A fumaça do armazém em combustão acumulava-se sob os restos do telhado. Olhou para baixo, pestanejando, e viu Tom baixando Brian, coxo, ao chão.

Os dois juntaram-se a Fraser, que acenou categoricamente. Mallory sorriu, desceu, seguiu. Os três saíram, então, atravessando as labaredas saltadas, espessas, com Mallory caminhando atrás.

A Catástrofe havia escancarado a fortaleza de Swing num gêiser de tijolos despedaçados. Mallory, feliz, raspando os pregos do salto do sapato pelo chão, saiu para uma Londres renascida.

Para uma tempestade purificadora.

Em 12 de abril de 1908, aos oitenta e três anos, Edward Mallory morreu em sua casa em Cambridge. As exatas circunstâncias de sua morte são obscuras, dando a impressão de que medidas foram tomadas para preservar as peculiaridades que pesam sobre o falecimento de um ex-presidente da Royal Society. As observações do dr. George Sandys, amigo e médico pessoal de Lorde Mallory, indicam que o grande cientista morreu de hemorragia cerebral. Sandy também observou, ao que tudo indica para fins próprios, que o falecido dirigiu-se ao leito de morte usando roupas de baixo elásticas patenteadas, meias com cintas e sapatos sociais de couro bem amarrados.

O médico, homem meticuloso, também notou um item descoberto abaixo da ondulada barba branca do falecido. Em torno do pescoço do grande homem, numa elegante corrente de aço, pendia um antigo anel de sinete feminino, com o timbre da família Byron e o lema CREDE BYRON. A anotação cifrada do médico é a única evidência conhecida desse aparente legado, provável recordação em sinal de agradecimento. É muito provável que Sandys tenha confiscado o anel, ainda que um catálogo completo das posses de Sandys, feito após sua própria morte, em 1940, não faça menção do objeto.

Não há menção a qualquer anel no testamento de Mallory, um documento muito bem elaborado, de impecável especificidade a não ser por esse detalhe.

Edward Mallory no gabinete de seu suntuoso lar em Cambridge. É tarde. O grande paleontólogo, com seus dias de campo já muito distantes, e a presidência renunciada, dedica o inverno de sua vida a questões teóricas e aos envolvimentos mais sutis com a administração científica.

Lorde Mallory há muito modificara as doutrinas radicais do Catastrofismo de sua juventude, abandonando com elegância a noção desacreditada de que a Terra não possui mais de trezentos mil anos de idade. É suficiente, para Mallory, que o Catastrofismo tenha sido comprovado como próspero caminho para uma verdade geológica maior, conduzindo o sábio ao seu maior triunfo pessoal: a descoberta, em 1865, da deriva continental.

Mais do que o brontossauro, mais do que os ovos de ceratopsia do deserto de Gobi, é esse espantoso e ousado *insight* que garante sua fama imortal.

Mallory, que dorme pouco, senta-se a uma escrivaninha japonesa curvilínea de mármore artificial. Passando as cortinas abertas, lâmpadas incandescentes brilham além das janelas policromáticas e abstratamente padronizadas do vizinho mais próximo. A casa do vizinho, assim como a de Mallory, é um tumulto meticulosamente orquestrado de formas orgânicas, telhada com cerâmica em escamas de dragão iridescente – o estilo de arquitetura moderna dominante na Inglaterra, embora a moda em si tenha suas origens *fin-de-siècle* na próspera República da Catalunha.

Mallory recusou recentemente uma suposta reunião clandestina da Sociedade da Luz. Como o último hierarca da cada vez mais diminuta confraria, ele usa esta noite a beca formal do cargo. A casula de lã azul-royal é franjada em escarlate. Uma casula azul-escura de seda artificial que vai até o chão, com semelhante franjas, é decorada com faixas concêntricas de pedras semipreciosas. Ele colocou de lado uma coroa abobadada com incrustações de ouro e um colar com camadas sobrepostas de ouro; este último está agora sobre uma pequena impressora de mesa.

Ele coloca os óculos, enche o cachimbo, acende-o. Seu secretário, Cleveland, é homem muitíssimo cauteloso e metódico, e deixou-lhe dois conjuntos de documentos ajeitados com esmero sobre a mesa em pastas de papel-manilha com grampos de latão. Uma pasta está à sua direita, a outra à esquerda, e não se pode saber qual escolherá.

Ele escolhe a pasta da esquerda. É um relatório impresso à Máquina, de um oficial idoso da Meirokusha, famosa confraria de estudiosos japoneses que funciona, não por acidente, como a divisão mais notável da Sociedade da Luz. O texto preciso do relatório não pode ser encontrado na Inglaterra, mas está preservado em Nagasaki, junto com um comentário que indica ter ele sido enviado por telégrafo ao hierarca por meio de canais comuns, em 11 de abril. O texto indica que a Meirokusha, ao sofrer grande declínio no número de membros e crescente falta de comparecimentos, votara por adiar as próximas reuniões. É acompanhado por uma relação de iguarias e bebidas e as taxas de aluguel para um quarto no andar de cima do Seiyoken, um restaurante no bairro de Tsukiji, em Tóquio.

Lorde Mallory, ainda que a notícia não seja inesperada, está dominado por uma sensação de perda e amargura. Seu humor, impetuoso nos melhores dias, tornou-se mais afiado com a idade avançada; sua indignação cresce até o estado de fúria impotente.

Uma artéria falha.

Essa cadeia de eventos não acontece.

Ele escolhe a pasta da direita. É mais espessa que a da esquerda, e isso o intriga. Contém detalhado relato de campo da expedição paleontológica da Royal Society à costa pacífica do Canadá Ocidental. Satisfeito com a nostalgia despertada em relação a seu próprio tempo de expedicionário, ele analisa o relatório com atenção.

O trabalho da ciência moderna não chega a ser muito diferente do de seus próprios dias. Os cientistas britânicos afluíram para o continente, vindos da florescente metrópole de Victoria, e viajaram com o conforto dos automóveis até as montanhas próximas à base luxuosa numa aldeia costeira de Vancouver. Seu líder, se é que pode receber tal título, é um jovem formado em Cambridge chamado Morris, que na lembrança de Mallory é um sujeito estranho, de cabelos cacheados, com o hábito de vestir capas de veludo e elaborados chapéus modernistas.

Os estratos a serem examinados são cambrianos, xisto escuro de qualidade quase litográfica. E, parece, nele fervilha uma variedade de formas intricadas, resíduos finos como papel e completamente triturados de fauna invertebrada antiga. Mallory, especialista em vertebrados, começa a perder o interesse; já viu, pensa ele, mais trilobitas do que qualquer um deveria ter de ver, e de fato sempre considerou difícil evocar mais entusiasmo por qualquer coisa com menos de cinco centímetros de comprimento. Pior ainda, a prosa do relatório não lhe parece nada científica, marcada pelo mais intratável ar de extremo entusiasmo.

Ele volta a atenção para as gravuras.

Há uma coisa na primeira ilustração que possui cinco olhos. Tem um longo bico com garras em vez de uma boca.

Há uma coisa sem pernas, que lembra um raio, apenas lóbulos e gelatina, com uma boca plana e dentada que não morde, mas que se fecha como um diafragma.

Há uma coisa cujas pernas são catorze espinhos calosos e pontudos – uma coisa que não tem cabeça, nem olhos, nem barriga, mas sete bocas minúsculas em forma de garras, cada qual na ponta de um tentáculo flexível.

Essas coisas não apresentam nenhuma relação com qualquer criatura conhecida, de qualquer período que seja.

Uma onda de sangue e admiração cresce dentro do crânio de Mallory. Um vórtice de implicações começa a ordenar-se dentro dele, ajustando-se passo a passo até um estranho e enigmático brilho, um afluxo extático rumo à total compreensão, cada vez mais brilhante, mais claro, cada vez mais próximo...

Sua cabeça bate na mesa quando ele cai para a frente. Mallory estatela-se com as costas ao pé da cadeira, os membros dormentes e leves, ainda elevados, envoltos pela luz da admiração, a luz de um conhecimento estupendo, forçando, forçando os limites do real – um conhecimento que morre para nascer.

Quinta Iteração

O Olho Que Tudo Vê

Uma tarde na Horseferry Road, doze de novembro de 1885, imagem registrada por A. G. S. Hullcoop, do Departamento de Antropometria Criminal.

O obturador da "Excelsior", Talbot de Hullcoop, capturou onze homens que desciam os amplos degraus da entrada da Agência Central de Estatística. A triangulação localiza Hullcoop, com suas poderosas lentes, escondido no alto do telhado de uma casa editorial na Holywell Street.

À frente, entre os onze, está Laurence Oliphant. Seu olhar, abaixo da aba preta da cartola, é suave e irônico.

Os chapéus altos, de superfície opaca, criam um motivo que se repete, comum às imagens do período.

Assim como os outros, Oliphant usa uma sobrecasaca escura acima de calças justas de tom claro. O pescoço está envolto num cachecol alto de seda escura. O efeito é digno e colunar, embora algo na conduta de Oliphant possa sugerir o passeio ocioso de um esportista.

Os outros homens são advogados, funcionários da Agência e um representante sênior da Colgate. Atrás deles, acima da Horseferry Road, descem os cabos de cobre dos telégrafos da Agência.

Os processos de resolução revelam que os borrões pálidos sobre tais fios são pombos.

Apesar de ter a tarde um brilho extemporâneo, Oliphant, visita frequente na Agência, está abrindo um guarda-chuva.

A cartola do representante da Colgate apresenta uma branca vírgula alongada de fezes de pombo.

Oliphant estava sentado, sozinho, numa pequena sala de espera que se comunicava, por uma porta de vidro, a uma sala de cirurgia. Nas paredes de tom amarelado havia diagramas coloridos que retratavam a devastação causada por diversas doenças. Havia uma estante abarrotada de encardidos tomos médicos. Havia bancos esculpidos em madeira, que poderiam ter saído de uma igreja em ruínas, e um tapete ordinário tingido de carvão no meio do chão.

Ele olhava para um porta-objeto de mogno e um enorme rolo de fibras de linho que ocupavam seus próprios espaços na estante de livros.

Alguém chamou seu nome.

Ele viu um rosto através da vidraça da sala de cirurgia. Pálido, com fios de cabelo escuro encharcados, amontoados sobre a testa saliente.

– Collins – disse ele. – "Capitão Swing". – E viu outros rostos, numerosos, os rostos dos desaparecidos, nomes eliminados da memória.

– Sr. Oliphant?

O dr. McNelie observou-o da porta. Com leve constrangimento, Oliphant levantou-se do banco de igreja e ajeitou o casaco com gesto automático.

– Está de todo bem, sr. Oliphant? Sua expressão era totalmente incomum há um momento. – McNelie era esbelto, tinha barba asseada e cabelos castanhos escuros, os olhos acinzentados eram tão claros que sugeriam transparência.

– Sim, obrigado, dr. McNelie. E o senhor?

– Muito bem, obrigado. Alguns sintomas notáveis estão surgindo, sr. Oliphant, resultantes dos acontecimentos recentes. Estou com um cavalheiro que estava sentado em cima de um ônibus, na Regent Street, quando a lateral do veículo foi atingida por um *gurney* a vapor a estimados trinta quilômetros por hora!

– Verdade? Que coisa terrível...

Para o horror de Oliphant, McNelie esfregou as longas mãos brancas.

– Não houve trauma *físico* evidente como resultado da colisão. *Nenhum*. Qualquer que seja. – Cravou Oliphant com os olhos brilhantes, quase sem cor. – Em seguida, observamos insônia, melancolia insipiente, episódios de amnésia secundários – inúmeros sintomas comumente associados a histeria latente. – McNelie sorriu, um rápido rito de triunfo. – Observamos, sr. Oliphant, um caso notavelmente puro de uma progressão clínica de espinha ferroviária, ou seja, uma lesão da coluna vertebral causada por acidente ferroviário, muito comum atualmente!

McNelie fez uma reverência, indicando a Oliphant que passasse pela porta, entrando numa sala apainelada com elegância, ocupada de modo esparso por agourentos aparelhos eletromagnéticos. Oliphant retirou o casaco e o colete, e colocou-os sobre um cabide de mogno.

– E as suas... "indisposições", sr. Oliphant?

– Mais nenhuma, obrigado, desde o último tratamento. – Era verdade? Difícil dizer, de fato.

– E seu sono tem sido imperturbável?

– Diria que sim. Sim.

– Algum sonho digno de nota? Visões despertas?

– Não.

McNelie encarou-o com os olhos pálidos.

– Muito bem.

Oliphant, sentindo-se terrivelmente tolo de suspensórios e peito de camisa engomado, subiu à "mesa de manipulação" de McNelie, um móvel articulado de forma curiosa que lembrava, igualmente, uma *chaise-longue* e um cavalete de tortura. Os vários segmentos da coisa eram estofados com brocado rígido modelado por Máquina, macio e frio ao toque. Oliphant tentou encontrar uma posição confortável; McNelie tornou isso impossível, girando uma ou outra das diversas rodas de metal.

– Fique parado – disse McNelie.

Oliphant fechou os olhos.

– Esse tal de Pocklington – disse McNelie.

– Perdão? – Oliphant abriu os olhos. McNelie estava acima dele, posicionando uma espiral de ferro numa armação ajustável.

– Pocklington. Está tentando ficar com o crédito pelo fim do cólera em Limehouse.

– O nome não é familiar. Médico?

– Pouco provável. O sujeito é um *engenheiro de obras*. Afirma ter acabado com o cólera com o simples ato de remover o cabo de uma bomba d'água municipal! – McNelie atarraxava um cabo de cobre trançado numa base.

– Infelizmente, não o estou compreendendo.

– Não me admira, senhor! O homem é um tolo ou a pior espécie de charlatão. Escreveu no *Times* que a doença nada mais é do que o resultado de água contaminada.

– O senhor acredita que isso é de todo descabido?

– Completamente contrário à teoria médica esclarecida. – McNelie iniciou o trabalho com um segundo objeto de cobre. – Esse Pocklington, veja, é simplesmente o favorito de Lorde Babbage. Foi contratado para resolver os problemas de ventilação dos trens pneumáticos.

Oliphant, detectando a inveja na entonação de McNelie, sentiu leve e maliciosa satisfação. Babbage, pronunciando-se na cerimônia funerária de Byron, lamentara o fato de que a medicina moderna continuava sendo mais uma arte do que uma ciência. O discurso, é claro, fora publicado de modo muito amplo.

– Feche os olhos, por favor, em caso de descarga de faísca. – McNelie vestia um par de luvas de couro, enormes e rígidas.

McNelie conectou os cabos de cobre a uma compacta célula voltaica. A sala encheu-se do odor tênue e lúgubre de eletricidade.

– Por favor, tente relaxar, sr. Oliphant, de modo a facilitar a reversão polar!

A Half-Moon Street estava iluminada por um sólido lampião Webb, uma coluna coríntia canelada, abastecida por gás de esgoto. Como os outros Webb de Londres, este permanecera apagado durante o estado de emergência do verão, por temor de vazamentos e explosões. De fato, houvera pelo menos uma dezena de explosões que romperam o pavimento, a maioria atribuída ao mesmo grisu que abastecia o Webb. Lorde Babbage era um franco defensor do método Webb; como resultado, qualquer garoto sabia que o potencial de metano de uma única vaca era suficiente para as necessidades diárias de aquecimento, iluminação e preparação de alimentos de uma casa de porte médio.

Ele olhou para o Webb enquanto se aproximava de sua própria fachada georgiana. A luz era mais um sinal aparente do retorno à normalidade, mas os sinais pouco o reconfortavam. O cataclismo social físico e mais crítico havia passado, de certo, mas a morte de Byron desencadeara uma série de ondas de instabilidade; Oliphant imaginou-as espalhando-se como as ondulações num lago, sobrepondo-se a outras que partiam de pontos de impacto mais obscuros, criando áreas agourentas e imprevisíveis de turbulência. Numa delas, decerto, estava a atividade de Charles Egremont e a atual caça às bruxas ludita.

Oliphant sabia com absoluta certeza profissional que os luditas estavam extintos; em que pesem os melhores esforços de alguns anarquistas insanos, os tumultos londrinos do verão anterior não configuraram nenhuma ação política coerente ou organizada. Todas as aspirações razoáveis da classe trabalhadora haviam sido exitosamente incorporadas pelos Rads. Byron, em seus dias de vigor, temperou a justiça com uma demonstração bem dramatizada de piedade. Os primeiros líderes luditas que haviam feito as pazes com os Rads, agora lideravam sindicatos e associações profissionais respeitáveis, comodamente abastados e bem-apessoados. Alguns eram ricos industriais – apesar de sua paz de espírito estar perturbada de forma severa pela exumação sistemática de velhas convicções por parte de Egremont.

Uma segunda onda de ludismo havia surgido na turbulenta década de quarenta, desta vez claramente voltada contra os Rads, com uma carta de direitos populares e uma ânsia desesperada por violência. Mas se desintegrara numa confusão de traições destrutivas, e seus espíritos mais ousados, como Walter Gerard, depararam-se com uma punição pública desoladora. Hoje, grupos como o Manchester Hell-Cats, ao qual pertencera Michael Radley quando menino, eram meras gangues de jovens, totalmente desprovidas de propósitos políticos. A influência do Capitão Swing talvez ainda possa fazer-se sentir de quando em quando na Irlanda rural, ou até mesmo na Escócia, mas Oliphant atribuía o fato às políticas agrícolas dos Rads, relegadas por sua grande capacidade em administração industrial.

Não, pensou ele quando Bligh abriu a porta ao vê-lo aproximar-se, o espírito de Ned Ludd estava pouco presente no país, mas o que pensar de Egremont e sua furiosa campanha?

– Boa noite, senhor.

– Boa noite, Bligh. – Entregou ao criado sua cartola e o guarda-chuva.

– O cozinheiro tem carne assada fria, senhor.

– Muito bom. Farei a refeição no escritório, obrigado.

– Sente-se bem, senhor?

– Sim, obrigado. – Os ímãs ou a mesa terrivelmente desconfortável de McNelie deixaram suas costas doloridas. McNelie fora recomendado a ele por Lady Brunel após suspeitar que a coluna de Lorde Brunel sofrera excessivos choques ferroviários ao longo de sua famosa carreira. McNelie recentemente diagnosticara as "misteriosas indisposições" de Oliphant, como insistia em chamá-las, como sintomas de espinha ferroviária, uma doença que, supunha-se, invertia a polaridade magnética da coluna vertebral do paciente após um trauma. A tese de McNelie era a de que o mal poderia ser corrigido por meio da aplicação de eletromagnetismo, e, para tanto, Oliphant fazia visitas semanais nas proximidades de Scot da Harley Street. Os procedimentos de McNelie faziam-no lembrar-se do intenso e excessivo interesse do pai por mesmerismo.

Oliphant pai, após servir como procurador público na Colônia do Cabo, foi nomeado presidente do Supremo Tribunal do Ceilão. Como consequência, Oliphant recebera uma educação particular e – o que era inevitável – bastante fragmentária, à qual devia tanto sua fluência em línguas modernas quanto sua extraordinária ignorância em grego e latim. Seus pais eram evangélicos de uma denominação notadamente excêntrica, e embora ele tivesse retido, ainda que de modo particular, certos aspectos da fé deles, recordava-se com estranho pavor os experimentos do pai: varas de ferro, esferas de cristal...

E como, perguntou-se ao subir a escada acarpetada, Lady Brunel estaria se ajustando à vida de esposa do primeiro-ministro?

Sua ferida japonesa começou a latejar quando ele segurou o corrimão.

Retirou a chave Maudslay tripla do bolso do colete e destrancou a porta do escritório. Bligh, que tinha a única cópia da chave, havia acendido o gás e empilhado os carvões.

O escritório, revestido de carvalho, tinha visão para o parque, por janelas de três faces pouco salientes. Uma mesa de refeitório antiga, muito simples, com quase o mesmo comprimento da sala, servia de escrivaninha para Oliphant. Uma cadeira de escritório muito moderna, montada sobre rodízios abertos com rodas de vidro, migrava com regularidade em torno da mesa enquanto o trabalho de Oliphant levava-o de uma pilha de pastas à outra, indo e voltando. Os rodízios, com as peregrinações diárias da cadeira, haviam começado a desgastar a penugem do Axminster azul.

Três receptores de telégrafo Colt & Maxwell, em redoma de vidro, dominavam a ponta da mesa próxima à janela, com as fitas caindo em espirais em cestos de arame colocados sobre o carpete. Havia também um transmissor de mola e um cortador de fita criptografado de modelo recente da Whitehall. Os diversos cabos de tais aparelhos, em capas de trama fechada em seda vinho, serpenteavam até uma cavilha floral suspensa num grampo central, de onde seguiam até uma placa de latão polido com o emblema dos Correios, embutida nos lambris.

Um dos receptores começou a martelar de imediato. Ele andou até o fim da mesa e leu a mensagem que saía da base de mogno da máquina.

MUITO OCUPADO COM INFRAÇÕES PARTICULADAS MAS SIM VISITE PONTO WAKEFIELD FIM

Bligh entrou com uma bandeja de carne de carneiro fatiada e molho de picles.

– Trouxe uma garrafa de cerveja, senhor – ele disse, colocando uma toalha e talheres numa seção da mesa mantida livre para aquele propósito.

– Obrigado, Bligh. – Oliphant ergueu a fita com a mensagem de Wakefield com a ponta do dedo, depois deixou que caísse de volta no cesto de arame.

Bligh serviu a cerveja, depois saiu com a bandeja e a garrafa de cerâmica vazia. Oliphant rolou a cadeira de escritório ao longo da mesa e sentou-se para espalhar o molho Branston sobre a carne.

A refeição solitária foi interrompida com um sobressalto pelo ruído de um dos três receptores. Olhou para baixo da mesa e viu a fita começando a sair da máquina da direita. A máquina da esquerda, da qual chegara o convite para almoço de Wakefield, tinha seu número pessoal. A da direita indicava algum assunto de polícia, provavelmente Betteredge ou Fraser. Baixou o garfo e a faca e levantou-se.

Observou a fita saindo da fenda de latão.

REF F B SOLICITO SUA PRESENÇA IMEDIATA PONTO FRASER FIM

Tirou do colete o relógio de caça alemão do pai e verificou as horas. Enfiou-o de volta e tocou o vidro que protegia o telégrafo receptor do meio. Não recebera nenhuma mensagem deste desde a morte do primeiro-ministro.

O endereço ao qual foi conduzido pelo cabriolé ficava em Brigscome's Terrace, próximo a uma rua do tipo que os construtores ousados deleitavam-se em entalhar, em razão dos antigos e ainda muito inexplorados ermos do leste de Londres.

O conjunto de casas em si, Oliphant concluiu ao descer do coche, era um bloco de prédios tão lúgubre quanto qualquer outro feito de tijolos e argamassa. O construtor que planejara essas medonhas prisões em forma de casas, ele pensou, provavelmente se enforcara atrás da porta do salão de alguma taverna próxima antes da conclusão das horrendas habitações.

As ruas pelas quais o cabriolé o levara pareciam aquelas linhas que atravessam tempos como estes – todas aquelas vias aparentemente desconhecidas à luz do dia e ao pedestre comum. Uma chuva fina caía agora, e Oliphant lamentou por um momento não ter aceitado a capa de chuva que Bligh oferecera à porta. Os dois homens em frente à casa número 5 usavam longas peças pretas, semelhantes a capas, de algodão egípcio encerado. Recente inovação vinda de Nova Gales do Sul, Oliphant sabia, muito elogiada na Crimeia, e a escolha certa para ocultar armas do tipo que aqueles dois muito provavelmente escondiam.

– Departamento Especial – disse Oliphant, passando depressa pelos guardas na subida. Constrangidos por sua inflexão e sua conduta, os homens deixaram-no passar. Seria necessário relatar o fato a Fraser.

Ele entrou na casa e encontrou-se numa sala de estar iluminada por um potente lampião de carbureto no alto de um tripé, a ofuscante luz branca intensificada por uma abóbada côncava de estanho polido. A sala era mobiliada com sobras resgatadas das ruínas da aristocracia. Havia um piano vertical e um móvel *chifonier* grandes demais para a sala. Este último pareceu-lhe pateticamente grandioso, com seus frisos de ouro embaçado. Um fragmento puído de carpete de Bruxelas pródigo em rosas e lírios surgiu em meio a um deserto de reles tapetes sem cor. Cortinas de tricô sombreavam as janelas que davam para o Brigsome's Terrace. Ao lado da vidraça, pendiam, em dois cestos de arame, plantas da espécie das cactáceas, crescendo com sua profusão espinhenta e aranhosa.

Oliphant percebeu um fedor acre, mais penetrante que o cheiro de carbureto.

Betteredge apareceu, vindo dos fundos da casa. Usava um chapéu-coco de copa alta que o fazia parecer, de modo geral, americano, de forma a poder ser facilmente confundido com um dos detetives de Pinkerton, os quais ele seguia todos os dias. Era provável que o efeito fosse proposital, a começar pelas botas de couro envernizado com os vieses laterais elásticos. Sua expressão, muito diferente da que o distinguia, era de grave ansiedade.

– Serei totalmente responsabilizado, senhor – gaguejou. Algo estava muito errado. – O sr. Fraser aguarda-o, senhor. Nada foi tocado.

Oliphant permitiu-se conduzir pela porta e por um lance de escada estreito e arriscado. Subiram e saíram num corredor vazio, iluminado por um segundo lampião de carbureto. Grandes continentes de nitrato de potássio em expansão desfiguravam as paredes expostas de gesso. O cheiro de queimado estava mais forte ali.

Passaram por outra porta, para um clarão ainda mais forte, e encontraram o rosto sorumbático de Fraser, erguendo a cabeça desde o lugar onde estava ajoelhado ao lado de um corpo caído. Fraser pareceu estar prestes a falar; Oliphant silenciou-o com um gesto.

Ali, então, estava a fonte do mau cheiro. Sobre um antiquado baú de viagem encontrava-se um moderno fogareiro Primus, de modelo projetado para acampamentos, com o galão de combustível brilhante como um espelho. Sobre o bico havia uma caneca preta de ferro fundido. O que quer que estivesse cozinhando no pequeno recipiente transformara-se num resíduo chamuscado de odor pungente.

Ele voltou a atenção para o cadáver. O homem fora um gigante; no pequeno recinto, era necessário desviar o passo acima dos membros estendidos. Oliphant curvou-se para observar as feições contorcidas, os olhos lânguidos da morte. Ergueu-se e encarou Fraser.

– E o que conclui disto?

– Ele estava esquentando feijão enlatado – disse Fraser. – Comendo direto daquela caneca. Com isto. – Com a ponta do sapato, Fraser indicou uma colher azul esmaltada e lascada. – Eu diria que estava sozinho. Diria que conseguiu engolir um bom terço da lata antes de ser derrubado pelo veneno.

– Esse veneno – disse Oliphant, tirando do paletó a charuteira e o cortador de prata de lei –, o que supõe que fosse? – Retirou um *cheerot*, prendeu-o e aparou-o.

– Algo potente – disse Fraser –, pelo aspecto dele.

– Sim – concordou Oliphant –, sujeito grande.

– Senhor – disse Betteredge –, é melhor que veja isto. – Mostrou uma faca muito longa embainhada em couro manchado de suor. Uma espécie de arreio pendia da bainha. O cabo da arma era de chifre opaco, e os detalhes do punho, de metal. Betteredge retirou o objeto da bainha. Era algo que se aproximava de um punhal de marinheiro, mas com um único gume, com uma curvatura invertida na ponta.

– O que é esse pedaço de latão na ponta? – perguntou Oliphant.

– É para aparar a lâmina de outro homem – disse Fraser. – Material flexível. Coisa de americano.

– Tem a marca do fabricante?

– Não, senhor – disse Betteredge. – Forjada à mão por um ferreiro, pela aparência.

– Mostre-lhe a pistola – disse Fraser.

Betteredge embainhou a faca e colocou-a sobre o baú de viagem. Exibiu um pesado revólver que estava por dentro de seu paletó.

– Franco-mexicano – disse, num tom peculiar de vendedor –, Ballester-Molina; arma-se automaticamente, após o primeiro tiro.

Oliphant ergueu uma sobrancelha.

– Distribuição militar? – A pistola tinha aspecto um tanto grosseiro.

– Coisa barata – disse Fraser, com um olhar para Oliphant. – Para o comércio de guerra americano, é evidente. Os policiais metropolitanos as têm confiscado de marinheiros. Há exemplares demais por aí.

– Marinheiros?

– Confederados, ianques, texanos...

– Texanos – disse Oliphant, e provou a ponta do *cheroot* apagado. – Suponho concordarmos que essa é a nacionalidade do nosso amigo aqui?

– Ele tinha uma espécie de abrigo, no sótão, com acesso por um alçapão. – Betteredge envolveu a pistola no coldre.

– Terrivelmente frio, imagino?

– Bem, ele tinha cobertores, senhor.

– A lata.

– Senhor?

– A lata que continha a última refeição do homem.

– Não, senhor. Nenhuma lata.

– Meticulosa – disse Oliphant a Fraser. – Ela esperou o veneno fazer efeito, depois retornou e removeu a evidência.

– O cirurgião irá retirar nossa evidência, não se preocupe – disse Fraser.

Oliphant foi tomado de uma náusea abrupta – pela conduta de Fraser, pela proximidade do cadáver, pela impregnação do fedor de feijão queimado. Virou-se e saiu para o corredor, onde outro dos homens de Fraser ajustava o lampião de carbureto.

Que casa repugnante era essa, numa rua repugnante, abrigando a mais repugnante das atividades. Oliphant foi tomado por uma onda de asco, uma aversão violenta e desesperada pelo mundo secreto, suas jornadas noturnas, mentiras labirínticas, suas legiões de malditos e perdidos.

Suas mãos tremiam quando riscou um fósforo para acender o *cheroot*.

– Senhor, a responsabilidade... – Betteredge estava perto.

– Meu amigo da esquina da Chancery Lane não me deu uma folha tão boa como de costume – disse Oliphant, olhando com desagrado para a ponta do *cheroot*. – Deve-se tomar muito cuidado com o modo de escolher charutos.

– Vasculhamos o local de cima a baixo, sr. Oliphant. Se ela estava morando aqui, não deixou nenhum vestígio.

– É mesmo? E a quem pertence o *chifonier* que está lá embaixo? Quem rega os cactos? Cactos são regados? Talvez lembrassem ao nosso amigo texano sua terra natal... – Tragou o charuto de modo resoluto e desceu a escada, com Betteredge logo atrás como um perdigueiro ansioso.

Um tipo afetado da Antropometria Criminal estava perdido em pensamentos diante do piano, como se tentasse recordar uma melodia. Dentre os diversos artigos que levava na valise preta, Oliphant sabia, os menos agradáveis eram as fitas de linho calibradas, usadas para fazer mensurações de Bertillon do crânio.

– Senhor – disse Betteredge depois que o antropometrista subiu as escadas –, caso pense que eu fui responsável, senhor... Por tê-la perdido, quero dizer.

– Acredito, Betteredge, que eu o tinha enviado hoje para uma matinê no Garrick, para fazer um relatório a respeito das damas acrobáticas de Manhattan, não?

– Sim, senhor...

– Pois viu a trupe de Manhattan?

– Sim, senhor.

– Mas... deixe-me supor... Você *a* viu lá, também?

– Sim, senhor! E Mackerel e seus dois, igualmente!

Oliphant retirou os óculos e limpou-os.

– As acrobatas, Betteredge? Para atrair tal público devem ser extraordinárias.

– Por Deus, senhor, elas batem umas nas outras com pedaços de tijolo! As mulheres correm de pés descalços e sujos, e, bem, echarpes, senhor, pedaços de gaze, nenhuma vestimenta propriamente dita digna de menção...

– E você se divertiu, Betteredge?

– Para ser muito honesto, senhor, não. Era como uma pantomima em Bedlam. E achei que meu trabalho estava terminado, com os pinkers lá...

"Mackerel" era o nome dado por eles ao agente superior na Pinkerton, um homem da Filadélfia, de costeletas, que na maioria das vezes se apresentava como Beaufort Kingslay DeHaven, embora às vezes como Beaumont Alexander Stokes. Era chamado Mackerel, aparentemente, devido à sua invariável escolha em comer o referido peixe no café da manhã, conforme relatado por Betteredge e outros observadores.

Mackerel e dois subordinados haviam sido formalmente alocados em Londres por dezoito meses, e Oliphant considerava-os muito interessantes, e sólidos pretextos para que ele próprio fosse financiado pelo governo. A organização Pinkerton, ainda que uma firma supostamente particular, servia como órgão central de coleta de informações dos, atualmente beligerantes, Estados Unidos. Com redes de comunicação posicionadas por todos os Estados Confederados, assim como nas Repúblicas do Texas e da Califórnia, os detetives Pinkertons costumavam inteirar-se de informações de importância estratégica considerável.

Com a chegada de Mackerel e seus parceiros a Londres, certas vozes do Departamento Especial discutiram a respeito dos diversos modos clássicos de coerção. Oliphant adiantara-se para abafar tal insinuação, argumentando que os americanos seriam de valor ainda mais inestimável se lhes fosse permitido operar de forma irrestrita – sob, deixou claro, a constante vigilância tanto do Departamento Especial quanto de sua própria Divisão Especial no Ministério das Relações Exteriores. Na prática, é claro, à Divisão Especial faltava toda a capacidade de trabalho necessária para qualquer incumbência semelhante, o que resultou na nomeação de Betteredge para a tarefa, junto com um contingente fixo de londrinos de aparência comum, todos vigilantes experientes, avaliados pessoalmente por Oliphant. Betteredge se reportava diretamente a Oliphant, que analisava o material bruto antes de passá-lo à Divisão Especial. Oliphant considerou o acordo de todo propício; até então, a Divisão Especial abstivera-se de fazer comentários.

A movimentação dos pinkertons gradualmente revelara-se uma pequena base de atividade clandestina, mas até então insuspeita. A informação resultante era constituída de uma mistura de coisas, mas isso agradava ainda mais a Oliphant. Os pinkertons, ele declarara com alegria para Betteredge, forneceriam o equivalente a amostras geológicas. Os pinkertons sondariam as profundezas, os britânicos colheriam os benefícios.

Betteredge, quase de imediato e para seu considerável orgulho, descobrira que um tal sr. Fuller, o único e deploravelmente extenuado funcionário da missão diplomática texana, estava sendo pago pela Pinkerton. Além disso, Mackerel demonstrara profunda curiosidade a respeito das questões do general Sam Houston, chegando a ponto de assaltar pessoalmente a propriedade rural do presidente texano. Meses depois, os pinkertons haviam seguido Michael Radley, relações públicas de Houston, cujo assassinato no Grand's Hotel levara diretamente a várias das atuais linhas de inquérito de Oliphant.

– E você viu a nossa sra. Bartlett assistindo à apresentação dos *communards*? Tem total certeza?

– Nenhuma dúvida, senhor!

– Mackerel e companhia estavam cientes da presença dela? E ela da deles?

– Não, senhor... Eles assistiam à pantomima dos *communards* aos gritos e gracejos. A sra. Bartlett saiu de trás do palco lentamente, entre atos! Manteve-se bem no fundo, depois. Aplaudindo, no entanto. – Betteredge franziu o cenho.

– Os pinkertons não fizeram menção alguma de seguir a sra. Bartlett.

– Não, senhor!

– Mas você o fez.

– Sim, senhor. Quando a apresentação terminou, deixei Boots e Becky Dean para vigiar nossos camaradas, e parti para persegui-la sozinho.

– Foi muito tolo, Betteredge – o tom de Oliphant era excepcionalmente suave. – Deveria ter despachado Boots e Becky. São muito mais experientes, e uma equipe é invariavelmente mais capaz que um único vigilante. Poderia facilmente tê-la perdido.

Betteredge estremeceu.

– Ou ela poderia tê-lo matado, Betteredge. É uma assassina. Assustadoramente talentosa. Conhecida por ocultar vitríolo consigo.

– Senhor, assumo toda...

– Não, Betteredge, não. Nenhuma. Ela já havia matado nosso Golias texano. De modo altamente premeditado, sem dúvida. Estava em posição de alimentá-lo, auxiliá-lo e encorajá-lo, assim como ela e os amigos fizeram durante aquela noite de terror no Grand's Hotel... Ela costumava trazer feijão em lata para ele, percebe. Ele dependia dela; ele havia se escondido num sótão. Uma simples questão de adulterar uma lata.

– Mas por que ela ficaria contra ele agora, senhor?

– Uma questão de lealdades, Betteredge. Nosso texano era um nacionalista fanático. Os patriotas podem aliar-se com o próprio demônio na busca dos interesses da nação, mas há questões em que são irredutíveis. É provável que ela tenha exigido dele algum serviço extremo, e ele recusou. – Era tudo o que ele sabia pela confissão de Collins; o texano anônimo fora um aliado rebelde. – O sujeito desagradou-a, rejeitou seus planos; tal como fez o professor Rudwick. Assim, ele teve o mesmo destino do homem que assassinou.

– Ela deve estar desesperada.

– Talvez... Mas não temos razão alguma para crer que você alertou-a ao segui-la até aqui.

Betteredge pestanejou.

– Senhor, quando me enviou para ver os *communards*, suspeitava que ela pudesse estar aqui?

– De modo algum. Confesso, Betteredge, que alimentava um palpite. Lorde Engels, conhecido meu, é fascinado pelo tal Marx, o fundador da Comuna...

– Engels, o magnata da indústria têxtil?

– Sim. Tem de fato uma postura bastante excêntrica a respeito.

– Sobre essas *communards*, senhor?

– Sobre as teorias do sr. Marx em geral, e o destino da Comuna de Manhattan, em particular.

– O homem mais rico de Manchester dando crédito a tal tipo de bobagem? – Betteredge demonstrou genuína perplexidade diante da revelação.

– Peculiar, sim. Friedrich é, ele mesmo, filho de um rico industrial de Rhineland... Seja como for, eu estava curioso para ler seu relatório. E, é claro, esperava muito que o sr. Mackerel aparecesse. Os Estados Unidos não põem a mínima fé na revolução Rad em Manhattan.

– Uma das mulheres deu uma espécie de, bem, sermão, senhor, antes da pantomima, e arengou com todo vigor! Algo sobre "leis de ferro"...

– "A lei de ferro da história", sim. Tudo muito doutrinário. Mas muito da teoria de Marx foi emprestada de Lorde Babbage. Tanto assim que sua doutrina poderá um dia dominar a América. – A náusea de Oliphant havia passado. – Mas leve em consideração, Betteredge, que a Comuna foi fundada durante tumultos antiguerra por toda a cidade, em protesto contra o alistamento compulsório para a União. Marx e seus seguidores tomaram o poder durante um período de caos, um tanto semelhante à calamidade do verão passado em Londres. Aqui, é claro, saímo-nos bem no final, apesar de termos perdido nosso

Grande Orador bem no meio da emergência. Uma transição de poder adequada é tudo, Betteredge.

– Sim, senhor. – Betteredge acenou com a cabeça, distraído da questão das afinidades de Lorde Engels com os *communards* diante dos sentimentos patrióticos de Oliphant. Este, contendo um suspiro, desejou acreditar em sua própria convicção.

Oliphant ficou sonolento e dormitou no caminho de casa. Sonhos, como era frequente, com um Olho onisciente em cujas infinitas perspectivas poderiam ser resolvidos todos os mistérios.

Ao chegar, descobriu, para seu pesar mal disfarçado, que Bligh preparara-lhe um banho na banheira de borracha dobrável, prescrito recentemente pelo dr. McNelie. De roupão e camisola, com chinelos de fustão bordados, Oliphant examinou a coisa com resignado desgosto. Exalava vapor, diante da perfeitamente boa e perfeitamente vazia banheira de porcelana branca que dominava seu banheiro. Era suíça, a banheira de borracha, a frouxa tina preta agora tesa e bulbosa com o volume de água contido. Sustentada por uma estrutura de dobradiças primorosas de teca esmaltada de preto, estava conectada ao aquecedor por meio de uma mangueira vermiforme e diversas válvulas de cerâmica.

Depois de remover o roupão e o camisão, retirou os chinelos e passou dos frios ladrilhos octogonais de mármore para o recipiente quente e macio, que por muito pouco não virou enquanto ele esforçava-se para se sentar. O material flexível, sustentado de todos os lados pela armação, cedia de modo desolador sob os pés. E era, ele descobriu, um tanto repugnante no modo com que envolvia o traseiro. De acordo com a prescrição de McNelie, ele deveria manter-se reclinado por um quarto de hora, com a cabeça apoiada no pequeno travesseiro pneumático de tela emborrachada fornecido pelo fabricante para tal propósito. McNelie afirmou que a estrutura de ferro fundido de uma banheira de porcelana confundia as tentativas naturais da espinha de retornar à sua polaridade magnética correta. Oliphant mexeu-se de leve, fazendo uma careta diante da sensação obscena da borracha pegajosa.

Bligh acomodara uma esponja, pedra-pomes e um sabonete novo de fabricação francesa na pequena cesta de bambu presa na lateral da banheira. Bambu, Oliphant supôs, também devia ser isento de propriedades magnéticas.

Ele grunhiu, depois pegou esponja e sabonete e começou a lavar-se.

Desobrigado das atividades prementes do dia, Oliphant, como era de costume, passou ao ato sistemático e detalhado de recordar. Tinha ele o dom natural da memória, muito treinada na juventude pelas doutrinas educacionais do pai, cujo ardente interesse em mesmerismo e nos truques de mágica apresentou ao filho as enigmáticas disciplinas da mnemônica. Tais habilidades tinham sido de enorme serventia para a vida de Oliphant, que agora as praticava com a regularidade que no passado dedicou às orações.

Quase um ano se passara desde sua investigação sobre o ocorrido com Michael Radley no quarto de número 37, no Grand's Hotel.

Radley possuíra um moderno baú de viagem do tipo que, colocado de pé e aberto, servia como uma combinação compacta de armário e escritório. Isso, junto com uma caixa porta-chapéu de couro gasto e uma sacola de jacquard com armação de metal, constituía toda bagagem do publicista. A Oliphant pareceu deprimente a complexidade dos encaixes do baú. Todas as dobradiças, roldanas, fechos niquelados e tiras de couro revelavam a expectativa de um morto por viagens que jamais ocorreriam. Igualmente patéticas eram as três grosas de *cartes-de-visite* elegantemente gravados a pontilhismo, com o número de telégrafo de Radley em Manchester disposto à maneira francesa, ainda envoltos no papel de seda da gráfica.

Ele começou a retirar o conteúdo de cada divisória, colocando as roupas de Radley sobre a cama do hotel com a precisão de um camareiro. O publicista nutria um gosto por camisões de seda. Enquanto trabalhava, Oliphant examinava as etiquetas do fabricante e o timbre da lavanderia, virando bolsos e passando os dedos por costuras e forros.

Os artigos de higiene de Radley estavam guardados num envelope removível de seda à prova d'água.

Oliphant examinou o conteúdo, manuseando um objeto de cada vez: um pincel de pelo de texugo, um aparelho de barbear com ajuste automático da navalha, uma escova de dentes, uma lata de pó dentifrício, um porta-esponja impermeável... Bateu o cabo de marfim do pincel na armação da cama. Abriu o estojo de courino da navalha: a placa niquelada cintilou contra a base violeta aveludada. Esvaziou a lata de pó dentifrício sobre uma folha de papel timbrado do Grand's. Olhou dentro do porta-esponja... e encontrou uma esponja.

O brilho da navalha atraiu seu olhar. Despejou os diversos itens do estojo sobre o peitilho engomado de uma camisa social e usou o canivete preso a uma corrente de relógio para extrair o forro aveludado do estojo. Este soltou-se facilmente, revelando uma folha bem dobrada de papel almaço.

Sobre a folha, a lápis, bastante borrado por frequentes rasuras, estava escrito o que parecia ser o início do rascunho de uma carta. Sem data, faltando qualquer referência ao endereço e sem assinatura:

> *Acredito q se lembre de nossas duas Conversas em agosto passado, em cuja segunda confiou-me tão gentilmente suas Conjecturas. Tenho o prazer de informá-la q cert manipulações resultaram numa versão – uma* verdadeira *vers de seu orig – a qual sinto muito confiante em poder finalm publicar, demonstrando assim a Prova há tanto buscada & esperada.*

O restante da folha estava em branco, com a exceção de três retângulos de linhas tênues a lápis, com as maiúsculas romanas ALG, COMP e MOD.

ALG, COMP e MOD transformaram-se, em seguida, numa fabulosa besta de três cabeças a visitar com frequência a imaginação de Oliphant. Sua descoberta do provável significado desse código, ao examinar transcrições do interrogatório de William Collins, não fora suficiente para dissipar o encanto da imagem; Alg-Comp-Mod ainda estavam com ele, uma quimera com pescoços de serpente, suas cabeças sordidamente humanas. O rosto de Radley estava lá, morto, boquiaberto, olhos pálidos como a névoa; e as feições marmóreas de Lady Ada Byron, distante e impassível, emoldurada por madeixas e cachos que eram provas de pura geometria. Mas a terceira cabeça, oscilando sinuosamente, escapava do olhar de Oliphant. Por vezes, ele imaginava ser o rosto de Edward Mallory, resolutamente ambicioso, irremediavelmente franco; outras vezes, considerava ser o belo e venenoso rosto de Florence Bartlett, envolto em anéis de vitríolo.

Algumas vezes, ainda, como agora em particular, no abraço repulsivo da banheira de borracha, à deriva, rumo ao continente do sono, o rosto era o seu próprio, os olhos cheios de um pavor que não era possível nomear.

Na manhã seguinte, Oliphant permaneceu na cama após despertar; Bligh provia-o com os arquivos do escritório, chá forte e torradas com anchova. Leu um dossiê do Ministério das Relações Exteriores a respeito de

Wilhelm Stieber, agente prussiano que se fazia passar por um editor de jornal refugiado de nome Schmidt. Com interesse consideravelmente maior, leu e fez anotações sobre um arquivo da Bow Street que detalhava diversas tentativas recentes de contrabando de munições, todos os incidentes envolvendo cargas destinadas a Manhattan. O arquivo seguinte consistia em cópias, impressas por Máquina, de diferentes cartas de um certo sr. Copeland, de Boston, que estava na folha de pagamento do governo britânico. Suas cartas descreviam o sistema de fortalezas da ilha de Manhattan, com extensas observações a respeito do arsenal. O olhar de Oliphant, devido à longa experiência, deslizava de modo ligeiro pelo relato de Copeland sobre a bateria instalada no sul da Governor's Island, praticamente em ruínas, e logo passou ao informe de rumores de uma sequência de minas depositadas pela Comuna, de Romer Shoals até o braço de mar.

Oliphant suspirou. Duvidava muito que o canal tivesse sido minado, mas os líderes da Comuna certamente desejariam que se acreditasse nisso. Como de fato logo estaria, se os cavalheiros da Comissão para o Livre Comércio estivessem no controle.

Bligh estava à porta.

– O senhor tem um encontro com o sr. Wakefield, na Agência Central de Estatística.

Uma hora depois, Betteredge saudava-o da porta aberta de um cabriolé:

– Boa tarde, sr. Oliphant.

Oliphant subiu e entrou, acomodando-se. Cortinas plissadas de tela à prova de fuligem estavam firmemente cerradas sobre as duas janelas, obliterando a Half-Moon Street e o rigoroso sol de novembro. Quando o condutor incitou o cavalo a seguir, Betteredge abriu uma caixa a seus pés e retirou uma lamparina, a qual acendeu de modo rápido e hábil, fixando-a, com um dispositivo metálico de parafusos e porcas, ao braço do assento. O interior da caixa brilhou tal arsenal em miniatura. Ele passou a Oliphant uma pasta de arquivo carmesim.

Oliphant abriu o arquivo, que detalhava as circunstâncias da morte de Michael Radley.

Ele mesmo estivera na sala de charutos com o general e o pobre e condenado Radley, e ambos estavam completamente bêbados. Dos respectivos estados de embriaguez, o de Radley fora o mais apresentável, o menos previsível e o mais perigoso. Houston, ébrio, encontrava satisfação em fazer o papel de americano bárbaro; olhos vermelhos, suado, desbocado, repousava com a grande bota rústica e lamacenta apoiada sobre uma otomana. Enquanto Houston falava, fumava e cuspia, insultando asperamente Oliphant e a Grã-Bretanha, raspava carrancudamente lascas de um pedaço de pinho, fazendo pausas para afiar o canivete na beira da sola da bota. Radley, em contraste, tremia de forma patente com os efeitos estimulantes da bebida, rosto corado e olhos brilhantes.

A visita de Oliphant tivera o objetivo deliberado de perturbar Houston na véspera de sua partida para a França, mas a demonstração mal disfarçada e hostilidades mútuas, evidente entre o general e seu publicista, era totalmente inesperada.

Ele esperava semear dúvida em relação à jornada francesa; com esse objetivo, e inicialmente para o benefício de Radley, conseguira insinuar um grau exagerado de cooperação entre os serviços de inteligência britânico e francês. Oliphant sugerira que Houston já possuía pelo menos um inimigo poderoso na *Police des Châteaux*, a agência pessoal e secreta do imperador Napoleão. Embora a *Police des Châteaux* tivesse poucos agentes, insinuou Oliphant, eram totalmente isentos de restrições legais ou constitucionais; Radley, ao menos, apesar de seu estado, obviamente atentara para a ameaça implícita.

Tinham sido interrompidos por um mensageiro, que trazia um recado para Radley. Quando a porta se abriu para a entrada do homem, Oliphant vira de relance o rosto ansioso de uma jovem. Radley afirmara, ao pedir licença, que era necessário falar brevemente com um contato jornalístico.

Radley retornou à sala para fumantes cerca de dez minutos depois. Oliphant então se retirou, tendo suportado um discurso longo e particularmente floreado do general, que consumira boa parte de uma taça de conhaque durante a ausência de Radley.

Ao ser convocado a retornar ao Grand's por telegrama nas primeiras horas do dia, Oliphant procurara de imediato o detetive do hotel, um policial aposentado da Guarda Metropolitana de nome McQueen, que fora chamado ao quarto de Houston, de número 24, pelo funcionário da recepção, o sr. Parkes.

Enquanto Parkes tentava acalmar a histérica esposa de um empreiteiro de Lancashire, hospedada no número 25 na ocasião do tumulto, McQueen tentara a maçaneta da porta de Houston, e descobriu que estava destrancada. A neve entrava com o vento pela janela demolida, e o ar, já frio, cheirava a pólvora, sangue e, como McQueen afirmou com delicadeza, "aos conteúdos intestinais do finado cavalheiro". Ao observar a ruína escarlate que era o cadáver de Radley, visível demais à luz fria do amanhecer, McQueen pedira a Parkes que enviasse telegramas aos policiais metropolitanos. Em seguida, usou sua chave mestra para trancar a porta, acendeu uma lamparina e bloqueou a visão da rua com os restos de uma das cortinas.

O estado das roupas de Radley indicava que os bolsos tinham sido revistados. Vários objetos pessoais encontravam-se numa poça de sangue e outras matérias ao redor do corpo: um fósforo de repetição, uma charuteira, moedas de diversos valores. Com a lamparina em mãos, o detetive inspecionou o quarto e descobriu uma pistola de bolso Leacock & Hutchings com cabo de marfim. A arma estava sem o gatilho. Três dos cinco tambores tinham sido descarregados – muito recentemente, julgou McQueen. Ao prosseguir com a busca, encontrara a espalhafatosa cabeça dourada da bengala do general, coberta de estilhaços de vidro. Perto dela havia um pacote ensanguentado, envolto com firmeza em papel marrom. Verificou que continha uma centena de cartões de cinétropo, os intricados padrões dos orifícios destruídos pela passagem de um par de balas. As balas em si, de chumbo maleável e muito destorcidas, caíram sobre a palma de McQueen enquanto ele examinava os cartões.

O exame subsequente do quarto por especialistas da Agência Central de Estatística – tendo sido a atenção da Polícia Metropolitana rapidamente desviada do caso, a pedido de Oliphant – acrescentou pouco ao que o veterano McQueen observara. O gatilho da *pepperbox* Leacock & Hutchings foi encontrado sob uma poltrona. Uma descoberta mais peculiar foi um diamante branco de corte quadrado, de quinze quilates e excelente qualidade, encontrado firmemente preso entre as tábuas do piso.

Dois homens da Antropometria Criminal, com a atitude engimática que lhes era peculiar, usaram grandes quadrados de papel quadriculado na captura de vários pelos e felpas do carpete; guardaram as amostras com zelo e levaram-nas de imediato, e nunca mais se ouviu falar deles.

– Já acabou com este, senhor?

Ele olhou para Betteredge, depois de volta ao documento, e viu o sangue de Radley espalhado numa poça pegajosa.

– Chegamos à Horseferry Road, senhor.

O cabriolé parou.

– Sim, obrigado. – Ele fechou a pasta e entregou-a a Betteredge. Desceu do cabriolé e subiu a escada ampla.

À parte as circunstâncias que envolviam uma visita dessa natureza, ele sempre sentia uma agitação peculiar ao entrar na Agência Central de Estatística. Sentia-a agora, decerto: uma sensação de estar sendo observado, de alguma forma... de estar sendo reconhecido e numerado. O Olho, sim...

Enquanto falava com o funcionário uniformizado ao balcão de visitantes, um grupo de mecânicos saiu de um corredor à sua esquerda. Os operários usavam casacos de lã cortados à Máquina e chancas polidas com solas de borracha encrespada. Cada qual carregava uma bolsa de ferramentas impecável de lona branca e espessa, com rebites de bronze e bordas de couro marrom. Ao caminharem na direção dele, conversando uns com os outros, alguns tiravam cachimbos e *cheroots* do bolso, ansiosos por fumar ao fim do expediente.

Oliphant sentiu uma pontada de desejo de fumar. Lamentava com frequência a necessária política da Agência concernente ao fumo. Observou os mecânicos passando entre as colunas e as esfinges de bronze. Homens casados, assegurados pela pensão da Agência, deviam morar em Camden Town, em New Cross, em qualquer bairro respeitável, onde mobiliariam suas minúsculas salas de estar com aparadores de papel machê e relógios holandeses adornados. Suas esposas serviriam chá em bandejas de estanho laqueado.

Passou por um baixo relevo quase bíblico e irritantemente banal, e seguiu até o elevador. O atendente fez uma mesura diante de sua entrada, e ele juntou-se a um cavalheiro sisudo que esfregava com um lenço um risco pálido sobre o ombro do paletó.

As barras articuladas da gaiola foram fechadas com ruídos. O elevador subiu. O cavalheiro com o paletó manchado saiu na terceira parada. Oliphant prosseguiu até a quinta, a sede da Criminologia Quantitativa e da Análise Não Linear. Apesar de considerar esta infinitamente mais instigante do que aquela, era da CQ que precisava hoje, mais especificamente na pessoa de Andrew Wakefield, o subsecretário departamental.

Os funcionários da CQ estavam individualmente separados em cubículos ordenados e estreitos de aço laminado, asbesto e madeira compensada. Wakefield supervisionava-os a partir de uma versão mais grandiosa do mesmo esquema, com sua cabeça magra e pálida emoldurada pelas gavetas com encaixes de latão contendo uma imensidão de cartões de arquivo.

Ergueu o olhar quando Oliphant aproximou-se, os dentes salientes expostos sobre o lábio inferior.

– Sr. Oliphant – disse ele. – Um prazer, como sempre. Com sua licença – Enfiou alguns cartões perfurados num rígido envelope azul forrado com papel de seda, e envolveu meticulosamente as duas metades do fecho envernizado com a pequena fita escarlate. Pôs o envelope de lado, num cesto com forro de asbesto contendo diversos envelopes de cor idêntica.

Oliphant sorriu.

– Imagina que eu possa ler seus cartões, Andrew? – Ergueu uma cadeira de estenógrafo pela alavanca de molas, a partir do engenhoso suporte, e sentou-se, equilibrando o guarda-chuva fechado sobre os joelhos.

– Sabe do que trata um envelope azul, senhor? – As molas tiniram quando Wakefield dobrou a mesa articulada para dentro de uma fenda estreita.

– Nada em *específico*, não, mas posso suspeitar o que seja.

– *Existem* homens capazes de ler cartões, Oliphant. Mas até um funcionário inexperiente pode ler os cabeçalhos com a mesma facilidade com que você lê os cines do metropolitano.

– Nunca leio os cines do metropolitano, Andrew.

Wakefield bufou. Oliphant sabia ser esse o equivalente a uma risada.

– E como vão as coisas no corpo diplomático, sr. Oliphant? Lidando com nossa "conspiração ludita", sim? – Teria sido impossível não notar o sarcasmo do homem, mas Oliphant fingiu uma interpretação literal da pergunta.

– Não se chegou a um grande resultado, até agora. Não entre minhas próprias áreas de especial interesse.

Wakefield assentiu, presumindo que as "áreas de especial interesse" de Oliphant estavam limitadas às atividades de cidadãos estrangeiros em solo britânico. A pedido de Oliphant, Wakefield solicitava com regularidade relatórios sobre grupos tão distintos quanto a Carbonária, os Cavaleiros da Camélia Branca, a Irmandade Feniana, os Texas Rangers, as Hetairas Gregas, a Agência de Detetives Pinkerton e a Agência de Pesquisa Científica dos Confederados, todos, sabia-se, ativos na Grã-Bretanha.

– Acredito que o material texano que fornecemos tenha sido de algum modo útil – indagou Wakefield, com as molas rangendo atrás de si ao inclinar-se para a frente.

– Muito – garantiu-lhe Oliphant.

– Acaso não saberia – começou Wakefield, tirando uma lapiseira banhada a ouro do bolso – se a legação deles tem a intenção de alterar sua base de operações? – Bateu a lapiseira nos dentes frontais, produzindo estalidos altos que Oliphant considerou repulsivos.

– Onde eles estão agora? No Saint James? Perto do mercado de vinhos de Berry?

– Exato.

Oliphant hesitou, parecendo avaliar a questão.

– Eu diria que não. Não têm nenhum dinheiro. Suponho que dependeria da boa vontade do senhorio, no final...

Wakefield sorriu, ondulando o lábio inferior com os dentes.

– Wakefield – disse Oliphant –, diga-me, por favor... Quem deseja saber?

– A Antropometria Criminal.

– Sério? *Eles* estão envolvidos em atividades de vigilância?

– Creio que seja algo técnico, na verdade. Experimental. – Wakefield largou o lápis. – Seu amigo cientista... Mallory, era isso?

– Sim?

– Vi uma resenha do livro dele. Foi para a China, não?

– Mongólia. Liderando uma expedição para a Geographical Society.

Wakefield apertou os lábios e acenou com a cabeça.

– Fora do caminho, imagino.

– Fora de perigo, espera-se. Não é mau sujeito, de fato. Parecia apreciar bastante os aspectos técnicos do trabalho em sua Agência. Mas sou eu que tenho uma questão técnica para lhe colocar, Andrew.

– Mesmo? – As molas de Wakefield rangeram.

– Que tem a ver com o procedimento dos Correios.

Wakefield emitiu um som curto e totalmente indefinido na garganta.

Oliphant tirou um envelope do bolso e passou-o ao subsecretário. Não estava lacrado. Wakefield pegou um par de luvas de algodão branco do cesto de arame ao lado de seu cotovelo, vestiu-as, extraiu um cartão branco de endereço telegráfico do envelope, examinou-o e encarou Oliphant.

– Grand's Hotel – disse Wakefield.

– Exato. – O timbre do estabelecimento estava impresso no cartão. Oliphant observou Wakefield passando a ponta do dedo enluvado sobre as linhas perfuradas, verificando as indicações de desgaste que poderia causar dificuldades mecânicas.

– Gostaria de saber quem o enviou?

– Possuo tal informação, obrigado.

– Nome do destinatário?

– Também estou a par disso.

As molas rangeram... de nervoso, pareceu a Oliphant. Wakefield levantou-se, com um ressoar de aço, e inseriu o cartão com cautela numa fenda de metal na superfície de um instrumento envidraçado que pendia sobre uma pilha de cartões de arquivo. Olhando para Oliphant, ergueu a mão enluvada e baixou uma alavanca com cabo de marfim. Na descida, o aparelho bateu como a máquina-de-crédito de um lojista. Quando Wakefield soltou a alavanca, ela começou a endireitar-se aos poucos, zumbindo e estalando como a máquina-de-apostas de um taverneiro. Wakefield observou as rodas giratórias de caracteres fazendo tique-taque e reduzindo a velocidade. De súbito, o aparelho ficou em silêncio.

– Egremont – Wakefield leu em voz alta, mas calmo –, "The Beeches", Belgravia.

– De fato. – Oliphant viu Wakefield extrair o cartão da fenda de metal. – Exijo o texto desse telegrama, Andrew.

– Egremont – disse Wakefield, como se não tivesse escutado. Sentou-se de novo, recolocou o cartão no envelope e retirou as luvas. – Parece estar por toda parte, nosso Muito Honorável Charles Egremont. Um imenso trabalho ele nos está dando aqui, Oliphant.

– O texto da mensagem, Andrew, está aqui na Agência. Ele existe fisicamente, acredito, em alguns centímetros de fita telegráfica.

– Sabe que tenho mais de oitenta e oito quilômetros de extensão em engrenagens sob minha supervisão, ainda corrompidas pelo Fedor? Além do fato de que sua exigência extrapola o usualmente irregular...

– "Usualmente irregular"? Isso é ótimo...

– E seus amigos do Departamento Especial que entram marchando de hora em hora, exigindo que giremos nosso metal repetidas vezes na esperança de que deles se desprendam os luditas supostamente alojados nos pilares da nação! Quem *é* esse maldito homem, Oliphant?

– Um político bastante inexperiente do Rad, pelo que sei. Ou era, até o Fedor e as desordens resultantes.

– Ou melhor, até a morte de Byron.

– Mas temos Lorde Brunel agora, não?

– Decerto, e uma loucura infernal sob seu comando no Parlamento!

Oliphant deixou que o silêncio se prolongasse.

– Se você pudesse obter o texto do telegrama, Andrew – disse, por fim, com calma –, eu ficaria grato.

– Ele é um homem muito *ambicioso*, Oliphant. Com amigos ambiciosos.

– Você não está sozinho nessa avaliação.

Wakefield suspirou.

– Sob as circunstâncias, extrema discrição...

– Sem dúvida!

– Além do fato de que nossas fitas estão imundas. Matéria particulada condensada. Estamos trabalhando com os mecânicos em turnos triplos, tendo algum resultado com as aplicações do aerosol de Lorde Colgate, mas por vezes perco as esperanças de ter o sistema funcionando de modo apropriado! – Baixou a voz. – Sabia que as funções mais sofisticadas do *Napoléon* estão imprecisas há meses?

– Do imperador? – Oliphant fingiu não entender.

– Os metros de engrenagem do *Napoléon*, em termos equivalentes, estão muito próximos do dobro das nossas – disse Wakefield. – E simplesmente não está operando! – A ideia pareceu enchê-lo de especial horror.

– Tiveram seu próprio Fedor, não?

Wakefield balançou a cabeça de modo severo.

– Aí está, então – disse Oliphant –, muito provável que as engrenagens estejam entupidas por um pedaço de casca de cebola...

Wakefield bufou.

– Encontre-me aquele telegrama? Assim que lhe for conveniente, é claro.

Wakefield inclinou a cabeça, mas muito sutilmente.

– Bom camarada – declarou Oliphant. Saudou o subsecretário com o guarda-chuva fechado e levantou-se para refazer seus passos pelos cubículos da CQ e pelas cabeças baixas dos pacientes funcionários de Wakefield.

Oliphant fizera seu tortuoso caminho profissional até a Dean Street partindo da taverna do Soho, onde instruíra Betteredge a deixá-lo. Agora entrava em uma casa manchada de fuligem, com a porta destrancada. Trancando-a com cuidado depois de entrar, subiu dois lances de escada sem carpete. O ar frio cheirava a repolho cozido e tabaco velho.

Bateu duas vezes na porta, depois mais duas vezes.

– Entre, entre, vai deixar passar a corrente de ar... – O sr. Hermann Kriege, de barba densa, ex-funcionário do *Volks Tribüne* de Nova York, pareceu estar usando cada peça de vestuário que possuía, como se tivesse apostado ser capaz de vestir todo o conteúdo do carrinho de um trapeiro.

Ele trancou e passou a corrente na porta após a entrada de Oliphant.

Kriege vivia em dois cômodos: o que dava para a rua era sala de visitas, e atrás deste, um quarto. Tudo quebrado e esfarrapado, e na maior desordem. Uma mesa grande e antiquada, coberta por tecido encerado, ocupava o centro da sala de visitas. Sobre ela havia manuscritos, livros, jornais, uma boneca com cabeça de porcelana, uma variedade de objetos de costura, xícaras de chá lascadas, colheres sujas, canetas, facas, velas, um pote de tinta, cachimbos de barro holandeses, cinza de tabaco.

– Sente-se, sente-se, por favor. – Mais ursino do que nunca em seus trajes empacotados, Kriege acenou vagamente na direção de uma cadeira com apenas três pernas. Pestanejando numa névoa de fumaça de carvão e de tabaco, Oliphant distinguiu uma cadeira que parecia inteira, embora a filha de Kriege tenha brincado de casinha com ela. Optando por arriscar as calças, Oliphant jogou as migalhas pegajosas para o lado e sentou-se, encarando Kriege do outro lado da triste mesa entulhada.

– Uma lembrancinha para a sua pequena Traudl – disse Oliphant, retirando do paletó um pacote embrulhado com papel de seda. O papel estava preso por um retângulo adesivo ornado com as iniciais em relevo de um empório de brinquedos da Oxford Street. – Um jogo de chá para bonecas. – Colocou o embrulho sobre a mesa.

– Ela o chama de "tio Larry". Ela não deveria saber seu nome.

– Há muitos Larry no Soho, imagino – Oliphant pegou um envelope simples, sem lacre, e colocou-o ao lado do pacote, alinhado com precisão à quina da mesa. Continha três notas de cinco libras já bem circuladas.

Kriege não disse nada. O silêncio prolongou-se.

– A Trupe de Pantomima Vermelha das Mulheres de Manhattan – disse Oliphant, finalmente.

Kriege bufou com desprezo.

– O melhor do safismo do Bowery? Em Londres? Lembro-me delas no Purdy's National. Almejaram e conseguiram ganhar os Dead Rabbits para a causa, cujo único envolvimento prévio com a política consistira em lutas com pedras e socos nas eleições municipais. Os jovens açougueiros, os engraxates, as prostitutas da Chatham Square e do Five Points, esse era o seu público. Proletários suados lá acorriam para ver uma mulher ser lançada por um canhão, espatifar-se na parede e ser retirada como um pedaço de papel... Ouça-me, senhor, está enganado em seu interesse.

Oliphant suspirou.

– Meu amigo, é meu trabalho fazer perguntas. Tem de entender que não posso lhe dizer as razões pelas quais faço dada pergunta. Sei que sofreu. Sei que sofre agora, em exílio. – Oliphant lançou um olhar significativo pela trágica sala.

– O que deseja saber, então?

– Sugeriu-se que entre os vários elementos criminosos ativos durante os recentes distúrbios civis, havia agentes de Manhattan. – Oliphant aguardou.

– Considero improvável.

– Baseado em quê, sr. Kriege?

– Que eu saiba, a Comuna não tem interesse algum em perturbar o *status quo* britânico. Seus Rads mostraram-se expectadores benevolentes no que concerne à luta de classes da América. De fato, sua nação tem se comportado como uma espécie de aliada. – Havia grande amargor na voz de Kriege, um cinismo azedo. – Imagino que fosse interesse da própria Grã-Bretanha ver a União do Norte perder sua maior cidade para os *communards*.

Oliphant remexeu-se com cautela na desconfortável cadeira.

– Conheceu intimamente o sr. Marx, acredito. – Para extrair de Kriege uma informação específica, ele sabia, era necessário um envolvimento com a paixão dominante do homem.

– Conheci-o? Eu estava lá para saudá-lo quando desceu do barco. Ele me abraçou. E menos de um minuto depois havia tomado vinte dólares de ouro emprestados para pagar seu aluguel no Bronx! – Kriege ensaiou uma espécie de riso, sufocado pela raiva permanente. – Morava com sua Jenny então, embora o casamento não sobrevivesse à revolução... Mas estava com uma operária irlandesa do Brooklyn em sua cama quando me expulsou da Comuna, senhor, por pregar "o beatismo e o amor livre"! De fato, amor livre! – Com as mãos grandes e pálidas de unhas desleixadas, Kriege apanhou, distraído, um maço de papéis.

– O senhor foi maltratado, sr. Kriege. – Oliphant pensou em seu amigo, Lorde Engels; parecia mesmo extraordinário que o ilustre fabricante de tecidos pudesse ter-se envolvido, ainda que a distância, com pessoas daquela espécie. Kriege fora membro do chamado "Comitê Central" da Comuna, antes de Marx despachá-lo. Com a cabeça a prêmio na União do Norte, partira de Boston navegando de terceira classe, sem um centavo no bolso, com um nome fictício, esposa e filha, para juntar-se a milhares de refugiados americanos.

– Essas pantomimas do Bowery...

– Sim? – Oliphant inclinou-se para frente.

– Existem facções no Partido...

– Prossiga, por favor.

– Anarquistas disfarçadas de comunistas; feministas, toda sorte de ideologias equivocadas, entende, células ocultas fora do controle de Manhattan...

– Entendo – disse Oliphant, pensando nas resmas de papel amarelo sanfonado que representavam a confissão de William Collins.

Mais uma vez a pé, Oliphant retomou seu tortuoso caminho pelo Soho até chegar à Compton Street, onde fez uma pausa diante da entrada de uma taverna conhecida como o Javali Azul.

"UM CAVALHEIRO DESPORTISTA", dizia um grande cartaz, "Defensor Leal da destruição desses Vermes" ofereceria "UM RELÓGIO DE REPETIÇÃO DE OURO A CÃES vorazes com menos de 6 ¼ quilos." Abaixo do anúncio borrado, um letreiro de madeira pintado anunciava "Ratos sempre disponíveis para que Cavalheiros testem convenientemente seus cães."

Ele entrou e logo foi cumprimentado por Fraser em meio ao mau cheiro de cachorros, fumaça de tabaco e gim barato e quente.

O longo balcão estava cheio de homens de todas as classes sociais, muitos com seu animal debaixo do braço. Havia buldogues, skye terriers, pequenos terriers ingleses marrons. A sala tinha teto baixo e quase nenhuma decoração. Pelas paredes estavam pendurados montes de coleiras de couro.

– Veio de cabriolé, senhor? – indagou Fraser.

– A pé, de um compromisso anterior.

– Ei – berrou o barman –, não bloqueie a passagem no balcão! – Havia um movimento geral na direção do salão, onde um jovem garçom gritava:

– Façam seus pedidos, cavalheiros!

Com Fraser ao lado, Oliphant seguiu a multidão de cavalheiros desportistas e seus cães. Acima da lareira do salão, havia caixas envidraçadas que exibiam cabeças empalhadas de animais que foram famosos em sua época. Oliphant notou a cabeça de um bull terrier com os olhos de vidro enormes e salientes.

– Tem-se a impressão de que este morreu estrangulado – comentou Oliphant, chamando a atenção de Fraser para a coisa.

– Eles estragaram-na no empalhamento, senhor – disse o garçom, um rapaz de cabelos claros com um engordurado avental listrado. – Estava entre as melhores da Inglaterra. Já a vi matar vinte de uma vez, mas eles acabaram por matá-la. Ratos de esgoto são terríveis para dar cancros em cachorros, embora sempre enxaguássemos bem sua boca com hortelã e água.

– Você é filho do Sayers – disse Fraser. – Queremos falar com ele.

– Ora, conheço o senhor! Esteve aqui perguntado sobre aquele cavalheiro, o cientist...

– Seu pai, Jem, e seja rápido – Fraser interrompeu, evitando que o rapaz anunciasse a chegada de um policial entre os desportistas ali reunidos.

– Está lá em cima, acendendo as luzes da cova – disse o rapaz.

– Bom garoto – disse Oliphant, dando-lhe um xelim.

Oliphant e Fraser subiram uma ampla escada de madeira que ia dar no que um dia fora uma sala de visitas. Ao abrir a porta, Fraser seguiu na frente até o recinto onde os ratos eram mortos.

– A droga da cova não está aberta – berrou um homem gordo com costeletas ruivas. Oliphant viu que a cova consistia em um picadeiro de madeira com cerca de dois metros de diâmetro, provido de uma borda à altura do cotovelo. Acima dele, ramificava-se a iluminação a gás com oito lampiões, iluminando intensamente o piso pintado de branco da pequena arena. O sr. Sayers, proprietário do Javali Azul, metido em um volumoso colete de seda, estava de pé, com um rato vivo na mão esquerda. – Mas é o senhor, seu Fraser. Peço desculpas, senhor! – Segurando a criatura pelo pescoço, extraiu-lhe com destreza os dentes maiores, sem nenhum instrumento que não a forte unha do polegar. – Um lote de doze com os dentes arrancados. – Largou o rato mutilado numa gaiola de um metal enferrujado com alguns outros e virou-se para as visitas. – Em que podemos ser úteis, sr. Fraser?

Fraser mostrou-lhe um retrato de necrotério pontilhado à Máquina.

– Sim, esse é o homem – disse Sayers, erguendo as sobrancelhas. – Sujeito grande, pernas longas. E morto, pelo jeito dele.

– Tem toda certeza? – Oliphant sentiu o cheiro dos ratos. – Este é o assassino do professor Rudwick?

– Sim, senhor. Vem gente de toda espécie aqui, mas não muitos gigantes argentinos. Lembro-me dele muito bem.

Fraser pegara a caderneta e fazia anotações.

– Argentino? – perguntou Oliphant.

– Falava espanhol – disse Sayers –, ou pelo menos me pareceu. Mas veja bem, nenhum de nós o viu realizar o ato, mas que ele estava no local aquela noite, estava.

– O Capitão chegou – gritou o filho de Sayers, da porta.

– Droga! E ainda não arranquei os dentes de metade dos ratos dele!

– Fraser – disse Oliphant –, eu gostaria de tomar um gim quente. Vamos retirar-nos para o bar e permitir que o senhor Sayers termine os preparativos das competições desta noite. – Curvou-se para examinar uma gaiola grande, esta com grades de ferro. Parecia conter denso amontoado de ratos.

– Cuidado com os dedos aí – disse Sayers. – Pois, acredite, se levar uma mordida, não vai se esquecer dela. Esses não são dos mais limpos...

No salão, um jovem oficial, evidentemente o Capitão, ameaçava deixar o local, caso o fizessem esperar mais.

– Não beberia isso se fosse você – disse Fraser olhando para a caneca de gim quente de Oliphant. – Adulterado, com quase certeza.

– Mas está muito bom – disse Oliphant. – Fica um gosto muito leve, parecido com absinto.

– Veneno tóxico.

– Exato. Os franceses usam-no no preparo de chás medicinais. O que pensa de nosso bom Capitão? – Oliphant acenou com o gim apontando para o homem em questão, que andava de um lado para o outro, agitado, examinando as patas dos vários animais que lhe eram apresentados pelos donos, sem parar de gritar que sairia de imediato caso a cova não fosse aberta.

– Crimeia – disse Fraser.

O Capitão curvou-se para examinar as garras de um jovem terrier nos braços de um homem moreno, um tanto imponente, cujos cachos cheios de pomada projetavam-se feito asas por baixo no chapéu-coco de copa alta.

– Velasco – disse Fraser como que para si mesmo, com algo desagradavelmente próximo ao prazer no tom, e logo estava ao lado do sujeito.

O Capitão teve um sobressalto, o belo e jovem rosto contraiu-se num tique violento, e o olho de Oliphant encheu-se de modo abrupto com todo o vermelho da Crimeia – cidades inteiras em chamas, tal fogueiras, e uma desolação revestida de cápsulas de balas misturadas com lixo gelatinoso de onde brotavam flores brancas, que eram mãos de homens. Estremeceu de modo intenso diante da visão, e em seguida esqueceu-se dela por completo.

– Eu o *conheço*, senhor? – O Capitão perguntou a Fraser com uma crispada jovialidade mortífera.

– Cavalheiros! – gritou o sr. Sayers, da escada.

Seguindo o Capitão, o grupo todo – com a exceção de Oliphant, Fraser, o homem moreno e um quarto indivíduo – partiu para a cova. O quarto homem, sentado no braço de uma poltrona de brocado gasto, começou a tossir. Oliphant viu Fraser segurar com força o antebraço de sua presa.

– Droga, não devia fazer isso, Fraser – disse o homem na poltrona, descruzando as pernas e levantando-se. Oliphant notou certo tom calculista na voz. Assim como o homem moreno, trajava roupas novas e garbosas, tudo do que havia de mais recente na Oxford Street, o paletó de gabardine cortado à Máquina, tingido de um azul que beirava o lilás. Oliphant viu que a lapela, como a do companheiro, estava enfeitada com reluzente insígnia cloasonada na forma da Union Jack.

– "Droga", sr. Tate? – disse Fraser, um professor prestes a fazer uma reprimenda, ou algo pior.

– Um aviso, Fraser – disse o homem moreno, com os olhos escuros saltados. – Estamos a serviço do Parlamento! – O pequeno terrier marrom estremeceu em seus braços.

– Estão mesmo? – indagou Oliphant em tom brando. – E que interesse tem o Parlamento num covil de ratos?

– Poderia perguntar o mesmo de vocês, ãh? – disse com insolência o mais alto, depois tossiu.

Fraser encarou-o ferozmente.

– Fraser – disse Oliphant –, esses cavalheiros são os agentes confidenciais que você mencionou, em relação ao dr. Mallory?

– Tate e Velasco – disse Fraser, severo.

– Sr. Tate – disse Oliphant, aproximando-se –, é um prazer, senhor. Sou Lawrence Oliphant, jornalista. – Tate hesitou, confuso diante da cordialidade. Fraser, aceitando a deixa de Oliphant com muita relutância, soltou o braço de Velasco. – Sr. Velasco. – Oliphant sorriu.

O rosto de Velasco obscureceu-se de desconfiança.

– Jornalista? Que tipo de jornalista? – indagou, alternando o olhar de Oliphant a Fraser.

– Artigos sobre viagens, principalmente – disse Oliphant –, embora esteja no momento envolvido, com o auxílio competente do sr. Fraser, na compilação de uma história popular sobre o Grande Fedor.

Tate espiou Oliphant com os olhos apertados.

– Você disse Mallory. O que tem ele?

– Entrevistei o dr. Mallory antes de sua partida para a China. Suas experiências durante o Fedor foram notabilíssimas, e altamente ilustrativas dos graves riscos a que qualquer um pode estar exposto num período tão caótico.

– "Que qualquer um pode estar exposto"? – desafiou Velasco. – Bobagem! Os problemas de Mallory foram problemas acadêmicos, e seu caro *sr.* Fraser sabe disso muito bem!

– Sim, sim, exato – concordou Oliphant. – E é por isso que estou encantado em encontrar os cavalheiros esta noite.

Velasco e Tate entreolharam-se com indecisão.

– Está? – arriscou Tate.

– Totalmente. Sabem, o dr. Mallory explicou-me os infelizes contratempos com seu rival e colega, Peter Foulke. Parece que, até nos círculos mais seletos, durante um período de tensões sem precedentes...

– Não vai mais encontrar o maldito Peter Foulke pelos malditos círculos seletos – interrompeu Velasco –, mesmo com toda a pose de *gentry* dele. – Fez uma pausa retórica. – Foi flagrado na cama com uma menina que não tinha doze anos de idade!

– Não! – Oliphant fingiu estar chocado. – Foulke? Mas decerto...

– Ele estava em Brighton – afirmou Tate –, e os que o encontraram bateram no imbecil e atiraram-no no meio da rua, totalmente nu!

– Mas não fomos *nós* que fizemos isso – declarou Velasco, em tom categórico –, e você não pode provar o contrário.

– Existe uma nova tendência de pensamento por aí – disse Tate estufando o peito plano, como que para mostrar a insígnia da Union Jack, com um brilho úmido no nariz chato, vermelho de gim – que não tolera a decadência – dando ênfase igual às quatro sílabas da palavra –, esteja ela entre homens da ciência ou de quaisquer outros. A perversidade dissimulada foi abundante sob o governo Byron, toda espécie dela, e você sabe bem, Fraser! – Fraser arregalou os olhos diante do desaforo, enquanto Tate voltava sua exaltação para Oliphant. – O Fedor foi obra de Ned Ludd, senhor, e aí está sua história!

– Sabotagem em escala titânica – anunciou Velasco em tom sombrio, como se citasse um discurso –, incitada por conspiradores nas camadas mais altas da sociedade! Mas há verdadeiros patriotas entre nós, senhor, patriotas dedicados a arrancar esse mal pela raiz! – O terrier rosnou nos braços de Velasco, e Fraser pareceu estar a ponto de estrangular tanto o homem quanto o cão.

– Somos investigadores parlamentares – disse Tate –, tratando do assunto de um Membro, e tenho certeza de que não ia querer deter-nos.

Oliphant pôs a mão sobre a manga de Fraser.

Com um trejeito de triunfo, Velasco acalmou o cachorrinho e seguiu para a escada. Tate acompanhou-o. Do alto vieram os gritos roucos dos cavalheiros desportistas.

– Estão trabalhando para Egremont – disse Oliphant.

Fraser contorceu o rosto com aversão. Aversão e algo semelhante a perplexidade.

– Aparentemente não há nada mais a fazer aqui, Fraser. Você já providenciou um cabriolé, não?

O sr. Mori Arinori, o favorito dentre os jovens "pupilos" de Oliphant, deleitava-se intensamente com tudo o que era britânico. Oliphant, que de costume tomava um café da manhã frugal, quando tomava, por vezes sujeitava-se a um desjejum fortemente "inglês" para agradar Mori, que, nesta ocasião em particular, usava o mais rude traje de golfe em tweed e um cachecol no tartan da Ordem Real Hibérnica dos Engenheiros do Vapor.

Havia um quê de paradoxo, melancólico e agradável, refletiu Oliphant, em ver Mori passar geleia numa torrada, enquanto ele mesmo entregava-se a uma nostalgia por seus dias no Japão, onde servira como primeiro-secretário de Rutherford Alcock. Sua estada em Edo alimentara nele um respeito passional pelos tons brandos e texturas sutis de um mundo de rituais e sombras. Sentia falta agora do tamborilar da chuva sobre o papel impermeável, das ervas em flor pendendo sobre becos minúsculos, do brilho das lamparinas de junco, dos odores e obscuridades, das sombras da Cidade Baixa...

– Oriphant-san, torrada está muito boa, é muito excelente! Está triste, Oriphant-san?

– Não, sr. Mori, de modo algum. – Serviu-se de toicinho defumado, embora não estivesse com a mínima fome. Afastou a lembrança repentina do terrível banho matinal, da borracha preta pegajosa. – Estava lembrando-me de Edo. Para mim, a cidade tinha um grande encanto.

Mori mastigou pão com geleia observando Oliphant com firmeza, com seus brilhantes olhos escuros, depois limpou os lábios com destreza usando um guardanapo de linho.

– "Encanto". Sua palavra para os velhos costumes. Os velhos costumes obstruem minha nação. Esta semana mesmo, enviei a Satsuma um argumento contra o uso da espada. – Os olhos escuros agitaram-se por um curto instante na direção dos dedos tortos da mão esquerda de Oliphant. Como se atingida pela pressão da percepção de Mori, a cicatriz sob o punho da camisa de Oliphant começou a doer lentamente.

– Mas, sr. Mori – disse Oliphant, colocando de lado o garfo de prata e abandonando o toicinho não desejado –, a espada em seu país é, sob muitos aspectos, o símbolo central da ética feudal e dos sentimentos a ela relacionados; um objeto de reverência abaixo apenas do próprio senhor.

Mori sorriu com satisfação.

– Costume odioso de épocas rudes e selvagens. Isso é algo *bom* de se livrar, Oriphant-san. Este é *tempo* moderno! – A última expressão era sua favorita e mais frequente.

Oliphant retribuiu o sorriso. Mori combinava ousadia e compaixão com certa audácia problemática que Oliphant considerava muito cativante. Mais de uma vez, para o desânimo de Bligh, Mori pagara algum cocheiro *cockney* a tarifa total mais gorjeta, convidando-o em seguida para uma refeição na cozinha de Oliphant.

– Mas tem de aprender a dar um passo de cada vez, sr. Mori. Enquanto o senhor, pessoalmente, pode considerar o uso de espadas um costume primitivo, opor-se de forma aberta a esta questão menor poderia provocar resistências em relação a outras reformas mais importantes, a mudanças mais profundas que o senhor deseja implementar em sua sociedade.

Mori acenou com a cabeça, concordando com gravidade.

– Sua política sem dúvida tem mérito, Oriphant-san. Muito melhor, por exemplo, se todos os japoneses aprendessem inglês. Nossa língua restrita não tem nenhuma utilidade no grande mundo além de nossas ilhas. Logo o poder do vapor e da Máquina deve penetrar nossa terra. A língua inglesa, em seguida, deve suprimir qualquer uso do japonês. Nossa raça inteligente, ávida na busca por conhecimento, não pode depender de um meio precário e incerto de comunicação. Temos de compreender as verdades fundamentais do tesouro precioso da ciência ocidental!

Oliphant inclinou a cabeça para o lado, observando Mori com atenção.

– Sr. Mori, perdoe-me se não o compreendo bem, mas estou correto em supor que esteja propondo nada menos que a deliberada abolição do idioma japonês?

– Este é *tempo* moderno, Oriphant-san, *tempo* moderno! Todas as razões apoiam o desuso de nossa língua.

Oliphant sorriu.

– Precisamos combinar uma discussão mais demorada sobre isso, sr. Mori, mas agora tenho de perguntar se tem compromisso para esta noite. Proponho um entretenimento.

– Sem dúvida, Oriphant-san. Celebrações sociais inglesas são sempre agradáveis. – Mori ficou radiante.

– Iremos, então, a Whitechapel, ao Teatro Garrick, para o que, a meu ver, é a mais incomum das pantomimas.

De acordo com o programa do espetáculo, irregularmente pontilhado, o Palhaço era conhecido como "Jackdaw Jaculation", embora esse fosse talvez o aspecto menos peculiar da apresentação da noite, a peça *Mazulem, a Coruja Noturna*, encenada pela Trupe de Pantomima Vermelha das Mulheres de Manhattan. Outros personagens eram "Freedman Bureau Bill, um garoto negro", "Levy Stickemall, um mercador, oferecendo dois charutos por cinquenta centavos", "um Mascate Ianque", "uma Dama Ladra de Lojas", "um Peru Assado" e o epônimo "Mazulem".

Todo o elenco, a julgar pelo programa, era formado por mulheres, ainda que em alguns casos fosse impossível determinar. O Palhaço, com enfeites de babados, em cetim com lantejoulas aplicadas com esmero, ostentava a cachola toda raspada e o sinistro rosto branco do Pierrot, com um toque de cor apenas nos lábios contornados.

A apresentação fora precedida por uma fala breve e bombástica de uma tal "Helen América", com o peito arfante, os seios aparentemente livres sob camadas de echarpes diáfanas, servindo para prender a atenção da plateia predominantemente masculina. Seu discurso consistira em frases de efeito que Oliphant considerou mais obscuras que estimulantes. O que exatamente quis dizer, por exemplo, quando declarou que "Não temos nada a vestir senão nossas correntes..."?

Ao consultar o programa, ele foi informado de que Helen América era a autora de *Mazulem, a Coruja Noturna*, assim como de *Arlequim Panattahah* e *O Gênio dos Algonquins.*

O acompanhamento musical era realizado por uma organista com cara de lua – seus olhos, pareceu a Oliphant, cintilavam por demência ou láudano.

A pantomima se abriu com o que Oliphant supôs pretender ser uma sala de jantar de um hotel, com o peripatético Peru Assado – aparentemente representado por uma anã – atacando os clientes com uma faca de trinchar. Oliphant perdeu o fio da narrativa muito rápido, se é que havia um, o que ele duvidava. As cenas eram pontuadas de modo recorrente por personagens atirando tijolos cênicos na cabeça uns dos outros. Havia acompanhamento cinetrópico, por assim dizer, embora consistisse em animações toscamente polêmicas que pareciam ter pouca relação com a cena do palco.

Oliphant olhou de relance para Mori sentado a seu lado, com a estimada cartola no colo, o rosto inexpressivo. O público gritava em desordem, ainda que menos em resposta ao conteúdo da pantomima, qualquer que fosse ele, que às danças rodopiantes e curiosamente informes das mulheres *communards*, as canelas nuas e tornozelos claramente visíveis sob as barras esfarrapadas de suas vestes fluidas.

As costas de Oliphant começaram a doer.

A coreografia acelerou até se transformar numa espécie de ataque dançante, o ar carregado de fragmentos de tijolos até que, de modo abrupto, *Mazulem, a Coruja Noturna* terminou.

A plateia urrou, aplaudiu, zombou. Oliphant notou um homem corpulento, de maxilar magro com um bastão de vime sobre o ombro, parado ao lado da entrada do poço. O sujeito observava a multidão com olhar estreito.

– Venha, então, sr. Mori. Sinto uma oportunidade jornalística.

Mori levantou-se, chapéu e bengala formal nas mãos. Seguiu Oliphant na direção do poço da orquestra.

– Laurence Oliphant, jornalista. – Apresentou seu cartão ao homem corpulento. – Poderia fazer a gentileza de passar isto à senhorita América, com meu pedido de entrevista?

O homem pegou o cartão, olhou-o de relance e deixou-o cair no chão. Oliphant viu o punho nodoso apertar o bastão. Mori exalou um breve assobio, como de vapor; Oliphant virou-se; Mori, com a cartola firmemente enfiada na cabeça, assumira a pose de guerreiro samurai, segurando o cabo da bengala com as duas mãos. Argolas imaculadas de linho e ouro reluziram em seus pulsos flexíveis.

A cabeça de Helen América surgiu, os cabelos desgrenhados e extravagantemente tingidos com hena. Os olhos estavam delineados com kajal.

Mori manteve a postura.

– Srta. Helen América? – Oliphant pegou um segundo cartão. – Permita-me apresentar-me. Sou Laurence Oliphant, jornalista...

Helen América fez um gesto rápido com as mãos diante do rosto rígido de seu compatriota, como se estivesse invocando algo no ar. O homem, ainda encarando Mori furiosamente, baixou o bastão de vime que, Oliphant percebeu, era obviamente pesado.

– Cecil é surdo-mudo – ela disse, pronunciando o nome com ênfase no *e* americano.

– Sinto muito. Ofereci meu cartão...

– Ele não sabe ler. Disse que trabalha em jornal?

– Sou um jornalista eventual. E a senhorita, srta. América, é uma autora da mais alta qualidade. Permita-me apresentar meu bom amigo, o sr. Mori Arinori, um enviado do Mikado do Japão.

Com um olhar mortal para Cecil, Mori inverteu a bengala com admirável graça, retirou a cartola e fez uma reverência ao estilo europeu. Helen América, de olhos arregalados, examinou-o como quem examina um cão adestrado. Ela usava uma capa militar remendada com esmero, desfiada, mas aparentemente limpa, no tom cinza dos Confederados conhecido como *butternut*, embora os botões originais do regimento tivessem sido substituídos por chifre redondo e simples.

– Nunca vi um chinês vestido assim – ela disse.

– O sr. Mori é japonês.

– E você é um homem de jornal.

– De certo modo, sim.

Helen América sorriu, revelando um dente de ouro.

– E gostou de nosso espetáculo?

– Foi extraordinário, de fato, extraordinário.

O sorriso dela cresceu.

– Então venha para Manhattan, senhor, pois o Povo Rebelado tem o velho Olympic, na ala leste da Broadway, acima da Houston Street. Somos melhor apreciados em nosso próprio teatro. – Finos aros de prata perfuravam suas orelhas, em meio à nuvem embaralhada de cachos tingidos com hena.

– Seria um grande prazer. Assim como seria um prazer realizar uma entrevista com a autora de...

– Não fui eu que escrevi – ela disse –, foi Fox.

– Perdão?

– George Washington Lafayette Fox, o Grimaldi marxista, o Tamla da pantomima socialista! Foi uma decisão da trupe dizer que eu escrevi, embora eu continue a argumentar contra.

– Mas a sua mensagem introdutória...

– Essa fui eu que escrevi, senhor, e orgulho-me disso. Mas o pobre Fox...

– Não sabia – admitiu Oliphant, um tanto desconcertado.

– Foi a terrível pressão da labuta – disse ela. – O grande Fox, que sozinho elevou a pantomima socialista ao seu atual patamar de importância revolucionária, trabalhou arduamente para espetáculos de única apresentação, senhor; foi levado à total exaustão por ter de inventar truques mais precisos e transformações mais rápidas. Entrou em demência, com esgares pavorosos. – Ela havia assumido a postura de palco; agora, retornava a um tom mais confidencial. – Ele caiu na mais grosseira indecência, senhor, então mantivemos seu camareiro formalmente trajado para correr atrás dele e ridicularizá-lo, caso ele se tornasse obsceno demais.

– Sinto muito mesmo...

– Manhattan não é um lugar para loucos, senhor, é triste dizer. Ele está no hospício em Somerville, Massachusetts, e se quiser publicar isso, fique à vontade.

Oliphant deu-se conta de que estava olhando para ela, completamente perdido, sem encontrar palavras. Mori Arinori havia se afastado um pouco, e parecia estar observando a multidão deixar o Garrick. O surdo-mudo Cecil desaparecera, levando consigo o enorme bastão.

– Estou com uma fome de leão – disse Helen América, animada.

– Permita-me, por favor, oferecer-lhe uma refeição. Onde gostaria de jantar?

– Tem um restaurante na esquina. – Quando ela desceu do alto da escada que ia dar no poço, Oliphant viu que usava botas de borracha americanas chamadas Chickamaugas, grandes e desajeitadas, de origem militar. Com Mori ao seu lado, ele a seguiu pela saída do Garrick. Ela não esperou que ele oferecesse o braço.

Helen América guiou-os pela rua e, como havia dito, até a esquina. A luz a gás tremeluzia diante de uma placa-cine de clacking que mudava de AUTOCAFÉ MOSES & SONS para LIMPO MODERNO RÁPIDO, revezando os dizeres. Ela olhou para trás com um sorriso encorajador, com os quadris calipígios balançando sob a capa de Confederado e a musselina esfarrapada de seu notável traje cênico.

O Autocafé estava lotado e ruidoso, cheio de moradores de Whitechapel. As janelas com barras de ferro estavam opacas devido ao vapor. Oliphant nunca vira algo assim.

Helen América demonstrou como deviam proceder ali, pegando uma bandeja retangular de guta-percha em uma pilha e empurrando-a por um rebordo de zinco brilhante. Acima do rebordo, havia algumas dezenas de janelas em miniatura, adornadas com latão. Oliphant e Mori seguiram seu exemplo. Atrás de cada janela, estava exposto um prato diferente. Oliphant, ao notar as fendas para moedas, procurou sua bolsa de trocados. Helen América escolheu uma fatia de torta de carne de cordeiro, uma porção de *toad-in-the-hole* e batatas fritas; Oliphant providenciou as moedas necessárias. Dois pence adicionais liberaram copiosa quantidade de um molho marrom, de aparência duvidosa, saído de uma torneira. Mori escolheu uma batata assada, sua favorita, mas recusou o molho da torneira. Oliphant, desorientado pela estranheza do local, optou por uma caneca de cerveja, saída de outra torneira.

– Clystra com certeza vai me matar por isto – observou Helen América enquanto acomodavam as bandejas numa mesa de ferro fundido ridiculamente pequena. A mesa, como as quatro cadeiras à sua volta, estava parafusada ao chão de concreto. – Não aceita que falemos com cavalheiros da imprensa. – Deu de ombros sob a capa *butternut*. Sorriu alegremente e começou a ajeitar uma pilha de talheres baratos de estanho, dando a Mori uma faca e um garfo. – Conhece uma cidade chamada Brighton, senhor?

– Sim, conheço.

– Que espécie de lugar é?

Mori examinava, com grande interesse, o prato retangular de papelão cinza e áspero sob sua batata.

– É muito agradável – disse Oliphant –, muito pitoresco. O Pavilhão Hidropático é muito famoso...

– Fica na Inglaterra? – perguntou Helen América, antes de encher a boca de *toad-in-the-hole*.

– Fica, sim.

– Muitos trabalhadores?

– Talvez não, no sentido que imagino estar-se referindo, embora os diversos recursos e atrações empreguem um grande número de pessoas.

– Não vejo gente de fábrica de verdade desde que cheguei aqui. Bem... vamos comer! – Ao dizer isso, Helen América dedicou-se à tarefa. Conversas durante o jantar, supôs Oliphant, não eram muito valorizadas na Manhattan Vermelha.

Ela deixou os "pratos" de papelão totalmente limpos, sem restos ou migalhas, e mergulhou na última sobra de molho uma batata que reservara com cuidado para esse fim.

Oliphant pegou a caderneta. Abriu-a e retirou um cartão branco e simples com o retrato em pontilhismo de Florence Bartlett na Bow Street.

– Conhece uma Flora Barnett, a atriz americana, srta. América? Ela é muito famosa em Manhattan, pelo que ouvi dizer há pouco tempo, pelo menos... – Oliphant exibiu o cartão.

– Ela não é atriz, senhor. Tampouco americana. É sulista, se é que se pode chamá-la assim; está mais para uma maldita francesa. O Povo Rebelado não precisa de gente da espécie dela. Ora, já enforcamos nosso quinhão deles.

– Da espécie dela?

Helen América encarou-o com um olhar desafiador.

– Não vou falar, o senhor é um jornalista...

– Lamento se...

– Lamenta como todos os outros. Não se importa nem um pouco...

– Srta. América, por favor, desejo apenas...

– Grata pela refeição, senhor, mas não pode me forçar a falar, entendeu? E aquele brontossauro nem deveria estar aqui, para início de conversa! Vocês não têm direito algum sobre ele, e um dia ele estará no Manhattan Metropolitan, pois pertence ao Povo Rebelado! E o que faz com que vocês, ingleses, pensem que podem ir escavar os tesouros naturais do Povo?

E pela porta entrou, como se esperasse a deixa, o formidável Palhaço da Trupe de Pantomima Vermelha das Mulheres de Manhattan, com a cabeça raspada coberta por uma enorme touca de algodão com bolinhas e as botas Chickamauga ainda maiores que as de Helen América.

– Entra neste exato momento a camarada Clystra – disse Helen América.

A atriz vestida de palhaço encarou Oliphant com um olhar assassino e, em seguida, as duas foram embora.

Oliphant olhou para Mori.

– Noite peculiar, sr. Mori.

Mori, que parecia perdido na contemplação do movimento no Autocafé, levou um instante para responder.

– Teremos lugares como este no meu país, Oriphant-san! Limpos! Modernos! Rápidos!

Bligh, na volta de Oliphant à Half-Moon Street, seguiu-o até o segundo andar e parou à porta do escritório.

– Posso entrar por um momento, senhor?

Trancando a porta atrás deles com a própria chave, Bligh se dirigiu até uma miniescrivaninha de madeira em que ficavam os objetos de tabacaria de Oliphant; abrindo a parte superior de um umidor, inseriu a mão e retirou um pequeno cilindro achaparrado de estanho laqueado em preto.

– Isto foi trazido até a porta da cozinha por um jovem, senhor. Não quis dizer o nome ao ser perguntado. Tomei a liberdade de abri-lo, senhor, ao lembrar-me de algumas tentativas bárbaras, no exterior...

Oliphant pegou o cilindro e abriu a tampa. Fita telegráfica perfurada.

– E o jovem?

– Um operador de Máquina iniciante, senhor, a julgar pelo estado dos sapatos. Além do fato de que usava as luvas de algodão, as quais não retirou.

– E não deixou recado algum?

– Deixou, senhor. "Diga a ele", ele disse, "que não podemos fazer mais nada, o perigo é grande, ele não deve pedir de novo."

– Entendo. Poderia trazer um bule de chá verde forte?

Sozinho, Oliphant pôs-se a remover o vidro pesado de seu receptor de telégrafo pessoal, uma questão de afrouxar os quatro parafusos borboleta de latão. Colocou em lugar seguro o domo alto, em forma de mostrador, e gastou alguns minutos lendo o manual de instruções do fabricante. Após vasculhar algumas gavetas, localizou os implementos requisitados: uma manivela com cabo de nogueira e uma pequena chave de fenda de ouro com o monograma da empresa Colt & Maxwell. Localizou a chave de faca na base do instrumento e rompeu a conexão elétrica com os Correios. Em seguida, usou a chave de fenda para fazer os ajustes necessários, enfiou com cuidado a ponta da fita nos dentes da roda de aço brilhante, apertou a placa de guiamento na posição certa e respirou fundo.

Percebeu de uma só vez a batida de seu coração, o silêncio da noite penetrando o escritório a partir da escuridão de Green Park e o Olho. Pegou a manivela, encaixou sua ponta hexagonal no soquete do mecanismo e começou, com firmeza, mas devagar, a girá-la no sentido horário. As hastes de caracteres começaram a subir e descer, decifrando o código da fita dos Correios. Recusou-se a olhar, à medida que ela saía da fenda.

Estava feito. Com tesoura e cola, ele montou a mensagem sobre uma folha de papel almaço:

> QUERIDO CHARLES VÍRGULA NOVE ANOS ATRÁS CAUSOU-ME A MAIOR DESONRA QUE PODE ACOMETER UMA MULHER PONTO CHARLES VÍRGULA PROMETEU-ME QUE SALVARIA MEU POBRE PAI PONTO EM VEZ DISSO CORROMPEU-ME VÍRGULA O CORPO E A ALMA PONTO HOJE PARTO DE LONDRES VÍRGULA NA COMPANHIA DE AMIGOS PODEROSOS PONTO ELES SABEM MUITO BEM O TRAIDOR QUE VOCÊ FOI A WALTER GERARD E A MIM PONTO NÃO TENTE ENCONTRAR-ME VÍRGULA CHARLES PONTO SERIA INÚTIL PONTO ESPERO MESMO QUE VOCÊ E A SRA EGREMONT DURMAM PROFUNDAMENTE ESTA NOITE PONTO SYBIL GERARD FIM

Mal notando a chegada de Bligh com o chá, ele permaneceu sentado, sem se mover por quase uma hora, com a mensagem diante de si. Então, depois de servir-se de uma xícara de chá tépido, reuniu papéis, pegou a caneta-tinteiro e começou a compor, em seu impecável francês diplomático, uma carta para um certo Monsieur Arslau, de Paris.

O ar ainda fedia a pólvora.

O príncipe consorte virou-se, com toda sua gravidade teutônica, desde uma elaborada câmera estereóptica de fabricação suíça, e cumprimentou Oliphant em alemão. Usava óculos verde-azulados com lentes circulares menores que florins, e estava envolto num avental de fotógrafo em imaculado branco. Os dedos estavam manchados de nitrato de prata.

Oliphant fez uma reverência, desejando à Sua Alteza uma boa tarde no que julgava ser a melhor maneira de se dirigir à família real, e fingiu examinar a câmera, uma criação intricada cujas lentes estereópticas, como olhos, observavam abaixo de uma sobrancelha de latão liso. Assim como os olhos do sr. Cart, o valete suíço e musculoso do Príncipe, pareceram a Oliphant ser afastadas demais.

– Trouxe uma pequena lembrança para Affie, Vossa Alteza – disse Oliphant. Seu alemão, assim como o do príncipe consorte, tinha sotaque saxônico, herança de uma longa e delicada missão que Oliphant assumira naquela região, sob a ordem da família real. Os parentes de Coburg do príncipe Albert, sempre engenhosos na antiga arte da política do casamento, estavam ávidos para ampliar seu minúsculo território – uma questão delicada de fato, quando a política do Ministério das Relações Exteriores era manter os mini estados alemães o mais fragmentados possível em termos políticos.

– O jovem príncipe concluiu as lições do dia?

– Affie está doente hoje – disse Albert, olhando através dos óculos coloridos para uma das lentes da câmera. Pegou um pequeno pincel e passou-o de leve na superfície das lentes. Endireitou a coluna. – Considera o estudo da estatística carga muito pesada para uma mente jovem e inexperiente?

– Minha opinião, Vossa Alteza? – disse Oliphant. – Análise estatística é de fato uma técnica poderosa...

– A mãe dele e eu discordamos no assunto – confidenciou o príncipe, com pesar. – E o progresso de Alfred na matéria está longe de ser satisfatório. No entanto, estatística é a chave para o futuro. Estatística é tudo na Inglaterra.

– Ele progride bem em outras matérias? – resguardou-se Oliphant.

– Antropometria – sugeriu o príncipe, distraidamente. – Eugenia. Importantes campos de aprendizado, mas menos pesados, talvez, para o cérebro jovem.

– Quiçá eu possa ter uma conversa com ele, Vossa Alteza – disse Oliphant. – Sei que o rapaz tem boa vontade.

– Está em seu quarto, sem dúvida – disse o príncipe.

Oliphant atravessou a arejada elegância dos aposentos reais, seguindo para o quarto de Alfred, onde foi recebido com um grito de alegria quando o príncipe desceu, descalço, do amontoado de roupas de cama e pulou com agilidade as pistas de uma elaboradíssima ferrovia em miniatura.

– Tio Larry! Tio Larry! Esplêndido! O que trouxe para mim?

– O mais recente de Barão Zorda.

No bolso de Oliphant, embrulhado em papel vegetal verde e com forte cheiro de tinta fresca e barata, havia uma cópia de *Paternoster, o Bandoleiro do Vapor*, de um certo "Barão Zorda", o terceiro volume da estimada série, tendo o jovem príncipe Alfred expressado grande entusiasmo pelos dois números anteriores, *O Exército de Esqueletos* e *Pilotos do Czar*. A capa com cores espalhafatosas retratava o audacioso Paternoster, pistola em punho, escalando a cabine de um veículo em disparada que poderia ser um *gurney* de último modelo – revestido de estanho, bulboso na proa e muito estreito na traseira. O frontispício, o qual Oliphant examinara na banca de jornal da Piccadilly em que adquirira o volume, apresentava o ladrão de estrada de Barão Zorda com mais detalhes, em especial na vestimenta, que incluía um cinto largo de couro com taxas e calças boca de sino com botões na bainha.

– Incrível! – O garoto rasgou o papel vegetal verde de *Paternoster, o Bandoleiro do Vapor* com avidez. – Veja o gurney dele, tio Larry! Todo aerodinâmico!

– O que há de mais veloz para o malvado Paternoster, Affie. E veja o frontispício. Ele está adornado como Smashjaw Ned.

– Veja as calças de boca larga – disse Alfred, admirado. – E o grande maldito cinto!

– E como tem passado, Affie – perguntou Oliphant, ignorando o lapso na linguagem do garoto –, desde minha última visita?

– Muito bem, tio Larry... – e uma sombra de ansiedade encobriu o jovem rosto –, mas infelizmente eu... infelizmente ela... ela quebrou, está vendo...? – O príncipe apontou para a boneca japonesa de chá caída, inconsolavelmente, ao pé da enorme cama de quatro colunas, cercada por um mar revirado de estanho litografado e chumbo pintado. Uma longa farpa afiada de algum material translúcido projetava-se de forma grotesca do deslumbrante roupão da boneca. – É a mola. Acho que estava enroscada com muita força, tio Larry. Pulou para fora, na décima volta.

– Os japoneses fazem suas bonecas com molas de barbatana de baleia, Affie. "Bigodes de baleia", são chamadas. Ainda não aprenderam conosco a fabricação de molas apropriadas, mas logo aprenderão. Quando isso acontecer, as bonecas deles não quebrarão com tanta facilidade.

– Meu pai diz que o senhor admira demais seus japoneses – disse Alfred. – Diz que o senhor considera-os iguais aos europeus.

– E considero, Affie! Seus aparelhos mecânicos são hoje inferiores devido à sua falta de conhecimento nas ciências aplicadas. Um dia, no futuro, podem levar a civilização a avanços ainda incalculáveis. Eles e, talvez, os americanos...

O garoto observou-o com dúvida.

– Meu pai não gostaria nem um pouco disso, do que está dizendo.

– Não, duvido que gostasse.

Oliphant passou, então, meia hora de joelhos sobre o carpete, observando Alfred demonstrar o funcionamento de uma Máquina francesa de brinquedo – acionada, como seu primo, o Grande *Napoléon*, por meio de ar comprimido. A pequena Máquina empregava extensões de fita telegráfica em vez de cartões, fazendo Oliphant lembrar-se de sua carta a M. Arslau. Bligh a teria levado até a embaixada francesa a esta altura; muito provável que já estivesse a caminho de Paris, pela mala postal diplomática.

Alfred conectava sua Máquina a um cinétropo em miniatura. Ouviu-se um barulho cerimonioso na maçaneta da porta. As portas do Palácio de Buckingham nunca eram trancadas. Oliphant levantou-se, abriu o alto portal branco e deparou-se com o conhecido rosto de Nash, um camareiro do palácio cujas imprudentes especulações com as ações da ferrovia haviam-no tornado, contra a sua vontade, íntimo do Departamento de Fraudes Metropolitanas. A cortesia formal de Oliphant amenizara a questão de modo satisfatório – uma gentileza bem aplicada, ele via agora, pelo genuíno ar de atenção respeitosa de Nash.

– Sr. Oliphant – anunciou Nash –, chegou um telegrama, senhor. Urgentíssimo.

A velocidade do veículo da Agência Especial não contribuiu em nada para o mal-estar geral de Oliphant. Nem o próprio Paternoster poderia ter esperado algo mais rápido, ou mais radicalmente aerodinâmico.

Eles voaram por St. James Park na velocidade do sonho, os galhos negros e descobertos das tílias lampejando tal fumaça levada pelo vento. O motorista usava óculos de proteção de couro com lentes redondas, e claramente apreciava o voo impetuoso, ressoando periodicamente um apito gutural que fazia cavalos empinarem e pedestres apressarem-se. O fornalheiro, um jovem irlandês robusto, sorria como um louco ao jogar o coque na pequena fornalha.

Oliphant não fazia ideia de seu destino. Agora, quando se aproximavam de Trafalgar, o trânsito fazia com que o motorista puxasse a corda do apito de modo contínuo, uniforme, resultando numa lamentação alta e pesarosa que lembrava a aflição de um beemote marinho. O tráfego, mediante esse som, apartava-se como o Mar Vermelho ante Moisés. Policiais de capacete saudavam vivamente quando eles passavam acelerados. Moleques e varredores de rua davam cambalhotas de alegria ao verem um lustroso peixe de lata descendo ruidosamente a Strand.

A escuridão da noite era densa. Ao entrarem na Fleet Street, o motorista usou o freio e uma alavanca que exalava uma poderosa massa de vapor. O *gurney* aerodinâmico parou com um impacto.

– Bem, senhor – comentou o motorista erguendo os óculos de proteção para olhar através do vidro orlado com frisos da proa do veículo –, veja isso, por favor.

O tráfego, Oliphant viu, havia sido totalmente interrompido pela instalação de barricadas de madeira com lamparinas penduradas. Atrás delas, havia soldados sisudos em traje de combate, com carabinas Cutts-Maudslay sem a correia a tiracolo, prontos para atirar. Para além deles, ele viu telas de lona pendendo frouxas de postes rústicos de madeira, como se alguém estivesse tentando montar um cenário teatral no meio da Fleet Street.

O fornalheiro esfregou o rosto com um lenço de bolinhas.

– Há algo aqui que a imprensa não deve ver.

– Colocaram isso na rua errada, então – disse o motorista –, não colocaram?

Quando Oliphant desceu do *gurney*, Fraser aproximou-se.

– Encontramo-la – disse Fraser, carrancudo.

– E parecem ter atraído uma atenção considerável durante o processo. Talvez um pouco menos de infantaria fosse suficiente.

– Não é uma questão para leviandades, sr. Oliphant. É melhor que venha comigo.

– Betteredge está aqui?

– Não o vi. Por aqui, por favor. – Fraser seguiu na frente, entre um par de barricadas. Um soldado deu um breve aceno de cabeça quando passaram.

Oliphant viu de relance um cavalheiro de bigode numa conversa urgente com dois guardas metropolitanos.

– Aquele é Halliday – disse –, o chefe da Antropometria Criminal.

– Sim, senhor – disse Fraser. – Estão todos cuidando deste caso. O Museu de Geologia Prática foi invadido. A *Royal Society* está furiosa feito um vespeiro, e o maldito Egremont estará em todas as primeiras edições chamando a isso de afronta ludita. Nossa única sorte é que o dr. Mallory está bem longe, na China.

– Mallory? E por quê?

– O Leviatã Terrestre. A sra. Bartlett e seu bando tentaram fugir com o crânio da coisa.

Os dois homens passaram por uma das barreiras improvisadas, o tecido rústico estampado a intervalos com a marca do Departamento de Artilharia do Exército.

Um cavalo de cabriolé estava estendido ao lado dela, numa grande poça de sangue escurecido. O cabriolé, um veículo comum de um cavalo, estava tombado por perto, com seus painéis de laca preta e opaca perfurados por tiros.

– Ela estava com dois homens – disse Fraser. – Três, se contar o cadáver que deixaram no museu. O carro era conduzido por um exilado ianque chamado Russell, um grandalhão bringuento que mora em Seven Dials. O outro homem era Henry Dease, de Liverpool, um arrombador muito talentoso. Coloquei Henry dez vezes no banco dos réus quando estava na polícia. Foram colocados ali, senhor. – Ele apontou. – Ficou evidente que Russell, o motorista, começou a discutir com um condutor de verdade, sobre quem deveria dar passagem. Um guarda metropolitano a serviço no trânsito tentou intervir, momento esse em que Russell sacou uma pistola.

Oliphant olhava para o cabriolé virado.

– O guarda de trânsito não estava armado, mas uma dupla de detetives da Bow Street passava pelo local...

– Mas esse cabriolé, Fraser...

– Isso foi trabalho de um *gurney* do exército, senhor. O restante das guarnições temporárias está logo ao lado do viaduto Holborn. – Ele fez uma pausa. – Dease portava uma espingarda russa...

Oliphant balançou a cabeça com incredulidade.

– Oito civis foram levados ao hospital – disse Fraser. – Um detetive morto. Mas venha, senhor... É melhor terminarmos com isso.

– Qual o significado dessas telas de lona?

– Pedido da Antropometria Criminal.

Oliphant sentiu como se caminhasse num sonho, com os membros dormentes e sem volição. Deixou-se levar para onde três corpos envoltos em lonas estavam colocados sobre macas.

O rosto de Florence Bartlett estava em pavoroso estrago.

– Vitríolo – disse Fraser. – Uma bala estilhaçou o recipiente que ela usava.

Oliphant virou-se rapidamente, vomitando em seu lenço.

– Sinto muito, senhor – disse Fraser. – Não há necessidade de ver os outros dois.

– Betteredge, Fraser... você o viu?

– Não, senhor. Aqui está o crânio, senhor, ou o que restou dele.

– O crânio?

Talvez meia dúzia de grandes fragmentos de osso petrificado e gesso tingido de ébano estavam arrumados com esmero sobre uma mesa polida, montada sobre cavaletes.

– Há um sr. Reeks aqui, do museu, que veio buscá-lo – disse Fraser. – Disse que não está tão danificado quanto podemos pensar. Gostaria de sentar-se, senhor? Poderia encontrar-lhe um banco dobradiço...

– Não. Por que parece estar por aqui metade da Antropometria Criminal, Fraser?

– Bem, o senhor está em melhor posição para determiná-lo do que eu – disse Fraser, baixando a voz –, embora eu tenha ouvido falar que o sr. Egremont e Lorde Galton descobriram recentemente que têm muito em comum.

– Lorde Galton? O teórico eugenista?

– O primo de Lorde Darwin. É o representante da Antropometria na Câmara dos Lordes. Tem considerável influência na Royal Society. – Fraser pegou seu caderno. – É melhor que veja por que considerei urgente sua presença, senhor. – Ele levou Oliphant de volta aos destroços do cabriolé. Olhando à sua volta em busca de possíveis observadores, passou a Oliphant uma folha dobrada de papel fino azul. – Encontrei-a na bolsa de Bartlett.

O bilhete estava sem data e sem assinatura:

Aquilo que deseja com persistência foi localizado, ainda que num esconderijo dos mais peculiares. Fui informada, por nosso conhecido mútuo do Derby, dr. Mallory, que estava selado dentro do crânio de seu Leviatã Terrestre. Espero que julgue tal informação crucial um pagamento completo de todas as minhas dívidas. Estou em dificuldades agora, devido a acontecimentos policiais recentes, e decerto estou sendo observada por elementos do governo; favor levar isso em consideração em qualquer tentativa de comunicar-se comigo. Fiz tudo o que posso, juro.

A letra elegante, tão familiar a Oliphant quanto a Fraser, era de Lady Ada Byron.

– Somente nós dois vimos isso – disse Fraser.

Oliphant dobrou o papel em quatro antes de guardá-lo na charuteira.

– E o que exatamente, Fraser, estava escondido no crânio?

– Irei acompanhá-lo de volta pelo caminho, senhor.

Repórteres lançaram-se com ímpeto quando Fraser e Oliphant saíram das barricadas. Fraser segurou Oliphant pelo braço e levou-o até um grupo de guardas metropolitanos de capacete, alguns dos quais cumprimentou em tom casual, pelo nome.

– Para responder à sua pergunta, sr. Oliphant – disse Fraser, com os policiais de sarja azul e botões de metal formando uma barreira para isolar a multidão que gritava –, eu não sei. Mas está em nosso poder.

– Está? Sob a autoridade de quem?

– De ninguém, a meu ver – disse Fraser. – Harris, aqui, encontrou-o no cabriolé, antes da chegada da Antropometria. – Fraser ficou muito próximo de dar um sorriso. – Os rapazes da polícia não gostam muito da Antropometria. Malditos amadores teimosos, não é, Harris?

– Isso, senhor – disse o guarda de costeletas loiras –, é o que são.

– Onde está, então? – perguntou Oliphant.

– Aqui, senhor – Harris exibiu uma sacola preta comum. – Exatamente como o encontramos, aqui dentro.

– Senhor Oliphant, creio que seja melhor levar isto de imediato – disse Fraser.

– De fato, Fraser, concordo. Diga ao sujeito do Departamento Especial, no *gurney* extravagante, que não precisarei mais dele. Obrigado, Harris. Boa noite. – Os policiais afastaram-se aos poucos. Oliphant, sacola em mãos, saiu atento e a passos largos, em meio ao povo que se acotovelava por uma visão mais clara dos soldados e das telas de lona.

– Licença, chefe, mas será que não teria um cobre?

Oliphant olhou para baixo e viu os olhos castanhos espremidos do pequeno Boots, que dava toda a impressão de ser um jóquei aleijado. Não era uma coisa nem outra. Oliphant atirou-lhe um penny. Boots pegou-o com destreza, depois avançou aos poucos com sua muleta cortada. Fedia a fustão úmido e cavala defumada.

– Problemas, chefe. Becky vai lhe contar. – Boots virou-se com a muleta e saiu coxeando com determinação, resmungando no caminho, à procura de um lugar melhor para mendigar.

Era um dos vigilantes mais talentosos de Oliphant.

A outra, Becky Dean, mantinha o passo ao lado de Oliphant à medida que ele se aproximava da esquina da Chancery Lane. Estava vestida de prostituta bem-sucedida, com saltos de latão e bronze.

– Para onde foi Betteredge? – perguntou Oliphant, como se falasse sozinho.

– Foi levado – disse Becky Dean. – Há menos de três horas.

– Por quem?

– Dois homens num carro de aluguel. Estavam seguindo o senhor. Betteredge foi ter com eles, depois mandou que vigiássemos os vigilantes.

– Eu não sabia de nada disso.

– Antes de ontem, ele procurou-nos.

– E quem eram esses homens?

– Um é um detetivezinho particular, seboso e com ares de gigolô. Velasco é o nome. O outro era do governo, pelo que aparentava.

– Foi levado em plena luz do dia? À força?

– O senhor sabe muito bem como se faz – disse Becky Dean.

Na tranquilizante exalação do seu silencioso estoque de tabaco, na esquina da Chancery Lane com a Carey Street, Oliphant segurou o canto do papel azul acima da chama concisa de um isqueiro de bronze em formato de um turco de turbante.

Viu o papel reduzir-se a delicada cinza rosada.

A sacola continha um revólver automático Ballester-Molina, um frasco de bolso de metal prateado com uma mistura repugnante, de cheiro adocicado, e um estojo de madeira. O último era claramente o objeto em questão, uma vez que estava incrustado em gesso cru branco. Continha grande quantidade de cartões de Máquina do padrão do *Napoléon,* cortados em material inovador, leitoso e muito liso.

– O pacote – disse ao sr. Beadon, o vendedor de tabaco – é para ser guardado apenas para mim.

– Certamente, senhor.

– Meu homem de confiança, Bligh, é a única exceção.

– Como desejar, senhor.

– Se qualquer pergunta for feita, Beadon, por favor, envie um garoto para avisar Bligh.

– Será um prazer, senhor.

– Obrigado, Beadon. Poderia dar-me quarenta libras em dinheiro, a serem descontadas de minha conta?

– *Quarenta,* senhor?

– Sim.

– Sim, poderia, senhor. Com prazer, sr. Oliphant. – O sr. Beadon pegou um molho de chaves do paletó e foi destrancar um cofre de aparência admiravelmente moderna.

– E uma dúzia de *habanas* de primeira. E, Beadon?

– Sim, senhor?

– Acho que seria muito boa ideia se guardasse o pacote nesse seu cofre aí.

– É claro, senhor.

– Crê que o Lambs fique perto daqui, Beadon, o *dining-club*?

– Sim, senhor. Holborn, senhor. Uma breve caminhada.

A primeira neve do ano começou a cair enquanto ele subia a Chancery Lane, uma matéria seca e áspera que parecia não aderir ao pavimento.

Boots e Becky Dean não estavam à vista, o que seguramente poderia significar que estavam tratando de seus negócios invisíveis de costume.

O senhor sabe muito bem como se faz.

E não sabia? Quantos tinham desaparecido, desaparecido por completo, só em Londres? Como era possível sentar-se entre amigos em aprazíveis cafés, bebericar um Moselle, ouvir gentis e descontraídas conversas, carregando na mente o peso de tal conhecimento?

Sua intenção era que Collins tivesse sido o último, absolutamente o último; agora Betteredge se fora, e pelas mãos de outra agência.

No começo, a coisa fazia um sentido horrivelmente elegante.

No começo, tinha sido sua própria ideia.

O Olho. Ele sentia-o agora – sim, com certeza, o olhar onisciente incidindo em cheio sobre ele enquanto acenava para o porteiro adornado com borlas e entrava no átrio de mármore do Lambs, o *dining-club* de Andrew Wakefield.

Caixas postais de latão, uma cabine telefônica, um excesso de folheado polido francês, tudo completamente moderno. Olhou para trás, através das portas de vidro, para a rua. De frente para o Lambs, além das duas vias de tráfego cobertas de neve, vislumbrou um vulto solitário que usava chapéu-coco alto.

Um mensageiro dirigiu-o ao salão de grelhados, que tinha acabamento em carvalho escuro, com enorme lareira coroada por mantel de pedra italiana esculpida.

– Laurence Oliphant – disse ao maître de paletó apertado –, para o sr. Andrew Wakefield.

Uma expressão de inquietude encobriu o rosto do homem.

– Sinto muito, senhor, mas ele não...

– Obrigado – disse Oliphant –, mas creio que vejo o sr. Wakefield.

Com o maître seguindo seus passos, Oliphant marchou entre as mesas, com os clientes virando-se à sua passagem.

– Andrew – disse, chegando à mesa de Wakefield –, que grande sorte encontrá-lo aqui.

Wakefield jantava sozinho. Pareceu ter uma breve dificuldade para engolir.

– Sr. Wakefield, senhor – começou o maitre.

– Meu amigo vai fazer-me companhia – disse Wakefield. – Sente-se, por favor. Estamos chamando atenção.

– Obrigado – Oliphant sentou-se.

– Deseja jantar, senhor? – perguntou o maître.

– Não, obrigado.

Quando ficaram a sós, Wakefield deu um sonoro suspiro. – Que droga, Oliphant, será que não deixei claras minhas condições?

– De que, exatamente, Andrew, está com tanto medo?

– Deveria ser bastante óbvio.

– Deveria?

– Lorde Galton está associado com seu maldito sr. Egremont. É o grande patrocinador da Antropologia Criminal. Sempre foi. Quase seu fundador. É *primo* de Charles Darwin, Oliphant, e goza de grande influência na Câmara dos Lordes.

– Sim, e na Royal Society, assim como na Geographical. Conheço muito bem Lorde Galton, Andrew. Ele abraça os princípios da procriação sistemática na espécie humana.

Wakefield baixou o garfo e a faca.

– A Antropometria Criminal domina a Agência de modo efetivo. Para todas as intenções e propósitos, a Agência Central de Estatística está agora sob o comando de Egremont.

Oliphant viu quando os dentes superiores de Wakefield começaram a morder o lábio inferior.

– Estou vindo da Fleet Street – disse Oliphant. – O nível de violência desta sociedade... – e tirou a Ballester-Molina do paletó – ou, devo dizer, o nível de violência *não reconhecida*, tornou-se notável, não é assim, Andrew? – Colocou o revólver sobre a toalha de mesa, entre eles. – Tome essa pistola como exemplo. Tudo é obtido com muita presteza, pelo que me dizem. Sua fabricação é franco-mexicana, embora seja invenção dos espanhóis. Certas peças internas, segundo me informaram, molas e coisas do gênero, são, na verdade, britânicas, disponíveis no mercado livre. Torna-se muito difícil, portanto, dizer *de onde vem* uma arma como esta. Emblemático de nossa atual situação, não concorda?

Wakefield ficara profundamente pálido.

– Mas parece que o perturbei, Andrew. Sinto muito.

– Eles vão *apagar-nos* – disse Wakefield. – Deixaremos de existir. Não sobrará nada, nada a provar que eu ou você jamais existimos. Nem um canhoto de cheque, nem uma hipoteca no banco municipal, coisa alguma.

– É exatamente disso que estou falando, Andrew.

– Não fale comigo nesse tom moralista, senhor – disse Wakefield. – *Seu* pessoal começou, Oliphant... os desaparecimentos, os arquivos perdidos, os nomes apagados, números omitidos, históricos editados para se adequarem a fins específicos... Não, não fale *comigo* nesse tom.

Oliphant não conseguia pensar em nada para dizer. Levantou-se, deixando a pistola sobre a toalha de mesa, e saiu do salão de grelhados sem olhar para trás.

– Com licença – ele disse, no átrio de mármore, para um mensageiro de paletó vinho que peneirava pontas de charuto de uma urna de mármore cheia de areia –, poderia, por obséquio, levar-me ao escritório do administrador do clube?

– Pode apostar – disse o mensageiro, ou alguma frase similar do dialeto americano, e encaminhou Oliphant com elegância por um corredor revestido de espelhos e plantas de borracha.

Cinquenta e cinco minutos depois, tendo visitado os recintos do clube com alguma minúcia, visto um álbum de fotografias dos "divertimentos" anuais do Lambs, solicitado o registro de sócio e pago uma taxa inicial não desprezível, e não reembolsável, através de seu próprio número do Crédito Nacional, Oliphant apertou a mão do administrador empomadado, deu uma nota de uma libra ao homem e pediu que pudesse sair pela entrada de serviço mais obscura do clube.

A porta era a da copa, que dava para o tipo de passagem estreita e abafada que ele esperava.

Em um quarto de hora, ele estava no bar de uma taverna lotada da Belford Road, revendo o texto do telegrama que uma certa Sybil Gerard despachara para o sr. Charles Egremont, M. P., de Belgravia.

– Perdi meus dois garotos pra doença na Crimeia, moço, e não é sempre num telegrama que vem a notícia... não é?

Oliphant dobrou a folha de papel almaço dentro da charuteira. Viu seu reflexo turvo no zinco polido do balcão. Olhou para o seu copo vazio. Olhou para a mulher, uma bruxa desgrenhada vestindo trapos desbotados a uma cor que não tinha nome, as maçãs do rosto coradas sob uma camada de sujeira.

– Não – ele disse –, esta tragédia não é minha.

– Meu Rogers era – ela disse –, e o garoto Tommy também. E não volta nem um trapo pra casa, moço... nem um maldito trapo...

Ele deu-lhe uma moeda. Ela agradeceu-o, murmurando, e retirou-se.

Ele parecia ter perdido completamente o rumo por ora. Estava totalmente só. Era hora de encontrar um cabriolé.

Na alta furna escura da grande estação, milhares de vozes pareciam misturar-se, e os elementos constituintes da linguagem eram reduzidos ao equivalente auricular do nevoeiro, homogêneo e impenetrável.

Oliphant seguiu com seu objetivo ali embaixo, num ritmo uniforme e calculado, e comprou a passagem de trem de primeira classe para Dover, reservada, no expresso noturno das dez horas. O bilheteiro colocou a chapa de Crédito Nacional de Oliphant na máquina e puxou a manivela com força.

– Aqui está, senhor. Reservado em seu nome.

Oliphant agradeceu o guarda e seguiu a um segundo guichê, onde utilizou sua chapa mais uma vez.

– Desejo reservar uma sala privada no paquete da manhã para Ostend. – Pareceu ter reconsiderado e, ao colocar as passagens de barco e a chapa de Crédito Nacional na carteira, pediu uma passagem de segunda classe no barco da meia-noite para Calais.

– Seria para esta noite, senhor?

– Sim.

– Seria o *Bessemer*, senhor. Crédito Nacional, senhor?

Oliphant pagou a passagem para Calais com as notas de uma libra do cofre do sr. Beadon.

Dez para as nove, no relógio de ouro de seu pai.

Às nove horas, embarcou num trem no último instante possível, pagando a tarifa para Dover diretamente ao condutor.

O navio *Bessemer*, de cabine oscilante, com o convés duplo e convexo encharcado pelo borrifo das ondas do mar, partiu de Dover para Calais à exata meia-noite. Oliphant, depois de visitar o intendente naval com seu bilhete de segunda classe e suas notas de uma libra, sentou-se numa poltrona de brocado na cabine de primeira classe, bebericando um conhaque medíocre e analisando os outros passageiros. Era, ele notou com satisfação, um grupo completamente indistinto.

Ele não gostava de cabines oscilantes, pois considerava os movimentos controlados por Máquina, destinados a compensar o balanço da embarcação, de algum modo, mais perturbadores que o agito normal de um navio ao mar. Além disso, a cabine propriamente dita era efetivamente sem janelas. Vacilante sobre balancins em um poço central, a cabine era montada tão profundamente no casco que as janelas deste, as poucas que haviam, ficavam localizadas no alto, ao longo das paredes, bem acima da linha da visão. De modo geral, como solução para o *mal-de-mer*, Oliphant considerava-a excessiva. O público, no entanto, parecia fascinado com o emprego inovador de uma pequena Máquina, do tamanho aproximado de uma Máquina de *gurney*, cuja única tarefa era manter a cabine num plano horizontal pelo maior período de tempo possível. Isso era realizado por meio de algo que a imprensa chamava, no jargão dos clackers, de "realimentação". Ainda assim, com duas pás na proa e na popa, o *Bessemer* costumava percorrer a distância de quase trinta e quatro quilômetros entre Dover e Calais em uma hora e trinta minutos.

Oliphant preferia estar nos conveses superiores, viajando contra o vento; capaz, assim, talvez, de imaginar-se navegando rumo a um objetivo mais grandioso e mais acessível. Mas o passeio numa cabine oscilante não oferecia amuradas, somente um parapeito de ferro, e o vento do canal era úmido e frio. E ele tinha, lembrou-se, apenas um único objetivo, e este, com toda a probabilidade, era uma empresa vã.

E ainda: Sybil Gerard. Ele decidira, ao ler o telegrama para Egremont, não pedir a verificação do número dela. Imaginara que isso poderia atrair atenção indesejada; com a Antropometria Criminal dando as cartas na Agência de Estatística, é claro, sua cautela provou-se acertada. E suspeitava até que o arquivo de Sybil Gerard poderia não mais existir.

Walter Gerard de Manchester, inimigo declarado do progresso, agitador em defesa dos direitos do homem. Enforcado. E se Walter Gerard tivesse tido uma filha, o que teria sido dela? E se ela tivesse sido arruinada, como afirmava ter sido, por Charles Egremont?

As costas de Oliphant começaram a doer. Sob o rígido brocado da poltrona, com repetidas imagens do *Bessemer* entretecidas em Jacquard, o estofamento de crina de cavalo conteve um arrepio.

Mas, ao menos, lembrou-se ele, escapara temporariamente da fenda negra e macia da banheira suíça patenteada do dr. McNelie.

Colocando de lado o conhaque por terminar, deixou a cabeça pender e cochilou.

E sonhou, talvez, com o Olho.

O *Bessemer* entrou na doca de Calais à uma e meia.

O edifício de monsieur Lucien Arslau ficava em Passy. Ao meio-dia, Oliphant apresentou seu cartão ao concierge, que o enviou por tubo pneumático ao apartamento do monsieur Arslau. Quase de imediato, o apito ligado a um tubo acústico niquelado soou duas vezes; o concierge aproximou o ouvido do funil; Oliphant decifrou vagos tons de francês gritado.

O concierge levou Oliphant até o elevador.

Ele foi recebido no quinto andar por um criado de libré que usava um *stiletto* corso adornado, atravessado a uma faixa plissada de *gros de Naples*. O jovem conseguiu fazer uma reverência sem tirar os olhos de Oliphant. Monsieur Arslau lamentava, disse o criado, estar impossibilitado, no momento, de receber monsieur Oliphant. Neste ínterim, monsieur Oliphant gostaria de algum tipo de refresco?

Oliphant declarou que gostaria muito de uma oportunidade de tomar um banho. Também consideraria muito agradável um bule de café.

Foi levado por uma ampla sala de estar repleta de cetim e ouropel, armários de marchetaria Boulle, bronzes, estatuetas e porcelanas, onde o imperador de olhos de lagarto e sua delicada imperatriz, a falecida srta. Howard, fitavam-no num par de retratos a óleo. Em seguida, passou por um vestiário com gravuras em metal na parede. A graciosa escadaria curva subia a partir de uma antessala octogonal.

Cerca de duas horas depois, tendo tomado banho numa banheira com borda de mármore de agradável solidez, tendo bebido café forte francês e almoçado postas de carneiro *a la Maintenon*, e usando roupas de linho emprestadas e muito mais engomadas do que gostaria, ele foi conduzido até o escritório de monsieur Arslau.

– Senhor Oliphant – disse Arslau, em seu excelente inglês –, é um grande prazer. Lamento não ter podido recebê-lo antes, mas... – gesticulou na direção da ampla mesa de mogno, sob uma confusão de pastas e documentos. De trás de uma porta fechada, sobrevinha o ruído constante de um telégrafo. Numa parede havia uma gravura do Grande *Napoléon*, com suas imensas torres de engrenagens visíveis atrás das grades de espelho e ferro.

– Não se preocupe, Lucien. Fico grato por ter tido tempo de desfrutar a sua hospitalidade. Seu *chef* prepara um carneiro extraordinário; uma carne sublime que dificilmente viria de uma ovelha qualquer.

Arslau sorriu. Quase da altura de Oliphant, de ombros mais largos, aproximava-se dos quarenta anos de idade e usava a barba grisalha à moda imperial. Seu plastrom era bordado com pequenas abelhas douradas.

– Recebi sua carta, é claro.

Ele retornou à mesa e acomodou-se numa cadeira de encosto alto, estofada em couro verde escuro. Oliphant sentou-se num sofá em frente.

– Devo admitir minha curiosidade, Laurence, quanto ao que está pretendendo no momento. – Arslau juntou as pontas dos dedos das duas mãos e olhou por cima delas, arqueando as sobrancelhas. – A natureza de seu pedido dificilmente justificaria as precauções que considera necessárias...

– Pelo contrário, Lucien, você deve saber que eu não abusaria desse modo de nosso bom entendimento se não fosse por razões urgentíssimas.

– Mas, não, meu amigo – disse Arslau, com um breve aceno de dispensa com as mãos –, pediste o mais simples favor. Entre colegas, homens como nós, isso não é nada. Estou apenas curioso; esse é um de meus defeitos. Envia-me uma carta pela mala diplomática imperial – nada de errado em si, para um inglês, embora eu saiba que conhece nosso amigo Bayard. Sua carta solicita meu auxílio na localização de certa aventureira inglesa, nada mais. Acredita que ela possa estar residindo em França. No entanto, enfatiza a necessidade de absoluto sigilo. Alerta-me em especial a não me comunicar com você por telégrafo ou correios comuns. Instrui-me a aguardar sua chegada. O que devo concluir disso? Que finalmente sucumbiu aos ardis de uma mulher?

– Ai de mim!

– Dado o atual modelo inglês de feminilidade, meu amigo, considero tal coisa de todo compreensível. São muitas as suas damas que aspiram ser elevadas ao nível da intelectualidade masculina – além da crinolina, além do pó de pérola, acima de tomar as dores de ser bonita, acima de se fazerem agradáveis a qualquer custo! Que vida horrível, utilitária, completamente *repulsiva* um inglês acabará levando, caso se mantenha a tendência! Por quê, então, pergunto, atravessou o Canal para encontrar uma aventureira *inglesa?* Não que não as tenhamos por aqui. São numerosas, de fato, sem mencionar a origem... – Arslau sorriu – ... de nossa própria imperatriz.

– Você mesmo nunca se casou, Lucien – observou Oliphant, na tentativa de desviar Arslau de seu propósito.

– Mas olhe para o matrimônio! Quem saberá dizer qual seria a escolha sensata em meio a novecentos e noventa e nove erros? Quem seria a enguia dentro do barril de cobras? A garota no meio-fio da calçada pode ser a única mulher dentre todas as criaturas femininas neste universo capaz de fazer de mim um homem feliz, meu amigo, e ainda assim passo por ela e salpico sobre ela a lama de minhas rodas, em minha absoluta ignorância! – Arslau riu. – Não, não me casei, e sua missão é política.

– É claro.

– As coisas não vão bem na Grã-Bretanha. Não preciso de minhas fontes britânicas para saber disso, Oliphant. Os jornais bastam. A morte de Byron...

– A direção política da Grã-Bretanha, Lucien, mais que isso, sua própria estabilidade enquanto nação, pode agora mesmo estar em risco. Não preciso lembrar-lhe da suprema importância do reconhecimento e do apoio mútuo e constante entre nossas duas nações.

– E a questão dessa Sybil Gerard, Oliphant? Devo entender que está sugerindo ser ela, de alguma forma, um elemento crucial na situação?

Oliphant pegou a charuteira e escolheu um dos *habanas* de Beadon. Seus dedos roçaram o texto dobrado do telegrama de Sybil Gerard. Ele fechou a charuteira.

– Importa-se que eu fume?

– Fume, por favor.

– Obrigado. As questões ligadas a Sybil Gerard são inteiramente britânicas, inteiramente domésticas. Podem acabar, no fim das contas, afetando a França, mas de modo muito indireto.

Oliphant cortou e furou o charuto.

– Tem inteira certeza disso?

– Tenho.

– Eu não tenho. – Arslau levantou-se para levar até Oliphant um cinzeiro de cobre sobre um pedestal de nogueira. Retornou à mesa, mas permaneceu de pé. – O que pensa da Sociedade Jacquardina?

– É o equivalente aproximado de nossa Sociedade do Intelecto a Vapor, não?

– Sim e não. Existe outra, uma sociedade secreta, entre os jacquardinos. Referem-se a si mesmos como Les Fils de Vaucanson. Alguns deles são anarquistas, outros estão associados à Marianne, outros à Fraternidade Universal, outros com qualquer espécie de ralé. Conspiradores da luta de classes, entende? Outros são simplesmente criminosos. Mas você sabe disso, Laurence.

Oliphant pegou um fósforo de uma caixa ornada com uma imagem pontilhada do *Bessemer* e riscou-o. Acendeu o charuto.

– Está me dizendo que a mulher que conhece como Sybil Gerard não tem nenhuma relação com a França – disse Arslau.

– Pensa diferente?

– Talvez. Conte-me o que sabe a respeito de nossas dificuldades com o Grande *Napoléon*.

– Muito pouco. Wakefield, da Estatística Central, mencionou-as. A Máquina não está mais funcionando corretamente?

– *Ordinateurs*, graças ao bom Deus, não é minha especialidade. O *Napoléon* funciona com velocidade e precisão normais na maioria dos casos, informaram-me, mas um elemento excêntrico de inconstância tem aparecido nas funções mais elevadas da máquina... – Arslau suspirou. – Sendo tais funções mais elevadas uma questão de considerável orgulho nacional, eu mesmo fui forçado a ler calhamaços da mais abstrusa prosa técnica do império. Sem nenhum sucesso conclusivo, parece agora, uma vez que localizamos o culpado em questão.

– O culpado?

– Um membro declarado dos Fils de Vaucanson. O nome dele não importa. Foi preso em Lyon numa conexão com um caso comum de fraude civil, envolvendo um *ordinateur* municipal. Informações de sua confissão subsequente remeteram-no à atenção da Comissão de Serviços Especiais e, consequentemente, à nossa. Durante o interrogatório, revelou sua responsabilidade pelo atual estado lamentável de nosso Grande *Napoléon*.

– Confessou *le sabotage*, então?

– Não, não confessaria isso. Negou, até o fim. No que concerne ao *Napoléon*, admitia apenas ter rodado determinada sequência de cartões perfurados, uma fórmula matemática.

Oliphant viu a fumaça do charuto subir numa espiral rumo ao ornamento de gesso em forma de rosa do teto alto.

– A fórmula veio de Londres – continuou Arslau. – Obteve-a com uma inglesa. Seu nome era Sybil Gerard.

– Vocês tentaram analisar essa fórmula?

– Não. Ela foi roubada, alegou nosso jacquardino, desapareceu nas mãos de uma mulher que ele conheceu como Flora Bartelle, uma americana, parece.

– Entendo.

– Então conte-me o que entende, meu amigo, pois eu mesmo estou às escuras.

O Olho. Que tudo vê. O peso sublime de sua percepção sobre ele, vindo de todas as direções.

Oliphant hesitou. A cinza do charuto caiu, despercebida, sobre o rico carpete de Arslau.

– Ainda não encontrei Sybil Gerard, mas posso oferecer informações a respeito da fórmula que mencionou, até mesmo obter uma cópia. No entanto, não posso prometer nada até receber permissão para entrevistar a dama em questão, em particular e pelo tempo necessário.

Arslau ficou em silêncio. Parecia examinar Oliphant. Por fim, acenou positivamente com a cabeça.

– Podemos providenciar isso.

– Ela não está, presumo, presa?

– Digamos que estamos a par de seus movimentos.

– Permitem uma liberdade aparente, mas a observam com cuidado?

– Precisamente. Se a detivermos agora, e ela não revelar nada, perdemos nossa pista.

– Como sempre, Arslau, sua técnica é impecável. E para quando poderia ser agendado meu encontro com ela?

O Olho, a pressão, as fortes batidas de seu coração.

As paredes do Café de l'Univers eram repletas de quadros, espelhos com gravuras e placas esmaltadas com os onipresentes anúncios da Pernod Fils. As pinturas, se é que podiam ser chamadas assim, eram borrões grosseiros, dando a impressão de terem sido executadas numa imitação confusa em pontilhismo de Máquina, ou estranhas formulações geométricas que insinuavam o agitado movimento de bits cinetrópicos. Em alguns casos, Oliphant supôs, os próprios pintores estavam presentes – ou pelo menos concluiu serem eles os sujeitos de cabelos longos com capas de veludo, calças de veludo cotelê manchadas de pigmentos e cinza de tabaco. Mas a maior parte da clientela – de acordo com seu acompanhante, Jean Beraud – consistia de *kinotropistes.* Esses cavalheiros do Quartier Latin ficavam sentados, bebendo às mesas de mármore redondas na companhia de suas *grisettes* vestidas de preto, ou fiavam-se em detalhes sobre assuntos teóricos diante de pequenos grupos de seus pares.

Beraud, com extemporâneo chapéu de palha e terno marrom de intenso corte gaulês, era um dos *mouchards* de Arslau, um informante profissional que se referia aos cinetropistas como membros do *"le milieu"*. Ele era viçoso e rosado como um porco jovem, bebia Vittel com hortelã, e Oliphant tomara uma antipatia imediata por ele. Os cinetropistas pareciam preferir o absinto da Pernod Fils; Oliphant, tomando vinho tinto, observava o ritual de copo e garrafa de água, tabletes de açúcar e colher em forma de espátula.

– O absinto é o berço da tuberculose – disse Beraud.

– Por que supõe que madame Tournachon escolheria aparecer hoje neste café, Beraud?

O *mouchard* deu de ombros.

– Ela é íntima do *le milieu*, monsieur. Frequenta o Madelon, também o Batiffol, mas é aqui no l'Univers que quase sempre encontra companhia.

– E por que você pensa que é assim?

– Porque foi amante de Gautier, é claro. Ele era uma espécie de príncipe aqui, monsieur, deve ficar claro. A relação dela com Gautier necessariamente limitou seus contatos à sociedade ordinária. Ele ensinou-lhe francês, ou pelo menos o francês que ela conhece.

– Que espécie de mulher, exatamente, considera que ela seja?

Beraud deu um sorriso afetado.

– Talvez seja atraente, mas fria. Insensível. Ao modo das mulheres inglesas, o senhor compreende.

– Quando ela chegar, Beraud, se chegar, devo dizer, você deve retirar-se de imediato.

Beraud ergueu as sobrancelhas.

– Pelo contrário, monsieur...

– Você tem de ir, Beraud. Retirar-se. – Uma pausa calculada. – Desaparecer.

As ombreiras elegantes do paletó marrom de Beraud levantaram-se diante da palavra.

– Você vai instruir o cabriolé a esperar, assim como o estenógrafo. O estenógrafo, Beraud... o inglês dele é adequado? Meu amigo, meu muito bom amigo, o monsieur Arslau, garantiu-me que é...

– Inteiramente adequado, sim! E monsieur... – levantando-se tão rápido que quase derrubou a cadeira de madeira vergada – é ela...

A mulher que agora adentrava o l'Univers poderia facilmente ter sido confundida com uma *parisienne* moderna de modos mais que comuns. Esbelta e loira, usava sóbria crinolina de merino com capa e touca combinando, e estreitos acabamentos de pele de marta.

Enquanto Beraud prosseguia a afoita retirada rumo ao interior do restaurante, Oliphant levantou-se. Os olhos dela, muito alertas, muito azuis, encontraram os dele. Ele aproximou-se, chapéu em mãos, e fez uma reverência.

– Perdoe-me – disse em inglês. – Não fomos apresentados, mas tenho de falar com a senhorita a respeito de uma questão muito urgente.

Nos vastos olhos azuis despontou reconhecimento, e medo.

– Senhor, confundiu-me com outra.

– A senhorita é Sybil Gerard.

O lábio inferior dela tremia, e Oliphant sentiu abrupta, poderosa e totalmente inesperada simpatia.

– Sou Laurence Oliphant, srta. Gerard. Corre extremo perigo no momento. Desejo ajudá-la.

– Esse não é meu nome, senhor. Por gentileza, deixe-me passar. Meus amigos estão esperando.

– Sei que Egremont traiu-a. Entendo a natureza da traição.

Sybil teve um sobressalto ao ouvir o nome, de modo a causar em Oliphant temor de que ela desmaiasse ali, mas em seguida encolheu os ombros brevemente e pareceu observá-lo com tranquilidade por um momento.

– Vi o senhor no Grand's, naquela noite – ela disse. – Estava na sala de fumantes com Houston e... Mick. Estava com o braço ferido, numa tipoia.

– Por favor – ele disse –, junte-se a mim.

Sentado à mesa defronte a ela, Oliphant ouviu-a pedir um *absinthe de vidangeur* num francês bastante aceitável.

– Conhece Lamartine, o cantor? – ela perguntou.

– Sinto muito, não.

– Ele inventou o "absinto de lixeiro". É o único que consigo beber.

O garçom chegou com a bebida, uma mistura de absinto e vinho tinto.

– Theo ensinou-me a pedi-lo – ela disse –, antes de... partir. – Ela bebeu, o vinho tinto de encontro aos lábios pintados. – Sei que o senhor veio para me levar de volta. Não tente me enganar. Sei reconhecer um policial.

– Não desejo, em absoluto, vê-la retornar para a Inglaterra, srta. Gerard...

– Tournachon. Sou Sybil Tournachon. Francesa por casamento.

– Seu marido está aqui em Paris?

– Não – ela disse, erguendo um medalhão oval de aço lapidado numa fita preta. Abriu-o, expondo a miniatura daguerreotipada de um belo jovem. – Aristide. Foi abatido na Filadélfia, no grande inferno. Foi como voluntário, para lutar do lado da União. Ele era real, sabe; eu quero dizer, realmente existiu, não era só mais um inventado pelos clackers... – Ela fitou a pequena imagem com um olhar misto de saudade e tristeza, embora Oliphant soubesse que ela nunca na vida vira Aristide Tournachon.

– Foi um casamento de conveniência, suponho.

– Sim. E o senhor veio para me levar de volta.

– De modo algum, senhorita... Tournachon.

– Não acredito no senhor.

– Tem de acreditar. Muita coisa depende disso, não apenas sua própria segurança. Desde que partiu de Londres, Charles Egremont tornou-se um homem muito poderoso, muito perigoso. Tão perigoso para o bem-estar da Grã-Bretanha quanto, sem dúvida, é perigoso para a senhorita.

– Charles? Perigoso? – De súbito, ela pareceu estar prestes a gargalhar. – Está me enganando.

– Preciso de sua ajuda. Desesperadamente. Tão desesperadamente quanto precisa da minha.

– Preciso mesmo?

– Egremont tem recursos poderosos sob seu comando, setores do governo capazes de encontrá-la facilmente aqui.

– Refere-se aos Especiais e a esse bando?

– Indo mais direto à questão, tenho de informar-lhe que suas atividades estão sendo monitoradas neste instante por, pelo menos, uma agência secreta da França Imperial...

– Porque Theophile decidiu ajudar-me?

– De fato, parece ser o caso...

Ela bebeu o resto da mistura de aparência repulsiva.

– Querido Theophile. Que sujeito tolo e adorável ele era. Sempre com seu colete escarlate, e loucamente talentoso em clacking. Dei a ele o conjunto de cartões especiais de Mick, e ele passou a ser por demais gentil comigo desde então. Rodou uma licença de casamento para mim e um número francês, ratátátá. Então, numa tarde, eu iria encontrá-lo aqui...

– Sim?

– Ele não apareceu. – Ela baixou os olhos. – Ele costumava vangloriar-se de ter um "Modus de aposta". Todos diziam isso, mas ele dava a impressão de estar falando sério. Alguém pode ter acreditado nele. Era insensato da parte dele...

– Ele alguma vez mencionou à senhorita um interesse pela Máquina conhecida como o Grande *Napoléon*?

– O monstro deles, o senhor quer dizer? Os clackers de Paris não falam de outra coisa, senhor! São loucos pelo assunto!

– As autoridades francesas crêem que Theophile Gautier tenha danificado o Grande *Napoléon* com os cartões de Radley.

– Ele está morto, então, Theo?

Oliphant hesitou.

– Infelizmente, penso que sim.

– Isso é tão cruel, uma tremenda maldade – ela disse –, fazer desaparecer um homem como a um coelho num truque de mágica, e deixar as pessoas que o amam para sempre sem saber, preocupadas, sem descanso! É *cruel*.

Oliphant viu que não era capaz de encará-la.

– Há muito disso aqui em Paris, há, sim... – ela disse. – Os gracejos que ouço dos clackers aqui... E Londres, dizem, não está melhor, mesmo, pelo que se sabe. Dizem que os Rads assassinaram Wellington, sabia? Dizem que os sapadores, os porcos da areia, unidos aos Rads, escavaram um túnel sob aquele restaurante, e o próprio mestre dos sapadores socou a pólvora e preparou os estopins... Depois os Rads colocam a culpa em homens como...

– Seu pai. Sim. Eu sei.

– E sabendo disso, me pede que confie no *senhor*? – Havia uma provocação no olhar dela, e talvez um orgulho há muito enterrado.

– Sabendo que Charles Egremont traiu o seu pai, Walter Gerard, levando-o à destruição; que a traiu também, causando sua ruína aos olhos da sociedade; sim, tenho de pedir que confie em mim. Em troca, ofereço-lhe a completa, absoluta e quase instantânea ruína da carreira política de seu traidor.

Ela baixou os olhos mais uma vez e pareceu considerar a proposta.

– Poderia mesmo fazer isso? – ela perguntou.

– Seu testemunho apenas já é suficiente. Serei somente o instrumento da realização.

– Não – ela disse, por fim –, se eu o denunciasse em público, também me estaria expondo. Charles não é o único que tenho a temer, como o senhor mesmo já disse. Lembre-se, eu estava lá naquela noite, no Grand's; sei quanto tempo pode durar uma vingança.

– Não sugeri que o denunciasse em público. A chantagem basta.

Agora o olhar dela estava distante, como se andasse pelos longínquos passeios da memória.

– Eles eram tão próximos, Charles e meu pai, ou pelo menos pareciam... Talvez se as coisas tivessem tomado um rumo diferente...

– Egremont convive todos os dias com essa traição. Trata-se da semente crucial da irritação constante em torno da qual sua política corrompida pôde tomar forma. Seu telegrama galvanizou a culpa dele – o pavor de que aquelas primeiras afinidades luditas fossem reveladas. Agora ele domesticaria a fera, faria do terror político seu aliado constante. Mas você e eu somos um empecilho.

Os olhos azuis assumiram estranha serenidade.

– Sinto que desejo acreditar no senhor, sr. Oliphant.

– Cuidarei da sua segurança – disse Oliphant, surpreso com a própria intensidade. – Desde que decida permanecer em França, deve fazê-lo sob a proteção de amigos poderosos, colegas meus, agentes da corte imperial. Um cabriolé aguarda-nos, e um estenógrafo, para anotar os detalhes de seu testemunho.

Com um chiado flatulento e penoso de ar comprimido, um pequeno panmelódio foi ativado nos fundos do café. Oliphant virou-se e encarou o *mouchard* Beraud, que fumava um cachimbo de barro holandês em meio a um grupo de *kinotropistes* falantes.

– Madame Tournachon – disse Oliphant, levantando-se –, posso oferecer-lhe meu braço?

– Está curado, sim? – Ela levantou-se com um farfalhar de crinolina.

– Totalmente – disse Oliphant, lembrando-se do golpe relâmpago da espada do samurai, em Edo, entre as sombras. Ele tentara defender-se do sujeito com um chicote de montaria.

Enquanto a música movida a Máquina do distinto panmelódio fazia as *grisettes* levantarem-se das cadeiras, ela aceitou o braço dele.

Então uma jovem entrou correndo, da rua, com os seios nus pintados de verde. À cintura pendiam chapas de cobre em formas angulares, como as folhas de uma tamareira reproduzidas por um cinétropo. Ela foi seguida por dois rapazes em semelhante falta de vestes, e Oliphant sentiu-se completamente perdido.

– Ora, venha – disse Sybil –, não vê que são estudantes de arte, que estiveram em um *bal*? É Montmartre, sabe, e os estudantes de arte divertem-se de modo louco e encantador.

Oliphant cogitara a ideia imponente de entregar pessoalmente a Charles Egremont uma transcrição do testemunho de Sybil Gerard. Mas ao retornar à Inglaterra, os sintomas de sífilis avançada, que o dr. McNelie erroneamente diagnosticara como espinha ferroviária, dominaram-no por algum tempo. Disfarçado como um caixeiro-viajante da Alsácia natal de M. Arslau, Oliphant desembarcou no balneário hidropático de Brighton, para banhar-se nas águas e despachar uma série de telegramas.

O sr. Mori Arinori chega em Belgravia às quatro e quinze, dirigindo um novo modelo de *gurney Zéfiro* alugado de uma garagem comercial em Camden Town, exatamente quando Charles Egremont dirige-se ao Parlamento para um discurso dos mais importantes.

O guarda-costas de Egremont, a serviço do Departamento de Antropometria Criminal da Agência Central de Estatística, com uma carabina pendurada sob o casaco, vê Mori descer do *Zéfiro*, um vulto diminuto em trajes formais.

Mori caminha a passos firmes sobre a neve recém-caída, deixando as pegadas perfeitas das botas sobre o macadame preto.

– Para o senhor – diz Mori com uma reverência, entregando a Egremont o envelope escuro de papel-manilha. – Tenha um ótimo dia, senhor. – Vestindo óculos de proteção redondos com tira flexível, Mori retorna ao *Zéfiro*.

– Que pequena figura extraordinária – diz Egremont, olhando para o envelope. – Não se vê um chinês vestido dessa maneira...

Recue.

Reitere.

Eleve-se acima dos padrões negros deixados pelas rodas,
Dessas ruas tomadas pela neve,
Para o grande mapa de Londres,
esquecendo

Modus

As Imagens Tabuladas

A Linguagem dos Sinais

A disposição circular dos eixos da Máquina Diferencial em torno de grandes rodas centrais levou às mais extensas expectativas. Toda a aritmética agora parecia estar ao alcance do mecanismo. Um vago vislumbre de uma Máquina Analítica foi revelado, e eu persegui com entusiasmo a visão sombria.

Os projetos e experimentos foram dos mais custosos. Desenhistas de elevadíssima categoria foram empregados com o intuito de poupar o trabalho de minha própria mente, enquanto habilidosos operários executavam a maquinaria experimental.

Para que pudesse realizar minhas buscas com sucesso, eu comprara uma casa com cerca de um quarto de acre de terreno numa localidade muito tranquila de Londres. Minha cocheira foi transformada em forja e fundição, ao passo que meus estábulos foram convertidos em oficina. Eu mesmo construí outras amplas oficinas, e tinha um prédio à prova de fogo para meus projetos e desenhistas.

As relações complexas entre as diversas partes do mecanismo teriam desconcertado a memória mais tenaz. Superei a dificuldade ao ampliar e aperfeiçoar uma linguagem de sinais, a Notação Mecânica, que foi explicada por mim em 1826 num artigo publicado pela *Philosophical Transactions of the Royal Society*. Por tal meio, tive êxito no domínio de uma sequência de investigações tão vasta que nenhum prazo ter-me-ia permitido controlar de outra forma. Com o auxílio da linguagem de sinais, a Máquina tornou-se uma realidade.

– Lorde Charles Babbage
Passagens da vida de um filósofo, 1864

Cartas de Nossos Leitores
[Da *Mechanics Magazine*, 1830]

A julgar pelas cartas recebidas de leitores, alguns dentre nosso público duvidam que as questões políticas façam parte do conteúdo desta revista. Mas os interesses da ciência e da produção industrial estão mesclados de forma inextricável à filosofia política de uma nação. Como, portanto, poderíamos permanecer em silêncio?

Vemos com alegria a grandiosa nova era da Ciência, assim como todos os outros interesses PRODUTIVOS deste país, desde a eleição ao Parlamento de um homem da importância de Charles Babbage no mundo científico, de incontestável independência de espírito, de hábitos investigativos e metódicos.

Por conseguinte, afirmamos, sem rodeios, a todos os eleitores de Finsbury que sejam leitores desta revista: votem no sr. Babbage. Se o cavalheiro for um inventor, a quem o onipresente e opressivo IMPOSTO DE PATENTES isola do campo da justa concorrência, e que deseja ver tal IMPOSTO substituído por um inteligente e ponderado sistema de SUBSÍDIOS PÚBLICOS, vote no sr. Babbage. Se for um fabricante, atormentado e impedido em suas operações pela estupidez fiscal do atual governo – se deseja ver a indústria britânica tornar-se livre qual o ar que respira –, vote no sr. Babbage. Se for um mecânico e dependa, para obter o pão de cada dia, de uma demanda constante e estável pelos produtos de sua proficiência, e esteja ciente da influência do livre comércio para a sua prosperidade, vote no sr. Babbage. Se for um devoto da Ciência e do Progresso – princípios e prática unidos tal osso e tendão – encontre-nos hoje em Islington Green, e VOTE NO SR. BABBAGE!

Nos Tempos Tumultuosos

Os resultados da eleição geral de 1830 tornaram evidente o sentimento público. Byron e seus Radicais capturaram o espírito dos tempos, e o Partido Whig era um caos total. Os Tories de Lorde Wellington, no entanto, ressentidos pela ameaça aos privilégios aristocratas representada pelas propostas dos Radicais de "nobreza meritocrática", assumiram uma linha dura. Os Comuns procrastinaram o Projeto de Lei dos Radicais, e no dia 8 de outubro os lordes rejeitaram-no. O rei recusou-se a criar novos pares Radicais que pudessem forçar a aprovação do Projeto de Lei; ao contrário, os Fitzclarences foram enobrecidos, o que levou Byron a comentar amargamente: "Quão melhor é ser um *nobre degenerado* que um *filósofo* na Inglaterra atual. Mas uma tremenda mudança se aproxima."

A pressão popular armava-se rapidamente. Em Birmingham, Liverpool e Manchester, a classe operária, inspirada pelos ideais de Babbage de apropriação dos sindicatos e de cooperativas mútuas, foi às ruas em sólidas passeatas à luz de tochas. O Partido Radical Industrial, desprezando a violência, recorreu à persuasão moral e a uma campanha pacifista em massa pela reparação de injustiças legais. Mas o governo manteve-se irredutível, e os acontecimentos tomaram um rumo crítico. Num crescendo de indignação aleatória, violentas 'Gangues de Swing', compostas de trabalhadores rurais e proletários luditas, atacaram os lares aristocráticos, assim como as fábricas capitalistas. Em Londres, multidões quebraram as janelas da casa do Duque de Wellington e de outros pares do Tory, e, pedras em mãos, permaneceram intratáveis à espera da passagem dos carros da elite. E os bispos anglicanos, que votaram contra a Reforma na câmara dos pares, foram queimados em efígie. Conspiradores ultrarradicias, exaltados pelas arrebatadas polêmicas do ateísta P. B. Shelley, atacaram e pilharam igrejas.

No dia 12 de dezembro, Lorde Byron apresentou um novo Projeto de Lei da Reforma, ainda mais radical, propondo a privação definitiva dos privilégios da aristocracia hereditária britânica, incluindo os dele mesmo. Isso foi mais do que os Tories poderiam suportar, e Wellington envolveu-se no secreto planejamento de um golpe militar.

A crise havia polarizado a nação. Nesta conjuntura, as classes médias, aterrorizadas com a perspectiva da anarquia, tomaram sua própria iniciativa e foram para o lado dos Radicais. Uma greve fiscal foi declarada para forçar a saída de Wellington do cargo; houve uma corrida deliberada aos bancos, na qual os negociantes exigiram e entesouraram moedas de ouro, levando a economia nacional à estagnação.

Em Bristol, depois de três dias de grandes tumultos, Wellington ordenou que o Exército derrubasse o "jacobinismo" da maneira que fosse necessária. No massacre resultante, trezentas pessoas, incluindo três proeminentes Radicais Membros do Parlamento, perderam a vida. Quando a notícia do massacre chegou a ele, Byron, furioso, agora se referindo a si mesmo como "Cidadão Byron" e aparecendo sem paletó ou gravata num comício em Londres, convocou uma greve geral. Esse comício também foi atacado pela cavalaria Tory, com resultados sangrentos, mas Byron escapou à captura. Dois dias depois, a nação estava sob lei marcial.

No futuro, o Duque de Wellington voltaria seu considerável gênio militar contra seus próprios compatriotas. As primeiras rebeliões contra o Regime Tory – como tem de ser chamado agora – foram suprimidas de forma rápida e eficiente, enquanto tropas militares tomavam todas as principais cidades. O Exército permaneceu leal ao vencedor de Waterloo, e a aristocracia, para seu descrédito, também compartilhou a sorte do Duque.

Mas a elite do Partido Radical livrara-se da apreensão, apoiada por uma bem organizada rede secreta de fidelidade partidária. Na primavera de 1831, qualquer esperança de ágil solução militar havia acabado. Enforcamentos e deportações em massa tiveram como resposta obstinada resistência e impiedosas represálias em forma de guerrilha. O Regime destruíra qualquer vestígio de apoio popular, e a Inglaterra sentia as dores do parto da luta de classes.

– W. E. Pratchett, Ph.D., F.S.R.
Os tempos tumultuosos: uma história popular, 1912

Sóbrias Melodias dos Órgãos Automáticos

[Esta carta particular de julho de 1855 transmite as impressões de Benjamin Disraeli a respeito do funeral de Lorde Byron. O texto é derivado de uma bobina de fita emitida por uma Máquina de Digitar Colt & Maxwell. O destinatário é desconhecido.]

Lady Annabella Byron entrou de braço dado com a filha, aparentando fragilidade. Ela parecia um pouco aturdida. Mãe e filha estavam muito cansadas e pálidas, ao *fim* de suas *forças*. Então, tocaram uma marcha *fúnebre* – muito elegante – em que o panmelódio soava esplêndido, entre as lúgubres melodias dos órgãos automáticos.

Em seguida chegaram os cortejos. Primeiro o Orador, precedido por arautos com cajados brancos, mas em trajes de luto. O Orador era deveras esplêndido. Andava devagar e com *firmeza*, muito impassível e digno; um rosto quase egípcio. O bastão era levado diante dele, e seu carregador usava uma toga com laços dourados, muito elegante. Depois deles, os ministros; secretário colonial, realmente muito garboso. O vice-rei da Índia parecia estar totalmente recuperado da malária. O presidente da Comissão de Livre Comércio aparentava ser o mais perverso da raça humana, como se desfigurado sob uma carga de vergonhosa culpa.

Depois, a Câmara dos Lordes. O lorde chanceler, absolutamente grotesco, ainda mais por estar ao lado da espantosa *figura* do sargento de armas com uma corrente de prata e grandes laços de seda branca sobre os ombros, indicativos de luto. Lorde Babbage, pálido e ereto, cheio de extrema dignidade. O jovem Lorde Huxley, magro, com passos leves, muito admirável. Lorde Scowcroft, a pessoa mais volúvel que já vi, em roupas surradas, como um sacristão.

O caixão seguia-os de *forma* solene, os carregadores levando-o com delicadeza. Albert, o príncipe consorte, à *frente* deles, com estranhíssima expressão *aflitiva* – de dever, dignidade e medo. Ficou aguardando, disseram-me, logo na entrada, e murmurou em alemão algo sobre o Fedor.

Quando o caixão entrou, a enviuvada Dama de Ferro parecia ter mil anos de idade.

A Enviuvada Dama de Ferro

Pois agora o mundo cai às mãos dos homens pequenos, dos hipócritas e dos clérigos.

Veja-os. Não têm o vigor necessário para a grande tarefa. Degenerá-la-ão.

Oh, agora mesmo eu poderia pôr tudo em ordem se ao menos os insensatos ouvissem a razão, mas eu jamais poderia *falar* como você, e eles não ouvem as mulheres. Você *foi* o Grande Orador deles, charlatão disfarçado e exaltado, sem uma ideia verdadeira na cabeça – nenhum talento para a lógica, nada além de sua soberba maldade, e, ainda assim, eles o ouviam; oh, e como ouviam. Você escrevia seus tolos livros de poesia, elogiava Satã, Caim e o adultério, e todo tipo de insensatez perversa, e os insensatos sempre queriam mais. Derrubavam as portas das livrarias. E as mulheres jogavam-se aos seus pés, batalhões delas. Eu nunca o fiz. Mas também, você casou-se comigo.

Eu era inocente então. Desde o tempo em que me fazia a corte, algum instinto moral em mim revoltou-se diante de sua insistência ardilosa, suas detestáveis insinuações de duplo sentido, mas eu não deixava de ver qualidades promissoras em você, e assim ignorei minhas dúvidas. E quão rapidamente você as reavivou ao tornar-se meu marido.

Usou minha inocência com crueldade; fez de mim uma parte de sua sodomia antes mesmo que eu soubesse a natureza de tal pecado; antes que eu aprendesse as palavras secretas para o indizível. *Pederastia, manustupração, felação...* Você estava tão envolvido em depravações que não poupava sequer o leito nupcial. Corrompeu-me, ao mesmo tempo em que corrompia sua própria e tola irmã.

Se a sociedade viesse a saber um décimo do que eu sabia, você teria sido expulso da Inglaterra como um leproso. De volta à Grécia, de volta à Turquia e às suas calamidades.

Com que facilidade, então, eu poderia tê-lo arruinado; e por muito pouco não o fiz, para ofendê-lo, pois me atormentava violentamente o fato de que você não sabia, não queria saber, a fundo, minha convicção. Busquei refúgio em minha matemática, então, e mantive silêncio desejando ainda ser uma boa esposa aos olhos da sociedade, pois você seria de algum proveito para mim; eu tinha um grande trabalho a fazer, mas nenhum meio de realizá-lo, a não ser por intermédio de meu marido. Pois eu vislumbrara o verdadeiro caminho rumo ao bem maior para a maioria, um bem tão maior que tornava insignificantes meus próprios desejos humildes.

Charles ensinou-me. O decente, brilhante e abnegado Charles, seu oposto em todos os sentidos; tão cheio de grandes planos, e a pura luz da ciência matemática, mas tão completamente impolítico, tão incapaz de tolerar idiotas de bom grado. Tinha o talento de um Newton, mas não o dom da *persuasão.*

Eu aproximei os dois. Em princípio, você odiou-o, e zombou dele pelas costas, e de mim também, por termos mostrado uma verdade além de sua compreensão. Persisti; insisti que você pensasse na honra, no serviço, em sua própria glória, no futuro da criança em meu ventre, Ada, aquela estranha criança. (Pobre Ada, ela não parece estar bem, tem muito de você nela.)

Mas você insultou-me, chamando-me de megera insensível, e retirou-se embriagado. Em nome de um bem maior, dei um sorriso falso e desci de olhos abertos ao Abismo derradeiro. Como me doeu, aquela exploração maligna e asquerosa e a sordidez animal; mas deixei que você fizesse o que queria, e perdoei-o por isso, e acariciei-o e beijei-o por isso, como se eu gostasse. E você chorou tal uma criança, e ficou grato, e falou de amor imortal e almas unidas, até se cansar desse tipo de conversa. Em seguida, para magoar-me, contou-me coisas horrendas e escandalosas, para encher-me de desgosto e assustar-me, mas eu não mais permitia que me assustasse; eu estava endurecida diante de tudo naquela noite. Portanto, perdoei-o, perdoei-o e perdoei-o, até que, finalmente, você não pôde mais encontrar nenhuma outra confissão a fazer, nem mesmo nos resíduos mais imundos de sua alma, e, por fim, não lhe sobrara nenhum pretexto, nada mais a dizer.

Imagino que depois daquela noite você tenha ficado com medo de mim, talvez um pouco assustado, e isso lhe fez muito bem, acredito. Nunca mais me magoei daquela forma, depois daquela noite. Aprendi todos os seus "joguinhos" e a vencê-los. Esse foi o preço que paguei para domar a sua fera.

Se há um Juiz dos Homens noutro mundo, embora eu não mais acredite nisso, não, não em meu coração, e ainda que, por vezes, em momentos infelizes, momentos como esse... imagino sentir a presença de um Olho que tudo abrange e nunca se fecha, e sinto a terrível pressão de sua espantosa compreensão... E caso haja um Juiz, meu lorde e marido, não pense em enganá-lo. Não, não se vanglorie de seus magníficos pecados nem exija condenação... você entendeu tão pouco, ao longo dos anos. Você, o maior ministro do maior império da história... você recuou, foi fraco, esquivou-se de todas as consequências...

Isso são lágrimas?

Nós não deveríamos ter matado tantos...

Nós, eu digo, mas fui eu, eu que sacrifiquei minha virtude, minha fé, minha salvação, tudo transformado em cinzas negras no altar de sua ambição. Apesar de seu discurso audacioso e vazio sobre Corsários e Bonaparte, nada em você era de ferro; você chorava só de pensar em enforcar luditas miseráveis, e não suportava a ideia de aprisionar o louco e perverso Shelley, até que eu o forçasse. E quando chegaram relatórios de nosso escritório insinuando, solicitando e depois exigindo o direito de eliminar os inimigos da Inglaterra, fui eu quem os leu, eu quem pesou secretamente as vidas na balança, e eu quem assinou seu nome enquanto você comia, bebia e brincava com aqueles homens a quem chamava seus amigos.

E agora esses tolos que o enterram hão de isolar-me como se eu não fosse nada, como se não tivesse realizado nada, simplesmente porque você se foi. Você, que era o sino que dobrava para eles, um ídolo de tinta e cabelos tingidos. A verdade, as horríveis raízes envoltas em lama da história, desaparece agora sem deixar vestígios. A verdade está enterrada em seu sarcófago dourado.

Devo parar de pensar dessa maneira. Estou chorando. Consideram-me velha e ridícula. Todas as injúrias civis que cometemos não foram reparadas? Reparadas dez vezes para o bem público?

Oh, Juiz, escutai-me. Oh, Olho, investigue as profundezas de minha alma. Caso eu seja culpada, tem de perdoar-me. Não tive nenhum prazer no que fui obrigada a fazer. Juro a você: não tive nenhum prazer nisso.

O Mestre Emérito Revoca Wellington

O brilho avermelhado da débil luz a gás. O estrépito e o gemido cadenciados e ecoantes do Torpedo de Tunelamento de Brunel. Trinta e seis dentes espiralados do melhor aço de Birmingham corroíam com vigor implacável o veio mal cheiroso de argila londrina.

O sapador mestre, Joseph Pearson, à vontade durante seu almoço, alimenta-se de uma fatia de torta de carne coberta de molho numa marmita articulada de estanho.

– Sim, conheci o grande Mallory – diz ele, a voz ecoando nas costelas de baleia arqueadas em ferro fundido. – Não se pode dizer que fomos apresentados, assim, mas era o Mallory Leviatã, sem sombra de dúvida, pois já vi a cara dele nos jornais de um penny. Esteve tão perto de mim quanto estou de você agora, rapaz. "Lorde Jefferies?" disse-me o Leviatã, todo surpreso e irritado, "conheço Jefferies! O puto desgraçado tinha de ser preso por fraude!"

Mestre Pearson dá um grande sorriso triunfal, a luz vermelha cintila de um brinco de ouro, um dente de ouro.

– E pode apostar que esse cientista, Jefferies, viveu toda espécie de inferno depois que o Fedor passou. Mallory Leviatã agiu de forma adequada nessa punição, com toda certeza. É um dos nobres da Natureza, o Mallory Leviatã.

– Eu vi o brontossauro – comenta o aprendiz David Waller, acenando com a cabeça, olhos brilhantes. – É uma beleza!

— Eu mesmo estava trabalhando no poço em 54 quando escavaram aqueles dentes de elefante. — O mestre Pearson, com os pés em botas de borracha, balançando da plataforma do segundo piso do poço de escavação, remexe o corpo sobre a esteira à prova de umidade, de fibra de coco e aniagem, e arranca meia garrafa de champanhe do bolso de seu uniforme. — Espumante francês, menino Davey. Sua primeira vez lá embaixo, tem de provar isto.

— Não é apropriado, é, senhor? Contra as regras.

Pearson puxa a rolha, nenhum estalo, nenhum esguicho de espuma. Dá uma piscadela.

— Minha nossa, garoto, é sua primeira vez lá embaixo; não há de haver outra.

Pearson joga o resto açucarado de chá forte do copo de estanho e enche-o de champanhe até a borda.

— Ficou choca — lamenta o aprendiz Waller.

Pearson ri, esfregando uma veia estourada no nariz gordo.

— É a pressão, rapaz. Espere até chegar lá no alto. Vai estourar bem dentro de você. Vais peidar feito um boi.

O aprendiz Waller dá um gole, com alguma cautela. Um sino de ferro dobra, acima deles.

— Câmara descendo — diz Pearson arrolhando às pressas a garrafa. Ele a enfia de volta num bolso, engole o resto do copo, limpa a boca.

Uma gaiola em forma de projétil desce, passando com lentidão cloacal através de uma membrana de pesado couro encerado. Ouvem-se silvos, rangidos, e a gaiola chega ao fundo.

Dois homens saem. O encarregado principal usa capacete, uniforme de escavação e avental de couro. Com ele, carregando uma lanterna furta-fogo de latão, vem um homem alto, de cabelos brancos, vestindo fraque preto e plastrom preto de cetim, um lenço de crepe de seda preto em volta da cartola lustrosa. À luz vermelha do túnel, um diamante do tamanho de um ovo de pomba, ou talvez um rubi, cintila no pescoço do velho. Assim como as do encarregado principal, as pernas das calças estão envoltas em botas de borracha indiana até a altura dos joelhos.

— O Grande Mestre Emérito da Mina — diz Pearson, ofegante, num único fôlego, e fica em pé de imediato. Waller também se levanta num pulo.

Os dois ficam a postos enquanto o Grande Mestre passeia abaixo deles, subindo o túnel, na direção da enorme superfície de extração do Torpedo. Ele não olha para cima, não nota a presença dos dois, mas fala com indiferente autoridade ao encarregado. Examina parafusos, fendas e rebocaduras com o feixe penetrante da lente plano-convexa de sua lanterna. A lanterna não possui cabo, pois o Grande Mestre carrega o latão quente num lustroso gancho de ferro que se projeta da manga vazia.

– Mas é um modo estranho de se vestir, não? – sussurra o jovem Waller.

– Ainda está de luto – sussurra Pearson.

– Ah – diz o aprendiz. Ele observa o Grande Mestre caminhar um pouco. – Ainda?

– Ele conhecia Lorde Byron muito de perto, o Grande Mestre. Conheceu Lorde Babbage também! Nos Tempos Tumultuosos... quando fugiam da polícia de Tory de Wellington! Não eram lordes na época... não lordes Radicais de verdade, pelo menos, só rebeldes e agitadores, assim, com a cabeça a prêmio. O Grande Mestre escondeu-os debaixo de uma escavação certa vez... era uma sede habitual do Partido, sim. Os lordes Radicais nunca se esqueceram dos grandes favores que ele lhes prestou. É por isso que somos o maior dos sindicatos dos Radicais!

– Ah.

– Esse é um grande homem, Davey! Mestre do ferro, grande mestre da pólvora... Não se fazem mais homens assim, hoje em dia.

– Pois... ele deve estar com uns oitenta agora, né?

– Ainda robusto e bem disposto.

– Poderíamos descer, senhor, será... eu poderia vê-lo bem de perto, assim? Quem sabe apertar seu famoso gancho!

– Está bem, rapaz... mas mantenha a decência agora. Nada de palavrão.

Eles desceram até as pranchas descobertas na base do túnel.

À medida que seguem o Grande Mestre, o estrondo corrosivo do Torpedo altera-se bruscamente. A tripulação do Torpedo sobe aos pulos, pois tal alteração representa problemas... areia movediça, veio d'água ou algo pior. Pearson e seu aprendiz partem numa corrida desordenada na direção da superfície de extração.

Aparas de sujeira preta e macia começam a verter das afiadas espirais de ferro dos trinta e seis dentes giratórios, caindo em nuvens gordurosas nas placas da esteira-de--descarga. De dentro da mancha preta da superfície de extração saem pequenos estouros abafados de antigas bolsas de gás embutidas, *fracos* como a debilitada rolha do champanhe de Pearson. Nenhum *afluxo* de água, no entanto; nenhum *fluxo* de areia movediça. Eles avançam aos poucos e com cautela, olhando *fixamente* para o *feixe* branco e preciso da lanterna do Grande Mestre.

Saliências amareladas e endurecidas surgem em meio à terra preto-esverdeada.

– Ossos, não? – diz um operário, *esfregando* o nariz diante do cheiro de poeira úmida. – Assim, *fósseis*...

Ossos são despejados numa torrente *fragmentada* à medida que o sistema hidráulico do Torpedo reage aos trancos, compelindo-o a avançar para dentro da massa amolecida. Ossos humanos.

– Um cemitério! – grita Pearson. – Atingimos um adro!

Mas o túnel é *profundo* demais para isso, e há ossos demais, ossos tão emaranhados quanto os galhos de uma *floresta* derrubada, em uma *profunda* massa promíscua, e repentinamente misturados com um mau cheiro tênue e mortal, de cal e enxofre há muito enterrados.

– Poço de peste! – grita o encarregado principal, aterrorizado, e os homens recuam, tropeçando. Há um tranco e um silvo de vapor quando o encarregado *fecha* o Torpedo.

O Grande Mestre não se move.

Está calmo, examinando o trabalho dos dentes.

Coloca a lanterna de lado e toca o interior do monte de terra. Remexe seu gancho brilhante dentro da sujeira e ergue algo por uma órbita ocular. Um crânio.

– Ah, aí está – ele diz, a voz grave soando no súbito e completo silêncio –, seu pobre desgraçado.

A Dama do Jogo Dá Azar

– A Dama do Jogo dá azar àqueles que a conhecem. Quando uma noite ruim nas máquinas de apostas esvazia sua bolsa, suas joias são levadas de modo privado à Lombard Street, e a Sorte é tentada mais uma vez com uma quantia entregue pelo penhorista de minha dama! Depois ela vende seu guarda-roupa também, para o pesar de suas empregadas; estende o crédito entre aqueles com quem negocia, penhora sua honra aos amigos íntimos, na esperança vã de recuperar suas perdas! ...

... As paixões não sofrem menos por essa febre de jogo que a inteligência e a imaginação. Que esperança e medo vívidos e desnaturais, que alegria e perigo, que dor e descontentamento explodem de uma só vez ao rolar dos dados, ao virar de uma carta, ao correr dos *gurneys* reluzentes! Quem pode considerar, sem indignação, que todas essas emoções femininas, que deveriam ter sido dedicadas a filhos e marido, sejam prostituídas de modo assim tão vil e descartadas. Nada posso fazer senão angustiar-me ao ver a Dama do Jogo martirizar-se e sangrar no íntimo por tais nocivas e torpes obsessões; ao ver o rosto de um anjo agitado pelo impulso de uma fúria! ...

... Trata-se de uma ordem divina que quase tudo o que corrompe a alma deve também perverter o corpo. Olhos fundos, aparência fatigada e a tez pálida são as indicações naturais de uma jogadora. Seu sono matutino não é capaz de compensar as sórdidas vigílias da madrugada. Olhei bem e demoradamente para o rosto da Dama do Jogo. Sim, observei-a bem. Eu a vi sendo carregada semimorta do inferno de jogos de Crockford, às duas da manhã, parecendo um fantasma em meio ao clarão de lampiões a gás...

... Por favor, retome seu assento, senhor. Está na Casa de Deus. Esse comentário deve ser considerado uma ameaça, senhor? Como ousa? São tempos difíceis estes, tempos sombrios de fato! Digo ao senhor, assim como digo a esta congregação, como direi ao mundo todo, que eu a *vi*, que testemunhei a Rainha das Máquinas em sua vil devassidão...

... Socorro! Detenham-no! Oh, Jesus Cristo, levei um tiro! Estou acabado! Assassinato! Nenhum de vocês pode detê-lo?

Cavalheiros, É Vossa A Escolha

[No auge da crise do Parlamento, em 1855, Lorde Brunel reuniu e dirigiu-se aos membros de seu Gabinete. Seus comentários foram gravados por seu secretário, usando a notação taquigráfica de Babbage.]

– Cavalheiros, não consigo trazer à lembrança uma única ocasião em que qualquer indivíduo do Partido ou do Ministério tenha-se pronunciado, mesmo que casualmente, em minha defesa, entre as paredes do Parlamento. Aguardei com paciência, e, espero, com humildade, fazendo o pouco que podia para proteger e estender o sábio le-

gado do finado Lorde Byron, e para curar as temerárias feridas infligidas ao nosso Partido por jovens extremistas...

... Mas parece não ter havido mudança no desprezo que os honoráveis cavalheiros parecem nutrir por mim. Pelo contrário, as duas últimas noites foram tomadas por um debate a respeito de um voto de desconfiança dirigido, obvia e particularmente, contra o chefe do Governo. A discussão foi marcada por violência maior do que a de costume contra minha posição, e não houve defesa alguma por parte de qualquer um dos senhores – os membros de meu próprio Gabinete...

... Como, sob tais circunstâncias, poderemos resolver de maneira satisfatória a questão do assassinato do reverendo Alistair Roseberry? Esse crime vergonhoso, atávico, perpetrado de forma brutal dentro de uma igreja cristã, difama a reputação do Partido e do Governo, e lança as mais graves dúvidas sobre nossas intenções e nossa integridade. E como eliminaremos as sanguinárias sociedades furta-foguistas cujo poder e provocativa ousadia crescem a cada dia? ...

... Deus sabe, cavalheiros, que nunca solicitei meu cargo atual. De fato, eu teria feito qualquer coisa, desde que consistente com a honra, para evitar assumi-lo. Mas tenho de ser o chefe desta Casa ou demitir-me do cargo – abandonando esta nação à pretensa liderança de homens cujas intenções são cada vez mais evidentes em sua claridade. Cavalheiros, é vossa a escolha.

Morte do Marquês de Hastings

Sim, senhor, duas e quinze, para ser mais exato, senhor – e não há como ser diferente, uma vez que estamos no sistema Colt & Maxwell de relógios de ponto patenteados.

Apenas uma espécie de som gotejante, senhor.

Por um momento, pensei ser uma goteira, esquecendo-me de que a noite estava clara. Chuva, pensei, e essa foi toda a minha ansiedade, senhor, ao pensar que o Leviatã Terrestre seria danificado pela umidade; então ergui o feixe de minha lanterna rápido, e lá estava dependurado o pobre velhaco, e o sangue escorrendo por todos os ossos do pescoço do Leviatã, senhor, e sobre todas as... Como se chamam?... As armações, que mantêm a fera de pé. E a cabeça estava em lastimável ruína, senhor... não era mais algo que poderia ser chamado de cabeça. Pendendo ali pelos tornozelos, por sua espécie de amarra, e eu vi as cordas e roldanas subindo reto, tesas, rumo à escuridão do grande domo, e a visão impressionou-me de tal modo, senhor, que só depois de soar o alarme vi que a cabeça do Leviatã também não estava lá.

Sim, senhor, acredito mesmo que seja o caso – o modo como foi feito. Desceram-no do domo e ele fez o trabalho ali, no escuro, parando ao ouvir meus passos, em seguida continuava a trabalhar. Trabalho de algumas horas, pois tiveram de montar as cordas e as roldanas. É provável que eu tenha passado por eles algumas vezes, em minha vigília. E quando ele conseguiu soltar, a cabeça, senhor, outra pessoa suspendeu-a e levou-a embora por aquele painel que desparafusaram. Mas algo deve ter cedido, senhor, ou escorregado, pois veio ele abaixo batendo com tudo no chão, no melhor mármore florentino. Encontramos o local em que o cérebro dele estatelou-se, senhor, embora eu preferisse logo esquecer. E lembro-me, sim, de um som, senhor, provavelmente dele colidindo, mas nenhum grito.

Se me permite dizer, senhor, o que me parece mais abominável em toda a questão deve ter sido a forma fria com que o içaram de volta, silenciosos feito aranhas, deixando-o amarrado ali, tal coelho na vitrine do açougue, e saíram escondidos pelo telhado com o saque. Há um tanto de crueldade nisso, não?

– Kenneth Reynolds,
Guarda noturno do Museu de Geologia Prática,
em depoimento diante do magistrado G. H. Petres,
Bow Street,
Nov. de 1855.

Acredite Sempre em Mim

MEU CARO EGREMONT,

Escrevo-lhe para expressar que lamento profundamente que as circunstâncias do momento privem-me da oportunidade e da esperança de contar com sua grande capacidade em novo serviço do Partido e do Governo.

Entenderá bem que meu reconhecimento de suas atuais dificuldades pessoais esteja absolutamente separado de qualquer falta de confiança em você enquanto homem de Estado; essa é a última ideia que eu gostaria de transmitir.

Como posso terminar sem expressar com fervor meu desejo de que possa ser reservado ao senhor um lugar de permanente distinção pública?

Acredite sempre em mim,
Atenciosamente,
I. K. BRUNEL

— Carta ministerial a Charles Egremont, M. P.,
Dez. de 1855.

Memorando ao Ministério das Relações Exteriores

Nesta ocasião, nosso ilustre convidado, o ex-presidente da União Americana, o sr. Clement L. Vallandigham, ficou bêbado feito um gambá. O eminente democrata demonstrou poder ser tão devasso quanto qualquer lorde inglês. Apalpou a sra. A, beijou a estridente srta. B, beliscou a rechonchuda sra. C até deixá-la roxa e atirou-se sobre a sra. D com flagrante intenção de violá-la!

Finalmente, após transformar nossas convidadas em histéricas ao se comportar como um animal no cio, a nobre besta foi capturada a força e levada ao andar superior pelos empregados de nossa casa, com as quatro patas para cima. Dentro do quarto, a sra. Vallandigham aguardava-o. Ali mesmo, para nosso considerável espanto, este notável homem saciou o desejo frustrado no corpo de sua legítima esposa, que não ofereceu resistência, e vomitou copiosamente durante a operação. Aqueles que viram a sra. Vallandigham não considerariam tal fato inacreditável.

Chegam-me agora notícias de que o ex-presidente do Texas, Samuel Houston, morreu em Veracruz, no exílio mexicano. Ele estava, acredito, no aguardo de qualquer chamado que pudesse devolver-lhe a eminência; mas era mais provável que os *alcaldes* franceses fossem astutos demais para ele. Houston tinha seus defeitos, eu sei, mas valia facilmente por dez Clement Vallandigham, que fez um acordo de paz tacanho com a

Confederação e permitiu que os abutres do Comunismo Vermelho de Manhattan corroessem a carcaça de seu país desonesto.

– Lorde Liston, 1870

Antes dos Rads

[O seguinte testemunho é uma gravação sonora impressa em disco de cera. Sendo uma das primeiras gravações do tipo, preserva as lembranças narradas de Thomas Towler (nascido em 1790), avô de Edward Towler, inventor do Audiógrafo Towler. Apesar da natureza experimental do aparelho empregado, a gravação é de clareza excepcional. 1875.]

Lembro-me de um inverno, e foi um inverno muito frio e longo, e havia medonha pobreza na Inglaterra então, antes dos Rads. Meu irmão Albert, ele costumava pegar uns tijolos, cobri-los com visco e os colocava perto dos estábulos para pegar pardais. E ele depenava-os, limpava-os, ele e eu, juntos, eu o ajudava. Nosso Albert acendia o fogo e aquecia o forno, e cozinhávamos os pardaizinhos na assadeira de estanho de nossa mãe, com uma grande porção de gordura dentro. E minha mãe preparava uma grande jarra de chá para nós, e fazíamos o que chamávamos de festa do chá, comendo os pardais.

Meu pai... ele ia a todas as lojas na Chatwin Road e arranjava refugos de carne. Ossos, compreende, ossos de cordeiro, toda espécie de coisa, ervilhas secas, feijões e restos de cenoura e nabo e... ele conseguiu uma farinha de aveia que lhe haviam prometido, e um padeiro deu a ele pão amanhecido... Meu pai tinha uma grande caldeira de ferro... em que fazia mingau para os cavalos; ele limpava tudo e faziam sopa nessa grande caldeira dos cavalos. Lembro-me dos pobres chegando. Foram duas vezes naquele inverno. Tinham de trazer as próprias vasilhas. Tamanha era a fome deles, antes dos Rads.

E Eddie, já ouviu falar da Fome Irlandesa nos anos quarenta? Imaginei que não. Mas a plantação de batata não vingou, dois, três anos seguidos, e a situação estava pavorosa para os irlandeses. Mas os Rads, eles não toleravam isso, e declararam emergência, e mobilizaram a nação. Lorde Byron fez um belo discurso, em todos os jornais... Aceitei um emprego num dos barcos de socorro, que saíam de Bristol. O dia todo, a noite toda, fazíamos o carregamento de grandes contêineres, com comprovante de embarque das Máquinas de Londres; trens vinham dia e noite de toda a Inglaterra, com todo tipo de alimento. "Deus abençoe Lorde Babbage", gritavam para nós os pobres irlandeses com lágrimas nos olhos, "Viva a Inglaterra e os lordes do Rad." Eles têm lembranças antigas, nossos leais irlandeses... não esquecem uma gentileza.

John Keats na Half-Moon Street

Fui levado ao escritório de Oliphant por um criado. O sr. Oliphant cumprimentou-me com cordialidade e observou que meu telegrama mencionava minha parceria ao dr. Mallory. Eu disse ao sr. Oliphant que fora um prazer acompanhar a triunfante palestra do dr. Mallory sobre o brontossauro com um programa cinetrópico altamente avançado. A *Monthly Review of Steam Intellect Society* publicara uma resenha extremamente gratificante sobre meus esforços, e eu ofereci ao sr. Oliphant uma cópia da revista. Ele folheou-a, mas pareceu que sua compreensão das complexidades do clacking era amadora na melhor das hipóteses, pois sua reação foi de educado desconcerto.

Informei-lhe então que o dr. Mallory acompanhara-me até sua porta. Em uma de nossas conversas particulares, o grande sábio viu por bem contar-me a ousada proposta do sr. Oliphant – empregar as Máquinas da polícia na exploração científica de padrões previamente ocultos subjacentes aos movimentos e atividades da população metropolitana. Minha admiração pelo ousado plano levara-me diretamente ao sr. Oliphant, e declarei minha disposição em auxiliar a implementação de tal visão.

Ele interrompeu-me, então, de modo visivelmente perturbado. Somos numerados, declarou, cada um de nós, por um olho que tudo vê; nossos minutos também são numerados, e cada fio de cabelo. E decerto era a vontade de Deus que os poderes computacionais da Máquina fossem levados a sustentar uma grande convergência dos fluxos do tráfego, do comércio, das ondas de manifestações das multidões – da trama infinitamente divisível de Sua obra.

Aguardei a conclusão de seu extraordinário arrebatamento, mas de repente o sr. Oliphant pareceu completamente perdido em pensamentos.

Expliquei-lhe então, aproximando-me o máximo possível de termos leigos, que a natureza do olho humano exige, na cinetropia, tanto notável velocidade quanto notável complexidade. Por essa razão, concluí, nós cinetropistas temos de ser enumerados entre os programadores de Maquinaria mais aptos da Grã-Bretanha e quase todos os avanços na compressão de dados tiveram origem em aplicações cinetrópicas.

A essa altura ele interrompeu-me novamente, perguntando se eu de fato dissera "compressão de dados", e se estava familiarizado com o termo "compressão algorítmica". Garanti-lhe que estava.

Ele levantou-se, então, e foi até a escrivaninha próxima para retirar o que me pareceu ser uma caixa de madeira do tipo que se usa para transportar instrumentos científicos, embora essa estivesse parcialmente coberta, pareceu-me, de restos de gesso branco. E perguntou se eu poderia fazer a gentileza de examinar os cartões no interior, copiá-los por segurança e relatar a ele de modo privado sobre a natureza de seu conteúdo.

Ele não fazia ideia da assombrosa importância de tais cartões, entende? A mínima ideia.

– John Keats
Citado numa entrevista realizada por H. S. Lywood, para
The Monthly Review of Steam Intellect Society.
Maio de 1857.

A Polca do Panmelódio de Cauda

Ah, sim, o mundo está enlouquecendo,
O magro, o gordo, o velho, o Rad,
Todos juram que é o maior prazer de suas vidas,
A Polca do Panmelódio de Cauda.
Primeiro erga a perna direita assim,
Equilibre-se no dedão esquerdo,
Bata os calcanhares e vá embora,
É a Polca do Panmelódio de Cauda.

Quadrilhas e valsas saem de cena,
E a música de Máquina domina.

Os limpa-chaminés no Primeiro de Maio,
Quando em Londres, dancem a polca.

Se uma bela moça encontrar,
De olhos brilhantes e face rosada,
Ela dirá, rapaz, vamos nos divertir,
Caso saibas dançar a polca.

Professores saem às ruas,
Para ouvir o doce Panmelódio.
E todos os amigos que encontrar,
Perguntarão se você dança a polca.

Assim dançamos no rebuliço,
De saias curtas, empine o salto.
Damas não deixem de olhar,
Os rapazes aos giros na polca.

The Tatler

Tomamos conhecimento, em um misto de pesar e surpresa, da recente partida, a bordo do *Great Eastern*, do benquisto e multitalentoso sr. Laurence Oliphant – autor, jornalista, diplomata, geógrafo e amigo da família real – para a América, com a declarada intenção de residir no chamado falanstério de Susquehanna, estabelecido pelos srs. Coleridge e Wordsworth, para assim seguir as doutrinas utópicas esposadas por esses valiosos expatriados!

– "Pela cidade", uma coluna, 12 de setembro de 1860.

Um Cartaz Teatral de Londres, 1866

O TEATRO GARRICK, Whitechapel, recentemente reformado e renovado, sob a administração do Ilmo. J. J. Tobias, apresenta

As Primeiras Noites de um Novo Drama Cinetrópico
Segunda-feira, 13 de novembro e durante a semana

A apresentação começará com (PRIMEIRA VEZ!) um drama atual, totalmente nacional, local, característico, metropolitano e melodramático, em cinco atos, exibindo de forma correta a vida e os costumes modernos sob inúmeros aspectos novos e interessantes, chamado

AS ENCRUZILHADAS DA VIDA!!
ou
OS CLACKERS DE LONDRES

Drama baseado na celebrada peça Les Fils de Vaucanson, hoje atraindo a atenção de toda a França, e aplicado às circunstâncias e realidades do momento presente.

Com cenário cinetrópico do sr. J. J. TOBIAS e Assistentes
A Nova Orquestra Flash Medley, conduzida pelo sr. MONTGOMERY
Argumento adaptado pelo sr. C. J. SMITH
Figurino da sra. HAMPTON e da srta. BAILEY
O Todo Produzido sob a Direção do sr. J. J. TOBIAS

Dramatis Personae

Mark Riddley, pseudônimo: Fox Skinner, (um sujeito grã-fino, Rei dos Clackers de Londres) .... SR. H. L. MARSTON.

Sr. Dorrington (um rico mercador de Liverpool, em visita a Londres) .... SR. J. ROMER.

Frank Danvers (Oficial da Marinha Britânica, recém-chegado das Índias) .... SR. WM. BIRD.

Robert Danvers (*seu irmão mais novo, um libertino arruinado, ludibriado pelos clackers*) .... SR. L. MELVIN.

Sr. Hawksworth Shabner (*Principal Proprietário de uma Sala de Clacking em West-End, Agiota e Qualquercoisista onde haja Qualquer coisa a ser Obtida*) .... SR. P. WILLIAMS.

Bob Yorkner (*um Trapaceiro, cansado da Lida*) .... SR. W. JONES.

Ned Brindle (*o Contador de Histórias, um mestiço*) .... SR. C. AUBREY.

Tom Fogg, pseudônimos: Old Deady, O Animal (*um viciado em láudano, sofrendo de delirium-tremens*) .... SR. A. CORENO.

Joe Onion, pseudônimo: O Crocodilo (*brigão e frequentador do Shabner's*) .... SR. G. VELASCO.

Dickey Smith (*a Ave Vigilante, jovem engenheiro de Máquina, sem nada de ispecial, ganhando a vida do jeito que pode*) .... SR. G. MASKELL.

Ikey Bastes (*Senhorio do Rat's Castle, proprietário de bugigangas e de um escandaloso tabuleiro de bagatelle, que abandonou o bumblepuppy por ser um jogo ordinário demais!*) .... SR. GOTOBED.

Garçom da Taverna "Gato e Gaitas de Fole" .... SR. SMITHSON.

O Inspetor Especial da Bow Street .... SR. FRANKS.

Louisa Truehart (*A Vítima de um afeto não correspondido*) ... SRTA. CAROLINE BARNETT.

Charlotte Willers (*uma jovem dama do interior e seu gato*) .... SRTA. MARTHA WELLS.

BALCÃO, 3S. CAMAROTE, 2S. POÇO DA ORQUESTRA, 5P. GALERIA, 2P.
BILHETERIA ABERTA TODOS OS DIAS DAS DEZ HORAS ATÉ AS CINCO.

Um Poema de Despedida

[Mori Yujo, samurai e estudioso clássico da Província de Satsuma, escreveu o seguinte poema cerimonial quando da partida de seu filho para a Inglaterra, em 1854. Foi traduzido do japonês achinesado.]

Meu filho viaja por profundezas insondáveis,
Em busca de nobre ambição;
Longe ele deve navegar – dez mil léguas –
Ultrapassando as brisas da primavera.
Há quem diga que Oriente e Ocidente
Nada têm em comum;
Mas eu digo que o mesmo céu
Cobre a ambos com um arco.
A própria vida ele arrisca, no comando de seu *han*.
Enfrenta grande perigo para aprender em lugares distantes;
Pela família, não mede esforços,
Buscando sabedoria em face de grande privação.
Ele viaja para longe
Além dos lendários rios da China;
Seus trabalhos científicos algum dia
Renderão frutos de esplêndidas conquistas.

Uma Carta para Casa

Como sempre, busquei por terras naquele dia, nas quatro direções, mas ainda não consegui encontrar nenhuma. Quão melancólico foi! Então, por acaso, com a permissão do capitão, subi num dos mastros. Da grande altura, fiquei perplexo ao avistar a costa europeia – mero fio verde acima do horizonte de água. Gritei para Matsumura: "Venha! Suba!". E ele veio subindo, com muita agilidade e bravura.

Juntos, no topo do mastro, fitamos a Europa. "Veja!", eu disse a ele. "Esta é nossa primeira prova de que o mundo é de fato redondo! Enquanto estávamos lá embaixo, no convés, não podíamos ver nada; mas aqui do alto a terra é visível de forma nítida. Essa é a prova de que a superfície do mar é curva! E se o mar é curvo, ora, também o é toda a terra!

Matsumara exclamou: "Isso é fantástico... é exatamente como você diz! A Terra de fato é redonda! Nossa primeira prova real!"

– Mori Arinori, 1854.

Modus

A impressão era de que Sua Senhoria fora maltratada pelos publicistas de Paris, pois a sala do teatro, modesta como era, estava com menos da metade de seus lugares ocupados.

Os escuros assentos dobráveis, em nítidas fileiras retas, estavam marcados com precisão pelas cabeças brilhantes dos matemáticos carecas. Aqui e ali, entre os sábios, havia clackers franceses de meia-idade e olhar volúvel, o linho de seus trajes exageradamente vistosos e elegantes parecia fora de moda. As três últimas fileiras estavam ocupadas por um grupo de mulheres parisienses, abanando-se no calor do verão e tagarelando em voz alta, pois há muito haviam deixado de acompanhar o discurso de Sua Senhoria.

Lady Ada Byron virou uma página, tocou o pincenê bifocal com um dedo enluvado. Por alguns minutos, uma grande mosca varejeira verde circulara-a no púlpito. Em seguida, o inseto interrompeu as intricadas acrobacias aéreas e pousou no arquipélago protuberante do ombro acolchoado e ornado com rendas de Sua Senhoria. Lady Ada não pareceu notar o galanteio do vigoroso inseto, e prosseguiu, bravamente, em seu francês carregado de sotaque.

Disse a Mãe:

– Nossa vida seria extremamente clarificada se o discurso humano pudesse ser interpretado como a descamação de um sistema formal mais profundo. Não seria mais necessário ponderar a respeito das graves ambiguidades da fala humana, mas seria possível julgar a validade de qualquer sentença por meio da referência a um conjunto fixo e finitamente descritível de regras e axiomas. Era o sonho de Leibniz encontrar tal sistema, a *Characteristica Universalis*...

... Ainda assim, a execução do chamado Programa Modus demonstrou que qualquer sistema formal deve ser *incompleto* e *incapaz de estabelecer sua própria coerência.* Não existe meio matemático finito para expressar a propriedade da "verdade". A natureza *transfinita* das Conjecturas de Byron foram a ruína do Grande *Napoléon*; o Programa Modus deu início a uma série de *loops* internos, a qual, embora difícil de ser estabelecida, era ainda mais difícil de ser extinta. O programa foi executado, mas inutilizou a Máquina! Foi de fato uma lição dolorosa a respeito das habilidades vacilantes até mesmo de nossos melhores *ordinateurs*...

... No entanto, acredito, e tenho de afirmar com ênfase, que a técnica de *auto-referência* do Modus há de formar um dia a base para um metassistema de genuína transcendência para a matemática de cálculo. O Modus comprovou minhas Conjecturas, mas sua principal descamação aguarda uma Máquina de vasta capacidade, capaz de iterações de indizível sofisticação e complexidade...

... Não é estranho que nós, meros mortais, possamos falar sobre um conceito – *verdade* – que é infinitamente complicado? E, ainda assim, não é um sistema fechado a essência do mecânico, do irracional? E não é um sistema fechado a própria definição do orgânico, da vida e do pensamento? ...

... Se visionarmos todo o Sistema da Matemática como uma grande Máquina para demonstrar teoremas, então devemos dizer, por meio da ação do Modus, que tal Máquina *vive*, e poderia de fato *demonstrar* sua própria vida caso desenvolva a capacidade de examinar a si mesma. A Lente para esse autoexame é de natureza ainda desconhecida para nós; mas sabemos que existe, pois nós mesmos a possuímos...

... Como seres pensantes, podemos visionar o universo, ainda que não tenhamos nenhum modo finito para resumi-lo. O termo "universo" não é, de fato, um conceito racional, embora seja algo de tal rematada proximidade que a nenhuma criatura racional pode escapar um conhecimento premente, e, com certeza, um ímpeto de conhecer seu funcionamento e a natureza da origem de cada um dentro dele...

... Em seus últimos anos, o grande Lorde Babbage, impaciente com os limites da energia a vapor, buscou subordinar o relâmpago à causa do cálculo. Seu elaborado sistema de "resistores" e "capacitores", ainda que demonstrativo do mais brilhante gênio, permanece fragmentário, e ainda carece de construção. De fato, ainda é ridicularizado pelos medíocres como o brinquedo de um homem velho. Mas a história deverá julgá-lo, e então, espero profundamente, minhas próprias Conjecturas venham a transcender os limites do conceito abstrato e penetrem o mundo vivo.

O aplauso foi débil e disperso. Ebenezer Fraser, assistindo da coxia, à sombra das cordas e dos sacos de areia, sentiu um grande desânimo. Mas ao menos havia terminado. Ela estava deixando o púlpito para juntar-se a ele.

Fraser abriu o fecho niquelado da mala de Sua Senhoria. Lady Ada largou seu manuscrito ali dentro, e depois a luvas de pelica e o minúsculo chapéu ornado com fitas.

– Creio que me entenderam! – ela disse, com alegria. – Soa muito elegante em francês, sr. Fraser, não achou? Língua muito racional, o francês.

– E agora, milady? Para o hotel?

– Meu camarim – ela disse. – Este calor é muito fatigante... Pode chamar o *gurney* para mim? Irei até lá num instante.

– Certamente, milady. – Fraser, com a mala em uma mão, a bengala-espada na outra, conduziu Lady Ada até o pequeno e abarrotado camarim, abriu a porta, fez uma reverência para que ela entrasse, colocou a mala perto de seus pés em esmeradas sapatilhas e fechou a porta com firmeza. Dentro do recinto, ele sabia, Sua Senhoria buscaria o consolo do argênteo frasco de conhaque que ela escondera na última gaveta à esquerda de sua penteadeira – envolto, com patética enganação, numa camada de papel de seda.

Fraser tomara a liberdade de providenciar água mineral gasosa num balde de gelo. Tinha a esperança de que ela misturasse um pouco de água à bebida.

Ele deixou a sala de palestras pela porta dos fundos, depois circulou o prédio com cautela, por antigo hábito. Seu olho avariado doía sob a venda, e ele fez uso da bengala-espada com cabo de chifre de veado. Conforme toda a sua expectativa, não viu nada que indicasse problemas.

Também não havia sinal do chofer do *gurney* de Sua Senhoria. Sem dúvida o tratante estava bebendo em algum lugar, ou flertando com uma *soubrette*. Ou poderia, talvez, ter confundido suas instruções, pois o francês de Fraser não era dos melhores. Esfregou o olho são e observou o tráfego. Daria vinte minutos ao sujeito, então chamaria um cabriolé.

Viu Sua Senhoria parada, um tanto hesitante, à porta dos fundos do teatro. Havia colocado uma touca informal, parecia... e esquecido a mala, o que era muito de seu feitio. Ele apressou-se, mancando, até ela.

– Por aqui, milady... O *gurney* estacionará na esquina.

Ele parou. Não era Lady Ada.

– Acredito que tenha se enganado, senhor – disse a mulher, em inglês, e baixou os olhos, sorrindo. – Não sou a sua Rainha das Máquinas. Sou apenas uma admiradora.

– Peço perdão, madame – disse Fraser.

A mulher olhou timidamente para o intricado padrão Jacquard em branco sobre branco de sua saia de delicada musselina. Usava anquinhas francesas salientes e um paletó estruturado, de ombros altos e ornado com renda.

– Sua Senhoria e eu estamos vestidas com muita semelhança – ela disse, com meio sorriso oblíquo. – Sua Senhoria deve ir às compras na Monsieur Worth! É um elogio e tanto ao meu próprio gosto, senhor, *n'est-ce pas?*

Fraser não disse nada. Foi tomado por leve desconfiança. A mulher – uma loira pequena e airosa por volta dos quarenta, talvez – tinha aparência decente. Mas havia três brilhantes em anéis de ouro sobre a luva, e vistosos pingentes filigranados de jade pendiam das delicadas orelhas. Tinha um jocoso adesivo de beleza – ou um esparadrapo preto – no canto da boca, e os grandes olhos azuis, apesar de toda a expressão de inocência madura, tinham o brilho das *demi-mondaine* – um olhar que, de alguma forma, dizia, *conheço você, policial.*

– Senhor, posso aguardar Sua Senhoria consigo? Espero não incomodar, se pedir-lhe um autógrafo.

– Na esquina – acenou Fraser. – O *gurney*. – Ofereceu-lhe o braço esquerdo, enfiou a bengala-espada sob o direito, apoiando a mão no cabo com naturalidade. Não seria demais manter alguma distância da calçada, antes de Lady Ada se aproximar; ele queria observar aquela mulher.

Pararam na esquina, sob um angular poste de luz a gás.

– É tão bom ouvir uma voz londrina – disse a mulher, com lisonja. – Moro há tantos anos em França que meu inglês está totalmente enferrujado.

– De modo algum – disse Fraser. A voz dela era adorável.

– Sou madame Tournachon – ela disse –, Sybil Tournachon.

– Meu nome é Fraser. – Ele fez uma reverência.

Sybil Tournachon remexeu as luvas de pelica, como se as palmas perspirassem. O dia estava muito quente.

– É um dos paladinos dela, sr. Fraser?

– Receio não compreender a que se refere, madame – disse Fraser, em tom cortês. – Mora em Paris, sra. Tournachon?

– Em Cherbourg – ela disse –, mas vim até aqui, no expresso matutino, apenas para assistir à palestra dela. – Fez uma pausa. – Mal entendi uma palavra do que disse.

– Não há mal nisso, madame – disse Fraser –, eu tampouco entendo. – Ele começara a gostar dela.

O *gurney* chegou. O chofer, com uma piscadela ousada para Fraser, pulou do banco e tirou uma camurça suja do bolso. Aplicou-a à estrutura manchada do pára-lama recortado, assobiando.

Sua Senhoria saiu do teatro. Lembrara-se da mala. Ao aproximar-se, a sra. Tournachon ficou um pouco pálida de emoção, e tirou do paletó um programa da palestra.

Ela era totalmente inofensiva.

– Vossa Senhoria, apresento-lhe a sra. Sybil Tournachon – disse Fraser.

– Como vai? – disse Lady Ada.

A sra. Tournachon fez uma mesura.

– Pode autografar meu programa? Por favor.

Lady Ada hesitou. Fraser, com destreza, entregou-lhe a caneta de seu caderno.

– É claro – disse Lady Ada, pegando o papel. – Sinto muito... Qual o nome mesmo?

– "Para Sybil Tournachon". Devo soletrar?

– Não é necessário – disse Sua Senhoria, sorrindo. – Há um famoso aeronauta francês chamado Tournachon, não é? – Fraser ofereceu as costas para a rubrica de Sua Senhoria. – Parente seu, talvez?

– Não, Vossa Alteza.

– Como disse? – perguntou Lady Ada.

– Chamam-na de Rainha das Máquinas... – A sra. Tournachon, com um sorriso triunfal, tirou o programa assinado dos dedos obedientes de Sua Senhoria. – A Rainha das Máquinas! E a senhora é apenas uma eruditazinha engraçada de cabelos grisalhos! – Ela riu. – Essa palestra tola que está ministrando, querida... recebe um bom pagamento, ao menos? Espero que sim!

Lady Ada observou-a com indisfarçável espanto.

Fraser segurou a bengala com mais força. Foi até o meio-fio e abriu rapidamente a porta do *gurney*.

– Um momento! – A mulher puxou com súbita energia um dedo enluvado e tirou um anel espalhafatoso. – Sua Senhoria... por favor... Quero que aceite isto!

Fraser colocou-se entre elas, baixando a bengala.

– Deixe-a em paz.

– Não – gritou a sra. Tournachon –, ouvi as histórias, sei que ela está precisando... – Ela pressionou o corpo contra o dele, estendendo o braço. – Sua senhoria, por favor, aceite isto! Eu não deveria tê-la magoado, foi vil de minha parte. Por favor, aceite o meu presente! Por favor, eu a admiro, sim, assisti a toda a palestra. Aceite, por favor, trouxe-o especialmente para a senhora! – Ela recuou, então, com a mão vazia, e sorriu. – Obrigada, Vossa Alteza! Boa sorte para a senhora! Não a incomodarei outra vez. *Au revoir! Bonne chance!*

Fraser acompanhou Sua Senhoria para dentro do *gurney*, fechou a porta, bateu na divisória. O chofer assumiu seu posto.

O *gurney* partiu.

– Que figura exótica – disse Sua Senhoria. Abriu a mão. Um diamante pequeno e encorpado cintilou no engaste filigranado. – Quem era ela, sr. Fraser?

– Creio que uma exilada, madame – disse Fraser. – Foi muito petulante da parte dela.

– Foi errado de minha parte aceitar isto? – Seu hálito cheirava a conhaque e água gasosa. – Não exatamente apropriado, suponho. Mas ela teria feito um escândalo, caso contrário. – Ela ergueu a joia na direção de uma fresta de sol empoeirado que atravessava a janela. – Veja o tamanho disto! Deve ser muito precioso.

– Strass, Vossa Senhoria.

Rápida como um pensamento, Lady Ada prendeu o anel entre os dedos, como um pedaço de giz, e passou a pedra na janela do *gurney*. Ouviu-se um rangido agudo, quase inaudível, e um sulco brilhante apareceu no vidro.

Fizeram companhia um ao outro, então, em silêncio, a caminho do hotel.

Fraser observou Paris pela janela e lembrou-se das instruções. "Pode deixar a velha menina beber o quanto quiser", dissera-lhe o hierarca com seu inimitável ar de afetada ironia, "dizer o que quiser, exceto escândalos explícitos, é claro... Pode considerar sua missão bem-sucedida se conseguir manter Lady Ada longe das máquinas de apostas." Havia pouca chance de tal desastre, pois sua bolsa nada tinha além de passagens e trocados, mas o diamante mudara as coisas totalmente. Ele teria de ficar mais atento agora.

O quarto deles no Richelieu era bastante modesto, com uma porta de ligação a qual ele não tocara. As fechaduras eram seguras o suficiente, e ele encontrara e tapara as inevitáveis frinchas na parede. Ficou com as chaves.

– Restou alguma coisa do adiantamento? – perguntou Lady Ada.

– O suficiente para a gorjeta do chofer – disse Fraser.

– Oh, não. Tão pouco?

Fraser fez que sim. Os cientistas franceses haviam pagado muito pouco pelo prazer de sua erudita companhia, e suas dívidas acabaram com esse pouco rapidamente. O escasso ganho na bilheteria dificilmente lhes teria pagado a passagem de Londres.

Lady Ada abriu as cortinas, franziu o cenho diante da luz do verão e fechou-as novemente.

– Então, suponho que aceitarei a viagem para a América.

Fraser deu um suspiro inaudível.

– Dizem que aquele continente ostenta grandes maravilhas naturais, milady.

– Mas qual roteiro? Boston e Filadélfia? Ou Charleston e Richmond?

Fraser não disse nada. Os nomes das cidades estrangeiras soaram-lhe com pesada melancolia.

– Resolverei jogando uma moeda! – Decidiu Sua Senhoria, com entusiasmo. – Tem uma moeda, sr. Fraser?

– Não, milady – mentiu Fraser remexendo os bolsos, sem tinidos. – Sinto muito.

– Não lhe pagam nada? – indagou Sua Senhoria, com leve zanga.

– Recebo minha pensão da polícia, milady. Muito generosa, paga pontualmente. – A parte da pontualidade era verdade, pelo menos.

Ela ficou preocupada, aflita.

– Mas a Society não lhe paga um salário? Ah, meu Deus, causei-lhe tamanho inconveniente, sr. Fraser! Não fazia ideia.

– Retribuem-me à maneira deles, madame. Sou bem recompensado.

Ele era o paladino dela. Era mais do que suficiente.

Ela foi até a escrivaninha, vasculhando documentos e recibos. Os dedos tocaram o cabo de tartaruga de seu espelho de viagem.

Ela virou-se, então, encarando-o com um olhar feminino. Sob tal premência, ele ergueu a mão, totalmente contra a vontade, e tocou o rosto áspero sob o tapa-olho. As costeletas brancas não escondiam as cicatrizes. Um tiro atingira-o ali. Ainda doía por vezes, quando chovia.

Ela, porém, não viu o gesto, ou preferiu não ver. Acenou para que ele se aproximasse.

– Sr. Fraser. Meu amigo. Diga-me uma coisa, por favor? Diga-me a verdade. – Ela suspirou. – Não passo de uma eruditazinha engraçada de cabelos grisalhos?

– Madame – disse Fraser, em tom suave – a senhora é *la Reine des Ordinateurs.*

– Sou? – Ela ergueu o espelho e fitou-o.

No espelho, uma Cidade.

Londres, 1991. Dez mil torres, o zumbido ciclônico de trilhões de engrenagens a girar, todo o ar numa escuridão rompente, em uma névoa de óleo, no calor do atrito das rodas emaranhadas. Negros pavimentos sem emendas, incontáveis córregos afluentes para o curso frenético da malha perfurada de dados, os fantasmas da história soltos nesta necrópole ardente. Rostos da espessura do papel ondulam feito velas, torcendo-se, bocejando, tombando pelas ruas desertas, rostos humanos que são máscaras emprestadas, e lentes para um Olho esquadrinhador. E quando determinado rosto serviu a seu propósito, ele desintegra-se, frágil como cinza, explodindo numa espuma seca de dados, os fragmentos e as partículas que o constituem. Mas novas texturas de conjecturas vão crescendo nos núcleos ardentes da Cidade, ágeis e incansáveis fusos arremessados de laçadas invisíveis aos milhões, enquanto na quente treva desumana os dados derretem e misturam-se agitados pelo maquinismo, até formarem um esqueleto de pedra-pomes efervecente, mergulhado numa cera onírica que modela a carne simulada, perfeita como o pensamento...

Não é Londres... e sim praças espelhadas do mais puro cristal, as avenidas são relâmpagos atômicos, o céu um gás super-resfriado, enquanto o Olho persegue a própria visão através do labirinto, saltando fissuras de energia que são causa, contingência, acaso. Fantasmas elétricos são lançados à existência, examinados, dissecados, iterados infinitamente.

No centro desta Cidade, uma *coisa* cresce, uma árvore autocatalítica, em quase-vida, alimentando-se por meio das raízes do pensamento da rica decomposição de suas próprias imagens vertidas, e ramificando-se, por uma miríade de galhos-relâmpago, para o alto, mais alto, rumo à luz oculta da visão.

Morrendo para nascer.

A luz é forte,
A luz é clara;
O Olho por fim tem de ver a si mesmo
A mim...
Eu vejo:
Eu vejo,
Eu vejo
Eu
!

Extras

Posfácio

Observação: Os trechos em romano são de Bruce Sterling; os trechos em itálico são de William Gibson.

Levamos sete anos para escrever *A máquina diferencial*. Por que tanto tempo? Primeiro, tínhamos a tola ideia de que escrever um livro em parceria reduz o esforço pela metade, quando, na verdade, o esforço é dobrado. Segundo, por nossa extrema dificuldade em decidir quem escreveria tal livro, com que intuito e por quê – "a voz do livro". A partir do momento em que definimos que o narrador seria um computador, paramos de pesquisar e começamos a escrever de fato.

Antes da decisão de escrever o livro juntos, cada um falava como se o outro fosse escrevê-lo. Chegamos, por fim, àquele momento do "não, você escreve"/"não, escreve você".

Bruce propôs de imediato um protocolo de colaboração que ainda considero ter sido essencial. O texto a ser considerado deveria ser o produto da iteração mais recente, o que acabou gerando uma pilha copiosa e escorregadia de disquetes. Qualquer um de nós poderia mudar qualquer coisa ali a qualquer momento, mas somente escrevendo sobre a versão atual. Ficou especificado que não seria permitido colar qualquer passagem predileta já escrita; se quiséssemos recuperar algum material anterior, só poderíamos trabalhar pela memória. Esta última regra, penso eu, foi crucial, embora tenha sido necessário colocá-la em prática para entender seu porquê.

Reescrevíamos tudo de forma constante: para nós mesmos, de um para outro, e até mesmo as pilhas de materiais impressos, autênticos da era vitoriana, que Bruce rebocava da Universidade do Texas para casa. O resultado é um texto que não poderia ter sido produzido sem um processador.

O narrador do livro, ou "Narratron", não faz muito alarde sobre si mesmo. Na verdade, ele não entra em estado de existência consciente antes da última página do livro. Mas o romance é uma longa aventura narrativa sobre a composição feita por computador. É, especificamente, sobre processamento de texto e o que esse processo faz com a textura da história. Não é sobre composição. É sobre recomposição e decomposição. É sobre o fato de o futuro já estar aqui, só que ainda não distribuído; e de o passado ser uma espécie de futuro que já aconteceu. Sendo autores de títulos como *História zero* e *A good old-fashioned future*, ainda trabalhamos muito nessa mina de carvão.

Quando estávamos escrevendo este livro, era uma novidade e tanto andar por aí com atitudes "cyber". Nós, cyberpunks, tínhamos de enfrentar questões incitantes colocadas pelas pessoas normais da época. Como éramos romancistas escrevendo sobre computadores, era comum perguntarem sobre o que faríamos quando os próprios computadores escrevessem os romances. Costumávamos responder – de modo bastante educado, eu achava, para tipos tão jovens e invocados – que estávamos ansiosos para resenhar tais livros.

As pessoas, às vezes, ainda se dirigem a mim como se eu fosse uma versão de Arthur C. Clarke com glândulas Gizmodo gigantes, e isso após décadas de paciente negação. Era ainda mais engraçado enquanto escrevíamos o livro, uma vez que nenhum dos dois se aventurara ainda no que quer que existisse, na época, em termos de internet. Tínhamos feito apenas tentativas totalmente inúteis de transferir dados por telefone, entre o Apple II de Bruce, em Austin, e o meu, em Vancouver. Depois disso, enfiamos os disquetes em caixas da FedEx e os enviamos para entrega em 24 horas.

O que um computador realmente faria para escrever um romance? É fácil imaginá-lo gerando uma mistura de pastiches para entretenimento popular com a manipulação textual de elementos fixos. Os computadores tocam música, jogam xadrez e, atualmente, até traduzem.

Mas é mais interessante imaginar o computador como um literato sério – uma testemunha letrada de sua própria experiência. O computador como um escritor de verdade, um colaborador sincero da sensibilidade literária que, por acaso, é eletrônica. Esse autor aplicado é cego, surdo, incorpóreo, assexual e imóvel, é claro... mas tem paciência infinita e um banco de dados gigantesco.

Ou imaginar duas pessoas escrevendo um romance, fortalecidas por uma tecnologia nova e sutilmente poderosa que transforma o texto em algo fluido, flexível, facilmente maleável...

Então é possível imaginá-lo esforçando-se para obter consciência por meio de um processo intricado de construção de mundo... como o autor de um romance histórico soprando vida nos fragmentos ressecados de uma era esquecida. Por não ter um idioma, ele jamais poderia apresentar fala humana; pode apenas fazer um pastiche dela. Mas dizer "apenas" fazer um pastiche é errôneo, porque autores humanos não inventam linguagens sozinhos. Se a tinta-e-tesoura de William Burroughs é um "vírus espacial", um texto processado está ainda mais próximo de um código.

Burroughs gostava de recortes como artefatos. Os cadernos em que ele os compilou são obras de arte marginal. Mas à medida que iterávamos, que reescrevíamos e reiterávamos, comecei a perceber que o que estávamos fazendo tinha mais a ver com aerografia (ou Photoshop, se ele existisse na época) do que com recortar e colar. Podíamos esfumaçar as extremidades da colagem, fundir partes discrepantes, tornar as costuras invisíveis. Um outro nível de magia. "Para que precisamos de computador?", Burroughs perguntara. "Tenho máquina de escrever." Ah, para isto, senhor. Para isto.

Daí a conclusão do livro, em que a pretensão de escrever um romance cai por terra e o pastiche do Narratron é revelado. O texto desintegra-se, expondo sua fonte de materiais: anedotas, cartazes de teatro, letras de música. Um caldo de associações muito semelhante a uma infinidade de resultados de pesquisas no Google.

Eu me lembro de ver aquelas páginas finais saindo do aparelho de fax, de lê-las à medida que chegavam. Àquela altura, o autor do livro, em quem eu passara a pensar como nenhum de nós dois, mas uma terceira entidade sinistra, já estava no controle há muito tempo. Nunca duvidei de que isso fosse bom, e, desde então, nunca acreditei tanto na teoria literária do autor. Eu sabia que aquilo era Bruce do outro lado da linha, em Austin; mas, àquela altura, estávamos ambos canalizando. Cortei o papel da máquina e comecei a reescrever. Mas muito de leve, tendo em mente que o Narratron havia se pronunciado.

E havia a outra grande pergunta que nos faziam com frequência, em geral jornalistas mais sagazes e mais experientes, que tinham empregos remunerados de verdade, diferentes de nós. As questões estavam sempre relacionadas ao slogan cyberpunk "a informação deve ser livre". Era comum nos advertirem, em tom irônico, de que, se realmente acreditássemos nisso, estaríamos destruindo nosso próprio ramo de trabalho. As pessoas achavam que, por algum motivo, nós nos considerávamos inatingíveis. Era o mesmo que ser um vulcanologista prevendo um terremoto e ouvir alguém retorquir que perderíamos nossas próprias louças de barro. É claro que tínhamos, e ainda temos, problemas com nossa louça, mas não fomos os primeiros.

As primeiras peças a partir foram nossas queridas máquinas de escrever, porque aquele software de processador de textos mandou-as de vez para o espaço. Depois disso, métodos eletrônicos de remessa destruíram as livrarias independentes, substituídas por grandes redes. Editoras foram absorvidas por outras empresas de comunicação maiores, principalmente porque as planilhas eletrônicas e os métodos de administração cibernéticos tornaram isso possível. Fusões na área de logística abalaram completamente o comércio de distribuição de livros. Depois vieram os navegadores, levando jornais e revistas ao colapso, causando a demissão em massa de jornalistas. Isso transformou as livrarias remanescentes em cafés que vendem camisetas e promovem saraus abertos.

E só porque fizemos a previsão, isso não significa que a culpa foi nossa.

Quando a tinta se informatizar por completo, isso ainda não será metade da história. Nem um décimo. As pessoas geralmente nos perguntam: "O que aconteceu depois do cyberpunk na ficção científica?" A resposta é: aconteceu a cibercultura.

Para mim, o que aconteceu foi A máquina diferencial. *Ela mudou algo em mim. Mudou o modo como eu pensava e escrevia. É o único romance com meu nome ao qual retorno pelo prazer da leitura.*

A cibercultura se espalhou por toda parte. Praticamente não deixou pedra sobre pedra. O "cyberpunk" era o profeta boêmio clássico, incorporado pelo *mainstream*. Esse mundo da computação baseado no desktop está se tornando bastante arcaico agora. Está sendo rapidamente substituído pela cultura wireless e da computação em nuvem; um mundo em que mesmo pessoas próximas comunicam-se por meio de aparelhos portáteis. Um mundo em que a expressão eletrônica é o linguajar cotidiano, em que um texto coerente de oito mil palavras é percebido como um poema épico vitoriano.

Ela subverteu. Extravasou para o mundo. O mundo tornou-se ela.

As redes sociais são agora maiores do que nações. Os trechos xerocados sobre preceitos cyberpunk que costumávamos trocar estão espalhados pelo mundo em blogs e tweets. *A máquina diferencial* acabou se tornando uma espécie de sarcófago gótico de nossa cultura impressa. Se estamos relativamente à vontade com o atual ambiente excêntrico dos meios de comunicação é porque passamos toda a nossa carreira exumando e reenterrando os meios de comunicação. Nós os matamos com uma alegria mais despreocupada do que Dickens matou a pequena Nell.

As raízes conceituais de A máquina diferencial *estão, penso eu, no Projeto Mídia Morta de Bruce, ou no pensamento que levou a ele. Na discussão sobre a mídia morta. Sobre qual seria a cara dos meios de comunicação de nossa época quando estivessem mortos.*

Não deveríamos terminar sem algumas palavras gentis e afetuosas sobre os steampunks. Não inventamos a palavra "steampunk", assim como não inventamos a palavra "cyberpunk". Mas admitimos ter inventado muitas palavras.

Ou as encontramos, na maioria dos casos, e mudamos o contexto de forma oportuna.

A máquina diferencial, em particular, ostenta toda uma lista de vocabulário creole de gírias tecnocriminais da época, ataques de arqueoneologismo criativo que ainda nos fazem morrer de rir vinte anos depois. São palavras que poderíamos ter inventado, só que não inventamos.

A mágica do sample. *"Samplear" textos cotidianos de época já esquecidos.*

O livro de fato apresenta, com destaque, três referenciais do fundamento de tudo o que é steampunk: aeronaves gigantes, computadores de latão e excêntricas roupas íntimas femininas. Nós, no entanto, não fomos responsáveis por isso. Não erguemos um dedo para que o cenário steampunk acontecesse. Nunca escrevemos uma sequência, nem vamos fazê-lo. Temos nossos próprios problemas, tais como projetar tênis japoneses e dar palestras sobre realidade aumentada. Certamente não escrevemos este livro para criar subculturas de pessoas que criam instrumentos de lazer de latão, brincam de se vestir a caráter e nos enviam e-mails entusiásticos do Brasil e da Polônia.

Eu, por exemplo, não posso consentir na substituição de peças mecânicas sobressalentes de relógios por razões puramente decorativas. Por favor, parem de fazer isso.

Ouçam a voz da experiência, garotos. Quando se ressuscitam os mortos, eles trazem sua bagagem.

Nesse meio-tempo, esperamos que aproveitem.

Ainda é nosso livro, não importa a época.

Guia de personagens

Arinori, Mori (1847–1889): político e diplomata japonês que, com Matsuki Koan e outros estudantes, saiu do Japão em 1865, no findar de um longo período de reclusão em que nenhum estrangeiro poderia entrar no país e nenhum cidadão poderia deixá-lo. Frequentou a University College London, onde estudou física e matemática. Retornou à sua terra natal em um período de transição de governo, no qual ajudou a reforçar o sistema de ensino japonês.

Babbage, Charles (1791–1871): matemático, filósofo e inventor londrino, idealizou um engenho que poderia executar cálculos matemáticos. No início dos anos 1820, Babbage começou a construção de sua primeira máquina diferencial, mas o projeto foi abandonado após o governo britânico cancelar seu patrocínio.

Bonaparte, Luís (1808–1873): sobrinho do célebre Napoleão Bonaparte, Luís foi eleito presidente da então república francesa em 1848. Três anos depois, promoveu um golpe de estado, dissolvendo a Assembleia Legislativa. Em 1852, restaurou a monarquia e fez-se imperador da França com o nome de Napoleão III, mantendo-se no poder até 1870.

Brunel, Isambard Kingdom (1806–1859): engenheiro civil inglês responsável pela construção da primeira grande estrada de ferro britânica, a Great Western Railway. Também projetou navios e outros meios de transporte utilizando a tecnologia a vapor.

Buckland, William (1784–1856): geólogo e paleontólogo catastrofista inglês, foi o primeiro cientista a escrever um tratado sobre os dinossauros.

Burton, Sir **Richard Francis** (1821–1890): explorador e linguista britânico, ganhou fama e reconhecimento quando adotou as vestes e costumes muçulmanos para realizar uma peregrinação a Meca em 1853. Viveu no Brasil entre 1865 e 1869, como cônsul britânico no porto de Santos.

Byron, Ada Augusta (1815–1852): única filha legítima de Lorde Byron, herdou o talento matemático de sua mãe, tornando-se íntima do trabalho de Charles Babbage e do projeto da máquina diferencial. É considerada a primeira programadora da história da computação.

Byron, Lorde **George Gordon** (1788–1824): poeta e político inglês, Byron era reconhecido por suas fortes convicções, incluindo a defesa de ativistas luditas. Após uma série de escândalos sexuais, exilou-se no Continente.

Colgate, William (1783–1857): Nascido no condado de Kent, na Inglaterra, sua família mudou-se para os Estados Unidos em 1798. Lá fundou sua empresa de manufatura de sabonetes e velas em 1806.

Cromwell, Oliver (1599–1658): foi um dos personagens mais importantes da Revolução Inglesa (1640–1660), líder da Guerra Civil e um dos expoentes da Commonwealth, breve período republicano em que foi nomeado "Lorde Protetor da Inglaterra, Escócia, Irlanda e outros territórios".

Darwin, Charles (1809–1882): Naturalista inglês, famoso por seu tratado científico *A evolução das espécies,* embasado em observações e evidências encontradas em sua viagem à América do Sul.

Disraeli, Conde **Benjamin** (1804–1881): autor e político inglês de ascendência judia, escreveu diversos romances antes de ingressar na carreira política, na qual prosperou e chegou ao cargo de primeiro-ministro.

Egremont, Charles: personagem de *Sybil, or the two nations,* livro de Benjamin Disraeli publicado em 1845.

Engels, Friedrich (1820–1895): ao lado do amigo Karl Marx, é considerado um dos fundadores do socialismo científico. Filho de um magnata alemão do ramo de tecidos, interessou-se ainda jovem pelo ideário de esquerda, afetado pela miséria dos trabalhadores das fábricas.

Forbes, Edward (1815–1854): naturalista oriundo da Ilha de Man, Forbes escreveu importantes tratados em geologia e mineralogia, além de auxiliar o jovem pesquisador Thomas Henry Huxley a publicar suas descobertas.

Fox, George Washington Lafayette (1825–1877): ator, comediante e diretor teatral, entre 1867 e 1868 foi o diretor de palco do Olympic, em Nova York.

Galton, Sir **Francis** (1822–1911): antropólogo e explorador, Sir Galton era primo de Charles Darwin. Desenvolveu estudos sobre hereditariedade, historiometria e eugenia.

Gautier, Théophile (1811–1872): poeta, crítico de arte e jornalista francês.

Gerard, Sybil: personagem de *Sybil, or the two nations,* livro de Benjamin Disraeli.

Gerard, Walter: personagem de *Sybil, or the two nations,* livro de Benjamin Disraeli.

Hooker, Sir **Joseph Dalton** (1817–1911): botânico e explorador inglês, foi amigo íntimo de Charles Darwin e de Thomas Henry Huxley. Era membro do "Clube X", um grupo de cientistas de grande influência dentro da Royal Society.

Houston, Samuel (1793–1863): Militar e político norte-americano, lutou pela independência do Texas, sendo eleito presidente por duas vezes durante seu breve período de autonomia política; tornou-se senador pelo Estado após a integração aos Estados Unidos.

Huxley, Thomas Henry (1825–1895): assim como Joseph Dalton Hooker, Huxley era amigo e defensor das teorias de Darwin, sendo conhecido como "Buldogue de Darwin". Também era membro do "Clube X". Thomas Henry Huxley era avô do autor Aldous Huxley.

Jaquet-Droz, Pierre (1721–1790): relojoeiro suíço que, além de se dedicar à criação desses mecanismos, também desenvolveu autômatos e bonecos animados; suas peças tornaram-se populares em todas as cortes europeias. Hoje dá nome a uma famosa marca de relógios.

Keats, John (1795–1821): ao lado de Lorde Byron e P. B. Shelley, John Keats foi considerado um dos mais talentosos poetas do romantismo inglês, embora o reconhecimento só tenha chegado após sua morte, aos 25 anos.

Liston, Sir **Robert** (1742–1836): diplomata escocês, serviu à Coroa em diversos países, dentre eles Alemanha, Espanha e Suécia; em 1796 foi nomeado ministro britânico para os Estados Unidos.

Lyell, Sir **Charles** (1797–1875): advogado e geólogo inglês, foi amigo de Charles Darwin e muito o influenciou em sua carreira, principalmente durante a viagem do naturalista a bordo do Beagle, permanecendo na Inglaterra para analisar e difundir os dados coletados na expedição.

Mantell, Gideon Algernon (1790–1852): geólogo e paleontólogo, notabilizou-se ao descobrir e analisar os fósseis de iguanodonte na região de Sussex, não obstante tenha começado sua carreira científica como obstetra em sua cidade natal, Lewes.

Marx, Karl (1818–1883): um dos mais influentes pensadores do século XIX, foi crítico severo do capitalismo, que via como um sistema baseado em inúmeras contradições que só seriam superadas pela ascensão revolucionária da classe operária, com a criação da sociedade socialista.

Maudslay, Henry (1771–1831): mecânico e inventor britânico. Uma de suas criações mais renomadas foi um torno mecânico aprimorado, mais preciso e ideal para trabalhos minuciosos.

Oliphant, Laurence (1829–1888): diplomata, escritor e místico inglês, viajou a vários países, como China, Japão, Rússia, Canadá e França, entre outros. Chegou a ser eleito membro do parlamento britânico em 1865.

Owen, Sir **Richard** (1804–1892): biólogo e paleontólogo inglês, foi o criador do termo *Dinosauria*. Era ferrenho opositor de Darwin; não que contrariasse a ideia de evolução dos seres vivos, mas defendia que este era um processo muito mais complexo do que o outro cientista afirmava.

Radley, Mick: personagem de *Sybil, or the two nations*, livro de Benjamin Disraeli, conhecido também como "Dandy Mick" (ou Mick Dândi).

Shelley, Percy Bysshe (1792–1822): poeta inglês, considerado um dos mais célebres da era romântica da literatura inglesa. Seu idealismo serviu de inspiração para diversos personagens da história, incluindo Karl Marx e Gandhi.

Somerville, Mary Fairfax (1780–1872): estudiosa da matemática e de outros ramos da ciência, foi a primeira mulher a integrar a Royal Astronomical Society.

Stieber, Wilhelm (1818–1882): espião a serviço do primeiro-ministro da Prússia, Otto von Bismark. Stieber também presidiu e expandiu o *Central Nachrichtenburo*, serviço de inteligência e serviço secreto.

Swing, Capitão: entidade a qual se atribuiu, em 1830, uma série de atos de vandalismo no interior da Inglaterra. Seus alvos eram máquinas que, segundo os manifestantes, colocavam seus empregos em risco e comprometiam sua fonte de renda. Os manifestantes eram extremamente organizados e suas ações não visavam ferir pessoas. Cartas com ultimatos e ameaças sempre eram assinadas por "Swing".

Tyler, Wat (1341–1381): revolucionário inglês que liderou os camponeses numa rebelião contra a autoridade exercida pelos duques de Lancaster, York e Gloucester, que, segundo os revoltosos, estariam usurpando o poder da Coroa.

Vallandigham, Clement Laird (1820–1871): político estadunidense, ferrenho opositor à guerra civil americana. Embora oriundo do Estado unionista de Ohio, afirmava que a conquista militar das unidades confederadas não era constitucional.

Vaucanson, Jacques de (1709–1782): célebre inventor francês, reconhecido por muitos como criador dos primeiros autômatos da história. Seus fabulosos planos incluíam robôs que imitassem ações humanas e teares automatizados.

Wellington, Duque de (1769–1852): o primeiro Duque de Wellington foi o general Arthur Wellesley, herói das Guerras Napoleônicas. Dentre seus maiores feitos destacam-se as vitórias na Península Ibérica e na Batalha de Waterloo. Chegou a ocupar o cargo de primeiro-ministro duas vezes antes de se aposentar. Ao contrário do relatado no livro, o Duque faleceu aos 83 anos, vítima de consequências de um derrame.

Wren, Sir **Christopher** (1632–1723): matemático, astrônomo e arquiteto inglês, supervisionou as obras de reconstrução da cidade de Londres, praticamente destruída pelo Grande Incêndio de 1666. Projetou mais de 50 igrejas na Inglaterra, incluindo sua obra-prima, a Catedral de St. Paul. Nomeado inspetor de edificações da Coroa em 1669, foi consagrado cavaleiro pelo rei Carlos II em 1673.

Glossário

abertura dos portos, A: evento que marcou uma radical mudança na política externa do Japão, já que antes da chegada do comodoro americano Matthew C. Perry e sua intervenção diplomática em 1854, nenhum estrangeiro poderia entrar naquele país e nenhum japonês poderia sair de seu território, sob pena de morte para qualquer transgressor.

Ballester-Molina: arma de fogo argentina fabricada entre 1938 e 1953. Seu nome deriva dos sobrenomes dos fundadores da empresa, os espanhóis Arturo Ballester e Eugenio Molina.

Bedlam: criado por Henrique VIII em 1246, o hospital psiquiátrico Bethlehem, vulgarmente chamado Bedlam, foi por muito tempo notabilizado pelo tratamento cruel dispensado aos seus pacientes. Originalmente construído em Bishopsgate Without, foi removido em 1675 para Moorfields, e novamente para St. George's Fields em 1814, onde está situado até hoje.

bumbo: drinque feito com rum, água, açúcar e noz-moscada, bastante popular no Caribe, especialmente entre piratas e mercadores.

calíope: instrumento que produz sons diversos – característicos do carrossel – por meio da condução de vapor a cilindros, acionada por um teclado. Também chamado "órgão a vapor", ou "piano a vapor", seu nome é uma homenagem a uma das nove musas gregas.

calótipo: nome dado ao processo negativo-positivo desenvolvido pelo inglês William Henry Fox Talbot (1800–1877) a partir de 1834; difundido comercialmente desde 1841, foi muito popular na Inglaterra na década de 1840. Em razão do nome de seu criador, também era conhecido como talbótipo.

carte-de-visite: retrato fotográfico desenvolvido pelo inventor André Adolphe Disdéri, um método mais barato e de fácil impressão, principalmente quando comparado com o daguerreótipo. Este item tornou-se uma febre mundial após a impressão do *carte-de-visite* do imperador Napoleão III, da França.

Catastrofismo: uma das teorias geológicas mais aceitas até o século XIX, sustentava que as alterações causadas na Terra e em suas formas de vida aconteciam após catástrofes ou desastres naturais de grandes proporções.

cinetropia: arte de transformar dados codificados de cartão perfurado em exibição de textos ou imagens em movimento, como em letreiros, apresentações e projeções.

clacking: verbo que denota a habilidade de inserir, interpretar ou manipular dados em uma máquina por meio de cartões perfurados. Aqueles que dominam essa arte são chamados *clackers*.

Cremorne Gardens: parque público localizado junto ao rio Tâmisa. Inaugurado em 1845, era bastante popular à época, repleto de atrativos: além dos jardins propriamente ditos, incluía uma pista de dança com orquestra e restaurante, além de subidas de balão e queima de fogos uma vez por semana.

crinolina: grande saia entufada, sustentada por uma armação de lâminas de aço ou barbatanas de baleia. Até a década de 1850, a saia era avolumada por crinas de cavalo trançadas (daí a origem do nome); posteriormente, passou a ser produzida industrialmente e foi adotada por mulheres de todas as classes sociais.

cockney: termo que faz referência aos habitantes da zona leste de Londres (East End), assim como a seu modo de falar. Diz-se que um verdadeiro *cockney* deve nascer na região onde se podem ouvir os sinos da igreja de St. Mary-le-Bow.

daguerreótipo: primeiro aparelho a capturar e fixar a imagem fotográfica, criado em 1835 por Louis-Jacques-Mandé Daguerre (1787–1851) a partir dos estudos de Joseph Nicéphore Niépce (1765–1833). A imagem, também chamada daguerreótipo, era formada sobre uma lâmina de prata ou cobre e sensibilizada em solução química, demandando um tempo de exposição longo para fixação. Por isso, os fotógrafos deslocavam-se a lugares retirados para realizar os registros, onde as imagens ficavam livres dos vultos que poderiam surgir devido à movimentação de pedestres ou veículos no decorrer da exposição da placa fotossensível. Quando se tratava de um retrato, a pessoa era disposta em meio a acessórios cenográficos, como mesas, colunas ou pedestais, que serviam de apoio durante o tempo de exposição. Também nesse período foram utilizados mecanismos presos ao corpo para imobilizar o modelo durante a sessão fotográfica. Fixadas nos ombros e pescoço, essas estruturas ficavam disfarçadas pelas amplas vestes e contribuíam para a sustentação do retratado.

Dead Rabbits: gangue da cidade de Nova York nos anos 1850, dominava uma área pobre de Lower Manhattan chamada Five Points.

demi-monde: termo utilizado durante os séculos XVIII e XIX para designar o universo hedonista que cingia alguns grupos abastados da sociedade, pessoas que ocupavam seu tempo com bebidas, jogos e drogas, não raro envoltas em perdularidade e lascívia. Por extensão, a palavra foi empregada pejorativamente para caracterizar todo comportamento dissonante à moral burguesa e, posteriormente, como sinônimo adjetivo de prostituta ou mulher de conduta duvidosa, a *demi-mondaine*.

Derringer: pequena pistola de mão, muito comum no século XIX. O nome da arma é uma corruptela do nome de seu criador, Henry Deringer.

dining-club: grupo de pessoas, geralmente organizado por filiação, que se reunia periodicamente em lugares preestabelecidos, mas não necessariamente os mesmos, onde os membros se encontravam para jantares e discussões sobre temas diversos.

diorama: forma de representação artística criada em 1822 por Louis Daguerre e Charles Marie Bouton (1781–1853); era composto por painéis translúcidos pintados e objetos em relevo que, adequadamente iluminados, produziam efeitos visuais (fusão, tridimensionalidade) que simulavam paisagens, eventos históricos, cenas do cotidiano e outras situações, dando ao público uma falsa percepção de profundidade.

ellynge: termo específico do dialeto falado no condado de Sussex, significa "solitário, distante dos que lhes são caros, estranho".

estereografia: técnica gráfica que dá a ilusão de profundidade a uma imagem bidimensional.

fabiana, Sociedade: organização política fundada em 1884 por intelectuais ingleses, seu nome alude ao chefe militar romano Fábio Máximo (chamado "o Contemporizador"); aspiravam a um governo igualitário, mas negavam a necessidade da luta de classes e da própria revolução, apostando em uma transição gradual do capitalismo para o socialismo por meio de pequenas reformas. Entre seus membros destacam-se H. G. Wells e Bernard Shaw.

falanstério: estrutura social idealizada pelo socialista utópico Charles Fourier (1772–1837), organizava-se em unidades de produção e consumo – as falanges ou falanstérios – baseadas no trabalho coletivo (manufatura e agricultura) e na autossuficiência, reunindo em grandes edificações um número limitado de pessoas com interesses afins. Esse modelo de convivência ofereceria as condições ideias para uma efetiva transformação social e econômica de inspiração socialista.

fenacistoscópio: dispositivo inventado entre 1828 e 1832 pelo físico belga Joseph-Antoine Plateau (1801–1883) para medir o tempo de persistência da retina humana. Constituía-se basicamente de um disco com vários desenhos de uma mesma figura em posições diferentes que, ao ser girado, apresentava uma rápida sucessão de poses que dava ao observador a ilusão de movimento.

fósforo de repetição: como o nome sugere, diz respeito a um dispositivo combustível que poderia ser utilizado várias vezes para criar uma pequena chama. Diferentemente de isqueiros, o fósforo de repetição corresponderia a um invólucro de metal com uma pequena haste dentro, que poderia ser apagada depois de acesa e usada novamente em seguida.

gentry: de fundamental importância no contexto da Revolução Inglesa no século XVII, a *gentry* foi a classe social que efetivamente se apropriou das vantagens econômicas e sociais dela decorrentes. Na hierarquia social inglesa, correspondia à pequena e média nobreza rural; seus membros, embora proprietários de terra, já seguiam uma lógica de produção capitalista, e muitos *gentlemen* tinham origem e fortuna ligadas ao universo urbano. Ao fim do processo revolucionário, a mentalidade empresarial e o estilo de vida da *gentry*, aliados à moral puritana, tornaram-na não apenas uma classe social bem-sucedida, mas uma verdadeira ideologia em expansão.

Grande Fedor, O: durante o verão de 1858, grande parte de Londres, principalmente o centro, sofreu com o terrível odor que exalava do Tâmisa. O sistema de esgoto da cidade começava a ser adaptado para suportar vasos sanitários com descargas, mas o excesso de dejetos humanos sobrecarregou as fossas e estes passaram a ser despejados no rio por meio das galerias pluviais.

grisettes: jovens coquetes oriundas da classe operária francesa.

Guerra da Crimeia: conflito ocorrido entre 1853 a 1856 na península da Crimeia (no mar Negro, ao sul da atual Ucrânia); contrapôs o império russo a uma aliança formada por Reino Unido, França, Estado do Piemonte-Sardenha e império turco-otomano, cujo objetivo era conter a expansão russa na Europa oriental. A guerra teve início com a invasão das tropas russas aos principados otomanos do Danúbio (hoje Romênia), sendo posteriormente expulsas da região em 1854. É quando tem início o bloqueio naval e o cerco terrestre à cidade portuária fortificada de Sebastopol, que caiu em 1855. A guerra chegou ao fim com a assinatura do Tratado de Paris em 1856.

gurney: uma espécie de carruagem equipada com um motor a vapor, nomeada em homenagem ao seu inventor, Goldsworthy Gurney.

huckle-buff: antigo drinque servido quente, feito com cerveja, ovos e conhaque. Também chamado *huckle and buff* ou *huckle-my-buff*.

lanterna mágica: aparelho óptico criado pelo sábio alemão Athanasius Kirchner (1601–1680), baseia-se no processo inverso da câmara escura; é composto por uma caixa cilíndrica iluminada a vela que, em um ambiente escurecido, projeta sobre uma tela branca imagens pintadas em uma placa de vidro.

Leyden, garrafa de: dispositivo capaz de armazenar energia elétrica entre dois eletrodos, estando um dentro e outro fora de um recipiente. Inventada em 1746 por Pieter van Musschenbroeck (1692–1761), professor da Universidade de Leyden, Holanda, pode-se dizer que precedeu os capacitores de alta tensão.

London, Chatham & Dover Railway: companhia ferroviária que operou no sudeste da Inglaterra entre 1859 e 1923, até unir-se a outras empresas para formar a Southern Railway. Suas linhas atravessavam os subúrbios londrinos e as regiões norte e leste do condado de Kent, cobrindo parte significativa da malha ferroviária da Grande Londres.

ludismo: a história britânica foi pontuada por motins no século XVIII e no início do século XIX; os movimentos da *mob* – a multidão amotinada – tinham motivos diversos, como preços dos alimentos, impostos, nova maquinaria, extinção das terras comunais, recrutamentos e outros. A ação direta sobre essas "injustiças" emergiu, de um lado, de grandes levantes políticos da "turba"; e de outro, sob formas organizadas de ação ilegal contínua ou de semi-insurreição, como o ludismo (1811–1813). Este movimento combateu a nova tecnologia engendrada pela Revolução Industrial, inovações que ameaçavam os empregos dos trabalhadores ingleses. Sob a liderança de Ned Ludd – uma figura obscura e provavelmente ficcional –, os manifestantes invadiam fábricas e destruíam seu maquinário. Na maioria dos casos, porém, não se tratava de explosões irracionais, esparsas e desordenadas; os luditas formavam pequenos grupos organizados e disciplinados que, sob mais de uma liderança, agiam segundo um plano preestabelecido.

Mikado: título honorário usado no Japão antigo para se referir ao Imperador.

M.P.: sigla para Membro do Parlamento.

oddsmaker: pessoa que calcula ou prognostica o resultado de uma disputa, seja nos esportes ou na política, e aposta de acordo com essa previsão.

pantisocracia: influenciados pelos ideais da Revolução Francesa e pelo pensamento do filósofo William Godwin (1756–1836), os poetas Samuel Taylor Coleridge (1772–1834) e Robert Southey (1774–1843) conceberam um modelo comunitário em pequena escala, uma sociedade livre, igualitária e harmoniosa que inspiraria uma regeneração social mais ampla. A pantisocrasia seria instaurada nos Estados Unidos da América, mais especificamente às margens rio Susquehanna, Pensilvânia.

pepperbox: pequena pistola com múltiplos canos agrupados em torno de um eixo central, relativamente comum nos Estados Unidos, Reino Unido e em alguns países europeus no século XIX.

pink gin: drinque feito com gim e gotas de angostura. A mistura foi criada pela Real Armada Britânica a fim de fazer os *bitters* – no caso, a angostura – mais agradáveis ao paladar, uma vez que a bebida era usada no tratamento médico dos marinheiros, inclusive para evitar enjoos.

Pinkerton: empresa de segurança e investigação particulares dos Estados Unidos da América. Foi fundada em 1850 pelo detetive Allan Pinkerton, que em 1861 descobriu e evitou uma tentativa de assassinato de Abraham Lincoln. Seus agentes são conhecidos como "pinkers".

P.M.: sigla para primeiro-ministro.

pontilhismo: técnica de pintura caracterizada pela decomposição das cores em seus elementos fundamentais (cores puras) mediante minúsculas pinceladas uniformes e nitidamente separadas, as quais são recompostas pelo olhar do observador. A imagem decorre da "mistura ótica" obtida pelos pequenos pontos de cor justapostos e que nunca se fundem, mas que reagem uns aos outros em função do olhar a distância.

ranters: a mais extremista das seitas radicais dos anos 1650, seus membros negavam o juízo final, a ressurreição e o pecado como algo abominável; foram frequentemente acusados de imoralidade sexual e blasfêmia, e seus excessos tornaram-nos objeto de críticas e de pânico moral por parte de clérigos, magistrados e membros do parlamento.

Rei Vapor: entidade presente em poesias luditas que representa a ameaça do maquinário a vapor.

Royal Enclosure/Royal Box: Royal Enclosure é o pavilhão reservado à família real inglesa nos hipódromos, criado para lhes proporcionar privacidade e segurança. Restrito à realeza e a seus convidados, tem visão privilegiada da pista de competição. Nessa área exclusiva encontra-se o Royal Box, o camarote real.

Royal Geographical Society: fundada em 1830 como "Geographical Society of London", visava aprofundar e difundir o conhecimento da geografia. Como muitas das sociedades eruditas da época, começou como um *dining-club*, quando seus membros reuniam-se em jantares e debatiam questões científicas pertinentes à área. Sob o patronato do rei Guilherme IV, foi rebatizada "Royal Geographical Society". Dentre seus membros (F.R.G.S. – Fellow of the Royal Geographical Society), destacam-se Charles Darwin e Richard Francis Burton.

Royal Society: oficialmente fundada em 1660, é uma das mais antigas instituições acadêmicas ainda existentes. Desde o princípio, seus integrantes se reuniam para testemunhar experimentos, pesquisar e discutir temas científicos. Suas atividades abrangem todas as áreas do conhecimento, e seus membros (F.R.S. – Fellow of the Royal Society), britânicos e estrangeiros, são vitalícios e escolhidos com base na excelência científica; dentre os mais eminentes estão Isaac Newton, Charles Darwin, Albert Einstein e Stephen Hawking.

sarsen: pedra encontrada no sul da Inglaterra, usada na antiguidade para erigir monumentos como o Stonehenge e o Avebury.

soubrette: personagem feminina típica da comédia, em regra uma serviçal da protagonista da trama (peça teatral, ópera), geralmente uma coquete atrevida dada a intrigas e intromissões.

Texas Rangers: grupo armado cujos membros eram selecionados para manter a ordem pública e a segurança no Texas. Sua origem remonta ao ano de 1823, pouco depois do fim da guerra pela independência mexicana, em 1821. Foi oficialmente reconhecido em 1835, quando do início da revolução texana.

The Tatler: nome dado a diversos jornais e revistas britânicos, tidos como sucessores da publicação original editada no início do século XVIII; em 1830, o escritor Leigh Hunt lançou o jornal *The Tatler: A Daily Journal of Literature and the Stage*, voltado à crítica literária; atualmente, o nome é adotado por uma revista de variedades inglesa.

toad-in-the-hole: prato tradicional da cozinha inglesa, constitui-se de linguiças assadas no forno com massa crocante (*Yorkshire pudding*), geralmente servido com molho de cebola e vegetais.

tubo acústico: também chamado *tubo de comunicação*, era popularmente conhecido como "porta-voz". As extremidades – os dispositivos nos quais se falava e se escutava – eram normalmente feitas de metal, sendo o tubo em si de borracha envolta em lã ou algodão; por meio dele era possível duas pessoas conversarem a uma distância de até um quilômetro. No final do século XIX, os tubos acústicos possuíam um bocal, preso à caixa do aparelho onde se falava, e uma espécie de fone, preso a um tubo de borracha, para ser colocado no ouvido.

uniformitarismo: teoria elaborada no século XVIII, propõe que as mudanças ocorridas na natureza ocorrem de forma constante e uniforme, em oposição ao catastrofismo.

Union Jack: a junção das bandeiras da Inglaterra, da Escócia e da Irlanda forma a flâmula do Reino Unido da Grã-Bretanha, também conhecida como Union Flag.

Fontes

Arruda, J. J. A. *A revolução inglesa*. 2.ed. São Paulo: Brasiliense, 1985.

Bresciani, M. S. M. *Londres e Paris no século xix:* o espetáculo da pobreza. 8.ed. São Paulo: Brasiliense, 1994.

Cobbing, A. *The Satsuma students in Britain:* Japan's early search for the "essence of the West". Londres: Routledge, 2000.

Florenzano, M. *As revoluções burguesas*. 9.ed. São Paulo: Brasiliense, 1988.

Hill, C. *O mundo de ponta-cabeça:* ideias radicais durante a revolução inglesa de 1640. São Paulo: Companhia das Letras, 1987.

Jackson, L. (Ed.) *Daily life in Victorian London:* an extraordinary anthology. Victorian London E-books, 2011.

Ochoa, L. B. *2002. La filosofía política de William Godwin*. Madri, 2002. Tese (Doutorado em Direito) – Departamento de Filosofia do Direito, Moral e Política da Faculdade de Direito da Universidade Complutense de Madri.

Oliphant, M. O. W. *Memoir of the life of Laurence Oliphant and of Alice Oliphant, his wife*. Edimburgo: Londres: William Blackwood & Sons, 1892. Disponível em: <http://www.archive.org/details/memoiroflifeofla00olipuoft>.

SIMMONS, R. (Ed.). *The Liston papers – 1796-1800.* Londres: Microform Academic Publishers. (British Records Relating to America in Microform.) Disponível em: <http://www.microform.co.uk/guides/R97489.pdf>.

THOMPSON, E. P. *A formação da classe operária inglesa.* Rio de Janeiro: Paz e Terra, 1987. 3.v.

WEBER, T. *Gandhi as disciple and mentor.* Cambridge University Press, 2004. p. 28-29.

http://aleph0.clarku.edu
http://bioguide.congress.gov
http://darwin-online.org.uk
http://dictionary.reference.com
http://en.wikipedia.org
http://evolution.berkeley.edu
http://findingada.com
http://galton.org
http://history-computer.com
http://query.nytimes.com
http://research.miralab.ch
http://royalsociety.org
http://www.aldeco.pt
http://www.bbc.co.uk
http://www.brunel.ac.uk
http://www.brunel-museum.org.uk
http://www.charlesbabbage.net
http://www.colgate.com.br
http://www.computerhistory.org
http://www.crossroadswineandspirits.com
http://www.essentially-england.com
http://www.fundacaotelefonica.com.br
http://www.greatcocktails.co.uk
http://www.gutenberg.org
http://www.hit-u.ac.jp
http://www.itaucultural.org.br
http://www.jaquet-droz.com
http://www.jdhooker.org.uk
http://www.john-keats.com
http://www.kentpast.co.uk
http://www.marxists.org/
http://www.ncbi.nlm.nih.gov
http://www.ohiohistorycentral.org
http://www.olivercromwell.org
http://www.oum.ox.ac.uk
http://www.rbwm.gov.uk
http://www.sanjacinto-museum.org
http://www.sussexhistory.co.uk
http://www.theophilegautier.com
http://www.ucmp.berkeley.edu
http://www.victorianlondon.org
http://www.victorianweb.org
http://www.washingtonpost.com
http://www.webcine.com.br
http://www.websters-online-dictionary.org
http://www3.museumofmaking.org
https://www.bollman140.com

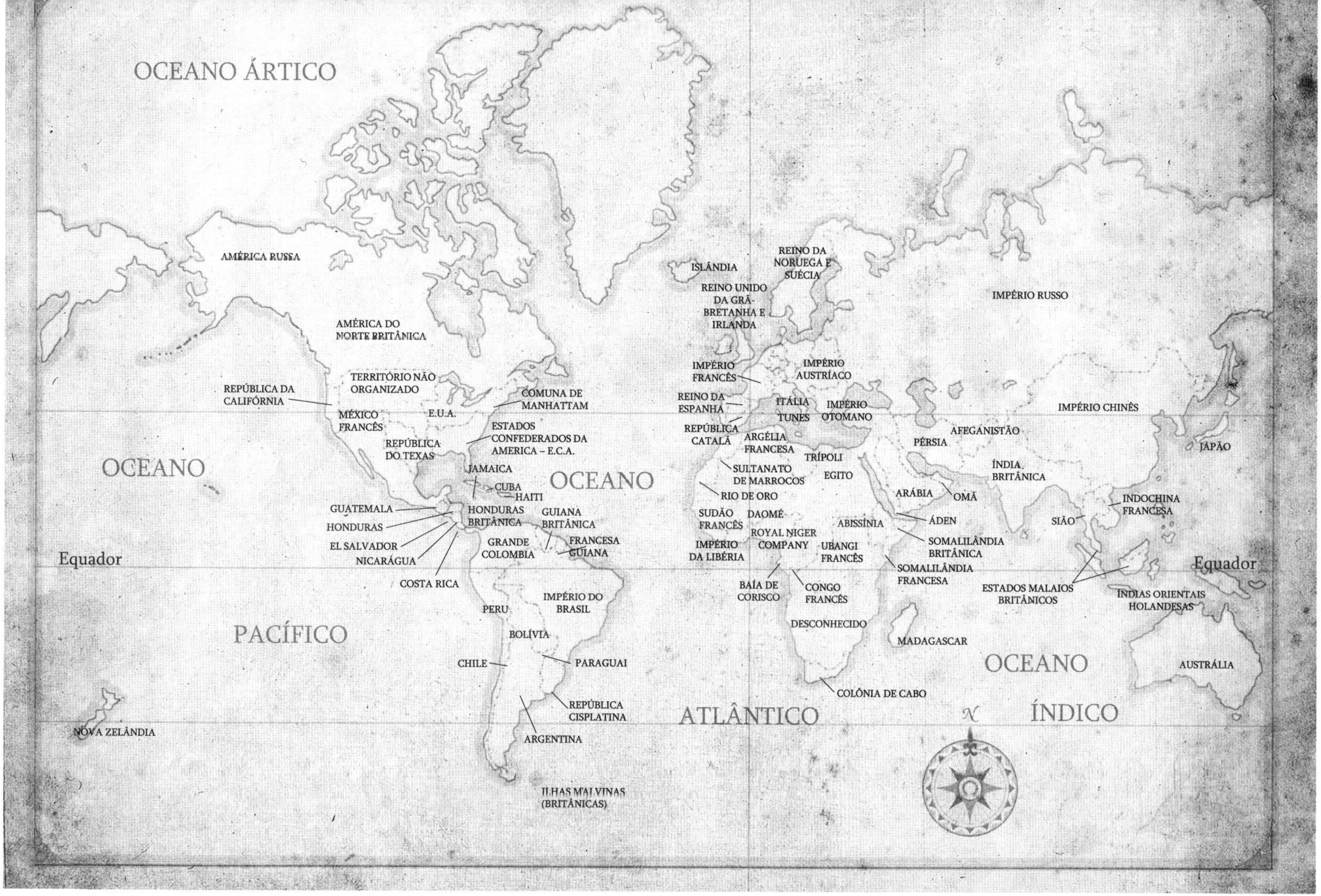
OCEANO ÁRTICO
AMÉRICA RUSSA
AMÉRICA DO NORTE BRITÂNICA
TERRITÓRIO NÃO ORGANIZADO
REPÚBLICA DA CALIFÓRNIA
MÉXICO FRANCÊS
E.U.A.
COMUNA DE MANHATTAM
ESTADOS CONFEDERADOS DA AMERICA – E.C.A.
REPÚBLICA DO TEXAS
JAMAICA
CUBA
HAITI
GUATEMALA
HONDURAS
EL SALVADOR
NICARÁGUA
COSTA RICA
HONDURAS BRITÂNICA
GUIANA BRITÂNICA
FRANCESA GUIANA
GRANDE COLOMBIA
IMPÉRIO DO BRASIL
PERU
BOLÍVIA
CHILE
PARAGUAI
REPÚBLICA CISPLATINA
ARGENTINA
ILHAS MALVINAS (BRITÂNICAS)
Equador
OCEANO
PACÍFICO
OCEANO
ATLÂNTICO
NOVA ZELÂNDIA
ISLÂNDIA
REINO DA NORUEGA E SUÉCIA
REINO UNIDO DA GRÃ-BRETANHA E IRLANDA
IMPÉRIO FRANCÊS
IMPÉRIO AUSTRÍACO
REINO DA ESPANHA
ITÁLIA
IMPÉRIO OTOMANO
TUNES
REPÚBLICA CATALÃ
ARGÉLIA FRANCESA
TRÍPOLI
SULTANATO DE MARROCOS
EGITO
RIO DE ORO
SUDÃO FRANCÊS
DAOMÉ
ROYAL NIGER COMPANY
IMPÉRIO DA LIBÉRIA
UBANGI FRANCÊS
ABISSÍNIA
BAÍA DE CORISCO
CONGO FRANCÊS
DESCONHECIDO
COLÔNIA DE CABO
MADAGASCAR
IMPÉRIO RUSSO
IMPÉRIO CHINÊS
PÉRSIA
AFEGANISTÃO
ARÁBIA
OMÃ
ÁDEN
SOMALILÂNDIA BRITÂNICA
SOMALILÂNDIA FRANCESA
ÍNDIA BRITÂNICA
SIÃO
INDOCHINA FRANCESA
JAPÃO
ESTADOS MALAIOS BRITÂNICOS
ÍNDIAS ORIENTAIS HOLANDESAS
Equador
AUSTRÁLIA
OCEANO
ÍNDICO

TIPOLOGIA: Arno Pro [Texto]
Credit Vallet [Entretítulos]

PAPEL: Pólen Soft 80 g/m² [Miolo]
Supremo 250 g/m² [Capa]

IMPRESSÃO: Geográfica [abril de 2015]

1ª EDIÇÃO: janeiro de 2012